Yilin Classics

Great Comedies and Tragedies

莎士比亚喜剧悲剧集

[英国] 威廉 · 莎士比亚 著
朱生豪 译 裘克安 沈林 辜正坤 校

译林出版社

图书在版编目（CIP）数据

莎士比亚喜剧悲剧集 /（英）威廉·莎士比亚（William Shakespeare）著；朱生豪译. —南京：译林出版社，2019.8（2024.7重印）
（经典译林）
ISBN 978-7-5447-7732-2

Ⅰ.①莎… Ⅱ.①威… ②朱… Ⅲ.①喜剧－剧本－作品集－英国－中世纪②悲剧－剧本－作品集－英国－中世纪 Ⅳ.①I561.33

中国版本图书馆 CIP 数据核字（2019）第 079304 号

莎士比亚喜剧悲剧集 ［英国］威廉·莎士比亚 / 著 朱生豪 / 译

校　　订　裘克安　沈　林　辜正坤
责任编辑　冯一兵　韩继坤
责任印制　颜　亮

原文出版　Riverside
出版发行　译林出版社
地　　址　南京市湖南路 1 号 A 楼
邮　　箱　yilin@yilin.com
网　　址　www.yilin.com
市场热线　025-86633278
排　　版　南京展望文化发展有限公司
印　　刷　南京爱德印刷有限公司
开　　本　880 毫米 × 1240 毫米　1/32
印　　张　20.5
插　　页　4
版　　次　2019 年 8 月第 1 版
印　　次　2024 年 7 月第 12 次印刷
书　　号　ISBN 978-7-5447-7732-2
定　　价　49.00 元

CONTENTS · 目录

仲夏夜之梦

朱生豪　译
沈　林　校

导言

这是一出深受普通观众喜爱的莎剧。波顿的戏中戏,再蹩脚的伶人来演也会令人捧腹。小精灵在舞台上则必定是舞姿翩翩的曼妙少女。原有的民歌之外,华美的词句和怪异的情节引得后世音乐家乐思如涌,仲夏夜而森林中,这充满魔力和魅力的时间和地点也使舞美师们能尽情发挥想象运用技艺。

历史上也有几位文人对此剧表示不屑,以为其所以诱人全在娱人耳目而非动人心魄。

故事轻快、文辞艳丽、人物设置匀称整齐、结尾处祝词又曲意奉承,这使人怀疑它是为某位贵人的婚礼特制的。但至今还没有发现任何史实能证实这一揣测。话虽如此,它确实带有浓重的宫廷假面剧的气息;同时专家们发现它的形式也受到了民间仲夏节和五月节庆祝活动的影响。

剧中人物

忒修斯　雅典公爵
伊吉斯　赫米娅之父
拉山德 } 同恋赫米娅
狄米特律斯 } 同恋赫米娅
菲劳斯特莱特　掌戏乐之官
昆　斯　木匠　戏中戏饰念开场白之人
波　顿　织工　戏中戏饰皮拉摩斯
斯纳格　细工木匠　戏中戏饰狮子
弗鲁特　修风箱者　戏中戏饰提斯柏
斯诺特　补锅匠　戏中戏饰墙
斯塔弗林　裁缝　戏中戏饰月光
希波吕忒　阿玛宗女王,忒修斯之未婚妻
赫米娅　伊吉斯之女,恋拉山德

海伦娜　恋狄米特律斯

奥布朗　仙王
提泰妮娅　仙后
迫　克　又名好汉罗宾
豆花、蛛网、飞蛾、芥子　小神仙

其他侍奉仙王、仙后的神仙们
忒修斯及希波吕忒的侍从

地点

雅典及附近的一座森林

第一幕

第一场　雅典。忒修斯宫中

【忒修斯、希波吕忒、菲劳斯特莱特及其他人等上。

忒修斯　美丽的希波吕忒，现在我们的婚期已快要临近了，再过四天幸福的日子，新月便将出来。但是，唉！这个旧的月亮消逝得多么慢，她耽延了我的希望，像一个老而不死的后母或寡妇，尽是消耗着年轻人的财产。

希波吕忒　四个白昼很快地便将成为黑夜，四个黑夜很快地可以在梦中消度过去，那时月亮便将像新弯的银弓一样，在天上临视我们的良宵。

忒修斯　去，菲劳斯特莱特，激起雅典青年们的欢笑的心情，唤醒活泼泼的快乐精神，把忧愁驱到坟墓里去：那个脸色惨白的家伙，是不应该让他参加在我们的结婚行列中的。（菲劳斯特莱特下）希波吕忒，我用我的剑向你求婚，用威力的侵凌赢得了你的芳心[①]；但这次我要换一个调子，我将用豪华、夸耀和狂欢来举行我们的婚礼。

【伊吉斯、其女赫米娅、拉山德、狄米特律斯上。

伊吉斯　威名远播的忒修斯公爵，祝您幸福！

忒修斯　谢谢你，善良的伊吉斯。你有什么事情？

---

① 忒修斯是希腊神话中英雄，曾远征阿玛宗，娶其女王希波吕忒。

伊吉斯　我怀着满心的气恼,来控诉我的孩子,我的女儿赫米娅。走上前来,狄米特律斯。殿下,这个人是我答应叫他娶她的。走上前来,拉山德。殿下,这个人引诱坏了我的孩子。你,你,拉山德,你写诗句给我的孩子,和她交换着爱情的纪念物;在月夜她的窗前你用做作的声调歌唱着假作多情的诗篇;你用头发编成的手镯、戒指,虚华的饰物,琐碎的玩具、花束、糖果,这些可以强烈地骗诱一个稚嫩的少女之心的信使来偷得她的痴情;你用诡计盗取了她的心,煽惑她使她对我的顺从变成倔强的顽抗。殿下,假如她现在当着您的面仍旧不肯嫁给狄米特律斯,我就要要求雅典自古相传的权利,因为她是我的女儿,我可以随意处置她;按照我们的法律,她要是不嫁给这位绅士,便应当立即处死。

忒修斯　你有什么话说,赫米娅?当心一点吧,美貌的女郎!你的父亲对于你应当是一尊神明:你的美貌是他给予你的,你就像他在软蜡上按下的钤记,他可以保全你,也可以毁灭你。狄米特律斯是一个很好的绅士呢。

赫米娅　拉山德也很好啊。

忒修斯　以他的本身而论当然不用说;但要是做你的丈夫,他不能得到你父亲的同意,就比起来差一筹了。

赫米娅　我真希望我的父亲和我同样看法。

忒修斯　实在还是应该你依从你父亲的眼光才对。

赫米娅　请殿下宽恕我!我不知道什么一种力量使我如此大胆,也不知道在这里披诉我的心思将会怎样影响到我的美名;但是我要敬问殿下,要是我拒绝嫁给狄米特律斯,就会有什么最恶的命运临到我的头上?

忒修斯　不是受死刑,便是永远和男人隔绝。因此,美丽的赫米娅,仔细问一问你自己的心愿吧!考虑一下你的青春,好好地估量一下你血脉中的搏动;倘然不肯服从你父亲的选择,想想看能不能披上尼姑的道服,终生幽闭在阴沉的庵院中,向着凄凉寂寞的明月唱着黯淡的圣歌,做一个孤寂的修道女了此一生?她们能这样抑制了热情,到老保持处女的贞洁,自然应当格外受到上天的眷宠;但是结婚的女子如同被采下炼制过的玫瑰,香气留存不散,比之孤独地自开自谢,奄然朽腐的花儿,以尘俗的眼光看来,总是要幸福得多了。

赫米娅　就让我这样自开自谢吧，殿下，我也不愿意把我的贞操奉献给我的心所不服的人。

忒修斯　回去仔细考虑一下。等到新月初生的时候——我和我的爱人缔结永久婚约的那天——你便当决定，倘不是因为违抗你父亲的意志而准备一死，便是听从他而嫁给狄米特律斯；否则就得在狄安娜的神坛前立誓严守戒律，终生不嫁。

狄米特律斯　悔悟吧，可爱的赫米娅！拉山德，放弃你那无益的要求，不要再跟我的确定的权利抗争了吧！

拉山德　你已经得到她父亲的爱，狄米特律斯，让我保有着赫米娅的爱吧；你去跟她的父亲结婚好了。

伊吉斯　无礼的拉山德！一点不错，我欢喜他，我愿意把属于我所有的给他；她是我的，我要把我在她身上的一切权利都授给狄米特律斯。

拉山德　殿下，我和他一样好的出身；我和他一样有钱；我的爱情比他深得多；我的财产即使不比狄米特律斯更多，也决不会比他少；比起这些来更值得夸耀的是，美丽的赫米娅爱的是我。那么为什么我不能享有我的权利呢？讲到狄米特律斯，我可以当他的面前宣布，曾经向奈达的女儿海伦娜调过情，把她勾上了手；这位可爱的女郎痴心地恋着他，像崇拜偶像一样地恋着这个缺德的负心汉。

忒修斯　的确我也听到过不少闲话，曾经想和狄米特律斯谈起；但是因为自己的事情太多，所以忘了。来，狄米特律斯；来，伊吉斯；你们两人跟我来，我有些私人的话要对你们说。你，美丽的赫米娅，好好准备着依从你父亲的意志，否则雅典的法律将要把你处死，或者使你宣誓独身；我们没有法子变更这条法律。来，希波吕忒，怎样，我的爱人？狄米特律斯和伊吉斯，走吧；我必须差你们为我们的婚礼办些事务，还要跟你们商量一些和你们有点关系的事。

伊吉斯　我们敢不欣然跟从殿下。（除拉山德、赫米娅外，均下）

拉山德　怎么啦，我的爱人！为什么你的脸颊这样惨白？你脸上的蔷薇怎么会凋谢得这样快？

赫米娅　多半是因为缺少雨露，但我眼中的泪涛可以灌溉它们。

拉山德　唉！从我所能在书上读到、在传说或历史中听到的，真爱情的道路永远是崎岖多阻；不是因为血统的差异——

赫米娅　不幸啊，尊贵的要向微贱者屈节臣服！

拉山德　便是因为年龄上的悬殊——

赫米娅　可憎啊，年老的要和年轻人发生关系！

拉山德　或者因为信从了亲友们的选择——

赫米娅　倒霉啊，选择爱人要依赖他人的眼光！

拉山德　或者，即使彼此两情悦服，但战争、死亡或疾病却侵害着它，使它像一个声音，一片影子，一段梦，一阵黑夜中的闪电那样短促，在一刹那间它展现了天堂和地狱，但还来不及说一声"瞧啊！"黑暗早已张开口把它吞噬了。光明的事物，总是那样很快地变成了混沌。

赫米娅　既然真心的恋人们永远要受到磨折，似乎是一条命运的定律，那么让我们练习着忍耐吧；因为这种磨折，正和忆念、幻梦、叹息、希望和哭泣一样，都是可怜的爱情缺不了的随从者。

拉山德　你说得很对。听我吧，赫米娅。我有一个寡居的伯母，很有钱，没有儿女，她看待我就像亲生的独子一样。她的家离开雅典二十里路。温柔的赫米娅，我可以在那边和你结婚，雅典法律的利爪不能追及我们。要是你爱我，请你在明天晚上溜出你父亲的屋子，走到郊外三里路那地方的森林里，我就是在那边遇见你和海伦娜一同过五月节的①，我将在那边等你。

赫米娅　我的好拉山德！凭着丘必特的最坚强的弓，凭着他的金镞的箭，凭着维纳斯的鸽子的纯洁，凭着那结合灵魂，祐佑爱情的神力，凭着古代迦太基女王焚身的烈火，当她看见她那负心的特洛亚人扬帆而去的时候，凭着一切男子所毁弃的约誓——那数目是远超过于女子所曾说过的，我发誓明天一定会到你所指定的那地方和你相会。

拉山德　愿你不要失约，爱人。瞧，海伦娜来了。

【海伦娜上。

赫米娅　上帝保佑美丽的海伦娜！你到哪里去？

海伦娜　你称我美丽吗？请你把那两个字收回了吧！狄米特律斯爱着你的

---

① 英国旧俗于五月一日早起以露盥身，采花唱歌。

美丽;幸福的美丽啊!你的眼睛是两颗明星,你的甜蜜的声音比之小麦青青、山楂蓓蕾时节牧人耳中的云雀之歌还要动听。疾病是能传染人的,唉,要是美貌也能传染的话,美丽的赫米娅,我但愿传染上你的美丽:我要用我的耳朵捕获你的声音,用我的眼睛捕获你的注视,用我的舌头捕获你那柔美的旋律。要是除了狄米特律斯之外,整个世界都是属于我所有,我愿意把一切捐弃,但求化身为你。啊!教给我你怎样流转你的眼波,用怎么一种魔术操纵着狄米特律斯的心?

赫米娅　我向他皱着眉头,但是他仍旧爱我。

海伦娜　唉,要是你的颦蹙能把那种本领传授给我的微笑就好了!

赫米娅　我给他咒骂,但他给我爱情。

海伦娜　唉,要是我的祈祷也能这样引动他的爱情就好了!

赫米娅　我越是恨他,他越是跟随着我。

海伦娜　我越是爱他,他越是讨厌我。

赫米娅　海伦娜,他的傻并不是我的错。

海伦娜　但那是你的美貌的错处;要是那错处是我的就好了!

赫米娅　宽心吧,他不会再见我的脸了;拉山德和我将要逃开此地。在我不曾遇见拉山德之前,雅典对于我就像是一座天堂;啊,有怎样一种神奇在我的爱人身上,使他能把天堂变成一座地狱!

拉山德　海伦娜,我们不愿瞒你。明天夜里,当月亮在镜波中反映她的银色的容颜,晶莹的露珠点缀在草叶尖上的时候——那往往是情奔最适当的时候,我们预备溜出雅典的城门。

赫米娅　我的拉山德和我将要会集在林中,就是你我常常在那边淡雅的樱草花的花坛上躺着彼此吐露柔情衷曲的所在,从那里我们便将离别雅典,去访寻新的朋友,和陌生人作伴了。再会吧,亲爱的游侣!请你为我们祈祷;愿你重新得到狄米特律斯的心!不要失约,拉山德,我们现在必须暂时忍受一下离别的痛苦,到明晚夜深时再见面吧!

拉山德　一定的,我的赫米娅。(赫米娅下)海伦娜,别了,如同你恋着他一样,但愿狄米特律斯也恋着你!(下)

海伦娜　有些人比起其他的人来是多么幸福!在全雅典大家都以为我跟她一样美,但那有什么相干呢?狄米特律斯是不以为如此的。除了他一个人之外大家都知道的事情，他不会知道。正如他那样错误地迷恋着赫米娅的秋波一样，我也是只知道爱慕他的才智；一切卑劣的弱点，在恋爱中都成为无足轻重，而变成美满和庄严。爱情是不用眼睛而用心灵看的，因此生着翅膀的丘必特常被描成盲目；而且爱情的判断全然没有理性，只用翅膀不用眼睛，表现出鲁莽的急性，因此爱神便据说是一个孩儿，因为在选择方面他常会弄错。正如顽皮的孩子惯爱发假誓一样，司爱情的小儿也到处赌着口不应心的咒。狄米特律斯在没有看见赫米娅之前，他也曾像雨雹一样发着誓，说他是完全属于我的；但这阵冰雹感到一丝赫米娅身上的热力，便溶解了，无数的誓言都化为乌有。我要去告诉他美丽的赫米娅的出奔；他知道了以后，明夜一定会到林中去追寻她。如果为着这次的通报消息，我能得到一些酬谢，我的代价也一定不小；但我的目的是要补报我的苦痛，使我能再一次聆接他的音容。（下）

第二场　同前。昆斯家中

【昆斯、斯纳格、波顿、弗鲁特、斯诺特、斯塔弗林上。

昆斯　咱们一伙人都到了吗？

波顿　你最好照着名单一个儿一个儿地点一下名。

昆斯　这儿是每个人名字都在上头的名单，整个儿雅典都承认，在公爵跟公爵夫人结婚那晚上，在他们面前扮演咱们这一出插戏，这张名单上的弟兄们是再合适也没有的了。

波顿　第一，好彼得·昆斯，说出来这出戏讲的是什么，然后再把扮戏的人名字念出来，好有个头绪。

昆斯　好。咱们的戏名是《最可悲的喜剧，以及皮拉摩斯和提斯柏的最残酷的死》①。

波顿　那一定是篇出色的东西，咱可以担保，而且是挺有趣的。现在，好彼得·昆斯，照着名单把你的角儿们的名字念出来吧。列位，大家站开。

---

① 皮拉摩斯和提斯柏的故事见奥维德《变形记》。

昆斯　咱一叫谁的名字,谁就答应。尼克·波顿,织布的。

波顿　有。先说咱应该扮哪一个角儿,然后再挨次叫下去。

昆斯　你,尼克·波顿,派着扮皮拉摩斯。

波顿　皮拉摩斯是谁呀?一个情郎呢,还是一个霸王?

昆斯　是一个情郎,为着爱情的缘故,他挺勇敢地把自己毁了。

波顿　要是演得活龙活现,那准可以引人掉下几滴泪来。要是咱演起来的话,让看客们大家留心着自个儿的眼睛吧。咱一定把戏文念得凄凄惨惨,管保风云失色。把其余的人叫下去吧。但是扮霸王挺适合咱的胃口。咱会把赫拉克勒斯扮得非常好,或者什么大花脸的角色,管保吓破人的胆。

山岳狂怒的震动,
　裂开了牢狱的门;
太阳在远方高耸,
　慑服了神灵的魂。

那真是了不得!现在把其余的名字念下去吧。这是赫拉克勒斯的神气,霸王的神气;情郎还得忧愁一点。

昆斯　弗朗西斯·弗鲁特,修风箱的。

弗鲁特　有,彼得·昆斯。

昆斯　你得扮提斯柏。

弗鲁特　提斯柏是谁呀?一个游侠吗?

昆斯　那是皮拉摩斯必须爱上的姑娘。

弗鲁特　嗽,真的,别叫咱扮一个娘儿们。咱的胡子已经长起来啦。

昆斯　那没有问题。你得套上面具扮演,你可以尖着嗓子说话。

波顿　咱也可以把面孔罩住,提斯柏也给咱扮了吧。咱会细声细气地说话,"提斯妮!提斯妮!""啊呀!皮拉摩斯,奴的情哥哥,是你的提斯柏,你的亲亲爱爱的姑娘!"

昆斯　不行,不行,你必须扮皮拉摩斯。弗鲁特,你必须扮提斯柏。

波顿　好吧,叫下去。

昆斯　罗宾·斯塔弗林,当裁缝的。

斯塔弗林　有,彼得·昆斯。

昆斯　罗宾·斯塔弗林，你扮提斯柏的母亲。汤姆·斯诺特，补锅子的。

斯诺特　有，彼得·昆斯。

昆斯　你扮皮拉摩斯的爸爸；咱自己扮提斯柏的爸爸；斯纳格，做细木工的，你扮一只狮子。咱想这本戏就此支配好了。

斯纳格　你有没有把狮子的台词写下？要是有的话，请你给我，因为我记性不大好。

昆斯　你不用预备，你只要嚷嚷就算了。

波顿　让咱也扮狮子吧。咱会嚷嚷，叫每一个人听见了都非常高兴；咱会嚷着嚷着，连公爵都传下谕旨来说，“让他再嚷下去吧！让他再嚷下去吧！”

昆斯　你要嚷得那么可怕，吓坏了公爵夫人和各位太太小姐们，吓得她们尖声叫起来，那准可以把咱们一起给吊死了。

众人　那准会把咱们一起给吊死，每一个母亲的儿子都逃不了。

波顿　朋友们，你们说的很是。要是你把太太们吓昏了头，她们一定会不顾三七二十一把咱们给吊死。但是咱可以把声音压得高一些，不，提得低一些。咱会嚷得就像只吃奶的小鸽子那么温柔，就像一只夜莺。

昆斯　你只能扮皮拉摩斯，因为皮拉摩斯是一个讨人欢喜的小白脸，一个体面人，就像你可以在夏天看到的那种人；他又是一个可爱的堂堂绅士模样的人；因此你必须扮皮拉摩斯。

波顿　行，咱就扮皮拉摩斯。顶好咱挂什么须？

昆斯　那随你便吧。

波顿　咱可以挂你那稻草色的须，你那橙黄色的须，你那紫红色的须，或者你那法国金洋钱色的须，纯黄色的须。

昆斯　要是染上了法国风流病可就会掉光了须，这下你就得光着脸蛋儿演啦。列位，这儿是你们的台词。咱请求你们，恳求你们，要求你们，在明儿夜里念熟，趁着月光，在郊外一里路地方的禁林里咱们碰头。在那边咱们要练习练习，因为要是咱们在城里练习，就会有人跟着咱们，咱们的玩意儿就要泄漏出去。同时咱要开一张咱们演戏所需要的东西的单子。请你们大家不要误事。

波顿　咱们一定在那边碰头。咱们在那里排练起来，可以厚颜无耻一点，可以堂堂正正一点。大家辛苦干一下,要干得非常好。再会吧。

昆斯　咱们在公爵的橡树底下再见。

波顿　好了,可不许失约。(同下)

第二幕

第一场　雅典附近的森林

【一小仙及迫克自相对方向上。

迫克　喂，精灵！你飘流到哪里去？

小仙
越过了溪谷和山陵，
　穿过了荆棘和丛薮，
越过了围场和园庭，
　穿过了激流和爝火：
我在各地漂游流浪，
轻快得像是月亮光；
我给仙后奔走服务，
草环上缀满轻轻露。
亭亭的莲馨花是她的近侍，
黄金的衣上饰着点点斑痣；
那些是仙人们投赠的红玉，
中藏着一缕缕的芳香馥郁；
我要在这里访寻几滴露水，
给每朵花挂上珍珠的耳坠。
再会，再会吧，你粗野的精灵！

因为仙后的大驾快要来临。

迫克　今夜大王在这里大开欢宴，
千万不要让他俩彼此相见；
奥布朗的脾气可不是顶好，
为着王后的固执十分着恼；
她偷到了一个印度小王子，
就像心肝一样怜爱和珍视；
奥布朗看见了有些儿眼红，
想要把他充作自己的侍童；
可是她哪里便肯把他割爱，
满头花朵她为他亲手插戴。
从此林中、草上、泉畔和月下，
他们一见面便要破口相骂；
小妖们往往吓得胆战心慌，
没命地钻进橡实中间躲藏。

小仙　要是我没有把你认错，你大概便是名叫罗宾好人儿的、狡狯的、淘气的精灵了。你就是惯爱吓唬乡村的女郎，在人家的牛乳上撮去了乳脂，使那气喘吁吁的主妇整天也搅不出奶油来；有时你暗中替人家磨谷，有时弄坏了酒使它不能发酵；夜里走路的人，你把他们引入了迷途，自己却躲在一旁窃笑；谁叫你“大仙”或是“好迫克”的，你就给他幸运，帮他作工：那就是你吗？

迫克　仙人，你说得正是；我就是那个快活的夜游者。我在奥布朗跟前想出种种笑话来逗他发笑，看见一头肥胖精壮的马儿，我就学着雌马的嘶声把它迷昏了头；有时我化作一颗焙熟的野苹果，躲在老太婆的酒碗里，等她举起碗想喝的时候，我就啪地弹到她嘴唇上，把一碗麦酒都倒在她那皱瘪的喉皮上；有时我化作三脚的凳子，满肚皮人情世故的婶婶刚要坐下来讲她那感伤的故事，我便从她的屁股底下滑走，把她翻了一个大元宝，一头喊“好家伙！”一头咳呛个不住，于是周围的人大家笑得前仰后合。他们越想越好笑，鼻涕眼泪都笑了出来，发誓说从来不曾逢到过比这更有趣的事。但是让开路来，仙人，奥布朗来了。

小仙　娘娘也来了。他要是走开了才好！

【奥布朗及提泰妮娅各带侍从，自相对方向上。

奥布朗　真不巧又在月光下碰见你，骄傲的提泰妮娅！

提泰妮娅　嘿，嫉妒的奥布朗！神仙们，快快走开；我已经发誓不和他同游同寝了。

奥布朗　等一等，坏脾气的女人！我不是你的夫君吗？

提泰妮娅　那么我也一定是你的尊夫人了。但是你从前溜出了仙境，扮作牧人的样子，整天吹着麦笛，向风骚的牧女调情，这种事我全知道。今番你为什么要从迢迢的印度平原上赶到这里来呢？无非是为着那位高傲的阿玛宗女王，你的勇武的爱人，要嫁给忒修斯了，所以你得赶来祝他们床笫欢愉、早生贵子。

奥布朗　你怎么好意思说出这种话来，提泰妮娅，把我的名字和希波吕忒牵涉在一起诬蔑我？你自己知道你和忒修斯的私情瞒不过我。不是你在朦胧的夜里引导他离开被他所俘掠的佩丽古娜？不是你使他负心地遗弃了美丽的伊葛梨、爱丽亚邓和安提奥巴①？

提泰妮娅　这些都是因为嫉妒而捏造出来的谎话。自从仲夏之初，我们每次在山上、谷中、树林里、草场上、细石铺底的泉旁，或是海滨的沙滩上聚集，预备和着呜啸的风声跳环舞的时候，总是要被你吵断了我们的兴致。风因为我们不理会他的吹奏，生了气，便从海中吸起了毒雾。毒雾化成瘴雨下降地上，使每一条小小的溪河都耀武扬威地泛滥到岸上：因此牛儿白白牵着轭，农夫枉费了他的血汗，青青的嫩禾还没有长上芒须，便朽烂了。空了的羊栏露出在一片汪洋的田中，乌鸦饱啖着瘟死了的羊群的尸体。跳舞作乐的草坪满是泥泞，杂草丛生的小径因为无人行走，已经难以辨清。人们在五月天得穿着冬日的衣袄，晚上再听不到欢乐的颂歌。执掌潮汐的月亮，因为再也听不见夜间颂神的歌声，气得脸孔发白，在空气中播满了湿气，一沾染上身就要使人害风湿症。因为天时不正，季候也反了常：白头的寒霜倾倒在红颜的蔷薇的怀里，年迈的冬神薄薄的冰冠上，却嘲讽似地缀上了夏天芬芳的蓓蕾的花环。春

---

① 指忒修斯情人，先后为其所弃。

季、夏季、丰收的秋季、暴怒的冬季,都改换了他们素来的装束,惊愕的世界不能再从他们的出产上辨别出谁是谁来。这都因为我们的不和所致,我们是一切灾祸的根源。

奥布朗　那么你就该设法补救,这全然在你的手中。为什么提泰妮娅要违拗她的奥布朗呢?我所要求的,不过是一个小小的换儿[①]做我的侍童罢了。

提泰妮娅　请你死了心吧,整个仙境也不能从我手里换得这个孩子。他的母亲是我神坛前的一个信徒,在芬芳的印度的夜晚,她常常在我身旁闲谈,陪我坐在海神的黄沙上,凝望着水面的商船;我们一起笑着那些船帆因狂荡的风而怀孕,一个个凸起了肚皮;她那时正也怀孕着这个小宝贝,便学着船帆的样子,美妙而轻快地凌风而行,为我往岸上寻取各种杂物,回来时就像航海而归,带来了无数的商品。但她因为是一个凡人,所以在产下这孩子时便死了。为着她的缘故我才抚养她的孩子,也为着她的缘故我不愿舍弃他。

奥布朗　你预备在这林中耽搁多少时候?

提泰妮娅　也许要到忒修斯的婚礼以后。要是你肯耐心地和我们一起跳舞,看看我们月光下的游戏,那么跟我们一块儿走吧;不然的话,请你不要见我,我也决不到你的地方来。

奥布朗　把那个孩子给我,我就和你一块儿走。

提泰妮娅　把你的仙国跟我掉换都别想。小仙们,去吧!要是我再多留一刻,我们就要吵起来了。(率侍从等下)

奥布朗　好,去你的吧!为着这次的侮辱,我一定要在你离开这座林子之前给你一些惩罚。我的好迫克,过来。你记不记得有一次我坐在一个海岬上,望见一个美人鱼骑在海豚的背上,她的歌声是这样婉转而谐美,镇静了狂暴的怒海,好几个星星都疯狂地跳出了他们的轨道,为要听这海女的音乐?

迫克　我记得。

奥布朗　就在那个时候,你看不见,但我能看见持着弓箭的丘必特在冷月和

① 传说中仙子常于夜间将人家美丽小儿窃去,以愚蠢的妖童换置其处。

地球之间飞翔；他瞄准了坐在西方宝座上的一个童贞女，很灵巧地从他的弓上射出他的爱情之箭，好像它能刺透十万颗心的样子。可是只见小丘必特的火箭在如水的冷洁的月光中熄灭，那位童贞的女王心中一尘不染，在纯洁的思念中安然无恙。我所看见的那支箭却落下在西方一朵小小的花上，本来是乳白色的，现在已因爱情的创伤而被染成紫色，少女们把它称作"爱懒花"。去给我把那花采来。我曾经给你看过它的样子。它的汁液如果滴在睡着的人的眼皮上，无论男女，醒来一眼看见什么生物，都会发疯似地对它恋爱。给我采这种药来。在鲸鱼还不曾游过三里路之前，必须回来复命。

迫克　我可以在四十分钟内环绕世界一周。（下）

奥布朗　这种花汁一到了手，我便留心着等提泰妮娅睡了的时候把它滴在她的眼皮上，她一醒来第一眼所看见的东西，无论是狮子也好，熊也好，狼也好，公牛也好，或者好事的猕猴、忙碌的无尾猿也好，她都会用最强烈的爱情追求它。我可以用另一种草解去这种魔力，但第一我先要叫她把那个孩子让给我。可是谁到这儿来啦？他们看不见我，让我听听他们的谈话。

【狄米特律斯上，海伦娜随其后。

狄米特律斯　我不爱你，别跟着我。拉山德和美丽的赫米娅在哪儿？我要把拉山德杀死，但我的命却悬在赫米娅手中。你对我说他们私奔到这座林子里，因此我赶到这儿来；可是因为遇不见我的赫米娅，我简直要发疯啦。滚开！快走，不许再跟着我！

海伦娜　是你吸引我跟着你的，你这硬心肠的磁石！可是你所吸的却不是铁，因为我的心像钢一样坚贞。要是你去掉你的吸引力，那么我也将没有力量再跟着你了。

狄米特律斯　是我引诱你吗？我曾经向你说过好话吗？我不是曾经明明白白地告诉过你，我不爱你而且也不能爱你吗？

海伦娜　即使那样，也只是使我爱你爱得更加厉害。我是你的一条狗，狄米特律斯，你越是打我，我越是讨好你。请你就像对待你的狗一样对待我吧，踢我、打我、冷淡我、不理我，都好，只容许我跟随着你，虽然我是这么不好。在你的爱情里我要求的地位难道比一条狗还不如吗？但那对于我已经是十分可贵了。

狄米特律斯　不要过分惹起我的厌恨吧，我一看见你就头痛。

海伦娜　可是我不看见你就心痛。

狄米特律斯　你太不顾你自己的体面，擅自离开城中，把你自己交托在一个不爱你的人手里；你也不想想你的贞操多么值钱，就在黑夜中这么一个荒凉的所在，盲目地听从着不可知的命运。

海伦娜　你使我能够安心：因为当我看见你脸孔的时候，黑夜也变成了白昼，因此我并不觉得现在是在夜里。你在我的眼光里是一切的世界，因此在这座林中我也不愁缺少伴侣：要是一切的世界都在这儿瞧着我，我怎么还是单身独自呢？

狄米特律斯　我要逃开你，躲在丛林之中，任凭野兽把你怎样处置。

海伦娜　最凶恶的野兽也不像你那样残酷。你要逃开我就逃开吧；从此以后，古来的故事要改过了：逃走的是阿波罗，追赶的是达芙妮；鸽子追逐着鹰隼；温柔的牝鹿追捕着猛虎；然而弱者追求勇者，结果总是徒劳无益的。

狄米特律斯　我不高兴听你再唠叨下去。让我去吧，要是你再跟着我，相信我，在这座林中你要被我欺负的。

海伦娜　嗯，在寺庙中，在市镇上，在乡野里，你到处都欺负我。唉，狄米特律斯！你对我的虐待已经使我们女子蒙上了耻辱。我们是不会像男人一样为爱情而争斗的，我们应该被人家求爱，而不是向人家求爱。（狄米特律斯下）我要立意跟随你；我愿死在我所深爱的人的手中，好让地狱化为天宫。（下）

奥布朗　再会吧，女郎！不等他走出这座森林，你将逃避他，他将追求你。

【迫克重上。

奥布朗　你已经把花采来了吗？欢迎啊，浪游者！

迫克　是的，它就在这儿。

奥布朗　请你把它给我。

我知道一处茴香盛开的水滩，
长满着樱草和盈盈的紫罗兰，
馥郁的金银花，芗泽的野蔷薇，

漫天张起了一幅芬芳的锦帷。
有时提泰妮娅在群花中酣醉，
柔舞清歌低低地抚着她安睡；
在那里蛇儿蜕下斑斓的旧皮，
小精灵拾来当作合身的彩衣。
我要洒一点花汁在她的眼上，
让她充满了各种可憎的幻象。
其余的你带了去在林中访寻
一个娇好的少女见弃于情人；
倘见那薄幸的青年在她近前，
就把它轻轻地点上他的眼边。
他的身上穿着雅典人的装束，
你须仔细辨认清楚不许弄错；
小心地执行着我谆谆的吩咐，
让他无限的柔情都向她倾吐。
等第一声雄鸡啼时我们再见。

迫克　放心吧，主人，一切如你的意念。（各下）

第二场　林中另一处

【提泰妮娅及侍从等上。

提泰妮娅　来，跳一回舞，唱一曲神仙歌，然后在一分钟内余下来的三分之一的时间里，大家散开去：有的去杀死麝香玫瑰嫩苞中的蛀虫；有的去和蝙蝠作战，剥下它们的翼革来为我的小妖儿们做外衣；其余的人去赶逐每夜啼叫，看见我们这些伶俐的小精灵们而惊骇的猫头鹰。现在唱歌给我催眠吧。唱罢之后，大家各做各的事，让我休息一会儿。

小仙们　两舌的花蛇，多刺的猬，
不要打扰着她的安睡；
蝾螈和蜥蜴不要行近，

仔细毒害了她的宁静。
　夜莺，鼓起你的清弦，
　为我们唱一曲催眠：
睡啦，睡啦，睡睡吧！睡啦，睡啦，睡睡吧！
一切害物远走高扬，
不会行近她的身旁；
　晚安，睡睡吧！

织网的蜘蛛，不要过来；
长脚的蛛儿，快快走开！
黑背的蜣螂，不许走近；
不许莽撞，蜗牛和蚯蚓。
　夜莺，鼓起你的清弦，
　为我们唱一曲催眠：
睡啦，睡啦，睡睡吧睡啦，睡啦，睡睡吧！
一切害物远走高扬，
不会行近她的身旁；
　晚安，睡睡吧！（提泰妮娅睡）

一小仙　去吧！现在一切都已完成，
只须留着一个人作哨兵。（众小仙下）

【奥布朗上，挤花汁滴提泰妮娅眼皮上。

奥布朗　等你眼睛一睁开，
你就看见你的爱，
为他担起相思债：
山猫、豹子、大狗熊，
野猪身上毛蓬蓬；
等你醒来一看见，
芳心可可为他恋。（下）

【拉山德及赫米娅上。

拉山德　好人，你在林中跋涉着，疲乏得快要昏倒了。说老实话，我已经忘记了我们的路。要是你同意,赫米娅,让我们休息一下,等待天亮再说吧。

赫米娅　就照你的意思吧,拉山德。你去给你自己找一处睡眠的地方,因为我要在这水滨好好躺躺。

拉山德　一块草地可以作我们两人枕首的地方;两个胸膛一条心,应该合睡一个眠床。

赫米娅　哎,不要,亲爱的拉山德;为着我的缘故,我的亲亲,再躺远一些,不要挨得那么近。

拉山德　啊,爱人!不要误会了我的无邪的本意,恋人们是应该明白彼此所说的话的。我是说我的心和你的心连结在一起,已经打成一片分不开来;两个心胸彼此用盟誓连系,共有着一片的忠贞。因此不要拒绝我睡在你的身旁,赫米娅,我一点没有坏心肠。

赫米娅　拉山德真会说话。要是赫米娅疑心拉山德有坏心肠,愿她从此不能堂堂做人。但是好朋友,为着爱情和礼貌的缘故,请睡得远一些。在人间的礼法上,这样的隔分对于束身自好的未婚男女,是最为合适的。这么远就行了。晚安,亲爱的朋友!愿爱情永无更改,直到你生命的尽头!

拉山德　依着你那祈祷我应和着阿门!阿门!我将失去我的生命,如其我失去我的忠贞!这里是我的眠床了,但愿睡眠给予你充分的休养!

赫米娅　那愿望我愿意和你分享!(二人入睡)

【迫克上。

迫克
我已经在森林中间走遍,
但雅典人可还不曾瞧见,
我要把这花液在他眼上
试一试激动爱情的力量。
静寂的深宵!啊,谁在这厢?
他身上穿着雅典的衣裳。
这正是我主人所说的他,
狠心地欺负那美貌娇娃;
她正在这一旁睡得酣熟,

不顾到地上的潮湿龌龊；
美丽的人儿！她竟然不敢
睡近这没有心肝的恶汉。（挤花汁滴拉山德眼上）
我要在你眼睛上，坏东西！
倾注着魔术的力量神奇；
等你醒来的时候，让爱情
从此扰乱你睡眠的安宁！
别了，你醒来我早已去远，
奥布朗在盼我和他见面。（下）

【狄米特律斯及海伦娜奔驰上。

海伦娜　你杀死了我也好，但是请你停步吧，亲爱的狄米特律斯！

狄米特律斯　我命令你走开，不要这样缠扰着我！

海伦娜　啊！你要把我丢在黑暗中吗？请不要这样！

狄米特律斯　站住！否则叫你活不成。我要独自走我的路。（下）

海伦娜　唉！这痴心的追赶使我乏得透不过气来。我越是千求万告，越是惹他憎恶。赫米娅无论在什么地方都是那么幸福，因为她有一双天赐的迷人的眼睛。她的眼睛怎么会这样明亮呢？不是为着泪水的缘故，因为我的眼睛被眼泪洗着的时候比她更多。不，不，我是像一头熊那么难看，就是野兽看见我也会因害怕而逃走；因此一点也不奇怪狄米特律斯会这样逃避着我，就像逃避一个丑妖怪。哪一面欺人的坏镜子使我居然敢把自己跟赫米娅的明星一样的眼睛相比呢？但是谁在这里？拉山德！躺在地上！死了吗？还是睡了？我看不见有血，也没有伤处。拉山德，要是你没有死，好朋友，醒醒吧！

拉山德　（醒）我愿为着你赴汤蹈火，玲珑剔透的海伦娜！上天在你身上显出他的本领，使我能在你的胸前看彻你的心。狄米特律斯在哪里？嘿！那个难听的名字让他死在我的剑下多么合适！

海伦娜　不要这样说，拉山德！不要这样说！即使他爱你的赫米娅又有什么关系？上帝！那又有什么关系？赫米娅仍旧是爱着你的，所以你应该心满意足了。

拉山德　跟赫米娅心满意足吗？不，我真悔恨和她在一起度过的那些可厌的时辰。我不爱赫米娅,我爱的是海伦娜;谁不愿意把一只乌鸦换一只白鸽呢?人们的意志是被理性所支配的,理性告诉我你比她更值得敬爱。凡是生长的东西,不到季节,总不会成熟:我一向因为年轻的缘故,我的理性也不曾成熟;但是现在我的智慧已经充分成长,理性指挥着我的意志,把我引到了你的眼前;在你的眼睛里,我可以读到写在最丰美的爱情的经典上的故事。

海伦娜　我怎么忍受得下这种尖刻的嘲笑呢?我什么时候得罪了你,使你这样讥讽我呢?我从来不曾得到过,也永远不会得到,狄米特律斯的一瞥爱怜的眼光,难道那还不够,难道那还不够,年轻人,而你必须再这样挖苦我的短处吗?真的,你侮辱了我;真的,用这种卑鄙的样子向我假意献媚。但是再会吧!我还以为你是个较有教养的上流人。唉!一个女子受到了这一个男人的摈拒,还得忍受那一个男子的揶揄!(下)

拉山德　她没有看见赫米娅。赫米娅,睡你的吧,再不要走近拉山德的身边了!一个人吃饱了太多的甜食,能使胸胃中发生强烈的厌恶,改信正教的人,最是痛心疾首于以往欺骗他的异端邪说;你也正是这样。让你被一切的人所憎恶吧,但没有别人比之我更为憎恶你了。我的一切生命之力啊,用爱和力来尊崇海伦娜,做她的忠实的骑士吧!(下)

赫米娅　(醒)救救我,拉山德!救救我!用出你全身力量来,替我在胸口上撵掉这条蠕动的蛇。哎呀,天哪!做了怎样的梦!拉山德,瞧我怎样因害怕而颤抖着。我觉得仿佛一条蛇在嚼食我的心,而你坐在一旁,瞧着它的残酷的肆虐微笑。拉山德!怎么,换了地方了?拉山德!好人!怎么,听不见?去了?没有声音,不说一句话?唉!你在哪儿?要是你听见我,答应一声呀!凭着一切爱情的名义,说话呀!我差不多要因害怕而晕倒了。仍旧一声不响!我明白你已不在近旁;要是我寻不到你,我定将一命丧亡!(下)

第三幕

第一场　林中。提泰妮娅熟睡未醒

【众小丑：波顿、昆斯、斯诺特、斯塔弗林、弗鲁特、斯纳格上。

波顿　咱们都会齐了吗?

昆斯　妙极妙极,这儿真是给咱们排戏用的一块再方便也没有的地方。这块草地可以做咱们的戏台,这一丛山楂树便是咱们的后台。咱们可以认真扮演一下;就像当着公爵殿下的面一样。

波顿　彼得·昆斯,——

昆斯　你说什么,波顿好家伙?

波顿　在这本《皮拉摩斯和提斯柏》的戏文里,有几个地方准难叫人家满意。第一,皮拉摩斯该拔出剑来结果自己的性命,这是太太小姐们受不了的。你说可对不对?

斯诺特　凭着圣母娘娘的名字,这可真的不是玩儿的事。

斯塔弗林　我说咱们把什么都做完之后,这一段自杀可不用表演。

波顿　不必,咱有一个好法子。给咱写一段开场诗,让这段开场诗大概是这么说:咱们的剑是不会伤人的;实实在在皮拉摩斯并不真的把自己干掉了。顶好再那么声明一下,咱扮着皮拉摩斯的,并不是皮拉摩斯,实在是织工波顿:这么一来她们就不会吓了。

昆斯　好吧,就让咱们有这么一段开场诗,咱可以把它写成八六体。

波顿　把它再加上两个字，让它是八个字八个字那么的吧。

斯诺特　太太小姐们见了狮子不会起哆嗦吗？

斯塔弗林　咱担保她们一定会害怕。

波顿　列位，你们得好好想一想：把一头狮子，老天爷保佑咱们！带到太太小姐们的中间，还有比这更荒唐得可怕的事吗？在野兽中间，狮子是最凶恶不过的。咱们可得考虑考虑。

斯诺特　那么说，就得再写一段开场诗，说他并不真的是狮子。

波顿　不，你应当把他的名字说出来，他的脸蛋的一半要露在狮子头颈的外边；他自己就该说着这样或者诸如此类的话："太太小姐们"，或者说，"尊贵的太太小姐们，咱要求你们"，或者说，"咱请求你们"，或者说，"咱恳求你们，不用害怕，不用发抖；咱可以用生命给你们担保。要是你们想咱真是一头狮子，那咱才真是倒霉啦！不，咱完全不是这种东西；咱是跟别人一个样儿的人。"这么着让他说出自己的名字来，明明白白地告诉她们，他是细木工匠斯纳格。

昆斯　好吧，就是这么办。但是还有两件难事：第一，咱们要把月亮光搬进屋子里来；你们知道皮拉摩斯和提斯柏是在月亮底下相见的。

斯纳格　咱们演戏的那天可有月亮吗？

波顿　拿历本来，拿历本来！瞧历本上有没有月亮，有没有月亮。

昆斯　有的，那晚上有好月亮。

波顿　啊，那么你就可以把大厅上的一扇窗打开，月亮就会打窗子里照进来啦。

昆斯　对了，否则就得叫一个人一手拿着柴枝，一手举起灯笼，登场说他是代表着月亮。现在还有一件事，咱们在大厅里应该有一堵墙，因为故事上说，皮拉摩斯和提斯柏是凑着一条墙缝彼此讲话的。

斯纳格　你可不能把一堵墙搬进来。你怎么说，波顿？

波顿　让什么人扮作墙头，让他身上带着些灰泥粘土之类，表明他是墙头；让他把手指举起作成那个样儿，皮拉摩斯和提斯柏就可以在手指缝里低声谈话了。

昆斯　那样的话，一切就都齐全了。来，每个老娘的儿子都坐下来，念着你们的台词。皮拉摩斯，你开头，你说完了之后，就走进那簇树后。这样大家可以按着尾白[1]挨次说下去。

【迫克自后上。

迫克　哪一群伧夫俗子胆敢在仙后卧榻之旁鼓唇弄舌？哈，在那儿演戏！让我作一个听戏的吧；要是看到机会，也许我还要做一个演员哩。

昆斯　说吧，皮拉摩斯。提斯柏，站出来。

波顿　提斯柏，

　　　　花儿开得十分腥——

昆斯　十分香，十分香。

波顿　　　　——开得十分香；

　　　　你的气息，好人儿，也是一个样。

　　　　听，那边有一个声音，你且等一等，

　　　　　一会儿咱再来和你诉衷情。（下）

迫克　请看皮拉摩斯变成了怪妖精。（下）

弗鲁特　现在该咱说了吧？

昆斯　是的，该你说。你得弄清楚，他是去瞧瞧什么声音去的，等一会儿就要回来。

弗鲁特　　最俊美的皮拉摩斯，脸孔红如红玫瑰，

　　　　　肌肤白得赛过纯白的百合花，

　　　　活泼的青年，最可爱的宝贝，

　　　　　忠心耿耿像一头顶好的马。

皮拉摩斯，

　　　　咱们在尼内的坟头相会[2]。

昆斯　"尼纳斯的坟头"，老兄。你不要就把这句说出来，那是要你答应皮拉摩斯的。你把要你说的话不管什么尾白不尾白，都一古脑儿说出来啦。皮拉摩斯，进来。你的尾白已经给你说过了，是"忠心耿耿"。

弗鲁特　噢。

---

① 尾白，指一句特定的介词，第一个演员念到"尾白"时，第二个演员便开始接话。

② 尼内是尼纳斯之讹，尼尼微城的建立者。尼内照字面讲有"傻子"之意。

忠心耿耿像一头顶好的马。

【迫克重上;波顿戴驴头随上。

波顿　美丽的提斯柏,咱是整个儿属于你的!

昆斯　怪事!怪事!咱们见了鬼啦!列位,快逃!快逃!救命哪!(众下)

迫克　　　　我要把你们带领得团团乱转,
经过一处处沼地、草莽和林薮;
有时我化作马,有时化作猎犬,
化作野猪,没头的熊,或是磷火;
我要学马样嘶,犬样吠,猪样嗥,
熊一样的咆哮,野火一样燃烧。(下)

波顿　他们干么都跑走了呢?这准是他们的恶计,要把咱吓一跳。

【斯诺特重上。

斯诺特　啊,波顿!你变了样子啦!你头上是什么东西呀?

波顿　是什么东西?你瞧见你自己变成了一头蠢驴啦是不是?(斯诺特下)

【昆斯重上。

昆斯　天哪!波顿!天哪!你变啦!(下)

波顿　咱看透他们的鬼把戏;他们要把咱当作一头蠢驴,想出法子来吓咱。可是咱决不离开这块地方,瞧他们怎么办。咱要在这儿跑来跑去;咱要唱个歌儿,让他们听见了知道咱可一点不怕。(唱)

山乌嘴巴黄沉沉,
浑身长满黑羽毛,
画眉唱得顶认真,
声音尖细是欧鸲。

提泰妮娅　(醒)什么天使使我从百花的卧榻上醒来呢?

波顿　(唱)　鹡鸰,麻雀,百灵鸟,
还有杜鹃爱骂人,
大家听了心头恼,
可是谁也不回声。

真的,谁耐烦跟这么一头蠢鸟斗口舌呢?即使它骂你是乌龟,谁又高兴跟他争辩呢?

提泰妮娅　温柔的凡人，请你唱下去吧！我的耳朵沉醉在你的歌声里，我的眼睛又为你的状貌所迷惑；在第一次见面的时候，你的美姿已使我不禁说出而且矢誓着我爱你了。

波顿　咱想，奶奶，您这可太没有理由。不过说老实话，现今世界上理性可真难得跟爱情碰头；也没有哪位正直的邻居大叔给他俩撮合撮合做朋友，真是抱歉得很。哈，我有时也会说说笑话。

提泰妮娅　你真是又聪明又美丽。

波顿　不见得，不见得。可是咱要是有本事跑出这座林子，那已经很够了。

提泰妮娅　请不要跑出这座林子！不论你愿不愿，你一定要留在这里。我不是一个平常的精灵，夏天永远听从着我的命令；我真是爱你，因此跟我去吧。我将使神仙们侍候你，他们会从海底里捞起珍宝献给你；当你在花茵上睡去的时候，他们会给你歌唱；而且我要给你洗涤去俗体的污垢，使你身轻得像个精灵一样。豆花！蛛网！飞蛾！芥子！

【四神仙上。

豆花　有。

蛛网　有。

飞蛾　有。

芥子　有。

四仙　（合）差我们到什么地方去？

提泰妮娅　恭恭敬敬地侍候这先生，
窜窜跳跳地追随他前行；
给他吃杏子、鹅莓和桑椹，
紫葡萄和无花果儿青青。
去把野蜂的蜜囊儿偷取，
剪下蜂股的蜜蜡做烛炬，
在流萤的火睛里点了火，
照着我的爱人晨兴夜卧；
再摘下彩蝶儿粉翼娇红，
扇去他眼上的月光溶溶。
来，向他鞠一个深深的躬。

四仙　（合）万福，凡人！

波顿　请你们列位先生多多担待担待在下。请教大号是——

蛛网　蛛网。

波顿　很希望跟您交个朋友，好蛛网先生；要是咱指头儿割破了的话，咱要大胆用到您①。善良的先生，您的尊号是——

豆花　豆花。

波顿　啊，请多多给咱向您令堂豆荚奶奶和令尊豆壳先生致意。好豆花先生，咱也很希望跟您交个朋友。先生，您的雅号是——

芥子　芥子。

波顿　好芥子先生，咱知道您是个饱历艰辛的人。那块恃强凌弱的大牛排曾经把您家里好多人都吞去了。不瞒您说，您的亲戚们曾经把咱辣出眼水来。咱希望跟您交个朋友，好芥子先生。

提泰妮娅　来，侍候着他，引路到我的闺房。
月亮今夜有一颗多泪的眼睛；
小花们也都陪着她眼泪汪汪，
悲悼一些失去失去了的童贞。
吩咐那好人静静走不许作声。（同下）

第二场　林中的另一处

【奥布朗上。

奥布朗　不知道提泰妮娅有没有醒来；她一醒来就要热烈地爱上她第一眼所看到的无论什么东西了。这边来的是我的使者。

【迫克上。

奥布朗　啊，疯狂的精灵！在这座夜的魔林里现在有什么事情发生？

迫克　娘娘爱上一个怪物了。当她昏昏睡熟的时候，在她隐秘的神圣卧室之旁，来了一群村汉。他们都是在雅典市集上做工过活的粗鲁的手艺

① 俗云蛛丝能止血。

人，聚集在一起排着戏，预备在忒修斯结婚的那天表演。在这一群蠢货的中间，一个最蠢的蠢材扮演着皮拉摩斯；当他退场而走进一簇丛林里去的时候，我就抓住了这个好机会，给他的头上罩上一只死驴的头壳。一会儿他因为必须去答应他的提斯柏，所以这位好伶人又出来了。他们一看见了他，就像大雁望见了蹑足行近的猎人，又像一大群灰鸦听见了枪声，轰然飞起乱叫，四散着横扫过天空一样，全都没命逃走了。又因为我们的跳舞震动了地面，一个个横仆竖倒，嘴里乱喊着救命。他们本来就是那么糊涂，这回吓得完全丧失了神智，没有知觉的东西也都来欺侮他们了：野茨和荆棘抓破了他们的衣服；有的失去了袖子，有的落掉了帽子，败军之将，无论什么东西都是予取予求的。在这种惊惶中我领着他们走去，把变了样子的可爱的皮拉摩斯孤单单地留下；就在那时候，提泰妮娅醒过来，立刻就爱上这头驴子了。

奥布朗　这比我所能想得到的计策还好。但是你有没有依照我的吩咐，把那爱汁滴在那个雅典人的眼上呢？

迫克　那我也已经趁他睡熟的时候办好了。那个雅典女人就在他的身边，因此他一醒来，一定便会看见她。

【狄米特律斯及赫米娅上。

奥布朗　站住，这就是那个雅典人。

迫克　这女人一点不错；那男人可不是。

狄米特律斯　唉！为什么你这样骂着深爱你的人呢？那种毒骂是应该加在你仇敌身上的。

赫米娅　现在我不过把你数说数说罢了；我应该更厉害地对付你，因为我相信你是可咒诅的。要是你已经趁着拉山德睡着的时候把他杀了，那么把我也杀了吧；已经两脚踏在血泊中，索性让杀人的血淹没你的膝盖吧。太阳对于白昼，也没有像他对于我那样的忠心。当赫米娅睡熟的时候，他会悄悄地离开她吗？我宁愿相信地球的中心可以穿成孔道，月亮会从里面钻了过去，在地球的那一端跟她的兄长白昼捣乱。一定是你已经把他杀死了；因为只有杀人的凶徒，脸上才会这样惨白而可怖。

狄米特律斯　被杀者的脸色应该是这样的，你的残酷已经洞穿我的心，因此我应该有那样的脸色；但是你这杀人的，却瞧上去仍然是那么辉煌莹洁,就像那边天上闪耀着的金星一样。

赫米娅　你这种话跟我的拉山德有什么关系?他在哪里呀?啊,好狄米特律斯,把他还给了我吧!

狄米特律斯　我宁愿把他的尸体喂我的猎犬。

赫米娅　滚开,贱狗!滚开,恶狗!你使我再也忍不住了。你真的把他杀了吗?从此之后,别再把你算作人吧!啊,看在我的面上,老老实实告诉我,告诉我,你,一个清醒的人,看见他睡着,而把他杀了吗?哎唷,真勇敢!一条蛇,一条毒蛇,都比不上你;因为它的分叉的毒舌,还不及你的毒心更毒!

狄米特律斯　你的脾气发得好没来由。我可以告诉你,我并没有杀死拉山德,他也并没有死。

赫米娅　那么请你告诉我他是平安的。

狄米特律斯　要是我告诉你,我将得到什么好处呢?

赫米娅　你可以得到永远不再看见我的权利。我从此离开你那可憎的脸;无论他死也罢活也罢,你再不要和我相见。(下)

狄米特律斯　在她这样盛怒之中,我还是不要跟着她。让我在这儿暂时停留一会儿。

睡眠欠下了沉忧的债,
心头加重了沉忧的担;
我且把黑甜乡暂时寻访,
还了些还不尽的糊涂帐。(卧下睡去)

奥布朗　你干了些什么事呢?你已经大大地弄错了,把爱汁去滴在一个真心的恋人的眼上。为了这次错误,本来忠实的将要变了心肠,而不忠实的仍旧和以前一样。

迫克　一切都是命运在作主;保持着忠心的不过一个人,变心的,把盟誓起了一个毁了一个的,却有百万个人。

奥布朗　比风还快地去往林中各处访寻名叫海伦娜的雅典女郎吧!她是全然为爱情而憔悴的,痴心的叹息耗去她脸上的血色。用一些幻象把她引到这儿来;我将在他的眼睛上施上魔术,准备他们的见面。

迫克　我去,我去,瞧我一会儿便失了踪迹;鞑靼人的飞箭都赶不上我的迅

疾。(下)

奥布朗　　这一朵紫色的小花，
尚留着爱神的箭疤，
让它那灵液的力量，
渗进他眸子的中央。
当他看见她的时光，
让她显出庄严妙相，
如同金星照亮天庭，
让他向她宛转求情。

【迫克重上。

迫克　　报告神仙界的头脑，
海伦娜已被我带到，
她后面随着那少年，
正在哀求着她眷怜。
瞧瞧那痴愚的形状，
人们真蠢得没法想！

奥布朗　　站开些；他们的声音
将要惊醒睡着的人。

迫克　　两男合爱着一女，
这把戏已够有趣；
最妙是颠颠倒倒，
看着才叫人发笑。

【拉山德及海伦娜上。

拉山德　为什么你要以为我的求爱不过是向你嘲笑呢？嘲笑和戏谑是永不会伴着眼泪而来的。瞧，我在起誓的时候，是多么感泣着！这样的誓言是不会被人认作虚谎的。明明有着可以证明是千真万确的表记，为什么你会以为我这一切都是出于讪笑呢？

海伦娜　你越来越俏皮了。要是人们所说的真话都是互相矛盾的，那么相信那一句真话好呢？这些誓言都是应当向赫米娅说的，难道你把她丢弃了吗？把你对她和对我的誓言放在两个秤盘里，一定称不出轻重来，因为都是像空话那样虚浮。

拉山德　当我向她起誓的时候，我实在一点见识都没有。

海伦娜　照我想起来，你现在把她丢弃了也不像是有见识的。

拉山德　狄米特律斯爱着她，但他不爱你。

狄米特律斯　（醒）啊，海伦！完美的女神！圣洁的仙子！我要用什么来比并你的秀眼呢，我的爱人？水晶是太昏暗了。啊，你的嘴唇，那吻人的樱桃，瞧上去是多么成熟，多么诱人！你一举起你那洁白的妙手，被东风吹着的涛勒斯高山上的积雪，就显得像乌鸦那么黯黑了。让我吻一吻那纯白的女王，这幸福的象征吧！

海伦娜　唉，倒霉！该死！我明白你们都在把我取笑；假如你们是懂得礼貌有教养的人，一定不会这样侮辱我。我知道你们都讨厌着我，那么就讨厌我好了，为什么还要联合起来讥讽我呢？你们瞧上去都像堂堂男子，如果真是堂堂男子，就不该这样对待一个有身份的妇女：发着誓，赌着咒，过誉着我的好处，但我能断定你们的心里却在讨厌我。你们两人一同爱着赫米娅，现在转过身来一同把海伦娜嘲笑，真是大丈夫的行为！为着取笑的缘故逼一个可怜的女人流泪，高尚的人决不会这样轻侮一个闺女，只是因为给你们寻寻开心，要逼到她忍无可忍。

拉山德　你太残忍，狄米特律斯，不要这样；因为你爱着赫米娅，这你知道我是十分明白的。现在我用全心和好意把我在赫米娅的爱情中的地位让给你，但你也得把海伦娜的让给我，因为我爱她，并且将要爱她到死。

海伦娜　从来不曾有过嘲笑者浪费过这样无聊的口舌。

狄米特律斯　拉山德，保留着你的赫米娅吧，我不要；要是我曾经爱过她，那爱情现在也已经消失了。我的爱不过像过客一样暂时驻留在她的身上，现在它已经回到它的永远的家，海伦娜的身边，再不到别处去了。

拉山德　海伦，他的话是假的。

狄米特律斯　不要侮蔑你所不知道的真理，否则你将以生命的危险重重补偿你的过失。瞧！你的爱人来了；那边才是你的爱人。

【赫米娅上。

赫米娅　黑夜使眼睛失去它的作用，但却使耳朵的听觉更为灵敏。我的眼睛不能寻到你，拉山德，但多谢我的耳朵，使我能听见你的声音。你为什么那样忍心地离开了我呢？

拉山德　爱情驱赶一个人走的时候，为什么他要滞留呢？

赫米娅　哪一种爱情能把拉山德驱开我的身边？

拉山德　拉山德的爱情使他一刻也不能停留；美丽的海伦娜，她照耀着夜天，使一切明亮的繁星黯然无色。为什么你要来寻找我呢？难道这还不能使你知道我因为厌恶你的缘故，才这样离开了你吗？

赫米娅　你说的不是真话，那不会是真的。

海伦娜　瞧！她也是他们的一党。现在我明白了，他们三个人一起联合用这种恶作剧欺凌我。欺人的赫米娅！最没有良心的丫头！你竟然和这种人一同算计着向我开这种卑鄙的玩笑捉弄我吗？难道我们两人从前的种种推心置腹，约为姊妹的盟誓，在一起怨恨疾足的时间这样快便把我们拆分的那种时光，啊！都已经忘记了吗？我们在同学时的那种情谊，一切童年的天真，都已经完全在脑后了吗？赫米娅，我们两人曾经像两个巧手的神匠，在一起绣着同一朵花，描着同一个图样，我们同坐在一个椅垫上，齐声地曼吟着同一个歌儿，就像我们的手，我们的身体，我们的声音，我们的思想，都是连在一起不可分的样子。我们这样生长在一起，正如并蒂的樱桃，看似两个，其实却连生在一起；我们是结在同一茎上的两颗可爱的果实，我们的身体虽然分开，我们的心却只有一个。难道你竟把我们从前的友好丢弃不顾，而和男人们联合着嘲弄你的可怜的朋友吗？这种行为太没有朋友的情谊，而且也不合一个少女的身分。不单是我，我们全体女人都可以攻击你，虽然受到委屈的只是我一个。

赫米娅　你这种愤激的话真使我惊奇。我并没有嘲弄你；似乎你在嘲弄我哩。

海伦娜　你不曾唆使拉山德跟随我，假意称赞我的眼睛和脸孔吗？你那另一个爱人，狄米特律斯，不久之前还曾要用他的脚踢开我，你不曾使他称我为女神、仙子，神圣而稀有的、珍贵的、超乎一切的人吗？为什么他要向他所讨厌的人说这种话呢？拉山德的灵魂里是充满了你的爱的，倘不是因为你的指使，因为你们曾经预先商量好，为什么他反而要摈斥你，却要把他的热情奉献给我？即使我不像你那样得人爱怜，那样被人追求不舍,那样好幸运,而是那样倒霉因为得不到我所爱的人的爱情,那和你又有什么关系呢?你应该可怜我而不应该侮蔑我。

赫米娅　我不懂你说这种话的意思。

海伦娜　好,尽管装腔下去,扮着这一副苦脸,等到我一转背,就要向我作鬼脸了;大家彼此眨眨眼睛,把这个绝妙的玩笑尽管开下去吧,将来会登载在历史上的。假如你们是有同情心、懂得礼貌的,就不该把我当作这样的笑柄。再会吧,一半也是我自己的不好,死别或生离不久便可以补赎我的错误。

拉山德　不要走,温柔的海伦娜!听我解释。我的爱!我的生命!我的灵魂!美丽的海伦娜!

海伦娜　多好听的话!

赫米娅　亲爱的,不要那样嘲笑她。

狄米特律斯　要是她的恳求不能使你不说那种话,我将强迫你闭住你的嘴。

拉山德　她也不能恳求我,你也不能强迫我。你的威胁正和她的软弱的祈告同样没有力量。海伦,我爱你!凭着我的生命起誓,我爱你!谁说我不爱你的,我愿意用我的生命证明他说谎;为了你我是乐意把生命捐弃的。

狄米特律斯　我说我比他更要爱你得多。

拉山德　要是你这样说,那么把剑拔出来证明一下吧。

狄米特律斯　好,快些,来!

赫米娅　拉山德,这一切究竟是怎么一回事呢?

拉山德　走开,你这黑丫头[①]!

狄米特律斯　你可不能骗我而自己逃走;假意说着来来,却在准备趁机溜去。你是个不中用的汉子,去吧!

拉山德　(向赫米娅)放开手,你这猫!你这牛蒡子!贱东西,放开手!否则我要像撵走一条蛇那样撵走你了。

赫米娅　为什么你变得这样凶暴?究竟是什么缘故呢,爱人?

---

① 因赫米娅肤色微黑,故云。第二幕中有"把乌鸦换白鸽"之语,亦此意;海伦娜肤色白皙,故云白鸽也。

拉山德　什么爱人！走开，黑鞑子！走开！可厌的毒物，给我滚吧！

赫米娅　你还是在开玩笑吗？

海伦娜　是的，你也是。

拉山德　狄米特律斯，我一定不失信于你。

狄米特律斯　你的话可有些不能算数，因为人家的柔情在牵系住你。我可信不过你的话。

拉山德　什么！难道要我伤害她、打她、杀死她吗？虽然我厌恨她，我还不致于这样残忍。

赫米娅　啊！还有什么事情比之你厌恨我更残忍呢？厌恨我！为什么呢？天哪！究竟是怎么一回事呢，我的好人？难道我不是赫米娅了吗？难道你不是拉山德了吗？我现在生得仍旧跟以前一个样子。就在这一夜里你还曾爱过我；但就在这一夜里你离开了我。那么你真的——唉，天哪！真的存心离开我吗？

拉山德　一点不错，而且再不要看见你的脸了。因此你可以断了念头，不必疑心，我的话是千真万确的：我厌恨你，我爱海伦娜，一点不是开玩笑。

赫米娅　天啊！你这骗子！你这花中的蛀虫！你这爱情的贼！哼！你趁着黑夜，悄悄地把我的爱人的心偷了去吗？

海伦娜　真好！难道你一点女人家的羞耻都没有，一点不晓得难为情了吗？哼！你一定要引得我破口说出难听的话来吗？哼！哼！你这装腔作势的人！你这给人家愚弄的小玩偶！

赫米娅　小玩偶！噢，原来如此。现在我才明白了她把她的身材跟我比较；她自夸她生得长，用她那身材，那高高的身材，赢得了他的心。因为我生得矮小，所以他便把你看得高不可及了吗？我是怎样一个矮法？你这涂脂抹粉的花棒儿！请你说，我是怎样矮法？矮虽矮，我的指爪还挖得着你的眼珠哩！

海伦娜　先生们，虽然你们都在嘲弄我，但我求你们别让她伤害我。我从来不曾使过性子，我也完全不懂得怎样跟人家吵架，我是一个胆小怕事的女子。不要让她打我。也许你们以为她比我生得矮些，我可以打得过她。

赫米娅　生得矮些！听，又来了！

海伦娜　好赫米娅，不要对我这样凶！我一直是爱你的，赫米娅，有什么事总跟你商量，从来不曾对你做过欺心的事。除了这次，为了对狄米特律斯的爱情的缘故，我把你私奔到这座林中的事告诉了他。他追踪着你；为了爱，我又追踪着他；但他一直是斥骂着我，威吓着我说要打我，踢我，甚至于要杀死我。现在你让我悄悄地去了吧，我愿带着我的愚蠢回到雅典去，不再跟着你们了。让我去；你瞧我是多么傻多么痴心！

赫米娅　好，你去就去吧，谁在拦住你？

海伦娜　一颗发痴的心，但我把它丢弃在这里了。

赫米娅　噢，给了拉山德了是不是？

海伦娜　不，是狄米特律斯。

拉山德　不要怕，她不会伤害你的，海伦娜。

狄米特律斯　当然不会的，先生；即使你帮着她也不要紧。

海伦娜　啊，她一发起怒来，真是又凶又狠。在学校里她就是出名的雌老虎；长得很小的时候，便已是那么凶了。

赫米娅　又是“很小”！老是矮啊小啊的说个不住！为什么你让她这样讥笑我呢？让我跟她拼命去。

拉山德　滚开，你这矮子！你这发育不全的三寸丁！你这小佛珠子！你这小青豆！

狄米特律斯　她用不着你的帮忙，因此不必那样乱献殷勤。让她去，不许你嘴里再提到海伦娜。要是你再向她献殷勤，就请你当心着吧！

拉山德　现在她已经不再拉住我了；你要是有胆子，跟我来吧，我们倒要试试看究竟海伦娜该是属于谁的。

狄米特律斯　跟你来？嘿，我要和你并着肩走呢！（拉山德、狄米特律斯二人下）

赫米娅　你，小姐，这一切的纷扰都是因为你的缘故。哎，别逃啊！

海伦娜　我怕你，我不敢跟脾气这么大的你在一起。打起架来，你的手比我快得多，但我的腿比你长些，逃起来你追不上我。（下）

赫米娅　我简直莫名其妙，不知道要说些什么话好。（下）

奥布朗　这都是因为你的粗心大意。倘不是你弄错了，就一定是你故意在捣蛋。

迫克　相信我，仙王，是我弄错了。你不是对我说只要认清楚那人穿着雅典的衣裳？照这样说起来我完全不曾错，因为我是把花汁滴在一个雅典人的眼上。事情会弄到这样我是满快活的，因为他们的吵闹看着怪有趣味。

奥布朗　你瞧这两个恋人找地方决斗去了。因此，罗宾，快去把夜天遮暗了；你就去用像冥河的水一样黑的浓雾盖住星空，再引这两个声势汹汹的仇人迷失了路，不要让他们碰在一起。有时你学着拉山德的声音痛骂狄米特律斯，有时学着狄米特律斯的样子斥责拉山德：用这种法子把他们两个分开，直到他们奔波得精疲力竭，让死一样的睡眠拖着铅样沉重的腿和蝙蝠的翅膀爬到他们的额上；然后你把这草挤出汁来涂在拉山德的眼睛上，它能够解去一切的错误，使他的眼睛恢复从前的眼光。等他们醒来之后，这一切的戏谑，就会像是一场梦景或是空虚的幻象；这一班恋人们便将回到雅典去，一同走着无穷的人生的路程直到死去。在我差遣你去做这件事的时候，我要去访问我的王后，向她讨那个印度孩子；然后我要解除她眼中所见的怪物的幻觉，一切事情都将和平解决。

迫克
这事我们必须赶早办好，主公，
因为黑夜已经驾起他的飞龙；
晨星，黎明的先驱，已照亮苍穹；
一个个鬼魂四散地奔返殡宫：
还有那横死的幽灵抱恨长终，
道旁水底有他们的白骨成丛，
为怕白昼揭破了丑恶的形容，
早已向重泉归寝相伴着蛆虫；
他们永远照不到日光的融融，
只每夜在暗野里凭吊着凄风。

奥布朗
但你我可完全不能比并他们；
晨光中我惯和猎人一起游巡，
如同林居人一样踏访着丛林：
即使东方开启了火红的天门，

大海上照耀万道灿烂的光针，
青碧的波涛化成了一片黄金。
但我们应该早早办好这事情，
最好别把它迁延着直到天明。（下）

迫克　奔到这边来，奔过那边去；
我要领他们，奔来又奔去。
林间和市上，无人不怕我；
我要领他们，走尽林中路。

这儿来了一个。

【拉山德重上。

拉山德　你在哪里，骄傲的狄米特律斯？说出来！

迫克　在这儿，恶徒！把你的剑拔出来准备着吧。你在哪里？

拉山德　我立刻就过来。

迫克　那么跟我来吧，到平坦一点的地方。（拉山德随声音下）

【狄米特律斯重上。

狄米特律斯　拉山德，你再开口啊！你逃走了，你这懦夫！你逃走了吗？说话呀！躲在哪一堆树丛里吗？你躲在哪里呀？

迫克　你这懦夫！你在向星星们夸口，向树林子挑战，但是却不敢过来吗？来，卑怯汉！来，你这小孩子！我要好好抽你一顿。谁要跟你比剑才真倒霉！

狄米特律斯　呀，你在那边吗？

迫克　跟我的声音来吧，这儿不是适宜我们战斗的地方。（同下）

【拉山德重上。

拉山德　他走在我的前头，老是挑激着我上前；一等我走到他叫喊着的地方，他又早已不在。这个坏蛋比我脚步快得多，我越是追得快，他可逃走得更快，使我在黑暗崎岖的路上绊跌了一跤。让我在这儿休息一下吧。（躺下）来吧，你仁心的白昼！只要你一露出你的一线灰白的微光，我就可以看见狄米特律斯而洗雪这次仇恨了。（睡去）

【迫克及狄米特律斯重上。

迫克　呵！呵！呵！懦夫！你为什么不来？

狄米特律斯　要是你有胆量的话，等着我吧；我全然明白你跑在我前面，从这儿窜到那儿，不敢站住，也不敢当着我的面。你现在在什么地方？

迫克　过来，我在这儿。

狄米特律斯　哼，你在摆布我。要是天亮了我看见你的脸孔，你好好地留点儿神。现在，去你的吧！疲乏逼着我倒卧在这寒冷的地上，等候着白天的降临。（躺下睡去）

【海伦娜重上。

海伦娜　疲乏的夜啊！冗长的夜啊！减少一些你的时辰吧！从东方出来的安慰，快照耀起来啊！好让我借着晨光回到雅典去，离开这一群人，他们大家都讨厌可怜的我。慈悲的睡眠，有时你闭上了悲伤的眼睛，求你暂时让我忘却了自己的存在吧！（躺下睡去）

迫克　　两男加两女，四个无错误；
三人已在此，一人在何处？
哈哈她来了，满脸愁云罩：
爱神真不好，惯惹女人恼！

【赫米娅重上。

赫米娅　从来不曾这样疲乏过，从来不曾这样伤心过！我的身上沾满了露水，我的衣裳被荆棘抓破。我跑也跑不动，爬也爬不动了，我的两条腿再也不能从着我的心愿。让我在这儿休息一下以待天明。要是他们真要格斗的话，愿天保佑拉山德啊！（躺下睡去）

迫克　　梦将残，睡方酣，
神仙药，祛幻觉，
百般迷梦全消却。（挤草汁于拉山德眼上）
醒眼见，旧人脸，
乐满心，情不禁，
从此欢爱复深深。
一句俗语说得好，
各人各有各的宝，
待你醒来就知晓：
　哥儿爱姐儿，

两两无参差；
失马复得马，
一场大笑话！（下）

第四幕

第一场　林　　中

【提泰妮娅及波顿上，众仙随侍；奥布朗潜随其后。

提泰妮娅　来，坐在这花床上。我要爱抚你的可爱的脸颊；我要把麝香玫瑰插在你柔软光滑的头颅上；我要吻你的美丽的大耳朵，我的温柔的宝贝！

波顿　豆花呢？

豆花　有。

波顿　替咱把头搔搔，豆花儿。蛛网先生在哪儿？

蛛网　有。

波顿　蛛网先生，好先生，把您的刀拿好，替咱把那蓟草叶尖上的红屁股的野蜂儿杀了。然后，好先生，替咱把蜜囊儿拿来。干那事的时候可别太性急，先生，而且，好先生，当心别把蜜囊儿给弄破了；要是您在蜜囊里头淹死了，那咱可不很乐意，先生。芥子先生在哪儿？

芥子　有。

波顿　把您的小手儿给我，芥子先生。请您不用多礼了吧，好先生。

芥子　你有什么吩咐？

波顿　没有什么，好先生，只是帮蛛网君替咱搔搔痒。咱一定得理发去，先生，因为咱觉得脸上毛得很。咱是一头感觉非常灵敏的驴子，要是一根毛把咱触痒了,咱就非得搔一下子不可。

提泰妮娅　你要不要听一些音乐,我的好人?

波顿　咱很懂得一点儿音乐。咱们来点儿响亮的吧。

提泰妮娅　好人,你要吃些什么呢?

波顿　真的,来一堆刍秣吧。您要是有好的干麦秆,也可以给咱大嚼一顿。咱想咱怪想吃那么一捆干草,好干草,美味的干草,什么也比不上它。

提泰妮娅　我有一个善于冒险的小神仙,可以给你到松鼠的仓里取下些新鲜的榛栗来。

波顿　咱宁可吃一把两把干豌豆。但是谢谢您,吩咐您那些人们别惊动咱吧,咱想要睡他妈的一个觉。

提泰妮娅　睡吧,我要把你抱在我怀里。神仙们,往各处散开去吧。(众仙下)菟丝也正是这样温柔地缠附着芬芳的金银花;女萝也正是这样缱绻着榆树的臂枝。啊,我是多么爱你!我是多么热恋着你!(同睡去)

【迫克上。

奥布朗　(上前)欢迎,好罗宾!你见不见这种可爱的情景?我对于她的痴恋开始有点不忍了。刚才我在树林后面遇见她正在为这个可憎的蠢货找寻爱情的礼物,我就谴责她,因为那时她把芬芳的鲜花制成花环环绕着他那毛茸茸的额角;原来在嫩蕊上晶莹饱满,如同东方的明珠一样的露水,如今却含在那一朵朵美艳的小花的眼中,像是盈盈欲泣的眼泪,痛心着它们所受的耻辱。我把她尽情嘲骂一番之后,她低声下气地请求我息怒,于是我便趁机向她索讨那个换儿;她立刻把他给了我,差她的仙侍把他送到了我的寝宫里。现在我已经到手了这个孩子,我将解去她眼中这种可憎的迷惑。好迫克,你去把这雅典村夫头上的变形的头盖揭下,好让他和大家一同醒来的时候,可以回到雅典去,把这晚间一切发生的事,只当作了一场梦魇。但是先让我给仙后解去了魔法吧。(以草触她的眼睛)

回复你原来的本性,
解去你眼前的幻景;
这一朵女贞花采自月姊园庭,
它会使爱情的小卉失去功能。

喂,我的提泰妮娅,醒醒吧,我的好王后!

提泰妮娅　我的奥布朗!我看见了怎样的幻景!好像我爱上了一头驴子啦。

奥布朗　那边就是你的爱人。

提泰妮娅　这一切事情怎么会发生的呢?啊,现在我看见他的样子是多么来气!

奥布朗　静一会儿。罗宾,把他的头壳揭下了。提泰妮娅,叫他们奏起音乐来吧,让这五个人睡得全然失去了知觉。

提泰妮娅　来,奏起催眠的乐声柔婉!(轻柔的音乐)

迫克　　等你一醒来的时候,蠢汉。
　　　　用你自己的傻眼睛瞧看。

奥布朗　奏下去,音乐!(乐音渐强)来,我的王后,让我们携手同行,让我们的舞蹈震动这些人睡着的地面。现在我们已经言归于好,明天夜半将要一同到忒修斯公爵的府中跳着庄严的欢舞,祝福他家繁荣昌盛。这两对忠心的恋人也将在那里和忒修斯同时举行婚礼,大家心中充满了喜乐。

迫克　　仙王,仙王,留心听,
　　　　我闻见云雀歌吟。

奥布朗　王后,让我们静静
　　　　追随着夜的踪影;
　　　　我们环绕着地球,
　　　　快过明月的光流。

提泰妮娅　　夫君,请你在一路
　　　　告诉我一切缘故,
　　　　这些人来自何方,
　　　　当我熟睡的时光。(同下。幕内号角声)

【忒修斯、希波吕忒、伊吉斯及侍从等上。

忒修斯　你们中间谁去把猎奴唤来。我们已把五月节的仪式遵行,现在还不过是清晨,我的爱人应当听一听猎犬的音乐。把它们放在西面的山谷里;快去把猎奴唤来。(一侍从下)美丽的王后,让我们到山顶上去,领略着猎犬们的吠叫和山谷中的回声应和在一起的妙乐吧。

希波吕忒　我曾经同赫拉克勒斯和卡德摩斯一起在克里特林中行猎，他们用斯巴达的猎犬追赶着巨熊，那种雄壮的吠声我真是第一次听到；除了丛林之外，天空和群山，以及一切附近的区域，似乎混成了一片交互的呐喊。我从来不曾听见过那样谐美的喧声，那样悦耳的雷鸣。

忒修斯　我的猎犬也是斯巴达种，一样的颊肉下垂，一样的黄沙的毛色。它们的头上垂着两片挥拂晨露的耳朵；它们的膝骨是弯曲的，并且像塞萨利亚种的公牛一样喉头长着垂肉。它们在追逐时不很迅速，但它们的吠声彼此高下相应，就像钟声那样合调。无论在克里特、斯巴达，或是塞萨利亚，都不曾有过这么一队吠得更好听的猎犬；你听见了之后便可以自己判断。但是且慢！这些都是什么仙女？

伊吉斯　殿下，这是我的女儿；这是拉山德；这是狄米特律斯；这是海伦娜，奈达老人的女儿。我不知道他们怎么都躺在这儿。

忒修斯　他们一定早起守五月节，因为闻知了我们的意旨，所以赶到这儿来参加我们的典礼。但是，伊吉斯，今天不是赫米娅应该决定她的选择的日子了吗？

伊吉斯　是的，殿下。

忒修斯　去，叫猎奴们吹起号角来惊醒他们。（一侍从下，幕内号角及呐喊声；拉山德、狄米特律斯、赫米娅、海伦娜惊醒跳起）早安，朋友们！情人节早已过去了，你们这一辈林鸟到现在才配起对来吗？

拉山德　请殿下恕罪！（偕余人并跪下）

忒修斯　请你们站起来吧。我知道你们两人是对头冤家，怎么会变得这样和气，大家睡在一块儿，没有一点猜忌了呢？

拉山德　殿下，我现在还是糊里糊涂，不知道应当怎样回答您的问话，但是我敢发誓说我真的不知道怎么会在这儿，但是我想——我要说老实话，我现在记起了，一点不错，我是和赫米娅一同到这儿来的。我们想要逃出雅典，避过了雅典法律的峻严，我们便可以——

伊吉斯　够了，够了，殿下，话已经说得够了。我要求依法，依法惩办他。他们打算，他们打算逃走，狄米特律斯，用那种手段欺弄我们，使你的妻子落了空，使我给你的允许也落了空。

狄米特律斯　殿下,海伦娜告诉了我他们的出奔,告诉了我他们到这儿林中来的目的;我在盛怒之下追踪他们,同时海伦娜因为痴心的缘故也追踪着我。但是,殿下,我不知道一种什么力量——但一定是有一种力量——使我对于赫米娅的爱情会像霜雪一样溶解,现在想起来就像一段童年时所爱好的一件玩物的记忆一样。我一切的忠信,一切的心思,一切乐意的眼光,都是属于海伦娜一个人了。我在没有认识赫米娅之前,殿下,就已经和她订过盟约,但正如一个人在生病的时候一样,我厌弃着这一道珍馐,等到健康恢复,就会回复了正常的胃口。现在我希求着她,珍爱着她,思慕着她,将要永远忠心于她。

忒修斯　俊美的恋人们,我们相遇得很巧;等会儿我们便可以再听你们把这段话讲下去。伊吉斯,你的意志只好屈服一下了:这两对少年不久便将跟我们一起在庙堂中缔结永久的鸳盟。现在清晨快将过去,我们本来准备的行猎只好中止。跟我们一起到雅典去吧,三三成对地,我们将要大张盛宴。来,希波吕忒。(忒修斯、希波吕忒、伊吉斯及侍从下)

狄米特律斯　这些事情似乎微细而无从捉摸,好像化为云雾的远山一样。

赫米娅　我觉得好像这些事情我都用昏花的眼睛看着,一切都化作了层叠的两重似的。

海伦娜　我也是这样想。我得到了狄米特律斯,像是得到了一颗宝石,好像是我自己的,又好像不是我自己的。

狄米特律斯　你们真能断定我们现在是醒着吗?我觉得我们还是在睡着做梦。你们是不是以为公爵在这儿,叫我们跟他走吗?

赫米娅　是的,我的父亲也在。

海伦娜　还有希波吕忒。

拉山德　他确曾叫我们跟他到庙里去。

狄米特律斯　那么我们真已经醒了。让我们跟着他走,一路上讲着我们的梦。(同下)

波顿　(醒)轮到咱的尾白的时候,请你们叫咱一声,咱就会答应。咱下面的一句是,“最美丽的皮拉摩斯”。喂!喂!彼得·昆斯!弗鲁特,修风箱的!斯诺特,补锅子的!斯塔弗林!他妈的!悄悄地溜走了,把咱撇下在这儿一个人睡觉吗?咱做了一个奇怪得了不得的梦。没有人说得出那是怎样的一个梦；要是谁想把这个梦解释一下，那他一定是一头驴子。咱好像是——没有人说得出那是什么东西；咱好像是——咱好像有——但要是谁敢说出来咱好像有什么东西，那他一定是一个蠢材。咱那个梦啊，人们的眼睛从来没有听到过，人们的耳朵从来没有看见过，人们的手也尝不出来是什么味道，人们的舌头也想不出来是什么道理，人们的心也说不出来究竟那是怎样的一个梦。咱要叫彼得·昆斯给咱写一首歌儿咏一下这个梦，题目就叫做"波顿的梦"。咱要在演完戏之后当着公爵大人的面前唱这个歌——或者还是等咱死了之后再唱吧。（下）

第二场　雅典。昆斯家中

【昆斯、弗鲁特、斯诺特、斯塔弗林上。

昆斯　你们差人到波顿家里去过了吗？他还没有回家吗？

斯塔弗林　一点消息都没有。他准是给妖精拐了去了。

弗鲁特　要是他不回来，那么咱们的戏就要搁起来啦。它不能再演下去，是不是？

昆斯　那当然演不下去啰。整个雅典城里除了他之外就没有第二个人可以演皮拉摩斯。

弗鲁特　谁也演不了。他在雅典手艺人中间简直是最聪明的一个。

昆斯　对，而且也是顶好的人。他有一副好喉咙，吊起膀子来真是顶呱呱的。

弗鲁特　你说错了，你应当说"吊嗓子"。吊膀子，天老爷！那是一件难为情的事。

【斯纳格上。

斯纳格　列位，公爵大人刚从庙里出来，还有两三位贵人和小姐们也在同时结了婚。要是咱们的玩意儿能够干下去，咱们一定大家都有好处。

弗鲁特　哎呀，可爱的波顿好家伙！他从此就不能再拿到六便士一天的恩俸了。他准可以拿到六便士一天的。咱可以赌咒公爵大人见了他扮演皮拉摩斯，一定会赏给他六便士一天。他应该可以拿到六便士一天的；

扮演了皮拉摩斯，应该拿六便士一天，少一个子儿都不行。

【波顿上。

波顿 孩儿们在什么地方？心肝们在什么地方？

昆斯 波顿！哎呀，顶好顶好的日子！顶吉利顶吉利的时辰！

波顿 列位，咱要讲古怪事儿给你们听，可不许问咱什么事。要是咱对你们说了，咱不算是真的雅典人。咱要把一切全都告诉你们，一个字也不漏掉。

昆斯 讲给咱们听吧，好波顿。

波顿 关于咱自己的事可一个字也不能告诉你们。咱要报告给你们知道的是，公爵大人已经用过正餐了。把你们的行头收拾起来，胡须上要用坚牢的穿绳，乌靴上要结簇新的缎带。立刻在宫门前集合，各人温熟了自己的台词。总而言之一句话，咱们的戏已经送上去了。无论如何，可得叫提斯柏穿一件干净一点的衬衫；还有扮演狮子的那位别把指甲修去，因为那是要露出在外面当作狮子的脚爪的。顶要紧的，列位老板们，别吃洋葱和大蒜，因为咱们可不能把人家熏倒了胃口。咱一定会听见他们说，“这是一出风雅的喜剧”。完了，去吧！去吧！（同下）

第五幕

第一场　雅典。忒修斯宫中

【忒修斯、希波吕忒、菲劳斯特莱特及大臣、侍从等上。

希波吕忒　忒修斯，这些恋人们所说的话真是奇怪得很。

忒修斯　奇怪得不像会是真实。我永不相信这种古怪的传说和神仙的游戏。情人们和疯子们都富于纷乱的思想和成形的幻觉，他们所理会到的永远不是冷静的理智所能充分了解。疯子、情人和诗人，都是空想的产儿：疯子眼中所见的鬼，多过于广大的地狱所能容纳；情人，同样是那么狂妄地能从埃及人的黑脸上看见海伦的美貌；诗人的眼睛在神奇的狂放的一转中，便能从天上看到地下，从地下看到天上。想象会把不知名的事物用一种方式呈现出来，诗人的笔再使它们具有如实的形象，空虚的无物也会有了居处和名字。强烈的想象往往具有这种本领，只要一领略到一些快乐，就会相信那种快乐的背后有一个赐予的人；夜间一转到恐惧的念头，一株灌木一下子便会变成一头熊。

希波吕忒　但他们所说的一夜间全部的经历，以及他们大家心理上都受到同样影响的一件事实，可以证明那不会是幻想。虽然那故事是怪异而惊人，却并不令人不能置信。

忒修斯　这一班恋人们高高兴兴地来了。

【拉山德、狄米特律斯、赫米娅、海伦娜上。

忒修斯　恭喜,好朋友们！恭喜！愿你们心灵里永远享受着没有阴翳的爱情日子！

拉山德　愿更大的幸福永远追随着殿下的起居！

忒修斯　来,我们应当用什么假面剧或是舞蹈来消磨在尾餐和就寝之间的三点钟悠长的岁月呢？我们一向掌管戏乐的人在哪里？有哪几种余兴准备着？有没有一出戏剧可以祛除难挨的时辰里按捺不住的焦灼呢？叫菲劳斯特莱特过来。

菲劳斯特莱特　有,伟大的忒修斯。

忒修斯　说,你有些什么可以缩短这黄昏的节目？有些什么假面剧？有些什么音乐？要是一点娱乐都没有,我们怎么把这迟迟的时间消度过去呢？

菲劳斯特莱特　这儿是一张预备好的各种戏目的单子,请殿下自己拣选哪一项先来。(呈上单子)

忒修斯　“与半人马作战,由一个雅典太监和竖琴而唱。”那个我们不要听；我已经告诉过我的爱人这一段表彰我的姻兄赫拉克勒斯武功的故事了。“醉酒者之狂暴,色雷斯歌人惨遭肢裂的始末。”那是老调,当我上次征服忒拜凯旋回来的时候就已经表演过了。“九缪斯神痛悼学术的沦亡。”那是一段犀利尖刻的讽刺,不适合于婚礼时的表演。“关于年轻的皮拉摩斯及其爱人提斯柏的冗长的短戏,非常悲哀的趣剧。”悲哀的趣剧！冗长的短戏！那简直是说灼热的冰,发烧的雪。这种矛盾怎么能调和起来呢？

菲劳斯特莱特　殿下,一出一共只有十来个字那么长的戏,当然是再短没有了；然而即使只有十个字,也会嫌太长,叫人看了厌倦；因为在全剧之中,没有一个字是用得恰当的,没有一个演员是支配得适如其分的。那本戏的确很悲哀,殿下,因为皮拉摩斯在戏里要把自己杀死。那一场我看他们预演的时候,我得承认确曾使我的眼中充满了眼泪；但那些泪都是在纵声大笑的时候忍俊不住而流着的,再没有人流过比那更开心的泪了。

忒修斯　扮演这戏的是些什么人呢？

菲劳斯特莱特　都是在这儿雅典城里做工过活的胼手胝足的汉子。他们从来不曾用过头脑，今番为了准备参加殿下的婚礼，才辛辛苦苦地把这本戏记诵起来。

忒修斯 好，就让我们听一下吧。

菲劳斯特莱特 不，殿下，那是不配烦渎您的耳朵的。我已经听完过他们一次，简直一无足取——除非你嘉纳他们的一片诚心和苦苦背诵的辛勤。

忒修斯 我要把那本戏听一次，因为纯朴和忠诚所呈献的礼物，总是可取的。去把他们带来。各位夫人女士们，大家请坐下。（菲劳斯特莱特下）

希波吕忒 我不欢喜看见贱微的人做他们力量所不及的事，忠诚因为努力的狂妄而变成毫无价值。

忒修斯 啊，亲爱的，你不会看见他们糟到那地步。

希波吕忒 他说他们根本不会演戏。

忒修斯 那更显得我们的宽宏大度，虽然他们的劳力毫无价值，他们仍能得到我们的嘉纳。我们可以把他们的错误作为取笑的资料。我们不必较量他们那可怜的忠诚所不能达到的成就，而该重视他们的辛勤。凡是我所到的地方，那些有学问的人都预先准备好欢迎辞迎接我；但是一看见了我，便发抖脸色变白，句子没有说完便中途顿住，话儿梗在喉中，吓得说不出来，结果是一句欢迎我的话都没有说。相信我，亲爱的，从这种无言中我却领受了他们一片欢迎的诚意；在诚惶诚恐的忠诚的畏怯上表示出来的意味，并不少于一条娓娓动听的辩舌。因此，爱人，照我所能观察到的，无言的纯朴所表示的情感，才是最丰富的。

【菲劳斯特莱特重上。

菲劳斯特莱特 请殿下示，念开场诗的预备登场了。

忒修斯 让他上来吧。（喇叭奏花腔）

【昆斯上，念开场诗。

昆斯
要是咱们，得罪了请原谅。
　咱们本来是，一片的好意，
想要显一显。薄薄的伎俩，
　那才是咱们原来的本意。
因此列位咱们到这儿来。
　为的要让列位欢笑欢笑，

否则就是不曾。到这儿来，
　如果咱们。惹动列位气恼，
一个个演员，都将，要登场，
　你们可以仔细听个端详。

忒修斯　这家伙简直乱来。

拉山德　他念他的开场诗就像骑一头顽劣的小马一样，乱冲乱撞，该停的地方不停，不该停的地方偏偏停下。殿下，这是一个好教训：单是会讲话不能算数，要讲话总该讲得像个路数。

希波吕忒　真的他就像一个小孩子学吹笛，呜哩呜哩了一下，可是全不入调。

忒修斯　他的话像是一段纠缠在一起的链索，并没有毛病，可是全弄乱了。跟着是谁登场呢？

【一号手前导，皮拉摩斯及提斯柏、墙、月光、狮子上。

昆斯　列位大人，也许你们会奇怪这一班人跑出来干什么。不必寻根究底，自然而然地你们总会明白过来。这个人是皮拉摩斯，要是你们想要知道的话；这位美丽的姑娘不用说便是提斯柏啦。这个人手里拿着石灰和粘土，是代表着墙头，那堵隔开这两个情人的坏墙头；他们这两个可怜的人只好在墙缝里低声谈话，这是要请大家明白的。这个人提着灯笼，牵着犬，拿着柴枝，是代表着月亮；因为你们要知道，这两个情人只在月光底下才肯在尼纳斯的坟头聚首谈情。这一头可怕的畜生名叫狮子，那晚上忠实的提斯柏先到约会的地方，给它吓跑了，或者不如说是被它惊走了；她在逃走的时候脱落了她的外套，那件外套因为给那恶狮子咬住在它那张血嘴里，所以沾满了血斑。隔了不久，皮拉摩斯，那个勇敢的美少年，也来了，一见他那忠实的提斯柏的外套死在地上，便赤楞楞地一声拔出一把血淋淋的剑来，对准他那热辣辣的胸脯里豁拉拉地刺了进去。那时提斯柏却躲在桑树的树荫里，等到她发现了这回事，便把他身上的剑拔出来，结果了她自己的性命。至于其余的一切，可以让狮子、月光、墙头和两个情人详详细细地告诉你们，当他们上场的时候。（昆斯及皮拉摩斯、提斯柏、狮子、月光同下）

忒修斯　我不知道狮子要不要说话。

狄米特律斯　殿下，这可不用怀疑，要是一班驴子都会讲人话，狮子当然也会说话啦。

墙　小子斯诺特是也，在这本戏文里扮做墙头。须知此墙不是他墙，乃是一堵有裂缝的墙，在那条裂缝里皮拉摩斯和提斯柏两个情人常常偷偷地低声谈话。这一把石灰，这一撮粘土，这一块砖头，表明咱是一堵真正的墙头，并非滑头冒牌之流。这便是那个鬼缝儿，这两个胆小的情人在那儿谈着知心话儿。

忒修斯　石灰和泥土筑成的东西，居然这样会说话，难得难得！

狄米特律斯　殿下，这是我所听到的中间最俏皮的一段。

忒修斯　皮拉摩斯走近墙边来了。静听！

【皮拉摩斯重上。

皮拉摩斯　板着脸的夜啊！漆黑的夜啊！

夜啊！白天一去，你就来啦！
夜啊！夜啊！唉呀！唉呀！唉呀！
咱担心咱的提斯柏要失约啦！
墙啊！亲爱的，可爱的墙啊！
你硬生生地隔分了咱们两人的家！
墙啊！亲爱的，可爱的墙啊！
露出你的裂缝，让咱向里头瞧瞧吧！（墙举手叠指作裂缝状）
谢谢你，殷勤的墙！上帝大大保佑你！
但是咱瞧见些什么呢？咱瞧不见伊。
刁恶的墙啊！不让咱瞧见可爱的伊；
愿你倒霉吧，因为你竟这样把咱欺！

忒修斯　这墙并不是没有知觉的，我想他应当反骂一下。

皮拉摩斯　没有的事，殿下，真的，他不能。"把咱欺"是该提斯柏接下去的尾白；她现在就要上场啦，咱就要在墙缝里看她。你们瞧着吧，下面做下去正跟咱告诉你们的完全一样。那边她来啦。

【提斯柏重上。

提斯柏　墙啊！你常常听得见咱的呻吟，
　　怨你生生把咱共他两两分拆！

咱的樱唇常跟你的砖石亲吻，
你那用泥胶得紧紧的砖石。

皮拉摩斯　咱瞧见一个声音；让咱去望望，
不知可能听见提斯柏的脸庞。
提斯柏！

提斯柏　那是咱的好人儿，咱想。

皮拉摩斯　尽你想吧，咱是你风流的情郎。
好像里芒德，咱此心永无变更[①]。

提斯柏　咱就像海伦，到死也决不变心。

皮拉摩斯　沙发勒斯对待普洛克勒斯不过如此[②]。

提斯柏　你就是普洛克勒斯，咱就是沙发勒斯。

皮拉摩斯　啊，在这堵万恶的墙缝中请给咱一吻！

提斯柏　咱吻着墙缝，可全然吻不到你的嘴唇。

皮拉摩斯　你肯不肯到尼内的坟头去跟咱相聚？

提斯柏　活也好，死也好，咱一准立刻动身前去。（二人下）

墙　现在咱已把墙头扮好，
因此咱便要拔脚去了。（下）

忒修斯　现在隔在这两份人家之间的墙头已经倒下了。

狄米特律斯　殿下，墙头要是都像这样随随便便偷听人家的谈话，可真没法好想。

希波吕忒　我从来没有听到过比这再蠢的东西。

忒修斯　最好的戏剧也不过是人生的一个缩影；最坏的只要用想象补足一下，也就不会坏到什么地方去。

希波吕忒　那该是你的想象，而不是他们的想象。

忒修斯　要是我们对于他们的想象并不比他们对于自己的想象更坏，那么他们也可以算得顶好的人。两只好东西登场了，一只是人，一只是狮

---

① 里芒德是里昂德之讹，爱恋少女希罗，游水过河时淹死。下行扮提斯柏的弗鲁特又误以海伦为希罗。

② 沙发勒斯为色发勒斯之讹，为黎明女神所恋，但他忠于其妻普洛克里斯，此处误为普洛克勒斯。

子。

【狮子及月光重上。

狮子 各位太太小姐们,你们那柔弱的心一见了地板上爬着的一头顶小的老鼠就会害怕,现在看见一头凶暴的狮子发狂地怒吼,多半要发起抖来的吧?但是请你们放心,咱实在是细木工匠斯纳格,既不是凶猛的公狮,也不是一头母狮。要是咱真的是一头狮子而冲到这儿来,那咱才大倒其霉!

忒修斯 一头非常善良的畜生,有一颗好良心。

狄米特律斯 殿下,这是我所看见过的最好的畜生了。

拉山德 要说他的勇气,这头狮子实在像只狐狸。

忒修斯 要论智识,实在像只笨鹅。

狄米特律斯 殿下,不见得。他的勇气是撑不起他的知识的,可一只狐狸却拖得走一只鹅。

忒修斯 我敢说,他的知识决撑不起他的勇气,正如一只鹅拖不动一头狐狸。好啦,随他去吧,让我们听听月亮说些什么。

月亮 这盏灯笼代表着角儿弯弯的新月——

狄米特律斯 他应当把角装在头上。

忒修斯 他并不是新月,圆圆的哪里有什么角儿?

月亮 这盏灯笼代表着角儿弯弯的新月;咱好像就是月亮里的仙人。

忒修斯 这该是最大的错误了。应该把这个人放进灯笼里去;否则他怎么会是月亮里的仙人呢?

狄米特律斯 他因为怕蜡烛不敢进去。瞧,他恼了。

希波吕忒 这月亮真使我厌倦。他应该变化变化才好!

忒修斯 照他那知觉欠缺的样子看起来,他大概是一个残月;但是为着礼貌和一切的理由,我们得忍耐一下。

拉山德 说下去,月亮。

月亮 总而言之,咱要告诉你们的是,这灯笼便是月亮;咱便是月亮里的仙人;这柴枝是咱的柴枝;这狗是咱的狗。

狄米特律斯 嗨,这些都应该放进灯笼里去才对,因为它们都是在月亮里的。但是静些,提斯柏来了。

【提斯柏重上。

提斯柏　这是尼内老人的坟。咱的好人儿呢？

狮子　（吼）呜……呜！（提斯柏奔下）

狄米特律斯　吼得好，狮子！

忒修斯　奔得好，提斯柏！

希波吕忒　照得好，月亮！真的，月亮照得姿势很好。（狮子撕破提斯柏的外套）

【皮拉摩斯重上。

狄米特律斯　于是皮拉摩斯来了。

【狮子下。

拉山德　于是狮子不见了。

皮拉摩斯　可爱的月亮，咱多谢你的阳光；
谢谢你，因为你照得这么皎洁！
靠着你那慈和的闪烁的金光，
咱将要饱餐着提斯柏的秀色。
但是且住，啊该死！
瞧哪，可怜的骑士，
这是一场什么惨景！
眼睛，你看不看见？
这种事怎会出现？
可爱的宝贝啊，亲亲！
你的好外套一件，
怎么全都是血点？
过来吧，狰狞的凶神！
快把生命的羁缠
从此后一刀割断；
今朝咱了结了残生！

忒修斯　这一种情感再加上一个好朋友的死，很可以使一个人脸带愁容。

希波吕忒　该死！我倒真有点可怜这个人。

皮拉摩斯　苍天啊！你为什么要造下狮子，

让它在这里蹂躏了咱的爱人?
她在一切活着爱着的人中,是
一个最美最美最最美的美人。
淋漓地流吧,眼泪!
咱要把宝剑一挥,
当着咱的胸头划破:
一剑刺过了左胸,
叫心儿莫再跳动,
这样咱就死啰死啰!(以剑自刺)
现在咱已经身死,
现在咱已经去世,
咱灵魂儿升到天堂;
太阳,不要再照耀!
月亮,给咱拔脚跑!(月亮下)
咱已一命,一命丧亡。(死)

狄米特律斯　不是双亡,是单亡,因为他是孤零零地死去。

拉山德　他现在死去,不但成不了双,而且成不了单;他已经变成“没有”啦。

忒修斯　要是就去请外科医生来,也许还可以把他医活过来,叫他做一头驴子。

希波吕忒　提斯柏还要回来找她的爱人,月亮怎么这样性急便去了呢?

忒修斯　她可以在星光底下看见他的。现在她来了。她再痛哭流涕一下子,戏文也就完了。

【提斯柏重上。

希波吕忒　我想对于这样一个宝货的皮拉摩斯,她可以不必浪费口舌,我希望她说得短一点儿。

狄米特律斯　她跟皮拉摩斯较量起来真是旗鼓相当。上帝保佑我们不要嫁到这种男人,也保佑我们不要娶着这种妻子!

拉山德　她那秋波已经看见他了。

狄米特律斯　于是悲声而言曰:

提斯柏　睡着了吗,好人儿?
啊! 死了,咱的鸽子?
皮拉摩斯啊,快醒醒!
说呀! 说呀! 哑了吗?
唉,死了! 一堆黄沙
将要盖住你的美睛。
嘴唇像百合花开,
鼻子像樱桃可爱,
黄花像是你的面孔,
一齐消失,消失了,
有情人同声哀悼!
他眼睛绿得像青葱。
命运主宰三巫婆,
快快走近我身边。
伸出玉腕凝霜雪,
鲜血里面涮一涮。
喀嚓一声命剪断,
少年青春若琴弦。
舌头,不许再多言!
凭着这一柄好剑,
赶快把咱胸膛刺穿。(以剑自刺)
再会,亲爱的友朋!
提斯柏已经毕命。
再见吧,再见吧,再见!(死)

忒修斯　他们的葬事要让月亮和狮子来料理了吧?

狄米特律斯　是的,还有墙头。

波顿　(跳起)不,咱对你们说,那堵隔开他们两家的墙早已经倒了。你们要不要瞧瞧收场诗,或者听一场咱们两个伙计的贝格摩舞①?

① 贝格摩为米兰东北地名,以产小丑著称。

忒修斯　请把收场诗免了吧，因为你们的戏剧无须再有什么解释；扮戏的人一个个死了，我们还能责怪谁不成？真的，要是写那本戏的人自己来扮皮拉摩斯，把他自己吊死在提斯柏的裤带上，那倒真是一出绝妙的悲剧。实在你们这次演得很不错。现在把你们的收场诗搁在一旁，还是跳起你们的贝格摩舞来吧。（跳舞）夜钟已经敲过了十二点。恋人们，睡觉去吧，现在已经差不多是神仙们游戏的时间了。我担心我们明天早晨会起不来，因为今天晚上睡得太迟。这出粗劣的戏剧却使我们不觉打发了冗长的时间。好朋友们，去睡吧。我们要用半月功夫把这喜庆延续，夜夜有不同的寻欢作乐。（众下）

【迫克上。

迫克　饿狮在高声咆哮，
豺狼在向月长嗥，
农夫们鼾息沉沉，
完毕一天的辛勤。
炭火还留着残红，
　鸱鸮叫得人胆战，
传进愁人的耳中，
　仿佛见殓衾飘飐。
现在夜已经深深，
　坟墓都裂开大口，
吐出了百千幽灵，
　荒野里四散奔走。
我们跟着赫卡忒[①]，
　离开了阳光赫奕，
像一场梦景幽凄，
　追随黑暗的踪迹。
且把这空屋打扫，
供大家一场欢闹；

① 赫卡忒为希腊神话中下界的女神。

驱走扰人的小鼠；
还得揩干净门户。

【奥布朗、提泰妮娅及侍从等上。

奥布朗　屋中消沉的火星
　微微地尚在闪耀；
跳跃着每个精灵
　像花枝上的小鸟；
随我唱一支曲调，
一齐轻轻地舞蹈。

提泰妮娅　先要把歌儿练熟，
　每个字玉润珠圆；
然后齐声唱祝福，
　手搀手缥缈回旋。（歌舞）

奥布朗　趁东方没有发白，
让我们满屋溜达；
先去看一看新床，
祝福它吉利祯祥。
这三对新婚伉俪，
愿他们永无离弃，
生下来小小儿郎，
一个个相貌堂堂，
不生黑痣不缺唇，
再没有半点瘢痕。
用这神圣的野露，
你们去浇洒门户，
祝福屋子的主人，
永享着福禄康宁。
快快去，莫犹豫，
天明时我们重聚。（除迫克外皆下）

迫克　要是我们这辈影子

有拂了诸位的尊意，
就请你们这样思量，
一切便可得到补偿：
这种种幻景的显现，
不过是梦中的妄念；
这一段无聊的情节，
真同诞梦一样无力。
先生们，请不要见笑！
倘蒙原宥，定当补报。
万一我们幸而免脱
这一遭嘘嘘的指斥，
我们决不忘记大恩，
迫克生平不会骗人。
再会了！肯赏个脸子的话，
就请拍两下手，多谢多谢！（下）

威尼斯商人

朱生豪　译
辜正坤　校

导言

此剧题材的来源是多方面的。马娄的《马耳他的犹太人》(1598)对此剧的影响可能最显著。某些故事细节据认为来自该剧。某些人物,例如杰西卡,就有可能来自《马耳他的犹太人》。若干故事情节可在别的渠道,尤其是菲奥伦蒂洛的意大利故事集中找到。此外,1594 年,一位犹太医生罗得里戈·洛佩兹被控阴谋毒死女王,并因此被推上绞刑架,一些莎评家因此认为此剧的某些方面(例如反犹太情绪方面)可能与此剧有一定的现实联系。

此剧具有两个独立而又互相照应的情节,编织得十分巧妙。剧情进展较迅速,悲剧和喜剧成分交相辉映,现实性和浪漫性各擅其长。剧本的浪漫气氛尤见于巴萨尼奥和鲍西娅之间的爱情故事。猜匣识美人情节,与中国传统的抛绣球或比武招亲之类颇有异曲同工之妙。现实性则主要体现在弥漫全剧的渗透伊莉莎白女王时期的重商主义精神与旧式封建贵族价值观念之间的冲突以及莎士比亚时代英国人的反犹太情绪。此剧在一定的意义上来说,也是莎士比亚对人性中的仇恨心理的研究;而与此相对应,莎士比亚似乎通过鲍西娅这个人物宣扬了基督教义中的宽恕原则。在人物刻划方面,一般认为鲍西娅是莎士比亚笔下最优美最成功的女性之一。她聪明、美貌、机智,行事果断而又善良仁慈,是一个相当理想化的人物,从一个方面体现了文艺复兴时期人文主义者的追求。与之形成鲜明对照的则是反面角色犹太人夏洛克。表面上看来,夏洛克被塑造成了邪恶的代表,他唯利是图,吝啬狡诈,复仇心重,但是当代莎评家的研究却日益倾向于认为应对夏洛克给予一定的同情。夏洛克的行为不是偶然的,在当时普遍仇恨犹太人的基督教世界中,夏洛克的复仇行动具有一定的民族复仇意义。如果说夏洛克缺乏宽恕精神,那么当时的基督教世界也不曾对他给予多少理解。从安东尼奥对夏洛克的态度来看,就是相当刻薄和不宽容的。当然,夏洛克是一个非常复杂的人物,在我们对他进行客观描述的时候,一方面要考虑到当时有关的社会文化背景,另一方面也要考虑到他毕竟是一个戏剧人物，他注定要成为一个反面角色。因此，对他的同情和理解是有限度的。《威尼斯商人》是莎士比亚最成功的戏剧之一。它不仅情节精彩，人物性格鲜明，而且语言生动，诗意浓郁，所以它获得读者和观众长盛不衰的欢迎绝不是偶然的。

剧中人物

威尼斯公爵

摩洛哥亲王、阿拉贡亲王　鲍西娅的求婚者

安东尼奥　威尼斯商人

巴萨尼奥　安东尼奥的朋友

葛莱西安诺、萨莱尼奥、萨拉里诺　安东尼奥和巴萨尼奥的朋友

罗兰佐　杰西卡的恋人

夏洛克　犹太富翁

杜伯尔　犹太人，夏洛克的朋友

朗斯洛特·高波　小丑，夏洛克的仆人

老高波　朗斯洛特的父亲

里奥那多　巴萨尼奥的仆人

鲍尔萨泽、斯丹法诺　鲍西娅的仆人

鲍西娅　富家嗣女

尼莉莎　鲍西娅的侍女

杰西卡　夏洛克的女儿

威尼斯众士绅、法庭官吏、狱吏、鲍西娅家中的仆人及其他侍从

地点

威尼斯；鲍西娅邸宅所在地贝尔蒙特

第一幕

第一场　威尼斯。街道

【安东尼奥、萨拉里诺及萨莱尼奥上。

安东尼奥　真的，我不知道我为什么这样忧郁。这真叫我厌烦。你们说这也让你们觉得厌烦；可是我是怎么染上这种忧郁的呢？怎么发现它、撞上它的呢？这种忧郁究竟是什么玩艺儿，它是打哪儿钻出来的？对此，我却全不知道。忧郁已经使我变成了一个傻瓜，我简直有点自己都不明白自己了。

萨拉里诺　您的心是跟着您那些扯着满帆的大船，在海洋上簸荡着呢。它们就像水上的富绅，炫示着它们的豪华，那些随波跳荡的小商船向它们点头敬礼，它们却睬也不睬地扬帆飞驶。

萨莱尼奥　相信我，老兄，要是我也有这么一笔买卖在大洋上，那么这种海外的希望定会使我梦魂牵绕。我一定常常拔草观测风吹的方向，在地图上查看港口码头的名字，凡是足以使我担心我的货物的命运的一切事情，不用说都会使我忧愁。

萨拉里诺　当我想到海面上的一阵暴风，将会造成怎样一场灾祸的时候，吹凉我的粥的一口气，也会吹痛我的心。一看见沙漏的时计，我就会想起海边的沙滩，仿佛看见我那艘满载货物的商船栽进沙里，它的高高的桅樯吻着它的葬身之地。要是我到教堂里去，看见那用石头筑成的神圣的殿堂，我怎么会不立刻想起那些危险的礁石？它们只要略微碰一碰我那艘好船的船舷，就会把满船的香料倾泻在水里，让汹涌的波涛披戴着我的绸缎绫罗——方才还是价值连城，一转瞬尽归乌有。要是我想到了这种情形，我怎么会不担心这种事也许果然会发生而忧愁起来呢？不用对我说，我知道安东尼奥是因为想到他的货物而忧愁。

安东尼奥　不，请相信我：感谢我的命运，我的买卖的成败，并不完全寄托在一艘船上，更不是孤注一掷；我的全部财产，也不会因为这一年的盈亏而受到影响。我的货物问题并不能使我忧愁。

萨拉里诺　啊，那么您是坠入情网了。

安东尼奥　嗨！哪儿的话！

萨拉里诺　也不是在恋爱吗？那么我们就说，您因为不快乐，才忧愁；这就像您笑笑跳跳，就说您不忧愁，所以才快乐一样，再简单没有了。凭二脸神雅努斯起誓，老天造下人来，真是无奇不有：有的人老是半睁笑眼，好像鹦鹉对着吹风笛的人一样；有的人终日皱着眉头，即使涅斯托[①]发誓说那笑话很可笑，他也不肯露一露他的牙齿，装出一个笑容来。

【巴萨尼奥、罗兰佐及葛莱西安诺上。

萨莱尼奥　您的一位最尊贵的朋友，巴萨尼奥，跟葛莱西安诺、罗兰佐都来了。再见，您现在有了更好的同伴，我们可以少陪啦。

萨拉里诺　倘不是因为您的好朋友来了，我一定要叫您快乐了才走。

安东尼奥　你们的友谊我是十分看重的。照我看来，恐怕还是你们自己有事，才借着这个机会抽身离开的吧？

萨拉里诺　早安，各位老爷。

巴萨尼奥　两位先生，咱们什么时候再聚在一起谈谈笑笑？你们近来跟我越来越疏远了，难道这是必不可免的吗？

萨拉里诺　您什么时候有空，我们一定奉陪。（萨拉里诺、萨莱尼奥下）

罗兰佐　巴萨尼奥老爷，您现在已经找到安东尼奥，我们也要少陪啦，可是

---

① 涅斯托，荷马史诗中的希腊将领，以严肃著称。

请您千万别忘记咱们吃饭的时候在什么地方会面。

巴萨尼奥　我一定不失约。

葛莱西安诺　安东尼奥先生,您的脸色不大好。您太关心俗事了。要知道过犹不及。请相信我,您现在比起从前来可真是判若两人啦。

安东尼奥　葛莱西安诺,我把这世界不过看作一个世界;每一个人必须在这舞台上扮演一个角色,我扮演的是一个悲哀的角色。

葛莱西安诺　让我扮演一个小丑吧,让我在嘻嘻哈哈的欢笑声中渐渐长出苍老的皱纹。宁可酒暖肝肠,不使愁结冰心。为什么一个身体里面流着热血的人,要那么正襟危坐,就像他的祖宗爷爷的石膏像一样呢?明明醒着的时候,为什么偏要像睡去了一般?为什么动不动翻脸生气,把自己气出了一场黄疸病来?我告诉你吧,安东尼奥,我爱你,所以用爱心对你说话:世界上有一种人,他们的脸上装出一副心如止水的神气,故意表示他们的冷静,好让人家称赞他们一声智慧深沉,思想渊博;他们的神气之间,好像说,"我是天使下凡,我要是一张开嘴来,不许有一头狗乱叫!"啊,我的安东尼奥,我看透这一种人,他们只是因为不说话,博得了智慧的名声;可是我可以确定说一句,要是他们说起话来,听见的人谁都会骂他们是傻瓜的。等有机会的时候,我再告诉你关于这种人的笑话吧;可是请你千万别再用悲哀做钓饵,去钓这种无聊的名誉了。来,好罗兰佐。回头见,等我吃完了饭,再来向你结束我的劝告。

罗兰佐　好,咱们在吃饭的时候再见吧。我一定也是他所说的那种装聋作哑的聪明人,因为葛莱西安诺从不让我有说话的机会。

葛莱西安诺　嘿,你只要再跟我两年,就会连你自己说话的声音也听不出来。

安东尼奥　再见,有你这一番话,我会变得能说会道起来。

葛莱西安诺　那就再好没有;只有干牛舌和没人要的老处女,才是应该沉默的。(葛莱西安诺、罗兰佐下)

安东尼奥　确实是这样的——或者说你想怎么样就是怎么样的!

巴萨尼奥　葛莱西安诺比全威尼斯城里无论哪一个人都更会拉上一大堆废话。他的道理就像藏在两桶砻糠里的两粒麦子,你必须费去整天功夫方才能够把它们找到,可是找到了它们以后,你会觉得费这许多气力找它们出来,是一点不值得的。

安东尼奥　好,您现在告诉我您发誓要去秘密拜访的那位姑娘的名字吧,你今天答应过要告诉我的。

巴萨尼奥　安东尼奥,您是知道的,我为了维持体面的生活排场,入不敷出地花销,都快倾家荡产了。我现在倒不是在哀叹家道中落;我的最大的烦恼是怎样才可以了清我过去由于铺张浪费而积欠下的重重债务。无论在钱财方面或是友谊方面,安东尼奥,我欠您的债都是顶多的;因为你我交情深厚,我才敢大胆把我心里所打算的怎样了清这一切债务的计划全部告诉您。

安东尼奥　好巴萨尼奥,请您告诉我吧。只要您的计划跟您向来的立身行事一样光明正大,那么我的钱囊可以让您任意取用,我自己也可以供您驱使。我愿意用我所有的力量,帮助您达到目的。

巴萨尼奥　我在学校里练习射箭的时候,每次把一支箭射得不知去向,便用另一支箭向着同一方向射过去,眼睛看准了它掉在什么地方,这样往往可以把那失去的箭也找回来。所以,我冒了双倍的危险,也就往往有双倍的收获。我提起这一件儿童时代的往事,因为我下面要对您说的话,完全出于一种儿童式的天真。我欠了您很多的债,而且像一个不听话的孩子一样,把借来的钱全都挥霍完了;可是您要是愿意向着您放射第一支箭的方向,再把您的第二支箭射过去,那么这一回我一定会把目标看准,即使不把两支箭一起找回来,至少也可以把第二支箭交还给您,让我仍旧对于您先前给我的援助做一个知恩图报的负债者。

安东尼奥　您是知道我的为人的,现在您用这种机巧的比喻来试探我的友谊,不过是浪费时间罢了。要是您怀疑我不肯尽力相助,那就要比把我所有的钱一起花掉还要对我不起。所以您只要对我说我应该怎么做,如果您知道那件事是我的力量所能办到的,我一定会乐于效劳。您说吧。

巴萨尼奥　在贝尔蒙特有一位富家的嗣女,长得非常美貌,尤其值得称道的,是她有非常卓越的德性。她的双眼有时对我暗送秋波。她的名字叫作鲍西娅,比起古代凯图的女儿,勃鲁托斯的贤妻鲍西娅来,她也毫无逊色。这广大的世界也没有漠视了她的优点,四方的风从每一处海岸上带来了声名赫赫的求婚者。她的光亮的长发就像是传说中的金羊毛,引诱着无数的伊阿宋[1]前来追求她。啊,我的安东尼奥!只要我有相当的财力,可以和他们中间的某一个人匹敌,那么我觉得我有充分的把握,一定会达到愿望的。

安东尼奥　你知道我的全部财产都在海上。我现在既没有钱,也没有可以变换一笔现款的货物。所以我们还是去试一试我的信用,看它在威尼斯城里有些什么效力吧。我一定凭着我这一点面子,尽力供给你到贝尔蒙特去见那位美貌的鲍西娅。去,我们两人就去分头打听什么地方可以借得到钱,我就用我的信用作担保,或者用我自己的名义给你借下来。(同下)

第二场　贝尔蒙特。鲍西娅家中一室

【鲍西娅及尼莉莎上。

鲍西娅　真的,尼莉莎,我这小小的身体已经厌倦了这个广大的世界了。

尼莉莎　好小姐,您的不幸要是跟您的好运气一样大,那么无怪您会厌倦这个世界的;可是照我的愚见看来,吃得太饱的人,跟挨着饿不吃东西的人一样,是会害病的,所以行中庸之道才是最大的幸福:富贵催人生白发,布衣蔬食易长年呀。

鲍西娅　妙语,念得好。

尼莉莎　要是能够照着它做去,那就更好了。

鲍西娅　倘使做一件事情,就跟知道什么事情是应该做的一样容易,那么小教堂都要变成大礼拜堂,穷人的草屋都要变成王侯的宫殿了。言行一致的牧师才算好牧师。我可以教导二十个人,吩咐他们应该做些什么事,可是要我做这二十个人中间的一个,履行我自己的教训,我就要敬谢不敏了。理智可以制定法律来约束感情,可是热情激动起来,就会蔑弃冷酷的法令;年轻人是一头不受拘束的野兔,它会跳过老年人所设立的理智的藩篱。可是我这样大发议论,是不会帮助我选择一个丈夫的。

---

① 伊阿宋是希腊神话中的英雄,曾率众英雄远征黑海东获取金羊毛。

唉，说什么选择！我既不能选择我所中意的人，又不能拒绝我所憎厌的人；一个活着的女儿的意志，却要被一个死了的父亲的遗嘱所钳制。尼莉莎，像我这样不能选择，也不能拒绝，不是太叫人难堪了吗？

尼莉莎　老太爷生前德高望重，大凡有道君子，临终之时，必有神悟。他既然定下这抽签取决的方法，叫谁能够在这金银铅三匣之中选中了他预定的一只，便可以跟您匹配成亲，那么能够选中的人，一定是值得您倾心相爱的。可是在这些已经到来向您求婚的王孙公子中间，您对于哪一个最有好感呢？

鲍西娅　请你列举他们的名字，当你提到什么人的时候，我就对他下几句评语；凭着我的评语，你就可以知道我对于他们各人的印象。

尼莉莎　第一个是那不勒斯的亲王①。

鲍西娅　嗯，他真是一匹小马。他不讲话则已，讲起话来，老是说他的马怎么怎么，让人感到他最大本事就是能够替他自己的马装上蹄铁。我很有点儿疑心他母亲跟某位铁匠有过勾搭。

尼莉莎　还有那位巴拉廷伯爵呢？

鲍西娅　他一天到晚皱着眉头，好像说，“你要是不爱我，随你的便。”他听见笑话也不露一丝笑容。我看他年纪轻轻，就这么愁眉苦脸，到老来只好一天到晚痛哭流涕了。我宁愿嫁给一个骷髅，也不愿嫁给这两人中间的任何一个。上帝保佑我不要落在这两个人的手里！

尼莉莎　您说那位法国贵族勒·滂先生怎样？

鲍西娅　既然上帝造下他来，就算他是个人吧。凭良心说，我知道讥笑人家是一桩罪过，可是他！嘿！他的马比那不勒斯亲王那一头好一点，他的皱眉头的坏脾气也胜过那位巴拉廷伯爵。什么人的坏处他都有一点，可是一点没有自己的特色。听见画眉鸟唱歌，他就会手舞足蹈；见了自己的影子，也会跟它比剑。我倘然嫁给他，等于嫁给二十个丈夫。要是他瞧不起我，我会原谅他，因为即使他爱我爱到发狂，我也是永远不会报答他的。

尼莉莎　那么您说那个英国的少年男爵，福根勃立琪呢？

---

①　莎士比亚时代的那不勒斯人颇善治马。

鲍西娅　你知道我没有对他说过什么话，因为我的话他听不懂，他的话我也听不懂。他既不会说拉丁话、法国话，也不会说意大利话，至于我的英国话的程度，你是可以替我出席法庭作证的。他的模样倒还长得不错，可是，唉！谁高兴跟一个哑巴做手势谈话呀？他的装束多么古怪！我想他的紧身衣是在意大利买的，他的长统袜是在法国买的，他的软帽是在德国买的，至于他的行为举止，那是他从四方八面学得来的。

尼莉莎　您觉得他的邻居，那位苏格兰贵族怎样？

鲍西娅　他很懂得礼尚往来的睦邻之道，因为那个英国人曾经赏给他一记耳光，他发誓说，一有机会，立即奉还；我想那法国人是他的保人，他已经签署契约，声明将来加倍报偿哩。

尼莉莎　您看那位德国少爷，撒克逊公爵的侄子怎样？

鲍西娅　他在早上清醒的时候，就已经很坏了，一到下午喝醉了酒，尤其坏透。当他顶好的时候，叫他是个人还有点不够资格，当他顶坏的时候，他简直比畜生好不了多少。要是最不幸的祸事降临到我身上，我也希望永远不要跟他在一起。

尼莉莎　要是他要求选择，结果居然给他选中了预定的匣子，那时候您如果拒绝嫁给他，岂不是违背了老太爷的遗命了吗？

鲍西娅　为了预防万一起见，所以我要请你替我在错误的匣子上放好一杯满满的莱茵河葡萄酒；要是魔鬼在他的心里，诱惑在他的面前，我相信他一定会选了那一只匣子的。什么事情我都愿意做，尼莉莎，只要不让我嫁给一个酒鬼。

尼莉莎　小姐，您放心吧，您再也不会嫁给这些贵族中间的任何一个的。他们已经把他们的决心告诉了我，说除了您父亲所规定的用选择匣子决定去取的办法以外，要是他们不能用别的方法取得您的应允，那么他们决定动身回国，不再麻烦您了。

鲍西娅　要是没有人愿意照我父亲的遗命把我娶去，那么即使我长命如西比尔，也只好终身不嫁如狄安娜①。我很高兴这一群求婚者都是这么

---

①　西比尔，希腊神话中美女。阿波罗想赢得西比尔的爱，答应她想要什么就给什么。于是西比尔拿出一把沙子，说沙子有多少粒。她就想要活多少年。狄安娜，罗马神话中处女神。

懂事，因为他们中间没有一个人我不是唯望其速去的。求上帝赐给他们一路顺风吧！

尼莉莎　小姐，您还记不记得，当老太爷在世的时候，有一个跟着蒙脱佛拉侯爵到这儿来的文武全才的威尼斯人？

鲍西娅　是的，是的，那是巴萨尼奥，我想这是他的名字。

尼莉莎　正是，小姐。照我这双痴人的眼睛看起来，他是一切男子中间最值得匹配一位佳人的。

鲍西娅　我很记得他，他果然值得你的夸奖。

【一仆人上。

鲍西娅　啊！什么事？

仆人　小姐，那四位客人要来向您告别，另外第五位客人摩洛哥亲王差了一个人先来报信，说他今天晚上就要到这儿来了。

鲍西娅　要是我能够竭诚欢迎这第五位客人，就像我竭诚欢送那四位客人一样，那就好了。假如他有圣人般的德性，偏偏生着一副魔鬼样的面貌，那么与其让他做我的丈夫，还不如让他听我的忏悔。来，尼莉莎，前面带路。正是——

垂翅狂蜂方出户，寻芳浪蝶又登门。（同下）

第三场　威尼斯。广场

【巴萨尼奥及夏洛克上。

夏洛克　三千块钱，嗯？

巴萨尼奥　是的，大叔，三个月为期。

夏洛克　三个月为期，嗯？

巴萨尼奥　我已经对你说过了，这一笔钱可以由安东尼奥签立借据。

夏洛克　安东尼奥签立借据，嗯？

巴萨尼奥　你愿意帮助我吗？你愿意应承我吗？可不可以让我知道你的答复？

夏洛克　三千块钱，借三个月，安东尼奥签立借据。

巴萨尼奥　你的答复呢？

夏洛克　安东尼奥是个好人。

巴萨尼奥　你有没有听见人家说过他不是个好人？

夏洛克　啊，不，不，不，不。我说他是个好人，我的意思是说他是个有资格的人。可是他的财产却还有些问题：他有一艘商船开到特里坡利斯，另外一艘开到西印度群岛，我在交易所里还听人说起，他有第三艘船在墨西哥，第四艘到英国去了，此外还有遍布在海外各国的买卖。可是船不过是几块木板钉起来的东西，水手也不过是些血肉之躯，岸上有旱老鼠，水里也有水老鼠，陆地有强盗，水里也有强盗，我是说有海盗，还有风波礁石各种危险。不过话虽这么说，他这个人还算有些家底的。三千块钱，我想我可以接受他的契约。

巴萨尼奥　你放心吧，不会有错的。

夏洛克　我一定要放了心才敢把债放出去，所以还是让我再考虑考虑吧。我可不可以跟安东尼奥谈谈？

巴萨尼奥　不知道你愿不愿意陪我们吃一顿饭？

夏洛克　是的，叫我去闻猪肉的味道，吃你们拿撒勒先知[①]把魔鬼赶进去的脏东西的身体！我可以跟你们做买卖、讲交易、谈天散步，以及诸如此类的事情，可是我不能陪你们吃东西喝酒做祷告。交易所里有些什么消息？那边来的是谁？

【安东尼奥上。

巴萨尼奥　是安东尼奥先生。

夏洛克　（旁白）他的样子多么像一个摇尾乞怜的税吏！我恨他因为他是个基督徒，可是尤其因为他是个傻子，借钱给人不取利钱，把咱们在威尼斯城里放债这一行的利息都压低了。要是我有一天抓住他的把柄，一定要痛痛快快地向他报复我的深仇宿怨。他憎恶我们神圣的民族，甚至在商人会集的地方当众辱骂我，辱骂我的交易，辱骂我辛辛苦苦赚下来的钱，说那些都是些暴利。要是我饶过了他，让我们的民族永远没有翻身的日子！

① 拿撒勒先知即耶稣。

巴萨尼奥　夏洛克,你听见吗?

夏洛克　我正在估计我手头的现款,照我大概记得起来的数目,要一时凑足三千块钱,恐怕办不到。可是那没有关系,我们族里有一个犹太富翁杜伯尔,可以借给我必要的数目。且慢!您打算借几个月?(向安东尼奥)您好,好先生,哪一阵好风把尊驾吹了来啦?

安东尼奥　夏洛克,虽然我跟人家互通有无,从来不讲利息,可是为了我的朋友的急需,这回我要破一次例。(向巴萨尼奥)他有没有知道你需要多少?

夏洛克　嗯,嗯,三千块钱。

安东尼奥　三个月为期。

夏洛克　我倒忘了,正是三个月,(转对巴萨尼奥)您对我说过的。好,您的借据呢?让我瞧一瞧。可是听着,好像您说您借钱不管是向别人借钱还是借钱给别人,都从来不讲利息。

安东尼奥　我从来不讲利息。

夏洛克　当雅各替他的舅父拉班牧羊的时候①——这个雅各是我们圣祖亚伯兰的后裔,他的聪明的母亲设计使他做第三代的族长,是的,他是第三代——

安东尼奥　为什么说起他呢?他也是取利息的吗?

夏洛克　不,不是取利息,不是像你们所说的那样直接取利息。听好雅各用些什么手段:拉班跟他约定,生下来的小羊凡是有条纹斑点的,都归雅各所有,作为他的牧羊的酬劳。到晚秋的时候,那些母羊因为淫情发动,跟公羊交合,这个狡猾的牧人就趁着这些毛畜正在进行传种工作的当儿,削好了几根木棒,插在淫浪的母羊的面前,它们这样怀下了孕,一到生产的时候,产下的小羊都是有斑纹的,所以都归雅各所有。这是致富的妙法,上帝也祝福他——只要不是偷窃,会打算盘总是好事。

安东尼奥　雅各虽然幸而获中,可是这也是他按约应得的酬报;上天的意旨成全了他,却不是出于他自己的力量。你提起这一件事,是不是要证明取利息是一件好事?还是说金子银子就是你的公羊母羊?

---

① 见《旧约·创世记》。

夏洛克　这我倒说不清；我只是叫它像母羊生小羊一样地快快生利息。可是先生，您听我说。

安东尼奥　你听，巴萨尼奥，魔鬼也会引证《圣经》来替自己辩护哩。一个指着神圣的名字作证的恶人，就像一个脸带笑容的奸徒，又像一只外观美好中心腐烂的苹果。唉，奸伪的表面是多么动人！

夏洛克　三千块钱，这是一笔可观的整数。一年十二个月中的三个月，让我看看利钱应该有多少。

安东尼奥　好，夏洛克，我们可不可以仰仗你这一次？

夏洛克　安东尼奥先生，好多次您在交易所里骂我，说我盘剥取利，我总是忍气吞声，耸耸肩膀，没有跟您争辩，因为忍受迫害，本来是我们民族的特色。您骂我异教徒，杀人的狗，把唾沫吐在我的犹太长袍上，只因为我用我自己的钱博取几个利息。好，看来现在是您要来向我求助了。您跑来见我，您说，“夏洛克，我们要几个钱。”您这样对我说。您曾把唾沫吐在我的胡子上，用您的脚踢我。好像我是您门口的一条野狗一样；现在您却来问我要钱，我应该怎样对您说呢？我要不要这样说，“一条狗会有钱吗？一条狗能够借人三千块钱吗？”或者我应不应该弯下身子，像一个奴才似地低声下气、恭恭敬敬地说，“好先生，您上星期三将唾沫吐在我身上；有一天您用脚踢我；还有一天您骂我狗；为了报答您的这许多恩典，所以我应该借给您这么些钱吗？”

安东尼奥　我巴不得再这样骂你唾你踢你。要是你愿意把这钱借给我，不要把它当作借给你的朋友，哪有朋友之间通融几个臭钱也要斤斤计较地计算利息的道理？你就把它当作借给你的仇人吧，倘使我失了信用，你尽管拉下脸来照约处罚就是了。

夏洛克　哎哟，瞧您生这么大的气！我愿意跟您交个朋友，大家要好好的。您从前加在我身上的种种羞辱，我愿意完全忘掉；您现在需要多少钱，我愿意如数供给您，而且不要您一个子儿的利息；可是您却不愿意听我说下去。我这完全是一片好心哩。

安东尼奥　这倒果然是一片好心。

夏洛克　我要叫你们看看我到底是不是一片好心。跟我去找一个公证人，就在那儿签好了约。我们不妨开个玩笑，在约里写明，要是您不能按照约中所规定的条件，在某日某地还给我一笔某某数目的钱，那你就得随我的意思，在您身上的任何部分割下一磅白肉，作为处罚。

安东尼奥　很好，就是这么办吧。我愿意签下这样一张约，还要对人家说这个犹太人的心肠倒不坏呢。

巴萨尼奥　我宁愿安守贫困，也不能让你为了我的缘故签这样的约。

安东尼奥　老兄，你怕什么！我决不会受罚的。就在这两个月之内，离开这约的满期还有一个月，我就可以有十倍这借款的数目进门。

夏洛克　亚伯兰老祖宗啊！瞧这些基督徒因为自己待人刻薄，所以疑心人家也对他们不怀好意。请您告诉我，要是他到期不还，我照着约上规定的条款向他执行处罚了，那对我又有什么好处？从人身上割下来的一磅肉，它的价值可以比得上一磅羊肉、牛肉或是山羊肉吗？我为了要博得他的好感，所以才向他买这样一个交情。要是他愿意接受我的条件，很好，否则也就算了。千万请你们不要误会了我这一番诚意。

安东尼奥　好，夏洛克，我愿意签约。

夏洛克　那么就请您先到公证人的地方等我，告诉他这一张游戏契约怎样写法；我马上就去把钱凑起来，还要回到家里去瞧瞧，让一个不知俭省的奴才看守着门户，有点放心不下。然后我立刻就来瞧您。

安东尼奥　那快去吧，善良的犹太人。（夏洛克下）这犹太人快要变作基督徒了，他的心肠变好多啦。

巴萨尼奥　我不喜欢口蜜腹剑的人。

安东尼奥　好了好了，这又有什么要紧？再过两个月，我的船就要回来了。（同下）

第二幕

第一场　贝尔蒙特。鲍西娅家中一室

【喇叭吹花腔。摩洛哥亲王率侍从，鲍西娅、尼莉莎及婢仆等同上。

摩洛哥亲王　不要因为我的肤色而憎厌我，我是骄阳的近邻，我这一身黝黑的制服，便是它的威焰的赐予。给我到终年不见阳光、冰山雪柱的极北，找一个最白皙皎好的人来，让我们刺血察验对您的爱情，看看究竟是他的血红还是我的血红。我告诉你，小姐，我这副容貌曾经吓破了勇士的肝胆，可是凭着我的爱情起誓，我们国土里最有声誉的少女也曾为它害过相思。我不愿变更我的肤色，除非为了取得您的欢心，我的温柔的女王！

鲍西娅　讲到选择这一件事，我倒并不单单信赖一双善于挑剔的少女的眼睛，而且我的命运由抽签决定，自己也没有任意去选择的权力。要是我的父亲倘不曾用他的聪明办法把我束缚住，使我只能委身于按照他所规定的方法赢得我的男子，那么您，声名卓著的王子，您的容貌在我的心目之中，并不比我所已经看到的那些求婚者有什么逊色。

摩洛哥亲王　谢谢您这一番话，请您带我去瞧瞧那几个匣子，试一试我的命运吧。凭着这一柄曾经手刃波斯王，并且使一个三次战败苏里曼苏丹的波斯王子授首的宝剑起誓：我要瞪眼吓退世间最狰狞的猛汉，跟全世界最勇武的壮士比赛胆量，从母熊的胸前夺下哺乳的小熊；当一头饿狮咆哮攫食的时候，我要嘲弄它——只为博得你的垂青，小姐。可是，唉！即使像赫拉克勒斯那样的盖世英雄，要是跟他的奴仆赌起骰子来，也许他的运气还不如一个下贱之人。我现在听从着盲目的命运的指挥，也许结果终于失望，眼看着一个不如我的人把我的意中人夺走，而自己在悲哀中死去。

鲍西娅　您必须信任命运，或者死了心放弃选择的尝试，或者当您开始选择以前，先发誓，要是选得不对，终身不再向任何女子求婚；所以还是请您考虑考虑吧。

摩洛哥亲王　我的主意已决，不必考虑了。来，带我去试我的运气吧。

鲍西娅　先去教堂。吃过饭后，您就可以试试您的命运。

摩洛哥亲王　好，但愿走运！不是传为佳话，就是遗臭万年。（奏喇叭；众下）

第二场　威尼斯。街道

【朗斯洛特·高波上。

朗斯洛特　要是我从我的主人这个犹太人的家里逃走，我的良心是一定要责备我的。可是魔鬼拉着我的臂膀，引诱着我，对我说，“高波，朗斯洛特·高波，好朗斯洛特，快撒开你的腿儿，跑吧！”我的良心说，“不，留心，老实的朗斯洛特。留心，老实的高波。”或者就是这么说，“老实的朗斯洛特·高波，别逃跑，用你的脚跟把逃跑的念头踢得远远的。”好，那个大胆的魔鬼却劝我卷起铺盖滚蛋！“去呀！”魔鬼说，“去呀！看在老天的面上，提起勇气来，跑吧！”好，我的良心挽住我心里的脖子，很聪明地对我说，“朗斯洛特我的老实朋友，你是一个老实人的儿子！”——或者还不如说一个老实妇人的儿子，因为我的父亲的确有点儿不大老实，有点儿很丢脸的坏脾气——好，我的良心说，“朗斯洛特，别动！”魔鬼说，“动！”我的良心说，“别动！”“良心，”我说，“你说得不错。”“魔鬼，”我说，“你说得有理。”要是听良心的话，我就应该留在我的犹太主人家里，上帝恕我这样说，我的主人是一个魔鬼；要是从犹太人的地方逃走，那么我就要听从魔鬼的话，对不住，他本身就是魔鬼。可是我说，那犹太人一定就是魔鬼的化身。凭良心说话,我的良心劝我留在犹太人家里,未免良心太狠。还是魔鬼的话说得像个朋友。我要跑,魔鬼,我的脚跟听从着你的指挥。我一定要逃跑。

【老高波携篮上。

老高波　年轻的先生,请问一声,到犹太老爷的家里是怎么去的?

朗斯洛特　(旁白)天啊!这是我的亲生的父亲,因为他的眼睛差不多瞎了,所以认不出我。待我把他戏弄一下。

老高波　年轻的少爷先生,请问一声,到犹太老爷的家里是怎么去的?

朗斯洛特　你在转下一个弯的时候,往右手转过去;临了一次转弯的时候,往左手转过去;再下一次转弯的时候,什么手也不用转,曲曲弯弯地转下去,就转到那犹太人的家里了。

老高波　哎哟,这条路可不容易走哩!您知道不知道有一个住在他家里的朗斯洛特,现在还在不在他家里?

朗斯洛特　你说的是朗斯洛特少爷吗?(旁白)瞧着我吧,现在我要诱他流起眼泪来了——你说的是朗斯洛特少爷吗?

老高波　不是什么少爷,先生,他是一个穷人的儿子;他的父亲,不是我说一句,是个老老实实的穷光蛋——多谢上帝,他还活得好好儿的。

朗斯洛特　好,不要管他的父亲是个什么人,咱们讲的是朗斯洛特少爷。

老高波　他是您少爷的朋友,他就是叫朗斯洛特。

朗斯洛特　对不住,老人家,所以我要问你,你说的是朗斯洛特少爷吗?

老高波　是朗斯洛特,少爷。

朗斯洛特　所以就是朗斯洛特少爷。老人家,你别提起朗斯洛特少爷啦,因为这位年轻的少爷,根据天命气数鬼神这一类阴阳怪气的说法,是已经去世啦,或者说得明白一点,是已经归天啦。

老高波　哎哟,天哪!这孩子是我老年的拐杖,我的唯一的靠傍哩。

朗斯洛特　(旁白)我难道像一根棒儿,或是一根柱子吗?父亲,您不认识我吗?

老高波　唉,我不认识您,年轻的少爷,可是请您告诉我,我的孩子——上帝安息他的灵魂——究竟是活着还是死了?

朗斯洛特　您不认识我吗,父亲?

老高波　唉,少爷,我是个瞎子,我不认识您。

朗斯洛特　嗷,真的,您就是眼睛明亮,也许会不认识我,只有聪明的父亲才会认识他自己的儿子。好,老人家,让我告诉您关于您儿子的消息吧。请您给我祝福;真理总会显露出来,杀人的凶手总会给人捉住;儿子虽然会暂时躲了过去,事实到临了总是瞒不过的。

老高波　少爷,请您站起来。我相信您一定不会是朗斯洛特,我的孩子。

朗斯洛特　废话少说,请您给我祝福。我是朗斯洛特,从前是您的孩子,现在是您的儿子,将来也还是您的小子。

老高波　我不能想象您是我的儿子。

朗斯洛特　那我倒不知道应该怎样想法,可是我的确是在犹太人家里当仆人的朗斯洛特,我也相信您的妻子玛葛蕾就是我的母亲。

老高波　她的名字果真是玛葛蕾。你倘然真的就是朗斯洛特,那么你是我的亲生血肉了。如果是这样真该谢谢上帝!瞧!你长了多长的一把胡子啦[①]!你脸上的毛,比我那拖车子的马儿道平尾巴上的毛还多呐!

朗斯洛特　这样看起来,那么道平的尾巴一定是越长越短的;我还清楚记得,上一次我看见它的时候,它尾巴上的毛比我脸上的毛多得多哩。

老高波　上帝啊!你多么变了样子啦!你跟主人合得来吗?我给他带了点儿礼物来了。你们现在合得来吗?

朗斯洛特　嗯,是,是,可是从我自己这一方面讲,我既然已经决定逃跑,那么非到跑走了一程路之后,我是决不会停止下来的。我的主人是个十足的犹太人。给他礼物?还是给他一根上吊的绳子吧。我替他做事情,把个身体都饿瘦了;您可以用我的肋骨摸出我的每一条手指来。爸爸,您来了我很高兴。把您的礼物送给一位叫巴萨尼奥的大爷吧,他是会赏漂亮的新衣服给佣人穿的。我要是不能服侍他,我宁愿跑到地球的尽头去。啊,运气真好!正是他来了。到他跟前去,爸爸。我要是再继续服侍这个犹太人,连我自己都要变作犹太人了。

【巴萨尼奥率里奥那多及其他仆人上。

巴萨尼奥　你们就这样做吧,可是要赶快,晚饭最迟必须在五点钟预备好。

---

① 朗斯洛特可能低着头,他父亲摸到了他的头发,以为是胡子。

这几封信替我分别送出;叫裁缝把制服做起来;回头再请葛莱西安诺立刻到我的寓所里来。(一仆人下)

朗斯洛特　上去,爸爸。

老高波　上帝保佑老爷!

巴萨尼奥　谢谢你,有什么事?

老高波　老爷,这是我的儿子,一个苦命的孩子——

朗斯洛特　不是苦命的孩子,老爷,我是那位犹太富翁的跟班。不瞒老爷说,我想要——我的父亲会说明白的——

老高波　老爷,正像人家说的,他一心一意地想要伺候——

朗斯洛特　总而言之一句话,我本来是伺候那个犹太人的,可是我很想要——我的父亲会说明白的——

老高波　不瞒老爷说,他的主人跟他有点儿意见不合——

朗斯洛特　干脆一句话,实实在在说,这犹太人欺侮了我,所以我——我希望就像我的父亲,他是个老头子,会向你说明白的——

老高波　我这儿有一盘烹好的鸽子送给老爷,我要请求老爷一件事——

朗斯洛特　废话少说,这请求是关于我的事情,这位老实的老人家可以告诉您。不是我说一句,我这父亲虽然是个老头子,却是个苦人儿。

巴萨尼奥　让一个人说话。你们究竟要什么?

朗斯洛特　伺候您,老爷。

老高波　正是这一件事,老爷。

巴萨尼奥　我认识你。我可以答应你的要求。你的主人夏洛克今天曾经向我说起,要把你举荐给我。可是你不去伺候一个有钱的犹太人,反要来做一个穷绅士的跟班,恐怕没有什么好处吧?

朗斯洛特　老爷,一句老古话刚好在我的主人夏洛克跟您之间分成两半①:他有钱;您呢,有上帝的恩惠。

巴萨尼奥　你说得很好。老人家,你带着你的儿子,先去向他的旧主人告别,然后再来打听我的住址。(向仆人)给他做一身比别人格外鲜艳一点的制服,不可有误。

---

①　这句老古话的全句是:“有上帝恩惠者有钱。”

朗斯洛特　爸爸，进去吧。我不能得到一个好差使吗？我生了嘴不会说话吗？好，（视手掌）要是在意大利有谁生得一手比我还要好的命运掌纹，我一定会交好运的。好，这儿是一条不显眼的寿命线；这儿有不多几个老婆；唉！十五个老婆算得什么，十一个寡妇，再加上九个黄花闺女，对于一个男人也不算太多啊！还要三次溺水不死，有一次几几乎在一张天鹅绒的床边送了性命，好几次死里逃生！好，要是命运之神是个女的，她倒是个很好的娘们儿。爸爸，来，我要用一眨眼的功夫向那犹太人告别。（朗斯洛特及老高波下）

巴萨尼奥　好里奥那多，请你记好，这些东西买到以后，把它们安排停当，就赶紧回来，因为我今晚要宴请我的最有名望的相识。快去吧。

里奥那多　我一定给您尽力办去。

【葛莱西安诺上。

葛莱西安诺　你家主人呢？

里奥那多　他就在那边走着，先生。（下）

葛莱西安诺　巴萨尼奥老爷！

巴萨尼奥　葛莱西安诺！

葛莱西安诺　我要向您提出一个要求。

巴萨尼奥　我答应你。

葛莱西安诺　您不能拒绝我；我一定要跟您到贝尔蒙特去。

巴萨尼奥　啊，那么我只好让你去了。可是听着，葛莱西安诺，你这个人太随便，太不拘礼节，太爱高声说话了。这几点本来对于你是再合适不过的，在我们的眼睛里也不以为嫌，可是在陌生人的地方，那就好像有点儿放肆啦。请你千万留心在你的活泼的天性里尽力放进几分冷静进去，否则人家见了你这样狂放的行为，也许会对我发生误会，害我不能达到我的希望。

葛莱西安诺　巴萨尼奥老爷，听我说。我一定会装出一副安详的态度，说起话来恭而敬之，难得赌一两句咒，口袋里放一本祈祷书，脸孔上堆满了庄严。不但如此，在念食前祈祷的时候，我还要把帽子拉下来遮住我的眼睛，叹一口气，说一句“阿门”。我一定遵守一切礼仪，就像人家有意装得循规蹈矩，去讨他老祖母的欢喜一样。要是我不照这样的话去做，您以后不用相信我好了。

巴萨尼奥　好,我们倒要瞧瞧你装得像不像。

葛莱西安诺　今天晚上可不算,您不能按照我今天晚上的行动来判断我。

巴萨尼奥　不,那未免太杀风景了。我倒要请你今天晚上痛痛快快地欢畅一下,因为我已经跟几个朋友约定,大家都要尽兴狂欢。现在我还有点事情,等会儿见。

葛莱西安诺　我也要去找罗兰佐及别的那些人。吃晚饭的时候我们一定来看您。(各下)

第三场　同前。夏洛克家中一室

【杰西卡及朗斯洛特上。

杰西卡　你这样离开我的父亲,使我很不高兴。我们这个家是一座地狱,幸亏有你这淘气的小鬼,多少解除了几分闷气。可是再会吧,朗斯洛特,这一块钱你且拿了去;你在晚饭的时候,可以看见一位叫作罗兰佐的,是你新主人的客人,这封信你替我交给他,留心别让旁人看见。现在你快去吧,我不敢让我的父亲瞧见我跟你谈话。

朗斯洛特　再见!眼泪哽住了我的舌头。顶美丽的异教徒,顶温柔的犹太人!倘不是一个基督徒跟你母亲私通,生了你下来,就算我有眼无珠。再会吧!这些傻气的泪点,快要把我的男子气概都淹沉啦。再见!

杰西卡　再见,好朗斯洛特。(朗斯洛特下)唉,我真是罪恶深重,竟会羞于做我父亲的孩子!可是虽然我在血统上是他的女儿,在行为上却不是他的女儿。罗兰佐啊!你要是能够守信不渝,我将要结束我的内心的冲突,皈依基督教,做你的亲爱的妻子。(下)

第四场　同前。街道

【葛莱西安诺、罗兰佐、萨拉里诺、萨莱尼奥同上。

罗兰佐　不,咱们就在吃晚饭的时候溜出去,在我的寓所里化装好,只消一点钟功夫就可以把事情办好回来。

葛莱西安诺　咱们还没有好好儿准备过呢。

萨拉里诺　咱们还没有提到过拿火炬的人。

萨莱尼奥　那一定要经过一番训练,否则叫人瞧着笑话。依我看来,还是不用了吧。

罗兰佐　现在还不过四点钟,咱们还有两个钟点可以准备起来。

【朗斯洛特持函上。

罗兰佐　朗斯洛特朋友,有什么消息吗?

朗斯洛特　请您把这封信拆开吧,它会告诉您的。

罗兰佐　我认识这一手字;真是一手漂亮好字;而那写这封信的手,比这信纸还要洁白。

葛莱西安诺　一定是情书。

朗斯洛特　老爷,小的告辞了。

罗兰佐　你还要到哪儿去?

朗斯洛特　呃,老爷,我要去请我的犹太旧主人今天晚上陪我的基督徒新主人吃饭。

罗兰佐　慢着,这几个钱赏给你;你去回复温柔的杰西卡,我不会误她的约。留心说话的时候别给旁人听见。各位,去吧。(朗斯洛特下)你们愿意去准备今天晚上的假面跳舞会吗?我已经有了一个拿火炬的人了。

萨拉里诺　是,我立刻就去准备。

萨莱尼奥　我也去。

罗兰佐　再过一点钟左右,我和诸位在葛莱西安诺的寓里所会面。

萨拉里诺　这样最好。(萨拉里诺、萨莱尼奥同下)

葛莱西安诺　那封信不是杰西卡写给你的吗?

罗兰佐　我必须把一切都告诉你。她已经教我怎样带着她逃出她父亲的家,还告诉我她随身带了多少金银珠宝,并已经准备好怎样一身小童的服装。要是她的那个犹太人父亲有一天会上天堂,那一定因为上帝看在他善良的女儿面上特别开恩。恶运再也不敢侵犯她,除非因为她的父亲是一个奸诈的犹太人。来,跟我一块儿去,你可以一边走一边读这封信。美丽的杰西卡将是替我举着火炬的人。(同下)

第五场　同前。夏洛克家门前

【夏洛克及朗斯洛特上。

夏洛克　好,你就可以知道,你就可以亲眼瞧瞧,夏洛克老头子跟巴萨尼奥有什么不同啦。喂,杰西卡!——你再不能狼吞虎咽了,你在我家里放肆惯了——喂,杰西卡!——又睡觉,又打鼾,又撕破衣服——喂,杰西卡!

朗斯洛特　喂,杰西卡!

夏洛克　谁叫你喊的?我没有叫你喊呀。

朗斯洛特　您老人家不是常常怪我没有人吩咐,我就什么都不会干吗?

【杰西卡上。

杰西卡　是叫我吗?有什么吩咐?

夏洛克　杰西卡,人家请我去吃晚饭;这儿是我的钥匙,你好生收管着。可是我去干什么呢?人家又不是真心邀请我,他们不过拍拍我的马屁而已。可是我因为恨他们,倒要去这一趟,受用受用这个浪子基督徒的酒食。杰西卡,我的孩子,留心照看门户。我实在有点不愿意去,昨天晚上我做梦看见钱袋,恐怕不是个吉兆。

朗斯洛特　老爷,请您一定去,我家少爷在等着您赏光呢。

夏洛克　我也在等着他赏我一记耳光哩。

朗斯洛特　他们已经商量好了。我并不说您可以看到一场假面跳舞,可是您要是果然看到了,那就怪不得我在上一个黑色星期一早上六点钟会流起鼻血来啦,那一年正是在圣灰节星期三第四年的下午。

夏洛克　怎么,还有假面跳舞吗?听好,杰西卡,把家里的门锁上!听见鼓声和弯笛子的怪叫声音,不许爬到窗格子上张望,也不要伸出头去,瞧那些脸上涂得花花绿绿的傻基督徒们打街道上走过。所有的窗都给我关起来,别让那些无聊的胡闹的声音钻进我的清静的屋子里。凭着雅各的牧羊杖发誓,我今晚真有点不想出去参加什么宴会。可是就去这一次吧。小子,你先回去,说我就来了。

朗斯洛特　那么我先去了,老爷。小姐,甭管他的吩咐,留心看好窗外——

（下）

夏洛克　嘿，那个夏甲的傻瓜后裔[1]说些什么？

杰西卡　没有说什么，他只是说，"再会，小姐。"

夏洛克　这蠢才心肠倒还好，就是食量太大；做起事来，慢吞吞像条蜗牛一般；白天睡觉的本领，比野猫还胜过几分。我家里可容不得懒惰的黄蜂，所以才打发他走了，让他去跟着那个人，好把他借来的钱花个精光。好，杰西卡，进去吧，也许我一会儿就回来。记住我的话，把门儿随手关了。"缚得牢，跑不了"，这是一句千古不磨的至理明言。（下）

杰西卡　再会，要是我的命运不跟我作梗，那么我将要失去一个父亲，你也要失去一个女儿了。（下）

第六场　同　　前

【葛莱西安诺及萨拉里诺戴假面同上。

葛莱西安诺　这儿屋檐下便是罗兰佐叫我们守望的地方。

萨拉里诺　他约定的时间快要过去了。

葛莱西安诺　他会迟到真是件怪事，因为恋人们总是赶在时钟前面的。

萨拉里诺　啊！维纳斯的鸽子飞去缔结新欢的盟约，比之履行旧日的诺言，总是要快上十倍。

葛莱西安诺　那是一定的道理。谁在席终人散以后，他的食欲还像初入座时候那么强烈？哪一匹马在冗长的归途上，会像它起程时那么长驱疾驰？对世间的一切事物，人们追求时兴致总要比享用时的兴致浓烈。一艘新下水的船只扬帆出港的当儿，多么像一个娇养的少年，给那轻狂的风儿爱抚搂抱！可是等到它回来的时候，船身已遭风日的侵蚀，船帆也变成了百结的破衲，它又多么像一个落魄的浪子，给那轻狂的风儿肆意欺凌！

萨拉里诺　罗兰佐来啦；这些话你留着以后再说吧。

---

① 夏甲为犹太人始祖亚伯兰之妾。此处"夏甲后裔"表"贱种"之意。见《旧约·创世记》。

【罗兰佐上。

罗兰佐　两位好朋友，累你们久等了，对不起得很，实在是因为我有点事情，急切里抽身不出。等你们将来也要偷妻子的时候，我一定也替你们守这么些时候。过来，这儿就是我的犹太岳父所住的地方。喂！里面有人吗？

【杰西卡着男装自上方上。

杰西卡　你是哪一个？我虽然认识你的声音，可是为了免得错认了人，请你把名字告诉我。

罗兰佐　我是罗兰佐，你的爱人。

杰西卡　你果然是罗兰佐，也的确是我的爱人，谁会使我爱得像你一样呢？罗兰佐，除了你之外，谁还知道我究竟是不是属于你的呢？

罗兰佐　上天和你的思想，都可以证明你是属于我的。

杰西卡　来，把这匣子接住了，你拿了去大有好处的。幸亏在夜里，你瞧不见我，我改扮成这个怪样子，怪不好意思哩。可是恋爱是盲目的，恋人们瞧不见他们自己所干的傻事；要是他们瞧得见的话，那么丘必特瞧见我变成一个男孩子，也会脸红起来哩。

罗兰佐　下来吧，你必须替我拿着火炬。

杰西卡　怎么？我必须拿着烛火，照亮自己的羞耻吗？像我这样子，已经太轻狂了，应该遮掩遮掩才是，怎么反而要在别人面前露脸？

罗兰佐　亲爱的，你穿上这一身漂亮的男孩子衣服，人家不会认出你来的。快来吧，夜色已经在不知不觉中深了起来，巴萨尼奥在等着我们去赴宴呢。

杰西卡　让我把门窗关好，再收拾些银钱带在身边，然后立刻就来。（自上方下）

葛莱西安诺　凭着我的头巾发誓，她真是个基督徒，不是个犹太人。

罗兰佐　我从心底里爱着她。要是我有判断的能力，那么她是聪明的；要是我的眼睛没有欺骗我，那么她是美貌的；她已经替自己证明她是忠诚的。像她这样又聪明，又美丽，又忠诚，怎么不叫我把她永远放在自己的灵魂里呢？

【杰西卡上。

罗兰佐 啊,你来了吗?朋友们,走吧!我们的舞伴们现在一定在那儿等着我们了。(罗兰佐、杰西卡、萨拉里诺同下)

【安东尼奥上。

安东尼奥 那边是谁?

葛莱西安诺 安东尼奥先生!

安东尼奥 咦,葛莱西安诺!还有那些人呢?现在已经九点钟啦,我们的朋友们,大家在那儿等着你们。今天晚上的假面跳舞会取消了。风势已转,巴萨尼奥就要立刻上船。我已经差了二十个人来找你们了。

葛莱西安诺 那好极了!我巴不得今天晚上就开船出发。(同下)

第七场 贝尔蒙特。鲍西娅家中一室

【喇叭奏花腔。鲍西娅及摩洛哥亲王各率侍从上。

鲍西娅 去把帐幕揭开,让这位尊贵的王子瞧瞧那几个匣子。现在请殿下自己选择吧。

摩洛哥亲王 第一只匣子是金的,上面刻着这几个字:"谁选择了我,将要得到众人所希求的东西。"第二只匣子是银的,上面刻着这样的约许:"谁选择了我,将要得到他所应得的东西。"第三只匣子是用沉重的铅打成的,上面刻着像铅一样冷酷的警告:"谁选择了我,必须准备把他所有的一切作为牺牲。"我怎么可以知道我选得错不错呢?

鲍西娅 这三只匣子中间,有一只里面藏着我的小像;您要是选中了那一只,我就是属于您的了。

摩洛哥亲王 求神明指示我!让我看,我且先把匣子上面刻着的字句再推敲一遍。这一个铅匣子上面说些什么?"谁选择了我,必须准备把他所有的一切作为牺牲。"必须准备牺牲?为什么?为了铅吗?为了铅而牺牲一切吗?这匣子说的话儿倒有些吓人。人们为了希望得到重大的利益,才会不惜牺牲一切;一颗贵重的心,决不会屈躬俯就鄙贱的外表。我不愿为了铅的缘故而作任何的牺牲。那个色泽皎洁的银匣子上面说些什么?"谁选择了我,将要得到他所应得的东西。"得到他所应得的东西！且慢，摩洛哥，把你自己的价值作一下公正的估计吧。照你自己判断起来，你应该得到很高的评价，可是也许凭着你这几分长处，还不配娶到这样一位小姐；然而我要是疑心我自己不够资格，那未免太小看自己了。得到我所应得的东西！当然那就是指这位小姐而说的。讲到家世、财产、人品、教养，我在哪一点上配不上她？可是超乎这一切之上，凭着我这一片深情，也就应该配得上她了。那么我不必迟疑，就选了这一个匣子吧。让我再瞧瞧那金匣子上说些什么话："谁选择了我，将要得到众人所希求的东西。"啊，那正是这位小姐了！整个儿的世界都希求着她，从地球的四角他们迢迢而来，顶礼这位尘世的仙真：希尔卡尼亚的沙漠和广大的阿拉伯辽阔荒野，现在已经成为各国王子们前来瞻仰美貌的鲍西娅的通衢大道；把唾沫吐在天庭面上的傲慢不逊的海洋，也不能阻止外邦的远客，他们越过汹涌的波涛，就像跨过一条小河一样，为了要看一看鲍西娅的绝世姿容。在这三只匣子中间，有一只里面藏着她的天仙似的小像。难道那铅匣子里会藏着她吗？想起这样一个卑劣的思想，就是一种亵渎。那么她是会藏在那价值只及纯金十分之一的银匣子里面吗？啊，罪恶的思想！这样一颗珍贵的珠宝，决不会装在比金子低贱的匣子里。把钥匙交给我！我已经选定了，但愿我的希望能够实现！

鲍西娅　亲王，请您拿着这钥匙。要是这里边有我的小像，我就是您的了。

（摩洛哥亲王开金匣）

摩洛哥亲王　哎哟，该死！这是什么？一个死人的骷髅，那空空的眼眶里藏着一张有字的纸卷。让我读一读上面写着什么。

闪光的不全是黄金，
这话常听人说得分明；
多少世人出卖了一生，
不过看到了我的外形，
蛆虫占据着镀金的坟。
你要是又大胆又聪明，
手脚年轻，见识却老成，
就不会得到这样回音：

再见,劝你冷却这片心。
冷却这片心!真的是枉费辛劳。
永别了,热情!欢迎,凛冽的寒风!
再见,鲍西娅;悲伤塞满了心胸,
莫怪我这败军之将去得匆匆。(率侍从下;喇叭奏花腔)

鲍西娅 他去得倒还知趣。把帐幕拉下来。但愿像他一样肤色的人,都像他一样选不中。(同下)

第八场 威尼斯。街道

【萨拉里诺及萨莱尼奥上。

萨拉里诺 啊,朋友,我看见巴萨尼奥开船,葛莱西安诺也跟他同船去。我相信罗兰佐一定不在他们船里。

萨莱尼奥 那个恶犹太人大呼小叫地吵到公爵那儿去,公爵已经跟着他去搜巴萨尼奥的船了。

萨拉里诺 他去迟了一步,船已经开出。可是有人告诉公爵,说他们曾经看见罗兰佐跟他的多情的杰西卡在一艘平底船里,而且安东尼奥也向公爵证明他们并不在巴萨尼奥的船上。

萨莱尼奥 那犹太狗在街上一路乱叫乱喊,我从未听到过有人这样用充满混乱的、奇特的、狂怒的激情颠三倒四地叫喊:"我的女儿!啊,我的银钱!啊,我的女儿!跟一个基督徒逃走啦!啊,我的基督徒的银钱!公道啊!法律啊!我的银钱,我的女儿!一袋封好的,两袋封好的银钱,给我的女儿偷去了!还有珠宝!两颗宝石,两颗珍贵的宝石,都给我的女儿偷去了!公道啊!把那女孩子找出来!她身边带着宝石,还有银钱。"

萨拉里诺 威尼斯城里所有的小孩子们,都跟在他背后,喊着:他的宝石呀,他的女儿呀,他的银钱呀。

萨莱尼奥 安东尼奥应该留心那笔债款不要误了期,否则他要在他身上报复的。

萨拉里诺 对了,你想得不错。昨天我跟一个法国人谈天,他对我说起,在英法两国之间的狭隘的海面上,有一艘从咱们国里开出去的满载着货物的船只出了事了。我一听见这句话,就想起安东尼奥,但愿那艘船不是他的才好。

萨莱尼奥　你最好把你听见的消息告诉安东尼奥;可是你要轻描淡写地说,免得害他着急。

萨拉里诺　世上没有一个比他更仁厚的君子。我看见巴萨尼奥跟安东尼奥告别,巴萨尼奥对他说,他一定尽早回来,他回答说,“不必,巴萨尼奥,不要为了我的缘故而误了你的正事,你等到一切事情圆满完成以后再回来吧;至于我在那犹太人那里签下的约,你不必放在心上,你只管高高兴兴,一心一意地进行你的好事,施展你的全副精神,去博得美人的欢心吧。”说到这里,他不禁热泪盈眶,就回转身去,把手伸到背后,亲亲热热地握着巴萨尼奥的手。他们就这样分别了。

萨莱尼奥　我看他只是为了他的缘故才爱这世界的。咱们现在就去找他,想些开心的事儿替他解解愁闷,你看好不好?

萨拉里诺　很好很好。(同下)

第九场　贝尔蒙特。鲍西娅家中一室

【尼莉莎及一仆人上。

尼莉莎　快,快,扯开那帐幕。阿拉贡亲王已经宣过誓,就要来选匣子啦。

【喇叭奏花腔。阿拉贡亲王及鲍西娅各率侍从上。

鲍西娅　瞧,尊贵的王子,那三个匣子就在这儿。您要是选中了有我的小像藏在里头的那一只,我们就可以立刻举行婚礼;可是您要是失败了的话,那么殿下,不必多言,您必须立刻离开这儿。

阿拉贡亲王　我已经宣誓遵守三项条件:第一,不得告诉任何人我所选的是哪一只匣子;第二,要是我选错了,终身不得再向任何女子求婚;第三,要是我选不中,必须立刻离开此地。

鲍西娅　为了我这微贱的身子来此冒险的人,没有一个不曾立誓遵守这几个条件。

阿拉贡亲王　我也是这样宣誓过了。但愿命运满足我的心愿!一只是金的,一只是银的,还有一只是下贱的铅的。"谁选择了我,必须准备牺牲他所有的一切。"你要我为你牺牲,应该再好看一点才是。那个金匣子上面说的什么?"谁选择了我,将要得到众人所希求的东西。"众人所希求的东西!那"众人"也许是指那无知的群众,他们只知道凭着外表取人,信赖着一双愚妄的眼睛,不知道窥察到内心,就像暴风雨中的燕子,把巢筑在屋外的墙壁上,自以为可保万全,不想到灾祸就会接踵而至。我不愿选择众人所希求的东西,因为我不愿随波逐流,与粗俗的群众为伍。那么还是让我瞧瞧你吧,你这白银的宝库,待我再看一遍刻在你上面的字句:"谁选择了我,将要得到他所应得的东西。"说得好,一个人要是自己没有货真价实的长处,怎么可以妄图非分?尊荣显贵,原来不是无德之人所可以忝窃的。唉!要是世间的爵禄官职,都能够因功授赏,不借钻营,那么多少脱帽侍立的人将会高冠盛服,多少发号施令的人将会俯首听命,多少卑劣鄙贱的渣滓将从高贵的种子中间剔分出来,多少隐暗不彰的贤才异能,可以从世俗的糠粃中间筛选出来,大放它们的光泽!闲话少说,还是让我考虑考虑怎样选择吧。"谁选择了我,将要得到他所应得的东西。"那么我要取之无愧了。把这匣子上的钥匙给我,让我立刻开匣放出藏在这里面的我的命运。(开银匣)

鲍西娅　您在这里面瞧见些什么?怎么呆住了一声也不响?

阿拉贡亲王　这是什么?一个眯着眼睛的傻瓜的画像,上面还写着字句!让我读一下看。唉!你跟鲍西娅相去得多么远!你跟我的希望又相去得多么远!"谁选择了我,将要得到他所应得的东西。"难道我只应得到一副傻瓜的嘴脸吗?那便是我的奖品吗?我不该得到好一点的东西吗?

鲍西娅　毁谤和评判,是两件作用不同、性质相反的事。

阿拉贡亲王　这儿写着什么?

这银子在火里烧过七遍;
那永远不会错误的判断,
也必须经过七次的试炼。
有的人终身向幻影追逐,
只好在幻影里寻求满足。

我知道世上尽有些呆鸟，
空有着一个镀银的外表。
随你娶一个怎样的妻房，
摆脱不了这傻瓜的皮囊。
去吧，先生，莫再耽搁时光！
我要是再留在这儿发呆，
愈显得是个十足的蠢才；
顶一颗傻脑袋来此求婚，
带两个蠢头颅回转家门。
别了，美人，我愿遵守誓言，
默忍着厄运带来的熬煎。（阿拉贡亲王率侍从下）

鲍西娅　正像飞蛾在烛火里伤身，
这些傻瓜们自恃着聪明，
免不了被聪明误了前程。

尼莉莎　古话说得好，上吊娶媳妇，
都是一个人注定的天数。

鲍西娅　来，尼莉莎，把帐幕拉下了。

【一仆人上。

仆人　小姐呢？

鲍西娅　在这儿。有什么事？

仆人　小姐，门口有一个年轻的威尼斯人，说是来通知一声，他的主人就要来啦。他说他的主人叫他先来向小姐致意，除了一大堆恭维的客套以外，还带来了几件很贵重的礼物。小的从来没有见过这么一位体面的爱神的使者；预报繁茂的夏季快要来临的四月的天气，也不及这个为主人先驱的俊仆的温雅。

鲍西娅　请你别说下去了吧。你这样天花乱坠地称赞他，我怕你就要说他是你的亲戚了。来，来，尼莉莎，我倒很想瞧瞧这一位爱神差来的体面的使者。

尼莉莎　爱神啊，但愿来的是巴萨尼奥！（同下）

第三幕

第一场　威尼斯。街道

【萨莱尼奥及萨拉里诺上。

萨莱尼奥　交易所里有什么消息？

萨拉里诺　他们都在那里说安东尼奥有一艘满装着货物的船在海峡里倾覆了。那地方的名字好像是古德温，是一处很危险的沙滩，听说有许多大船的残骸埋葬在那里，要是那些传闻之辞不是来自长舌妇之口的话。

萨莱尼奥　我但愿那些谣言就像那些吃饱了饭没事做，嚼嚼生姜，或者一把鼻涕一把眼泪地假装为了她第三个丈夫死去而痛哭的那些婆子们所说的鬼话一样靠不住。可是那的确是事实——不说啰里啰嗦的废话，也不说枝枝节节的闲话——这位善良的安东尼奥，正直的安东尼奥——啊，但愿我有一个可以充分形容他的好处的字眼！

萨拉里诺　好了好了，别说下去了吧。

萨莱尼奥　嘿！你说什么！总归一句话，他损失了一艘船。

萨拉里诺　但愿这是他最末一次的损失。

萨莱尼奥　让我赶快喊"阿门"，免得给魔鬼打断了我的祷告，因为他已经扮成一个犹太人的样子来啦。

【夏洛克上。

萨莱尼奥　啊，夏洛克！商人们有什么消息？

夏洛克　有什么消息！我的女儿逃走啦，这件事情是你比谁都格外知道得详细的。

萨拉里诺　那当然啦，就是我也知道她飞走的那对翅膀是哪一个裁缝替她做的。

萨莱尼奥　夏洛克自己也何尝不知道，她羽毛已长，当然要离开娘家啦。

夏洛克　她干出这种不要脸的事来，死了一定要下地狱。

萨拉里诺　假如是魔鬼做她的判官，那是当然的事情。

夏洛克　我自己的血肉向我造反！

萨莱尼奥　（故意曲解）老不死的，你都这把年纪了，还有那种肉欲？

萨拉里诺　你的肉跟她的肉比起来，比黑炭和象牙还差得远；你的血跟她的血比起来，比红葡萄酒和白葡萄酒还差得远。可是告诉我们，你听不听见人家说起安东尼奥在海上遭到了损失？

夏洛克　说起他，又是我的一桩倒霉事情。这个败家精，这个破落户，他不敢在交易所里露一露脸。他平常到市场上来，穿着得多么齐整，现在可变成一个叫花子啦。让他留心他的借约吧。他老是骂我盘剥取利，让他留心他的借约吧。他是本着基督徒的精神，放债从来不取利息的，让他留心他的借约吧！

萨拉里诺　我相信要是他不能按约偿还借款，你一定不会要他的肉的，那有什么用处呢？

夏洛克　拿来钓鱼也好，即使他的肉不中吃，至少也可以出出我这一口气。他曾经羞辱过我，夺去我几十万块钱的生意，讥笑我亏了本，挖苦我赚了钱，侮蔑我的民族，破坏我的买卖，离间我的朋友，煽动我的仇敌。他的理由是什么？只因为我是一个犹太人。难道犹太人没有眼睛吗？难道犹太人没有五官四肢，没有知觉，没有感情，没有血气吗？他不是吃着同样的食物，同样的武器可以伤害他，同样的医药可以疗治他，冬天同样会冷，夏天同样会热，就像一个基督徒一样吗？你们要是用刀剑刺我们，我们不是也会出血的吗？你们要是搔我们的痒，我们不是也会笑起来吗？你们要是用毒药谋害我们，我们不是也会死的吗？那么要是你们欺侮了我们，我们难道不会复仇吗？要是在别的地方我们都跟你们一样，那么在这一点上也是彼此相同的。要是一个犹太人欺侮了一个基督徒，那基督徒会忍耐吗？不。他怎样？报仇。要是一个基督徒欺侮了一个犹太人，那么照着基督徒的榜样，那犹太人应该怎样？报仇呀。你们已经把残虐的手段教给我，我一定会照着你们的教训实行，而且还要加倍奉敬哩。

【一仆人上。

仆人　两位先生，我家主人安东尼奥在家里，要请两位过去谈谈。

萨拉里诺　我们正在到处找他呢。

【杜伯尔上。

萨莱尼奥　又是一个他的族中人来啦。世上再也找不到第三个像他们这样的人，除非魔鬼自己也变成了犹太人。（萨莱尼奥、萨拉里诺及仆人下）

夏洛克　啊，杜伯尔！热那亚有什么消息？你有没有找到我的女儿？

杜伯尔　我所到的地方，往往听见人家说起她，可是总找不到她。

夏洛克　哎呀，糟糕！糟糕！糟糕！我在法兰克福出两千块钱买来的那颗金刚钻也丢啦！诅咒到现在才降落到咱们民族头上；我到现在才觉得它的厉害。那一颗金刚钻就是两千块钱，还有别的贵重的贵重的珠宝。我希望我的女儿死在我的脚下，那些珠宝都挂在她的耳朵上；我希望她就在我的脚下入土安葬，那些银钱都放在她的棺材里！不知道他们的下落吗？哼，我不知道为了寻访他们，又花去了多少钱。你这你这——损失上再加损失！贼子偷了这么多走了，还要花这么多去访寻贼子，结果仍旧是一无所得，出不了这一口怨气。只有我一个人倒霉，只有我一个人叹气，只有我一个人流眼泪！

杜伯尔　倒霉的不单是你一个人。我在热那亚听人家说，安东尼奥——

夏洛克　什么？什么？什么？他也倒了霉吗？他也倒了霉吗？

杜伯尔　——有一艘从特里坡利斯来的大船，在途中触礁。

夏洛克　谢谢上帝！谢谢上帝！是真的吗？是真的吗？

杜伯尔　我曾经跟几个从那船上出险的水手谈过话。

夏洛克　谢谢你，好杜伯尔。好消息，好消息！哈哈！什么地方？在热那亚吗？

杜伯尔　听说你的女儿在热那亚一个晚上花去八十块钱。

夏洛克　你把一把刀戳进我心里了！我也再瞧不见我的金子啦！一下子就

是八十块钱！八十块钱！

杜伯尔　有几个安东尼奥的债主跟我同路到威尼斯来，他们肯定地说他这次一定要破产。

夏洛克　我很高兴。我要摆布摆布他，我要整治整治他。我很高兴。

杜伯尔　有一个人给我看一个指环，说是你女儿用它向他换了一只猴子。

夏洛克　该死该死！杜伯尔，你提起这件事，真叫我心里难过；那是我的绿玉指环，是我的妻子莉莎在我没有结婚的时候送给我的，即使人家把一大群猴子来向我交换，我也不愿把它给人。

杜伯尔　可是安东尼奥这次一定完了。

夏洛克　对了，这是真的，一点不错。去，杜伯尔，现在离借约满期还有半个月，你先给我到衙门里走动走动，花费几个钱。要是能罚他，我要挖出他的心来；即使他不在威尼斯，我也不怕他逃出我的掌心。去，去，杜伯尔，咱们在会堂里见面。好杜伯尔，去吧，会堂里再见，杜伯尔。（各下）

第二场　贝尔蒙特。鲍西娅家中一室

【巴萨尼奥、鲍西娅、葛莱西安诺、尼莉莎及侍从等上。

鲍西娅　请您不要太急，停一两天再选吧，因为要是您选得不对，咱们就不能再在一块儿，所以请您暂时缓一下吧。我心里仿佛有一种什么感觉——可是那不是爱情——告诉我我不愿失去您，您一定也知道，嫌憎是不会向人说这种话的。一个女孩儿家本来不该信口说话，可是因为怕您不能懂得我的意思，我真想留您在这儿住上一两个月，然后再让您为我而冒险一试。我可以教您怎样选才不会有错——可是这样我就要违犯了誓言，那是断断不可的。然而您如果自行其是，您也许会选错；要是您选错了，您一定会使我起了一个有罪的愿望，懊悔我不该为了不敢背誓而忍心让您失望。顶可恼的是您这一双眼睛，它们已经瞧透了我的心，把我分成两半：半个我是您的，还有那半个我也是您的——不，我的意思是说那半个我是我的，可是既然是我的，也就是您的，所以整个儿的我都是您的。唉！都是这些无聊的世俗的礼法，使人们不能享受他们合法的权利，所以我虽然是您的，却又不是您的。如果情形果真如此，该下地狱的是命运，不是我。我说得太啰嗦了，可是我的目的是要尽量拖延时间，不放您马上就去选择。

巴萨尼奥　让我选吧。我现在提心吊胆，正像给人拷问一样活受罪。

鲍西娅　给人拷问，巴萨尼奥！那么你给我招认出来，在你的爱情之中，隐藏着什么奸谋？

巴萨尼奥　没有什么奸谋，我只是有点怀疑忧惧，但恐我的痴心化为徒劳；奸谋跟我的爱情正像冰炭一样，是无法相容的。

鲍西娅　嗯，可是我怕你是因为受不住拷问的痛苦，才说这样的话。

巴萨尼奥　您要是答应赦我一死，我愿意招认真情。

鲍西娅　好，赦你一死，你招认吧。

巴萨尼奥　“爱”便是我所能招认的一切。多谢我的刑官，您教给我怎样免罪地答话了！可是让我去瞧瞧那几个匣子，试试我的运气吧。

鲍西娅　那么去吧！在那三个匣子中间，有一个里面锁着我的小像，您要是真的爱我，您会把我找出来的。尼莉莎，你跟其余的人都站开些。在他选择的时候，把音乐奏起来，要是他失败了，好让他像天鹅一样在音乐声中死去；把这比喻说得更恰当一些，我的眼睛就是他葬身的清流。也许他会胜利的，那么那音乐又像什么呢？那时候音乐就像忠心的臣子俯伏迎接新加冕的君王的时候所吹奏的号角，又像是黎明时分送进正在做着好梦的新郎的耳中，催他起来举行婚礼的甜柔的琴韵。现在他去了，他的沉毅的姿态，就像少年赫拉克勒斯奋身前去，在特洛亚人的呼叫声中，把他们祭献给海怪的处女拯救出来一样，可是他心里却藏着更多的爱情。我站在这儿作牺牲，她们站在旁边，就像泪眼模糊的特洛亚妇女们，出来看这场争斗的结果。去吧，赫拉克勒斯！我的生命悬在你手里，但愿你安然生还；我这观战的人心中，比你上场作战的人还要惊恐万倍！

【巴萨尼奥独白时，乐队奏乐唱歌。

歌

告诉我爱情生长在何方？
是在脑海里，还是在心房？
它怎样发生？它怎样成长？

回答我，回答我。
爱情的火在眼睛里点亮，
凝视是爱情生活的滋养，
它的摇篮便是它的坟堂。
让我们把爱的丧钟鸣响，
叮当！叮当！
叮当！叮当！（众和）

巴萨尼奥　外观往往和事物的本身完全不符，世人却容易为表面的装饰所欺骗。在法律上，哪一件卑鄙邪恶的陈诉，不可以用娓娓动听的言词掩饰它的罪状？在宗教上，哪一桩罪大恶极的过失，不可以引经据典，文过饰非，证明它的确上合天心？任何彰明昭著的罪恶，都可以在外表上装出一副道貌岸然的样子。多少没有胆量的懦夫，他们的心其实软散如沙，他们的肝其实白如牛奶，可他们的颊上却长着天神一样威武的须髯，让人们只看着他们的外表，就不禁生出敬畏之心！再看那些世间所谓美貌吧，那是完全靠着脂粉装点出来的，愈是轻浮的女人，所涂的脂粉也愈重。至于那些随风飘扬，像蛇一样的金丝卷发，看上去果然漂亮，不知道却是从坟墓中死人的骷髅上借下来的。所以装饰不过是一道把船只诱进凶涛险浪的怒海中去的陷人的海岸，又像是遮掩着一个黑丑蛮女的一道美丽的面幕，总而言之，它是狡诈的世人用来欺诱智士的似是而非的真理。所以，你，炫目的黄金，迈达斯王的坚硬的食物①，我不要你；你，惨白的银子，在人们手里来来去去的下贱的奴才，我也不要你；可是你，寒伧的铅，你的形状只能使人退走，一点没有吸引人的力量，然而你的质朴却比巧妙的言辞更能打动我的心，我就选了你吧，但愿结果美满！

鲍西娅　（旁白）一切纷杂的思绪、多心的疑虑、鲁莽的绝望、战栗的恐惧、酸性的猜嫉，多么快地烟消云散了！爱情啊！把你的狂喜节制一下，不要让你的欢乐溢出界限，让你的情绪越过分寸；你使我感觉到太多的幸

---

① 迈达斯，古代传说中弗里吉亚王，向神求得点金术，结果手触到的食物也成了金而无法进食。

福，请你把它减轻几分吧，我怕我快要给快乐窒息而死了！

巴萨尼奥　这里面是什么？（开铅匣）美丽的鲍西娅的副本！这是谁的神功之笔，描画出这样一位绝世的美人？这双眼睛是在转动吗？还是因为我的眼球在转动，所以仿佛它们也在随着转动？她的微启的双唇，是因为她嘴里吐出来的甘美芳香的气息而分裂了；无论怎样亲密的朋友，受到了这样的麻醉，都会变成路人的。画师在描画她的头发的时候，一定曾经化身为蜘蛛，织下了这么一个金丝的发网，来诱捉男子们的心；哪一个男子见了它，不会比飞蛾投入蛛网还快地陷下网罗呢？可是她的眼睛！他怎么能够睁了眼睛把它们画出来呢？他在画了一只眼睛以后，我想它的逼人的光芒，一定会使他自己目眩神夺，再也描画不成另外的一只。可是瞧，我用尽一切赞美的字句，还不能充分形容出这一个画中幻影的美妙；然而这幻影跟它的实体比较起来，又是多么望尘莫及！这儿是一纸手卷，宣判着我的命运。

你选择不凭着外表，
　果然给你直中鹄心！
胜利既已入你怀抱，
　你莫再往别处追寻。
这结果倘使你满意，
　就请接受你的幸运，
赶快回转你的身体，
　给你的爱深深一吻。

温柔的纶音！美人，请恕我大胆，（吻鲍西娅）
我奉命来把彼此的深情交换。
像一个夺标的健儿驰骋身手，
耳旁只听见沸扬的人声如吼，
虽然明知道胜利已在他手掌，
却不敢相信人们在把他赞赏。
绝世的美人，我现在神眩目晕，
仿佛闯进了一场离奇的梦境；
除非你亲口证明这一切是真，

我再也不相信我自己的眼睛。

鲍西娅　巴萨尼奥公子,您瞧我站在这儿,不过是这样的一个人。虽然为了我自己的缘故,我不愿妄想自己比现在的我更好一点;可是为了您的缘故,我希望我能够六十倍胜过我的本身,再加上一千倍的美丽,一万倍的富有;我但愿我有无比的贤德、美貌、财产和亲友,好让我在您的心目中占据一个很高的位置。可是我这一身却是一无所有,我只是一个不学无术、没有教养的女子。幸亏她的年纪还不是顶大,来得及发愤学习;她的天资也不是顶笨,可以加以教导之功;尤其大幸的,她有一颗柔顺的心灵,愿意把它奉献给您,听从您的指导,把您当作她的主人,她的统治者和她的君王。我自己以及我所有的一切,现在都变成您的所有了。刚才我还拥有着这一座华丽的大厦,我的仆人都听从着我的指挥,我是支配我自己的女王,可是就在现在,这屋子、这些仆人和这一个我,都是属于您的了,我的夫君。凭着这一个指环,我把这一切完全呈献给您;要是您让这指环离开您的身边,或者把它丢了,或者把它送给别人,那就预示着您的爱情的毁灭,我可以因此责怪您的。

巴萨尼奥　小姐,您使我说不出一句话来,只有我的热血在我的血管里跳动着向您陈诉。我的精神是在一种恍惚的状态中,正像喜悦的群众在听到他们所爱戴的君王的一篇美妙的演辞以后那种心灵眩惑的神情,除了口头的赞叹和内心的欢乐以外,一切的一切都混和起来,化成白茫茫的一片模糊。可是这指环要是有一天离开这手指,那么我的生命也一定已经终结;那时候您可以放胆地说,巴萨尼奥已经死了。

尼莉莎　姑爷,小姐,我们站在旁边,眼看我们的愿望成为事实,现在该让我们来道喜了。恭喜姑爷!恭喜小姐!

葛莱西安诺　巴萨尼奥老爷和我的温柔的夫人,愿你们享受一切的快乐!我还有一个请求,要是你们决定在什么时候举行嘉礼,我也想跟你们一起结婚。

巴萨尼奥　很好,只要你能够找到一个妻子。

葛莱西安诺　谢谢老爷,您已经替我找到一个了。不瞒老爷说,我这一双眼睛瞧起人来,并不比您老爷慢。您瞧见了小姐,我也瞧见了使女;您发生了爱情,我也发生了爱情。您的命运靠那几个匣子决定,我也是一样;因为我在这儿千求万告,身上的汗出了一身又是一身,指天誓日地说到唇干舌燥,才算得到这位好姑娘的一句回音,答应我要是您能够得到她的小姐,我也可以得到她的爱情。

鲍西娅　这是真的吗,尼莉莎?

尼莉莎　是真的,小姐,要是您赞成的话。

巴萨尼奥　葛莱西安诺,你也是出于真心吗?

葛莱西安诺　是的,老爷。

巴萨尼奥　我们的喜筵有你们的婚礼添兴,那真是喜上加喜了。

葛莱西安诺　我们要跟他们打赌一千块钱,看谁先养儿子。可是谁来啦?罗兰佐和他的异教徒吗?什么!还有我那威尼斯老朋友萨莱尼奥?

【罗兰佐、杰西卡及萨莱尼奥上。

巴萨尼奥　罗兰佐,萨莱尼奥,虽然我也是初履此地,让我僭用着这里主人的名义,欢迎你们的到来。亲爱的鲍西娅,请您允许我接待我这几个同乡朋友。

鲍西娅　我也是竭诚欢迎他们。

罗兰佐　谢谢。巴萨尼奥老爷,我本来并没有想到要到这儿来看您,因为在路上碰见萨莱尼奥,给他不由分说地硬拉着一块儿来啦。

萨莱尼奥　是我拉他来,老爷,我是有理由的。安东尼奥先生叫我替他向您致意。(给巴萨尼奥一信)

巴萨尼奥　在我没有拆开这信以前,请你告诉我,我的好朋友近来好吗?

萨莱尼奥　他没有病,除非有点儿心病;您看了他的信,就可以知道他的近况。

葛莱西安诺　尼莉莎,招待招待那位客人。把你的手给我,萨莱尼奥,威尼斯有些什么消息?那位善良的商人安东尼奥怎样?我知道他听见了我们的成功,一定会十分高兴;我们是两个伊阿宋,把金羊毛取了来啦。

萨莱尼奥　我希望你们能够把他失去的金羊毛取了回来,那就好了。

鲍西娅　那信里一定有些什么坏消息,巴萨尼奥的脸色都变白了;多半是一个什么好朋友死了,否则不会有别的事情会把一个堂堂男子激动到这个样子的。怎么,还有更坏的事情吗?恕我冒渎,巴萨尼奥,我是您自身的一半,这封信所带给您的任何不幸的消息,也必须让我分担一半。

巴萨尼奥　啊,亲爱的鲍西娅!这信里所写的,是自有纸墨以来最悲惨的字句。好小姐,当我初次向您倾吐我的爱慕之情的时候,我坦白地告诉您,我的高贵的家世是我仅有的财产,那时我并没有对您说谎;可是,亲爱的小姐,单单把我说成一个两袖清风的寒士,还未免有点自夸,因为我不但一无所有,而且还负着一身的债务;不但欠了我的一个好朋友许多钱,还累他为了我的缘故,欠了他仇家的钱。这一封信,小姐,那信纸就像是我朋友的身体,上面的每一个字,都是一处血淋淋的创伤。可是,萨莱尼奥,那是真的吗?难道他的船舶都一起遭难了?竟没有一艘平安到港吗?从特里坡利斯,从墨西哥,从英国、里斯本、巴巴里和印度来的船只,没有一艘能够逃过那些毁害商船的礁石的可怕的撞击吗?

萨莱尼奥　一艘也没有逃过。而且即使他现在有钱还那犹太人,那犹太人也不肯收他。我从来没有见过这样一个样子像人的家伙,一心一意只想残害他的同类;他不分昼夜地在公爵耳边唠叨,说是他们倘不给他主持公道,那么威尼斯根本不成其为一个自由邦。二十个商人、公爵自己,还有那些最有名望的士绅,都曾劝过他,可是谁也不能叫他回心转意,放弃他那狠毒的起诉。他一口咬定:要求公道,照约行罚。

杰西卡　我在家里的时候,曾经听见他向杜伯尔和丘斯,他的两个同族的人谈起,说他宁可取安东尼奥身上的肉,不愿收受比他的欠款多二十倍的钱。要是法律和威权不能拒绝他,那么可怜的安东尼奥恐怕在劫难逃了。

鲍西娅　遭到这样危难的人,是不是您的好朋友?

巴萨尼奥　我的最亲密的朋友,一个心肠最仁慈的人,热心为善,多情尚义,在他身上存留着比任何意大利人更多的古代罗马的仁侠精神。

鲍西娅　他欠那犹太人多少钱?

巴萨尼奥　他为了我的缘故,向他借了三千块钱。

鲍西娅　什么,只有这一点数目吗?还他六千块钱,把那借约毁了!两倍六千块钱,或者照这数目再倍三倍都可以,可是万万不能因为巴萨尼奥的过失,害这样一位好朋友损伤一根毛发。先陪我到教堂里去结为夫妇,然后你就到威尼斯去看你的朋友;鲍西娅决不让你抱着一颗不安宁的良心睡在她的身旁。你可以带偿还这笔小小借款的二十倍那么多的钱去，债务清了以后，就带你的忠心的朋友到这儿来。我的侍女尼莉莎陪着我在家里，仍旧像未嫁的时候一样，守候着你们的归来。来，今天就是你结婚的日子，大家快快乐乐，好好招待你的朋友们。你既然是用这么大的代价买来的，我也一定加倍地爱你。可是让我听听你朋友的信。

巴萨尼奥 “巴萨尼奥挚友如握：弟船只悉数遇难，债主煎迫，家业荡然。犹太人之约，业已衍期；履行罚则，殆无生望。足下前此欠弟债项，一切勾销，惟盼及弟未死之前，来相临视。或足下燕婉情浓，不忍遽别，则亦不复相强，此信置之可也。”

鲍西娅 啊，亲爱的，快把一切事情办好，立刻就去吧！

巴萨尼奥 既然蒙您允许，我就赶快收拾动身，可是——

此去经宵应少睡，长留魂魄系相思。（同下）

第三场 威尼斯。街道

【夏洛克、萨拉里诺、安东尼奥及狱吏上。

夏洛克 狱官，留心看住他，不要对我讲什么慈悲。这就是那个放债不取利息的傻瓜。狱官，留心看住他。

安东尼奥 再听我说句话，好夏洛克。

夏洛克 我一定要照约实行；你如果想推翻这一张契约，那还是请你免开尊口的好。我已经发过誓，非得照约实行不可。你曾经无缘无故骂我是狗，既然我是狗，那么你就小心我的狗牙吧。公爵一定会给我主持公道的。你这糊涂的狱官，我真不懂你老是会答应他的请求，陪着他到外边来。

安东尼奥 请你听我说。

夏洛克 我一定要照约实行，不要听你讲什么鬼话。我一定要照约实行，所以请你闭嘴吧。我不像那些软心肠流眼泪的傻瓜们一样，听了基督徒的几句劝告，就会摇头叹气，懊悔屈服。别跟着我，我不要听你说话，我要照约实行。（下）

萨拉里诺 这是人世间一头最顽固的恶狗。

安东尼奥　别理他。我也不愿再费无益的唇舌向他哀求了。他要的是我的命,他这样做原因我很清楚。常常有许多人因为不堪他的剥削,向我诉苦,是我帮助他们脱离他的压迫,所以他才恨我。

萨拉里诺　我相信公爵一定不会允许他实行这一种处罚。

安东尼奥　公爵不能变更法律的规定,因为威尼斯的繁荣,完全倚赖着各国人民的来往通商,要是剥夺了异邦人应享的权利,一定会使人对威尼斯的法治精神发生重大的怀疑。去吧,这些不如意的事情,已经把我搅得心力交瘁,我怕到明天身上也许割不下一磅肉来偿还我这位不怕血腥气的债主了。狱官,走吧。求上帝,让巴萨尼奥来亲眼看见我替他还债,我就死而无怨了!(同下)

第四场　贝尔蒙特。鲍西娅家中一室

【鲍西娅、尼莉莎、罗兰佐、杰西卡及鲍尔萨泽上。

罗兰佐　夫人,不是我当面恭维您,您的确有一颗高贵真诚、不同凡俗的仁爱之心。尤其像这次敦促尊夫上路,宁愿割舍儿女的私情,这一种精神毅力,真令人万分钦佩。可是您倘使知道受到您这种好意的是个什么人,您所救援的是怎样一个正直的君子,他对于尊夫的交情又是怎样深挚,我相信您一定会格外因为做了这一件好事而自傲,不仅仅认为这是在人道上一件不得不尽的义务而已。

鲍西娅　我做了好事从来不后悔,现在当然也不会。因为凡是常在一块儿谈心游戏的朋友,彼此之间都有一种相互的友爱,他们在容貌上、风度上、习性上,也必定相去不远。所以在我想来,这位安东尼奥既然是我丈夫的心腹好友,他的为人一定很像我的丈夫。要是我的猜想果然不错,那么我把一个跟我的灵魂相仿的人从残暴的迫害下救赎出来,花了这点点儿代价,算得什么!可是这样的话,太近于自吹自擂了,所以别说了吧,还是谈些其他的事情。罗兰佐,在我的丈夫没有回来以前,我要劳驾您替我照管家里;我自己已经向天许下密誓,要在祈祷和默念中过着生活,只让尼莉莎一个人陪着我,直到我们两人的丈夫回来。在两里路之外有一所修道院,我们就预备住在那儿。我向您提出这一个请求，不只是为了个人的私情，还有其他事实上的必要，请您不要拒绝我。

罗兰佐　夫人，您有什么吩咐，我无不乐于遵命。

鲍西娅　我的仆人们都已知道我的决心，他们会把您和杰西卡当作巴萨尼奥和我自己一样看待。后会有期，再见了。

罗兰佐　但愿美妙的思想和安乐的时光追随在您的身旁！

杰西卡　愿夫人一切如意！

鲍西娅　谢谢你们的好意，我也愿意用同样的愿望祝福你们。再见，杰西卡。（杰西卡、罗兰佐下）鲍尔萨泽，我一向知道你诚实可靠，希望你现在仍然诚实可靠。这一封信你给我火速送到帕度亚，交给我的表兄培拉里奥博士亲手收拆；要是他有什么回信和衣服交给你，你就赶快带着它们到码头上，乘公共渡船到威尼斯去。不要多说话，去吧，我会在威尼斯等你。

鲍尔萨泽　小姐，我尽快去就是了。（下）

鲍西娅　来，尼莉莎，我现在还要干一些你尚不知道的事情，我们要在我们的丈夫还没有想到我们之前去跟他们相会。

尼莉莎　我们要让他们看见我们吗？

鲍西娅　他们将会看见我们，尼莉莎，可是我们要打扮得叫他们认不出我们的本来面目。我可以跟你打赌无论什么东西，要是我们都扮成了少年男子，我一定比你漂亮点儿，带起刀子来也比你格外神气点儿。我会沙着喉咙讲话，就像一个正在发育的男孩子一样；我会把两个姗姗细步变成一个男人家的阔步；我会学着那些爱吹牛的哥儿们的样子，谈论一些击剑比武的玩意儿，再随口编造些巧妙的谎话，什么谁家的千金小姐爱上了我啦，我不接受她的好意，她害起病来死啦，我怎么心中不忍，后悔不该害了人家的性命啦，以及二十个诸如此类的无关重要的谎话。人家听见了，一定以为我走出学校的门还不满一年。这些爱吹牛的娃娃们的鬼花样儿我有一千种在脑袋里，都可以搬出来应用。

尼莉莎　怎么，我们要扮成男人吗？

鲍西娅　为什么不？来，车子在门口等着我们。我们上了车，我可以把我的整个计划一路告诉你。快去吧，今天我们要赶二十里路呢。（同下）

第五场　同前。花园

【朗斯洛特及杰西卡上。

朗斯洛特　真的，不骗您，父亲的罪恶是要子女承当的，所以我倒真的在替您捏着一把汗呢。我一向喜欢对您说老实话，所以现在我也老老实实地把我心里所担忧的事情告诉您。您放心吧，我想您总免不了下地狱。只有一个希望也许可以帮帮您的忙，可是那也是个不大高妙的希望。

杰西卡　请问你,是什么希望呢?

朗斯洛特　嗯,您可以存着一半儿的希望,希望您不是您的父亲所生,不是这个犹太人的女儿。

杰西卡　这个希望可真的太不高妙啦;这样说来,我母亲的罪恶又要降到我的身上来了。

朗斯洛特　那倒也是真的，您不是为您的父亲下地狱，就是为您的母亲下地狱；逃过了凶恶的礁石，逃不过危险的漩涡。好，您下地狱是下定了。

杰西卡　我可以靠着我的丈夫得救,他已经使我变成一个基督徒。

朗斯洛特　这就是他大大的不该。咱们本来已经有很多的基督徒,简直快要挤都挤不下啦。要是再这样把基督徒一批一批制造出来,猪肉的价钱一定会飞涨,大家吃起猪肉来,恐怕每人只好分到一片薄薄的咸肉了。

杰西卡　朗斯洛特,你这样胡说八道,我一定要告诉我的丈夫。他来啦。

【罗兰佐上。

罗兰佐　朗斯洛特,你要是再拉着我的妻子在壁角里说话,我真的要吃起醋来了。

杰西卡　不,罗兰佐,你放心好了,我已经跟朗斯洛特翻脸啦。他老实不客气地告诉我,上天不会对我发慈悲,因为我是一个犹太人的女儿;他又说你不是国家的好公民,因为你把犹太人变成了基督徒,提高了猪肉的价钱。

罗兰佐　要是政府向我质问起来，我自有话说。可是，朗斯洛特，你把那黑人的女儿弄大了肚子，这该作何解释呢？

朗斯洛特　那摩尔姑娘如果是失去理智而干了那事，那倒非同小可；但如果她本来就不是良家妇女，倒要算是我把她抬举了一番。

罗兰佐　瞧，哪一个笨蛋都可以玩一点文字游戏！这样一来，盖世无双的辩才只好哑口无言，唯有八哥口里的话才受人称道了。进去，小鬼，叫他们预备吃饭了。

朗斯洛特　先生，他们早已预备好了。他们都是有肚子的呢。

罗兰佐　嘿，你的嘴真尖利！那么，就叫他们把饭预备好吧。

朗斯洛特　那也准备好了，老爷，就只差说："安排饭桌"。

罗兰佐　那么，先生，您愿意"安排饭桌"吗？

朗斯洛特　先生，小的不敢，惟知恪守本职。

罗兰佐　竟是一个机会都不肯放过！你想把你的全部才智在一转眼里全部和盘端出吗？我是个老实人，不会跟你歪扯。去对你那些同伴们说，桌子可以铺起来，饭菜可以端上来，我们要进来吃饭啦！

朗斯洛特　是，先生，我就去叫他们把饭菜铺起来，桌子端上来；至于您进不进来吃饭，那可悉随尊便。（下）

罗兰佐　瞧他毫无破绽，瞧他的话真是说得珠联璧合。傻瓜把大量好话都栽种在记忆里。我确实知道，有许多傻瓜跟他一样装束，地位也比他高，会为了一句俏皮话而抛开正事不管。你好吗，杰西卡？亲爱的好人儿，现在告诉我，你对于巴萨尼奥的夫人有什么意见？

杰西卡　好到没有话说。巴萨尼奥大爷娶到这样一位好夫人，享尽了人世天堂的幸福，自然应该不会走上邪路了。要是有两个天神打赌，各自拿一个人间的女子做赌注，如其中一个是鲍西娅，那么还有一个必须另外加上些什么，才可以彼此相抵，因为这一个寒伧的世界还不能产生一个跟她同样好的人来。

罗兰佐　他娶到了她这么一个好妻子，你也嫁着了我这么一个好丈夫。

杰西卡　那可要先问问我的意见。

罗兰佐　可以可以，可是先让我们吃了饭再说。

杰西卡　不，让我趁着胃口没有倒之前，先把你恭维两句。

罗兰佐　不，你有话还是留到吃饭的时候说吧，那么不论你说得好说得坏，我都可以连着饭菜一起吞下去。

杰西卡　好，你且等着听我怎样说你吧。（同下）

第四幕

第一场　威尼斯。法庭

【公爵、众绅士、安东尼奥、巴萨尼奥、葛莱西安诺、萨拉里诺、萨莱尼奥及余人等同上。

公爵　安东尼奥来了吗?

安东尼奥　来了,殿下。

公爵　我很为你发愁。你是来跟一个心如铁石的对手当庭质对,那是个不懂得怜悯,没有一丝慈悲心的不近人情的恶汉。

安东尼奥　听说殿下曾经用尽力量,劝他不要把事情做绝,可是他一味坚执,不肯略作让步。既然没有合法的手段可以使我脱离他的怨毒的掌握,我只有默然承受他的愤怒,安心等待着他的残暴的处置。

公爵　来人,传那犹太人到庭。

萨拉里诺　他在门口等着,他来了,殿下。

【夏洛克上。

公爵　大家让开些,让他站在我的面前。夏洛克,人家都以为你不过故意装出这一副凶恶的姿态,到了最后关头,就会显出你的仁慈恻隐来,比你现在这种表面上的残酷更加出人意料。现在你虽然坚持着照约处罚,一定要从这个不幸的商人身上割下一磅肉来,但到了那时候,你不但愿意放弃这一种处罚,而且因为受到良心上的感动,说不定还会豁免他一部分的欠款。人家都这样说，我也这样猜想着。你看他最近接连遭逢的巨大损失，足以使无论怎样富有的商人倾家荡产，即使铁石一样的心肠，从来不知道人类同情的野蛮人，也不能不对他的境遇发生怜悯。犹太人，我们都在等候你一句温和的回答。

夏洛克　我的意思已经向殿下禀告过了。我也已经指着我们的圣安息日起誓，一定要照约行罚；要是殿下不准许我的请求，那就是蔑视宪章，我要到京城里上告去，要求撤销贵邦的特权。您要是问我为什么不愿接受三千块钱，宁愿拿一块腐烂的臭肉，那我可没有什么理由可以回答您，我只能说我欢喜这样。这是不是一个回答？要是我的屋子里有了耗子，我高兴出一万块钱叫人把它们赶掉，谁管得了我？这不是回答了您吗？有的人不爱看张开嘴的猪，有的人瞧见一头猫就要发脾气，还有人听见人家吹风笛的声音，就忍不住要小便；因为一个人的感情完全受着喜恶的支配，谁也作不了自己的主。现在我就这样回答您：为什么有人受不住一头张开嘴的猪，有人受不住一头有益无害的猫，还有人受不住咿咿唔唔的风笛的声音，这些都是毫无充分的理由的，只是因为天生的癖性，使他们一受到感触，就会情不自禁地现出丑相来。所以我不能举什么理由，也不愿举什么理由，只是因为我对于安东尼奥抱着久积的仇恨和深刻的反感，所以才会向他进行一场对于我自己并没有好处的诉讼。现在您不是已经得到我的回答了吗？

巴萨尼奥　你这冷酷无情的家伙，这样的回答辩解不了你目前的残忍。

夏洛克　我的回答本来不是为耀讨你的欢喜。

巴萨尼奥　难道人们对于他们所不喜欢的东西，都一定要置之死地吗？

夏洛克　哪一个人会恨他所不愿意杀死的东西？

巴萨尼奥　初次的冒犯，不应该就引为仇恨。

夏洛克　什么！你愿意给毒蛇咬两次吗？

安东尼奥　请你想一想，你现在跟这个犹太人讲理，就像站在海滩上，叫那大海的怒涛减低它的奔腾的威力，责问豺狼为什么害母羊为了失去它的羔羊而哀啼，或是叫那山上的松柏，在受到天风吹拂的时候，不要摇头摆脑，发出簌簌的声音。要是你能够叫这个犹太人的心变软——世上还有什么东西比它更硬呢？——那么还有什么难事不可以做到？所以我请你不用再跟他商量什么条件,也不用替我想什么办法,让我爽爽快快受到判决,满足这犹太人的心愿吧。

巴萨尼奥 借了你三千块钱,现在拿六千块钱还你好不好?

夏洛克 即使这六千块钱中间的每一块钱都可以分做六份,每一份都可以变成一块钱,我也不要。我只要照约处罚。

公爵 你这样一点没有慈悲之心,将来怎么能够希望人家对你慈悲呢?

夏洛克 我又不干错事,怕什么刑罚?你们买了许多奴隶,把他们当作驴狗骡马一样看待,叫他们做种种卑贱的工作,因为他们是你们出钱买来的。我可不可以对你们说,让他们自由,叫他们跟你们的子女结婚吧!为什么他们要在重担之下流着血汗呢?让他们的床铺得跟你们的床同样柔软,让他们的舌头也尝尝你们所吃的东西吧!你们会回答说:"这些奴隶是我们所有的。"所以我也可以回答你们:我向他要求的这一磅肉,是我出了很大的代价买来的。它是我的所有,我一定要把它拿到手。您要是拒绝了我,那么你们的法律根本就是骗人的东西!我现在等候着判决,请快些回答我,我可不可以拿到这一磅肉?

公爵 我已经差人去请培拉里奥,一位有学问的博士,来替我们审判这件案子了。要是他今天不来,我可以有权宣布延期判决。

萨拉里诺 殿下,外面有一个使者刚从帕度亚来,带着这位博士的书信,等候着殿下的召唤。

公爵 把信拿来给我,叫那使者进来。

巴萨尼奥 高兴起来吧,安东尼奥!喂,老兄,不要灰心!这犹太人可以把我的肉、我的血、我的骨头,我的一切都拿去,可是我决不让你为了我的缘故流一滴血。

安东尼奥 我是羊群里一头不中用的病羊,死是我的应分;最软弱的果子最先落到地上,让我也就这样结束了我的一生吧。你应当继续活下去,巴萨尼奥;我的墓志铭除了你以外,是没有人写得好的。

【尼莉莎扮律师书记上。

公爵 你是从帕度亚培拉里奥那里来的吗?

尼莉莎 是,殿下。培拉里奥叫我向殿下致意。(呈上一信)

巴萨尼奥 你这样使劲儿磨着刀干什么?

夏洛克　从那破产的家伙身上割下那磅肉来。

葛莱西安诺　狠心的犹太人，你的刀不应该放在你的靴底磨，应该放在你的灵魂里磨，才可以磨得锐利；就是刽子手的钢刀，也及不上你的刻毒的心肠厉害。难道什么恳求都不能打动你吗？

夏洛克　不能，无论你说得多么婉转动听，都没有用。

葛莱西安诺　万恶不赦的狗，看你死后不下地狱！让你这种东西活在世上，真是公道不生眼睛。你简直使我的信仰发生摇动，相信起毕达哥拉斯所说畜生的灵魂可以转生人体的议论来了。你的前生一定是一头豺狼，因为吃了人给人捉住吊死，它那凶恶的灵魂就从绞架上逃了出来，钻进了你那老娘的肮脏的胎里，因为你的性情正像豺狼一样残暴贪婪。

夏洛克　除非你能够把我这一张契约上的印章骂掉，否则像你这样拉开了喉咙直嚷，不过白白伤了你的肺，何苦来呢？好兄弟，我劝你还是修养修养你的聪明吧，免得它将来一起毁坏得不可收拾。我在这儿要求法律的裁判。

公爵　培拉里奥在这封信上介绍一位年轻有学问的博士出席我们的法庭。他在什么地方？

尼莉莎　他就在这儿附近等着您的答复，不知道殿下准不准许他进来？

公爵　非常欢迎。来，你们去三四个人，恭恭敬敬领他到这儿来。现在让我们把培拉里奥的来信当庭宣读。

书记　（读）"尊翰到时，鄙人抱疾方剧；适有一青年博士鲍尔萨泽君自罗马来此，致其慰问，因与详讨犹太人与安东尼奥一案，遍稽群籍，折衷是非，遂恳其为鄙人庖代，以应殿下之召。凡鄙人对此案所具意见，此君已深悉无遗；其学问才识，虽穷极赞辞，亦不足道其万一，务希勿以其年少而忽之，盖如此少年老成之士，实鄙人生平所仅见也。倘蒙延纳，必能不辱使命。敬祈钧裁。"

公爵　你们已经听到了博学的培拉里奥的来信。这儿来的大概就是那位博士了。

【鲍西娅扮律师上。

公爵　把您的手给我。足下是从培拉里奥老前辈那儿来的吗？

鲍西娅　正是，殿下。

公爵　欢迎欢迎,请上坐。您有没有明了今天我们在这儿审理的这件案子的两方面的争议点?

鲍西娅　我对于这件案子的详细情形已经完全知道了。这儿哪一个是那商人,哪一个是犹太人?

公爵　安东尼奥,夏洛克,你们两人都上来。

鲍西娅　你的名字就叫夏洛克吗?

夏洛克　夏洛克是我的名字。

鲍西娅　你这场官司打得倒也奇怪,可是按照威尼斯的法律,你的控诉是可以成立的。(向安东尼奥)你的生死现在操在他的手里,是不是?

安东尼奥　他是这样说的。

鲍西娅　你承认这借约吗?

安东尼奥　我承认。

鲍西娅　那么犹太人应该慈悲一点。

夏洛克　为什么我应该慈悲一点? 把您的理由告诉我。

鲍西娅　慈悲不是出于勉强,它是像甘霖一样从天上降下尘世;它不但给幸福于受施的人,也同样给幸福于施予的人。它有超乎一切的无上威力,比皇冠更足以显出一个帝王的高贵:御杖不过象征着俗世的威权,使人民对于君上的尊严凛然生畏;慈悲的力量却高出于权力之上,它深藏在帝王的内心,是一种属于上帝的德性。执法的人倘能把慈悲调剂着公道,人间的权力就和上帝的神力没有差别。所以,犹太人,虽然你所要求的是公道,可是请你想一想,要是真的按照公道执行起赏罚来,谁也没有死后得救的希望。我们既然祈祷着上帝的慈悲,就应该自己做一些慈悲的事。我说了这一番话,为的是希望你能够从你的法律的立场上作几分让步;可是如果你坚持着原来的要求,那么威尼斯的法庭是执法无私的,只好把那商人宣判定罪了。

夏洛克　我只要求法律允许我照约行罚。

鲍西娅　他是不是不能清还你的债款?

巴萨尼奥　不,我愿意替他当庭还清,照原数加倍也可以。要是这样他还不满足,那么我愿意签署契约,还他十倍的数目,倘然不能如约,他可以割我的手,砍我的头,挖我的心。要是这样还不能使他满足,那就是存心害人,不顾天理了。请堂上运用权力,把法律稍为变通一下,犯一次小小的错误,干一件大大的功德,别让这个残忍的恶魔逞他杀人的兽欲。

鲍西娅　那可不行,在威尼斯谁也没有权力变更既成的法律;要是开了这一个恶例,以后谁都可以借口有例可援,什么坏事情都可以干了。这是不行的。

夏洛克　一个但尼尔①来做法官了!真的是但尼尔再世!聪明的青年法官啊,我真佩服你!

鲍西娅　请你让我瞧一瞧那借约。

夏洛克　在这儿,可尊敬的博士,请看吧。

鲍西娅　夏洛克,他们愿意出三倍的钱还你呢。

夏洛克　不行,不行,我已经对天发过誓啦,难道我可以让我的灵魂背上毁誓的罪名吗?不,把整个儿的威尼斯给我我都不能答应。

鲍西娅　好,那么就应该照约处罚。根据法律,这犹太人有权要求从这商人的胸口割下一磅肉来。还是慈悲一点,把三倍原数的钱拿去,让我撕了这张约吧。

夏洛克　等他按照约中所载条款受罚以后,再撕不迟。您瞧上去像是一个很好的法官;您懂得法律,您讲的话也很有道理,不愧是法律界的中流砥柱,所以现在我就用法律的名义,请您立刻进行宣判。凭着我的灵魂起誓,谁也不能用他的口舌改变我的决心。我现在但等着执行原约。

安东尼奥　我也诚心请求堂上从速宣判。

鲍西娅　好,那么就是这样:你必须准备让他的刀子刺进你的胸膛。

夏洛克　啊,尊严的法官!好一位优秀的青年!

鲍西娅　因为这约上所订定的惩罚,就法律条文而言,是完全有效的。

夏洛克　对极了!啊,聪明正直的法官!想不到你瞧上去这样年轻,见识却这么老练!

鲍西娅　所以你应该把你的胸膛袒露出来。

夏洛克　对了,"他的胸部",约上是这么说的,不是吗,尊严的法官?"附近心口的所在",约上写得明明白白的。

---

① 但尼尔,以色列人的著名士师,以善于折狱著称。

鲍西娅　不错，称肉的天平有没有预备好？

夏洛克　我已经带来了。

鲍西娅　夏洛克，你应该自己拿出钱来，请一位外科医生替他堵住伤口，免得他流血而死。

夏洛克　约上有这样的规定吗？

鲍西娅　约上并没有这样的规定，可是那又有什么相干呢？为了仁慈起见，你这样做总是不错的。

夏洛克　我找不到。这一条约上没有这样写。

鲍西娅　商人，你还有什么话要说吗？

安东尼奥　我没有多少话要说。我已经准备好了。把你的手给我，巴萨尼奥，再会吧！不要因为我为了你的缘故遭到这种结局而悲伤，因为命运对我已经特别照顾了：她往往让一个不幸的人在家产荡尽以后继续活下去，用他凹陷的眼睛和满是皱纹的额角去接受贫困的暮年。这一种拖延时日的刑罚，她已经对我豁免了。替我向尊夫人致意，告诉她安东尼奥的结局；对她说我怎样爱你，替我在死后说几句好话。等到你把这一段故事讲完以后，再请她判断一句，巴萨尼奥是不是曾经有过一个真心爱他的朋友。不要因为你将要失去一个朋友而懊恨，替你还债的人是死而无怨的。只要那犹太人的刀刺得深一点，我就可以在一刹那的时间把那笔债完全还清。

巴萨尼奥　安东尼奥，我爱我的妻子，就像我自己的生命一样；可是我的生命、我的妻子，以及整个的世界，在我的眼中都不比你的生命更为贵重。我愿意丧失一切，把它们献给这恶魔做牺牲，来救出你的生命。

鲍西娅　尊夫人要是就在这儿听见您说这样话，恐怕不见得会感谢您吧。

葛莱西安诺　我有一个妻子，我可以发誓我是爱她的；可是我希望她马上归天，好去求告上帝改变这恶狗一样的犹太人的心。

尼莉莎　幸亏尊驾在她的背后说这样的话，否则府上一定要吵得鸡犬不宁了。

夏洛克　这些便是相信基督教的丈夫！我有一个女儿，我宁愿她嫁给强盗的子孙，不愿她嫁给一个基督徒！别再浪费光阴了，请快些儿宣判吧。

鲍西娅　那商人身上的一磅肉是你的。法庭判给你，法律许可你。

夏洛克　最公平正直的法官！

鲍西娅　你必须从他的胸前割下这磅肉来。法律许可你，法庭判给你。

夏洛克　最博学多才的法官！判得好！来，预备！

鲍西娅　且慢，还有别的话哩。这约上并没有允许你取他的一滴血，只是写明着“一磅肉”。所以你可以照约拿一磅肉去，可是在割肉的时候，要是流下一滴基督徒的血，你的土地财产，按照威尼斯的法律，就要全部充公。

葛莱西安诺　啊，公平正直的法官！听着，犹太人！啊，博学多才的法官！

夏洛克　法律是这样说的吗？

鲍西娅　你自己可以去查查明白。既然你要求公道，我就给你公道，不管这公道是不是你所希望的。

葛莱西安诺　啊，博学多才的法官！听着，犹太人！好一个博学多才的法官！

夏洛克　那么我愿意接受还款。照约上的数目三倍还我，放了那基督徒吧。

巴萨尼奥　钱在这儿。

鲍西娅　别忙！这犹太人必须得到绝对的公道。别忙！他除了照约处罚以外，不能接受其他的赔偿。

葛莱西安诺　啊，犹太人！一个公平正直的法官，一个博学多才的法官！

鲍西娅　所以你准备着动手割肉吧。不准流一滴血，也不准割得超过或是不足一磅的重量。要是你割下来的肉，比一磅略微轻一点或是重一点，即使相差只有一丝一毫，或者仅仅一根汗毛之微，就要把你抵命，你的财产全部充公。

葛莱西安诺　一个再世的但尼尔，一个但尼尔，犹太人！现在你可掉在我的手里了，你这异教徒！

鲍西娅　那犹太人为什么还不动手？

夏洛克　把我的本钱还我，放我去吧。

巴萨尼奥　钱我已经预备好在这儿，你拿去吧。

鲍西娅　他已经当庭拒绝过了。我们现在只能给他公道，让他履行原约。

葛莱西安诺　好一个但尼尔，一个再世的但尼尔！谢谢你，犹太人，你教会我说这句话。

夏洛克　难道我不能单单拿回我的本钱吗？

鲍西娅　犹太人，除了冒着你自己生命的危险，割下那一磅肉以外，你不能拿一个钱。

夏洛克　好，那么魔鬼保佑他去享用吧！我不要打这场官司了。

鲍西娅　等一等，犹太人，法律上还有一点牵涉你。威尼斯的法律规定：凡是一个异邦人企图用直接或间接手段，谋害任何公民，查明确有实据者，他的财产的半数应当归被企图谋害的一方所有，其余的半数没收入公库；犯罪者的生命悉听公爵处置，他人不得过问。你现在刚巧陷入这一条法网，因为根据事实的发展，已经足以证明你确有运用直接间接手段，危害被告生命的企图，所以你已经遭逢着我刚才所说起的那种危险了。快快跪下来，请公爵开恩吧。

葛莱西安诺　求公爵开恩，让你自己去寻死，因为你的财产现在充了公，一根绳子也买不起啦，所以还是要让公家破费把你吊死。

公爵　让你瞧瞧我们基督徒的精神，你虽然没有向我开口，我自动饶恕了你的死罪。你的财产一半划归安东尼奥，还有一半没收入公库；要是你能够诚心悔过，也许还可以减处你一笔较轻的罚款。

鲍西娅　这是说没收入公库的那一部分，不是说划归安东尼奥的那一部分。

夏洛克　不，把我的生命连着财产一起拿了去吧，我不要你们的宽恕。你们夺去了我的养家活命的根本，就是夺去了我的家，活活的要了我的命。

鲍西娅　安东尼奥，你能给他一点慈悲吗？

葛莱西安诺　白送给他一根上吊的绳子吧！看在上帝的面上，不要给他别的东西！

安东尼奥　要是殿下和堂上愿意从宽发落，免予没收他的财产的一半，我就十分满足了，只是要他能够让我接管他的另外一半的财产，等他死了以后，把它交给最近和他的女儿私奔的那位绅士。可是还要有两个附带的条件：第一，他接受了这样的恩典，必须立刻改信基督教；第二，他必须当庭写下一张文契，声明他死了以后，他的全部财产传给他的女婿罗兰佐和他的女儿。

公爵　他必须办到这两个条件，否则我就撤销刚才所宣布的赦令。

鲍西娅　犹太人，你满意吗？你有什么话说？

夏洛克　我满意。

鲍西娅　书记,写下一张授赠产业的文契。

夏洛克　请你们允许我退庭,我身子不大舒服。文契写好了送到我家里,我在上面签名就是了。

公爵　去吧,可是临时变卦是不成的。

葛莱西安诺　你在受洗礼的时候,可以有两个教父;要是我做了法官,我一定给你请十二个教父,不是领你去受洗,是送你上绞架。(夏洛克下)

公爵　先生,我想请您到舍间去用餐。

鲍西娅　请殿下多多原谅,我今天晚上要回帕度亚去,必须现在就动身,恕不奉陪了。

公爵　您这样匆忙,不能容我略尽寸心,真是抱歉得很。安东尼奥,谢谢这位先生,你这回全亏了他。(公爵、众士绅及侍从等下)

巴萨尼奥　最可尊敬的先生,我跟我这位敝友今天多赖您的智慧,免去了一场无妄之灾。为了表示我们的敬意,这三千块钱本来是预备还那犹太人的,现在就奉送给先生,聊以报答您的辛苦。

安东尼奥　您的大恩大德,我们是永远不忘记的。

鲍西娅　一个人做了心安理得的事,就是得到了最大的酬报;我这次能使二位解脱困境,心里已十分满足,用不到再谈什么酬谢了。但愿咱们下次见面的时候,两位仍旧认识我。现在我就此告辞了。

巴萨尼奥　好先生,我不能不再向您提出一个请求,请您随便从我们身上拿些什么东西去,不算是酬谢,只好算是留个纪念。请您答应接受我两件礼物,赏我这一个面子,原谅我的礼轻意重。

鲍西娅　你们这样殷勤,我只好却之不恭了。(向安东尼奥)把您的手套送给我,让我戴在手上留个纪念吧;(向巴萨尼奥)为了纪念您的盛情,让我拿了这戒指去。不要缩回您的手,我不再向您要什么了;您既然是一片诚意,想来总也不会拒绝我吧。

巴萨尼奥　这指环吗,好先生?唉!它是个不值钱的玩意儿,我不好意思把这东西送给您。

鲍西娅　我什么都不要,就是要这指环。现在我想我非得把它要了来不可。

巴萨尼奥　这指环的本身并没有什么价值,可是因为有其他的关系,我不能把它送人。我愿意搜访威尼斯最贵重的一枚指环来送给您,可是这一枚却只好请您原谅了。

鲍西娅　先生,您原来是个口惠而实不至的人。您先教我怎样乞讨,然后再教我怎样应付别人的乞讨。

巴萨尼奥　好先生,这指环是我的妻子给我的;她把它套上我的手指的时候,曾经叫我发誓永远不把它出卖、送人或是遗失。

鲍西娅　人们在吝惜他们的礼物的时候,都可以用这样的话做推托的。要是尊夫人不是一个疯婆子,她知道了我对于这指环是多么受之无愧,一定不会因为您把它送掉了而跟您长久反目的。好,愿你们平安!(鲍西娅、尼莉莎同下)

安东尼奥　我的巴萨尼奥少爷,让他把那指环拿去吧;看在他的功劳和我的交情分上,违犯一次尊夫人的命令,想来不会有什么要紧。

巴萨尼奥　葛莱西安诺,你快追上他们,把这指环送给他;要是可能的话,领他到安东尼奥的家里去。去,赶快!(葛莱西安诺下)来,我就陪着你到你府上,明天一早咱们两人就飞到贝尔蒙特去。来,安东尼奥。(同下)

第二场　同前。街道

【鲍西娅及尼莉莎上。

鲍西娅　打听打听这犹太人住在什么地方,把这文契交给他,叫他签了字。我们要比我们的丈夫先一天到家,所以一定得在今天晚上动身。罗兰佐拿到了这一张文契,一定高兴得不得了。

【葛莱西安诺上。

葛莱西安诺　好先生,我好容易追上了您。我家老爷巴萨尼奥再三考虑之下,决定叫我把这指环拿来送给您,还要请您赏光陪他吃一顿饭。

鲍西娅　那可没法应命。他的指环我收下了,请你替我谢谢他。我还要请你给我这小兄弟带路到夏洛克老头儿的家里。

葛莱西安诺　可以可以。

尼莉莎　大哥,我要向您说句话儿。(向鲍西娅旁白)我要试一试我能不能把我丈夫的指环拿下来,我曾经叫他发誓永远保存的。

鲍西娅　你一定能够。我们回家以后，一定可以听听他们指天发誓，说他们把指环送给了男人；可是我们要压倒他们，比他们发更厉害的誓。你快去吧，你知道我会在什么地方等你。

尼莉莎　来，大哥，请您给我带路。（各下）

第五幕

第一场　贝尔蒙特。通至鲍西娅住宅的林荫路

【罗兰佐及杰西卡上。

罗兰佐　好皎洁的月色！微风轻轻地吻着树枝，不发出一点声响；我想正是在这样一个夜里，特洛伊罗斯登上了特洛亚的城墙，遥望着克瑞西达所寄宿的希腊人的军营，发出他深心中的悲叹。

杰西卡　正是在这样一个夜里，提斯柏心惊胆颤地踩着露水，去赴她情人的约会，因为看见了一头狮子的影子，吓得远远逃走。

罗兰佐　正是在这样一个夜里，狄多手拿柳枝，站在辽阔的海滨，招她的爱人回到迦太基来。

杰西卡　正是在这样一个夜里，美狄亚采集了灵芝仙草，使衰迈的伊阿宋返老还童。

罗兰佐　正是在这样一个夜里，杰西卡从犹太富翁的家里逃出来，跟着一个不中用的情郎从威尼斯一直走到贝尔蒙特。

杰西卡　正是在这样一个夜里，年轻的罗兰佐发誓说他爱她，用许多忠诚的盟言偷去了她的灵魂，可是没有一句话是真的。

罗兰佐　正是在这样一个夜里，可爱的杰西卡像一个小泼妇似的，信口毁谤她的情人，可是他饶恕了她。

杰西卡　倘不是有人来了，我可以搬弄出比你所知道得更多的夜的典故来。

可是听！这不是一个人的脚步声吗？

【斯丹法诺上。

罗兰佐　谁在这静悄悄的深夜里跑得这么快？

斯丹法诺　一个朋友。

罗兰佐　一个朋友！什么朋友？请问朋友尊姓大名？

斯丹法诺　我的名字是斯丹法诺，我来向你们报个信，我家女主人在天明以前，就要到贝尔蒙特来了；她一路上看见圣十字架，便停步下来，长跪祷告，祈求着婚姻的美满。

罗兰佐　谁陪她一起来？

斯丹法诺　没有什么人，就是一个修道的隐士和她的侍女。请问我家主人有没有回来？

罗兰佐　他没有回来，我们也没有听到他的消息。可是，杰西卡，我们进去吧，让我们按照着礼节，准备一些欢迎这屋子的女主人的仪式。

【朗斯洛特上。

朗斯洛特　索拉！索拉！哦哈呵！索拉！索拉！

罗兰佐　谁在那儿嚷？

朗斯洛特　索拉！你看见罗兰佐老爷吗？罗兰佐老爷！索拉！索拉！

罗兰佐　别嚷啦，朋友，他就在这儿。

朗斯洛特　索拉！哪儿？哪儿？

罗兰佐　这儿。

朗斯洛特　对他说我家主人差一个人带了许多好消息来了。他在天明以前就要回家来啦。（下）

罗兰佐　亲爱的，我们进去，等着他们回来吧。不，还是不用进去。我的朋友斯丹法诺，请你进去通知家里的人，你们的女主人就要来啦，叫他们准备好乐器到门外来迎接。（斯丹法诺下）月光多么恬静地睡在山坡上！我们就在这儿坐下来，让音乐的声音悄悄送进我们的耳边；柔和的静寂和夜色，是最足以衬托出音乐的甜美的。坐下来，杰西卡。瞧，天宇中嵌满了多少灿烂的金钹；你所看见的每一颗微小的天体，在转动的时候都会发出天使般的歌声，永远应和着嫩眼的天婴的妙唱。在永生的灵魂里也有这一种音乐，可是当它套上这一具泥土制成的俗恶易朽的皮囊以后,我们便再也听不见了。

【众乐工上。

罗兰佐　来啊!奏起一支圣歌来唤醒狄安娜女神;用最温柔的节奏倾注到你们女主人的耳中,让她被乐声吸引着回来。(音乐)

杰西卡　我听见了柔和的音乐,总觉得有些惆怅。

罗兰佐　这是因为你有一颗敏感的灵魂。你只要看一群野性未驯的小马,逞着它们奔放的血气,乱跳狂奔,高声嘶叫,倘若偶尔听到一声喇叭,或是任何乐调,就会一齐立定,它们狂野的眼光,因为中了音乐的魅力,变成了温和的注视。所以诗人会造出俄耳甫斯用音乐感动木石、平息风浪的故事,因为无论怎样坚硬顽固狂暴的事物,音乐都可以立刻改变它们的性质。灵魂里没有音乐,或是听了甜蜜和谐的乐声而不会感动的人,都是擅于为非作恶,使奸弄诈的。他们的灵魂像黑夜一样昏沉,他们的感情像鬼蜮一样幽暗。这种人是不可信任的。听这音乐!

【鲍西娅及尼莉莎自远处上。

鲍西娅　那灯光是从我家里发出来的。一支小小的蜡烛,它的光照耀得多么远!一件善行也正像这支蜡烛一样,在这罪恶的世界发出广大的光辉。

尼莉莎　月光明亮的时候,我们就瞧不见灯光。

鲍西娅　小小的荣耀也正是这样给更大的光荣所掩盖。国王出巡的时候,摄政的威权未尝不就像一个君主,可是一等国王回来,他的威权就归于无有,正像溪涧中的细流注入大海一样。音乐!听!

尼莉莎　小姐,这是我们家里的音乐。

鲍西娅　没有比较,就显不出长处;我觉得它比在白天好听得多呢!

尼莉莎　小姐,那是因为晚上比白天静寂的缘故。

鲍西娅　当自唱自赏的时候,乌鸦也可以唱得和云雀一样;要是夜莺在白天杂在群鹅的聒噪里歌唱,人家决不以为它比鹪鹩唱得更美。多少事情因为逢到有利的环境,才能够达到尽善的境界,博得一声恰当的赞赏!喂,静下来!月亮正在拥着她的情郎!酣睡,不肯就醒来呢。(音乐停止)

罗兰佐　要是我没有听错,这分明是鲍西娅的声音。

鲍西娅　我的声音太难听，所以一下子就给他听出来了；正像瞎子能够辨认杜鹃一样。

罗兰佐　好夫人，欢迎您回家来！

鲍西娅　我们在外边为我们的丈夫祈祷平安，希望他们能够因我们的祈祷而多福。他们已经回来了吗？

罗兰佐　夫人，他们还没有来；可是刚才有人来送过信，说他们就要来了。

鲍西娅　进去，尼莉莎，吩咐我的仆人们，叫他们就当我们两人没有出去过一样。罗兰佐，您也给我保守秘密；杰西卡，您也不要多说。（喇叭声）

罗兰佐　您的丈夫来啦，我听见他的喇叭的声音。我们不是搬嘴弄舌的人，夫人，您放心好了。

鲍西娅　我觉得这样的夜色就像一个昏沉沉的白昼，不过略微惨淡点儿；没有太阳的白天，瞧上去也不过如此。

【巴萨尼奥、安东尼奥、葛莱西安诺及从者等上。

巴萨尼奥　要是您在没有太阳的地方走路，我们就可以和地球那一面的人共同享有着白昼。

鲍西娅　让我发出光辉，可是不要让我像光一样轻浮；因为一个轻浮的妻子，是会使丈夫的心头沉重的，我决不愿意巴萨尼奥为了我而心头沉重。可是一切都是上帝作主！欢迎您回家来，夫君！

巴萨尼奥　谢谢您，夫人。请您欢迎我这位朋友。这就是安东尼奥，我曾经受过他无穷的恩惠。

鲍西娅　他的确使您受惠无穷，因为我听说您曾经使他受累无穷呢。

安东尼奥　没有什么，现在一切都已经圆满解决了。

鲍西娅　先生，我们非常欢迎您的光临；可是口头的空言不能表示诚意，所以一切客套的话，我都不说了。

葛莱西安诺　（向尼莉莎）我凭着那边的月亮起誓，你冤枉了我；我真的把它送给了那法官的书记。好人，你既然把这件事情看得这么重，那么我但愿拿了去的人是个割掉了鸡巴的。

鲍西娅　啊！已经在吵架了吗？为了什么事？

葛莱西安诺　为了一个金圈圈儿，她给我的一个不值钱的指环，上面刻着的诗句，就跟那些刀匠们刻在刀子上的差不多，什么“爱我毋相弃”。

尼莉莎　你管它什么诗句,什么值钱不值钱?我当初给你的时候,你曾经向我发誓,说你要戴着它直到死去,死了就跟你一起葬在坟墓里;即使不为我,为了你所发的重誓,你也应该把它看重,好好儿地保存着。送给一个法官的书记!呸!上帝可以替我判断,拿了这指环去的那个书记,一定是个脸上永远不会长毛的人。

葛莱西安诺　他年纪长大起来,自然会有胡子的。

尼莉莎　一个女人也会长成男子吗?

葛莱西安诺　我举手起誓,我的确把它送给一个少年人,一个年纪小小、发育不全的孩子。他的个儿并不比你高。这个法官的书记,他是个多话的孩子,一定要我把这指环给他作酬劳,我实在不好意思不给他。

鲍西娅　恕我说句不客气的话,这是你的不对。你怎么可以把你妻子的第一件礼物随随便便给了人?你已经发过誓把它套在你的手指上,它就是你身体上不可分的一部分。我也曾经送给我的爱人一个指环,使他发誓永不把它抛弃;他现在就在这儿,我敢代他发誓,即使把世间所有的财富向他交换,他也不肯丢掉它或是把它从他的手指上取下来。真的,葛莱西安诺,你太对不起你的妻子了;倘然是我的话,我早就发起脾气来啦。

巴萨尼奥　(旁白)哎哟,我应该把我的左手砍掉了,就可以发誓说,因为强盗要我的指环,我不肯给他,所以连手都给砍下来了。

葛莱西安诺　巴萨尼奥老爷也把他的指环给了那法官了,因为那法官一定要向他讨那指环;其实他就是拿了那指环去,也一点不算过分。那个孩子,那法官的书记,因为写了几个字,也就讨了我的指环去做酬劳。他们主仆两人什么都不要,就是要这两个指环。

鲍西娅　我的爷,您把什么指环送了人哪?我想不会是我给您的那一个吧?

巴萨尼奥　要是我可以用说谎来加重我的过失,那么我会否认的,可是您瞧我的手指上没有指环。它已经没有了。

鲍西娅　正像你的虚伪的心里没有一丝真情。我对天发誓,除非等我见了这指环,我再也不跟你同床共枕。

尼莉莎　要是我看不见我的指环,我也再不跟你同床共枕。

巴萨尼奥　亲爱的鲍西娅,要是您知道我把这指环送给什么人,要是您知道我为了谁的缘故把这指环送人，要是您能够想到为了什么理由我把这指环送人，我又是多么舍不下这个指环，可是人家偏偏什么也不要，一定要这个指环，那时候您就不会生这么大的气了。

鲍西娅　要是你知道这指环的价值，或是把这指环给你的那人的一半好处，或是你自己保存着这指环的光荣，你就不会把这指环抛弃。只要你用诚恳的话向他恳切解释，世上哪有这样不讲理的人，会好意思硬要人家留作纪念品的东西？尼莉莎讲的话一点不错，我可以用我的生命赌咒，一定是什么女人把这指环拿了去了。

巴萨尼奥　不，夫人，我用我的名誉、我的灵魂起誓，并不是什么女人拿去，的确是送给那位法学博士的。他不接受我送给他的三千块钱，一定要讨这指环，我不答应，他就老大不高兴地去了。就是他救了我的好朋友的性命，我应该怎么说呢，好太太？我没有法子，只好叫人追上去送给他。人情和礼貌逼着我这样做，我不能让我的名誉上沾上忘恩负义的污点。原谅我，好夫人，凭着天上的明灯起誓，要是那时候您也在那儿，我想您一定会恳求我把这指环送给这位贤能的博士的。

鲍西娅　让那博士再也不要走近我的屋子。他既然拿去了我所珍爱的宝物，又是你所发誓永远为我保存的东西，那么我也会像你一样慷慨。我会把我所有的一切都给他，即使他要我的身体，或是我的丈夫的眠床，我都不会拒绝他。我总有一天会认识他的。你还是一夜也不要离开家里，像个百眼怪人那样看守着我吧，否则我可以凭着我的尚未失去的贞操起誓，要是你让我一个人在家里，我一定要跟这个博士睡在一床的。

尼莉莎　我也要跟他的书记睡在一床，所以你还是留心不要走开我的身边。

葛莱西安诺　好，随你的便，只要不让我碰到他；要是他给我捉住了，我就折断这个少年书记的那支笔。

安东尼奥　都是我的不是，引出你们这一场吵闹。

鲍西娅　先生，这跟您没有关系。您来我们是很欢迎的。

巴萨尼奥　鲍西娅，饶恕我这一次出于不得已的错误；当着这许多朋友们的面前，我向你发誓，凭着你的这一双美丽的眼睛，在它们里面我可以看见我自己——

鲍西娅　你们听他的话！我的左眼里也有一个他，我的右眼里也有一个他；

你用你的两重人格发誓，我还能够相信你吗？

巴萨尼奥　不，听我说。原谅我这一次错误，凭着我的灵魂起誓，我以后再不违犯对你所作的誓言。

安东尼奥　我曾经为了他的幸福，把我自己的身体向人抵押，倘不是幸亏那个把您丈夫的指环拿去的人，我几乎送了性命。现在我敢再立一张契约，把我的灵魂作为担保，保证您的丈夫决不会再有故意背信的行为。

鲍西娅　那么就请您做他的保证人，把这个给他，叫他比上回那一个保存得牢一些。

安东尼奥　拿着，巴萨尼奥，请您发誓永远保存这一个指环。

巴萨尼奥　天哪！这就是我给那博士的那一个！

鲍西娅　我就是从他手里拿来的。原谅我，巴萨尼奥，因为凭着这个指环，那博士已经跟我睡过觉了。

尼莉莎　原谅我，我的好葛莱西安诺，就是那个发育不全的孩子，那个博士的书记，因为我问他讨这指环，昨天晚上已经跟我睡在一起了。

葛莱西安诺　哎哟，这就像是在夏天把铺得好好的道路重新翻造。嘿！我们就这样冤冤枉枉地当了王八了吗？

鲍西娅　不要说得那么难听。你们大家都有点莫名其妙。这儿有一封信，拿去慢慢念吧，它是培拉里奥从帕度亚寄来的。你们从这封信里，就可以知道那位博士就是鲍西娅，她的书记便是这位尼莉莎。罗兰佐可以向你们证明，当你们出发以后，我就立刻动身。我回家来还没有多少时候，连大门也没有进去过呢。安东尼奥，我们非常欢迎您到这儿来，我还带着一个您所意料不到的好消息给您，请您拆开这封信，您就可以知道您有三艘商船，已经满载而归，快要到港了。您再也想不出这封信怎么会巧巧儿地到了我的手里。

安东尼奥　我傻眼了。

巴萨尼奥　你就是那个博士，我却不认识你吗？

葛莱西安诺　你就是要叫我当王八的那个书记吗？

尼莉莎　是的，可是除非那书记会长成一个男子，他再也不能叫你当王八。

巴萨尼奥　好博士，你今晚就陪着我睡觉吧；当我不在的时候，你可以睡在我妻子的床上。

安东尼奥　好夫人，您救了我的命，又给了我一条活路。我从这封信里得到了确实的消息，我的船只已经平安到港了。

鲍西娅　喂，罗兰佐！我的书记也有一件好东西要给您哩。

尼莉莎　是的，我可以免费送给他。这儿是那犹太富翁亲笔签署的一张授赠产业的文契，声明他死了以后，全部遗产都传给您和杰西卡，请你们收下了。

罗兰佐　两位好夫人，你们像是散布玛哪[①]的天使，救济着饥饿的人们。

鲍西娅　天已经差不多亮了，可是我知道你们还想把这些事情知道得详细一点。我们大家进去吧；你们还有什么疑惑的地方，尽管再向我们发问，我们一定老老实实地回答一切的问题。

葛莱西安诺　很好，我要我的尼莉莎宣誓答复的第一个问题，是现在离白昼只有两小时了，我们还是就去睡觉呢，还是等明天晚上再睡？正是——

不惧黄昏近，但愁白日长；
翩翩书记俊，今夕喜同床。
金环束指间，灿烂自生光。
为恐娇妻骂，莫将弃道旁。（众下）

---

① 玛哪，天降的食粮，见《旧约·出埃及记》。

温莎的风流娘儿们

朱生豪　译

辜正坤　校

导言

此剧来源问题尚无定论。相传伊莉莎白女王对《亨利四世》中福斯塔夫这个角色十分感兴趣，想看看福斯塔夫是如何恋爱的，于是莎士比亚奉旨作此剧。此外，雷金纳德·斯科特的作品《发现巫术》(1584)中亦有若干细节与此剧颇相似。

此剧主要是一部以情节取胜的风俗喜剧，喜剧结构相当完美。剧情以英格兰农村为背景，以家庭为主要场面，以平民为主要人物(福斯塔夫虽属上层，但喜剧开始时，他已穷困潦倒，只是一个破落骑士)。

全剧弥漫着一种清新活泼的乐观气氛，现实意味颇强。其表层主题是：诚实无欺者必旺，贪财好色者必亏。但其更强的内涵则是讽刺了封建社会解体时期以福斯塔夫为代表的没落骑士阶级纵情声色、寡廉鲜耻的市井无赖行径，同时歌颂了人文主义积极向上的乐观主义生活态度。剧中的众位太太都是乐观旷达的角色，爱好开玩笑，但并不轻佻，而是高贵正直的人物。反之，福斯塔夫这个角色在此剧中则成了一个纯粹可笑的人物，这与他在《亨利四世》中的表现是有区别的。在那部剧作中，福斯塔夫的性格中渗透着智慧和哲理，而在此剧中，莎士比亚夸张了福斯塔夫的粗俗品德，并让他卷入一场纯属闹剧性质的风流韵事中，使他成了一个十足的小丑。就人物性格的发展而言，福斯塔夫的这种转变似欠自然，但是此剧有两点极为出色：其一，这是一出货真价实的喜剧，其滑稽效果令人喷饭，非莎氏其他喜剧可比；其二，此剧现实生活感极强，使人观之如临其境。通过剧中的描写和人物对话，作者把具有代表性的温莎小镇的市民生活风俗及自然环境气氛绘声绘色地再现出来了，宛如让我们看到了莎士比亚自己所在的斯特拉特福镇上的生活风貌。恩格斯在1873年12月10日致马克思的信中认为，仅仅此剧的第一幕所包含的东西“就有着比整个德国文学还多得多的生活和现实”。莎评界一般认为，在莎士比亚第一创作时期的六部成熟的喜剧中，这是唯一以英国现实为背景创作的颇具现实意义的喜剧。

剧中人物

约翰·福斯塔夫爵士
范　顿　少年绅士
夏　禄　乡村法官
斯兰德　夏禄的侄儿
福　德 }
培　琪 } 温莎地方的两个绅士
威　廉　培琪的幼子
休·爱文斯师父　威尔士籍牧师
卡厄斯大夫　法国籍医生
嘉德饭店的店主
巴道夫 }
毕斯托尔 } 福斯塔夫的随从
尼　姆 }
罗　宾　福斯塔夫的侍童
辛普儿　斯兰德的仆人
鲁格比　卡厄斯大夫的仆人

福德太太
培琪太太
安·培琪　培琪的女儿，与范顿相恋
快嘴桂嫂　卡厄斯的女仆

培琪、福德两家的仆人及其他

地点

温莎及其附近

第一幕

第一场　温莎。培琪家门前

【夏禄、斯兰德及休·爱文斯上。

夏禄　修师父，别劝我，我一定要告到御前法庭里去；就算他是二十个约翰·福斯塔夫爵士，他也不能欺侮夏禄老爷。

斯兰德　夏禄老爷是葛罗斯特州的治安法官。

夏禄　说得对，斯兰德侄儿，还是个档案管理官员呢。

斯兰德　说得对，还是一个档案呢。牧师先生，我告诉您吧，他出身就是个绅士，签起名字来，总是要加上“大人”两个字，无论什么公文、笔据、账单、契约，写起来总是“夏禄大人”。

夏禄　对了，这三百年来，一直都是这样。

斯兰德　他的子孙在他以前就是这样了，他的祖宗在他以后也可以这样；他们家里那件绣着十二条白梭子鱼的外套可以作为证明。

夏禄　那是一件古老的外套。

爱文斯　一件古老的外套配上十二条白虱子，那才真正是配得妙极了；白虱是人类的老朋友，也是爱的象征。

夏禄　白梭子鱼，不是白虱子，是一种淡水鱼，咸水鱼才是一种古老的纹章。

斯兰德　我可以把它们挪动到俺家的纹章中去，叔叔。

夏禄　那就得通婚了①。

爱文斯　没错儿，他一乱动起来，准把人捅昏。

夏禄　哪儿的话。

爱文斯　圣母娘娘在上，依不才之见，要是他挪走了你四分之一的外套，你就只剩下三条裙子了。可是闲话少说，要是福斯塔夫爵士有什么地方得罪了您，我是个出家人，以慈悲为怀，很愿意尽力替你们两位和解和解。

夏禄　我要把这事情向枢密院提出，这是暴乱。

爱文斯　不要把暴乱的事情告诉枢密院，暴乱是不敬上帝的行为。枢密院希望听见人民个个敬畏上帝，不欢喜听见有什么暴乱；您还是考虑考虑吧。

夏禄　嘿！他妈的！我要是再年轻点儿，早就一刀了结了。

爱文斯　冤家宜解不宜结嘛，还是大家和和气气的好。我脑壳里还有一个计划，要是能够成功，倒是一件美事儿。培琪老爷有一位女儿叫安，她是一个标致的姑娘。

斯兰德　安小姐吗？她有一头棕色的头发，说起话来细声细气像个娘儿似的。

爱文斯　正是这位小姐，全世界找不出第二个来了。她的爷爷在临死的时候——上帝接引他上天堂享福！——给她七百镑钱，还有金子银子，等她满了十七岁，这笔财产就可以到她手里。我们现在还是把那些吵吵闹闹的事情搁在一旁，想法子替斯兰德少爷和安·培琪小姐做个媒吧。

夏禄　她的爷爷传给她七百镑钱吗？

爱文斯　是的，还有她父亲给她的钱。

夏禄　这姑娘我也认识，她的人品倒不错。

爱文斯　七百镑钱还有其他的嫁妆，那还会错吗？

夏禄　好，让我们去瞧瞧培琪老爷吧。福斯塔夫也在里边吗？

爱文斯　我要对您说谎吗？我顶讨厌的就是说谎的人，正像我讨厌说假话

---

① 欧洲封建贵族都有代表其家族的纹章，通婚的夫家可以将妻家纹章图样移入自己家的纹章。

的人，或是不老实的人一样。约翰爵士是在里边，请您看在大家朋友分上，耐心点儿吧。让我去打门。（敲门）喂！有人吗？上帝祝福你们这一家！

培琪　（在内）谁呀？

爱文斯　上帝祝福你们，是您的朋友，还有夏禄法官和斯兰德少爷，我们要跟您谈些事情，也许您听了会高兴的。

【培琪上。

培琪　我很高兴看见你们各位的气色都是这样好。夏禄老爷，我还要谢谢您的鹿肉呢！

夏禄　培琪老爷，我很高兴看见您，您心肠好，福气一定也好！鹿肉弄得实在不成样了，您别见笑。嫂夫人好吗？——我从心坎儿里谢谢您！

培琪　我才要谢谢您哪。

夏禄　我才要谢谢您。干脆一句话，我谢谢您。

培琪　斯兰德少爷，我很高兴看见您。

斯兰德　培琪大叔，您那头黄毛的猎狗怎么样啦？听说它在最近的赛狗会里跑不过人家，有这回事吗？

培琪　那可不能这么说。

斯兰德　您还不肯承认，您还不肯承认。

夏禄　他当然不肯承认的；这是你的不好，这是你的不好。那是一头好狗哩。

培琪　是头不中用的畜生。

夏禄　不，它是头好狗，很漂亮的狗。那还用说吗？它又好又漂亮。福斯塔夫爵士在里边吗？

培琪　他是在里边。我很愿意给你们两位彼此消消气。

爱文斯　真是一个好基督徒说的话。

夏禄　培琪老爷，他侮辱了我。

培琪　是的，他自己也有几分认错。

夏禄　认了错不能就算完了事呀，培老爷，您说是不是？他侮辱了我，真的，他侮辱了我。一句话，他侮辱了我。你们听着，夏禄老爷说，他给人家侮辱了。

培琪　约翰爵士来啦。

【福斯塔夫爵士、巴道夫、尼姆、毕斯托尔上。

福斯塔夫　喂，夏禄老爷，您要到王上面前去告我吗？

夏禄　爵士，你打了我的佣人，杀了我的鹿，闯进我的屋子里。

福斯塔夫　可是没有亲过你家看门人女儿的脸吧？

夏禄　他妈的，什么话！我一定要跟你算账。

福斯塔夫　打开天窗说亮话：这一切事都是我干的。现在咱们了账啦。

夏禄　我要告到枢密院里去。

福斯塔夫　我看你还是私了的好，你就不怕人家笑话你？

爱文斯　少说为佳。约翰爵士，好言好语吧。

福斯塔夫　好言好语？好个蠢货。斯兰德，我要砸碎你的头，你还能跟我算账吗？

斯兰德　呃，爵士，我也想跟您还有您那几位流氓跟班：巴道夫、尼姆和毕斯托尔算一算账呢。他们带我到酒店里去，把我灌了个醉，偷了我的钱袋去。

巴道夫　你这又酸又臭的干酪！

斯兰德　好，随你骂吧。

毕斯托尔　喂，骷髅精！

斯兰德　好，随你骂吧。

尼姆　喂，风干肉片！这别号我给你取得好不好？

斯兰德　我的跟班辛普儿呢？叔叔，您知道吗？

爱文斯　请你们大家别闹，让我们看：关于这一场争执，已经有了三位公正人，第一位是培琪老爷，第二位是我自己，第三位也就是最后一位，是嘉德饭店的老板。

培琪　咱们三个人要听一听两方面的曲直，替他们调停出一个结果来。

爱文斯　很好，让我先在笔记簿上把要点记录下来，然后我们可以仔细研究一个方案出来。

福斯塔夫　毕斯托尔！

毕斯托尔　他用耳朵听见了。

爱文斯　见他妈的鬼！这算什么话。“他用耳朵听见了”？嘿，这简直是矫揉造作。

福斯塔夫　毕斯托尔,你有没有偷过斯兰德少爷的钱袋?

斯兰德　凭着我这双手套起誓,他偷了我七个六便士的锯边银币,还有两个爱德华朝的银币,我用每个两先令两便士的价钱去换来的。假如我冤枉了他,我就不是斯兰德。

福斯塔夫　毕斯托尔,这是真实的吗?

爱文斯　不,扒钱袋这种事肯定是不老实的事。

毕斯托尔　嘿,你这个威尔士山野匹夫!约翰爵士,我的主人,我要和这把“软钢剑”决一死战。我要当面叫你说谎者!说谎者!你这废铜烂铁,你说谎!

斯兰德　那么我赌咒一定是他。

尼姆　说话留点儿神吧,朋友,大家客客气气。你要是想在太岁头上动土,咱老子可也不是好惹的——我正告你。

斯兰德　凭着这顶帽子起誓,那么一定是那个红脸的家伙偷的。我虽然不记得我给你们灌醉以后做了些什么事,可是我还不是头十足的驴子哩。

福斯塔夫　你怎么说,红脸?

巴道夫　我说,这位先生一定是喝酒喝得六精无主啦。

爱文斯　应该是六神无主。呸,真无知。

巴道夫　老爷,就像他们所说的,他喝得出了神,就信口胡说起来啦。

斯兰德　嗨,那时你还讲拉丁文来着。好,随你们怎么说吧,我以后再不喝醉了;我要是喝酒,一定跟规规矩矩敬重上帝的人在一起喝,决不再跟这种恶棍在一起喝了。

爱文斯　鄙意以为这是一句有志气的话!

福斯塔夫　各位先生,你们已经听见了,什么都否认了,你们都已经听见了。

【安·培琪持酒具与福德娘子、培琪娘子同上。

培琪　不,女儿,你把酒拿进去,我们就在里面喝酒。(安·培琪下)

斯兰德　天啊!这就是安小姐。

培琪　您好,嫂子!

福斯塔夫　福德太太,我今天能够碰见您,真是三生有幸。恕我冒昧,好嫂子。(吻福德太太)

培琪　娘子，请你招待招待各位客人。来，我们今天烧好一盘滚热的鹿肉馒头，要请诸位尝尝新。来，各位朋友，我希望大家一杯在手，旧怨全忘。（除斯兰德、夏禄、爱文斯外，皆下）

斯兰德　要是现在有人给我四十个先令，我宁愿有一本诗集在手里。

【辛普儿上。

斯兰德　啊，辛普儿，你到哪儿去了？难道我必须自己服侍自己吗？你有没有把那本猜谜的书带来？

辛普儿　猜谜的书！怎么，您不是在上一次万圣节，即米迦勒节的前两个星期，把它借给矮饽饽爱丽丝了吗①？

夏禄　来，侄儿。来，侄儿，咱们等着你哪。侄儿，我有句话要对你说，是这样的，侄儿，刚才休师父曾经提起过这么一个意思；你懂得我的意思吗？

斯兰德　嗯，叔叔，我是个好说话的人，只要是合理的事，我总是愿意的。

夏禄　不，你听我说。

斯兰德　我在听着您哪，叔叔。

爱文斯　斯少爷，听好他的意思；您要是愿意的话，我可以把这件事情向您解释。

斯兰德　不，我的夏禄叔叔叫我怎么做，我就怎么做。请您原谅，他是个治安法官，谁人不知，那个不晓？

爱文斯　不是这个意思，我们现在所要谈的，是关于您的婚姻问题。

夏禄　对了，就是这一回事。

爱文斯　就是这一回事，我们要给您跟培琪小姐做个媒。

斯兰德　噢，原来是这么一回事。只要条件合理，我是总可以答应娶她的。

爱文斯　可是您能不能喜欢这一位姑娘呢？我们必须从您自己嘴里——因为很多哲学家认为嘴唇乃嘴之一部分——知道您的意思，所以请您明明白白回答我们，您能不能对这位姑娘发生好感呢？

夏禄　斯兰德贤侄，你能够爱她吗？

斯兰德　叔叔，我希望我总是照着道理去做。

---

① 米迦勒节是九月二十九日，而万圣节是十一月一日，此处是辛普儿说错。

爱文斯　哎哟,天上的爷爷奶奶们！您一定要讲得明白点儿,您想不想要她?

夏禄　你一定要明明白白地讲。要是她有很丰盛的嫁妆,你愿意娶她吗?

斯兰德　叔叔,您叫我做的事,只要是合理的,比这更重大的事我也会答应下来。

夏禄　不,你得明白我的意思,好侄儿。我所做的事,完全是为了你的幸福。你能够爱这姑娘吗?

斯兰德　叔叔,您叫我娶她,我就娶她;也许在起头的时候彼此之间没有多大的爱情,可是结过了婚以后,大家有了进一步的了解,我希望我们会日久生厌地变得更满意,终于减少了天作之合的爱情。可是只要您说一声"跟她结婚",我就跟她结婚,这是我的坚定的永远动摇的决心。

爱文斯　这是一个很明理的回答,虽然措辞有点不妥,应该说"永远不动摇的决心"。他的本意是很好的。

夏禄　嗯,我的侄儿的本意是很好的。

斯兰德　要不然的话,我就是个该死的畜生了!

夏禄　安小姐来了。

【安·培琪重上。

夏禄　安小姐,为了您的缘故,我但愿自己再年轻起来。

安·培琪　酒菜已经预备好了,家父叫我来请各位进去。

夏禄　我愿意奉陪,好安小姐。

爱文斯　哎哟！念起餐前祈祷来,我可不能缺席哩。(夏禄、爱文斯下)

安·培琪　斯兰德世兄,您也进去吧。

斯兰德　不,谢谢您,真的,托福托福。

安·培琪　大家都在等着您哪。

斯兰德　我不饿,我真的谢谢您。喂,你虽然是我的跟班,还是进去伺候我的夏禄叔叔吧。(辛普儿下)一个治安法官一定得有个跟班,才不失体面。现在家母还没有死,我随身只有三个跟班一个书童,可是这算得上什么呢?我的生活还是过得一点也不舒服。

安·培琪　您要是不进去,那么我也不能进去了;他们都要等您到了才坐下来呢。

斯兰德　真的,我不要吃什么东西;可是我多谢您的好意。

安·培琪　世兄,请您进去吧。

斯兰德　我还是在这儿走走的好,我谢谢您。我前天跟一个击剑教师比赛刀剑,三个回合赌一碟蒸熟的梅子,结果把我的胫骨也弄伤了。不瞒您说,从此以后,我闻到烧热的肉味道就受不了。你家的狗为什么叫得这样厉害?城里有熊吗?

安·培琪　我想是有的,我听见人家讲起过。

斯兰德　我喜欢这一行当,但我也像别的英格兰人一样会很快在这个问题上弄别扭的。您要是看见关在笼子里的熊逃了出来,您怕不怕?

安·培琪　我怕。

斯兰德　我现在可把它当作家常便饭一样没有什么稀罕了。我曾经看见巴黎花园里那头著名的撒克逊大熊逃出来二十次,我还亲手拉住它的链条。可是我告诉您吧,那些女人们一看见了,就哭呀叫呀地闹得天翻地覆;实在说起来,也无怪她们受不了,那些畜生都是又难看又粗暴的家伙。

【培琪重上。

培琪　来,斯兰德少爷,来吧,我们等着您哪。

斯兰德　我不要吃什么东西,我谢谢您。

培琪　这怎么可以呢?您不吃也得吃,来,来。

斯兰德　那么您先请吧。

培琪　您先请。

斯兰德　安小姐,还是您先请。

安·培琪　不,您别客气了。

斯兰德　真的,我不能走在你们前面,真的,那不是太无礼了吗?

安·培琪　您何必这样客气呢?

斯兰德　既然这样,与其让你们讨厌,还是失礼的好。你们可不能怪我放肆呀。(同下)

第二场　同　　前

【爱文斯及辛普儿上。

爱文斯　你去打听打听，有一个卡厄斯大夫住在哪儿。他的家里有一个叫作快嘴桂嫂的，是他的看护，或者是他的保姆，或者是他的厨娘，或者是帮他洗洗衣服的女人。

辛普儿　好的，师父。

爱文斯　慢着，还有更要紧的话哩。你把这封信交给她，因为她跟培琪家小姐是很熟悉的，这封信里的意思，就是要请她代你的主人向培琪家小姐传达他的爱慕之忱。请你快点儿去吧，我要先吃完饭，还有一道苹果跟干酪在后头呢。（各下）

第三场　嘉德饭店的一室

【福斯塔夫、店主、巴道夫、尼姆、毕斯托尔及罗宾上。

福斯塔夫　我的嘉德店老板！

店主　怎么说，我的大好佬？说得有学问、有智慧。

福斯塔夫　不瞒你说，我要辞掉一两个跟班啦。

店主　好，我的大力士，辞掉。叫他们滚蛋，滚！滚！滚！

福斯塔夫　我一个星期也要开销十镑钱。

店主　当然啰，你就像个皇帝，像个凯撒。我可以把巴道夫收留下来，让他做个酒保，你看好不好？我的大英雄。

福斯塔夫　老板，那好极啦。

店主　那么就这么办，叫他跟我来吧。（下）

福斯塔夫　巴道夫，跟他去。酒保也是一种很好的行业。旧外套可以改做新褂子；一个不中用的跟班，也可以变成一个出色的酒保。去吧，再见。

巴道夫　这种生活我正是求之不得，我一定会从此交运。

毕斯托尔　哼，没出息的东西！你要去开酒桶吗？（巴道夫下）

尼姆　他是酒桶里孕育出来的。我这话说得巧妙吧？

福斯塔夫　我很高兴把这火种①这样打发走了；他的偷窃太公开啦，他在偷偷摸摸的时候，就像一个不会唱歌的人一样，一点不懂得轻重缓急。

尼姆　偷盗的唯一妙诀，是看准下手的时刻。

毕斯托尔　聪明的人把它叫做“顺手牵羊”。“偷盗”！啐！好难听的话儿！

福斯塔夫　孩儿们，我快要穷得鞋子都没有后跟啦。

毕斯托尔　好，那么就让你的脚跟上长起老大的冻疮来吧。

福斯塔夫　没有法子，我必须想个办法，捞一些钱来。

毕斯托尔　小乌鸦们不吃东西也是不行的呀。

福斯塔夫　你们有谁知道本地有一个叫福德的家伙？

毕斯托尔　我知道那家伙，他很有几个钱。

福斯塔夫　我的好孩儿们，现在我要倾诉我这肚内衷肠。

毕斯托尔　总长度两码以上。

福斯塔夫　休得取笑，毕斯托尔！我的腰腹是有两码宽，但我现在要谈的不是妖妇，而是情妇。一句话——我想去吊福德老婆的膀子。我觉得她对我很有几分意思；她跟我讲话的那种口气，给我切肉的那种姿势，还有她那一瞟一瞟的脉脉含情的眼光，都好像在说，“我的心是福斯塔夫爵士的。”

毕斯托尔　你果然把她的心理研究得非常透彻，居然把它一个字一个字翻译出来啦。

尼姆　这锚抛得够深的了。我这比喻不赖吧？

福斯塔夫　听说她丈夫的钱都是她一手经管的。他有数不清的钱藏在家里。

毕斯托尔　财多招鬼忌，咱们应该去给他消消灾。我说，向她进攻吧！

福斯塔夫　我已经写下一封信在这儿预备寄给她；这儿还有一封，是写给培琪老婆的，她刚才也向我眉目传情，她那双水汪汪的眼睛一眨不眨地望着我身上的各部分，一会儿瞧着我的脚，一会儿瞧着我的大肚子。

毕斯托尔　正好比太阳照在粪堆上。

尼姆　这个比喻好极了！

---

①　暗指巴道夫的红脸孔。

福斯塔夫　啊！她用贪馋的神气把我从上身望到下身，她的眼睛里简直要喷出火来炙我。这一封信是给她的。她也经管着钱财，她就像是一座取之不竭的金矿。我要去接管她们两人的全部富源，她们两人便是我的两个国库；她们一个是东印度，一个是西印度，我就在这两地之间开辟我的生财大道。你给我去把这信送给培琪太太；你给我去把这信送给福德太太。孩儿们，咱们从此可以有舒服日子过啦！

毕斯托尔　我是身佩钢刀的军人，你要我给你拉皮条吗？鬼才干这种事！

尼姆　这种龌龌龊龊的事情我也不干；把这封宝贝信儿拿回去吧。我的名誉要紧。

福斯塔夫　（向罗宾）来，小鬼，你给我把这两封信送去，小心别丢了。你就像我的一艘快船一样，赶快开到这两座金山的脚下去吧。（罗宾下）你们这两个浑蛋，一起给我滚吧！再不要让我看见你们的影子！像狗一样爬得远远的，我这里容不得你们。滚！这年头儿大家都要讲究个紧缩，福斯塔夫也要学学法国人的算计，留着一个随身的童儿，也就够了。（下）

毕斯托尔　让饿老鹰把你的心肝五脏一起抓了去！你用假骰子到处诈骗人家，看你作孽到几时！等你有一天穷得袋里一个子儿都没有的时候，再瞧瞧老子是不是一定要靠着你才得活命，这万恶不赦的老贼！

尼姆　我心里正在转着一个念头，我要复仇。

毕斯托尔　你要复仇吗？

尼姆　天日在上，此仇非报不可！

毕斯托尔　用计策还是用武力？

尼姆　两样都要用；我先去向培琪报告有人正在勾搭他的老婆。

毕斯托尔　　我就去叫福德加倍留神，
　　说福斯塔夫，那混帐东西，
想把他的财产一口侵吞，
　　还要占夺他的美貌娇妻。

尼姆　我的脾气想到就做。我要去煽动培琪，让他心里充满了醋意，叫他用毒药毒死这家伙。谁要是对我不起，让他知道咱老子也不是好惹的——我就是生性如此。

毕斯托尔　你就是个天煞星，我愿意跟你合作，走吧。（同下）

第四场　卡厄斯医生家中一室

【快嘴桂嫂及辛普儿上。

桂嫂　喂，鲁格比！

【鲁格比上。

桂嫂　请你到窗口去瞧瞧看，咱们这位东家有没有来；要是他来了，看见屋子里有人，一定又要给他昏天黑地一顿骂。

鲁格比　好，我去看看。

桂嫂　去吧，今天晚上等我们烘罢了火，我请你喝杯老酒。（鲁格比下）他是一个老实的听话的和善的家伙，你找不到第二个像他这样的仆人。他又不会说长道短，他的唯一的缺点，就是太喜欢祷告了，他祷告起来，简直像个呆子，可是谁都有几分错处，那也不用说它了。你说你的名字叫辛普儿吗？

辛普儿　是，人家就是这样叫我。

桂嫂　斯兰德少爷就是你的主人吗？

辛普儿　正是。

桂嫂　他不是留着一大把像手套商的削皮刀一样的胡须的吗？

辛普儿　不，他只有一张小小的白白的脸，略微有几根黄胡子。

桂嫂　他是一个很文弱的人，是不是？

辛普儿　是的，可是真要比起力气来，他也不怕人家；他曾经跟看守猎苑的人打过架呢。

桂嫂　你怎么说？啊，我记起来啦！他不是走起路来大摇大摆，把头抬得高高的吗？

辛普儿　对了，一点不错，他正是这样子。

桂嫂　好，天老爷保佑培琪小姐嫁到这样一位好郎君吧！你回去对休牧师先生说，我一定愿意尽力帮你家少爷的忙。安是个好孩子，我但愿——

【鲁格比重上。

鲁格比　不好了，快出去，我们老爷来啦！

桂嫂　咱们大家都要挨一顿臭骂了。这儿来，好兄弟，快快钻进这个壁橱里去。（将辛普儿关在壁橱内）他一会儿就要出去的。喂，鲁格比！喂，你在哪里？鲁格比，你去瞧瞧老爷去，他现在还不回来，不知道人好不好。（鲁格比下，桂嫂唱歌）得儿郎当，得儿郎当……

【卡厄斯上。

卡厄斯　你在唱些什么？我讨厌这种调调儿。请你快给我到壁橱里去，把一只匣子，一只绿的匣子，找来给我。听见我的话吗？一只绿的匣子。

桂嫂　好，好，我就去给您找来。（旁白）谢天谢地他没有自己去找，要是给他看见了壁橱里有一个小伙子，他一定要暴跳如雷了。

卡厄斯　快点，快点，热得很，我要上朝去，有大事哩。

桂嫂　是这一个吗，老爷？

卡厄斯　对了，给我放在口袋里，快点。鲁格比那个浑蛋呢？

桂嫂　喂，鲁格比！鲁格比！

【鲁格比重上。

鲁格比　有，老爷。

卡厄斯　鲁格比，把剑拿来，跟我到宫廷里去。

鲁格比　剑已经放在门口了，老爷。

卡厄斯　我已经耽搁得太久了。该死！我又忘了！壁橱里还有点儿药草，一定要带去。

桂嫂　（旁白）糟了！他看见了那个小子，一定要发疯啦。

卡厄斯　见鬼！见鬼！什么东西在我的壁橱里？浑蛋！狗贼！（将辛普儿拖出）鲁格比，把我的剑拿来！

桂嫂　好老爷，您息怒吧！

卡厄斯　我为什么要息怒？嘿！

桂嫂　这个年轻人是个好人。

卡厄斯　是好人躲在我的壁橱里干什么？躲在我的壁橱里，就不是好人。

桂嫂　请您别发这么大的脾气。老实告诉您吧，是休牧师叫他来的。

卡厄斯　好。

辛普儿　正是，休牧师叫我来请这位太太——

桂嫂　你不要说话。

卡厄斯　闭你自己的嘴！你说。

辛普儿　请这位太太替我家少爷去向培琪家小姐说亲。

桂嫂　真的，就只有这么一回事。可是我才不愿多管这种闲事，把手指头伸到火里去呢，又不是跟我有什么相干。

卡厄斯　是休牧师叫你来的吗？——鲁格比，拿张纸来。你再等一会儿。（写）

桂嫂　我很高兴他今天这么安静，要是他真的动起怒来，那才会吵得日月无光呢。可是别管他，我一定尽力帮你家少爷的忙；不瞒你说，这个法国医生，我的主人——我可以叫他作我的主人，因为你瞧，我替他管屋子，还给他洗衣服、酿酒、烘面包、扫地抹桌、烧肉烹茶、铺床叠被，什么都是我一个人做的——

辛普儿　一个人做这许多事，那真太辛苦啦。

桂嫂　可不是吗？真把人都累死了，天一亮就起身，老晚才睡觉；可是这些话也不用说了，让我悄悄儿告诉你，你可不许对人家说起，我那个东家他自己也爱着培琪家小姐。可是安小姐的心思我是知道的，她的心既不在这儿也不在那儿。

卡厄斯　猴儿崽子，你去把这封信交给休牧师，这是一封挑战书，我要割断他的喉咙；我要教训教训这个猴儿崽子的牧师，问他以后再多管不管闲事。你去吧，你留在这儿没有好处。哼，我要把他的两颗睾丸一起割下来，哼，他就连用来喂狗的睾丸也没有了。（辛普儿下）

桂嫂　唉！他也不过帮他朋友说句话儿罢了。

卡厄斯　我可不管。你不是对我说培琪一定会嫁给我的吗？哼，我要是不把那个狗牧师杀掉，我就不是个人。我要叫嘉德饭店的老板替我们做公正人。哼，我要是不娶培琪为妻，我就不是个人。

桂嫂　老爷，那姑娘喜欢您哩，包您万事如意。人家高兴嚼嘴嚼舌，就让他们去嚼吧。真是哩！

卡厄斯　鲁格比，跟我到宫廷里去。哼，要是我娶不到培琪为妻，我不把你赶出门，我就不是个人。跟我来，鲁格比。（卡厄斯、鲁格比下）

桂嫂　呸！做你的梦！安小姐的心思我是知道的；在温莎地方，谁也没有像我一样明白安的心思了。谢天谢地,她也只肯听我的话。别人的话她才不理呢。

范顿 (在内)里面有人吗?喂!

桂嫂 谁呀?进来吧。

【范顿上。

范顿 啊,娘子,你好哇?

桂嫂 多承老爷问起,托福托福。

范顿 有什么消息?安小姐近来好吗?

桂嫂 凭良心说,老爷,她真是位又标致、又端庄、又温柔的好姑娘;范顿老爷,我告诉您吧,她很佩服您哩,谢天谢地。

范顿 你认为我有几分希望吗?我的求婚不会失败吗?

桂嫂 真的,老爷,什么事情都是天老爷注定了的。可是,范老爷,我可以发誓她是爱您的。您的眼皮上不是长着一颗小疙瘩吗?

范顿 是有颗疙瘩,那便怎样呢?

桂嫂 嗽,这上面就有一段话儿呢。真的,我们这位小安就像换了个人似的,我们讲那颗疙瘩足足讲了一点钟。人家讲的笑话一点不好笑,那姑娘讲的笑话才叫人打心窝儿里笑出来。可是我可以跟无论什么人打赌,她是个顶规矩的姑娘。她近来也实在太喜欢一个人发呆了,老是像在想着什么心事似的。至于讲到您——那您尽管放心吧。

范顿 好,我今天要去看她。这几个钱请你收下,多多拜托你帮我说句好话。要是你比我先看见她,请你替我向她致意。

桂嫂 那还用说吗?下次要是有机会,我还要给您讲起那个疙瘩哩。我也可以告诉您还有些什么人在转她的念头。

范顿 好,回头见。我现在还有要事,不多谈了。

桂嫂 回头见,范老爷。(范顿下)这人是个规规矩矩的绅士,可是安并不爱她,谁也不及我更明白安的心思了。该死!我又忘了什么啦?(下)

第二幕

第一场　培琪家门前

【培琪太太持书信上。

培琪太太　什么！我在年轻貌美的时候，都不曾收到过什么情书，现在倒有人写起情书来给我了吗？我倒要看看：“不要问我为什么我爱你；因为爱情虽然会用理智来作疗治相思的药饵，它却是从来不听理智的劝告的。你并不年轻，我也是一样；好吧，咱们同病相怜。你爱好风流，我也是一样；哈哈，那尤其是同病相怜。你欢喜喝酒，我也是一样；咱们俩岂不是天生的一对？要是一个军人的爱可以使你满足，那么培琪娘子，请你相信我是爱你的。我不愿意说，可怜我吧，因为那不是一个军人所应该说的话；可是我说，爱我吧。吾乃汝忠心武将，不分昼短夜长，不顾天光火光，披肝沥胆，蹈火赴汤。约翰·福斯塔夫上。”哎哟，万恶的万恶的世界！一个快要老死了的家伙，还要自命风流！真是见鬼！这个酒鬼究竟从我的谈话里抓到了什么出言不检的地方，才敢用这种话儿试探我？我还没有见过他三次面呢！我应该怎样对他说呢？那个时候，上帝饶恕我！我的确是说说笑笑得太高兴了点儿。哼，我要到议会里去上一个条陈，请他们把天下男人一概格杀不论。我应该怎样报复他呢？毫无疑问这一口气非出不可，就像他肚子里的玩艺儿全是灌肠一样。

【福德太太上。

福德太太　培琪嫂子！我正要到您府上来呢。

培琪太太　我也正要到您家去呢。您脸色可不大好看呀。

福德太太　那我可不信，我应该满脸红光才是呢。啊，培琪嫂子！您给我出个主意吧。

培琪太太　什么事，大姐？

福德太太　啊，大姐，我如果不是因为觉得这种事情太不好意思，我就可以高贵起来啦！

培琪太太　大姐，管他什么好意思不好意思，高贵起来不好吗？是怎么一回事？是怎么一回事？

福德太太　我只要高兴下地狱走一趟，我就可以封爵啦。

培琪太太　什么？你在胡说。艾丽丝·福德爵士！现在这种爵士满街都是，你还是不用改变你的头衔吧。

福德太太　废话少说，你读一读这封信。你瞧了以后，就可以知道我怎么可以封起爵来。从此以后，只要我长着眼睛，我要永远瞧不起那些胖子。是哪一阵暴风把这条肚子里装满了许多吨油的鲸鱼吹到了温莎的海岸上来？我应该怎样报复他呢？我想最好的办法，是假意敷衍他，却永远不让他达到目的，直等罪恶的孽火把他熔化在他自己的脂油里。你有没有听见过这样的事情？

培琪太太　你有一封信，我也有一封信，就是换了个名字！你瞧吧，这是你那封信的孪生兄弟。我敢说他有一千封这样的信写好着，只要在空白的地方填下了姓名，就可以寄给人家；也许还不止一千封，咱们的已经是再版的了。他一定会把这种信刻成板子印起来的，因为他会把咱们两人的名字都放上去，可见他无论刻下了些什么乱七八糟的东西，都会一样不在乎。我要是跟他在一起睡觉，还是让一座山把我压死了吧。嘿，你可以找到二十头贪淫的乌龟，却不容易找到一个规规矩矩的男人。

福德太太　哎哟，这两封信简直是一个印版里印出来的，同样的笔迹，同样的字句。他到底把我们看作什么人啦？

培琪太太　那我可不知道。我看见了这样的信，真有点儿自己不相信自己了。以后我一定得留心察看自己的行动,因为他要是不在我身上看出了一点我自己也没有知道的不大规矩的地方,一定不会肆无忌惮到这个样子。

福德太太　哼,肆无忌惮么? 我一定要叫他知道个厉害。

培琪太太　对。如果他居然使我受辱,我誓不为人。我们一定要向他报复。让我们约他一个日子相会,把他哄骗得心花怒放,然后我们采取长期诱敌的计策,只让他闻到鱼腥气,不让他尝到鱼儿的味道,逗得他馋涎欲滴,饿火雷鸣,吃尽当光,把他的马儿都变卖给嘉德饭店的老板为止。

福德太太　好,为了捉弄这个坏东西,我什么恶毒的事情都愿意干,只要对我自己的名誉没有损害。啊,要是我的男人见了这封信,那还了得! 他那股醋劲儿才大呢。

培琪太太　哎哟,你瞧,他来啦,我的那个也来啦;我不给他吃醋的理由,他就绝不吃醋。但愿他永远不吃醋。

福德太太　那你的运气比我好得多啦。

培琪太太　我们再商量商量怎样对付这个好色的骑士吧。过来。(二人退后)

【福德、毕斯托尔、培琪、尼姆同上。

福德　我希望不会有这样的事。

毕斯托尔　希望,在有些事情上是靠不住的。福斯塔夫在转你老婆的念头哩。

福德　我的妻子年纪也不小了。

毕斯托尔　他玩起女人来,不论贵贱贫富老少,在他都是一样。福德,你可留点儿神吧。

福德　爱上我的妻子!

毕斯托尔　他心里火一样的热呢。你要是不赶快防备,只怕将来你头上长角——唉,头衔不雅哩。

福德　什么头衔?

毕斯托尔　王八哪。再见。偷儿总是趁着黑夜行事的,千万留心门户,否则夏天尚未到,杜鹃鸟儿就叫开了。走吧,尼姆伍长! 培琪,他说的都是真话,你不可不信。(下)

福德　（旁白）我必须忍耐一下，把这事情调查明白。

尼姆　（向培琪）这是真的，我不喜欢撒谎。他在许多地方对不起我。他本来叫我把那鬼信送给她，可是我就是真没有饭吃，也可以靠着我的剑过日子。总而言之一句话，他爱你的老婆。我的名字叫做尼姆伍长，我说的话全是真的；我的名字叫尼姆，福斯塔夫爱你的老婆。我可不喜欢老吃福斯塔夫那份面包干酪。再见。（下）

培琪　（旁白）"面包干酪"？这家伙缠七夹八的，不知在讲些什么！

福德　我要去找那福斯塔夫。

培琪　我从来没有听见过这样一个啰里啰嗦莫名其妙的家伙。

福德　要是给我发觉了，哼！

培琪　尽管城里的牧师称赞他是真正的男子汉，我就不相信这种狗东西的话。

福德　他的话说得倒是很有理，好。

培琪　啊，娘子！

培琪太太　官人，你到哪儿去？——我对你说。

福德太太　哎哟，我的爷！你怎么忧心忡忡的？

福德　我怎么忧心忡忡的？我忧什么！你回家去吧，去吧。

福德太太　真的，你一定又在转着些什么古怪的念头。培琪嫂子，咱们去吧。

培琪太太　好，你先请。官人，你今天回来吃饭吗？（向福德太太旁白）瞧，那边来的是什么人？咱们可以叫她去带信给那个下流的骑士。

福德太太　我刚才还想起过她，叫她去是再好没有了。

【快嘴桂嫂上。

培琪太太　你是来瞧我的女儿安的吗？

桂嫂　正是呀，请问我们那位好安小姐好吗？

培琪太太　你跟我们一块儿进去瞧瞧她吧，我们还有很多话要跟你讲哩。

（培琪太太、福德太太及桂嫂同下）

培琪　福德老爷，您怎么啦？

福德　你听见那家伙告诉我的话了吗？听见了吗？

培琪　我听见了。你听见了另一个家伙告诉我的话吗？

福德　你想他们说的话靠不靠得住？

培琪　理他呢，这些狗东西！那个骑士固然不是好人，可是这两个说他意图勾诱你我妻子的人，都是他的革退的跟班，现在没有事做了，什么坏话都会说得出来的。

福德　他们都是他的跟班吗？

培琪　是的。

福德　那倒很好。他是住在嘉德饭店里的吗？

培琪　正是。他要是真想勾搭我的妻子，我可以假作痴聋，给他一个下手的机会，看他除了一顿臭骂之外，还会从她身上得到什么好处。

福德　我并不疑心我的妻子，可是我也不放心让她跟别个男人在一起。一个男人太相信他的妻子，也是危险的。我不愿戴头巾，这事情倒不能就这样一笑置之。

【店主上。

培琪　瞧，咱们那位爱吵闹的嘉德饭店的老板来了。他瞧上去这样高兴，倘不是喝醉了酒，定是袋里有了几个钱。老板，您好？

店主　啊，老狐狸！你是个好人。喂，法官先生！

【夏禄上。

夏禄　我在这儿，老板，我在这儿。晚安，培琪先生！培琪先生，您跟我们一块儿去好吗？我们有新鲜的玩意儿看呢。

店主　告诉他，法官先生；告诉他，老狐狸。

夏禄　那个威尔士牧师休·爱文斯跟那个法国医生卡厄斯要有一场决斗。

福德　老板，我跟您讲句话儿。

店主　你怎么说，我的老狐狸？（二人退立一旁）

夏禄　（向培琪）您愿意跟我们一块儿瞧瞧去吗？我们这位淘气的店主已经替他们把剑量过了，而且我相信已经跟他们约好了两个不同的地方，因为我听人家说那个牧师是个挺认真的家伙。来，我告诉您，我们将要有怎样一场玩意儿。（二人退立一旁）

店主　客人先生，你不是跟我的骑士有点儿过不去吗？

福德　不，绝对没有。我愿意送给您一瓶烧酒，请您让我去见见他，对他说我的名字是白罗克，那不过是跟他开开玩笑而已。

店主　很好，我的好汉，你可以自由出入，你说好不好？你的名字就叫白罗克。他是个淘气的骑士哩。诸位，咱们走吧。

夏禄　好，老板，请你带路。

培琪　我听人家说，这个法国人的剑术很不错。

夏禄　这算得什么！我在年轻时候，也着实来得一手呢。那时候这种讲究剑法的，一个站在这边，一个站在那边，你这么一刺，我这么一挥，还有各式各样的名目，我记也记不清楚；可是培琪先生，顶要紧的毕竟还要看自己有没有勇气。不瞒您说，我从前凭着一支长剑，就可以叫四个高大的汉子抱头鼠窜哩。

店主　喂，孩儿们，来！咱们该走了！

培琪　好，你先请吧。我倒不喜欢看他们真的打起来，宁愿听他们吵一场嘴。（店主、夏禄、培琪同下）

福德　培琪是个胆大的傻瓜，他以为他的老婆一定不会背着他偷汉子，可是我却不能把事情看得这样大意。我的女人在培琪家的时候，他也在那儿，他们两人捣过些什么鬼我也不知道。好，我还要仔细调查一下。我要先假扮了去试探试探福斯塔夫。要是侦察的结果，她并没有做过不规矩的事情，那我也可以放下心来；如果不是那样，我也至少不会被他们蒙在鼓里。（下）

第二场　嘉德饭店中之一室

【福斯塔夫及毕斯托尔上。

福斯塔夫　我一个子儿也不借给你。

毕斯托尔　那么我要凭着我的宝剑，去打出一条生路来了。你要是答应借给我，我将来一定如数奉还，决不拖欠。

福斯塔夫　一个子儿也没有。我让你倚仗我的势力去欠债，从来不曾向你计较过；我曾经不顾人家的讨厌，给你和你那个同伙尼姆一次两次三次向人家求情说项，否则你们早已像一对大猩猩一样，给他们抓起来关在铁笼子里了。我不惜违背良心，向我的朋友们发誓说你们都是很好的军人，堂堂的男子；白律治太太丢了她的扇柄，我还用我的名誉替你辩护，说你没有把它偷走。

毕斯托尔　你不是也分到好处的吗？我不是给你十五便士吗？

福斯塔夫　浑蛋，一个人总要讲理呀，我难道白白出卖良心吗？一句话，别尽缠着我了，我又不是你的绞刑架。去——操一把划钱袋的小刀钻人堆去吧——快给我滚回你的贼窝里去！你不肯替我送信，你这浑蛋！你的名誉要紧？哼，你这不要脸的东西！就说我，我，我自己吧，有时为了没有办法，也只好横一横良心，把我的名誉置之不顾，去干一些偷偷摸摸的勾当；可是像你这样一个衣衫褴褛、野猫样的脸孔、满嘴醉话、动不动赌咒骂人的家伙，却也要讲起什么名誉来了！你不肯替我送信，好，你这浑蛋！

毕斯托尔　我现在认错了，难道还不够吗？

【罗宾上。

罗宾　爵爷，外面有一个妇人要和您说话。

福斯塔夫　叫她进来。

【快嘴桂嫂上。

桂嫂　爵爷，您好？

福斯塔夫　你好，好媳妇儿。

桂嫂　请爵爷别这么称呼我。

福斯塔夫　那么称呼你好小妞儿。

桂嫂　我可以发誓，当我刚出娘胎倒真是个和我妈一样的好小妞儿。

福斯塔夫　我坚信你的誓言。你有什么事见我？

桂嫂　我可以跟爵爷讲一两句话吗？

福斯塔夫　好美人儿，你就是跟我讲两千句话，我也愿意洗耳恭听呢。

桂嫂　爵爷，有一位福德家娘子——请您再过来点儿，我自己是住在卡厄斯大夫家里的。

福斯塔夫　好，你说下去吧，你说那位福德家娘子——

桂嫂　爵爷说得一点不错——请您再过来点儿。

福斯塔夫　你放心吧。这儿没有外人，都是自家人，自家人。

桂嫂　真的吗？上帝保佑他们，收留他们做他的仆人！

福斯塔夫　好，你说吧，那位福德家娘子——

桂嫂　哎哟，爵爷，她真是个好人儿。天哪，天哪！您爵爷可真是个风流郎！但愿天老爷饶恕您，也饶恕我们众人吧！

福斯塔夫　福德家娘子，说呀，福德家娘子——

桂嫂　好，干脆一句话，她一见了您，说来也叫人不相信，简直的就给您迷住啦；就是王上驾幸温莎的时候，那些头儿脑儿顶儿尖儿的官儿们，也没有您这样中她的意思。不瞒您说，那些骑士们、老爷子们、数一数二的绅士们，去了一辆马车来了一辆马车，一封接一封的信，一件接一件的礼物，他们的身上都用麝香熏得香喷喷的，穿着用金线绣花的绸缎衣服，满口都是文绉绉的话儿，还有顶好的酒、顶好的糖，无论哪个女人都会给他们迷醉的，可是天地良心，她向他们眼睛也不曾眨过一眨。不瞒您说，今天早上人家还想塞给我二十块钱哩，可是我不要这种人家说的不明不白的钱。说句老实话，就是叫他们中间坐第一把交椅的人来，也休想叫她陪他喝一口酒。可是尽有那些伯爵们呀、王上身边的官员们呀，一个一个在转她的念头；可是天地良心，她一点不把他们放在眼里。

福斯塔夫　可是她对我说些什么话？说简单一点，我的好牵线人。

桂嫂　她要我对您说，您的信她接到啦，她对您的好意千恩万谢；她叫我通知您，她的丈夫在十点到十一点钟之间不在家。

福斯塔夫　十点到十一点钟之间？

桂嫂　对啦，一点不错。她说，您可以在那个时候来瞧瞧您所知道的那幅画像，她的男人不会在家里的。唉！那位好好的娘子，跟着福德老爷才真是倒霉；他是个妒心很重的男人，老是无缘无故跟她闹别扭。

福斯塔夫　十点到十一点钟之间。娘子，请你替我向她致意，我一定不失约。

桂嫂　哎哟，您说得真好。可是我还有一个信要带给您，培琪家娘子也叫我望望您。让我悄悄儿的告诉您吧，她是位贤惠端庄的好娘子，清早晚上从来不忘记祈祷。她要我对您说，她的丈夫在家的日子多，不在家的日子少，可是她希望总会找到一个机会。我从来不曾看见过一个女人会这么喜欢一个男人；我想您一定有些迷魂法，哎，这是一定的。

福斯塔夫　实不相瞒，我并无所谓迷魂法，只不过有些出色的资质而已。

桂嫂　您真是太客气啦。

福斯塔夫　可是我还要问你一句话，福德家的和培琪家的两位娘子有没有让对方知道她们两个人都爱着我一个人？

桂嫂　那真是笑话了！她们怎么会这样不害羞把这种事情告诉人呢？要是真有那样的事，才笑死人哩！可是培琪家娘子要请您把您那个小童儿送给她，因为她的丈夫很欢喜那个小厮；天地良心，培琪老爷是个好人。在温莎地方，谁也不及培琪娘子那样享福啦。她爱做什么，就做什么，爱说什么，就说什么，要什么有什么，不愁吃，不愁穿，高兴睡就睡，高兴起来就起来，什么都称她的心；可是天地良心，也是她自己做人好，才会享到这样的好福气，在温莎地方，她是位心肠再善不过的娘子了。您千万要把您那童儿送给她，可别忘了啊。

福斯塔夫　好，那一定可以。

桂嫂　一定这样办吧，您看，他可以在你们两人之间来来去去传递消息；要是有不便明言的事情，你们可以自己商量好一个暗号，只有你们两人自己心里明白，不必让那孩子懂得，因为小孩子们是不应该知道这些坏事情的，不比上了年纪的人，懂得世事，识得是非，那就不要紧了。

福斯塔夫　再见，请你替我向她们两位多多致意。这几个钱你先拿去，我以后还要重谢你哩。孩子，跟这位娘子去吧。（桂嫂、罗宾同下）这消息倒害得我意乱如麻。

毕斯托尔　这雌儿是爱神手下的传书鸽，待我追上前去，拉满弓弦，把她一箭射下，岂不有趣！（下）

福斯塔夫　老家伙，你说竟会有这等事吗？真有你的！从此以后，我要格外喜欢你这副老皮囊了。人家真的还会看中你吗？你在花费了这许多本钱以后，现在才发起利市来了吗？好皮囊，谢谢你。人家嫌你长得太胖，只要胖得有样子，再胖些又有什么关系！

【巴道夫持酒杯上。

巴道夫　爵爷，下面有一位白罗克大爷想跟您说话，他说很想跟您交个朋友，特意送了一瓶白葡萄酒来给您解解渴。

福斯塔夫　他的名字是叫白罗克吗？

巴道夫　是，爵爷。

福斯塔夫　叫他进来。(巴道夫下)只要有得酒喝,管他什么白罗克黑罗克,我都是一样欢迎。哈哈! 福德太太,培琪太太,你们果然给我钓上了吗? 哈,上钩吧,接着上!

【巴道夫偕福德化装成的白罗克重上。

福德　您好,爵爷!

福斯塔夫　您好,先生! 您有什么话要对我说吗?

福德　素昧平生,就这样前来打搅您,实在是冒昧得很。

福斯塔夫　不必客气。请问有何见教? 酒保,你去吧。(巴道夫下)

福德　爵爷,贱名是白罗克,我是一个素来喜欢随便花钱的绅士。

福斯塔夫　久仰久仰! 白罗克先生,我很希望咱们以后常常来往来往。

福德　倘蒙爵爷不弃下交,真是三生有幸。不瞒爵爷说,我现在总算身边还有几个钱,您要是需要的话,随时问我拿好了。人家说的,有钱路路通,否则我也不敢惊动大驾啦。

福斯塔夫　不错,金钱是个好兵士,有了它就可以使人勇气百倍。

福德　不瞒您说,我现在带着一袋钱在这儿,因为嫌它拿着太累赘了,想请您帮帮忙,不论是分一半去也好,完全拿去也好,好让我走步路也轻松一点。

福斯塔夫　白罗克先生,我怎么可以无功受禄呢?

福德　您要是不嫌烦琐,请您耐心听我说下去,就可以知道我还要多多仰仗大力哩。

福斯塔夫　说吧,白罗克先生,凡有可以效劳之处,我一定愿意为您出力。

福德　爵爷,我一向听说您是一位博学明理的人,今天一见之下,果然名不虚传,我也不必向您多说废话了。我现在所要对您说的事,提起来很是惭愧,因为那等于宣布了我自己的弱点;可是爵爷,当您一面听着我供认我的愚蠢的时候,一面也要请您反躬自省一下,那时您就可以知道一个人是怎么容易犯这种过失,也就不会过分责备我了。

福斯塔夫　很好,请您说下去吧。

福德　本地有一个良家妇女,她的丈夫名叫福德。

福斯塔夫　嗯。

福德　我已经爱得她长久了，不瞒您说，在她身上我也花过了不少钱；我用一片痴心追求着她，千方百计找机会看见她一面；不但买了许多礼物送给她，并且到处花钱打听她喜欢人家送给她什么东西。总而言之，我追逐她就像爱情追逐我一样，一刻都不肯放松。可是费了这许多心思气力的结果，一点不曾得到什么报酬，偌大的代价，只换到了一段痛苦的经验，正所谓"痴人求爱，如形捕影，瞻之在前，即之已冥"。

福斯塔夫　她从来不曾有过什么答应您的表示吗？

福德　从来没有。

福斯塔夫　那么您的爱究竟是怎么一种爱呢？

福德　就像是建筑在别人地面上的一座华厦，因为看错了地位方向，使我的一场辛苦完全白费。

福斯塔夫　您把这些话告诉我，是什么用意呢？

福德　请您再听我说下去，您就可以完全明白我今天的来意了。有人说，她虽然在我面前装模作样，好像是十分规矩，可是在别的地方，她却是非常放荡，已经引起不少人的闲话了。爵爷，我的用意是这样的：我知道您是一位教养优美、谈吐风雅、交游广阔的绅士，无论在地位上人品上都是超人一等，您的武艺、您的礼貌、您的学问，是谁都佩服的。

福斯塔夫　您太过奖啦！

福德　我说的是真话。我这儿有的是钱，您尽管用吧，把我的钱全都用完了都可以，只要请您分出一部分时间来，去把这个福德家的女人弄上手，尽量发挥您的风流解数，把她征服下来。这件事情请您去办，一定比谁都要便当得多。

福斯塔夫　您把您心爱的人让给我去享用，那不会使您心里难过吗？我觉得老兄这样的主意，未免太不近情理啦。

福德　啊，请您明白我的意思。她靠着她的冰清玉洁的名誉做掩护，我虽有一片痴心，却不敢妄行非礼；她的光彩过于耀目了，使我不敢向她抬头仰望。可是假如我能够抓住她的一个把柄，知道她并不是神圣不可侵犯的，我就可以放大胆子，去实现我的愿望了。什么贞操，什么名誉，什么有夫之妇以及诸如此类的她的一千种振振有词的借口，到了那个时候便可以完全推翻了。爵爷，您看怎么样？

福斯塔夫　白罗克先生，第一，我要老实不客气收下您的钱；第二，让我握您的手；第三，我要用我自己的身份向您担保，您一定会把福德老婆搞到手里的。

福德　哎哟，您真是太好了！

福斯塔夫　我说您一定会把她搞到您手里的。

福德　不要担心没有钱用，爵爷，一切都在我身上。

福斯塔夫　不要担心福德太太会拒绝您，白罗克先生，一切都在我身上。不瞒您说，刚才她还差了个人来约我跟她相会呢；就在您进来的时候，替她送信的人刚刚出去。十点到十一点钟之间，我就要看她去，因为在那个时候，她那吃醋的浑蛋男人不在家里。您今晚再来看我吧，我可以让您知道我进行得顺利不顺利。

福德　能够跟您结识，真是幸运万分。您认不认识福德？

福斯塔夫　哼，这个死乌龟！谁跟这种东西认识？人家说这个爱吃醋的王八倒很有钱，所以我才高兴去勾搭他的老婆。我可以用她做钥匙，去打开这个王八的钱箱，这才是我的真正的目的。

福德　我很希望您认识那个福德，因为您要是认识他，看见他的时候也可以躲避躲避。

福斯塔夫　哼，去他的！这种下贱的咸黄油浑蛋！我只要向他瞪一瞪眼，就会把他吓坏了。我要用棒子收拾他，并把我的棒子挂在这王八的头上。白罗克先生，您放心吧，这种家伙不在我的眼里，您一定可以跟他的老婆睡觉。天一晚您就来。福德是个浑蛋，可是白罗克先生，您瞧着我吧，我会给他加上一重头衔，浑蛋而兼王八，他就是个混账王八蛋了。今夜您早点来吧。（下）

福德　好一个万恶不赦的淫贼！我的肚子都几乎给他气破了。谁说这是我的瞎疑心？我的老婆已经寄信给他，约好钟点和他相会了。谁想得到会有这种事情？娶了一个不贞的妻子，真是倒霉！我的床要给他们弄龌龊了，我的钱要给他们偷了，还要让别人在背后讥笑我；这样害苦我不算，还要听那奸夫当着我的面辱骂我！骂我别的名字倒也罢了，魔鬼夜叉，都没有什么关系，偏偏口口声声的乌龟王八！乌龟！王八！这种名子就是魔鬼听了也要摇头的。培琪是个呆子；是个粗心的呆子，他居然会相信他的妻子,他不吃醋!哼,我可以相信猫儿不会偷荤,我可以相信我们那位威尔士牧师休师父不爱吃干酪,我可以把我的烧酒瓶交给一个爱尔兰人,我可以让一个小偷把我的马儿拖走,可是我不能放心让我的妻子一个人住在家里。让她一个人在家里,她就会千方百计地出起花样来,她们一想到要做什么事,简直可以什么都不顾,非把它做到了决不罢休。感谢上帝赐给我这一副爱吃醋的脾气!他们约定在十一点钟会面,我要去打破他们的好事,侦察我的妻子的行动,向福斯塔夫出出我胸头这一口冤气,还要把培琪取笑一番。我马上就去,宁可早三点钟,不可迟一分钟。哼!哼!乌龟!王八!(下)

第三场　温莎附近的野地

【卡厄斯及鲁格比上。

卡厄斯　鲁格比!

鲁格比　有,老爷?

卡厄斯　鲁格比,现在几点钟了?

鲁格比　老爷,休师父约好的时间已经过去了。

卡厄斯　哼,他不来,便宜了他的狗命;他在念圣经做祷告,所以他不来。哼,鲁格比,他要是来了,早已一命呜呼了。

鲁格比　老爷,这是他的聪明,他知道他要是来了,一定会给您杀死的。

卡厄斯　哼,我要是不把他杀死,我就不是个人。鲁格比,拔出你的剑来,我要告诉你我怎样杀死他。

鲁格比　哎哟,老爷!我可抵挡不住呀。

卡厄斯　狗才,拔出你的剑来。

鲁格比　且慢,有人来啦。

【店主、夏禄、斯兰德及培琪上。

店主　你好,老头儿!

夏禄　卡厄斯大夫,您好!

培琪　您好,大夫!

斯兰德　早安,大夫!

卡厄斯　你们一个，两个，三个，四个，来干什么？

店主　瞧你斗剑，瞧你招架，瞧你回手；瞧你这边一跳，瞧你那边一闪；瞧你仰冲俯刺，旁敲侧击，进攻退守。他死了吗，我的黑金刚？他死了吗？我的法国佬？哈，我的医神怎么说？我的希腊大医生怎么说？我的胆小鬼怎么说？好家伙！你怎么说，我的好医生？他死了吗？

卡厄斯　哼，他是个没有种的狗牧师，他不敢到这儿来露脸。

店主　你是尿缸里的元帅，希腊英雄赫克托，好家伙①！

卡厄斯　你们大家给我证明，我已经等了他六七个钟头，两个钟头，三个钟头，他还是没有来。

夏禄　大夫，这是他的有见识之处；他给人家医治灵魂，您给人家医治肉体，要是你们打起架来，那不是违反了你们平日的宗旨了吗？培琪老爷，您说我这句话对不对？

培琪　夏老爷，您现在喜欢替人家排难解纷，从前却也是一名打架的好手哩。

夏禄　可不是吗？培琪老爷，我现在虽然老了，人也变得好说话了，可是看见人家拔出刀剑来，我的手指还是觉得痒痒的。培琪老爷，我们虽然做了法官，做了医生，做了教士，总还有几分年轻人的血气；我们都是女人生下来的呢，培琪老爷。

培琪　正是正是，夏禄老爷。

夏禄　培琪老爷，您看吧，我的话是不会错的。卡厄斯大夫，我想来送您回家去。我是一向主张什么事情都可以和平解决的。您是一个明白道理的好医生，休师父是一个明白道理、很有涵养的好教士，大家何必伤了和气。卡厄斯大夫，您还是跟我一起回去吧。

店主　对不起，法官先生，有一句话要跟您说，臭水先生②。

卡厄斯　臭水？什么意思？

店主　“臭水”，在我们英国话中，就是“特棒”的意思。好人。

卡厄斯　老天爷，那我的臭水和英国人一样地多啦。这狗杂种牧师！老天

---

① 当时治病须查尿，故此处用尿缸影射医生。

② 与前面的尿缸相照应，同时此处暗示胆小。

在上，我要割掉他的耳朵。

店主　那他可要把你揍扁了，好人。

卡厄斯　揍扁？什么意思？

店主　就是说他要向你道歉。

卡厄斯　老天在上，我看他就是该把我“揍扁”；老天在上，他不把我“揍扁”我也不答应。

店主　那我非得煽动他“揍扁”你不可，否则还不如让他滚蛋的好。

卡厄斯　谢谢，劳你大驾了。

店主　还有，好人——不过，客官！（向夏禄等旁白）你跟培琪老爷和斯兰德少爷从大路走，先到弗劳莫去。

培琪　休师父就在那边吗？

店主　是的，你们去看看他在那里发些什么牢骚，我再领着这个医生从小路也到那里。你们看这样好不好？

夏禄　很好。

培琪、夏禄、斯兰德　卡厄斯大夫，我们先走一步，回头见。（下）

卡厄斯　哼，我要是不杀死这个牧师，我就不是个人；谁叫他多事，替一个猴儿崽子向安·培琪说亲。

店主　这种人让他死了也好。来，把你的怒气平一平，跟我在田野里走走，我带你到弗劳莫去，安·培琪小姐正在那边一家乡下人家吃酒，你可以当面向她求婚。你说我这主意好不好？

卡厄斯　谢谢你，谢谢你，你是我的好朋友。我一定要介绍许多主顾给你，那些阔佬大官，我都看过他们的病。

店主　你这样帮我忙，我一定帮助你娶到安·培琪。我说得好不好？

卡厄斯　很好很好，好得很。

店主　那么咱们走吧。

卡厄斯　跟我来，鲁格比。（同下）

第三幕

第一场　弗劳莫附近的野地

【爱文斯及辛普儿上。

爱文斯　斯兰德少爷的尊价，辛普儿我的朋友，我叫你去大路上瞭望一下，那个自称为医生的卡厄斯大夫究竟来不来，请问你是在那一条路上瞭望他的？

辛普儿　师父，我每一条路都去瞭望过了，就是那条通到城里去的路没有瞭望。

爱文斯　千万请你再到那一条路上去望一望。

辛普儿　好的，师父。（下）

爱文斯　祝福我的灵魂！我气得心里在发抖。我倒希望他欺骗我。真的气死我也！我恨不得把他的便壶摔在他那狗头上。祝福我的灵魂！（唱）

众鸟嘤鸣其相和兮，
　临清流之潺湲，
展蔷薇之芳茵兮，
　缀百花以为环。

上帝可怜我！我真的要哭出来啦。（唱）

众鸟嘤鸣其相和兮，
　余独处乎巴比伦，

缀百花以为环兮,

临清流——

【辛普儿重上。

辛普儿　他就要来了,在这一边,休师父。

爱文斯　他来得正好。(唱)

临清流之潺湲——

上帝保佑好人!——他拿着什么家伙?

辛普儿　他没有带什么家伙,师父。我家少爷,还有夏禄老爷和另外一位老爷,也跨过阶梯从那边一条路上来了。

爱文斯　请你把我的道袍给我。不,还是你拿在手里吧。(读书)

【培琪、夏禄及斯兰德上。

夏禄　啊,牧师先生,您好?又在用功了吗?真的是赌鬼手里的骰子,学士手里的书本,夺也夺不下来的。

斯兰德　(旁白)啊,可爱的安·培琪!

培琪　您好,休师父?

爱文斯　上帝祝福你们!

夏禄　啊,怎么,一手宝剑,一手经典!牧师先生,难道您竟然要文武全才吗?

培琪　在这样阴寒的天气,您这样短衣长袜,外套也不穿一件,精神倒着实不比年轻人坏哩!

爱文斯　这都是有缘故的。

培琪　牧师先生,我们是来给您做一件好事的。

爱文斯　很好,是什么事?

培琪　我们刚才碰见一位很有名望的绅士,好像是受了什么人的委屈,在那儿大发脾气。

夏禄　我活了八十多岁了,从来不曾听见过一个像他这样有地位有学问的人,会这样有失身分。

爱文斯　他是谁?

培琪　我想您也一定认识他的,就是那位著名的法国医生卡厄斯大夫。

爱文斯　哎哟,气死我也!你们向我提起他的名字,还不如向我提起一块烂浆糊。

培琪　为什么?

爱文斯　他懂得什么医经药典!他是个坏蛋,一个十足没有种的坏蛋!

培琪　您跟他打起架来,才知道他厉害呢。

斯兰德　(旁白)啊,可爱的安·培琪!

夏禄　看样子他们真的要打起来呢。卡厄斯大夫来了,别让他们碰在一起。

【店主、卡厄斯及鲁格比上。

培琪　不,好牧师先生,把您的剑收起来吧。

夏禄　卡厄斯大夫,您也收起来吧。

店主　把他们的剑夺下来,君子动口不动手,让他们尽管糟蹋我们的英语,但保全四肢吧。

卡厄斯　请你让我在你的耳边问你一句话,你为什么失约不来?

爱文斯　(向卡厄斯旁白)不要生气,有话慢慢儿讲。

卡厄斯　哼,你是个懦夫,你是个狗东西猴儿崽子!

爱文斯　(向卡厄斯旁白)别人在寻我们的开心,我们不要上他们的当,伤了各人的和气。咱们交个朋友,来日当回报。(高声)我要把你的便壶摔在你的狗头上,谁叫你约了人家自己不来!

卡厄斯　他妈的!鲁格比——老板,我没有等他来送命吗?我不是在约定的地方等了他好久吗?

爱文斯　我是个相信耶稣基督的人,我不会说假话,这儿才是你约定的地方,我们这位老板可以替我证明。

店主　我说,你这位法国大夫,你这位威尔士牧师,一个替人医治身体,一个替人医治灵魂,你也不要吵,我也不要闹,大家算了吧!

卡厄斯　嗯,那倒是很好,好极了!

店主　我说,大家静下来,听本店主说话。你们看我的手段巧不巧?主意高不高?计策妙不妙?咱们少得了这位医生吗?少不了,他要给我开方服药。咱们少得了这位牧师,这位休师父吗?少不了,他要给我念经讲道。来,一位在家人,一位出家人,大家跟我握握手儿。好,老实告诉你们吧,你们两个人都给我骗啦,我叫你们一个人到这儿,一个人到那儿,大家扑了个空。现在我们已经知道你们两位都是好汉子,谁的身上也不曾伤了一根毛,落得喝杯酒儿,大家讲和了吧。来,把他们的剑拿去当了。来,孩儿们,大家跟我来。

夏禄　真是一个疯老板!——各位,大家跟着他去吧。

斯兰德　(旁白)啊,可爱的安·培琪!(夏禄、斯兰德、培琪及店主同下)

卡厄斯　嘿!有这等事!你把我们当作傻瓜了吗?嘿!嘿!

爱文斯　好得很,他简直在拿我们开玩笑。我说,咱们还是言归于好,大家商量出个办法,来向这个欺人的坏家伙、这个嘉德饭店的老板,报复一下吧。

卡厄斯　很好,我完全赞成。他答应带我来看安·培琪,原来也是句骗人的话,他妈的!

爱文斯　好,我要打破他的头。咱们走吧。(同下)

第二场　温莎街道

【培琪太太及罗宾上。

培琪太太　走慢点儿,小滑头,你一向都是跟在人家屁股后面跑的,现在倒要抢上人家前头啦。我问你,你愿意我跟着你走呢,还是愿意你跟着主人走?

罗宾　我愿意像一个男子汉那样的在您前头走,不愿意像一个矮子那样的跟着他走。

培琪太太　唷!你倒真是个小甜嘴,我看你将来很可以到宫廷里去呢。

【福德上。

福德　培琪娘子,咱们碰见得巧极啦。您是往哪儿去的?

培琪太太　福德老爷,我正要去瞧您家娘子去哩。她在家吗?

福德　在家,她因为没有伴,正在闷得发慌。照我看起来,要是你们两人的男人都死掉啦,你们两人倒不妨结为夫妻。

培琪太太　您不用担心,我们会各人再去嫁一个男人的。

福德　您这可爱的小鬼头是哪儿来的?

培琪太太　我总是记不起来把他送给我丈夫的那个人叫什么名字。喂,你说你那个骑士姓甚名谁?

罗宾　约翰·福斯塔夫爵士。

福德　约翰·福斯塔夫爵士!

培琪太太　对了,对了,正是他。我顶不会记人家的名字。他跟我的丈夫非常要好。您家娘子真的在家吗?

福德　真的在家。

培琪太太　那么,少陪了,福德老爷,我巴不得立刻就看见她呢。(培琪太太及罗宾下)

福德　培琪难道没有脑子吗?他难道一点都看不出,一点不会思想吗?哼,他的眼睛跟脑子一定都是睡着了,因为他就是生了它们也不会去用的。嘿,这孩子可以送一封信到二十里外的地方去,就像炮弹从炮口射出二百四十码一样容易。他放纵他的妻子,让她想入非非,为所欲为;现在她要去瞧我的妻子,还带着福斯塔夫的小厮!谁都看得出这里有点鬼名堂。好计策!他们已经完全布置好了;我们两家不贞的妻子,已经串通一气,一块儿去干这种不要脸的事啦。好,让我先去捉住那家伙,再去教训教训我的妻子,把这位假正经的培琪太太的假面具揭了下来,让大家知道培琪是个冥顽不灵的王八。我干了这一番轰轰烈烈的事情,人家一定会称赞我。(钟鸣)时间已经到了,事不宜迟,我必须马上就去;我相信一定可以把福斯塔夫找到。人家都会称赞我,不会讥笑我,因为福斯塔夫一定跟我妻子在一起,就像地球是结实的一样毫无疑问。我就去。

【培琪、夏禄、斯兰德、店主、爱文斯、卡厄斯及鲁格比上。

培琪、夏禄等　福德老爷,咱们遇见得巧极啦。

福德　真是巧极啦。我正要请各位到舍间去喝杯酒呢。

夏禄　福德老爷,我有事不能奉陪,请您原谅。

斯兰德　福德大叔,我也要请您原谅,我们已经约好到安小姐家里吃饭,人家无论给我多少钱,也不能使我失了她的约。

夏禄　我们打算替培琪家小姐跟我这位斯兰德贤侄攀一头亲事,今天就可以得到回音。

斯兰德　培琪大叔,我希望您不会拒绝我。

培琪　我是一定答应的，斯兰德少爷；可是卡厄斯大夫，我的内人却中意您哩。

卡厄斯　嗯，是的，而且那姑娘也爱着我，我家那个快嘴桂嫂已经这样告诉我了。

店主　您觉得那位年轻的范顿怎样？他会跳舞，他的眼睛里闪耀着青春，他会写诗，他会说漂亮话，他的身上有春天的香味。他一定会成功的，他一定会成功的。

培琪　可是他要是不能得到我的允许，就不会成功。这位绅士没有家产，他常常跟那位胡闹的王子[①]混在一起，他的地位太高，他所知道的事情也太多啦。不，我的财产是不能让他染指的。要是他跟她结婚，就让他把她空身体娶了过去；我这份家私要归我自己作主，我可不答应给他分了去。

福德　请你们中间无论哪几位赏我一个脸子，到舍间便饭去；除了酒菜之外，还有新鲜的玩意儿，我有一头怪物要拿出来给你们欣赏欣赏。卡厄斯大夫，您一定要去；培琪老爷，您也去；还有休师父，您也去。

夏禄　好，那么再见吧。你们去了，我们到培琪老爷家里求起婚来，说话也可以方便一些。（夏禄、斯兰德下）

卡厄斯　鲁格比，你先回家去，我就来。（鲁格比下）

店主　回头见，我的好朋友们，我要回去陪我的好骑士福斯塔夫喝酒去。（下）

福德　（旁白）对不起，我要先让他出一场丑哩。列位，请了。

众　请了，我们倒要瞧瞧那个怪物去。（同下）

第三场　福德家中一室

【福德太太及培琪太太上。

福德太太　喂，约翰！喂，罗伯特！

培琪太太　赶快，赶快！——那个盛脏衣服的篓子呢？

---

① “胡闹的王子”指亨利四世的太子，后为亨利五世，为王储时不修微行。

福德太太　已经预备好了。喂,罗宾!

【二仆携篓上。

培琪太太　来,来,来。

福德太太　这儿,放下来。

培琪太太　你吩咐他们怎样做,说简单点。

福德太太　好,约翰和罗伯特,我早就对你们说过了,叫你们在酿酒房的近旁等着不要走开,我一叫你们,你们就跑来,不许中途犹豫不定或脚步踉跄,马上把这篓子扛了出去,跟着那些洗衣服的人一起到野地里,跑得越快越好,一到那边,就把它扔在泰晤士河旁边的烂泥沟里。

培琪太太　听好了没有?

福德太太　我已经告诉过他们好几次了,他们不会弄错的。快去,我叫你们,你们就来。(二仆下)

培琪太太　小罗宾来了。

【罗宾上。

福德太太　啊,我的小鹰儿!你带了什么信息来了?

罗宾　福德奶奶,我家主人约翰爵士已经从您的后门进来了,他要跟您见见面。

培琪太太　你这叭儿狗,你有没有在你主人面前走漏了我们的风声?

罗宾　我可以发誓,我的主人不知道您也在这儿;他还向我说,要是我把他到这儿来的事情告诉了您,他一定要把我撵走。

培琪太太　这才是个好孩子,只要你守口如瓶,我一定替你做一身新衣服穿。现在我先去躲起来。

福德太太　好的。你去告诉你的主人,说屋子里只有我一个人。(罗宾下)培琪娘子,记住你该扮演的角色。

培琪太太　你放心吧,我要是这场戏演不好,你尽管喝倒彩好了。(下)

福德太太　好,让我们教训教训这个肮脏的脓包,这个满肚子臭水的胖冬瓜,叫他知道鸽子和老鸦的分别。

【福斯塔夫上。

福斯塔夫　我的天上的明珠,你果然给我捉到了吗?我已经活得很长久了,现在让我死去吧,啊,天遂人愿!啊,这幸福的时辰!

福德太太　哎哟,好爵爷!

福斯塔夫　好娘子,我不会说话,那些口是心非的好听话,我一句也不会。我现在心里正在起着一个罪恶的念头,但愿你的丈夫早早死了,我一定要娶你回去,做我的夫人。

福德太太　我做您的夫人!唉,爵爷!那我怎么做得像呢?

福斯塔夫　在整个法兰西宫廷里也找不出像你这样一位漂亮的夫人。瞧你的眼睛比金刚钻还亮;你的秀美的额角,戴上无论哪一种威尼斯流行的新式帽子,都是一样合适的。

福德太太　爵爷,像我这样的村婆娘,只好用青布包包头,能够不给人家笑话,也就算了,哪里配得上讲什么打扮。

福斯塔夫　哎哟,你这样说话,未免太侮辱了你自己啦。你要是到宫廷里去,一定可以大出风头。你那端庄的步伐,穿起了圆圆的长裙来,一定走一步路都是仪态万方。命运虽然不曾照顾你,造物却给了你绝世的姿容,你就是有意把它遮掩,也是遮掩不了的。

福德太太　您太过奖啦,我怎么有这样的好处呢?

福斯塔夫　那么我为什么爱你呢?这就可以表明在你的身上,的确有一点与众不同的地方。我不会像那些油头粉面的轻薄少年一样,说你是这样是那样,把你捧上天去;可是我爱你,我爱的只是你,你是值得我爱的。

福德太太　别骗我啦,爵爷,我怕您爱着培琪家娘子哩。

福斯塔夫　难道我放着大门不走,偏偏要去走那黑黢黢的边门吗?

福德太太　好,天知道我是怎样爱着您,您总有一天会明白我的心的。

福斯塔夫　希望你永远不要变心,我总不会有负于你。

福德太太　我必须向您吐露真情,您也须以真情相报,否则我就无法永远忠心。

罗宾　(在内)福德家奶奶!福德家奶奶!培琪家奶奶在门口,她满头都是汗,气都喘不过来,慌慌张张的,一定要立刻跟您说话。

福斯塔夫　别让她看见我,我就躲在帐幕后面吧。

福德太太　好，您快躲起来吧，她是个多嘴多舌的女人。(福斯塔夫匿幕后)

【培琪太太及罗宾重上。

福德太太　什么事？怎么啦？

培琪太太　哎哟，福德嫂子！你干了什么事啦？你的脸从此丢尽，你再也不能做人啦！

福德太太　什么事呀，好嫂子？

培琪太太　哎哟，福德嫂子！你嫁了这么一位好丈夫，为什么要让他对你起疑心？

福德太太　对我起什么疑心？

培琪太太　起什么疑心！算了，别装傻啦！总算我看错了人。

福德太太　唉，到底是怎么一回事呀？

培琪太太　我的好奶奶，你那汉子带了温莎城里所有的捕役，就要到这儿来啦；他说有一个男人在这屋子里，是你趁着他不在家的时候约来的，他们要来捉这奸夫哩。这回你可完啦！

福德太太　(旁白)说响一点。——哎哟，不会有这种事吧？

培琪太太　谢天谢地，但愿你这屋子里没有男人！可是半个温莎城里的人都跟在你丈夫背后，要到这儿来搜寻这么一个人，这件事情却是千真万确的。我抢前一步来通知你，要是你没有做过亏心事，那自然最好；倘然你真的有一个朋友在这儿，那么赶快带他出去吧。别怕，镇静一点。你必须保全你的名誉，否则你的一生从此完啦。

福德太太　我怎么办呢？果然有一位绅士在这儿，他是我的好朋友；我自己丢脸倒还不要紧，只怕连累了他，要是能够把他弄出这间屋子，叫我损失一千镑钱我都愿意。

培琪太太　要命！你的汉子就要来啦，你还尽说些废话！想想办法吧，这屋子里是藏不了他的。唉，我还当你是个好人！瞧，这儿有一个篓子，他要是不太高大，倒可以钻进去躲一下，再用些脏衣服堆在上面，让人家看见了，当作是一篓预备送出去漂洗的衣服——啊，对了，就叫你家的两个仆人把他连篓一起扛了出去，岂不一干二净？

福德太太　他太胖了，恐怕钻不进去，怎么好呢？

福斯塔夫　(自幕后出)让我看，让我看，啊，让我看！我进去，我进去。就照你朋友的话办吧。我进去。

培琪太太 啊，福斯塔夫爵士！原来是你吗？你给我的信上怎么说的？

福斯塔夫 我爱你，我只爱你一个人。帮我离开这屋子，让我钻进去。我再也不——（钻入篓内，二妇以污衣覆其上）

培琪太太 孩子，你也来帮着把你的主人遮盖遮盖。福德嫂子，叫你的仆人进来吧。好一个欺人的骑士！

福德太太 喂，约翰！罗伯特！约翰！（罗宾下）

【二仆人重上。

福德太太 赶快把这一篓衣服抬起来。杠子在什么地方？哎哟，瞧你们这样慢手慢脚的！把这些衣服送到洗衣服的那里去；快点！快点！

【福德、培琪、卡厄斯及爱文斯同上。

福德 各位请过来；要是我的疑心全无根据，你们尽管把我取笑好了。啊！这是什么？你们把这篓子抬到哪儿去？

仆人 抬到洗衣服的那里去。

福德太太 咦，他们把它抬到什么地方，跟你有什么相干？你就是爱多管闲事，人家洗衣服，也要你问长问短的。

福德 哼，洗衣服！我倒希望把这屋子也洗一洗干净呢，什么野畜生都可以跑进跑出的！（二仆人抬篓下）各位朋友，昨天晚上我做了一个梦，让我把这个梦告诉你们听。这儿是我的钥匙，请你们跟我到房间里来搜一下，我相信我们一定会捉到那头狐狸的。让我先把这门锁上了。好，咱们捉狐狸去。

培琪 福德老爷，有话好讲，何必急成这个样子，让人家瞧着笑话。

福德 对啦，培琪老爷。各位上去吧，你们马上就有新鲜的把戏看了。大家跟我来。（下）

爱文斯 这种吃醋简直是无理取闹。

卡厄斯 我们法国就没有这种事，法国人是不作兴吃醋的。

培琪 咱们还是跟他上去吧，瞧他搜出些什么来。（培琪、卡厄斯、爱文斯同下）

培琪太太 咱们这计策岂不是一举两得？

福德太太　我不知道愚弄我的丈夫跟愚弄福斯塔夫，比较起来那一件事更使我高兴。

培琪太太　你的丈夫问那篓子里有什么东西的时候，他一定吓得要命。

福德太太　我想他是应该洗个澡了，把他扔在水里，对于他也是有好处的。

培琪太太　该死的骗人的坏蛋！我希望像他那一类的人一起受到这种报应。

福德太太　我觉得我的丈夫有点知道福斯塔夫在这儿；我从来没有见过他像今天这样的一股醋劲。

培琪太太　让我想个计策把他试探试探。福斯塔夫那家伙虽然已经受到了一次教训，可是像他那样荒唐惯了的人，一服药吃下去未必见效，我们应当让他多知道些厉害才是。

福德太太　我们要不要再叫快嘴桂嫂那个傻女人到他那儿去，对他说这次把他扔在水里，实在是一时疏忽，并非故意，请他原谅，再约他一个日期，好让我们再把他捉弄一次？

培琪太太　一定那么办！我们叫他明天八点钟来，替他压惊。

【福德、培琪、卡厄斯及爱文斯重上。

福德　我找不到他。这浑蛋也许只会吹牛，他自己知道这种事情是办不到的。

培琪太太　（向福德太太旁白）你听见吗？

福德太太　（向培琪太太旁白）嗯，别说话。——福德夫君，您待我真是太好了，是不是？

福德　是，是，是。

福德太太　上帝保佑您以后再不要用这种龌龊心思猜疑人家了！

福德　阿门！

培琪太太　福德老爷，您真太对不起您自己啦。

福德　是，是，是我不好。

爱文斯　这屋子里、房间里、箱子里、壁橱里，要是找得出一个人来，那么上帝在最后审判的日子饶恕我的罪恶吧！

卡厄斯　我也找不出来，一个人也没有。

培琪　啧！啧！福德老爷！您不害羞吗？什么鬼附在您身上，叫您想起这种事情来呢？我希望您以后再不要发这种神经病了。

福德　培琪老爷,这是我的不好,自取其辱。

爱文斯　这都是您良心不好的缘故,尊夫人是一位大贤大德的娘子,五千个女人里头也找不到像她这样的一个;不,就是五百个里也找不到呢。

卡厄斯　她真的是一个规矩的女人。

福德　好,我说过我请你们来吃饭。来,来,咱们先到公园里走走吧。请诸位多多原谅,我以后会告诉你们今天我有这一番举动的缘故。来,娘子。来,培琪家嫂子。请你们原谅我,今天实在吵得太不像话了,请不要见怪!

培琪　列位,咱们进去吧,可是今天一定要把他大大地取笑一番。明天早晨我请你们到舍间吃一顿早点心,吃过点心,就去打鸟去;我有一头很好的猎鹰,要请你们赏识赏识它的本领。诸位以为怎样?

福德　一定奉陪。

爱文斯　要是只有一个人去,我就是第二个。

卡厄斯　要是只有一个两个人去,我就是第三个。

福德　培琪老爷,请了。

爱文斯　请你明天不要忘记嘉德饭店老板那个坏家伙。

卡厄斯　很好,我一定不忘记。

爱文斯　这坏家伙,专爱寻人家的开心!(同下)

第四场　培琪家中一室

【范顿、安·培琪及快嘴桂嫂上;桂嫂立一旁。

范顿　我知道我得不到你父亲的欢心,所以你别再叫我去跟他说话了,亲爱的小安。

安·培琪　唉!那么怎么办呢?

范顿　你应当自己作主才是。他反对我的理由,是说我的门第太高,又说我因为家产不够挥霍,想靠他的钱来弥补弥补;此外他又举出种种的理由,说我过去的行为太放荡,说我结交的都是一班狐朋狗友;他老实不客气地对我说,我之所以爱你,不过是把你看作一注财产而已。

安·培琪　他说的话也许是对的。

范顿　不,我永远不会有这样的存心! 安,我可以向你招认,我最初来向你求婚的目的,的确是你父亲的财产;可是自从我认识了你以后,我就觉得你的价值远超过一切的金银财富;我现在除了你美好的本身以外,再没有别的希求。

安·培琪　好范顿老爷,您还是去向我父亲说说吧。要是机会和最谦卑的恳求都不能使您达到目的,那么——您过来,我对您说。(二人在一旁谈话)

【夏禄及斯兰德上。

夏禄　桂嫂,打断他们的谈话,让我的侄子自己去向她求婚。

斯兰德　成功失败,在此一试。

夏禄　不要慌。

斯兰德　不,她不会使我发慌,可是我有点胆怯。

桂嫂　安,斯兰德少爷要跟你讲句话哩。

安·培琪　我就来。(旁白)这是我父亲中意的人。唉! 有了一年三百镑的收入,顶不上眼的伧夫也就变成俊汉了。

桂嫂　范顿老爷,您好? 请您过来说句话儿。

夏禄　她来了。侄儿,你上去吧。对她说,你父亲生前是个什么人。

斯兰德　安小姐,我有一个父亲,我的叔父可以告诉您许多关于他的很有趣的笑话。叔父,请您把我的父亲怎样从人家篱笆里偷了两头鹅的那个笑话讲给安小姐听吧,好叔父。

夏禄　安小姐,我的侄儿很是爱您。

斯兰德　对了,正像我爱葛罗斯特州的无论哪一个女人一样。

夏禄　他愿意按照一份乡绅人家的体面供养您。

斯兰德　那是当然的。不管发生什么情况,乡绅人家总是乡绅人家呀。

夏禄　他愿意在他的财产里划出一百五十镑钱来归在您的名下。

安·培琪　夏禄老爷,还是让他自己说吧。

夏禄　啊,谢谢您,我真感谢您的好意。侄儿,她叫你哩,我让你们两个人谈谈吧。

安·培琪　斯兰德世兄。

斯兰德　是的，好安小姐？

安·培琪　你意属如何？

斯兰德　我的遗嘱？啊上帝，真是会开玩笑呀！谢谢上天，我还从未立下过什么遗嘱哩！老天万岁，我并非什么病魔缠身的人。

安·培琪　斯兰德世兄，我是说，你对我是什么意思？

斯兰德　实实在在说，我自己本来一点没有这个意思，都是令尊跟家叔两个人的主张。要是我有这运气，那固然很好，不然的话，就让别人来享受这个福分吧！他们可以告诉您许多我自己不会说的话，您还是去问您的父亲吧；他来了。

【培琪及培琪太太上。

培琪　啊，斯兰德少爷！安，你爱他吧。咦，怎么！范顿老爷，您到这儿来有什么事？我早就对您说过了，我的女儿已经有了人家，您还是一趟一趟到我家里来，这不是太不成话了吗？

范顿　啊，培琪老爷，您别生气。

培琪太太　范顿老爷，您以后别再来看我的女儿了。

培琪　她是不会嫁给您的。

范顿　培琪老爷，请您听我说。

培琪　不，范顿老爷，我不要听您说话。来，夏禄老爷；来，斯兰德贤婿，咱们进去吧。范顿老爷，您实在太不讲理啦。（培琪、夏禄、斯兰德同下）

桂嫂　向培琪太太说去。

范顿　培琪太太，我对于令爱的一片至诚，天日可表，一切的阻碍、谴责和世俗的礼法，都不能使我灰心后退；我希望能够得到您的同意。

安·培琪　好妈妈，别让我跟那个傻瓜结婚。

培琪太太　我是不愿让你嫁给他；我会替你找一个好一点的丈夫。

桂嫂　那就是我的主人卡厄斯大夫。

安·培琪　唉！要是叫我嫁给那个医生，我宁愿让你们把我活活埋了！

培琪太太　算了，别自寻烦恼啦，范顿老爷，我不愿偏着您，也不愿跟您作梗，让我先去问问我的女儿，看她究竟对您有几分意思，慢慢儿的再说吧。现在我们失陪了,范顿老爷,她要是再不进去,她的父亲一定又要发脾气的。

范顿　再见,培琪太太。再见,小安。(培琪太太及安·培琪下)

桂嫂　瞧,这都是我帮您的忙。我说,“您愿意把您的孩子随随便便嫁给一个傻瓜,一个医生吗?瞧范顿老爷多好!”这都是我帮您的忙。

范顿　谢谢你。这一个戒指,请你今天晚上送给我的亲爱的小安。这几个钱是赏给你的。

桂嫂　天老爷赐给您好福气!(范顿下)他的心肠真好,一个女人碰见这样好心肠的人,就是为他到火里去水里去也甘心。可是我倒希望我的主人娶到了安小姐;我也希望斯兰德少爷能够娶到她;天地良心,我也希望范顿老爷娶到她。我要替他们三个人同样出力,因为我已经答应过他们,说过的话总是要作数的;可是我要替范顿老爷特别出力。啊,两位奶奶还要叫我到福斯塔夫那儿去一趟呢,该死,我怎么还在这儿拉拉扯扯的!(下)

第五场　嘉德饭店中的一室

【福斯塔夫及巴道夫上。

福斯塔夫　喂,巴道夫!

巴道夫　有,爵爷。

福斯塔夫　给我倒一碗酒来,放一块面包在里面。(巴道夫下)想不到我活到今天,却给人装在篓子里抬出去,像一车屠夫切下来的肉骨肉屑一样倒在泰晤士河里!好,要是我再上人家这样一次当,我一定把我的脑髓敲出来,涂上黄油丢给狗吃。这两个混账东西把我扔在河里,简直就像淹死一只瞎眼老母狗的一窝小狗一样,不当作一回事情。你们瞧我这样胖大的身体,就可以知道我沉下水里去,是比别人格外快的,即使河底深得像地狱一样,我也会一下子就沉下去,要不是水浅多沙,我早就淹死啦。我最怕的就是淹死,因为一个人淹死了尸体会发胀,像我这样的人要是发起胀来,那还成什么样子!不是要变成一大堆死肉了吗?

【巴道夫携酒重上。

巴道夫　爵爷,桂嫂要跟您说话。

福斯塔夫　来,我一肚子都是泰晤士河里的水,冷得好像腰气痛的时候吞下了雪块一样,让我倒些酒下去把它温一温吧。叫她进来。

巴道夫　进来,妇人。

【快嘴桂嫂上。

桂嫂　爵爷,您好?早安,爵爷!

福斯塔夫　把这些酒杯拿去了,再给我好好儿温一壶酒来。

巴道夫　要不要放鸡蛋?

福斯塔夫　什么也别放。(巴道夫下)怎么?

桂嫂　呃,爵爷,福德家娘子叫我来望望您。

福斯塔夫　别向我提起什么汪汪啦!我受够了汪汪,我给人丢在汪汪大河里,肚子里装得水汪汪。

桂嫂　哎哟!那怎么怪得她?她把那两个仆人训了一通。谁想得到他们竟会误会了她的意思。

福斯塔夫　我也是太轻信啦,会去应一个傻女人的约。

桂嫂　爵爷,她为了这件事,心里头才说不出的难过呢;看见她那种伤心的样子,谁都会心软的。她的丈夫今天一早就打鸟去了,她请您在八点到九点之间,再到她家里去一次。我必须赶快把她的话向您交代清楚。您放心好了,这一回她一定会好好儿补报您的。

福斯塔夫　好,你回去对她说,我一定来。叫她想一想哪一个男人不是朝三暮四,像我这样的男人,可是容易找到的?

桂嫂　我一定这样对她说。

福斯塔夫　你说是在九点到十点之间吗?

桂嫂　八点到九点之间,爵爷。

福斯塔夫　好,你去吧,我一定来就是了。

桂嫂　再会了,爵爷。(下)

福斯塔夫　白罗克到这时候还不来,倒有些奇怪;他寄信来叫我等在这儿不要出去的。我很欢喜他的钱。啊!他来啦。

【福德上。

福德　您好,爵爷!

福斯塔夫　啊,白罗克先生,您是要来探问我到福德老婆那儿去的经过情形吗?

福德　我正是要来问您这件事。

福斯塔夫　白罗克先生,我不愿对您说谎,昨天我是按照她约定的时间到她家里去的。

福德　那么您进行得顺利不顺利呢?

福斯塔夫　别提啦,白罗克先生。

福德　怎么?难道她又变卦了吗?

福斯塔夫　那倒不是,白罗克先生,都是她的丈夫,那只贼头贼脑的死乌龟,一天到晚见神见鬼地疑心他的妻子;我跟她抱也抱过了,吻也吻过了,发誓也发誓过了,一本喜剧刚刚念好引子,他就疯疯癫癫地带了一大批狐群狗党,声势汹汹地说是要到家里来捉奸。

福德　啊!那时候您正在屋子里吗?

福斯塔夫　那时候我正在屋子里。

福德　他没有把您搜到吗?

福斯塔夫　您听我说下去。总算我命中有救,来了一位培琪太太,报告我们福德就要来了的消息;福德家的女人吓得毫无主意,只好听了她的计策,把我装进一只洗衣服的篓子里去。

福德　洗衣服的篓子!

福斯塔夫　正是一只洗衣服的篓子!把我跟那些脏衬衫、臭袜子、油腻的手巾,一股脑儿塞在一起。白罗克先生,您想想这股气味可是叫人受得了的?

福德　您在那篓子里住了多久呢?

福斯塔夫　别急,白罗克先生,你听我说下去,就可以知道我为了您的缘故去勾引这个妇人,吃过了多少的苦。她们把我这样装进了篓子以后,就叫两个浑蛋仆人把我当做一篓脏衣服,抬到洗衣服的那里去。他们刚把我抬上肩走到门口,就碰见他们的主人,那个醋天醋地的家伙,问他们这里面装的是什么东西;我怕这个疯子真的要搜起篓子来,吓得浑身乱抖,可是命运注定他要做一个王八,居然他没有搜。好,于是他就到屋子里去搜查,我也就冒充着脏衣服出去啦。可是白罗克先生,您听着，还有下文哪。我一共差不多死了三次：第一次，因为碰在这个吃醋的王八羔子手里，把我吓得死去活来；第二次，我让他们把我塞在篓里，像一柄插在鞘子里的宝剑一样，头朝地，脚朝天，再用那些油腻得恶心的衣服把我闷起来，您想，像我这样胃口的人，本来就是像牛油一样遇到了热气会融化的，不闷死已算是天下奇闻；到末了，脂油跟汗水把我煎得半熟以后，这两个浑蛋仆人就把我像一个滚热的出笼包子似的，向泰晤士河里丢了下去。白罗克先生，您想，我简直像一块给铁匠打得通红的马蹄铁，放到水里，连河水都滋拉拉地叫起来呢！

福德　爵爷，您为我受了这许多苦，我真是抱歉万分。这样看来，我的希望是永远达不到的了，您未必会再去一试吧？

福斯塔夫　白罗克先生，别说他们把我扔在泰晤士河里，就是把我扔在火山洞里，我也不会就此把她放手的。她的男人今天早上打鸟去了，我已经又得到了她的信，约我八点到九点之间再去。

福德　现在八点钟已经过了，爵爷。

福斯塔夫　真的吗？那么我要去赴约了。您有空的时候再来吧，我一定会让您知道我进行得怎样；总而言之，她一定会到您手里的。再见，白罗克先生，您一定可以得到她；白罗克先生，您一定可以叫福德做一个大王八。（下）

福德　哼！嘿！这是一场梦景吗？我在做梦吗？我在睡觉吗？福德，醒来！醒来！你的最好的外衣上有了一个窟窿了，福德老爷！这就是娶了妻子的好处！这就是洗衣服篓子的用处！好，我要让他知道我究竟是什么人；我要现在就去把这奸夫捉住，他在我的家里，这回一定不让他逃走，他一定逃不了。也许魔鬼会帮助他躲起来，这回我一定要把无论什么稀奇古怪的地方都一起搜到，连胡椒瓶子都要倒出来看看，看他躲得到哪里去。王八虽然已经做定了，可是我不能就此甘心呀；我要叫他们看看，王八也不是好欺侮的。（下）

第四幕

第一场　街　　道

【培琪太太、快嘴桂嫂及威廉上。

培琪太太　你想他现在是不是已经在福德家了？

桂嫂　这时候他一定已经去了，或者就要去了。可是他因为给人扔在河里，很生气哩。福德太太请您快点儿过去。

培琪太太　等我把这孩子送上学，我就去。瞧，他的先生来了，今天大概又是放假。

【爱文斯上。

培琪太太　啊，休师父！今天不上课吗？

爱文斯　不上课，斯兰德少爷放孩子们一天假。

桂嫂　真是个好人！

培琪太太　休师父，我丈夫说我儿子读书毫无长进。求你考他几道拉丁语语法问题吧。

爱文斯　来吧，威廉。抬起头，来。

培琪太太　来，孩子，抬起头，回老师话，别怕。

爱文斯　威廉，名词的数有几个？

威廉　两个。

桂嫂　说实话，我认为本来还要加一个数，因为他们常说“单数”。

爱文斯　你闭嘴！威廉，“漂亮”该怎么说？

威廉　基律。

桂嫂　妓女？比妓女更漂亮的东西有的是。

爱文斯　蠢女人，你闭嘴吧。威廉，“拉皮士”是什么？

威廉　石头。

爱文斯　“石头”是什么，威廉？

威廉　石块。

爱文斯　不，应该是“拉皮士”。你要把这个拉丁字记住。

威廉　拉皮士。

爱文斯　好，威廉真不赖。那么，作冠词用的词是些什么词？

威廉　冠词来源于代词，因此有变格，单数主格：西克、海克、霍克。

爱文斯　主格是：西格、哈格、火格；注意，所属格是“互汝斯”。好啦，你说什么是对格？

威廉　对格是：新克。

爱文斯　请你记住，孩子。对格是：浑格、汉格、火格。

桂嫂　没错儿。“火狗”就是拉丁语的“火腿”。

爱文斯　别插嘴，你这女人。呼格是什么，威廉？

威廉　呃——呼格，呃——

爱文斯　记住，威廉，呼格是卡罗勃。

桂嫂　萝卜只是一种根，挺好的。

爱文斯　你这女人，闭口！

培琪太太　安静！

爱文斯　威廉，复数属格是什么？

威廉　属格吗？

爱文斯　对呀。

威廉　属格是：霍鲁姆、哈鲁姆、霍鲁姆。

桂嫂　珍妮的人格？去她的珍妮！别提她的名字，孩子，她是一个妓女。

爱文斯　你这女人，不要脸。

桂嫂　你教给孩子这些字眼儿才是不要脸。瞧他教他去当“嫖客”、“喝客”，其实，你不教，他们自个儿也会很快学会，还教他“哄绿妹子”——

呸!

爱文斯　你这女人疯了吗?你连你自己的“性”、“数”、“格”都弄不懂吗?你这基督徒,要多蠢,有多蠢。

培琪太太　请你安静些。

爱文斯　威廉,告诉我,代词的变格是哪几种?

威廉　哎呀,我已经忘了。

爱文斯　那是 qui,quae,quod,如果你忘了 qui's,quae's 和 quod's,我就打你的屁股。你现在玩去吧,去吧。

培琪太太　他比我原来想象的要用功一点。

爱文斯　他记性好,机灵。再见,培琪太太。

培琪太太　再见,休师父。(爱文斯下)孩子,你先回家去。来,我们已经耽搁得太久了。(同下)

第二场　福德家中一室

【福斯塔夫及福德太太上。

福斯塔夫　娘子,你的懊恼已经使我忘记了我身受的种种痛苦。你既然这样一片真心对待我,我也决不会有丝毫亏负你;我一定会加意奉承,格外讨好,管教你心满意足就是了。可是你相信你的丈夫这回一定不会再来了吗?

福德太太　好爵爷,他打鸟去了,一定不会早回来的。

培琪太太　(在内)喂!福德嫂子!喂!

福德太太　爵爷,您进去一下。(福斯塔夫下)

【培琪太太上。

培琪太太　啊,心肝!你屋子里还有什么人吗?

福德太太　没有,就是自己家里几个人。

培琪太太　真的吗?

福德太太　真的。(向培琪太太旁白)说响一点。

培琪太太　真的没有什么人,那我就放心啦。

福德太太　为什么?

培琪太太　为什么，我的奶奶，你那汉子的老毛病又发作啦。他正在那儿拉着我的丈夫，痛骂那些有妻子的男人，皂白不分地咒骂着天下所有的女人，还把拳头捏紧了敲着自己的额角。无论什么疯子狂人，比起他这种疯狂的样子来，都会变成顶文雅顶安静的人。那个胖骑士不在这儿，真是运气！

福德太太　怎么，他又说起他吗？

培琪太太　不说起他还说起谁？他发誓说上次他来搜他的时候，他是给装在篓子里扛出去的；他一口咬定说他现在就在这儿，一定要叫我的丈夫和同去的那班人停止了打鸟，陪着他再来试验一次他疑心得对不对。我真高兴那骑士不在这儿，这回他该明白他自己的傻气了。

福德太太　培琪嫂子，他离开这儿有多少远？

培琪太太　只有一点点路，就在街的底头，一会儿就来了。

福德太太　完了！那骑士正在这儿呢。

培琪太太　那么你的脸要丢尽，他的命也保不住啦。你真是个宝货！快打发他走吧！快打发他走吧！丢脸还是小事，弄出人命案子来可不是耍。

福德太太　叫他到哪儿去呢？我怎样把他送出去呢？还是把他装在篓子里吗？

【福斯塔夫重上。

福斯塔夫　不，我再也不躲在篓子里了。还是让我趁他没有来，赶快出去吧。

培琪太太　唉！福德的三个弟兄手里拿着枪，把守着门口，什么人都不让出去；否则你倒可以溜了出去的。可是你干什么又要到这儿来呢？

福斯塔夫　那么我怎么办呢？还是让我钻到烟囱里去吧。

福德太太　他们平常打鸟回来，鸟枪里剩下的子弹都是往烟囱里放的。

培琪太太　还是灶洞里倒可以躲一躲。

福斯塔夫　在什么地方？

福德太太　他一定会找到那个地方的。他已经把所有的柜啦、橱啦、板箱啦、皮箱啦、铁箱啦、井啦、地窖啦，以及诸如此类的地方，一起记在笔记簿上，只要照着目录一处处搜寻起来，总会把您搜到的。

福斯塔夫　那么我还是出去。

培琪太太　爵爷,您要是就这么一副尊容跑出去,那您休想活命。除非化装一下——

福德太太　我们把他怎样化装起来呢?

培琪太太　唉!我不知道。哪里找得到一身像他那样身材的女人衣服?否则叫他戴上一个帽子,披上一条围巾,头上罩一块布,也可以混了出去。

福斯塔夫　好心肝乖心肝,替我想想法子。只要安全无事,什么丢脸的事我都愿意干。

福德太太　我家女佣人的姑母,就是那个住在勃伦府的胖婆子,倒有一件罩衫在这儿楼上。

培琪太太　对了,那正好给他穿,她的身材是跟他一样大的;而且她的那顶粗呢帽和围巾也在这儿。爵爷,您快奔上去吧。

福德太太　去,去,好爵爷;让我跟培琪嫂子再给您找一方包头的布儿。

培琪太太　快点,快点!我们马上就来给您打扮,您先把那罩衫穿上再说。(福斯塔夫下)

福德太太　我希望我那汉子能够瞧见他扮成这个样子;他一见这个勃伦府的老婆子就眼中出火,他说她是个妖妇,不许她走进我们家里,说是一看见她就要打她。

培琪太太　但愿上天有眼,让他尝一尝你丈夫的棍棒的滋味!但愿那棍棒落在他身上的时候,有魔鬼附在你丈夫的手里!

福德太太　可是我那汉子真的就要来了吗?

培琪太太　真的,他还在说起那篓子呢,也不知道他哪里得来的消息。

福德太太　让我们再试他一下。我仍旧去叫我的仆人把那篓子抬到门口,让他看见,就像上一次一样。

培琪太太　可是他立刻就要来啦,还是先去把他装扮作那个勃伦府的巫婆吧。

福德太太　我先去吩咐我的仆人,叫他们把篓子预备好了。你先上去,我马上就把他的包头布带上来。(下)

培琪太太　该死的狗东西!这种人就是捉弄他一千次也不算罪过。

　　不要看我们一味胡闹,

这蠢猪是他自取其殃；
我们要告诉世人知道，
风流的娘们儿不一定轻狂。（下）

【福德太太率二仆人重上。

福德太太　你们再把那篓子抬出去；老爷快要到门口了，他要是叫你们放下来，你们就听他的话放下来。快点，马上就去。（下）

甲仆　来，来，把它抬起来。

乙仆　但愿这篓子里不要再装满了骑士才好。

甲仆　我也希望不再像前次一样；抬一篓铅都没有那么重哩。

【福德、培琪、夏禄、卡厄斯及爱文斯同上。

福德　不错，培琪老爷，可是要是真有这回事，您还有法子替我洗去污名吗？狗才，把这篓子放下；又有人来私会我的妻子了。哼，把年轻男人装在篓子里！你们这两个拉皮条的浑蛋！你们都是串通一气，狼狈为奸，合伙算计我。现在这一切阴谋诡计都要暴露无遗了。喂，我的太太，你出来！瞧瞧你给他们洗些什么好衣服！

培琪　这真太过分了！福德老爷，您要是再这样疯下去，我们真要把您铐起来了，免得闹出什么乱子来。

爱文斯　哎哟，这简直是发疯！像疯狗一样的发疯！

夏禄　真的，福德老爷，这真的有点儿不大好。

福德　我也是这样说哩——

【福德太太重上。

福德　过来，福德娘子，咱们这位贞洁的妇人，端庄的妻子，贤德的人儿，可惜嫁给了一个爱吃醋的傻瓜！娘子，是我无缘无故瞎起疑心吗？

福德太太　老天为证，你要是疑心我有什么不规矩的行为，那你的确太会多心了。

福德　说得好，不要脸的东西！你尽管嘴硬吧。过来，狗才！（翻出篓中衣服）

培琪　这真太过分了！

福德太太　你好意思吗？别去翻那衣服了。

福德　我就会把你的秘密揭破的。

爱文斯　这简直是岂有此理。还不把你妻子的衣服拿起来吗？去吧，去吧。

福德　把这篓子倒空了！

福德太太　为什么呀，傻子，为什么呀？

福德　培琪老爷，不瞒您说，昨天就有一个人装在这篓子里从我的家里抬出去，谁知道今天他不会仍旧在这里面？我相信他一定在我家里，我的消息是绝对可靠的，我的疑心是完全有根据的。给我把这些衣服一起拿出来。

福德太太　要是你在这里面找得出一个男人来，那就把他当虱子掐死好了。

培琪　里边没人。

夏禄　福德老爷，这真的太不成话了，真的太不成话了。

爱文斯　福德老爷，您应该常常祷告，不要随着自己的心一味胡思乱想；吃醋也没有这样吃法的。

福德　好，他没有躲在这里面。

培琪　除了在您自己脑子里以外，您根本就找不到这样一个人。（二仆人将篓抬下）

福德　帮我再把我的屋子搜一次，要是再找不到我所要找的人，你们尽管把我嘲笑得体无完肤好了；让我永远做你们餐席上谈笑的资料，要是人家提起吃醋的男人来，就把我当作一个现成的例子，因为我会在一枚空的核桃壳里找寻妻子的情人。请你们再帮我这一次忙，跟我搜一下，好让我死了心。

福德太太　喂，培琪娘子！您陪着那位老太太下来吧，我的丈夫要上楼来了。

福德　老太太！哪里来的老太太？

福德太太　就是我家女仆的姑妈，住在勃伦府的那个老婆子。

福德　哼，这妖妇，这贼老婆子！我不是不许她走进我的屋子里吗？她又是给什么人带信来的，是不是？我们都是头脑简单的人，不懂得求神问卜这些玩意儿，什么画符、念咒、起课这一类鬼把戏，我们全不懂得。快给我滚下来，你这妖妇，鬼老太婆！滚下来！

福德太太　不，我的好老爷！列位老爷，别让他打这可怜的老婆子。

【培琪太太偕福斯塔夫女装重上。

培琪太太　来,老婆婆,来,搀着我的手。

福德　(打福斯塔夫)滚出去,你这妖妇,你这贱货,你这臭猫,你这鬼老太婆!滚出去!滚出去!(福斯塔夫下)

培琪太太　你羞不羞?这可怜的妇人差不多给你打死了。

福德太太　欺负一个苦老太婆,真有你的!

福德　该死的妖妇!

爱文斯　我想这妇人的确是一个妖妇;我不喜欢有胡须的女人,我看见她的围巾下面露出几根胡须呢。

福德　列位,请你们跟我来好不好?看看我究竟是不是瞎起疑心。要是我完全无理取闹,请你们以后再不要相信我的话。

培琪　咱们就再顺顺他的意思吧。各位,大家来。(福德、培琪、夏禄、卡厄斯、爱文斯同下)

培琪太太　他把他打得真可怜。

福德太太　这一顿打才打得痛快呢。

培琪太太　我想把那棒儿放在祭坛上供奉起来,它今天立下了很大的功劳。

福德太太　我倒有一个意思,不知道你以为怎样,我们横竖名节无亏,问心无愧,索性一不做,二不休,再把他捉弄一番好不好?

培琪太太　他吃过了这两次苦头,一定把他的色胆都吓破了;除非魔鬼盘踞在他心里,大概他不会再来冒犯我们了。

福德太太　我们要不要把我们怎样捉弄他的情形告诉我们的丈夫知道?

培琪太太　很好,这样也可以点破你那汉子的疑心。要是他们认为这个荒唐的胖骑士还有应加惩处的必要,那么仍旧可以委托我们全权办理的。

福德太太　我想他们一定要让他当着众人出一次丑;我们这一个笑话也一定要这样才可以告一段落。

培琪太太　好,那么我们就去商量办法吧;我的脾气是想到就做,不让事情搁冷下去。(同下)

第三场　嘉德饭店中的一室

【店主及巴道夫上。

巴道夫　老板，那几个德国人要问您借三匹马；公爵明天要上朝来了，他们要去迎接他。

店主　什么公爵来得这样秘密？我不曾在宫廷里听见人家说起。让我去跟那几个客人谈谈。他们说英语吗？

巴道夫　好，我去叫他们来。

店主　马是可以借给他们，可是我不能让他们白骑，世上没有这样便宜的事情。他们已经住了我的屋子一个星期了，我已经为了他们回绝了多少别的客人。我可不能跟他们客气，这笔损失是一定要叫他们赔偿的。来。（同下）

第四场　福德家中一室

【培琪、福德、培琪太太、福德太太及爱文斯同上。

爱文斯　女人家有这样的心思，难得难得！

培琪　他是同时寄信给你们两个人的吗？

培琪太太　我们在一刻钟内同时接到。

福德　娘子，请你原谅我。从此以后，你爱做什么就做什么，我宁愿疑心太阳失去了热力，也不愿疑心你有不贞的行为。你已经使一个对于你的贤德缺少信心的人，变成你的一个忠实的信徒了。

培琪　好了，好了，别说下去了。太冒冒失失固然不好，低三下四也是不对的。我们还是来商量计策吧。为了开开心，让我们的妻子再跟这个胖老头子约好一个时间，到了那时候，我们就去捉住他，把他羞辱一顿。

福德　她们刚才说起的那个办法，再好没有了。

培琪　怎么？约他在半夜里到公园里去相会吗？嘿！他再也不会来的。

爱文斯　你们说他已经给丢在河里，还给人当作一个老婆子痛打了一顿，我想他一定吓怕了不会再来了。他的肉体已经受到责罚，他一定不敢再起欲念了。

培琪　我也是这样想。

福德太太　你们只要商量商量等他来了怎样对付他，我们两人自会想法子叫他来的。

培琪太太　有一个古老的传说，说是曾经在这儿温莎地方做过管林人的猎夫赫恩，常常在冬天的深夜里鬼魂出现，绕着一株橡树兜圈子，头上还长着又粗又大的角，手里摇着一串链条，发出怕人的声响；他一出来，树木就要枯黄，牲畜就要害病，乳牛的乳汁会变成血液。这一个传说从前代那些迷信的人们嘴里传下来，就好像真有这回事的一样，我想你们各位也都听见过的。

培琪　是呀，有许多人不敢在深夜里经过这株赫恩的橡树呢。可是你为什么要提起它呢？

福德太太　这就是我们的计策：我们要叫福斯塔夫头上装了两只大角，扮做赫恩的样子，在那橡树的旁边等着我们。

培琪　好，就算他听你们的，这样打扮着来了，你们预备把他怎么办呢？

培琪太太　那我们也已经想好了：我们先叫我的女儿安和我的小儿子，还有三四个跟他们差不多大小的孩子，大家打扮作一队精灵的样子，穿着绿色的和白色的衣服，各人头上戴着一圈蜡烛，手里拿着响铃，埋伏在树旁的土坑里，等福斯塔夫跟我们相会的时候，他们就一拥而出，嘴里唱着各色各种的歌儿；我们一看见他们出来，就假装吃惊逃走了，然后让他们把他团团围住，把这龌龊的骑士你拧一把，我刺一下，还要质问他为什么在这仙人们游戏的时候，胆敢装扮作那种秽恶的形状，闯进神圣的地方来。

福德太太　这些假扮的精灵们要把他拧得遍体鳞伤，还用蜡烛烫他的皮肤，直等他招认一切为止。

培琪太太　等他招认以后，我们大家就一起出来，拔下他的角，把他一路取笑着回到温莎。

福德　孩子们倒要叫他们练习得熟一点，否则会露出破绽来的。

爱文斯　我可以教这些孩儿们怎样做；我自己也要扮作一个猴儿崽子，用蜡烛去烫这骑士哩。

福德　那好极啦。我去替他们买些面具来。

培琪太太　我的小安要扮作一个仙后，穿着很漂亮的白袍子。

培琪　我去买缎子来给她做衣服。（旁白）到了那个时候，我可以叫斯兰德把安偷走，到伊登去跟她结婚。——你们马上就派人到福斯塔夫那里去吧。

福德　不，我还要用白罗克的名字去见他一次，他会把什么话都告诉我。他一定会来的。

培琪太太　不怕他不来。我们这些精灵们的一切应用的东西和饰物，也该赶快预备起来了。

爱文斯　我们赶紧办吧。这真是好玩极了，而且也是光明正大的恶作剧。

（培琪、福德、爱文斯同下）

培琪太太　福德嫂子，你就去找桂嫂，叫他到福斯塔夫那里去，探探他的意思。（福德太太下）我现在要到卡厄斯大夫那边去，他是我中意的人，除了他谁也不能娶我的小安。那个斯兰德虽然有家私，却是一个呆子，我的丈夫偏偏喜欢他。这医生又有钱，他的朋友在宫廷里又有势力，只有他才配做她的丈夫，即使有两万个更了不得的人来向她求婚，我也不给他们。（下）

第五场　嘉德饭店中的一室

【店主及辛普儿上。

店主　你要干什么，乡下佬，蠢东西？说吧，讲吧，简、短、快、猛。

辛普儿　呃，老板，我是斯兰德少爷叫我来跟约翰·福斯塔夫爵士说话的。

店主　那边就是他的房间，他的公馆，他的床铺，你瞧门上新画着浪子回家故事的就是。你去敲敲门，喊他一声，他就会跟你胡说八道。

辛普儿　刚才有一个胖大的老妇人跑进他的房间里去，请您让我在这儿等她下来吧；我本来是要跟她说话的。

店主　哈！一个胖女人！福斯塔夫八成儿挨偷了。让我叫他一声。喂，骑士！好爵爷！你在房间里吗？使劲儿回答我，你的店主东——你的老伙计在叫你哪。

福斯塔夫　（在上）什么事，老板？

店主　这儿有一个蛮子等着你的胖婆娘下来。叫她下来，好家伙，叫她下来；我的屋子是干干净净的，不能让你们干那种背地里干的勾当。哼，不要脸！

【福斯塔夫上。

福斯塔夫　老板,刚才是有一个胖老婆子在我这儿,可是现在她已经走了。

辛普儿　请问一声,爵爷,她就是勃伦府那个算命的女人吗?

福斯塔夫　对啦,螺蛳精;你问她干什么?

辛普儿　爵爷,我家主人斯兰德少爷因为瞧见她在街上走过,所以叫我来问问她,他有一串链条给一个叫作尼姆的骗去了,不知道那链条还在不在那尼姆的手里。

福斯塔夫　我已经跟那老婆子讲起过这件事了。

辛普儿　请问爵爷,她怎么说呢?

福斯塔夫　呃,她说,那个从斯兰德手里把那链条骗去的人,就是偷他链条的人。

辛普儿　我希望我能够当面跟她谈谈;我家少爷还叫我问她其他的事情哩。

福斯塔夫　什么事情?说出来听听看。

店主　对了,快说。

辛普儿　爵爷,我家少爷吩咐我要保守秘密呢。

店主　你要是不说出来,就叫你死。

辛普儿　啊,实在没有什么事情,不过是关于培琪家小姐的事情,我家少爷叫我来问问看他命里能不能娶她做妻子。

福斯塔夫　那可要看他的命运怎样了。

辛普儿　您怎么说?

福斯塔夫　娶得到也是他的命,娶不到也是他的命。你回去告诉主人,就说那老妇人这样对我说的。

辛普儿　我可以这样告诉他吗?

福斯塔夫　是的,阁下,你尽管这样说好了。

辛普儿　多谢爵爷;我家少爷听见了这样的消息,一定会十分高兴的。(下)

店主　你真聪明,爵爷,你真聪明。真的有一个算命的婆子在你房间里吗?

福斯塔夫　是的,老板,她刚才还在我这儿。她教给我许多我一生从来没有学过的智慧,我不但没有花半个钱学费,而且反而她要给我酬劳呢。

【巴道夫上。

巴道夫　哎哟,老板,不好了!又是骗子,净是些骗子!

店主　我的马儿呢？蠢奴才，好好儿对我说。

巴道夫　都跟着那些骗子们跑掉啦。一过了伊登，他们就把我从马上推下来，把我掼在一个烂泥潭里，他们就像三个德国鬼子似的，策马加鞭，飞也似地去了。

店主　狗才，他们是去迎接公爵的。别说他们逃走，德国人都是规规矩矩的。

【爱文斯上。

爱文斯　老板在哪儿？

店主　师父，什么事？

爱文斯　留心你的客人。我有一个朋友到城里来，他告诉我有三个德国骗子，一路上骗人家的马匹金钱；里亭、梅登海、科白路，各家旅店，都上了他们的当。我是一片好心来通知你，因为你是个很乖巧的人，专爱寻人家的开心，要是你居然也被人家骗了，那就实在有点不对劲儿了。再见。（下）

【卡厄斯上。

卡厄斯　店主东呢？

店主　卡厄斯大夫，我正在这儿心乱如麻呢。

卡厄斯　我不懂你的意思，可是人家告诉我，你正在准备着隆重招待一个德国的公爵，可是我不骗你，我在宫廷里就不知道有什么公爵要来。我是一片好心来通知你。再见。（下）

店主　狗才，快去喊人来捉贼去！骑士，帮帮我忙，我这回可完了！快跑，捉贼！完了！完了！（店主及巴道夫下）

福斯塔夫　我但愿全世界的人都受骗，因为我自己也受了骗，而且还挨了打。要是宫廷里的人听见了我怎样一次次地化身，给人当衣服洗，用棍子打，他们一下会把我身上的油一滴一滴挤下来，去擦渔夫的靴子；他们一定会用俏皮话儿把我挖苦得像一个干瘪的梨儿一样丧气。自从那一次赖了赌债以后，我一直交着坏运。好，要是我在临终以前还来得及念祷告，我一定要忏悔。

【快嘴桂嫂上。

福斯塔夫　啊，又是谁叫你来的？

桂嫂　除了那两个人还有谁？

福斯塔夫　让魔鬼跟他的老娘把那两个人抓了去吧！我已经为了她们的缘故吃过多少苦！男人本来是容易变心的，谁受得了这样的欺负？

桂嫂　您以为她们没有吃苦吗？说来才叫人伤心哪，尤其是那位福德家娘子，天可怜见，给她的汉子打得身上青一块紫一块的，简直找不出一处白净的地方。

福斯塔夫　什么青一块紫一块的，我自己给他打得五颜六色，浑身挂彩呢。我还险险乎给他们当作勃伦府的妖妇抓了去。要不是我急中生智，把一个老太婆的行动装扮得活灵活现，我早已给浑蛋官差们锁上脚铐，办我一个妖言惑众的罪名了。

桂嫂　爵爷，让我到您房间里去跟您说话，您就会明白一切，而且包在我身上，一定会叫您满意的。这儿有一封信，您看了就知道了。天哪！把你们拉拢在一起，真麻烦死人！你们中间一定有谁得罪了上天，所以才这样好事多磨的。

福斯塔夫　那么你跟我上楼，到我房间里来吧。（同下）

第六场　嘉德饭店中的另一室

【范顿及店主上。

店主　范顿老爷，别跟我说话，我心里憋气，想索性这门生意也不要做了。

范顿　可是你听我说。我要你帮我做一件事，事成之后，我不但赔偿你的全部损失，而且还愿意送给你黄金百镑，作为酬谢。

店主　好，范顿老爷，您说吧。我不知道我能不能帮您的忙，可是至少我不会泄漏秘密。

范顿　我曾经屡次告诉你我对于培琪家安小姐的深切的爱情；她对我也已经表示默许了，要是她自己做得了主，我一定可以如愿以偿的。刚才我收到了她一封信，信里所说起的趣事儿，你要是知道了，一定会拍手称奇。而且这桩趣事跟本人的事大有干系，要弄清原委，就得两件事都说一说。那个胖子福斯塔夫这回有好看的了。关于这大玩笑的头头尾尾，且听我一一道来。（指信）听着，我的好老板，今夜十二点钟到一点钟之间，在赫恩橡树的近旁，我的亲爱的小安要扮成仙后的样子，为什么要这样打扮，这儿写得很明白。她父亲叫她趁着大家开玩笑开得乱哄哄的时候，跟斯兰德悄悄儿溜到伊登去结婚，她已经答应他了。可是她母亲是竭力反对她嫁给斯兰德，而决意把她嫁给卡厄斯的，她也已经约好那个医生，叫他也趁着人家忙得不留心的时候，用同样的方式把她带到教长家里去，请一个牧师替他们立刻成婚；她对于她母亲的这个计策，也已经假装服从的样子，答应了那医生了。他们的计划是这样的：她的父亲要她全身穿着白的衣服，以便识认，斯兰德看准了时机，就搀着她的手，叫她跟着走，她就跟着他走；她的母亲为了让那医生容易辨认起见——因为他们大家都是戴着面具的——却叫她穿着宽大的浅绿色的袍子，头上系着飘扬的丝带，那医生一看有了下手的机会，便上去把她的手捏一把，这一个暗号便是叫她跟着他走的。

店主　她预备欺骗她的父亲呢，还是欺骗她的母亲？

范顿　我的好老板，她要把他们两人一起骗了，跟我一块儿溜走。所以我要请你费心去替我找一个牧师，十二点钟到一点钟之间在教堂里等着我，为我们举行正式的婚礼。

店主　好，您去实行您的计划吧，我一定给您找牧师去。只要把那位姑娘带来，牧师是不成问题的。

范顿　多谢多谢，我一定永远记住你的恩德，而且我马上就会报答你的。（同下）

第五幕

第一场　嘉德饭店中的一室

【福斯塔夫及快嘴桂嫂上。

福斯塔夫　请你别再啰里啰嗦了，去吧，我一定不失约就是了。这已经是第三次啦，我希望单数是吉利的。去吧，人家说单数具有影响生死机缘的魔力呢！去吧！

桂嫂　我去给您弄一根链条来，再去设法找一对角来。

福斯塔夫　好，去吧，别耽搁时间了。抬起你的头来，扭扭屁股走吧。（桂嫂下）

【福德化装上。

福斯塔夫　啊，白罗克老爷！白罗克老爷，事情成功不成功，今天晚上就可以知道。请您在半夜时候，到赫恩橡树那儿去，就可以看见新鲜的事儿。

福德　您昨天不是对我说过，要到她那儿去赴约吗？

福斯塔夫　白罗克老爷，我昨天到她家里去的时候，正像您现在看见我一样，是个可怜的老头儿；可是白罗克老爷，我从她家里出来的时候，却变成一个苦命的老婆子了。白罗克老爷，她的丈夫，福德那个浑蛋，简直是个吃醋鬼投胎。他欺我是个女人，把我没头没脑一顿打；可是，白罗克老爷，要是我穿着男人的衣服，别说他是个福德，就算他是个身长丈二的天神，拿着一根千斤重的梁柱向我打来，我也不怕他。我现在还有要事，请您跟我一路走吧，白罗克老爷，我可以把一切的事情完全告诉您。自从我小时候偷鹅、赖学、抽陀螺挨打以后，直到现在才重新尝到挨打的滋味。跟我来，我要告诉您关于这个姓福德的浑蛋的古怪事儿；今天晚上我就可以向他报复，我一定会把他的妻子送到您的手里。跟我来。白罗克老爷，您就有好戏看了！跟我来。（同下）

第二场　温莎公园

【培琪、夏禄、斯兰德同上。

培琪　来，来，咱们就躲在这座古堡的壕沟里，等我们那班精灵们的火光出现以后再出来。斯兰德贤婿，记着我的女儿。

斯兰德　好，一定记着；我已经跟她当面谈过，约好了用什么口号互相通知。我看见她穿着白衣服，就上去对她说“姆”，她就回答我“嘘”，这样我们就不会认错啦。

夏禄　那也好，可是何必嚷什么“姆”哩，什么“嘘”哩，你只要看定了穿白衣服的人就行啦。钟已经敲十点了。

培琪　天黑沉沉的，精灵和火光在这时候出现，再好没有了。愿上天保佑我们的游戏成功！除了魔鬼以外，谁都没有恶意；我们只要看谁的头上有角，就知道他是魔鬼。去吧，大家跟我来。（同下）

第三场　温莎街道

【培琪太太、福德太太、卡厄斯同上。

培琪太太　大夫，我的女儿穿绿衣服；您看见时机到了，便过去搀着她的手，带她到教长家里去，赶快把事情办了。现在您一个人先到公园里去，我们两个人是要一块儿去的。

卡厄斯　我知道我应当怎么办。再见。

培琪太太　再见，大夫。（卡厄斯下）我的丈夫把福斯塔夫羞辱过了以后，知道这医生已经跟我的女儿结婚，一定会把一场高兴化作满腔怒火的；可是管他呢，与其将来使我心碎，宁可眼前受他一顿骂。

福德太太　小安和她的一队精灵现在在什么地方？还有那个威尔士鬼子休牧师呢？

培琪太太　他们都把灯遮得暗暗的，躲在赫恩橡树近旁的一个土坑里，一等到福斯塔夫跟我们会见的时候，他们就立刻在黑夜里出现。

福德太太　那一定会叫他大吃一惊的。

培琪太太　要是吓不倒他，我们也要把他讥笑一番；要是他果然吓倒了，我们还是要讥笑他的。

福德太太　咱们这回不怕他不上圈套。

培琪太太　像他这种淫棍，教训教训他也是好事。

福德太太　时间快到啦，到橡树底下去，到橡树底下去！（同下）

第四场　温莎公园

【爱文斯化装率扮演精灵的一群上。

爱文斯　跑，跑，精灵们，来，别忘了你们各人该扮什么角色。大家放大胆子，跟着我进这土坑，等我一发号令，就照我的吩咐做。来，来，跑，跑。（同下）

第五场　公园中的另一部分

【福斯塔夫顶牡鹿头扮赫恩上。

福斯塔夫　温莎的钟已经敲了十二点，时间快要到了。好色的天神们，照顾照顾我吧！记着，乔武大神①，你曾经为了你的爱人欧罗巴的缘故，化身为一头公牛，爱情使你头上生角。强力的爱啊！它会使畜生变成人类，也会使人类变成畜生。而且，乔武大神，你为了你心爱的勒达，还化身做过天鹅呢。万能的爱啊！你差一点不把天神的尊容变得像一只蠢

---

①　乔武大神，古希腊罗马神话中的主神，又名朱庇特。他曾化为白色公牛掳走美女欧罗巴，又曾化为天鹅掳走美女勒达。

鹅！既然天神们也都是这样贪淫，我们可怜的凡人又有什么办法呢？至于讲到我，那么我是这儿温莎地方的一匹雄鹿；在这树林子里，也可以算得上顶胖的了。乔武大神呵，让我凉凉快快地过一个性骚动期吧，我不过是排泄些多余油脂罢了，这有什么过错呢？谁来啦，我的母鹿吗？

【福德太太及培琪太太上。

福德太太　爵爷，你在这儿吗？我的鹿，我的公鹿？

福斯塔夫　我的黑尾巴的母鹿！让天上落下煽起情欲的马铃薯般大的雨点来吧，让它大锣大鼓地响起雷鸣般的情歌吧，让糖梅子、壮阳草冰雹般掉下来吧。让我的情欲如山洪爆发，而你的酥胸就是我避难之所。（拥抱福德太太）

福德太太　培琪太太也跟我一起来呢，好人儿。

福斯塔夫　那么你们把我切开来，各人分一条大腿去，留下两块肋条肉给我自己，肩膀肉赏给那看园子的，还有这两只角，送给你们的丈夫做个纪念品吧。哈哈！你们瞧我像不像猎人赫恩？丘必特是个有良心的孩子，现在他让我尝到甜头了。我用鬼魂的名义欢迎你们！（内喧声）

培琪太太　哎哟！什么声音？

福德太太　天老爷饶恕我们的罪过吧！

福斯塔夫　又是什么事情？

福德太太、培琪太太　快逃！快逃！（二人奔下）

福斯塔夫　我想多半是魔鬼不愿意让我下地狱，因为我身上的油太多啦，恐怕在地狱里惹起一场大火来，否则他不会这样一次一次的跟我捣蛋。

【爱文斯乔装林神萨特，毕斯托尔扮小妖，安·培琪扮仙后，培琪、威廉及若干儿童各扮精灵侍从，头插小蜡烛同上。

安·培琪　黑的，灰的，绿的，白的精灵们，
月光下的狂欢者，黑夜里的幽魂，
你们是没有父母的造化的儿女，
不要忘记了你们各人的职务。
传令的小妖，替我向众精灵宣告。

毕斯托尔　众精灵，静听召唤，不许喧吵！

蟋蟀儿，你去跳进人家的烟囱，
看他们炉里的灰屑有没有扫空；
我们的仙后最恨贪懒的婢子，
看见了就把她拧得浑身青紫。

福斯塔夫　他们都是些精灵，谁要是跟他们说话，就不得活命；让我闭上眼睛躲起来吧，神仙们的事情是不许凡人窥看的。（俯伏地上）

爱文斯　　比德在哪里？你去看有谁家的姑娘，
念了三遍祈祷方才睡上眠床，
你就悄悄儿替她把妄想收束，
让她睡得像婴儿一样甜熟；
谁要是临睡前不思量自己的过处，
你要叫他们腰麻背疼，手脚酸楚。

安·培琪　去，去，小精灵！
把温莎古堡内外搜寻：
每一间神圣的华堂散播着幸运，
让它巍然卓立，永无毁损，
祝福它宅基巩固，门户长新，
辉煌的大厦恰称着贤德的主人！
每一张尊严的宝座用心扫洗，
洒满了袚邪除垢的鲜花香水，
祝福那纹棂绣瓦，画栋雕梁，
千秋万岁永远照耀着荣光！
每夜每夜你们手挽手在草地上，
拉成一个圆圈儿跳舞歌唱，
清晨的草上留下你们的足迹，
一团团葱翠新绿的颜色；
再用青紫粉白的各色鲜花，
写下了天书仙语，“清心去邪”，
像一簇簇五彩缤纷的珠玉，
草地是神仙的纸，花是神仙的符箓。

去，去，往东的向东，往西的向西！
等到钟鸣一下，可不要忘了，
我们还要绕着赫恩橡树舞蹈。

爱文斯　大家排着队，大家手牵手，
二十个萤虫给我们点亮灯笼，
照着我们树阴下舞影憧憧。

且慢！哪里来的生人气？

福斯塔夫　天老爷保佑我不要给那个威尔士老怪瞧见，他会叫我变成一块干酪哩！

毕斯托尔　坏东西！你是个天生的孽种。

安·培琪　让我用炼狱火把他指尖灼烫，
看他的心地是纯洁还是肮脏：
他要是心无污秽火不能伤，
哀号呼痛的一定居心不良。

毕斯托尔　来，试一试！

爱文斯　来，看这木头怕不怕火熏。（众以烛烫福斯塔夫）

福斯塔夫　啊！啊！啊！

安·培琪　坏透，坏透，这家伙淫毒攻心！
精灵们，唱个歌儿取笑他；
围着他窜窜跳跳，拧得他遍体酸麻。

歌

哼，罪恶的妄想！
哼，淫欲的孽障！
淫欲是一把血火，
不洁的邪念把它点亮，
痴心扇着它的火焰，
妄想把它愈吹愈旺。
精灵们拧着他，
不要把恶人宽放；
拧他，烧他，拖着他团团转，
直等星月烛光一齐黑暗。

【精灵等一面唱歌，一面拧福斯塔夫。卡厄斯自一旁上，将一穿绿衣之精灵偷走；斯兰德自另一旁上，将一穿白衣之精灵偷走；范顿上，将安·培琪偷走。内猎人号角、犬吠声，众精灵纷纷散去。福斯塔夫扯下鹿头起立。培琪、福德、培琪太太、福德太太同上，将福斯塔夫捉住。

培琪　哎，别逃呀，现在您可给我们瞧见啦！难道您只好扮扮猎人赫恩吗？

培琪太太　好了好了，咱们不用尽向他开玩笑啦。好爵爷，您现在喜不喜欢温莎的娘儿们？

福德　爵爷，现在究竟谁是个大王八？白罗克老爷，福斯塔夫是个浑蛋，是个混账王八蛋；瞧他的头上还出着角哩，白罗克老爷！白罗克老爷，他从姓福德的那里什么好处也没有到手，只得到一只洗衣服的篓子、一顿棒儿，还有二十镑钱，那笔钱是要向他追还的，白罗克老爷，我已经把他的马扣留起来做抵押了，白罗克老爷。

福德太太　爵爷，只怪我们运气不好，没有缘分，总是好事多磨。以后我再不把您当作我的情人了，可是我会永远记着您是我的公鹿。

福斯塔夫　我现在才明白我给你们愚弄啦。

福德　岂止蠢驴，还是笨牛呢，这都是一目了然的事。

福斯塔夫　原来这些都不是精灵吗？我曾经三四次疑心他们不是什么精灵，可是一则因为我自己做贼心虚，二则因为突如其来的怪事，把我吓昏了头，所以会把这种破绽百出的骗局当做真实，虽然荒谬得不近情理，也会使我深信不疑。可见一个人如果居心不良，虽有天大的聪明，也会受人愚弄的。

爱文斯　福斯塔夫爵士，您只要敬奉上帝，去除欲念，精灵们就不会来拧您的。

福德　说得有理，休大仙。

爱文斯　还有您的妒嫉心也要除掉了才好。

福德　我以后再不疑心我的妻子了，除非你有本事说地道的英语来勾引她。

福斯塔夫　难道我已经把我的脑子剜出来放在太阳里晒干了，所以连这样明显的骗局也看不出来吗？难道一只威尔士的老山羊都会捉弄我？难道我真要戴威尔士布做的傻瓜帽子不成？这一回我差点给一块烤干酪噎死了。

爱文斯　考考酪是不会流溜油的，你肚子里可全是溜油呵。

福斯塔夫　考考酪！溜油！我这把年纪了，难道还要受这个只能说半吊子英语的家伙嘲笑么？罢了！罢了！这也算是我贪欢好色的下场！

培琪太太　爵爷，我们虽然愿意把那些三从四德的道理一脚踢得远远的，为了寻欢作乐，甘心死后落地狱，可是什么鬼附在您身上，叫您相信我们会欢喜您呢？

福德　像你这样的一只杂碎香肠？一只破口袋？

培琪太太　一具水泡胀了的浮尸？

培琪　又老，又冷，又干枯，再加上一肚子的烂肚肠？

福德　像魔鬼一样到处造谣生事？

培琪　一个穷光蛋的孤老头子？

福德　像个泼老太婆一样千刁万恶？

爱文斯　一味花天酒地，玩玩女人，喝喝老酒，喝醉了酒白瞪着眼睛骂人吵架？

福斯塔夫　好，你们由着性儿骂吧。算我晦气落在你们手里，我也懒得跟这头威尔士山羊斗嘴了。无论哪个无知无识的傻瓜都可以欺负我，悉听你们把我怎样处置吧。

福德　好，爵爷，我们要带您去看一位白罗克老爷，您骗了他的钱，却没有替他把事情办好；您现在已经吃过不少苦了，要是再叫您把那笔钱还出来，我想您一定要万分心痛的吧？

培琪　骑士，不要懊恼，今天晚上请你到我家里来喝杯酒儿，我的妻子刚才把你取笑，等会儿我也要请你陪我把她取笑取笑，告诉她，斯兰德已经跟她的女儿结了婚啦。

培琪太太　（旁白）医生们，不要信他胡说。要是安·培琪是我的女儿，那么这个时候他已经做了卡厄斯大夫的太太啦。

【斯兰德上。

斯兰德　哎哟！哎哟！岳父大人，不好了！

培琪　怎么，怎么，贤婿，你已经把事情办好了吗？

斯兰德　办好了！哼，我要让葛罗斯特州人知道这件事；否则还是让你们把我吊死了吧！

培琪　什么事呀，贤婿？

斯兰德　我到了伊登那边去本来是要跟安·培琪小姐结婚，谁知道她是一个又长又大笨头笨脑的男孩子。倘不是在教堂里，我一定要把他揍一顿，说不定他也要把我揍一顿。我还以为他真的就是安·培琪哩——真是瞎折腾了一场，原来他是驿站长的儿子。

培琪　那么一定是你看错了人啦。

斯兰德　那还用说吗？我把一个男孩子当作女孩子，当然是看错了人啦。要是我真的跟他结了婚，虽然他穿着女人的衣服，我是不要他的。

培琪　这是你自己太笨的缘故。我不是告诉你怎样从衣服上认出我的女儿来吗？

斯兰德　我看见她穿着白衣服，便上去喊一声"姆"，她答应我一声"嘘"，正像安跟我预先约好的一样；谁知道他不是安·培琪，却是驿站长的儿子。

爱文斯　耶稣基督！斯兰德少爷，难道您生着眼睛不会看，竟会去跟一个男孩子结婚吗？

培琪　我心里乱得很，怎么办呢？

培琪太太　好官人，别生气，我因为知道了你的计划，所以叫女儿改穿绿衣服；不瞒你说，她现在已经跟卡厄斯医生一同到了教长家里，在那儿举行婚礼啦。

【卡厄斯上。

卡厄斯　培琪太太呢？哼，我上了人家的当啦！我跟一个男孩子结了婚，一个农夫，一个男孩，不是安·培琪。我上了当啦！

培琪太太　怎么，你不是看见她穿着绿的衣服吗？

卡厄斯　是的，可是那是个男孩子。我一定要叫全温莎的人评个理去。（下）

福德　这可奇了。谁把真的安·培琪带了去呢？

培琪太太　我心里怪不安的。范顿老爷来了。

【范顿及安·培琪上。

培琪太太　啊，范顿老爷！

安·培琪　好爸爸，原谅我！好妈妈，原谅我！

培琪　小姐，你怎么不跟斯兰德少爷一块儿去。

培琪太太　姑娘，你怎么不跟卡厄斯大夫一块儿去？

范顿　你们不要吓坏了她，让我把实在的情形告诉你们吧。你们用可耻的手段，想叫她嫁给她所不爱的人；可是她跟我两个人久已心心相许，到了现在，更觉得什么都不能把我们两人拆开。她所犯的过失是神圣的，我们虽然欺骗了你们，却不能说是不正当的诡计，更不是忤逆不孝，因为她要避免强迫婚姻下的无数不幸的日子，这是唯一的办法。

福德　木已成舟，培琪老爷您也不必发呆啦。在恋爱的事情上，都是上天亲自安排好的。金钱可以买田地，娶妻只能靠运气。

福斯塔夫　我很高兴，我给你们算计了去，你们的箭却也会发而不中。

培琪　算了，有什么办法呢？——范顿，愿上天给你快乐！拗不过来的事情，也只好将就着过去。

福斯塔夫　晚上出来的狗，什么鹿子都追。

培琪太太　好，我也不再想这样想那样了。范顿老爷，愿上天给您许多许多快乐的日子！官人，我们大家回家去，在火炉旁边把今天的趣事儿笑谈一番吧。约翰爵士和诸位，都请吧。

福德　很好。爵爷，您对白罗克并没有失信，因为他今天晚上真的要去陪福德太太一起睡觉啦。（同下）

罗密欧与朱丽叶

朱生豪　译
沈　林　校

导言

罗密欧与朱丽叶的故事在文艺复兴期间已有流传。它第一次出现在意大利人马苏乔笔下时已经具备了日后莎翁剧作的情节特征,继而它又辗转于当时的文人墨客之间。达·鲍特把故事的主人公落户在维洛那城;班戴罗细腻的笔触又为它增添了新的光彩。从此它不胫而走,不久流传到了法国,进而又跨越了英吉利海峡。莎士比亚是通过布鲁克长达三千零二十行的诗体译文了解到这个故事并把它改编为舞台剧的。把同代的才子佳人引入长期为古希腊罗马帝王将相把持的悲剧殿堂,这在当时不啻为石破天惊之举。

在西方不少文人看来,一对恋人的悲惨结局纯粹是由"偶然因素"造成,这难以称为真正意义上的悲剧 。我国则有一种普遍看法认为造成这一悲剧的根本原因在于"封建势力"。前者拘泥于性格悲剧的尺度,后者又似乎落入了社会进化论的窠臼。

对于一般读者,尤其是青年读者,这对恋人的故事具有巨大的震撼力。时至今日仍有许多旅游者簇拥到小城维洛那,面对罗密欧与朱丽叶从未站立过的阳台洒下滔滔热泪;据说市政府还不得不安排专职人员回复从世界各地寄给"朱丽叶小姐"的痴情信件。

剧中人物

埃斯卡勒斯　维洛那亲王

巴里斯　少年贵族,亲王的亲戚

蒙太古
凯普莱特　} 互相敌视的两家家长

罗密欧　蒙太古之子

迈丘西奥　亲王的亲戚
班伏里奥　蒙太古之侄　} 罗密欧的朋友

提伯尔特　凯普莱特之侄

劳伦斯神父　芳济会教士

约翰神父　与劳伦斯同门的教士

鲍尔萨泽　罗密欧的仆人

桑普森 } 凯普莱特的仆人
葛雷古利 }

彼　得　朱丽叶乳母的从仆

亚伯拉罕　蒙太古的仆人

卖药人

乐工三人

迈丘西奥的侍童

巴里斯的侍童

蒙太古夫人

凯普莱特夫人

朱丽叶　凯普莱特之女

朱丽叶的乳媪

维洛那市民

两家男女亲属

跳舞者、卫士、巡丁、侍从等

致辞者

地点

维洛那;曼多亚

开　场　诗

【致辞者上。

故事发生在维洛那名城，
　有两家门第相当的巨族，
累世的宿怨激起了新争，
　鲜血把市民的白手污渎。
是命运注定这两家仇敌，
　生下了一双不幸的恋人，
他们的悲惨凄凉的殒灭，
　和解了他们交恶的尊亲。
这一段生生死死的恋爱，
　还有那两家父母的嫌隙，
把一对多情的儿女杀害，
　演成了今天这一本戏剧。
交代过这几句挈领提纲，
　请诸位耐着心细听端详。（下）

第一幕

第一场　维洛那。广场

【桑普森及葛雷古利各持盾剑上。

桑普森　葛雷古利，咱们可真的不能让人家当做苦力一样欺侮。

葛雷古利　对了，咱们不是可以随便给人欺侮的。

桑普森　我说，咱们要是发起脾气来，就会拔刀子动武。

葛雷古利　对了，可是不要给吊在绞刑架上。

桑普森　我一动性子，我的剑是不认人的。

葛雷古利　可是你不大容易动性子。

桑普森　我见了蒙太古家的狗子就动性子。

葛雷古利　动什么，有胆量就寸步不动，你若是动一动，就是脚底涂油——溜了。

桑普森　我见了他们家里的狗子，就会站住不动；只要是蒙太古家的，不管男女，我都要占据墙跟，把他们推到街心的阴沟里去。

葛雷古利　哈，那你可就真成了不中用的家伙，不中用的家伙才缩在墙跟呢！

桑普森　正是，女人不中用，所以总是被逼得靠了墙。正好，我就把蒙太古家的男人从墙跟拉出来揍，把女人顶到墙跟玩。

葛雷古利　吵架是咱们两家主仆男人们的事，与她们女人有什么相干？

桑普森　那我不管，我要做一个杀人不眨眼的魔王；一面跟男人们打架，一面对娘儿们也不留情面，我要割掉她们的头。

葛雷古利　割掉娘儿们的头吗？

桑普森　对了，娘儿们的头，哪一头就由你琢磨了。

葛雷古利　尝到滋味她们就知道该怎么琢磨了。

桑普森　我一硬起来她们就尝到滋味了。不是吹的，我这块肉还是挺不错的。

葛雷古利　还好是肉，不是鱼；要是鱼，准是条软塌塌的咸鱼。拔出你的家伙，蒙太古家的人过来了。

【亚伯拉罕及鲍尔萨泽上。

桑普森　我的家伙已经拔出来了。你去跟他们吵起来，我就在你背后帮你的忙。

葛雷古利　怎么？你想转过背逃走吗？

桑普森　你放心吧，我不是那样的人。

葛雷古利　哼，我倒有点不放心！

桑普森　还是让他们先动手，打起官司来也是咱们的理直。

葛雷古利　我走过去向他们横个白眼，瞧他们怎么样。

桑普森　好，瞧他们有没有胆。我要向他们咬我的大拇指，瞧他们能不能忍受这样的侮辱。

亚伯拉罕　你向我们咬你的大拇指吗？

桑普森　我是咬我的大拇指。

亚伯拉罕　你是向我们咬你的大拇指吗？

桑普森　（向葛雷古利旁白）要是我说是，那么打起官司来是谁的理直？

葛雷古利　（向桑普森旁白）是他们的理直。

桑普森　不，我不是向你们咬我的大拇指；可是我是咬我的大拇指。

葛雷古利　你是要向我们挑衅吗？

亚伯拉罕　挑衅？不，哪儿的话！

桑普森　你要是想跟我们吵架，那么我可以奉陪；你也是你家主子的奴才，我也是我家主子的奴才，难道我家的主子就比不上你家的主子？

亚伯拉罕　比不上。

桑普森　好。

葛雷古利　（向桑普森旁白）说“比得上”；我家老爷的一位亲戚来了。

桑普森　比得上。

亚伯拉罕　你胡说。

桑普森　是汉子就拔出刀子来。葛雷古利，别忘了你的杀手剑。（双方互斗）

【班伏里奥上。

班伏里奥　分开，蠢才！收起你们的剑；你们不知道你们在干些什么事。（击下众仆的剑）

【提伯尔特上。

提伯尔特　怎么！你跟这些不中用的奴才吵架吗？过来，班伏里奥，让我结果你的性命。

班伏里奥　我不过维持和平。收起你的剑，或者帮我分开这些人。

提伯尔特　什么！你拔出了剑，还说什么和平？我痛恨这两个字，就跟我痛恨地狱，痛恨所有蒙太古家的人和你一样。照剑，懦夫！（二人相斗）

【两家各有若干人上，加入争斗；一群市民持枪棍继上。

众市民　打！打！打！把他们打下来！打倒凯普莱特！打倒蒙太古！

【凯普莱特穿长袍及凯普莱特夫人同上。

凯普莱特　什么事吵得这个样子？喂！把我的长剑拿来。

凯普莱特夫人　是拐杖！是拐杖！你要剑做什么用？

凯普莱特　快拿剑来！蒙太古那老东西来啦；他还晃着他的剑，明明在跟我寻事。

【蒙太古及蒙太古夫人上。

蒙太古　凯普莱特，你这奸贼！——别拉住我，让我去。

蒙太古夫人　你要去跟人家吵架，我不让你走一步路。

【亲王率侍从上。

亲王　目无法纪的臣民，扰乱治安的罪人，你们的刀剑都被你们邻人的血玷污了——他们不听我的话吗？喂，听着！你们这些人，你们这些畜生，你们为了扑灭你们怨毒的怒焰，不惜让殷红的流泉从你们的血管里喷涌出来；你们要是畏惧刑法，赶快给我把你们的凶器从你们血腥的手里丢下来，静听你们震怒的君王的判决。凯普莱特，蒙太古，你们已经三次为了一句口头上的空言，引起了市民的械斗，扰乱了我们街道上的安宁，害得维洛那的年老公民，也不能不脱下他们尊严的装束，在他们习于安乐的、苍老衰弱的手里掮起古旧的长枪来，分解你们溃烂的纷争。要是你们以后再在市街上闹事，就要把你们的生命作为扰乱治安的代价。现在别人都给我退下去；凯普莱特，你跟我来；蒙太古，你今天下午到自由村的审判厅里来，听候我对于今天这一案的宣判。大家散开去，倘有逗留不去的，格杀不论！（除蒙太古夫妇及班伏里奥外，皆下）

蒙太古　是谁把一场宿怨挑成了新的纷争？侄儿，对我说，他们动手的时候你也在场吗？

班伏里奥　我还没有到这儿来，您的仇家的仆人跟你们家里的仆人已经打成一团了。我拔出剑来分开他们；就在这时候，那个性如烈火的提伯尔特提着剑来了，他向我口出不逊之言，把剑在他自己头上挥舞得嗖嗖作响，就像风在那儿讥笑他的装腔作势一样。当我们正在剑来剑去的时候，人越来越多，有的帮这一面，有的帮那一面，乱哄哄地互相争斗，直等亲王来了，方才把两边的人喝开。

蒙太古夫人　啊，罗密欧呢？你今天见过他吗？我很高兴他没有参加这场争斗。

班伏里奥　伯母，在尊严的太阳开始从东方的黄金窗里探出头来的前一个时辰，我因为心中烦闷，到郊外去散步，在城西一丛枫树的下面，我看见罗密欧兄弟一早在那儿走来走去。我正要向他走过去，他已经看见了我，就躲到树林深处去了。我因为自己也是心灰意懒，觉得连自己这一身也是多余的，只想找一处没有人迹的地方，所以凭着自己的心境推测别人的心境，也就不去找他多事，彼此互相避开了。

蒙太古　好多天的早晨都有人在那边看见过他，用眼泪洒为清晨的露水，用长叹嘘成天空的云雾；可是一等到鼓舞众生的太阳在东方的天边开始揭起黎明女神床上灰黑色的帐幕的时候，我那怀着一颗沉重的心的儿子，就逃避了光明，溜回到家里，一个人关起了门躲在房间里，闭紧了窗子，把大好的阳光锁在外面，为他自己造成了一个人工的黑夜。他这一种怪脾气恐怕不是好兆,除非良言劝告可以替他解除心头的烦恼。

班伏里奥　伯父,您知道他的烦恼的根源吗?

蒙太古　我不知道,也没有法子从他自己嘴里探听出来。

班伏里奥　您有没有设法探问过他?

蒙太古　我自己以及许多其他的朋友都曾经探问过他,可是他把心事一起闷在自己肚里,总是守口如瓶,不让人家试探出来,正像一朵初生的蓓蕾,还没有迎风舒展它的嫩瓣,向太阳献吐它的娇艳,就给妒忌的蛀虫咬啮了一样。只要能够知道他的悲哀究竟是从什么地方来的,我们一定会尽心竭力替他找寻治疗的方案。

班伏里奥　瞧,他来了。请您站在一旁,等我去问问他究竟有些什么心事,看他理不理我。

蒙太古　但愿你留在这儿,能够听到他的真情的吐露。来,夫人,我们去吧。

(蒙太古夫妇同下)

【罗密欧上。

班伏里奥　早安,兄弟。

罗密欧　天还是这样早吗?

班伏里奥　刚才敲过九点钟。

罗密欧　唉!在悲哀里度过的时间似乎是格外长的。急忙忙地走过去的那个人,不就是我的父亲吗?

班伏里奥　正是。什么悲哀使罗密欧的时间过得这样长?

罗密欧　因为我缺少了可以使时间变为短促的东西。

班伏里奥　你跌进了恋爱的网里了吗?

罗密欧　我徘徊在恋爱的门外,因为我得不到我意中人的欢心。

班伏里奥　唉!想不到爱神的外表这样温柔,其实却如此残暴!

罗密欧　唉!想不到爱神蒙着眼睛,却会一直闯进了人们的心灵!我们在什么地方吃饭?哎哟!又是谁在这儿打过架了?可是不必告诉我,我早就知道了。这些都是怨恨造成的后果,可是爱情的力量比它还要大过许多。啊,吵吵闹闹的相爱,亲亲热热的怨恨!啊,无中生有的一切!啊,沉重的轻浮,严肃的狂妄,整齐的混乱,铅铸的羽毛,光明的烟雾,寒冷的火焰,憔悴的健康,永远觉醒的睡眠,否定的存在!我感觉到的爱情正是这么一种东西，可是我并不喜爱这一种爱情。你不会笑我吗？

班伏里奥　不，兄弟，我倒是有点儿想哭。

罗密欧　好人，为什么呢？

班伏里奥　因为瞧着你善良的心受到这样的痛苦。

罗密欧　唉！这就是爱情的错误，我自己已经有太多的忧愁重压在我的心头，你对我表示的同情，徒然使我在太多的忧愁之上，再加上一重忧愁。爱情是叹息吹起的一阵烟，恋人的眼中有它净化了的火星，恋人的眼泪是它激起的波涛；它又是最智慧的疯狂、哽喉的苦味、吃不到嘴的蜜糖。再见，兄弟。（欲去）

班伏里奥　且慢，让我跟你一块儿去；要是你就这样丢下了我，未免太不给我面子啦。

罗密欧　嘿！我已经遗失了我自己。我不在这儿，这不是罗密欧，他是在别的地方。

班伏里奥　老实告诉我，你所爱的是谁？

罗密欧　什么！你要我在痛苦呻吟中说出她的名字来吗？

班伏里奥　痛苦呻吟！不，你只要告诉我她是谁就得了。

罗密欧　叫一个病人郑重其事地立起遗嘱来！啊，对于一个病重的人，还有什么比这更刺痛他的心？老实对你说，兄弟，我是爱上了一个女人。

班伏里奥　我说你一定在恋爱，果然猜得不错。

罗密欧　好一个每发必中的射手！我所爱的是一位美貌的姑娘。

班伏里奥　好兄弟，目标越好，射得越准。

罗密欧　你这一箭就射岔了。丘必特的金箭不能射中她的心；她有狄安娜女神的圣洁，不让爱情稚弱的弓矢损害她的坚不可破的贞操。她不愿听任深怜密爱的词句把她包围，也不愿让灼灼逼人的眼光向她进攻，更不愿接受可以使圣人动心的黄金的诱惑。啊！美貌便是她巨大的财富，只可惜她一死以后，她的美貌也要化为黄土！

班伏里奥　那么她已经立誓终身守贞不嫁了吗？

罗密欧　她已经立下了这样的誓言，为了珍惜她自己，造成了莫大的浪费；因为她让美貌在无情的岁月中日渐枯萎，不知道替后世传留下她的绝世容华。她是个太美丽、太聪明的人儿，不应该剥夺她自身的幸福，使我抱恨终天。她已经立誓割舍爱情,我现在活着也就等于死去一般。

班伏里奥　听我的劝告,别再想起她了。

罗密欧　啊!那么你教我怎样忘记吧。

班伏里奥　你可以放纵你的眼睛,让它们多看几个世间的美人。

罗密欧　那不过格外使我觉得她的美艳无双罢了。那些吻着美人娇额的幸运的面罩,因为它们是黑色的缘故,常常使我们想起被它们遮掩的面庞不知应该多么娇丽。突然盲目的人,永远不会忘记存留在他消失了的视觉中的宝贵的影像。给我看一个姿容绝代的美人,她的美貌除了使我记起世上有一个人比她更美以外,还有什么别的用处?再见,你不能教我怎样忘记。

班伏里奥　我一定要证明我的意见不错,否则死了也不瞑目。(各下)

第二场　同前。街道

【凯普莱特、巴里斯及仆人上。

凯普莱特　可是蒙太古也负着跟我同样的责任;我想,像我们这样有了年纪的人,维持和平还不是难事。

巴里斯　你们两家都是很有名望的大族,结下了这样不解的冤仇,真是一件不幸的事。可是老伯,您对于我的求婚有什么见教?

凯普莱特　我的意思早就对您表示过了。我的女儿今年还没有满十四岁,完全是一个不懂事的孩子;再过两个夏天,才可以谈到亲事。

巴里斯　比她年纪更小的人,都已经做了幸福的母亲了。

凯普莱特　早结果的树木一定早凋。我在这世上什么希望都已经没有了,只有她是我的唯一的安慰。可是向她求爱吧,善良的巴里斯得到她的欢心;只要她愿意,我的同意是没有问题的。今天晚上,我要按照旧例,举行一次宴会,邀请许多亲友参加;您也是我所要邀请的一个,请您接受我的最诚挚的欢迎。在我的寒舍里,今晚您可以见到灿烂的群星翩然下降,照亮了黑暗的天空;在蓓蕾一样娇艳的女郎丛里,您可以充分享受青春的愉快,正像盛装的四月追随着残冬的足迹降临人世,在年轻人的心里充满着活跃的欢欣一样。您可以听一个够,看一个饱,从许多美貌的女郎中间，连我的女儿也在其内，拣一个最好的做您的意中人。来，跟我去。（以一纸交仆人）你去到维洛那全城走一转，一个一个去找这单子上有名字的人，请他们到我的家里来。（凯普莱特、巴里斯同下）

仆人　找这单子上有名字的人！人家说，鞋匠的针线，裁缝的钉锤，渔夫的笔，画师的网，各人有各人的职司；可是我们的老爷却叫我找这单子上有名字的人，我怎么知道写字的人在这上面写着些什么？我一定要找个识字的人。来得正好。

【班伏里奥及罗密欧上。

班伏里奥　不，兄弟，新的火焰可以把旧的火焰扑灭，大的苦痛可以使小的苦痛减轻；头晕目眩的时候，只要反方向再转上几圈；一桩绝望的忧伤，也可以用另一桩烦恼把它驱除。给你的眼睛找一个新的迷惑，你的原来的痼疾就可以霍然脱体。

罗密欧　你的药草只好医治——

班伏里奥　医治什么？

罗密欧　医治你的跌伤的胫骨。

班伏里奥　怎么，罗密欧，你疯了吗？

罗密欧　我没有疯，可是比疯人更不自由；关在牢狱里，不进饮食，挨受着鞭挞和酷刑——晚安，好朋友！

仆人　晚安！请问先生您念过书吗？

罗密欧　是的，这是我在不幸中的唯一资产。

仆人　也许您会不看着书念；可是请问您会不会看着字一个一个地念？

罗密欧　是我认得的字，我就会念。

仆人　您说得很老实，上帝保佑您！（欲去）

罗密欧　等一等，朋友，我会念。“玛丁诺先生暨夫人及诸位令爱；安赛尔美伯爵及诸位令妹；寡居之维特鲁维奥夫人；帕拉森西奥先生及诸位令侄女；迈丘西奥及其令弟伐伦泰因；凯普莱特叔父暨婶母及诸位贤妹；罗瑟琳贤侄女；丽维娅；伐伦西奥先生及其令表弟提伯尔特；路西奥及活泼之海丽娜。”好一群名士贤媛！请他们到什么地方去？

仆人　到我们家里吃饭去。

罗密欧　谁的家里？

仆人　我的主人的家里。

罗密欧　那还用问吗?

仆人　那么好,您不用问我,我就告诉您吧。我的主人就是那个有财有势的凯普莱特;要是您不是蒙太古家里的人,请您也来跟我们喝一杯酒,上帝保佑您!(下)

班伏里奥　在这一个凯普莱特家里按照旧例举行的宴会中,你所热恋的美人罗瑟琳也要跟着维洛那城里所有的绝色名媛一同出席。你也到那儿去吧,用不带成见的眼光,把她的容貌跟别人比较比较,你就可以知道你的天鹅不过是一只乌鸦罢了。

罗密欧　要是我的虔敬的眼睛会相信这种谬误的幻象,那么让眼泪变成火焰,把这一双罪状昭著的异教邪徒烧成灰烬吧!比我的爱人还美!烛照万物的太阳,自有天地以来也不曾看见过一个可以和她媲美的人。

班伏里奥　嘿!你看见她的时候,因为没有别人在旁边,你的两只眼睛里只有她一个人,所以你以为她是美丽的;可是在你那水晶的天秤里,要是把你的恋人跟另外一个我可以在这宴会里指点给你看的美貌的姑娘同时较量起来,那么她现在虽然仪态万方,那时候就要自惭形秽了。

罗密欧　我倒要去这一次;不是去看你所说的美人,只要看看我自己的爱人怎样大放光彩,我就心满意足了。(同下)

第三场　同前。凯普莱特家中一室

【凯普莱特夫人及乳媪上。

凯普莱特夫人　奶妈,我的女儿呢?叫她出来见我。

乳媪　凭着我十二岁时候的童贞发誓,我早就叫过她了。喂,小绵羊!喂,小鸟儿!上帝保佑!这孩子到什么地方去啦?喂,朱丽叶!

【朱丽叶上。

朱丽叶　什么事?谁叫我?

乳媪　你的母亲。

朱丽叶　母亲,我来了。您有什么吩咐?

凯普莱特夫人　是这么一件事。奶妈,你出去一会儿。我们要谈些秘密的话。——奶妈，你回来吧；我想起来了，你也应当听听我们的谈话。你知道我的女儿年纪也不算怎么小啦。

乳媪　对啊，我把她的生辰记得清清楚楚。

凯普莱特夫人　她现在还不满十四岁。

乳媪　我可以用我的十四颗牙齿打赌——唉，说来伤心，我的牙齿掉得只剩四颗啦！——她还没有满十四岁呢。现在离收获节还有多久？

凯普莱特夫人　两个星期多一点。

乳媪　不多不少，不先不后，到收获节的晚上她才满十四岁。苏珊跟她同年——上帝安息一切基督徒的灵魂！唉！苏珊是跟上帝在一起啦，我命里不该有这样一个孩子。可是我说过的，到收获节的晚上，她就要满十四岁啦。正是，一点不错，我记得清清楚楚的。自从地震那一年到现在，已经十一年啦。那时候她已经断了奶，我永远不会忘记，不先不后，刚巧在那一天；因为我在那时候用艾叶涂在奶头上，坐在鸽棚下面晒着太阳；老爷跟您那时候都在曼多亚。瞧，我的记性可不算坏。可是我说的，她一尝到我奶头上的艾叶的味道，觉得变苦啦，哎哟，这可爱的小傻瓜！她就发起脾气来，把奶头甩开啦，就在这时候，鸽子笼就摇起来了。我二话没说，拔腿就跑。这句话说来话长，算来也有十一年啦；后来她就慢慢儿会一个人站得直挺挺的，还会摇呀摆的到处乱跑，就是在她跌破额角的那一天，我那去世的丈夫——上帝安息他的灵魂！他是个喜欢说说笑笑的人——把这孩子抱了起来。“啊！”他说，“你扑在地上了吗？等你长大了，你就要仰在床上了；是不是呀，朱丽？”谁知道这个可爱的坏东西忽然停住了哭声，说：“嗯。”哎哟，真把人都笑死了！瞧瞧！这么些年前说的笑话这回成真了！要是我活到一千岁，我也再不会忘记这句话。“是不是呀，朱丽？”他说；这可爱的小傻瓜就停住了哭声，说：“嗯。”

凯普莱特夫人　得了得了，请你别说下去了吧。

乳媪　是，太太。可是我一想到她会停住了哭说“嗯”，就禁不住笑起来。不说假话，她额角上肿起了像小雄鸡的睾丸那么大的一个包哩；这一跤摔得真不轻，小家伙哭得可凶了。她痛得放声大哭；“啊！”我的丈夫说，“你扑在地上了吗？等你长大了，你就要仰在床上了；是不是呀，朱丽?”她就停住了哭声,说“嗯。”

朱丽叶　我说,奶妈,你也可以停嘴了。

乳媪　好,我不说啦,我不说啦。上帝保佑你!你是在我手里抚养长大的一个最可爱的小宝贝;要是我能够活到有一天瞧着你嫁了出去,也算了结我的一桩心愿啦。

凯普莱特夫人　是呀,我现在就是要谈起她的亲事。朱丽叶我的孩子,告诉我,要是现在把你嫁了出去,你觉得怎么样?

朱丽叶　这是我做梦也没有想到过的一件荣誉。

乳媪　一件荣誉!倘不是你只有我这一个奶妈,我一定要说你的聪明是从奶头上得来的。

凯普莱特夫人　好,现在你把婚姻问题考虑考虑吧。在这维洛那城里,比你再年轻点的千金小姐们,都已经做了母亲啦。就拿我来说吧,我在你现在这样的年纪,也已经生下了你。废话用不到多说,少年英俊的巴里斯已经来向你求过婚啦。

乳媪　真是一位好官人,小姐!像这样的一个男人,小姐,真是天下少有。哎哟!他才是一位十全十美的好郎君。

凯普莱特夫人　维洛那的夏天找不到这样一朵好花。

乳媪　是啊,他是一朵花,真是一朵好花。

凯普莱特夫人　你怎么说?你能不能喜欢这个绅士?今晚在我们家的宴会中,你就可以看见他。从年轻的巴里斯的脸上,你可以读到用秀美的笔写成的迷人的字句;一根根齐整的线条,交织成整个的一幅谐和的图画;要是你想探索这一卷美好的书中的奥秘,在他的眼角上可以找到微妙的诠释。这本珍贵的恋爱的经典,只缺少一帧可以使它相得益彰的封面;正像游鱼需要活水,美妙的内容也少不了美妙的外表陪衬。记载着金科玉律的宝籍,锁合在金漆的封面里,它的辉煌富丽为众目所共见;要是你做了他的封面,那么他所有的一切都属于你所有了。你们就平起平坐了。

乳媪　平起平坐?要比他大,有了男人,女人就变大了。

凯普莱特夫人　简简单单回答我,你能够接受巴里斯的爱吗?

朱丽叶　要是我看见了他以后,能够发生好感,那么我是准备喜欢他的。可是我的眼光的飞箭,倘然没有得到您的允许,是不敢大胆发射出去的呢。

【一仆人上。

仆人　太太,客人都来了,餐席已经摆好了,请您跟小姐快些出去。大家在厨房里埋怨着奶妈,什么都乱成一团糟,我要伺候客人去;请您马上就来。

凯普莱特夫人　我们就来了。朱丽叶,那伯爵在等着哩。

乳媪　去,孩子,快去找天天欢乐,夜夜良宵。(同下)

第四场　同前。街道

【罗密欧、迈丘西奥、班伏里奥及五六人或戴假面或持火炬上。

罗密欧　怎么!我们就用这一番话作为我们的进身之阶,还是就这么昂然直入,不说一句道歉的话?

班伏里奥　这种虚文俗套,现在早就不时兴了。我们用不到蒙着眼睛的丘必特,背着一张花漆的木弓,像个稻草人似的去吓那些娘儿们;也用不到跟着提示的人一句一句念那从书上默诵出来的登场白;凭他们把我们认做什么人,我们只要跳完一回舞,走了就完啦。

罗密欧　给我一个火炬,我不高兴跳舞。我的阴沉的心需要光明。

迈丘西奥　不,好罗密欧,我们一定要你陪着我们跳舞。

罗密欧　我实在不能跳。你们都有轻快的舞鞋;我只有铅一样沉重的灵魂,把我的身体牢牢地钉在地上,使我的脚步不能移动。

迈丘西奥　你是一个恋人,你就借丘必特的翅膀,高高飞起来吧。

罗密欧　他的羽镞已经穿透我的胸膛,我不能借着他的羽翼高翔;他束缚住了我整个的灵魂,爱的重担压得我向下坠沉。

迈丘西奥　爱是一件温柔的东西,要是你拖着它一起沉下去,那未免太难为它了。

罗密欧　爱是温柔的吗?它是太粗暴、太专横、太野蛮了。它像荆棘一样刺人。

迈丘西奥　要是爱情虐待了你,你也可以虐待爱情;它刺痛了你,你也可以刺痛它;这样你就可以战胜爱情。给我一个面具,让我把我的尊容藏起来;(戴假面)哎哟,好难看的鬼脸!再给我拿一个面具来把它罩住了吧。也罢,就让人家笑我丑,也有这一张鬼脸儿替我遮羞。

班伏里奥　来,敲门进去。大家一进门,就跳起舞来。

罗密欧　拿一个火炬给我。让那些无忧无虑的公子哥儿们去卖弄他们的舞步吧;莫怪我说句老气横秋的话,我对于这种玩意儿实在敬谢不敏,还是作个壁上旁观的人。

迈丘西奥　胡说!要是你已经没头没脑深陷在恋爱的泥沼里——恕我说这样的话——那么我们一定要拉你出来。来来来,别浪费时光啦!

罗密欧　天色已晚,哪里还有什么光?

迈丘西奥　我的意思是说:我们在浪费时间,这就像白天点灯一样。别曲解我的意思,用心来听比只用耳朵听要清楚得多。

罗密欧　我们去参加他们的舞会,实在没有什么恶意,只怕不是一件很明智的事。

迈丘西奥　为什么?请问。

罗密欧　昨天晚上我做了一个梦。

迈丘西奥　我也做了一个梦。

罗密欧　好,你做了什么梦?

迈丘西奥　我梦见做梦的人老是说谎。

罗密欧　一个人在睡梦里往往可以见到真实的事情。

迈丘西奥　啊!那么一定春梦婆来望过你了。

班伏里奥　春梦婆!她是谁?

迈丘西奥　她是精灵们的稳婆。她的身体只有郡吏手指上一颗玛瑙那么大;几匹蚂蚁大小的细马替她拖着车子,越过酣睡的人们的鼻梁。她的车辐是用蜘蛛的长脚做成的,车篷是蚱蜢的翅膀,挽索是如水的月光,马鞭是蟋蟀的骨头,缰绳是天际的游丝。替她驾车的是一只小小的灰色的蚊虫,它的大小还不及从一个贪懒丫头的指尖上挑出来的懒虫的一半。她的车子是野蚕用一个榛子的空壳替她造成,它们从古以来,就是精灵们的车匠。她每夜驱着这样的车子,穿过情人们的脑中,他们就会在梦里谈情说爱;经过官员们的膝上,他们就会在梦里打躬作揖;经过律师们的手指，他们就会在梦里伸手讨讼费；经过娘儿们的嘴唇，她们就会在梦里跟人家接吻，可是因为春梦婆讨厌她们嘴里吐出来的糖果气息，往往罚她们满嘴长着水泡。有时她会驰过廷臣的鼻子，他就会梦见有了个好差事；有时她从捐献给教会的猪身上拔下它的尾巴来，撩拨着一个牧师的鼻孔，他就会在梦中又领到一份俸禄；有时她绕过一个兵士的颈项，他就会梦见杀敌人的头、进攻、埋伏、锐利的剑锋、淋漓的痛饮，忽然被耳边的鼓声惊醒，咒骂几句，又翻个身睡去了。就是这一个春梦婆在夜里把马鬣打成了辫子，把懒女人的肮脏的乱发烘成一处处胶粘的硬块，倘然把它们梳通了，就要遭逢祸事；就是这个婆子在人家女孩子们仰面睡觉的时候，压在她们的身上，教会她们怎样养儿子；就是她——

罗密欧　得啦，得啦，迈丘西奥，别说啦！你全然在那儿痴人说梦。

迈丘西奥　对了，梦本来是痴人脑中的胡思乱想；它的本质像空气一样稀薄，它的变化莫测，就像一阵风，刚才还在向着冰雪的北方求爱，忽然发起恼来，一转身又到雨露的南方来了。

班伏里奥　你讲起的这一阵风，把我们自己不知吹到哪儿去了。人家晚饭都用过了，我们进去怕要太晚啦。

罗密欧　我怕也许是太早了。我觉得仿佛有一种不可知的命运，将要从我们今天晚上的狂欢开始它的恐怖的统治，我这可憎恨的生命，将要遭遇惨酷的夭折而告一结束。可是让支配我的前途的上帝指导我的行动吧！前进，勇敢的朋友们！

班伏里奥　来，把鼓擂起来。（全体在舞台上行进，然后站到台的一侧）

第五场　同前。凯普莱特家中厅堂

【仆人持餐巾上。

仆甲　卜得潘呢？他怎么不来帮忙把这些盆子拿下去？他不愿意搬碟子！他不愿意揩砧板！

仆乙　自己没有洗净手，却怪人家不懂规矩，这才糟糕！

仆甲　把折凳拿进去，把食器架搬开，留心打碎盆子。好兄弟，留一块杏仁酥给我；谢谢你去叫那管门的让苏珊跟耐儿进来。安东尼！卜得潘！

安东尼　呶，兄弟，我在这儿。

仆甲　里头在找着你，叫着你，问着你，到处寻着你。

仆乙　咱们可不能把一个身子分在两处呀。来，孩儿们，大家出力！（众仆退后）

【凯普莱特、朱丽叶、提伯尔特、乳媪及家仆自一方上；假面跳舞者等自另一方上，相遇。

凯普莱特　诸位朋友，欢迎欢迎！脚趾上不生茧子的小姐、太太们要跟你们跳一回舞呢。啊哈！我的小姐们，你们中间现在有什么人不愿意跳舞？我可以发誓，谁要是推三阻四的，一定脚上长着老大的茧；果然给我猜中了吗？诸位朋友，欢迎欢迎！我从前也曾经戴过假面，在一个标致姑娘的耳朵旁边讲些使得她心花怒放的话儿；这种时代现在是过去了，过去了，过去了。诸位朋友，欢迎欢迎！来，乐工们，奏起音乐来吧。（音乐起）站开些！站开些！让出地方来。姑娘们，跳起来吧。（跳舞）浑蛋，把灯点亮一点，把桌子一起搬掉，把火炉熄了，这屋子里太热啦。啊，好小子！这才玩得有兴。啊！请坐，请坐，好兄弟，我们两人现在是跳不起来的了；你还记得我们最后一次戴着假面跳舞是在什么时候？

凯普莱特族人　这句话说来也有三十年啦。

凯普莱特　什么，兄弟！没有这么久，没有这么久。那是在卢森修结婚那年，大概离开现在有二十五年模样，我们曾经跳过一次。

族人　不止了，不止了；他的儿子还要大一些，大哥，他的儿子也有三十岁啦。

凯普莱特　我难道不知道吗？他的儿子两年以前还没有成年哩。

罗密欧　（问一仆人）搀着那位骑士的手的那一位小姐是谁？

仆人　我不知道，先生。

罗密欧　　啊！火炬远不及她的明亮；
她皎然照耀在暮天颊上，
像黑奴耳边璀璨的珠环；
她是天上明珠降落人间！
瞧她随着女伴进退周旋，

像鸦群中一头白鸽翩跹。

我要等舞阑后追随左右，

握一握她那纤纤的素手。

我从前的恋爱是假非真，

今晚才遇见绝世的佳人！

提伯尔特　听这个人的声音，好像是一个蒙太古家里的人。孩儿，拿我的剑来。哼！这不知死活的奴才，竟敢套着一个鬼脸，到这儿来嘲笑我们的盛会吗？为了保持凯普莱特家族的光荣，我把他杀死了也不算是罪过。

凯普莱特　哎哟，怎么，侄儿！你怎么动起怒来啦？

提伯尔特　伯父，这是我们的仇家蒙太古家里的人；这贼子今天晚上到这儿来，一定不怀好意，存心来捣乱我们的盛会。

凯普莱特　他是罗密欧那小子吗？

提伯尔特　正是他，正是罗密欧这小杂种。

凯普莱特　别生气，好侄儿，让他去吧。瞧他的举动倒也规规矩矩；说句老实话，在维洛那城里，他也算得一个品行很好的青年。我无论如何不愿意在我自己的家里跟他闹事。你还是耐着性子，别理他吧。我的意思就是这样，你要是听我的话，赶快收下了怒容，和和气气的，不要打断了大家的兴致。

提伯尔特　这样一个贼子也来做我们的宾客，我怎么不生气？我不能容他在这儿放肆。

凯普莱特　不容也得容。哼，目无尊长的孩子！我偏要容他。嘿！谁是这里的主人？是你还是我？嘿！你容不得他！什么话！你要当着这些客人的面吵闹吗？你不服气，你要充好汉！

提伯尔特　伯父，咱们不能忍受这样的耻辱。

凯普莱特　得啦，得啦，你真是一点规矩都不懂。——你竟敢如此！你要捣蛋可要吃苦头了，我说话算数。——我知道你一定要跟我闹蹩扭！好，是该教训教训你了！漂亮！我的好人儿！——你是个放肆的孩子；去，别闹！不然的话——把灯再点亮些！把灯再点亮些！——不害臊的！我要叫你闭嘴。——啊！痛痛快快玩一下，我的好人儿们！

提伯尔特　我这满腔怒火偏给他浇下一盆冷水，好教我气得浑身起了哆嗦。

我且退下去；可是今天由他闯进了咱们的屋子，看他不会有一天得意翻成了后悔。（下）

罗密欧　（向朱丽叶）要是我这俗手上的尘污

　　亵渎了你的神圣的庙宇，

这两片嘴唇，含羞的信徒，

　　愿意用一吻乞求你宥恕。

朱丽叶　信徒，莫把你的手儿侮辱，

　　这样才是最虔诚的礼敬；

神明的手本许信徒接触，

　　掌心的密合远胜如亲吻。

罗密欧　生下了嘴唇有什么用处？

朱丽叶　　信徒的嘴唇要祷告神明。

罗密欧　那么我要祷求你的允许，

　　让手的工作交给了嘴唇。

朱丽叶　你的祷告已蒙神明允准。

罗密欧　　神明，请容我把殊恩受领。（吻朱丽叶）

这一吻涤清了我的罪孽。

朱丽叶　　你的罪却沾上我的唇间。

罗密欧　啊！责备得多好啊！这一次我要把罪恶收还。（吻朱丽叶）

朱丽叶　你连接吻都讲究章法。

乳媪　小姐，你妈要跟你说话。

罗密欧　谁是她的母亲？

乳媪　小官人，她的母亲就是这儿府上的太太，她是个好太太，又聪明，又贤德；我替她抚养她的女儿，就是刚才跟您说话的那个；告诉您吧，谁要是娶了她去，才发财咧。

罗密欧　她是凯普莱特家里的人吗？哎哟！我的生死现在操在我的仇人的手里了！

班伏里奥　走吧，跳舞快要完啦。

罗密欧　是的，我只怕盛筵易散，良会难逢。

凯普莱特　不，列位，请慢点儿去；我们还要请你们稍微用一点茶点。（某人在他耳边低语)真的吗？那么谢谢你们；各位朋友，谢谢，谢谢，再会，再会！再拿几个火把来！来，我们去睡吧。(对一位族人)啊，好小子！天真的不早了；我是要去休息一会儿。(除朱丽叶及乳媪外，俱下)

朱丽叶　过来，奶妈。那边的那位绅士是谁？

乳媪　提伯里奥那老头儿的儿子。

朱丽叶　现在跑出去的那个人是谁？

乳媪　呃，我想他就是那个年轻的比特鲁乔。

朱丽叶　那个跟在人家后面不跳舞的人是谁？

乳媪　我不认识。

朱丽叶　去问他叫什么名字——要是他已经结过婚，那么坟墓便是我的婚床。

乳媪　他的名字叫罗密欧，是蒙太古家里的人，咱们仇家的独子。

朱丽叶
　　恨灰中燃起了爱火融融，
　　要是不该相识，何必相逢！
　　昨天的仇敌，今日的情人，
　　这场恋爱怕要种下祸根。

乳媪　你在说什么？你在说什么？

朱丽叶　那是刚才一个陪我跳舞的人教给我的几句诗。(内呼“朱丽叶！”)

乳媪　就来，就来！——来，咱们去吧，客人们都已经散了。(同下)

开　场　诗

【致辞者上。

旧日的温情已尽付东流，
　新生的爱恋正如日初上；
为了朱丽叶的绝世温柔，
　忘却了曾为谁魂思梦想。
罗密欧爱着她媚人容貌，
　把一片痴心呈献给仇雠；
朱丽叶恋着他风流才调，
　甘愿被香饵钓上了金钩。
只恨解不开的世仇宿怨，
　这段山海深情向谁申诉？
幽闺中锁住了桃花人面，
　要相见除非是梦魂来去。
可是热情总会战胜辛艰，
苦味中间才有无限甘甜。（下）

第二幕

第一场　维洛那。凯普莱特花园墙外的小巷

【罗密欧上。

罗密欧　我的心还逗留在这里，我能够就这样掉头离去吗？回去吧，无知的飞蛾，重新扑向光明的火焰。（攀墙跳入内）

【班伏里奥及迈丘西奥上。

班伏里奥　罗密欧！罗密欧兄弟！

迈丘西奥　他是个乖巧的家伙；我说他一定溜回家去睡了。

班伏里奥　他往这条路上跑，跳进这花园的墙里去了。好迈丘西奥，你叫叫他吧。

迈丘西奥　不，我要念咒喊他出来。罗密欧！痴人！疯子！恋人！情郎！快快化作一声叹息出来吧！我不要你多说什么，只要你念一行诗，叹一口气，把咱们那位维纳斯奶奶恭维两句，替她的瞎眼儿子丘必特少爷取个绰号就行啦。这小爱神真是一位好射手，一箭射过去竟让国王爱上了女叫花子。他没有听见，他没有作声，他没有动静。这猴崽子难道死了吗？待我咒他的鬼魂出来。凭着罗瑟琳的光明的眼睛，凭着她的高额角，她的红嘴唇，她的玲珑的脚，挺直的小腿，弹性的大腿和大腿附近的那一部分，凭着这一切的名义，赶快给我现出真形来吧！

班伏里奥　他要是听见了，一定会生气的。

迈丘西奥　他才不会呢，除非咒得他情妇那圈圈里钻进去一个小怪物，直挺挺地竖在那里，不圈够了不低头。我的咒语光明正大，不过是借他情妇的名义要咒得他立起来罢了。

班伏里奥　来，他已经躲到树丛里，跟那多露水的黑夜作伴去了。爱情本来是盲目的，让他在黑暗里摸索去吧。

迈丘西奥　爱情要是盲目的，就射不中目标啦！现在他要坐在桃树下，盼望心上人变成一只桃子啦。桃子，那正是姑娘们咯咯笑着用来形容那个东西的。啊，罗密欧，罗密欧，但愿你的心上人变成一只裂了口的蜜桃，你变成一根青香蕉。罗密欧，晚安！我要上床睡觉去；这草地上太冷，我可受不了。来，咱们去吧。

班伏里奥　好，去吧，他要避着我们，找他也是白费辛苦。（同下）

第二场　同前。凯普莱特家花园

【罗密欧上。

罗密欧　没有受过伤的才会讥笑别人身上的创痕。（朱丽叶自上方出现。她立在窗前）轻声！那边窗子里亮起来的是什么光？那就是东方，朱丽叶就是太阳！起来吧，美丽的太阳！赶走那妒忌的月亮，她因为她的女弟子比她美得多，已经气得面色发白了。既然她这样妒忌着你，你不要皈依她吧；脱下她给你的这一身惨绿色的贞女的道服，它是只配给愚人穿着的。那是我的意中人。啊！那是我的爱。唉，但愿她知道我在爱着她！她欲言又止，可是她的眼睛已经道出了她的心事。待我去回答她吧；不，我不要太鲁莽，她不是对我说话。天上两颗最灿烂的星，因为有事离去，请求她的眼睛替代它们在空中闪耀。要是她的眼睛变成了天上的星，天上的星变成了她的眼睛，那便怎样呢？她脸上的光辉会掩盖了星星的明亮，正像灯光在朝阳下黯然失色一样；在天上的她的眼睛，会在太空中大放光明，使鸟儿们误认为黑夜已经过去而唱出它们的歌声。瞧！她用纤手托住了脸庞，那姿态是多么美妙！啊，但愿我是那一只手上的手套，好让我亲一亲她脸上的香泽！

朱丽叶　唉！

罗密欧　她说话了。啊！再说下去吧，光明的天使！因为我在这夜色之中仰视着你，就像一个尘世的凡人，张大了出神的眼睛，瞻望着 一个生着翅膀的天使，驾着白云缓缓驶过天空一样。

朱丽叶　罗密欧啊，罗密欧！为什么你偏偏是罗密欧呢？否认你的父亲，抛弃你的姓名吧；也许你不愿意这样做，那么只要你宣誓做我的爱人，我也不愿再姓凯普莱特了。

罗密欧　（旁白）我还是继续听下去呢，还是现在就对她说话？

朱丽叶　只有你的姓名才是我的仇敌；你即使不姓蒙太古，仍然是这样的一个你。姓不姓蒙太古又有什么关系呢？它又不是手，又不是脚，又不是手臂，又不是脸，又不是身体上任何其他的部分。啊！换一个姓名吧！姓名本来是没有意义的；我们叫作玫瑰的这一种花，要是换了个名字，它的香味还是同样的芬芳；罗密欧要是换了别的名字，他的可爱的完美也决不会有丝毫改变。罗密欧，抛弃了你的名字吧；我愿意把我整个的心魂，赔偿你这一个身外的空名。

罗密欧　那么我就听你的话，你只要把我叫作爱，我就有了一个新的名字；从今以后，永远不再叫罗密欧了。

朱丽叶　你是什么人，在黑夜里躲躲闪闪地偷听人家的说话？

罗密欧　我没法告诉你我叫什么名字。敬爱的神明，我痛恨我自己的名字，因为它是你的仇敌；要是把它写在纸上，我一定把这几个字撕得粉碎。

朱丽叶　我的耳朵里还没有灌进从你嘴里吐出来的一百个字，可是我认识你的声音；你不就是罗密欧——蒙太古家里的人吗？

罗密欧　不是，美人，要是你不喜欢这两个名字。

朱丽叶　告诉我，你怎么会到这儿来，为什么到这儿来？花园的墙这么高，不是容易爬得上的；要是我家里的人瞧见你在这儿，他们一定不让你活命。

罗密欧　我借着爱的轻翼飞过围墙，因为瓦石的墙垣是不能把爱情阻隔的；爱情的力量所能够做到的事，它都会冒险尝试，所以我不怕你家里人的干涉。

朱丽叶　要是他们瞧见了你，一定会把你杀死的。

罗密欧　唉！你的眼睛比他们二十柄刀剑还厉害；只要你用温柔的眼光看

着我,他们就不能伤害我的身体。

朱丽叶　我怎么也不愿让他们瞧见你在这儿。

罗密欧　朦胧的夜色可以替我遮过他们的眼睛。只要你爱我,就让他们瞧见我吧;与其因为得不到你的爱情而在这世上挨命,还不如在仇人的刀剑下丧生。

朱丽叶　谁叫你找到这儿来的?

罗密欧　爱情怂恿我探听出这一个地方;他替我出主意,我借给他眼睛。我不会操舟驾舵,可是倘使你在辽远辽远的海滨,我也会踏着风波把你寻访。

朱丽叶　幸亏黑夜替我罩上了一重面幕,否则为了我刚才被你听去的话,你一定可以看见我脸上羞愧的红晕。我真想遵守礼法,否认已经说过的言语,可是这些虚文俗礼,现在只好一切置之不顾了!你爱我吗?我知道你一定会说"是的",我也一定会相信你的话;可是也许你起的誓只是一个谎,人家说,对于恋人们的寒盟背信,上苍是一笑置之的。温柔的罗密欧啊!你要是真的爱我,就请你诚意告诉我;你要是嫌我太容易降心相从,我也会堆起怒容,装出倔强的神气,拒绝你的好意,好让你向我宛转求情,否则我是无论如何不会拒绝你的。俊秀的蒙太古啊,我真的太痴心了,所以也许你会觉得我的举动有点轻浮;可是相信我,朋友,总有一天你会知道我的忠心远胜过那些善于矜持作态的人。我必须承认,倘不是你趁我不备的时候偷听去了我的真情的表白,我一定会更加矜持一点的;所以原谅我吧,是黑夜泄漏了我心底的秘密,不要把我的允诺看作了轻狂。

罗密欧　姑娘,凭着这一轮皎洁的月亮,它的银光涂染着这些果树的梢端,我发誓——

朱丽叶　啊!不要指着月亮起誓,它是变化无常的,每个月都有盈亏圆缺;你要是指着它起誓,也许你的爱情也会像它一样无常。

罗密欧　那么我指着什么起誓呢?

朱丽叶　不用起誓吧;或者要是你愿意的话,就凭着你优美的自身起誓,那是我所崇拜的偶像,我一定会相信你的。

罗密欧　要是我的出自深心的爱情——

朱丽叶　好，别起誓啦。我虽然喜欢你，却不喜欢今天晚上的密约；它是太仓促，太轻率，太出人意外了，正像一闪电光，等不及人家开一声口，已经消隐了下去。好人，再会吧！这一朵爱的蓓蕾，靠着夏天的暖风的吹嘘，也许会在我们下次相见的时候，开出鲜艳的花来。晚安，晚安！但愿恬静的安息同样降临到你我两人的心头！

罗密欧　啊！你就这样离我而去，不给我一点满足吗？

朱丽叶　你今夜还要什么满足呢？

罗密欧　你还没有把你的爱情的忠实的盟誓跟我交换。

朱丽叶　在你没有要求以前，我已经把我的爱给了你了；可是我很愿意再把它重新收回转来。

罗密欧　你要把它收回去吗？为什么呢，爱人！

朱丽叶　为了表示我的慷慨，我要把它重新给你。可是这样等于希望得到自己拥有的东西：我的慷慨像海一样浩渺，我的爱情也像海一样深沉；我给你的越多，我自己也越是富有，因为这两者都是没有穷尽的。（乳媪在内呼唤）我听见里面有人在叫；亲爱的，再会吧！——就来了，好奶妈！——亲爱的蒙太古，愿你不要负心。再等一会儿，我就会来的。（自上方下）

罗密欧　幸福的，幸福的夜啊！我怕我只是在晚上做了一个梦，这样美满的事不会是真实的。

【朱丽叶自上方重上。

朱丽叶　亲爱的罗密欧，再说三句话，我们真的要再会了。要是你的爱情的确是光明正大，你的目的是在于婚姻，那么明天我会叫一个人到你的地方来，请你叫他带一个信给我，告诉我你愿意在什么地方什么时候举行婚礼；我就会把我的整个命运交托给你，把你当作我的主人，跟随你到世界的尽头。

乳媪　（在内）小姐！

朱丽叶　就来——可是你要是没有诚意，那么我请求你——

乳媪　（在内）小姐！

朱丽叶　等一等，我来了。——停止你的求爱，让我一个人独自伤心吧。明天我就叫人来看你。

罗密欧　凭着我的灵魂——

朱丽叶　一千次的晚安！（自上方下）

罗密欧　晚上没有你的光，我只有一千次的心伤！恋爱的人去赴他情人的约会，像一个放学归来的儿童；可是当他和情人分别的时候，却像上学去一般满脸懊丧。（退后）

【朱丽叶自上方重上。

朱丽叶　嘘！罗密欧！嘘！唉！我希望我会发出呼鹰的声音，召这头鹰儿回来。我不能高声说话，否则我要夺取厄科的洞穴[①]，让她的无形的喉咙因为反复叫喊着我的罗密欧的名字而变成嘶哑。罗密欧！

罗密欧　那是我的灵魂在叫喊着我的名字。恋人的声音在晚间多么清婉，听上去就像最柔和的音乐！

朱丽叶　罗密欧！

罗密欧　我的小鸟！

朱丽叶　明天我应该在什么时候叫人来看你？

罗密欧　就在九点钟吧。

朱丽叶　我一定不失信；挨到那个时候，该有二十年那么长久！我记不起为什么要叫你回来。

罗密欧　让我站在这儿，等你记起来告诉我。

朱丽叶　你这样站在我的面前，我一心想着多么爱跟你在一块儿，一定永远记不起来了。

罗密欧　那么我就永远等在这儿，让你永远记不起来，忘记除了这里以外还有什么家。

朱丽叶　天快要亮了，我希望你快去；可是我就好比一个被惯坏的女孩子，像放松一个囚犯似地让她心爱的鸟儿暂时跳出她的掌心，又用一根丝线把它拉了回来，爱的私心使她不愿意给它自由。

罗密欧　我但愿我是你的鸟儿。

朱丽叶　好人，我也但愿这样；可是我怕你会死在我的过分的爱抚里。晚

---

① 厄科是希腊神话中的仙女，因恋爱美少年那喀索斯不遂而形消体灭，化为山谷中的回声。

安！晚安！离别是这样甜蜜的凄清，我真要向你道晚安直到天明！（自上方下）

罗密欧　　但愿睡眠合上你的眼睛！
但愿平和安息我的心灵！
我如今要去向神父求教，
把今宵的艳遇诉他知晓。（下）

第三场　同前。劳伦斯神父的寺院

【劳伦斯神父携篮上。

劳伦斯　　黎明笑向着含愠的残宵，
金鳞浮上了东方的天梢，
看赤轮驱走了片片乌云，
像一群醉汉向四处狼奔。
趁太阳还没有睁开火眼，
晒干深夜里的涔涔露点，
我待要采摘下满箧盈筐，
毒草灵葩充实我的青囊。
大地是生化万类的慈母，
她又是掩藏群生的坟墓，
试看她无所不载的胸怀，
乳哺着多少的姹女婴孩！
天生下的万物没有弃掷，
什么都有它各自的特色，
石块的冥顽，草木的无知，
都含着玄妙的造化生机。
莫看那蠢蠢的恶木莠蔓，
对世间都有它特殊贡献；
即使最纯良的美谷嘉禾，
用得失当也会害性戕躯。

美德的误用会变成罪过，
罪恶有时反会造成善果。
这一朵有毒的弱蕊纤苞，
也会把淹煎的痼疾医疗；
它的香味可以祛除百病，
吃下腹中却会昏迷不醒。
草木和人心并没有不同，
各自有善意和恶念争雄；
恶的势力倘然占了上风，
死便会蛀蚀进它的心中。

【罗密欧上。

罗密欧　早安，神父。

劳伦斯　上帝祝福你！是谁的温柔的声音这么早就在叫我？孩子，你一早起身，一定有什么心事。老年人因为多忧多虑，往往容易失眠，可是身心壮健的青年，一上床就应该酣然入睡；所以你的早起，倘不是因为有什么烦恼，一定是昨夜没有睡觉。

罗密欧　你的第二个猜测是对的；我昨夜享受到比睡眠更甜蜜的安息。

劳伦斯　上帝饶恕我们的罪恶！你是跟罗瑟琳在一起吗？

罗密欧　跟罗瑟琳在一起，我的神父？不，我已经忘记那一个名字，和那名字带来的烦恼。

劳伦斯　那才是我的好孩子。可是你究竟在什么地方呢？

罗密欧　我愿意在你没有问我第二遍以前告诉你。昨天晚上我跟我的仇敌在一起宴会，突然有一个人伤害了我，同时她也被我伤害了；只有你的帮助和你的圣药，才会医治我们两人的重伤。神父，我并不怨恨我的敌人，因为瞧，我来向你请求的事，不单为了我自己，也同样为了她。

劳伦斯　好孩子，说明白一点，把你的意思老老实实告诉我，别打哑谜了。

罗密欧　那么老实告诉你吧，我心底的一往深情，已经完全倾注在凯普莱特的美丽的女儿身上了。她也是同样爱着我；一切都完全定当了，只要你肯替我们主持神圣的婚礼。我们在什么时候遇见，在什么地方求爱，怎样彼此交换着盟誓，这一切我都可以慢慢儿告诉你；可是无论如何，请你一定答应就在今天替我们成婚。

劳伦斯　圣芳济啊！多么快的变化！难道你所深爱着的罗瑟琳，就这样一下子被你抛弃了吗？这样看来，年轻人的爱情都是见异思迁，不是发于真心的。耶稣，马利亚！你为了罗瑟琳的缘故，曾经用多少的眼泪洗过你消瘦的脸庞！为了替无味的爱情添加一点辛酸的味道，曾经浪费掉多少的咸水！太阳还没有扫清你吐向苍穹的怨气，我这龙钟的耳朵里还留着你往日的呻吟；瞧！就在你自己的颊上，还剩着一丝不曾揩去的旧时的泪痕。要是你不曾变了一个人，这些悲哀都是你真实的情感，那么你是罗瑟琳的，这些悲哀也是为罗瑟琳而发；难道你现在已经变心了吗？男人既然这样没有恒心，那就莫怪女人家水性杨花了。

罗密欧　你常常因为我爱罗瑟琳而责备我。

劳伦斯　我的学生，我不是说你不该恋爱，我只叫你不要因为恋爱而发痴。

罗密欧　你又叫我把爱情埋葬在坟墓里。

劳伦斯　我没有叫你把旧的爱情埋葬了，再去另找新欢。

罗密欧　请你不要责备我；我现在所爱的她，跟我心心相印，不像前回那个一样。

劳伦斯　啊，罗瑟琳知道你对她的爱情完全抄着人云亦云的老调，你还没有读过恋爱入门的一课哩。可是来吧，朝三暮四的青年，跟我来；为了一个理由，我愿意帮助你一臂之力：因为你们的结合也许会使你们两家释嫌修好，那就是天大的幸事了。

罗密欧　啊！我们就去吧，我巴不得越快越好。

劳伦斯　凡事三思而行，跑得太快是会滑倒的。（同下）

第四场　同前。街道

【班伏里奥及迈丘西奥上。

迈丘西奥　见鬼的，这罗密欧究竟到哪儿去了？他昨天晚上没有回家吗？

班伏里奥　没有，我问过他的仆人了。

迈丘西奥　哎哟！那个白面孔狠心肠的女人，那个罗瑟琳，把他虐待得一定要发疯了。

班伏里奥　提伯尔特，凯普莱特那老头子的亲戚，有一封信送在他父亲那里。

迈丘西奥　一定是一封挑战书。

班伏里奥　罗密欧一定会给他一个答复。

迈丘西奥　只要会写几个字，谁都会写一封复信。

班伏里奥　不，我说他一定会接受他的挑战。

迈丘西奥　唉！可怜的罗密欧！他已经死了，一个白女人的黑眼睛戳破了他的心；一支恋歌穿过了他的耳朵；瞎眼的丘必特的箭把他当胸射中；他现在还能够抵得住提伯尔特吗？

班伏里奥　提伯尔特是个什么人？

迈丘西奥　我可以告诉你，他不是个平常的阿猫阿狗。啊！他是个礼数周到的人。他跟人打起架来，就像照着乐谱唱歌一样，一板一眼都不放松，一秒钟的停顿，然后一、二、三，刺进人家的胸膛。他全然是个穿礼服的屠夫，一个决斗专家、名门贵胄、击剑能手。啊！那了不得的侧击！那反击！那直中要害的一剑！

班伏里奥　那什么？

迈丘西奥　让这帮拿腔做调、扭扭捏捏的家伙见鬼去吧！这帮怪声怪气的家伙！什么“耶稣在上，好一把利刃！好一条彪形大汉！好一个风流婊子！”我说老爷子，遇上这么一群满嘴法国话的绿头蝇咱们算是倒了八辈子大霉，这帮时髦家伙，赶新潮赶得连旧板凳都坐不住了——“唉哟！我的屁股！唉哟！我的屁股！”

【罗密欧上。

班伏里奥　罗密欧来了，罗密欧来了。

迈丘西奥　瞧他孤零零的神气，倒像一条风干的咸鱼。啊呀！你这一身腱子肉怎么就变成了干咸鱼！现在他又要念起彼特拉克的诗句来了。罗拉比起他的情人来不过是个灶下的丫头，虽然她有一个会做诗的爱人；狄多是个蓬头垢面的村妇；克莉奥佩屈拉是个吉卜赛姑娘；海伦、希罗都是下流的娼妓；提斯柏也许有一双美丽的灰色眼睛，可是也不配相提并论。罗密欧先生，向你的法国裤子致以法国式的敬礼！昨天晚上你跟我们开了一个多大的玩笑啊。

罗密欧　二位大哥早上好！昨晚我开了什么玩笑？

迈丘西奥　你昨天晚上逃走得好，你还不明白吗？

罗密欧　原谅原谅，迈丘西奥，当时情况实在紧急，只好不顾礼节了。

迈丘西奥　就是说，那种情况下你只好弯弯腿了。

罗密欧　你是说赔个礼。

迈丘西奥　猜得可真够规矩的。

罗密欧　猜得可真够彬彬有礼的。

迈丘西奥　我是百里挑一的文明礼貌之花，知道不？

罗密欧　挑出来的花？

迈丘西奥　正是。

罗密欧　那你看我脚下舞鞋上的花不也是挑出来的？

迈丘西奥　回答得漂亮。那就劳你陪我把这玩笑开下去，直到把你那双鞋子的底儿磨穿，那时候你的笑话就没底没帮成了光秃秃一个傻蛋。

罗密欧　啊，光秃秃的笑话；我的笑话成了秃头，你这说笑话的也就该成不折不扣的傻瓜蛋了。

迈丘西奥　好班伏里奥，快来帮一把，我的脑袋没他的快。

罗密欧　那就再加上几鞭，要不我就宣告获胜了。

迈丘西奥　比机灵要是像赛马，领先的那匹爱怎么撒野就怎么撒，落在后边的只有死命追赶，那么我确实就输定了。因为要论撒野，我就是再长四个脑袋也比不上你这只一个脑袋的野鹅。怎么样，这下压你一头了吧。

罗密欧　除了找母鹅这一桩，你什么事也压不了我。

迈丘西奥　冲你这句话，我真恨不得咬你一口。

罗密欧　好鹅，千万咬不得。

迈丘西奥　你刚才的笑话像是辛辣的调味汁。

罗密欧　浇在烤鹅的头上不是正好？

迈丘西奥　咱们的笑话像是牛皮糖，越拉越长。

罗密欧　你这说笑话的就像野鹅，越撑越胖。

迈丘西奥　你看看，这不比哼哼唧唧谈恋爱强？现在你合群了，无论禀性还是修养都是真正的罗密欧了。告诉你，恋爱是一个痴呆儿，伸着舌头流着口水，东跑西颠，四处找洞儿塞他那根棍子。

班伏里奥　行了，行了，到此为止。

迈丘西奥　你要我克制本性，在这节骨眼儿上打住？

班伏里奥　再说下去，你就越来越粗。

迈丘西奥　这一回你弄错了，我这话已经戳到了底，正想往回缩呢，不准备瞎耽误了。

罗密欧　瞧，好戏要开场啦！

【乳媪及仆人彼得上。

罗密欧　一条帆船，一条帆船！

迈丘西奥　两条，是两条，一公一母。

乳媪　彼得！

彼得　有！

乳媪　彼得，我的扇子。

迈丘西奥　好彼得，替她把脸遮了；因为她的扇子比她的脸好看一点。

乳媪　早安，列位先生。

迈丘西奥　晚安，好太太。

乳媪　是道晚安的时候了吗？

迈丘西奥　没错，日晷上的指针正顶着中午那一点呢。

乳媪　去你的，你是什么人！

罗密欧　好太太，上帝造了他，可他却不知自重。

乳媪　他说"不知自重"，多会说话啊。列位先生，你们有谁能告诉我，在哪儿能找着年轻的罗密欧？

罗密欧　这我可以告诉你，只怕是等你找着他时，罗密欧可就要老了点儿了。天下同名同姓的人多着呢，你要是在同名人里找不着一个更坏的，我倒是那个最年轻的。

乳媪　说得多好啊。

迈丘西奥　哼，最坏的也好？不错不错，有道理，有道理。

乳媪　先生，您要就是他，我要跟您说句悄悄话儿。

班伏里奥　她要拉他吃晚饭去。

迈丘西奥　一个拉皮条的，拉皮条的！来啦，来啦！

罗密欧　来什么啦？

迈丘西奥　没来嫩的，来了个老的，守斋馅饼里做馅用的老鸡，走味了，长霉了，可难咽啦。（绕众人唱）

好一只秃头老母鸡，
好一只秃头老母鸡，
饿急了解馋过得去；
要是一只老野鸡，
脱光了羽毛可没法骑。

罗密欧，你到不到你父亲那儿去？我们要在那边吃饭。

罗密欧　我就来。

迈丘西奥　再见，老太太。（唱）再见，我的好姑娘！（迈丘西奥、班伏里奥下）

乳媪　好，再见！先生，这个满嘴胡说八道的放肆的家伙是什么人？

罗密欧　奶妈，这位先生最喜欢听他自己讲话。他在一分钟里所说的话，比他在一个月里听人家讲的话还多。

乳媪　要是他对我说了一句不客气的话，尽管他力气再大一点，我也要给他一顿教训；这种家伙二十个我都对付得了，要是对付不了，我会叫那些对付得了他们的人来。混账东西！他把老娘看作什么人啦？我不是那些烂污婊子，由得他随便取笑的。（向彼得）你也是个好东西，看着人家把我欺侮，站在旁边一动也不动！

彼得　我没有看见什么人欺侮你；要是我看见了，一定会立刻拔出刀子来的。碰到吵架的事，只要理直气壮，打起官司来不怕人家，我是从来不肯落在人家后头的。

乳媪　哎哟！真把我气得浑身发抖。混账的东西！对不起，先生，让我跟您说句话儿。我刚才说过的，我家小姐叫我来找您；她叫我说些什么话我可不能告诉您；可是我要先明白对您说一句，要是正像人家说的，您想骗她做一场春梦，那可真是人家说的一件顶坏的行为；因为这位姑娘年纪还小，所以您要是欺骗了她，实在是一桩对无论哪一位好人家的姑娘都是对不起的事情，而且也是一桩顶不应该的举动。

罗密欧　奶妈，请你替我向你家小姐致意。我可以对你发誓——

乳媪　很好,我就这样告诉她。主啊!主啊!她听见了一定会非常欢喜的。

罗密欧　奶妈,你去告诉她什么话呢?你没有听我说呀。

乳媪　我就对她说您发过誓了,那可以证明您是一位正人君子。

罗密欧　你请她今天下午想个法子出来到劳伦斯神父的寺院里忏悔,就在那个地方举行婚礼。这几个钱是给你的酬劳。

乳媪　不,真的,先生,我一个钱也不要。

罗密欧　别客气了,你还是拿着吧。

乳媪　今天下午吗,先生?好,她一定会去的。

罗密欧　好奶妈,请你在这寺墙后面等一等,就在这一点钟之内,我要叫我的仆人去拿一捆扎得像船上的软梯一样的绳子来给你带去;在秘密的夜里,我要凭着它攀登我的幸福的尖端。再会!愿你对我们忠心,我一定不会有负你的辛劳。再会!替我向你的小姐致意。

乳媪　天上的上帝保佑您!先生,我对您说。

罗密欧　你有什么话说,我的好奶妈?

乳媪　您那仆人可靠得住吗?您不听见老古话说,两个人知道是秘密,三个人知道就不是秘密吗?

罗密欧　你放心吧,我的仆人是再可靠不过的。

乳媪　好先生,我那小姐是个最可爱的姑娘——主啊!主啊!——那时候她还是个咿咿呀呀怪会说话的小东西——啊!本地有一位叫做巴里斯的贵人,他巴不得把我家小姐抢到手里;可是她,好人儿,瞧他比瞧一只蛤蟆还讨厌。我有时候对她说巴里斯人品不错,你才不知道哩。她一听见这样的话,就会气得面如土色。请问婚礼用的罗丝玛丽花和罗密欧是不是同一个字开头的呀?

罗密欧　是呀,奶妈。怎么啦?都是罗字开头的。

乳媪　啊,别逗啦!那是狗的名字啊。罗就是那个——不对。我知道一定是另外一个字起头的。她还把你和罗丝玛丽花连在一块儿,还有什么诗,我念都念不来,反正你听了一定欢喜。

罗密欧　替我向你小姐致意。

乳媪　一定一定。(罗密欧下)彼得!

彼得　有!

乳媪 （将手中扇子交给他）给我带路，快些走。（同下）

第五场 同前。凯普莱特家花园

【朱丽叶上。

朱丽叶 我在九点钟差奶妈去，她答应在半小时以内回来。也许她碰不见他；那是不会的。啊！她的脚走起路来不大方便。恋爱的使者应当是思想，因为它比驱散山坡上的阴影的太阳光还要快过十倍；所以维纳斯的云车是用白鸽驾驶的，所以凌风而飞的丘必特生着翅膀。现在太阳已经升上中天，从九点钟到十二点钟是三个长长的钟点，可是她还没有回来。要是她是个有感情、有温暖的青春血液的人，她的行动一定会像球儿一样敏捷，我用一句话就可以把她抛到我的心爱的情人那里，他也可以用一句话把她抛回到我这里；可是老年纪的人，大多像死人一般，手脚滞钝，呼唤不灵，慢吞吞地没有一点精神。

【乳媪及彼得上。

朱丽叶 啊，上帝！她来了。啊，好心肝奶妈！什么消息？你碰到了他吗？叫那个人出去。

乳媪 彼得到门口去等着。（彼得下）

朱丽叶 亲爱的好奶妈——哎呀！你怎么一脸的懊恼？即使是坏消息，你也应该装着笑容说；如果是好消息，你就不该用这副难看的脸色奏出美妙的音乐来。

乳媪 我累死了，让我歇一会儿吧。哎呀，我的骨头好痛！我赶了多少的路！

朱丽叶 我但愿把我的骨头给你，你的消息给我。求求你，快说呀，好奶妈，说呀。

乳媪 耶稣哪！你忙着什么？你不能等一下子吗？你不见我气都喘不过来吗？

朱丽叶 你既然气都喘不过来，那么你怎么会告诉我说你气都喘不过来？你费了这么久的时间推三阻四的，要是干脆告诉了我，还不是几句话就完了。我只要你回答我，你的消息是好的还是坏的？只要先回答我一个字，详细的话儿慢慢再说好了。快让我知道了吧，是好消息还是坏消息？

乳媪　好，你是个傻孩子，选中了这么一个人；你不知道怎样选一个男人。罗密欧！不，他不行，虽然他的脸长得比人家漂亮一点，可是他的腿才长得有样子；讲到他的手、他的脚、他的身体，虽然这种话是不大好出口，可是的确谁也比不上他。他不是顶懂得礼貌，可是温柔得就像一头羔羊。好，看你的运气吧，姑娘，好好敬奉上帝。怎么，你在家里吃过饭了吗？

朱丽叶　没有，没有。你这些话我都早就知道了。他对于结婚的事情怎么说？

乳媪　主啊！我的头痛死了！我害了多厉害的头痛！痛得好像要裂成二十块似的。还有我那一边的背痛，哎哟，我的背！我的背！你的心肠真好，叫我到外边东奔西走去寻死。

朱丽叶　害你这样不舒服，我真是说不出的抱歉。亲爱的，亲爱的，亲爱的奶妈，告诉我，我的爱人说些什么话？

乳媪　你的爱人说——他说得很像个老老实实的绅士，很有礼貌，很和气，很漂亮，而且也很规矩——你的妈呢？

朱丽叶　我的妈！她就在里面，她还会在什么地方？你回答得多么古怪："你的爱人说，他说得很像个老老实实的绅士，你的妈呢？"

乳媪　哎哟，圣母娘娘！你这样性急吗？哼！反了反了，这就是你瞧着我筋骨酸痛而替我涂上的药膏吗？以后还是你自己去送信吧。

朱丽叶　别缠下去啦！快些，罗密欧怎么说？

乳媪　你已经得到准许今天去忏悔吗？

朱丽叶　我已经得到了。

乳媪　那么你快到劳伦斯神父的寺院里去，有一个丈夫在那边等着你去做他的妻子。现在你的脸红起来啦。你到教堂里去吧，我还要到别处去搬一张梯子来，等到天黑的时候，你的爱人就可以凭着它爬进鸟窠里。我就是这个劳碌命；为了你的快乐累坏了自己。好啦，今天晚上你也要负起一个重担来啦。去吧，我还没有吃过饭呢。

朱丽叶　我要找寻我的幸运去！好奶妈，再会。（各下）

第六场　同前。劳伦斯神父的寺院

【劳伦斯神父及罗密欧上。

劳伦斯　愿上天祝福这神圣的结合，不要让日后的懊恨把我们谴责！

罗密欧　阿门，阿门！可是无论将来会发生什么悲哀的后果，都抵不过我在看见她这短短一分钟内的欢乐。不管侵蚀爱情的死亡怎样伸展它的魔手，只要你用神圣的言语把我们的灵魂结为一体，让我能够称她一声我的人，我也就不再有什么遗恨了。

劳伦斯　这种狂暴的快乐将会产生狂暴的结局，正像火和火药的亲吻，就在最得意的一刹那烟消云散。最甜的蜜糖可以使味觉麻木；不太热烈的爱情才会维持久远。太快和太慢，结果都不会圆满。

【朱丽叶上。

劳伦斯　这位小姐来了。啊！这样轻盈的脚步，是永远不会踩破神龛前的砖石的；一个恋爱中的人，可以踏在随风飘荡的蛛网上而不会跌下，幻妄的幸福使他灵魂飘然轻举。

朱丽叶　晚安，神父。

罗密欧　啊，朱丽叶！要是你感觉到像我一样多的快乐，要是你的灵唇慧舌能够宣述你心中的快乐，那么让空气中满布着从你嘴里吐出来的芳香，用无比的妙药，把这一次会晤中我们两人给予彼此的无限欢欣倾吐出来吧。

朱丽叶　充实的思想不在于语言的富丽；只有乞儿才能够计数他的家私。真诚的爱情充溢在我的心里，我无法估计自己享有的财富。

劳伦斯　来，跟我来，我们要把这件事情早点办好；因为在神圣的教会没有把你们两人结合以前，你们两人是不能在一起的。（同下）

第三幕

第一场　维洛那。广场

【迈丘西奥、班伏里奥、侍童及若干仆人上。

班伏里奥　好迈丘西奥，咱们还是回去吧。天这么热，凯普莱特家里的人满街都是，要是碰到了他们，又免不了一场吵架；因为在这种热的天气，一个人的脾气最容易暴躁起来。

迈丘西奥　你就像这么一种家伙，他们跑进了酒店的门，把剑在桌子上一放，说，“上帝保佑我不要用到你！”等到两杯喝罢，他就无缘无故拿起剑来跟酒保吵架。

班伏里奥　我难道是这样一种人吗？

迈丘西奥　得啦得啦，你的坏脾气比得上意大利无论哪一个人；动不动就要生气，一生气就要乱动。

班伏里奥　再以后怎样呢？

迈丘西奥　哼！要是有两个像你这样的人碰在一起，结果总会一个也没有，因为大家都要把对方杀死了方肯罢休。你！嘿，你会因为比人家多一根或是少一根胡须就跟人家吵架。瞧见人家咬栗子，你也会跟他闹翻，你的理由只是因为你有一双栗色的眼睛。除了生着这样一双眼睛的人以外，谁还会像这样吹毛求疵地去跟人家寻事？你的脑袋里装满了惹是招非的念头，正像鸡蛋里装满了蛋黄蛋白，虽然为了惹是招非的缘故,你的脑袋曾经给人打得像个坏蛋一样。你曾经为了有人在街上咳了一声而跟他吵架,因为他咳醒了你那条在太阳底下睡觉的狗。不是有一次你因为看见一个裁缝在复活节以前穿起他的新背心来,所以跟他大闹吗?不是还有一次因为他用旧带子系他的新鞋子,所以又跟他大闹吗?现在你却要叫我不要跟人家吵架!

班伏里奥　要是我像你一样爱吵架,不消一时半刻,我的性命早就卖给人家了。——拿头颅保证!凯普莱特家里的人来了。

迈丘西奥　拿脚跟保证,我才不在乎呢!

【提伯尔特及余人等上。

提伯尔特　你们跟着我不要走开,等我去向他们说话。两位晚安!我要跟你们中间无论哪一位说句话儿。

迈丘西奥　您只要跟我们两人中间的一个人讲一句话吗?那未免太不成意思了。要是您愿意在一句话以外再跟我们较量一两手,那我们倒愿意奉陪。

提伯尔特　只要您给我一个理由,您就会知道我也不是个怕事的人。

迈丘西奥　您不会自己想出一个什么理由来吗?

提伯尔特　迈丘西奥,你陪着罗密欧到处乱闯——

迈丘西奥　到处拉唱!怎么!你把我们当作一群沿街卖唱的人吗?你要是把我们当作沿街卖唱的人,那么我们倒要请你听一点儿不大好听的声音;这就是我的胡琴上的拉弓,拉一拉就要叫你跳起舞来。他妈的!到处拉唱!

班伏里奥　这儿来往的人太多,讲话不大方便,最好还是找个清静一点的地方去谈谈;要不然大家别闹意气,有什么过不去的事平心静气理论理论;否则各走各的路,也就完了,别让这么许多人的眼睛瞧着我们。

迈丘西奥　人们生着眼睛总要瞧,让他们瞧去好了;我可不能为着别人的高兴离开这地方。

【罗密欧上。

提伯尔特　好,我的人来了,我不跟你吵。

迈丘西奥　他又不吃你的饭不穿你的衣服,怎么是你的人?可是他虽然不是你的跟班,要是你拔脚逃起来,他倒一定会紧紧跟住你的。

提伯尔特　罗密欧，我对你的仇恨，使我只能用一个名字称呼你——你是一个恶贼！

罗密欧　提伯尔特，我跟你无冤无恨，你这样无端挑衅，本来我是不能容忍的，可是因为我有必须爱你的理由，所以也不愿跟你计较了。我不是恶贼。再见，我看你还不知道我是个什么人。

提伯尔特　小子，你冒犯了我，现在可不能用这种花言巧语掩饰过去；赶快回过身子，拔出剑来吧。

罗密欧　我可以郑重声明，我从来没有冒犯过你，而且你想不到我是怎样爱你，除非你知道了我所以爱你的理由。所以，好凯普莱特——我尊重这一个姓氏，就像尊重我自己的姓氏一样——咱们还是讲和了吧。

迈丘西奥　哼，好丢脸的屈服！只有武力才可以洗去这种耻辱。（拔剑）提伯尔特，你这捉耗子的猫儿，你愿意跟我决斗吗？

提伯尔特　你要我跟你干吗？

迈丘西奥　好猫儿精，听说你有九条性命，我只要取你一条命，留下那另外八条，等以后再跟你算账。快快拔出你的剑来，否则莫怪无情，我的剑就要临到你的耳朵边了。

提伯尔特　（拔剑）好，我愿意奉陪。

罗密欧　好迈丘西奥，收起你的剑。

迈丘西奥　来，来，来，我倒要领教领教你的剑法。（二人互斗）

罗密欧　班伏里奥，拔出剑来，把他们的武器打下来。两位老兄，这算什么？快别闹啦！提伯尔特，迈丘西奥，亲王已经明令禁止在维洛那的街道上斗殴。（罗密欧置身两人中间）住手，提伯尔特！好迈丘西奥！（提伯尔特从罗密欧臂下刺中迈丘西奥。提伯尔特及其仆从下）

迈丘西奥　我受伤了。你们这两户该死的人家！我已经完啦。他不带一点伤就去了吗？

班伏里奥　啊！你受伤了吗？

迈丘西奥　嗯，嗯，擦破了一点儿，不过这就足够了。我的童儿呢？狗才，快去找个外科医生来。（侍童下）

罗密欧　放心吧，老兄，这伤口不会十分厉害的。

迈丘西奥　是的，它没有一口井那么深，也没有一扇门那么阔，可是这一点点儿伤也就够要命了;要是你明天找我,就到坟墓里来看我吧。我这一生是完了。你们这两户该死的人家!他妈的!狗、耗子、猫儿,都会咬得死人!这个说大话的家伙,这个浑账东西,打起架来也要按照着数学的公式!谁叫你把身子插了进来?都是你把我拉住了我才中了剑。

罗密欧　我完全是出于好意。

迈丘西奥　班伏里奥,快把我扶进什么屋子里去,不然我就要晕过去了。你们这两户该死的人家!我已经死在你们手里了。——你们这两户人家!(迈丘西奥、班伏里奥同下)

罗密欧　他是亲王的近亲,也是我的好友;如今他为了我的缘故受到了致命的重伤。提伯尔特杀死了我的朋友,又毁谤了我的名誉,虽然他在一小时以前还是我的亲人。亲爱的朱丽叶啊!你的美丽使我变成懦弱,磨钝了我的勇气的锋刃!

【班伏里奥重上。

班伏里奥　啊,罗密欧,罗密欧!勇敢的迈丘西奥死了!他已经撒手离开尘世,他的英魂已经升上天庭了!

罗密欧　今天这一场意外的变故,怕要引起日后的灾祸。

【提伯尔特重上。

班伏里奥　暴怒的提伯尔特又来了。

罗密欧　迈丘西奥死了,他却耀武扬威活在人世!现在我只好抛弃了一切顾忌,不怕伤了亲戚的情分,让眼睛里喷出火焰的愤怒支配着我的行动了!提伯尔特,你刚才骂我恶贼,我要你把这两个字收回去;迈丘西奥的阴魂就在我们头上,他在等着你去跟他作伴;我们两个人中间必须有一个人去陪陪他,要不然就是两人一起死。

提伯尔特　你这该死的小子,你生前跟他做朋友,死后也去陪着他吧!

罗密欧　这柄剑可以替我们决定谁死谁生。(二人互斗;提伯尔特倒下)

班伏里奥　罗密欧,快走!市民们都已经被这场争吵惊动了,提伯尔特又死在这儿。别站着发怔,要是你给他们捉住了,亲王就要判你死刑。快去吧!快去吧!

罗密欧　唉!我是受命运玩弄的人。

班伏里奥　你为什么还不走?(罗密欧下)

【市民等上。

市民甲　杀死迈丘西奥的那个人逃到哪儿去了？那凶手提伯尔特逃到什么地方去了？

班伏里奥　躺在那边的就是提伯尔特。

市民甲　先生，请你跟我去。我用亲王的名义命令你服从。

【亲王、蒙太古夫妇、凯普莱特夫妇及余人等上。

亲王　这一场争吵的肇祸的罪魁在什么地方？

班伏里奥　啊，尊贵的亲王！我可以把这场流血的争吵的不幸的经过向您从头告禀。躺在那边的那个人，就是把您的亲戚，勇敢的迈丘西奥杀死的人，他现在已经被年轻的罗密欧杀死了。

凯普莱特夫人　提伯尔特，我的侄儿！啊，我的哥哥的孩子！亲王啊！侄儿啊！丈夫啊！哎哟！我的亲爱的侄儿给人杀死了！殿下，您是正直无私的，我们家里流的血，应当用蒙太古家里流的血来报偿。哎哟，侄儿啊！侄儿啊！

亲王　班伏里奥，谁开始这一场流血争斗的？

班伏里奥　死在这儿的提伯尔特，他是被罗密欧杀死的。罗密欧很诚恳地劝告他，叫他想一想这种争吵多么没意思，并且也提起您的森严的禁令。他用温和的语调，谦恭的态度，陪着笑脸向他反复劝解，可是提伯尔特充耳不闻，一味逞着他的骄强，拔出剑来就向勇敢的迈丘西奥胸前刺了过去；迈丘西奥也动了怒气，就和他两下交锋起来，自恃着本领高强，满不在乎地一手挡开了敌人致命的剑锋，一手向提伯尔特还刺过去，提伯尔特眼明手快，也把它挡开了。那个时候罗密欧就高声喊叫，"住手，朋友；两下分开！"说时迟，来时快，他的敏捷的腕臂已经打下了他们的利剑，他就插身在他们两人中间；谁料提伯尔特怀着毒心，冷不防打罗密欧的手臂下面刺了一剑过去，竟中了迈丘西奥的要害，于是他就逃走了。等了一会儿他又回来找罗密欧，罗密欧这时候正是满腔怒火，就像闪电似地跟他打起来，我还来不及拔剑阻止他们，勇猛的提伯尔特已经中剑而死，罗密欧见他倒在地上，也就转身逃走了。我所说的句句都是真话，倘有虚言，愿受死刑。

凯普莱特夫人　他是蒙太古家的亲戚，他说的话都是徇着私情，完全是假的。他们一共有二十来个人参加这场残酷的斗争,二十个人合力谋害一个人的生命。殿下,我要请您主持公道,罗密欧杀死了提伯尔特,罗密欧必须抵命。

亲王　罗密欧杀了他,他杀了迈丘西奥;迈丘西奥的生命应当由谁抵偿?

蒙太古　殿下,罗密欧不应该偿他的命;他是迈丘西奥的朋友,他的过失不过是执行了提伯尔特依法应处的死刑。

亲王　为了这一个过失,我现在宣布把他立刻放逐出境。你们双方的憎恨已经牵涉到我的身上,在你们残暴的争斗中,已经流下了我的亲人的血;可是我要给你们一个重重的惩罚,儆戒儆戒你们的将来。我不要听任何的请求辩护,哭泣和祈祷都不能使我枉法徇情,所以不用想什么挽回的办法,赶快把罗密欧遣送出境吧;不然的话,他在什么时候被我们发现,就在什么时候把他处死。把这尸体扛去,不许违抗我的命令;对杀人的凶手不能讲慈悲,否则就是鼓励杀人了。(同下)

第二场　同前。凯普莱特家花园

【朱丽叶上。

朱丽叶　快快跑过去吧,踏着火云的骏马,把太阳拖回到它的安息的所在;但愿驾车的法厄同[①]鞭策你们飞驰到西方,让阴沉的暮夜赶快降临。展开你密密的帷幕吧,成全恋爱的黑夜!遮住夜行人的眼睛,让罗密欧悄悄投入我的怀里,不被人家看见也不被人家谈论!恋人们可以在他们自身美貌的光辉里互相缱绻;即使恋爱是盲目的,那也正好和黑夜相称。来吧,温文的夜,你朴素的黑衣妇人,教会我怎样在一场全胜的赌博中失败,把各人纯洁的童贞互为赌注。用你黑色的罩巾遮住我脸上羞怯的红潮,等我深藏内心的爱情慢慢儿胆大起来,不再因为在行动上流露真情而惭愧,来吧,黑夜!来吧,罗密欧!来吧,你黑夜中的白昼!因为你将要睡在黑夜的翼上,比乌鸦背上的新雪还要皎白。来吧,柔和的黑夜!来吧,可爱的黑颜的夜,把我的罗密欧给我!等他死了以后,

---

① 法厄同是希腊神话中日神的儿子,为其父驾御日车。

你再把他带去,分散成无数的星星,把天空装饰得如此美丽,使全世界都恋爱着黑夜,不再崇拜炫目的太阳。啊！我已经买下了一所恋爱的华厦,可是它还不曾属我所有;虽然我已经把自己出卖,可是还没有被买主领去。这日子长得真叫人厌烦,正像一个做好了新衣服的小孩,在节日的前夜焦躁地等着天明一样。啊！我的奶妈来了。

【乳媪提绳上。

朱丽叶　她带着消息来了。谁的舌头上只要说出了罗密欧的名字,他就在吐露着天上的仙音。奶妈,什么消息？你带着些什么来了？那就是罗密欧叫你去拿的绳子吗？

乳媪　是的,是的,这绳子。(将绳掷下)

朱丽叶　哎哟！什么事？你为什么扭着你的手？

乳媪　唉！唉！唉！他死了,他死了,他死了！我们完了,小姐,我们完了！唉！他去了,他给人杀了,他死了！

朱丽叶　天道竟会这样狠毒吗？

乳媪　不是天道狠毒,罗密欧才下得了这样狠毒的手。啊！罗密欧,罗密欧！谁想得到会有这样的事情？罗密欧！

朱丽叶　你是个什么鬼,这样煎熬着我？这简直就是地狱里的酷刑。罗密欧把他自己杀死了吗？你只要回答我一个"是"字,这一个"是"字就比毒龙眼里射放的死光更会致人于死命。要是他死了,你就说是;要是他没有死,你就说不;这两个简单的字就可以决定我的终身祸福。

乳媪　我看见他的伤口,我亲眼看见他的伤口,慈悲的上帝！就在他的宽阔的前胸。一个可怜的尸体,一个可怜的流血的尸体,像灰一样苍白,满身都是血,满身都是一块块的血;我一瞧见就晕过去了。

朱丽叶　啊,我的心要碎了！——可怜的破产者,你已经丧失了一切,还是赶快碎裂了吧！失去了光明的眼睛,你从此不能再见天日了！你这俗恶的泥土之躯,赶快停止了呼吸,复归于泥土,去和罗密欧同眠在一个圹穴里吧！

乳媪　啊！提伯尔特,提伯尔特！我的顶好的朋友！啊,温文的提伯尔特,正直的绅士！想不到我活到今天,却会看见你死去！

朱丽叶　这是一阵什么风暴,一会儿又换了方向！罗密欧给人杀了,提伯尔特又死了吗？一个是我的最亲爱的哥哥，一个是我的更亲爱的夫君？那么，可怕的号角，宣布世界末日的来临吧！要是这样两个人都可以死去，谁还应该活在这世上？

乳媪　提伯尔特死了，罗密欧放逐了；罗密欧杀了提伯尔特，他现在被放逐了。

朱丽叶　上帝啊！提伯尔特是死在罗密欧的手里吗？

乳媪　是的，是的，唉！是的。

朱丽叶　啊，花一样的脸庞里藏着蛇一样的心！哪一条恶龙曾经栖息在这样清雅的洞府里？美丽的暴君！天使般的魔鬼！披着白鸽羽毛的乌鸦！豺狼一样残忍的羔羊！圣洁的外表包覆着丑恶的实质！你的内心刚巧和你的形状相反，一个万恶的圣人，一个庄严的奸徒！造物主啊！你为什么要从地狱里提出这一个恶魔的灵魂，把它安放在这样可爱的一座肉体的天堂里？哪一本邪恶的书籍曾经装订得这样美观？啊！谁想得到这样一座富丽的宫殿里，会容纳着欺人的虚伪！

乳媪　男人都是靠不住，没有良心，没有真心的；谁都是三心二意，反复无常，奸恶多端，净是些骗子。啊！我的人呢？快给我倒点儿酒来；这些悲伤烦恼，已经使我老起来了。愿耻辱降临到罗密欧的头上！

朱丽叶　你说出这样的愿望，你的舌头上就应该长起水泡来！耻辱从来不曾和他在一起；它不敢侵上他的眉宇，因为那是君临天下的荣誉的宝座。啊！我刚才把他这样辱骂，我真是个畜生！

乳媪　杀死了你的族兄的人，你还说他好话吗？

朱丽叶　他是我的丈夫，我应当说他坏话吗？啊！我的可怜的丈夫！你的三小时的妻子都这样凌辱你的名字，谁还会对它说一句温情的慰藉呢？可是你这恶人，你为什么杀死我的哥哥？他要是不杀死我的哥哥，我的凶恶的哥哥就会杀死我的丈夫。回去吧，愚蠢的眼泪，流回到你的源头；你那滴滴的细流，本来是悲哀的倾注，可是你却错把它呈献给喜悦。我的丈夫活着，他没有被提伯尔特杀死；提伯尔特死了，他想要杀死我的丈夫！这明明是喜讯，我为什么要哭泣呢？还有两个字比提伯尔特的死更使我痛心，像一柄利刃刺进了我的胸中；我但愿忘了它们，可是唉！它们紧紧地牢附在我的记忆里，就像萦回在罪人脑中的不可宥恕的罪恶。“提伯尔特死了,罗密欧放逐了!”放逐了!这“放逐”两个字,就等于杀死了一万个提伯尔特。单单提伯尔特的死,已经可以令人伤心了;即使祸不单行,必须在“提伯尔特死了”这一句话以后,再接上一句不幸的消息,为什么不说你的父亲,或是你的母亲,或是父母两人都死了,那也可以引起一点人情之常的哀悼?可是在提伯尔特的噩耗以后,再接连一记更大的打击,“罗密欧放逐了!”这句话简直等于说,父亲、母亲、提伯尔特、罗密欧、朱丽叶,一起被杀,一起死了。“罗密欧放逐了!”这一句话里面包含着无穷无际无极无限的死亡,没有字句能够形容出这里面蕴蓄着的悲伤。——奶妈,我的父亲、我的母亲呢?

乳媪　他们正在抚着提伯尔特的尸体痛哭。你要去看他们吗?让我带着你去。

朱丽叶　让他们用眼泪洗涤他的伤口,我的眼泪是要留着为罗密欧的放逐而哀哭的。拾起那些绳子来。可怜的绳子,你是失望了,我们两人都失望了,因为罗密欧已经被放逐;他要借着你做接引相思的桥梁,可是我却要做一个独守空闺的怨女而死去。来,绳儿;来,奶妈。我要去睡上我的新床,把我的童贞奉献给死亡!

乳媪　那么你快到房里去吧;我去找罗密欧来安慰你,我知道他在什么地方。听着,你的罗密欧今天晚上一定会来看你;他现在躲在劳伦斯神父的寺院里,我就去找他。

朱丽叶　啊!你快去找他;把这指环拿去给我的忠心的骑士,叫他来作一次最后的诀别。(各下)

第三场　同前。劳伦斯神父的寺院

【劳伦斯神父上。

劳伦斯　罗密欧,跑出来;出来吧,你受惊的人,你已经和坎坷的命运结下了不解之缘。

【罗密欧上。

罗密欧　神父,什么消息?亲王的判决怎样?还有什么我所没有知道的不幸的事情将要来找我?

劳伦斯 我的好孩子,你已经遭逢到太多的不幸了。我来报告你亲王的判决。

罗密欧 除了死罪以外,还会有什么判决?

劳伦斯 他的判决是很温和的:他并不判你死罪,只宣布把你放逐。

罗密欧 嘿!放逐!慈悲一点,还是说"死"吧!不要说"放逐",因为放逐比死还要可怕。

劳伦斯 你必须立刻离开维洛那境内。不要懊恼,这是一个广大的世界。

罗密欧 在维洛那城以外没有别的世界,只有地狱的苦难;所以从维洛那放逐,就是从这世界上放逐,也就是死。明明是死,你却说是放逐,这就等于用一柄利斧斫下我的头,反因为自己犯了杀人罪而洋洋得意。

劳伦斯 哎哟,罪过罪过!你怎么可以这样不知恩德!你所犯的过失,按照法律本来应该处死,幸亏亲王仁慈,特别对你开恩,才把可怕的死罪改成了放逐。这明明是莫大的恩典,你却不知道。

罗密欧 这是酷刑,不是恩典。朱丽叶所在的地方就是天堂;这儿的每一只猫,每一只狗,每一只小小的老鼠,都生活在天堂里,都可以瞻仰到她的容颜,可是罗密欧却看不见她。污秽的苍蝇都可以接触亲爱的朱丽叶的皎洁的玉手,从她的嘴唇上偷取天堂中的幸福,那两片嘴唇是这样的纯洁贞淑,永远含着娇羞,好像觉得它们自身的相吻也是种罪恶一样;苍蝇可以这样做,我却必须远走高飞,它们是自由人,我却是一个放逐的流徒。你还说放逐不是死吗?难道你没有配好的毒药、锋锐的刀子或者无论什么致命的利器,而必须用"放逐"两个字把我杀害吗?放逐!啊,神父!只有沉沦在地狱里的鬼魂才会伴着凄厉的呼号用到这两个字;你是一个教士,一个替人忏罪的神父,又是我的朋友,怎么忍心用"放逐"这两个字来寸磔我呢?

劳伦斯 你这痴心的疯子,听我说一句话。

罗密欧 啊!你又要对我说起放逐了。

劳伦斯 我要教给你怎样抵御这两个字的方法,用哲学的甘乳安慰你的逆运,让你忘却被放逐的痛苦。

罗密欧 又是"放逐"!我不要听什么哲学!除非哲学能够制造一个朱丽

叶，迁徙一个城市，撤销一个亲王的判决，否则它就没有什么用处。别再多说了吧。

劳伦斯　啊！那么我看疯人是不生耳朵的。

罗密欧　聪明人不生眼睛，疯人何必生耳朵呢？

劳伦斯　让我跟你讨论讨论你现在的处境吧。

罗密欧　你不能谈论你所没有感觉到的事情；要是你也像我一样年轻，朱丽叶是你的爱人，才结婚一个小时，就把提伯尔特杀了；要是你也像我一样热恋，像我一样被放逐，那时你才可以讲话，那时你才会像我现在一样扯着你的头发，倒在地上，替自己量一个葬身的墓穴。（内叩门声）

劳伦斯　快起来，有人在敲门；好罗密欧，躲起来吧。

罗密欧　我不要躲，除非我心底里发出来的痛苦呻吟的气息，会像一重云雾一样，把我掩过了追寻者的眼睛。（叩门声）

劳伦斯　听！门打得多么响！——是谁在外面？——罗密欧，快起来，你要给他们捉住了。——等一等！——站起来；（叩门声）跑到我的书斋里去。——就来了！——上帝啊！瞧你多么不听话！——来了，来了！（叩门声）谁把门敲得这么响？你是从什么地方来的？有什么事？

乳媪　（在内）让我进来，你就可以知道我的来意；我是从朱丽叶小姐那里来的。

劳伦斯　那好极了，欢迎欢迎！（打开门）

【乳媪上。

乳媪　啊，神父！啊，告诉我，神父，我的小姐的姑爷呢？罗密欧呢？

劳伦斯　在那边地上哭得死去活来的就是他。

乳媪　啊！他正像我的小姐一样，正像她一样！唉！真是同病相怜，一般的伤心！她也是这样躺在地上，一边唠叨一边哭，一边哭一边唠叨。起来，起来，是个男子汉就该起来。为了朱丽叶的缘故，为了她的缘故，站起来吧。为什么您要伤心到这个样子呢？

罗密欧　奶妈！

乳媪　唉，姑爷！唉，姑爷！一个人到头来总是要死的。

罗密欧　你刚才不是说起朱丽叶吗？她现在怎么样？我现在已经用她近亲的血液玷污了我们的新欢，她不会把我当作一个杀人的凶犯吗？她在什么地方？她怎么样？我这位秘密的新妇对于我们这一段中断的情缘说些什么话？

乳媪 啊，她没有说什么话，姑爷，只是哭呀哭的哭个不停；一会儿倒在床上，一会儿又跳了起来；一会儿叫一声提伯尔特，一会儿哭一声罗密欧；然后又倒了下去。

罗密欧 好像我那一个名字是从枪口里瞄准了射出来似的，一弹出去就把她杀死，正像我这一双该死的手杀死了她的亲人一样。啊！告诉我，神父，告诉我，我的名字是在我身上哪一处万恶的地方？告诉我，好让我捣毁这可恨的巢穴。（拔匕首欲刺自己；乳媪夺下他手中的匕首）

劳伦斯 放下你的鲁莽的手！你是一个男子吗？你的形状是一个男子，你却流着妇人的眼泪；你的狂暴的举动，简直是一头野兽的无可理喻的咆哮。你这须眉的贱妇，你这人头的畜类！我真想不到你的性情竟会这样毫无涵养。你已经杀死了提伯尔特，你还要杀死你自己吗？你不想到你对自己采取这种万劫不赦的暴行不也就是杀死与你相依为命的你的妻子吗？为什么你要怨恨天地，怨恨你自己的生不逢辰？天地好容易生下你这一个人来，你却要亲手把你自己摧毁！呸！呸！你有的是一副堂堂的七尺之躯，有的是热情和智慧，你却不知道把它们好好利用，这岂不是辜负了你的七尺之躯，辜负了你的热情和智慧？你的堂堂仪表不过是一尊蜡像，没有一点男子汉的血气；你的山盟海誓都是些空虚的谎话，杀害你所发誓珍爱的情人；你的智慧不知道指示你的行动、驾御你的感情，它已经变成了愚妄的谬见，正像装在一个笨拙的军士的枪膛里的火药，本来是自卫的武器，因为不懂得点燃的方法，反而毁损了自己的肢体。怎么！起来吧，孩子！你刚才几乎要为了你的朱丽叶而自杀，可是她现在好好活着，这是你的第一件幸事。提伯尔特要把你杀死，可是你却杀死了提伯尔特，这是你的第二件幸事。法律上本来规定杀人抵命，可是它对你特别留情，减成了放逐的处分，这是你的第三件幸事。这许多幸事照顾着你，幸福穿着盛装向你献媚，你却像一个倔强乖僻的女孩，向你的命运和爱情撅起了嘴唇。留心，留心，像这样不知足的人是不得好死的。去，快去会见你的情人，按照预定的计划，到她的寝室里去，安慰安慰她；可是在巡逻兵没有出发以前，你必须及早离开,否则你就到不了曼多亚。你可以暂时在曼多亚住下,等我们觑着机会,把你们的婚姻宣布出来,和解了你们两家的亲族,向亲王请求特赦,那时我们就可以用超过你现在离别的悲痛二百万倍的欢乐招呼你回来。奶妈,你先去,替我向你家小姐致意;叫她设法催促她家里的人早早安睡,他们在遭到这样重大的悲伤以后,这是很容易办到的。你对她说,罗密欧就要来了。

乳媪 主啊!像这样好的教训,我就是在这儿听上一整夜都愿意;啊!真是有学问人的说话!姑爷,我就去对小姐说您就要来了。

罗密欧 很好,请你再叫我的爱人准备好一顿责骂。(乳媪欲下,复折回)

乳媪 姑爷,这一个戒指小姐叫我拿来送给您,请您赶快就去,天色已经很晚了。

罗密欧 现在我又重新得到了多大的安慰!(乳媪下)

劳伦斯 去吧,晚安!你的命运在此一举:你必须在巡逻者没有开始查缉以前脱身,否则就得在黎明时候化装逃走。你就在曼多亚安下身;我可以找到你的仆人,倘使这儿有什么关于你的好消息,我会叫他随时通知你。把你的手给我。时候不早了,再会吧,晚安。

罗密欧 倘不是一个超乎一切喜悦的喜悦在招呼着我,像这样匆匆的离别,一定会使我黯然神伤,再会!(各下)

第四场 同前。凯普莱特家中一室

【凯普莱特、凯普莱特夫人及巴里斯上。

凯普莱特 伯爵,舍间因为遭逢变故,我们还没有时间去开导小女;您知道她跟她那个表兄提伯尔特是友爱很笃的,我也是非常喜欢他;唉!人生不免一死,也不必再去说他了。现在时间已经很晚,她今夜不会再下来了;不瞒您说,倘不是您大驾光临,我也早在一小时以前上了床啦。

巴里斯 我在你们正在伤心的时候来此求婚,实在是太冒昧了。晚安,伯母,请您替我向令爱致意。

凯普莱特夫人 好,我明天一早就去探听她的意思;今夜她已经抱着满腔的悲哀关上门睡了。

凯普莱特　巴里斯伯爵，我可以大胆替我的孩子作主，我想她一定会绝对服从我的意志。是的，我对于这一点可以断定。夫人，你在临睡以前先去看看她，把这位巴里斯伯爵向她求爱的意思告诉她知道；你再对她说，听好我的话，叫她在星期三——且慢，今天星期几？

巴里斯　星期一，老伯。

凯普莱特　星期一！哈哈！好，星期三是太快了点儿，那么就是星期四吧。对她说，在这个星期四，她就要嫁给这位尊贵的伯爵。您来得及准备吗？您不嫌太匆促吗？咱们也不必十分铺张，略为请几位亲友就够了；因为提伯尔特才死不久，他是我们自己家里的人，要是我们大开欢宴，人家也许会说我们对去世的人太没有情分。所以我们只要请五六个亲友，把仪式举行一下就算了。您说星期四怎样？

巴里斯　老伯，我但愿星期四便是明天。

凯普莱特　好，你去吧，那么就是星期四。夫人，你在临睡前先去看看朱丽叶，叫她预备预备，好做起新嫁娘来啦。再见，伯爵。喂！掌灯！时候已经很晚，等一会儿我们就要说它很早了。晚安！（各下）

第五场　同前。朱丽叶的卧室

【罗密欧及朱丽叶上；两人在窗前。

朱丽叶　你现在就要去了吗？天亮还有一会儿呢。那刺进你惊恐的耳膜中的，不是云雀，是夜莺的声音；它每天晚上在那边石榴树上歌唱。相信我，爱人，那是夜莺的歌声。

罗密欧　那是报晓的云雀，不是夜莺。瞧，爱人，不作美的晨曦已经在东方的云朵上镶起了金线，夜晚的星光已经烧尽，愉快的白昼蹑足踏上了迷雾的山巅。我必须到别处去找寻生路，或者留在这儿束手等死。

朱丽叶　那光明不是晨曦，我知道，那是从太阳中吐射出来的流星，要在今夜替你拿着火炬，照亮你到曼多亚去。所以你不必急着要走，再耽搁一会儿吧。

罗密欧　让我被他们捉住，让我被他们处死；只要是你的意思，我就毫无怨恨。我愿意说那边灰白色的云彩不是黎明睁开它的睡眼，那不过是从月亮的眉宇间反映出来的微光;那响彻云霄的歌声,也不是出于云雀的喉中。我巴不得留在这里,永远不要离开。来吧,死,我欢迎你!因为这是朱丽叶的意思。怎么,我的灵魂?让我们谈谈,天还没有亮哩。

朱丽叶　天已经亮了,天已经亮了。快去吧,快去吧!那唱得这样刺耳,嘶着粗涩的噪声和讨厌的锐音的,正是天际的云雀。有人说云雀会发出千变万化的甜蜜的歌声,这句话一点不对,因为它只使我们彼此分离;有人说云雀曾经和丑恶的蟾蜍交换眼睛,啊!我但愿他们也交换了声音,因为那声音使你离开了我的怀抱,用催醒的晨歌催促你登程。啊!现在你快走吧,天越来越亮了。

罗密欧　天越来越亮,我们悲哀的心却越来越黑暗。

【乳媪匆匆上。

乳媪　小姐!

朱丽叶　奶妈?

乳媪　你的母亲就要到你房里来了。天已经亮啦,小心点儿。(下)

朱丽叶　那么窗啊,让白昼进来,让生命出去。

罗密欧　再会,再会!给我一个吻,我就下去。(由窗口下降)

朱丽叶　你就这样走了吗?我的夫君,我的爱人,我的朋友!我每天的每一小时都必须听到你的消息,因为一分钟就等于许多日子。啊!照这样计算起来,等我再看见我的罗密欧的时候,我不知道已经老到怎样了。

罗密欧　再会!我决不放弃任何的机会,爱人,向你传达我的衷忱。

朱丽叶　啊!你想我们会不会再有见面的日子?

罗密欧　一定会有的。我们现在这一切悲哀痛苦,到将来便是握手谈心的资料。

朱丽叶　上帝啊!我有一颗预感不祥的灵魂;你现在站在下面,我仿佛望见你像一具坟墓底下的尸骸。也许是我的眼光昏花,否则就是你的面容太惨白了。

罗密欧　相信我,爱人,在我的眼中你也是这样;忧伤吸干了我们的血液。再会!再会!(下)

朱丽叶　命运啊,命运!谁都说你喜新厌旧,要是你真的喜新厌旧,那么你怎样对待一个忠贞不贰的人呢?愿你不要改变你的轻浮的天性,因为这样也许你会厌倦于把他玩弄,早早打发他回来。

凯普莱特夫人 (在内)喂,女儿! 你起来了吗?

朱丽叶 谁在叫我? 是我的母亲吗? ——难道她这么晚还没有睡觉?还是这么早就起来了? 什么特殊的原因使她到这儿来?(离开窗口走下来)

【凯普莱特夫人上。

凯普莱特夫人 啊! 怎么,朱丽叶!

朱丽叶 母亲,我不大舒服。

凯普莱特夫人 老是为了你表兄的死而掉泪吗? 什么! 你想用眼泪把他从坟墓里冲出来吗? 就是冲得出来,你也没法子叫他复活;所以还是算了吧。适当的悲哀可以表示感情的深切,过度的伤心却可以证明智慧的欠缺。

朱丽叶 还是让我为了这样一个痛心的损失而流泪吧。

凯普莱特夫人 损失固然痛心,可是一个失去的亲人,不是可以用眼泪哭得回来的。

朱丽叶 因为这损失是如此痛心,我不能不为了失去的亲人而痛哭。

凯普莱特夫人 好,孩子,人已经死了,你也不用多哭他了;顶可恨的是那杀死他的恶人仍旧活在世上。

朱丽叶 什么恶人,母亲?

凯普莱特夫人 就是罗密欧那个恶人。

朱丽叶 (旁白)恶人跟他相去着不知多少距离呢。——上帝饶恕他! 我愿意全心饶恕他;可是没有人像他那样令我伤心。

凯普莱特夫人 那是因为这个万恶的凶手还活在世上。

朱丽叶 是的,母亲,我恨不得把他抓住在我的手里。但愿我能够独自报复这一段杀兄之仇!

凯普莱特夫人 我们一定要报仇的,你放心吧,别再哭了。这个亡命的流徒现在到曼多亚去了,我要差一个人到那边去,用一种稀有的毒药把他毒死,让他早点儿跟提伯尔特见面;那时候我想你一定可以满足了。

朱丽叶 真的,我心里永远不会感到满足,除非我看见罗密欧在我的面前——死去;我这颗可怜的心是这样为了一个亲人而痛楚! 母亲,要是您能够找到一个愿意带毒药去的人,让我亲手把它调好,好叫那罗密欧服下以后，就会安然睡去。唉！我心里多么难过，只听到他的名字，却不能赶到他的面前，我是那样地爱着他，我一定要亲手在杀死他的人身上报仇。

凯普莱特夫人　你去想办法，我一定可以找到这样一个人。可是，孩子，现在我要告诉你好消息。

朱丽叶　在这样不愉快的时候，好消息来得真是再适当没有了。请问母亲，是什么好消息呢？

凯普莱特夫人　哈哈，孩子，你有一个体贴你的好爸爸哩；他为了替你排解愁闷，已经为你选定了一个大喜的日子，不但你想不到，就是我也没有想到。

朱丽叶　母亲，快告诉我，是什么日子？

凯普莱特夫人　哈哈，我的孩子，星期四的早晨，那位风流年少的贵人，巴里斯伯爵，就要在圣彼得教堂里娶你做他的幸福的新娘了。

朱丽叶　凭着圣彼得教堂和圣彼得的名字起誓，我决不让他娶我做他的幸福的新娘。世间哪有这样匆促的事情。人家还没有来向我求过婚，我倒先做了他的妻子了！母亲，请您对我的父亲说，我现在还不愿意就出嫁；就是要出嫁，我可以发誓，我也宁愿嫁给我所痛恨的罗密欧，不愿嫁给巴里斯。真是些好消息！

凯普莱特夫人　你爸爸来啦。你自己对他说去，看他会不会听你的话。

【凯普莱特及乳媪上。

凯普莱特　太阳西下的时候，天空中散下了濛濛的细露；可是我的侄儿死了，却有倾盆的大雨送着他下葬。怎么！装起喷水管来了吗，孩子？咦！还在哭吗？雨到现在还没有停吗？你这小小的身体里面，也有船，也有海，也有风；因为你的眼睛就是海，永远有泪潮在那儿涨落；你的身体是一艘船，在这泪海上面航行；你的叹气是海上的狂风；你的身体经不起风浪的吹打，是会在这汹涌的怒海中覆没的。怎么，妻子！你没有把我们的主张告诉她吗？

凯普莱特夫人　我告诉她了；可是她说谢谢你，她不要嫁人。我希望这傻丫头还是死了干净！

凯普莱特　且慢！讲明白点儿，讲明白点儿，妻子。怎么！她不要嫁人吗？她不谢谢我们吗？她不称心吗？像她这样一个贱丫头，我们替他找到了这么一位高贵的绅士做她的新郎，她还不想想这是多大的福气吗？

朱丽叶　我没有喜欢，只有感激；你们不能勉强我喜欢一个我对他没有好感的人，可是我感激你们爱我的一片好心。

凯普莱特　怎么！怎么！胡说八道！这是什么话？什么喜欢不喜欢，感激不感激！你这个惯坏了的丫头，我也不要你感谢，我也不要你喜欢，只要你预备好星期四到圣彼得教堂里去跟巴里斯结婚；你要不愿意，我就把你装在木笼里拖了去。不要脸的死丫头，贱东西！

凯普莱特夫人　哎哟！哎哟！你疯了吗？

朱丽叶　好爸爸，我跪下来，求求您，请您耐心听我说一句话。（跪下）

凯普莱特　该死的小贱妇！不孝的畜生！我告诉你，星期四给我到教堂里去，不然以后再也不要见我的面。不许说话，不要回答我；我的手指痒着呢。——夫人，我们常常怨叹自己福薄，只生下这一个孩子；可是现在我才知道就是这一个已经太多了。总是家门不幸，出了这一个冤孽！不要脸的贱货！

乳媪　上帝祝福她！老爷，您不该这样骂她。

凯普莱特　为什么不该！我的聪明的老太太？谁要你多嘴，我的好大娘？你去跟你那些婆婆妈妈们谈天去吧，去！

乳媪　我又没有说过一句冒犯您的话。

凯普莱特　闭嘴，你这叽哩咕噜的蠢婆娘！我们不要听你的教训。

凯普莱特夫人　你的脾气太躁了。

凯普莱特　哼！我气都气疯啦。每天每夜，时时刻刻，不论忙着空着，独自一个人或是跟别人在一起，我心里总是在盘算着怎样把她许配给一个好好的人家；现在好容易找到一位出身高贵的绅士，又有家私，又年轻，又受过高尚的教养，正是人家说的十二分的人才，好到没得说的了；偏偏这个不懂事的傻丫头，放着送上门来的好福气不要，说什么“我不要结婚”、“我不懂恋爱”、“我年纪太小”、“请原谅我”。好，你要是不愿意嫁人，我可以放你自由，尽你的意思到什么地方去，我这屋子里可容不得你了。你给我想想明白，我是一向说到那里做到那里的。星期四就在眼前;自己仔细考虑考虑。你倘然是我的女儿,就得听我的话嫁给我的朋友;你倘然不是我的女儿,那么你去上吊也好,做叫花子也好,挨饿也好,死在街上也好,我都不管,因为凭着我的灵魂起誓,我是再也不会认你这个女儿的,你也别想我会分一点什么给你。我不会骗你,你想一想吧;我已经发过誓了,一定要把它做到。(下)

朱丽叶　上天知道我心里是多么难过,难道它竟会不给我一点慈悲吗?啊,我亲爱的母亲!不要丢弃我!把这头亲事延期一个月或者一个星期也好;或者要是您不答应我,那么请您把我的新床安放在提伯尔特长眠的幽暗的坟茔里吧!

凯普莱特夫人　不要对我讲话,我没有什么话好对你说。随你的便吧,我是不管你啦。(下)

朱丽叶　上帝啊!啊,奶妈!这件事情怎么避过去呢?我的丈夫还在世间,我的誓言已经上达天听;倘使我的誓言可以收回,那么除非我的丈夫已经脱离人世,从天上把它送还给我。安慰安慰我,替我想想办法吧。唉!唉!想不到天也会作弄像我这样一个柔弱的人!你怎么说?难道你没有一句可以使我快乐的话吗?奶妈,给我一点安慰吧!

乳媪　好,那么你听我说。罗密欧是已经放逐了;我可以用无论什么东西打赌,他再也不敢回来责问你,除非他偷偷儿溜了回来。事情既然这样,那么我想你最好还是跟那伯爵结婚。啊!他真是个可爱的绅士!罗密欧比起他来只好算是一块抹布。小姐,一头鹰也没有像巴里斯那样一双又是碧绿得好看又是锐利的眼睛。说句该死的话,我想你这第二个丈夫,比第一个丈夫好得多啦;话也许不是这么说,可是你的第一个丈夫虽然还在世上,对你已经没有什么用处,也就跟死了差不多啦。

朱丽叶　你这些话是从心里说出来的吗?

乳媪　那不但是我心里的话,也是我灵魂里的话;倘有虚假,让我的灵魂下地狱。

朱丽叶　阿门!

乳媪　什么!

朱丽叶　好,你已经给了我很大的安慰。你进去吧,告诉我的母亲说我出去了,因为得罪了我的父亲,要到劳伦斯神父的寺院里去忏悔我的罪过。

乳媪　很好，我就这样告诉她。这才是聪明的办法哩。（下）

朱丽叶　老而不死的魔鬼！顶丑恶的妖精！她希望我背弃我的盟誓；她几千次向我夸奖我的丈夫，说他比谁都好，现在却又用同一条舌头说他的坏话！去，我的顾问；从此以后，我再也不把你当作心腹看待了。我要到神父那儿去向他求救。要是一切办法都已穷尽，我唯有一死了之。（下）

第四幕

第一场　维洛那。劳伦斯神父的寺院

【劳伦斯神父及巴里斯伯爵上。

劳伦斯　在星期四吗，伯爵？时间未免太局促了。

巴里斯　这是我的岳父凯普莱特的意思；他既然这样性急，我也不愿把时间延迟下去。

劳伦斯　您说您还没有知道那小姐的心思，我不赞成这种片面决定的事情。

巴里斯　她为了提伯尔特的死流着过多的眼泪，所以我没有多跟她谈恋爱，因为在一间哭哭啼啼的屋子里，维纳斯是露不出笑容来的。神父，她的父亲因为瞧她这样一味伤心，恐怕会发生什么意外，所以他才决定让我们提早完婚，免得她一天到晚哭得像个泪人儿一般；一个人在房间里最容易触景伤情，要是有了伴侣，也许可以替她排解悲哀。现在您可以知道我这次匆促结婚的理由了。

劳伦斯　（旁白）我希望我不知道它为什么必须延迟的理由。——瞧，伯爵，这位小姐到我寺里来了。

【朱丽叶上。

巴里斯　您来得正好，我的爱妻。

朱丽叶　伯爵，等我做了妻子以后，也许您可以这样叫我。

巴里斯　爱人，也许到星期四就会成为事实了。

朱丽叶　事实是无可避免的。

劳伦斯　那是当然的道理。

巴里斯　您是来向这位神父忏悔的吗？

朱丽叶　我要是回答您，就成了向您忏悔了。

巴里斯　不要在他的面前否认您爱我。

朱丽叶　我愿意在您的面前承认我爱他。

巴里斯　我相信您也一定愿意在我的面前承认您爱我。

朱丽叶　要是我必须承认，那么在您的背后承认，比在您的面前承认好得多啦。

巴里斯　可怜的人儿！眼泪已经毁损了你的美貌。

朱丽叶　眼泪并没有得到多大的胜利，因为我这副容貌在没有被眼泪毁损以前，已经够丑了。

巴里斯　你不该说这样的话诽谤你的美貌。

朱丽叶　这不是诽谤，伯爵，这是实在的话，我当着我自己的脸说的。

巴里斯　你的脸是我的，你不该侮辱它。

朱丽叶　也许是的，因为它不是我自己的。神父，您现在有空吗？还是让我在晚祷的时候再来？

劳伦斯　我还是现在有空，多愁的女儿。伯爵，我们现在必须请您离开我们。

巴里斯　我不敢打扰你们的祈祷。朱丽叶，星期四一早我就来叫醒你；现在我们再会吧，请你保留下这一个神圣的吻。（下）

朱丽叶　啊！把门关了！关了门，再来陪着我哭吧。没有希望，没有补救，没有挽回了！

劳伦斯　啊，朱丽叶！我早已知道你的悲哀，实在想不出一个万全的计策。我听说你在星期四必须跟这伯爵结婚，而且毫无拖延的可能了。

朱丽叶　神父，不要对我说你已经听见这件事情，除非你能够告诉我怎样避免它；要是你的智慧不能帮助我，那么只要你赞同我的决心，我就可以立刻用这把刀解决一切。上帝把我的心和罗密欧的心结合在一起，我们两人的手是你替我们结合的；要是我这一只已经由你证明和罗密欧缔盟的手,再去和别人缔结新盟,或是我的忠贞的心起了叛变,投进别人的怀里,那么这把刀可以割下这背盟的手,诛戮这叛变的心。所以,神父,凭着你的丰富的见识阅历,请你赶快给我一些指教;否则瞧吧,这把血腥气的刀,就可以在我跟我的困难之间做一个公正人,替我解决你的经验和才能所不能替我觅得一个光荣解决的难题。不要老是不说话;要是你不能指教我一个补救的办法,那么我除了一死以外没有别的希冀。

劳伦斯　住手,女儿。我已经看见了一线希望,可是那必须用一种非常的手段,方才能够抵御这一种非常的变故。要是你因为不愿跟巴里斯伯爵结婚,能够毅然立下视死如归的决心,那么你也一定愿意采取一种和死差不多的办法,来避免这种耻辱;倘然你敢冒险一试,我就可以把办法告诉你。

朱丽叶　啊!只要不嫁给巴里斯,你可以叫我从那边塔顶的雉堞上跳下来;你可以叫我在盗贼出没、毒蛇潜迹的路上匍匐行走;把我和咆哮的怒熊锁禁在一起;或者在夜间把我关在堆积尸骨的地窟里,用许多陈死的白骨、霉臭的腿胴和失去下颚的焦黄的骷髅掩盖着我的身体;或者叫我跑进一座新坟里去,把我隐匿在死人的殓衾里——无论什么使我听了战栗的事,只要可以让我活着,对我的爱人做一个纯洁无瑕的妻子,我都愿意毫不恐惧毫不迟疑地去做。

劳伦斯　好,那么放下你的刀,快快乐乐地回家去,答应嫁给巴里斯。明天就是星期三了。明天晚上你必须一人独睡,别让你的奶妈睡在你的房间里;这一个药瓶你拿去,等你上床以后,就把这里面炼就的汁液一口喝下,那时就会有一阵昏昏沉沉的寒气通过你全身的血管,接着脉搏就会停止跳动;没有一丝热气和呼吸可以证明你还活着;你的嘴唇和颊上的红色都会变成灰白;你的眼睑闭下,就像死神的手关闭了生命的白昼;你身上的每一部分失去了灵活的控制,都像死一样僵硬寒冷;在这种与死无异的状态中,你必须经过四十二小时,然后你就仿佛从一场酣睡中醒了过来。当那新郎在早晨来催你起身的时候,他们会发现你已经死了;然后,照着我们国里的规矩,他们就要替你穿起了盛装,用柩车载着你到凯普莱特族中祖先的坟茔里。同时因为要预备你醒来,我可以写信给罗密欧，告诉他我们的计划，叫他立刻到这儿来；我跟他两个人就守在你身边，等你一醒过来，当夜就叫罗密欧带着你到曼多亚去。只要你不临时变卦，不中途气馁，这一个办法一定可以使你避免这一场眼前的耻辱。

朱丽叶　给我！给我！啊，不要对我说起害怕两个字！

劳伦斯　拿着。你去吧，愿你立志坚强，前途顺利！我就叫一个弟兄飞快到曼多亚，带我的信去送给你的丈夫。

朱丽叶　爱情啊，给我力量吧！只有力量可以搭救我。再会，亲爱的神父！（各下）

第二场　同前。凯普莱特家厅堂

【凯普莱特、凯普莱特夫人、乳媪及二三仆人上。

凯普莱特　这单子上有名字的，都是要去邀请的客人。（仆甲下）来人，给我去雇二十个有本领的厨子来。

仆乙　老爷放心，一个二把刀都不会有的，我会挑那些舔自己手指头的厨子。

凯普莱特　为什么？

仆乙　老爷，厨子尝菜都用手指头，他要是连自己的手指头都不爱舔，做出的菜能好吃吗？

凯普莱特　去，快去。（仆乙下）咱们这一次实在有点儿措手不及。什么！我的女儿到劳伦斯神父那里去了吗？

乳媪　正是。

凯普莱特　好，也许他可以劝告劝告她。真是个乖僻不听话的浪蹄子！

乳媪　瞧她已经忏悔完毕，高高兴兴地回来啦。

【朱丽叶上。

凯普莱特　啊，我的倔强的丫头！你荡到什么地方去啦？

朱丽叶　我因为自知忤逆不孝，违抗了您的命令，所以特地去忏悔我的罪过。现在我听从劳伦斯神父的指教，跪在这儿请您宽恕。爸爸，请您宽恕我吧！（跪下）从此以后，我永远听您的话了。

凯普莱特　去请伯爵来，对他说：我要把婚礼改在明天早上举行。

朱丽叶　我在劳伦斯寺里遇见这位少年伯爵；我已经在不超过礼法的范围以内，向他表示过我的爱情了。

凯普莱特　啊，那很好，我很高兴。站起来吧，这样才对。让我见见这伯爵。喂，快去请他过来。多谢上帝把这位可尊敬的神父赐给我们！我们全城的人都感戴他的好处。

朱丽叶　奶妈，请你陪我到我的房间里去，帮我检点检点衣饰，看有哪几件可以在明天穿戴。

凯普莱特夫人　不，还是到星期四再说吧，急什么呢？

凯普莱特　去，奶妈，陪她去。我们一准明天上教堂。（朱丽叶及乳媪下）

凯普莱特夫人　我们现在预备起来怕来不及，天已经快黑了。

凯普莱特　胡说！我现在就动手，你瞧着吧，太太，到明天一定什么都安排得好好的。你快去帮朱丽叶打扮打扮；我今天晚上不睡了，让我一个人在这儿做一次管家妇。喂！喂！这些人一个都不在。好，让我自己跑到巴里斯那里去，叫他准备明天做新郎。这个倔强的孩子现在回心转意，真叫我高兴得了不得。（各下）

第三场　同前。朱丽叶的卧室

【朱丽叶及乳媪上。

朱丽叶　嗯，那些衣服都很好。可是，好奶妈，今天晚上请你不用陪我，因为我还要念许多祷告，求上天宥恕我过去的罪恶，默佑我将来的幸福。

【凯普莱特夫人上。

凯普莱特夫人　啊！你正在忙着吗？要不要我帮你？

朱丽叶　不，母亲，我们已经选择好了明天需用的一切，所以现在请您让我一个人在这儿吧；让奶妈今天晚上陪着您不睡，因为我相信这次事情办得太匆促了，您一定忙得不可开交。

凯普莱特夫人　晚安！早点睡觉，你应该好好休息休息。（凯普莱特夫人及乳媪下）

朱丽叶　再会！上帝知道我们将在什么时候相见。我觉得仿佛有一阵寒颤刺激着我的血液,简直要把生命的热流冻结起来似的;待我叫她们回来安慰安慰我。奶妈!——要她到这儿来干什么?这凄惨的场面必须让我一个人扮演。来,药瓶。要是这药水不发生效力呢?那么我明天早上就必须结婚吗?不,不,这把刀会阻止我;你躺在那儿吧。(放下匕首)也许这瓶里是毒药,那神父因为已经替我和罗密欧证婚,现在我再跟别人结婚,恐怕损害他的名誉,所以有意骗我服下去毒死我;我怕果然会有这样的事。可是他一向是众人公认为道高德重的人,我想大概不至于;我不能抱着这样卑劣的思想。要是我在坟墓里醒了过来,罗密欧还没有到来把我救出去呢?这倒是很可怕的一点!那时我不是要在终年透不进一丝新鲜空气的地窟里活活闷死,等不及我的罗密欧到来吗?即使不闷死,那死亡和长夜的恐怖,那古墓中阴森的气象,几百年来,我祖先的尸骨都堆积在那里,入土未久的提伯尔特蒙着他的殓衾,正在那里腐烂;人家说,一到晚上,鬼魂便会归返他们的墓穴;唉!唉!要是我太早醒来,这些恶臭的气味,这些使人听了会发疯的凄厉的叫声;啊!要是我醒来,周围都是这种吓人的东西,我不会心神迷乱,疯狂地抚弄着我的祖宗的骨骼,把肢体溃烂的提伯尔特拖出了他的殓衾吗?在这样疯狂的状态中,我不会拾起一根老祖宗的骨头来,当作一根棍子,打破我的发昏的头颅吗?啊,瞧!那不是提伯尔特的鬼魂,正在那里追赶罗密欧,报复他的一剑之仇吗?等一等,提伯尔特,等一等!罗密欧,我来了!我为你干了这一杯!(倒在帘后的床上)

第四场　同前。凯普莱特家厅堂

【凯普莱特夫人及乳媪上。乳媪手中拿着烹饪用的香料。

凯普莱特夫人　奶妈,把这串钥匙拿去,再拿一点香料来。

乳媪　点心房里在喊着要枣子和榅桲呢。

【凯普莱特上。

凯普莱特　来,赶紧点儿,赶紧点儿!鸡已经叫了第二次,晚钟已经打过,三点钟到了。好安吉丽加①,当心看看肉饼有没有烘焦。多花费几个钱没有关系。

乳媪　走开,走开,女人家的事用不到您多管;快去睡吧,今天闹了一个晚上,明天又要害病了。

凯普莱特　不,哪儿的话!嘿,我为了没要紧的事,也曾经整夜不睡,几时害过病来?

凯普莱特夫人　对啦,你从前也是顶会偷女人的夜猫儿,可是现在我却不放你出去胡闹啦。(凯普莱特夫人及乳媪下)

凯普莱特　真是个醋娘子!真是个醋娘子!

【三四仆人持炙叉、木柴及篮上。)

凯普莱特　喂,这是什么东西?

仆甲　老爷,这些都是拿去给厨子的,我也不知道是什么东西。

凯普莱特　赶紧点儿,赶紧点儿。(仆甲下)喂,木头要拣干燥点儿的,你去问彼得,他可以告诉你什么地方有。

仆乙　老爷,我自己也长着脑袋会拣木头,用不到麻烦彼得。(下)

凯普莱特　嘿,倒说得有理,这个淘气的小杂种!你是长了一颗木头脑袋。哎哟!天已经亮了,伯爵就要带着乐工来了,他说过的。(内乐声)我听见他已经走近。奶妈!妻子!喂,喂!喂,奶妈呢?

【乳媪重上。

凯普莱特　快去叫朱丽叶起来,把她打扮打扮;我要去跟巴里斯谈天去了。快去,快去,赶紧点儿,新郎已经来了,赶紧点儿!(凯普莱特下)

第五场　同前。朱丽叶的卧室

乳媪　小姐!喂,小姐!朱丽叶!她准是睡熟了。喂,小羊!喂,小姐!哼,你这懒丫头!喂,亲亲!小姐!心肝!喂,新娘!怎么!一声也不响?现在尽你睡去,尽你睡一个星期;到今天晚上,巴里斯伯爵可不让你安安静静休息一会儿了。上帝饶恕我,阿门,她睡得多熟!我必须叫她醒

① 凯普莱特夫人的名字。

来。小姐！小姐！小姐！好，让那伯爵自己到你床上来吧，那时你可要吓得跳起来了，是不是？（拉开帘子）怎么！衣服都穿好了，又重新睡下去吗？我必须把你叫醒。小姐！小姐！小姐！哎哟！哎哟！救命！救命！我的小姐死了！哎哟！我还活着做什么！喂，拿一点酒来！老爷！太太！

【凯普莱特夫人上。

凯普莱特夫人　吵些什么？

乳媪　哎哟，好伤心啊！

凯普莱特夫人　什么事？

乳媪　瞧，瞧！哎哟，好伤心啊！

凯普莱特夫人　哎哟，哎哟！我的孩子，我的唯一的生命！醒醒！睁开你的眼睛来！你死了，叫我怎么活得下去？救命！救命！大家来啊！

【凯普莱特上。

凯普莱特　还不送朱丽叶出来，她的新郎已经来啦。

乳媪　她死了，死了，她死了！哎哟，伤心啊！

凯普莱特夫人　唉！她死了，她死了，她死了！

凯普莱特　嘿！让我瞧瞧。哎哟！她身上冰冷的，她的血液已经停止不流，她的手脚都硬了；她的嘴唇里已经没有了生命的气息。死像一阵未秋先降的寒霜，摧残了这一朵最鲜嫩的娇花。

乳媪　哎哟，好伤心啊！

凯普莱特夫人　哎哟，好苦啊！

凯普莱特　死神夺去了我的孩子，他使我悲伤得说不出话来。

【劳伦斯神父、巴里斯及乐工等上。

劳伦斯　来，新娘有没有预备好上教堂去？

凯普莱特　她已经预备动身，可是这一去再不回来了。啊，贤婿！死神已经在你新婚的前夜降临到你妻子的身上。她躺在那里，像一朵被他摧残了的鲜花。死神是我的新婿，是我的后嗣，他已经娶走了我的女儿。我也快要死了，把我的一切都传给他；我的生命财产，一切都是死神的！

巴里斯　难道我眼巴巴望到天明，却让我看见这一个凄惨情景？

凯普莱特夫人　倒霉的、不幸的、可恨的日子！永无休止的时间运行中一个顶悲惨的时辰！我就生了这一个孩子，这一个可怜的疼爱的孩子，她是我唯一的欢喜和安慰，现在却被残酷的死神从我眼前夺去了啦！

乳媪　好苦啊！好苦的、好苦的、好苦的日子啊！我这一生一世里顶伤心的日子、顶凄凉的日子！哎哟，这个日子！这个可恨的日子！从来不曾见过这样倒霉的日子！好苦的、好苦的日子啊！

巴里斯　最可恨的死，你欺骗了我，杀害了她，拆散了我们的良缘，一切都被残酷的、残酷的你破坏了！啊，爱人！啊，我的生命！没有生命，只有被死亡吞噬了的爱情！

凯普莱特　悲痛的命运，为什么你要来打破，打破了我们的盛礼？儿啊！儿啊！我的灵魂，你死了！你已经不是我的孩子了！死了！唉！我的孩子死了，我的快乐也随着我的孩子埋葬了！

劳伦斯　静下来！不害羞吗？你们这样乱哭乱叫是无济于事的。上天和你们共有着这一个好女儿；现在她已经完全属于上天所有，这是她的幸福，因为你们不能使她的肉体避免死亡，上天却能使她的灵魂得到永生。你们竭力替她找寻一个美满的前途，因为你们的幸福是寄托在她的身上；现在她高高的升上云中去了，你们却为她哭泣吗？啊！你们瞧着她享受最大的幸福，却这样发疯一样号啕叫喊，这可以算是真爱你们的女儿吗？活着，嫁了人，一直到老，这样的婚姻有什么乐趣呢？在年轻时候结了婚而死去，才是最幸福不过的。揩干你们的眼泪，把你们的香花散布在这美丽的尸体上，按照着习惯，把她穿着盛装抬到教堂里去。愚痴的天性虽然使我们伤心痛哭，可是在理智眼中，这些天性的眼泪却是可笑的。

凯普莱特　我们本来为了喜庆预备好的一切，现在都要变成悲哀的殡礼；我们的乐器要变成忧郁的丧钟，我们的婚筵要变成凄凉的丧席，我们的婚歌要变成沉痛的挽曲，新娘手里的鲜花要放在坟墓中殉葬，一切都要相反而行。

劳伦斯　凯普莱特先生，您进去吧；夫人，您陪他进去；巴里斯伯爵，您也去吧；大家准备送这具美丽的尸体下葬。上天的愤怒已经降临在你们身上，不要再违逆他的意志，招致更大的灾祸。（除乳媪及众乐工外，全体趋前，将迷迭香花撒在朱丽叶身上并拉合帘子）

乐工甲　真的,咱们也可以收起笛子走啦。

乳媪　啊!好兄弟们,收起来吧,收起来吧;你们看,这真是飞来横祸啊!(下)

乐工甲　事情也许还能补救。

【彼得上。

彼得　乐工!啊!乐工,“心里的安乐”,“心里的安乐”!啊!替我奏一曲《心里的安乐》,否则我要活不下去了。

乐工甲　为什么要奏《心里的安乐》呢?

彼得　啊!乐工,因为我的心在那里唱着“我心里充满了忧伤”。啊!替我奏一支快活的哀歌儿,安慰安慰我吧。

乐工乙　不奏不奏,现在不是奏乐的时候。

彼得　那么你不奏吗?

众乐工　不奏。

彼得　那么我就给你们——

乐工甲　你给我们什么?

彼得　我可不给你们钱,哼!我要给你们一顿骂;我骂你们是一群卖唱的叫花子。

乐工甲　那么我就骂你是个下贱的奴才。

彼得　那么我就把奴才的刀架在你们的脖子上。我就是听不过你们的怪腔怪调。我叫你们“来”,叫你们“发”,你们可听明白了?

乐工甲　你要是叫我们“来”,叫我们“发”,你可就又要听到我们的怪腔怪调了。

乐工乙　请您快收起您的家伙,放出您的口才来吧。

彼得　好,那你们就准备着招架吧。我就收起匕首,看我用我这张铁嘴骂你们一个狗血喷头。有本事就回答一个问题,为什么歌里这样唱:

当悲伤刺痛着心灵,
当哀怨萦绕在胸中,
惟有音乐的银声——

为什么是“银声”?为什么说“音乐的银声”?猫肠子西门,你说说看。

乐工甲　银子的声音好听呗!

彼得　废话！三弦休伊，你倒是说说？

乐工乙　因为奏乐是为了求听曲的老爷赏些银钱。

彼得　又是废话！音柱詹姆士，你怎么说？

乐工丙　哎呀，不怕您见笑，我不知道怎么说。

彼得　啊！对不起，你是只会唱唱歌的；我替你说了吧：因为乐工尽管奏乐奏到老死，也换不到一些金子。

惟有音乐的银声，
可以把烦闷推开。（下）

乐工甲　真是个讨厌的家伙！

乐工乙　该死的奴才！来，咱们且慢回去，等吊客来的时候吹奏两声，吃他们一顿饭再走。（同下）

第五幕

第一场　曼多亚。街道

【罗密欧上。

罗密欧　要是梦寐中的美景果然可以成为真实，那么我的梦预兆着将有好消息到来；我觉得心神宁恬，整日里有一种向来所没有的精神，用快乐的思想把我从地面上飘扬起来。我梦见我的爱人来看见我死了——奇怪的梦，一个死人也会思想！——她吻着我，把生命吐进了我的嘴唇里，于是我复活了，并且成为一个君王。唉！仅仅是爱的影子，已经给人这样丰富的欢乐，要是占有了爱的本身，那该是多么的甜蜜！

【罗密欧的仆人鲍尔萨泽着靴上。

罗密欧　从维洛那来的消息！啊，鲍尔萨泽！不是神父叫你带信来给我吗？我的爱人怎样？我父亲好吗？我再问你一遍，我的朱丽叶安好吗？因为只要她安好，一定什么都是好好儿的。

鲍尔萨泽　那么她是安好的，什么都是好好儿的；她的身体长眠在凯普莱特家的坟茔里，她的不死的灵魂和天使们在一起。我看见她下葬在她亲族的墓穴里，所以立刻飞马前来告诉您。啊，少爷！恕我带了这恶消息来，因为这是您吩咐我做的事。

罗密欧　有这样的事！命运，我诅咒你！——你知道我的住处；给我买些纸笔，雇下两匹快马，我今晚上就要动身。

鲍尔萨泽　少爷，请您宽心一下；您的脸色惨白而仓皇，恐怕是不祥之兆。

罗密欧　胡说，你看错了。快去，把我叫你做的事赶快办好。神父没有叫你带信给我吗？

鲍尔萨泽　没有，我的好少爷。

罗密欧　算了，你去吧，把马匹雇好了；我就来找你。（鲍尔萨泽下）好，朱丽叶，今晚我要睡在你的身旁。让我想个办法。啊，罪恶的念头！你会多么快钻进一个绝望者的心里！我想起了一个卖药的人，他的铺子就开设在附近，我曾经看见他穿着一身破烂的衣服，皱着眉头在那儿拣药草。他的形状十分消瘦，贫苦把他煎熬得只剩一把骨头；他的寒伧的铺子里挂着一只乌龟，一头剥制的鳄鱼，还有几张形状丑陋的鱼皮；他的架子上稀疏地散放着几只空匣子、绿色的瓦罐、一些胞囊和发霉的种子、几段包扎的麻绳，还有几块陈年的干玫瑰花，作为聊胜于无的点缀。看到这一种寒酸的样子，我就对自己说，在曼多亚城里，谁出卖了毒药是会立刻处死的，可是倘有谁现在需要毒药，这儿有一个可怜的奴才会卖给他。啊！不料我这一个思想，竟会预兆着我自己的需要，这个穷汉的毒药却要卖给我。我记得这里就是他的铺子；今天是假日，所以这叫花子没有开门。喂！卖药的！

【卖药人上。

卖药人　谁在高声叫喊？

罗密欧　过来，朋友。我瞧你很穷，这儿是四十块钱，请你给我一点能够迅速致命的毒药，厌倦于生命的人一服下去便会散入全身的血管，立刻停止呼吸而死去，就像火药从炮膛里放射出去一样快。

卖药人　这种致命的毒药我是有的；可是曼多亚的法律严禁发卖，出卖的人是要处死刑的。

罗密欧　难道你这样穷苦，还怕死吗？饥寒的痕迹刻在你的脸颊上，贫乏和迫害在你的眼睛里射出了饿火，轻蔑和卑贱重压在你的背上；这世间不是你的朋友，这世间的法律也保护不到你，没有人为你定下一条法律使你富有；那么你何必苦耐着贫穷呢？违犯了法律，把这些钱收下了吧。

卖药人　我的贫穷答应了你，可是那是违反我的良心的。

罗密欧　我的钱是给你的贫穷，不是给你的良心的。

卖药人　把这一服药放在无论什么饮料里面喝了下去，即使你有二十个人的气力，也会立刻送命。

罗密欧　这儿是你的钱，那才是害人灵魂的更坏的毒药，在这万恶的世界上，它比你那些不准贩卖的微贱的药品更会杀人；你没有把毒药卖给我，是我把毒药卖给你。再见，买些吃的东西，把你自己喂得胖一点。——来，你不是毒药，你是替我解除痛苦的仙丹，我要带着你到朱丽叶的坟上去，少不得要借重你一下哩。（各下）

第二场　维洛那。劳伦斯神父的寺院

【约翰神父上。

约翰　喂！师兄在哪里？

【劳伦斯神父上。

劳伦斯　这是约翰师弟的声音。欢迎你从曼多亚回来！罗密欧怎么说？要是他的意思在信里写明，那么把他的信给我吧。

约翰　我在临走的时候，因为要找寻一个同伴，去看一个同门的师弟，他正在这城里访问病人，不料给本地巡逻的人看见了，疑心我们走进了一家染着瘟疫的人家，把门封锁住了，不让我们出来，所以耽误了我的曼多亚之行。

劳伦斯　那么谁把我的信送去给罗密欧了？

约翰　我没有法子把它送出去，现在我又把它带回来了；因为他们害怕瘟疫传染，也没有人愿意把它送还给你。

劳伦斯　糟了！这封信不是等闲，性质十分重要，把它耽误下来，也许会引起极大的灾祸。约翰师弟，你快去给我找一柄铁锄，立刻带到这儿来。

约翰　好师兄，我去给你拿来。（下）

劳伦斯　现在我必须独自到墓地里去；在这三小时之内，朱丽叶就会醒来，她因为罗密欧不曾知道这些事情，一定会责怪我。我现在再要写一封信到曼多亚去，让她留在我的寺院里，直等罗密欧到来。可怜的没有死的尸体，幽闭在一座死人的坟墓里！（下）

第三场　同前。凯普莱特家坟茔所在的墓地

【巴里斯及侍童携鲜花、香水及火炬上。

巴里斯　孩子,把你的火把给我,走开,站在远远的地方;还是灭了吧,我不愿给人看见。你去在那边的紫杉树底下直躺下来,把你的耳朵贴着中空的地面,地下挖了许多墓穴,土是松的,要是有踉跄的脚步走到坟地上来,你准听得见;要是听见了什么声息,便吹一个唿哨通知我。把那些花给我。照我的话做去,走吧。

侍童　(旁白)我简直不敢独个儿站在这墓地上,可是我要硬着头皮试一下。(退后)

巴里斯　(将花撒于墓上)这些鲜花替你铺盖新床;

惨啊,一朵娇红永委沙尘!
我要用沉痛的热泪淋浪,
和着香水浇溉你的芳坟;
夜夜到你墓前散花哀泣,
这一段相思啊永无消歇!(侍童吹口哨)

这孩子在警告我有人来了。哪一个该死的家伙在晚上到这儿来打扰我在爱人墓前的凭吊?什么!还拿着火把来吗?——让我躲在一旁看看他的动静。(退后)

【罗密欧及鲍尔萨泽持火炬、锹锄等上。

罗密欧　把那锄头跟铁钳给我。且慢,拿着这封信;等天一亮,你就把它送去给我的父亲。把火把给我。听好我的吩咐,无论你听见什么瞧见什么,都只好远远地站着不许动,免得妨碍了我的事情;要是动一动我就要你的命。我所以要跑下这个坟墓里去,一部分的原因是要探望探望我的爱人,可是主要的理由却是要从她的手指上取下一个宝贵的指环,因为我有一个很重要的用途。所以你赶快给我走开吧;要是你不相信我的话,胆敢回来窥伺我的行动,那么,我可以对天发誓,我要把你的骨骼一节一节扯下来,让这饥饿的墓地上散满了你的肢体。我现在的心境非常狂野,比饿虎或是咆哮的怒海都要凶猛无情,你可不要惹我性

起。

鲍尔萨泽　少爷,我去就是了,决不来打扰您。

罗密欧　这才像个朋友。这些钱给你拿去,(递给鲍尔萨泽一钱包)愿你一生幸福。再会,好朋友。

鲍尔萨泽　(旁白)虽然这么说,我还是要躲在附近的地方看着他;他的脸色使我害怕,我不知道他究竟打算做出什么事来。(退后)

罗密欧　你这可憎的咽喉,死亡的子宫,你吞噬了世间最可口的珍馐。好,我要发个狠,掰开你腐烂的双颚,索性让你吃个够!(将墓门掘开)索性让你再吃一个饱!

巴里斯　这就是那个已经放逐出去的骄横的蒙太古,他杀死了我爱人的表兄,据说她就是因为伤心他的惨死而夭亡的。现在这家伙又要来盗尸发墓了,待我去抓住他。(上前)万恶的蒙太古!停止你的罪恶的工作,难道你杀了他们还不够,还要在死人身上发泄你的仇恨吗?该死的凶徒,赶快束手就擒,跟我见官去!

罗密欧　我果然该死,所以才到这儿来。年轻人,不要激怒一个不顾死活的人,快快离开我走吧;想想这些死了的人,你也该胆寒了。年轻人,请你不要激动我的怒气,使我再犯一次罪。啊,去吧!我可以对天发誓,我爱你远过于爱我自己,因为我来此的目的,就是要跟自己作对。别留在这儿,去吧,好好儿留着你的活命,以后也可以对人家说,是一个疯子发了慈悲,叫你逃走的。

巴里斯　我不听你这种鬼话。你是一个罪犯,我要逮捕你。

罗密欧　你一定要激怒我吗?那么好,来吧,年轻人!(二人格斗)

侍童　哎哟,主啊!他们打起来了,我去叫巡逻的人来!(下)

巴里斯　啊,我死了!(倒下)——你倘有几分仁慈,打开墓门来,把我放在朱丽叶的身旁吧!(死)

罗密欧　好,我愿意成全你的志愿。让我瞧瞧他的脸。啊,迈丘西奥的亲戚,尊贵的巴里斯伯爵!当我们一路上骑马而来的时候,我的仆人曾经对我说过几句话,那时我因为心绪烦乱,没有听得进去。他说些什么?好像他告诉我说巴里斯本来预备娶朱丽叶为妻;他不是这样说吗?还是我做过这样的梦?或者还是我神经错乱,听见他说起朱丽叶的名字,所以发生了这一种幻想？啊！把你的手给我，你我都是登录在厄运的黑册上的人，我要把你葬在一个胜利的坟墓里。一个坟墓吗？啊，不！被杀害的少年，这是一个灯塔，因为朱丽叶睡在这里，她的美貌使这一个墓窟变成一座充满着光明的欢宴的华堂。死了的人，躺在那儿吧，一个死了的人把你安葬了。（将巴里斯放下墓中）人们在临死的时候，往往反会觉得心中愉快，旁观的人便说这是死前的一阵回光返照；啊！这也就是我的回光返照吗？啊，我的爱人！我的妻子！死虽然已经吸去了你呼吸中的芳蜜，却还没有力量摧残你的美貌；你还没有被他征服，你的嘴唇上、脸庞上，依然呈现着红润的美艳，不曾让灰白的死亡进占。提伯尔特，你也裹着你的血淋淋的殓衾躺在那儿吗？啊！你的青春葬送在你仇人的手里，现在我来替你报仇了，我要亲手杀死那杀害你的人。原谅我吧，兄弟！啊！亲爱的朱丽叶，你为什么仍然是这样美丽？难道那虚无的死亡，那枯瘦可憎的妖魔，也是个多情种子，所以把你藏匿在这幽暗的洞府里做他的情妇吗？为了防止这样的事情，我要永远陪伴着你，再不离开这漫漫长夜的幽宫；我要留在这儿，跟你的侍婢，那些蛆虫们在一起。啊！我要在这儿永久安息下来，从我这厌倦人世的凡躯上挣脱厄运的束缚。眼睛，瞧你的最后一眼吧！手臂，作你最后一次的拥抱吧！嘴唇，啊！你呼吸的门户，用一个合法的吻，跟网罗一切的死亡订立一个永久的契约吧！来，苦味的向导，你绝望的领港人，现在赶快把你的厌倦于风涛的船舶向那巉岩上冲撞过去吧！为了我的爱人，我干了这一杯！（饮药）啊！卖药的人果然没有骗我，药性很快地发作了。在这一吻中我死去。（死）

【劳伦斯神父持灯笼、锄锹上。

劳伦斯　圣芳济保佑我！我这双老脚今天晚上怎么老是在坟堆里绊来跌去的！那边是谁？

鲍尔萨泽　是一个朋友，也是一个跟您熟识的人。

劳伦斯　祝福你！告诉我，我的好朋友，那边是什么火把，向蛆虫和没有眼睛的骷髅浪费着它的光明？照我辨认起来，那火把亮着的地方，似乎是凯普莱特家族的坟茔。

鲍尔萨泽　正是，神父，我的主人。他是您的好朋友，就在那儿。

劳伦斯　他是谁?

鲍尔萨泽　罗密欧。

劳伦斯　他来了多久了?

鲍尔萨泽　足足半点钟。

劳伦斯　陪我到墓穴里去。

鲍尔萨泽　我不敢,神父。我的主人不知道我还没有走。他对我严辞恐吓,说要是我留在这儿窥伺他的动静,就要把我杀死。

劳伦斯　那么你留在这儿,让我一个人去吧。恐惧临到我的身上。啊!我怕会有什么不幸的祸事发生。

鲍尔萨泽　当我在这株紫杉树底下睡了过去的时候,我梦见我的主人跟另外一个人打架,那个人被我的主人杀了。(退后)

劳伦斯　罗密欧!(弯身查看血迹和凶器)哎哟!哎哟!这坟墓的石门上染着些什么血迹?在这安静的地方,怎么横放着这两柄无主的血污的刀剑?(进墓)罗密欧!啊,他的脸色这么惨白!还有谁?什么!巴里斯也躺在这儿?浑身浸在血泊里?啊!多么残酷的时辰,造成了这场凄惨的意外!那小姐醒了。(朱丽叶苏醒)

朱丽叶　啊,善心的神父!我的夫君呢?我记得很清楚我应当在什么地方,现在我正在这地方。我的罗密欧呢?(内喧声)

劳伦斯　我听见有什么声音。小姐,赶快离开这个密布着毒氛腐臭的死亡的巢穴吧;一种我们所不能反抗的力量已经阻挠了我们的计划。来,出去吧。你的丈夫已经在你的怀中死去;巴里斯也死了。来,我可以替你找一处地方出家做尼姑。不要耽误时间盘问我,巡夜的人就要来了。来,朱丽叶,去吧。我不敢再等下去了。(下)

朱丽叶　去,你去吧!我不愿意走。这是什么?一只杯子,紧紧地握在我的忠心的爱人的手里?我知道了,一定是毒药结果了他的生命。唉,冤家!你一起喝干了,不留下一滴给我吗?我要吻着你的嘴唇,也许这上面还留着一些毒液,可以让我当作兴奋剂服下而死去。你的嘴唇还是温暖的!

巡丁甲　(在内)孩子,带路,在哪一个方向?

朱丽叶　啊,人声吗?那么我必须快一点了结。啊,好刀子!(攫住罗密欧的

匕首)这就是你的鞘子。(以匕首自刺)你插了进去,让我死了吧。(扑在罗密欧身上死去)

【巡丁及巴里斯侍童上。

侍童　就是这儿,那火把亮着的地方。

巡丁甲　地上都是血。你们几个人去把墓地四周搜查一下,看见什么人就抓起来。(若干巡丁下)好惨!伯爵被人杀了躺在这儿,朱丽叶胸口流着血,身上还是热热的好像死得不久,虽然她已经葬在这里两天了。去,报告亲王,通知凯普莱特家里,再去把蒙太古家里的人也叫醒了,剩下的人到各处搜搜。(若干巡丁续下)我们看见这些惨事发生在这个地方,可是在没有得到人证以前,却无法明了这些惨事的真相。

【一巡丁率鲍尔萨泽上。

巡丁乙　这是罗密欧的仆人。我们看见他躲在墓地里。

巡丁甲　把他好生看押起来,等亲王来审问。

【另一巡丁率劳伦斯神父上。

巡丁丙　我们看见这个教士从墓地旁边跑出来,神色慌张,一边叹气一边流泪,他手里还拿着锄头、铁锹,都给我们拿下来了。

巡丁甲　他有很重大的嫌疑。把这教士也看押起来。

【亲王率众上。

亲王　什么祸事在这样早的时候发生,打断了我的清晨的安睡?

【凯普莱特和凯普莱特夫人上。

凯普莱特　外边这样乱叫乱喊,是怎么一回事?

凯普莱特夫人　街上的人们有的喊着罗密欧,有的喊着朱丽叶,有的喊着巴里斯;大家沸沸扬扬地向我们家里的坟地奔去。

亲王　这么许多人为什么发出这样惊人的叫喊?

巡丁甲　王爷,巴里斯伯爵被人杀死了躺在这儿;罗密欧也死了;已经死了两天的朱丽叶,身上还热着,又被人重新杀死了。

亲王　用心搜寻,把这场万恶的杀人命案的真相调查出来。

巡丁甲　这儿有一个教士,还有一个被杀的罗密欧的仆人,他们都拿着掘墓的器具。(凯普莱特夫妇走下墓穴)

凯普莱特　天啊!——啊,妻子!瞧我们的女儿流着这么多的血!这把刀弄错了地方了！瞧，它的空鞘子还在蒙太古家小子的背上，它却插进了我的女儿的胸前！

凯普莱特夫人　哎哟！这些死的惨象就像惊心动魄的钟声，警告我这风烛残年，不久于人世了。（凯普莱特夫妇走出墓穴）

【蒙太古及余人等上。

亲王　来，蒙太古，你起来得虽然很早，可是你的儿子倒下得更早。

蒙太古　唉！殿下，我的妻子因为悲伤小儿的远逐，已经在昨天晚上去世了；还有什么祸事要来跟我这老头子作对呢？

亲王　瞧吧，你就可以看见。（蒙太古走下墓穴，旋即走出）

蒙太古　啊，你这不孝的东西！你怎么可以抢在你父亲的前面自己先钻到坟墓里去呢？

亲王　暂时停止你们的悲恸，让我把这些可疑的事实讯问明白，知道了详细的原委以后，再来领导你们放声一哭吧；也许我的悲哀还要远胜过你们呢！——把嫌疑人犯带上来。

劳伦斯　时间和地点都可以做不利于我的证人；在这场悲惨的血案中，我虽然是一个能力最薄弱的人，但却是嫌疑最重的人。我现在站在殿下的面前，一方面是要供认我自己的罪过，一方面也要为我自己辩解。

亲王　那么快把你所知道的一切说出来。

劳伦斯　我要把经过的情形尽简单地叙述出来，因为我短促的残生还不及一段冗烦的故事那么长。死了的罗密欧是死了的朱丽叶的丈夫，她是罗密欧的忠心的妻子，他们的婚礼是由我主持的。就在他们秘密结婚的那天，提伯尔特死于非命，这位才做的新郎也从这城里被放逐出去；朱丽叶是为了他，不是为了提伯尔特，才那样伤心憔悴的。你们因为要替她解除烦恼，把她许婚给巴里斯伯爵，还要强迫她嫁给他，她就跑来见我，神色慌张地要我替她想个办法避免这第二次的结婚，否则她要在我的寺里自杀。所以我就根据我的医药方面的学识，给她一服安眠的药水；它果然发生了我所预期的效力，她一服下去就像死了一样昏沉过去。同时我写信给罗密欧，叫他就在这一个悲惨的晚上到这儿来，帮助把她搬出她寄寓的坟墓，因为药性一到时候便会过去。可是替我带信的约翰神父却因遭到意外，不能脱身，昨天晚上才把我的信依然带了回来。那时我只好按照着预先算定她醒来的时间，一个人前去把她从她家族的墓茔里带出来，预备把她藏匿在我的寺院里，等有方便再去叫罗密欧来；不料我在她醒来以前几分钟到这儿来的时候，尊贵的巴里斯和忠诚的罗密欧已经双双惨死了。她一醒过来，我就请她出去，劝她安心忍受这一种出自天意的变故；可是那时我听见了纷纷的人声，吓得我逃出了墓穴，她在万分绝望之中不肯跟我去，看样子她是自杀了。这是我所知道的一切，至于他们两人的结婚，那么她的乳母也是预闻的。要是这一场不幸的惨祸，是由我的疏忽所造成，那么我这条老命愿受最严厉的法律的制裁，请您让它提早几点钟牺牲了吧。

亲王　我一向知道你是一个道行高尚的人。罗密欧的仆人呢？他有些什么话说？

鲍尔萨泽　我把朱丽叶的死讯通知了我的主人，因此他从曼多亚急急地赶到这里，到了这座坟堂的前面。这封信他叫我一早送去给我家老爷；当他走进墓穴里的时候，他还恐吓我，说要是我不赶快走开让他一个人在那儿，他就要杀死我。

亲王　把那信给我，我要看看。叫起巡丁来的那个伯爵的童仆呢？喂，你的主人到这地方来做什么？

侍童　他带了花来散在他夫人的坟上，他叫我站得远远的，我就听了他的话；不一会儿，来了一个拿着火把的人把坟墓打开了。后来我的主人就拔剑跟他打了起来，我就奔去叫巡丁来。

亲王　这封信证实了这个神父的话，讲起他们恋爱的经过，和她的去世的消息；他还说他从一个穷苦的卖药人手里买到一种毒药，要把它带到墓穴里来准备和朱丽叶长眠在一起。这两家仇人在那里？——凯普莱特！蒙太古！瞧你们的仇恨已经受到了多大的惩罚，上天借手于爱情，夺去了你们心爱的人；我为了忽视你们的争执，也已经丧失了一双亲戚，大家都受到惩罚了。

凯普莱特　啊，蒙太古大哥！把你的手给我；这就是你给我女儿的一份聘礼，我不能再作更大的要求了。

蒙太古　但是我可以给你更多的。我要用纯金替她铸一座像，只要维洛那一天不改变它的名称，任何塑像都不会比忠贞的朱丽叶那一座更为卓越超群。

凯普莱特　罗密欧也要有一座同样富丽的金像卧在他情人的身旁，这两个在我们的仇恨下惨遭牺牲的可怜的人儿！

亲王　清晨带来了凄凉的和解，
　太阳也惨得在云中躲闪。
大家先回去发几声感慨，
　该恕的该罚的再听宣判。
古往今来多少离合悲欢，
　谁曾见这样哀怨辛酸！（同下）

哈姆莱特

朱生豪　译
沈　林　校

导言

“说不完的莎士比亚”中最说不完的作品当推《哈姆莱特》。它人物关系的复杂微妙,莎翁其他作品以及他同代人的作品都难以企及。围绕着主人公有他的亡父、母亲、继父、情人、情人的兄长、同学、密友……莎士比亚处理这些人物关系,细致入微处开精神分析学说之先河。剧名虽是“哈姆莱特”,剧的焦点却并未完全固定在他一人身上。每一个人物,那怕一个小人物,都可以是一个窗口,望出去都会有一片风景。

剧的情节沿用当时英国舞台常见的多线索布局。这种为后来古典主义批判的结构似乎蕴含着松散枝蔓的弊端,但此剧中哈姆莱特、雷欧提斯和福丁布拉斯三条线却安排得繁简得当、疾缓有序,给全剧以跌宕起伏的气势,促使观众在对比三人命运中体味这出悲剧的意味。

剧中既有大段当事人沉痛的独白和以近似旁观者口吻发出的悠长咏叹,又有唇枪舌剑、刻薄辛辣的讽喻;既有滔滔不绝的雄文和富丽堂皇的华章,又有轻狂不羁的市井俚语和放荡无忌的插科打诨。

复杂的人物关系、变化的叙事角度、多头的线索、杂糅的语言风格,这些使得《哈姆莱特》丰富、厚重。

剧中人物

克劳狄斯　丹麦国王
哈姆莱特　前王之子,今王之侄
福丁布拉斯　挪威王子
霍拉旭　哈姆莱特之友
波洛涅斯　御前大臣
雷欧提斯　波洛涅斯之子

伏提曼德、考尼律斯、罗森格兰兹、吉尔登斯吞、奥斯里克　朝臣

马西勒斯、勃那多　军官

弗兰西斯科　兵士

雷奈尔多　波洛涅斯之仆

英国使臣

众伶人

二小丑　掘坟墓者

葛特露　丹麦王后，哈姆莱特之母

奥菲利娅　波洛涅斯之女

贵族、贵妇、军官、兵士、教士、水手、使者及侍从等

哈姆莱特父亲的鬼魂

地点

丹麦城堡厄耳锡诺

第一幕

第一场　厄耳锡诺。城堡前的露台

【守望者勃那多和弗兰西斯科相遇。

勃那多　那边是谁？

弗兰西斯科　不，你先回答我。站住，告诉我你是什么人。

勃那多　国王万岁！

弗兰西斯科　勃那多吗？

勃那多　正是。

弗兰西斯科　你来得很准时。

勃那多　现在已经打过十二点钟，你去睡吧，弗兰西斯科。

弗兰西斯科　谢谢你来替我。天冷得厉害，我心里也老大不舒服。

勃那多　你守在这儿，一切都很安静吗？

弗兰西斯科　一只小老鼠也不见走动。

勃那多　好，晚安！要是你碰见霍拉旭和马西勒斯，我的守夜的伙伴们，就叫他们赶紧点来。

弗兰西斯科　我想我听见他们的声音了。喂，站住！那边是谁？

【霍拉旭及马西勒斯上。

霍拉旭　都是自己人。

马西勒斯　丹麦王的臣民。

弗兰西斯科　祝你们晚安！

马西勒斯　啊！再会，正直的军人！谁替了你？

弗兰西斯科　勃那多接我的班。祝你们晚安！（下）

马西勒斯　喂！勃那多！

勃那多　喂——啊！霍拉旭也来了吗？

霍拉旭　这儿有一个他。

勃那多　欢迎，霍拉旭！欢迎，好马西勒斯！

马西勒斯　什么！这东西今晚又出现过了吗？

勃那多　我还没有瞧见什么。

马西勒斯　霍拉旭说那不过是我们的幻想，我告诉他我们已经两次看见这一个可怕的怪象，他总是不肯相信。所以我请他今晚也来陪我们守一夜，要是这鬼魂再出来，就可以证明我们并没有看错，还可以叫他对它说几句话。

霍拉旭　嘿，嘿，它不会出现的。

勃那多　先请坐下。虽然你一定不肯相信我们的故事，我们还是要把我们这两夜来所看见的情形再向你絮叨一遍。

霍拉旭　好，我们坐下来，听听勃那多怎么说。

勃那多　昨天晚上，当那照耀在北斗西端天空的明星正在向它现在吐射光辉的地方运行的时候，马西勒斯跟我两个人，那时候钟刚敲了一点——

马西勒斯　住声！不要说下去，瞧，它又来了！

【鬼魂上。

勃那多　正像已故的国王的模样。

马西勒斯　你是有学问的人，对它说话去，霍拉旭。

勃那多　它的样子不像已故的国王吗？看好，霍拉旭。

霍拉旭　像得很。它使我心里充满了恐怖和惊奇。

勃那多　它希望我们对它说话。

马西勒斯　你去问它，霍拉旭。

霍拉旭　你是什么鬼怪，胆敢僭窃丹麦先王出征时的神武雄姿，在这样深夜的时分出现？凭着上天的名义，我命令你说话！

马西勒斯　它生气了。

勃那多　瞧，它昂然不顾地走了！

霍拉旭　不要走！说呀，说呀！我命令你，快说！（鬼魂下）

马西勒斯　它走了，不愿回答我们。

勃那多　怎么，霍拉旭！你在发抖，你的脸色这样惨白。这不是幻觉吧？你有什么高见？

霍拉旭　当着上帝起誓，倘不是我自己的眼睛向我证明，我再也不会相信这样的怪事。

马西勒斯　它不像我们的国王吗？

霍拉旭　正像你就是你自己一样。它身上的那副战铠，就是他讨伐野心的挪威王的时候所穿的；它脸上的那副怒容，活像他有一次在一场激烈的争辩中把那些乘雪橇的波兰人打倒在冰上那时候的神气。怪事怪事！

马西勒斯　前两次他也是这样不早不晚地在这个静寂的时辰，用军人的步态走过我们的眼前。

霍拉旭　我不知道究竟应该怎样想，可是我有一种大致的感觉，这恐怕预兆着我们国内将要有一番非常的变故。

马西勒斯　好吧，坐下来。谁要是知道的，请告诉我，为什么我们要有这样森严的戒备，使全国的军民每夜不得安息；为什么每天都在制造铜炮，还要向国外购买战具；为什么赶造这许多船只，连星期日也不停止工作；这样夜以继日地辛苦忙碌，究竟将要有什么事情发生呢？谁能够告诉我？

霍拉旭　我可以告诉你，至少一般人都是这样传说。刚才他的形象还向我们出现的那位已故的王上，你们知道，曾经接受骄矜好胜的挪威的福丁布拉斯的挑战。在那一次决斗中间，我们的勇武的哈姆莱特——他的英名是举世称颂的——把福丁布拉斯杀死了；按照双方根据法律和骑士精神所订立的协定，福丁布拉斯要是战败了，除了他自己的生命以外，必须把他所有的一切土地拨归胜利的一方；同时我们的王上也提出相当的土地作为赌注，要是福丁布拉斯得胜了，就归他没收占有，正像在同一协定上所规定的，他失败了，哈姆莱特可以把他的土地没收占有一样。现在要说起那位福丁布拉斯的儿子，他生得一副烈火也似的性格，已经在挪威的四境招集了一群无赖之徒，供给他们衣食，驱策他们去干冒险的勾当；他的唯一的目的我们的当局看得很清楚，无非是要用武力和强迫性的条件，夺回他父亲所丧失的土地。照我所知道的，这就是我们种种准备的主要动机，我们这样戒备的唯一原因，也是全国所以这样慌忙骚乱的缘故。

勃那多　我想正是为了这一个缘故。我们那位王上在过去和目前的战乱中间，都是一个主要的角色，所以无怪他的武装的形象要向我们出现示警了。

霍拉旭　那是扰乱我们心灵之眼的一点微尘。从前在富强繁盛的罗马，当那雄才大略的裘利斯·凯撒遇害以前不久，披着殓衾的死人都从坟墓里出来，在街道上啾啾鬼语，星辰拖着火尾，露水带血，太阳变色，支配潮汐的月亮被吞蚀得像一个没有起色的病人；这一类预报重大变故的征兆，在我们国内也已经屡次出现了。

【鬼魂重上。

霍拉旭　可是不要响！瞧！瞧！它又来了！（鬼魂张开双臂）我要挡住它的去路，即使它会害我。不要走，鬼魂！要是你能开口，对我说话吧；要是我有可以为你效劳之处，使你的灵魂得到安息，那么对我说话吧；要是你预知祖国的命运，靠着你的指示，也许可以及时避免未来的灾祸，那么对我说话吧！或者你在生前曾经把你搜括得来的财宝埋藏在地下，我听见人家说，鬼魂往往在他们藏金的地方徘徊不散，（鸡啼）要是有这样的事，你也对我说吧；不要走，说呀！拦住它，马西勒斯。

马西勒斯　要不要用我的戟刺它？

霍拉旭　好的，要是它不肯站定。

勃那多　它在这儿！

霍拉旭　它在这儿！

马西勒斯　它走了！（鬼魂下）我们不该用暴力对待这样一个尊严的亡魂；因为它是像空气一样不可侵害的，我们无益的打击不过是恶意的徒劳。

勃那多　它正要说话的时候，鸡就啼了。

霍拉旭　于是它就像一个罪犯听到了可怕的召唤似地惊跳起来。我听人家说，报晓的雄鸡用它高锐的啼声，唤醒了白昼之神，一听到它的警告，那些在海里、火里、地下、空中，到处浪游的有罪的灵魂，就一个个钻回各自的巢穴里去;这句话现在已经证实了。

马西勒斯　它在鸡啼的时候隐去。有人说我们的救主将要诞生以前,这报晓的鸟儿彻夜长鸣;那时候,他们说,没有一个鬼魂可以出外行走,夜间的空气非常清净,没有一颗星用毒光射人,没有一个神仙用法术迷人,妖巫的符咒也失去了力量,一切都是圣洁而美好的。

霍拉旭　我也听人家这样说过,倒有几分相信。可是瞧,清晨披着赤褐色的外衣,已经踏着那边东方高山上的露水走过来了。我们也可以下岗了。照我的意思,我们应该把我们今夜看见的事情告诉年轻的哈姆莱特;因为凭着我的生命起誓,这一个鬼魂虽然对我们不发一言,见了他一定有话要说。你们以为按着我们的交情和责任说起来,是不是应当让他知道这件事情?

马西勒斯　很好,我们决定去告诉他吧。我知道今天在什么地方最容易找到他。(同下)

第二场　城堡中的大厅

【国王、王后、哈姆莱特、波洛涅斯、雷欧提斯、伏提曼德、考尼律斯、群臣、侍从等上。

国王　虽然我们亲爱的兄长哈姆莱特王新丧未久,我们的心里应当充满了悲痛,我们全国都应当表示一致的哀悼,可是我们凛于后死者责任的重大,不能不违情逆性,一方面固然要用适度的悲哀纪念他,一方面也要为自身的利害着想;所以在一种悲喜交集的情绪之下,让幸福和忧郁分据了我的两眼,殡葬的挽歌和结婚的笙乐同时并奏,用盛大的喜乐抵销沉重的不幸,我已经和我旧日的长嫂、当今的王后、这一个尚武之国的共同的统治者,结为夫妇;这一次婚姻事先曾经征求各位的意见,多承你们诚意的赞助,这是我必须向大家致谢的。现在我要告诉你们知道,年轻的福丁布拉斯看轻了我们的实力,也许他以为自从我们亲爱的王兄崩逝以后,我们的国势已经瓦解,所以挟着他的从中取利的梦想,不断向我们书面要求把他的父亲依法割让给我们英勇的王兄的土地归还。这是他一方面的话。现在要讲到我们的态度和今天召集各位来此的目的。我们的对策是这样的:我这儿已经写好了一封信给挪威国王,年轻的福丁布拉斯的叔父,他因为卧病在床,不曾与闻他侄子的企图,在这里我请他注意他的侄子擅自在国内征募壮丁,训练士卒,积极进行各种准备的事实,要求他从速制止他的进一步的行动。现在我就派遣你,考尼律斯,还有你,伏提曼德,替我把这封信送去给挪威老王,除了训令上所规定的条件以外,你们不得僭用你们的权力和挪威成立逾越范围的妥协。(交一份文书)你们赶紧去吧,再会!

考尼律斯、伏提曼斯　我们定当尽力执行陛下的旨意。

国王　我相信你们的忠心,再会!(伏提曼斯、考尼律斯同下)现在,雷欧提斯,你有什么话说?你对我说你有一个请求,是什么请求,雷欧提斯?只要是合理的事情,你向丹麦王说了,他总不会不答应你。你有什么要求,雷欧提斯,不是我在你没有开口以前就自动许给了你?丹麦王室和你父亲的关系,正像头脑之与心灵一样密切;丹麦国王乐意为你父亲效劳,正像双手乐意为嘴效劳。你要些什么,雷欧提斯?

雷欧提斯　陛下,我要请求您允许我回到法国去。这一次我回国参加陛下加冕的盛典,略尽臣子的微忱,实在是莫大的荣幸;可是现在我的任务已尽,我的心愿又向法国飞驰,但求陛下开恩允许。

国王　你父亲已经答应你了吗?波洛涅斯怎么说?

波洛涅斯　陛下,我却不过他几次三番的恳求,已经勉强答应他了。请陛下放他去了吧。

国王　好好利用你的时间,雷欧提斯,尽情发挥你的才能吧!可是,来,我的侄儿哈姆莱特,我的孩子——

哈姆莱特　(旁白)超乎寻常的亲族,漠不相干的路人。

国王　为什么愁云依旧笼罩在你的身上?

哈姆莱特　不,陛下,我已经在太阳里晒得太久了。

王后　好哈姆莱特,脱下你的黑衣,对你的父王应该和颜悦色一点;不要老是垂下眼皮,在泥土之中找寻你的高贵的父亲。你知道这是一件很普通的事情,活着的人谁都要死去,从生存的空间踏进了永久的宁静。

哈姆莱特　嗯,母亲,这是一件很普通的事情。

王后　既然是很普通的,那么你为什么瞧上去好像老是这样郁郁于心呢?

哈姆莱特　“好像”，母亲！不，是这样就是这样，我不知道什么“好像”不“好像”。好妈妈，我的墨黑的外套、礼俗上规定的丧服、勉强吐出来的叹气、像滚滚江流一样的眼泪、悲苦沮丧的脸色以及一切仪式、外表和忧伤的流露，都不能表示出我的真实的情绪。这些才真是给人瞧的，因为谁都可以做作成这种样子。它们不过是悲哀的装饰和衣服；可是我的郁结的心事却是无法表现出来的。

国王　哈姆莱特，你这样孝思不匮，原是你天性中纯笃过人之处；可是你要知道，你的父亲也曾失去过一个父亲，那失去的父亲自己也失去过父亲。那后死的儿子为了尽他的孝道起见，必须有一个时期服丧守制，然而固执不变的哀伤，却是一种逆天悖理的愚行，不是堂堂男子所应有的举止；它表现出一个不肯安于天命的意志，一个经不起艰难痛苦的心，一个缺少忍耐的头脑和一个简单愚昧的理性。既然我们知道那是无可避免的事，无论谁都要遭遇到同样的经验，那么我们为什么要这样固执地把它介介于怀呢？嘿！那是对上天的罪戾，对死者的罪戾，也是违反人情的罪戾；在理智上它是完全荒谬的，因为从第一个死了的父亲起，直到今天死去的最后一个父亲为止，理智永远在呼喊，“这是无可避免的。”我请你抛弃了这种无益的悲伤，把我当作你的父亲；因为我要让全世界知道，你是王位的直接的继承者，我要给你尊荣和恩宠，不亚于一个最慈爱的父亲之于他的儿子。至于你要回到威登堡去继续求学的意思，那是完全违反我们的愿望的；请你听从我的劝告，不要离开这里，在朝廷上领袖群臣，做我们最密近的国亲和王子，使我们因为每天能够看见你而感到欢欣。

王后　不要让你母亲的祈求全归无用，哈姆莱特，请你不要离开我们，不要到威登堡去。

哈姆莱特　我将要勉力服从您的意志，母亲。

国王　啊，那才是一句有孝心的答复；你将在丹麦享有和我同等的尊荣。御妻，来。哈姆莱特这一种自动的顺从使我非常高兴；为了表示庆祝起见，今天丹麦王每一次举杯祝饮的时候，都要放一响高入云霄的礼炮，让上天应和着地上的雷鸣，发出欢乐的回声。来。（除哈姆莱特外，均下）

哈姆莱特　啊，但愿这一个太坚实的肉体会融解、消散，化成一片露水！或者那永生的真神不曾制定禁止自杀的律法！上帝啊！上帝啊！人世间的一切在我看来是多么可厌、陈腐、乏味而无聊！哼！哼！那是一个荒芜不治的花园，长满了恶毒的莠草。想不到居然会有这种事情！刚死了两个月！不，两个月还不满！那样好的一个国王，比起这一个来，简直是天神和丑怪；那样爱我的母亲，甚至不愿让天风吹痛她的脸庞。天和地啊！我必须记着吗？嘿，她会偎倚在他的身旁，好像吃了美味的食物，格外促进了食欲一般；可是，只有一个月的时间，我不能再想下去了！脆弱啊，你的名字就是女人！短短的一个月以前她哭得像个泪人儿似的，送我那可怜的父亲下葬；她在送葬的时候所穿的那双鞋子现在还没有破旧，她就，她就——上帝啊！一头没有理性的畜生也要悲伤得长久一些——她就嫁给我的叔父、我的父亲的弟弟，可是他一点不像我的父亲，正像我一点不像赫拉克勒斯一样。只有一个月的时间，她那流着虚伪之泪的眼睛还没有消去它们的红肿，她就嫁了人了。啊，罪恶的仓促，这样迫不及待地钻进了乱伦的衾被！那不是好事，也不会有好结果；可是碎了吧，我的心，因为我必须噤住我的嘴！

【霍拉旭、马西勒斯、勃那多同上。

霍拉旭　祝福，殿下！

哈姆莱特　我很高兴看见你身体康健，霍拉旭。

霍拉旭　我也是这样，殿下，我永远是您的卑微的仆人。

哈姆莱特　不，你是我的好朋友，我愿意和你朋友相称。你怎么不在威登堡，霍拉旭？马西勒斯！

马西勒斯　殿下——

哈姆莱特　我很高兴看见你。（向勃那多）午安，朋友。——可是你究竟为什么离开威登堡？

霍拉旭　无非是偷闲躲懒罢了，殿下。

哈姆莱特　我不愿听见你的仇敌说这样的话，你也不能用这样的话刺痛我的耳朵，使它相信你对你自己所作的诽谤；我知道你不是一个偷闲躲懒的人。可是你在厄耳锡诺有什么事？趁着你未去之前，我们要陪你痛饮几杯哩。

霍拉旭　殿下，我是来参加您的父王的葬礼的。

哈姆莱特　请你不要取笑，我的同学，我想你是来参加我的母后的婚礼的。

霍拉旭　真的，殿下，这两件事情相去得太近了。

哈姆莱特　这是一举两便的办法，霍拉旭！葬礼中剩下来的残羹冷炙，正好宴请婚筵上的宾客。霍拉旭，我宁愿在天上遇见我的最痛恨的仇人，也不愿看到那样的一天！我的父亲，我仿佛看见我的父亲。

霍拉旭　啊，在什么地方，殿下？

哈姆莱特　在我的心灵的眼睛里，霍拉旭。

霍拉旭　我曾经见过他一次。他是一位很好的君王。

哈姆莱特　他是一个堂堂男子。整个儿说起来，我再也见不到像他那样的人了。

霍拉旭　殿下，我想我昨天晚上看见他。

哈姆莱特　看见谁？

霍拉旭　殿下，我看见您的父王。

哈姆莱特　我的父王！

霍拉旭　不要吃惊，请您静静地听我把这件奇事告诉您，这两位可以替我做见证。

哈姆莱特　看在上帝的分上，讲给我听。

霍拉旭　这两位朋友，马西勒斯和勃那多，在万籁俱寂的午夜守望的时候，曾经连续两次看见一个自顶至踵全身甲胄、像您父亲一样的人形，在他们的面前出现，用庄严而缓慢的步伐走过他们的身边。在他们惊奇骇愕的眼前，他三次走过去，他手里所握的鞭杖可以碰到他们的身上；他们吓得几乎浑身都瘫痪了，只是呆立着不动，一句话也没有对他说。怀着惴惧的心情，他们把这件事悄悄地告诉了我，我就在第三夜陪着他们一起守望；正像他们所说的一样，那鬼魂又出现了，出现的时间和他的形状，证实了他们的每一个字都是正确的。我认识您的父亲，那鬼魂是那样酷肖他的生前，我这两手也不及他们彼此的相似。

哈姆莱特　可是这是在什么地方？

马西勒斯　殿下，就在我们守望的露台上。

哈姆莱特　你有没有对它说话？

霍拉旭　殿下，我说了，可是它没有回答我；不过有一次我觉得它好像抬起头来，像要开口说话似的，可是就在那时候，晨鸡高声啼了起来，它一听见鸡叫声，就很快地隐去不见了。

哈姆莱特　这很奇怪。

霍拉旭　凭着我的生命起誓，殿下，这是真的。我们认为按着我们的责任，应该让您知道这件事。

哈姆莱特　不错，不错，朋友们，可是这件事情很使我迷惑。你们今晚仍旧要去守望吗？

马西勒斯、勃那多　是，殿下。

哈姆莱特　你们说他穿着甲胄吗？

马西勒斯、勃那多　是，殿下。

哈姆莱特　从头到脚？

马西勒斯、勃那多　从头到脚，殿下。

哈姆莱特　那么你们没有看见他的脸吗？

霍拉旭　啊，见的，殿下，他的脸甲是掀起的。

哈姆莱特　怎么，他瞧上去像在发怒吗？

霍拉旭　他的脸上悲哀多于愤怒。

哈姆莱特　他的脸色是惨白的还是红红的？

霍拉旭　非常惨白。

哈姆莱特　他把眼睛注视着你吗？

霍拉旭　他直盯着我瞧。

哈姆莱特　我真希望当时我也在场。

霍拉旭　那一定会使您惊愕万分。

哈姆莱特　多半会的，多半会的。它停留得长久吗？

霍拉旭　大概有一个人用不快不慢的速度从一数到一百那样长。

马西勒斯、勃那多　还要长一些，还要长一些。

霍拉旭　我看见他的时候，不过是这么长。

哈姆莱特　他的胡须是斑白的吗？

霍拉旭　是的，正像我在他生前看见的那样，乌黑的胡须里略有几根变成白色。

哈姆莱特　我今晚也要守夜去。也许它还会出来。

霍拉旭　我可以担保它一定会出来。

哈姆莱特　要是它借着我的父王的形貌出现，即使地狱张开嘴来，叫我不要作声，我也一定要对它说话。要是你们到现在还没有把你们所看见的告诉别人，那么我要请求你们大家继续保持沉默；无论今夜发生什么事情，都请放在心里，不要在口舌之间泄漏出来。我一定会报答你们的忠诚。好，再会。今晚十一点钟到十二点钟之间，我要到露台上来看你们。

众人　我们愿意为殿下尽忠。

哈姆莱特　让我们彼此保持着不渝的交情，再会！（霍拉旭、马西勒斯、勃那多同下）我父亲的灵魂披着甲胄！事情有些不妙，我恐怕这里面有奸人的恶计。但愿黑夜早点到来！静静地等着吧，我的灵魂；罪恶的行为总有一天会被发现，虽然地上所有的泥土把它们遮掩。（下）

第三场　波洛涅斯家中一室

【雷欧提斯及奥菲利娅上。

雷欧提斯　我需要的物件已经装在船上，再会了，妹妹；在好风给人方便，又有船只往来的时候，不要贪睡，让我听见你的消息。

奥菲利娅　你还不相信我吗？

雷欧提斯　对于哈姆莱特和他的调情献媚，你必须把它认作年轻人一时的感情冲动，一朵初春的紫罗兰早熟而易凋，馥郁而不能持久，一分钟的芬芳和喜悦，如此而已。

奥菲利娅　不过是如此吗？

雷欧提斯　不过如此。因为像新月一样逐渐饱满的人生，不仅是肌肉和体格的成长，而且随着身体的发展，精神和心灵也同时扩大。也许他现在爱你，他的真诚的意志是纯洁而不带欺诈的；可是你必须留心，他有这样高的地位，他的意志并不属于他自己，因为他自己也要被他的血统所支配；他不能像一般庶民一样为自己选择，因为他的决定足以影响到整个国本的安危，他是全身的首脑，他的选择必须得到各部分肢体的同意;所以要是他说,他爱你,你应当想一想,以他王子之尊究竟能做到几分,那是必须以丹麦的公意给他的赞同为限的。你再想一想,要是你用过于轻信的耳朵倾听他的歌曲,让他攫走了你的心,在他的狂妄的渎求之下打开了你的宝贵的童贞,那时候你的名誉将要蒙受多大的损失。留心,奥菲利娅,留心,我的亲爱的妹妹,不要放纵你的爱情,不要让欲望的利箭把你射中。一个自爱的女郎不应该向月亮显露她的美貌;圣贤也不能逃避谗口的中伤;春天的草木往往还没有吐放它们的蓓蕾,就被蛀虫蠹蚀;朝露一样晶莹的青春,常常会受到罡风的吹打。所以留心吧,戒惧是最安全的方策;即使没有旁人的诱惑,少年的血气也要向他自己叛变。

奥菲利娅　我将要记住你这段很好的教训,让它看守着我的心。可是,我的好哥哥,你不要像有些坏牧师一样,指点我上天去的险峻的荆棘之途,自己却在花街柳巷流连忘返,忘记了自己的箴言。

雷欧提斯　啊!不要为我担心。我耽搁得太久了,可是父亲来了。

【波洛涅斯上。

雷欧提斯　两度祝福是双倍福分;第二次的告别是格外可喜的。

波洛涅斯　还在这儿,雷欧提斯!上船去,上船去,真好意思!风息在帆顶上,人家都在等着你哩。好,我为你祝福!还有几句教训,希望你铭刻在记忆之中:不要想到什么就说什么,凡事必须三思而行。对人要和气,可是不要过分狎昵。相知有素的朋友,应该用钢圈箍在你的灵魂上,可是不要对每一个泛泛的新知滥施你的交情。留心避免和人家争吵,可是万一争端已起,就应该让对方知道你不是可以轻侮的。倾听每一个人的意见,可是只对极少数人发表你自己的看法;接纳每一个人的批评,可是保留你自己的判断。尽你的财力购制贵重的衣服,可是不要炫新立异,必须富丽而不浮艳,因为服装往往可以表现人格;法国的名流要人,在这一点上是特别注重的。不要向人告贷,也不要借钱给人,因为债款放了出去,往往不但丢了本钱,而且还失去了朋友;向人告贷的结果,是容易养成因循懒惰的习惯。尤其要紧的,你必须对你自己忠实;正像有了白昼才有黑夜一样,对自己忠实,才不会对别人欺诈。再会,愿我的祝福使这一番话在你的行事中实践。

雷欧提斯　父亲,我告别了。

波洛涅斯　时候不早了,去吧,你的仆人都在等着。

雷欧提斯　再会,奥菲利娅,记住我对你说的话。

奥菲利娅　你的话已经锁在我的记忆里,那钥匙你替我保管着吧。

雷欧提斯　再会!(下)

波洛涅斯　奥菲利娅,他对你说些什么话?

奥菲利娅　回父亲的话,我们刚才谈起哈姆莱特殿下的事情。

波洛涅斯　嗯,这是应该考虑一下的。听说他近来常常跟你在一起,你也从来不拒绝他的求见;要是果然有这种事——人家这样告诉我,也无非是叫我注意的意思——那么我必须对你说,你还没有懂得你做了我的女儿,按照你的身份,应该怎样留心你自己的行动。究竟在你们两人之间有些什么关系?老实告诉我。

奥菲利娅　父亲,他最近曾经屡次向我表示他的爱情。

波洛涅斯　爱情!呸!你讲的话完全像是一个不曾经历过这种危险的不懂事的女孩子。你相信他的表示吗?

奥菲利娅　父亲,我不知道我应该怎样想才好。

波洛涅斯　好,让我来教你。你应该这样想,你是一个小孩子,把这些假钞当作了真金。你应该把你自己的价值抬高一些,否则——实话实说——你会叫我大大地出丑。

奥菲利娅　父亲,他向我求爱的态度是很光明正大的。

波洛涅斯　嗯,他的态度,很好,很好。

奥菲利娅　而且,父亲,他差不多用尽一切指天誓日的神圣的盟约,证实他的言语。

波洛涅斯　嗯,这些都是捕捉愚蠢的山鹬的圈套。我知道在热情燃烧的时候,一个人无论什么盟誓都会说出口来;这些火焰,女儿,是光多于热的,一下子就会光消焰灭,因为它们本来是虚幻的,你不能把它们当作真火看待。从现在起,你还是少露一些你的女儿家的脸;你应该抬高身价,不要让人家以为你是可以随意呼召的。对于哈姆莱特殿下,你应该这样想,他是个年轻的王子,他比你在行动上有更大的自由。总而言之,奥菲利娅,不要相信他的盟誓,因为它们都是诱人堕落的淫媒,用庄严神圣的辞令，掩饰淫邪险恶的居心。我的言尽于此，简单一句话，从现在起，我不许你跟哈姆莱特殿下谈一句话。你留点儿神吧。进去。

奥菲利娅　我一定听从您的话，父亲。（同下）

第四场　露　　台

【哈姆莱特、霍拉旭及马西勒斯上。

哈姆莱特　风吹得人怪痛的，这天气真冷。

霍拉旭　是很凛冽的寒风。

哈姆莱特　现在是什么时候了？

霍拉旭　我想还不到十二点。

马西勒斯　不，已经打过了。

霍拉旭　真的？我没有听见。那么鬼魂出现的时候快要到了。（内喇叭奏花腔及鸣炮声）这是什么意思，殿下？

哈姆莱特　王上今晚大宴群臣，作通宵的醉舞；每次他喝下了一杯葡萄美酒，铜鼓和喇叭便吹打起来，欢祝万寿。

霍拉旭　这是向来的风俗吗？

哈姆莱特　嗯，是的。可是我虽然从小就熟悉这种风俗，却也不是常常举行的。这一种酗酒纵乐的风俗，使我们在东西各国受到许多非议；他们称我们为酒徒醉汉，用下流的污名加在我们头上，使我们各项伟大的成就都因此而大为减色。在个人方面也常常是这样，有些人因为身体上长了丑陋的黑痣——这本来是天生的缺陷，不是他们自己的过失——或者生就一种令人侧目的怪癖，虽然他们此外还有许多纯洁优美的品性，可是为了这一个缺点，往往会受到世人的歧视。一点点恶癖往往遮盖了高贵的品性，败坏了一个人的声誉。

【鬼魂上。

霍拉旭　瞧，殿下，它来了！

哈姆莱特　天使保佑我们！不管你是一个善良的灵魂或是万恶的妖魔，不管你带来了天上的和风或是地狱中的罡风，不管你的来意好坏，因为你的形状是这样可疑，我要对你说话；我要叫你哈姆莱特君王，父亲！尊严的丹麦先王，啊，回答我！不要让我在无知的蒙昧里抱恨终天；告诉我为什么你长眠的骸骨不安墓穴，为什么安葬着你遗体的坟茔张开它沉重的大理石的两颚，把你重新吐放出来。你这已死的尸体这样全身甲胄，出现在月光之下，使黑夜变得这样阴森，使我们这些为造化所玩弄的愚人充满了不可思议的恐怖，究竟是什么意思呢？说，这是为了什么？你要我们怎样？（鬼魂向哈姆莱特招手）

霍拉旭　它招手叫您跟着它去，好像它有什么话要对您一个人说似的。

马西勒斯　瞧，它用很有礼貌的举动，招呼您到一个僻远的所在去；可是别跟它走。

霍拉旭　千万不要跟它去。

哈姆莱特　它不肯说话。我还是跟它去。

霍拉旭　不要去，殿下。

哈姆莱特　嗨，怕什么呢？我把我的生命看得不值一枚针；至于我的灵魂，那是跟它自己同样永生不灭的，它能够加害它吗？它又在招手叫我前去了。我要跟它去。

霍拉旭　殿下，要是它把您诱到潮水里去，或者把您领到下临大海的峻峭的悬崖之巅，在那边它现出了狰狞的面貌，吓得您丧失理智，变成疯狂，那可怎么好呢？您想，无论什么人一到了那样的地方，望着下面千仞的峭壁，听见海水奔腾的怒吼，即使没有别的原因，也会怪念迭起。

哈姆莱特　它还是在向我招手。去吧，我跟着你。

马西勒斯　您不能去，殿下。

哈姆莱特　放下你们的手！

霍拉旭　听我们的劝告，不要去。

哈姆莱特　我的命运在高声呼喊，使我全身每一根微细的血管都变得像怒狮的筋骨一样坚硬。（鬼魂招手）它仍旧在招我去。放开我，朋友们，凭着上天起誓，谁要是拉住了我，我要叫他变成一个鬼！走开！去吧，我跟着你。（鬼魂及哈姆莱特同下）

霍拉旭　幻想占据了他的头脑，使他不顾一切。

马西勒斯　让我们跟上去，我们不应该服从他的话。

霍拉旭　那么跟上去吧。这种事情会引出些什么结果来呢？

马西勒斯　丹麦国里恐怕有些不可告人的坏事。

霍拉旭　上天的旨意支配一切。

马西勒斯　得了，我们还是跟上去吧。（同下）

第五场　露台另一处

【鬼魂及哈姆莱特上。

哈姆莱特　你要领我到什么地方去？说！我不愿再前进了。

鬼魂　听我说。

哈姆莱特　我在听着。

鬼魂　我的时间快要到了，我必须再回到硫磺的烈火里去受煎熬的痛苦。

哈姆莱特　唉，可怜的亡魂！

鬼魂　不要可怜我，你只要留心听着我将要告诉你的话。

哈姆莱特　说吧，我在这儿听着。

鬼魂　你听了以后，必须替我报仇。

哈姆莱特　什么？

鬼魂　我是你父亲的灵魂，因为生前孽障未尽，被判在晚间游行地上，白昼忍受火焰的烧灼，必须经过相当的时期，等生前的过失被火焰净化以后，方才可以脱罪。若不是因为我不能违犯禁令，泄漏我的狱室中的秘密，我可以告诉你一点事，最轻微的一句话，都可以使你魂飞魄散，使你年轻的血液凝冻成冰，使你的双眼像脱了轨道的星球一样向前突出，使你的纠结的鬈发根根分开，像愤怒的豪猪身上的刺毛一样森然耸立；可是这一种永恒的神秘，是不能向血肉的凡耳宣示的。听着，听着，啊，听着！要是你曾经爱过你的亲爱的父亲——

哈姆莱特　上帝啊！

鬼魂　你必须替他报复那逆伦惨恶的杀身的仇恨。

哈姆莱特　杀身的仇恨！

鬼魂　杀人是重大的罪恶；可是这一件谋杀的惨案，更是最骇人听闻而逆天害理的罪行。

哈姆莱特　赶快告诉我知道，让我驾着像思想和爱情一样迅速的翅膀，飞去把仇人杀死。

鬼魂　我的话果然激动了你;要是你听见了这种事情而漠然无动于衷,那你除非比舒散在忘河之滨的蔓草还要冥顽不灵。现在,哈姆莱特,听我说。一般人都以为我在花园里睡觉的时候,一条蛇来把我螫死,这一个虚构的死状,把丹麦全国的人都骗过了;可是你要知道,好孩子,那毒害你父亲的蛇,头上戴着王冠呢。

哈姆莱特　啊,我的预感果然是真!我的叔父?

鬼魂　嗯,那个乱伦的奸淫的畜生,他有的是过人的诡诈,天赋的奸恶,凭着他的阴险的手段,诱惑了我的外表上似乎非常贞淑的王后,满足他的无耻的兽欲。啊,哈姆莱特,那是一个多么卑鄙无耻的背叛!我的爱情是那样纯洁真诚,始终信守着我在结婚的时候对她所作的盟誓;她却会对一个天赋的才德远不如我的恶人降心相从!可是正像一个贞洁的女子,虽然淫欲罩上神圣的外表也不能把她煽动一样,一个淫妇虽然和光明的天使为偶,也会有一天厌倦于天上的唱随之乐,而宁愿搂抱人间的朽骨。可是且慢!我仿佛嗅到了清晨的空气。让我把话说得简短一些。当我按照每天午后的惯例,在花园里睡觉的时候,你的叔父趁我不备,悄悄溜了进来,拿着一个盛着毒草汁的小瓶,把一种使人麻痹的药水注入我的耳腔之内,那药性发作起来,会像水银一样很快地流过了全身的大小血管,像酸液滴进牛乳般地把淡薄而健全的血液凝结起来;它一进入我的身体里,我全身光滑的皮肤上便立刻发生无数疱疹,像害着癞病似的满布着可憎的鳞片。这样,我在睡梦之中,被一个兄弟同时夺去了我的生命、我的王冠和我的王后;甚至于不给我一个忏罪的机会,使我在没有领到圣餐也没有受过临终涂膏礼以前,就一无准备地负着我的全部罪恶去对簿阴曹。可怕啊,可怕!要是你有天性之情,不要默尔而息,不要让丹麦的御寝变成了藏奸养逆的卧榻;可是无论你怎样进行复仇,你的行事必须光明磊落,更不可对你的母亲有什么不利的图谋,她自会受上天的裁判和她自己内心中的荆棘的刺戳。现在我必须去了!萤火的微光已经开始暗淡下去,清晨快要到来了。再会,再会!哈姆莱特,记着我。(下)

哈姆莱特　天上的神明啊!地啊!再有什么呢?我还要向地狱呼喊吗?

啊,呸!忍着吧,忍着吧,我的心!我的全身的筋骨,不要一下子就变成衰老,支持着我的身体呀!记着你!是的,你可怜的亡魂,当记忆不曾从我这混乱的头脑里消失的时候,我会记着你的。记着你!是的,我要从我的记忆的碑版上拭去一切琐碎愚蠢的记录、一切书本上的格言、一切陈言套语、一切过去的印象、我的少年的阅历所留下的痕迹,只让你的命令留在我的脑筋的书卷里,不搀杂一点下贱的废料;是的,上天为我作证!啊,最恶毒的妇人!啊,奸贼,奸贼,脸上堆着笑的万恶的奸贼!我的记事板呢?我必须把它记下来:一个人尽管满面都是笑,骨子里却是杀人的奸贼;至少我相信在丹麦是这样的。(写字)好,叔父,我把你写下来了。现在我要记下我的话,那是,"再会,再会!记着我。"我已经发过誓了。

霍拉旭　(在内)殿下!殿下!

马西勒斯　(在内)哈姆莱特殿下!

【霍拉旭及马西勒斯上。

霍拉旭　上天保佑他!

哈姆莱特　但愿如此!

霍拉旭　喂,呵,呵,殿下!

哈姆莱特　喂,呵,呵,孩儿!来,鸟儿,来。

马西勒斯　怎样,殿下?

霍拉旭　有什么事,殿下?

马西勒斯　怎么一回事?

哈姆莱特　啊,奇怪!

霍拉旭　好殿下,告诉我们。

哈姆莱特　不,你们会泄漏出去的。

霍拉旭　不,殿下,凭着上天起誓,我一定不泄漏。

马西勒斯　我也一定不泄漏,殿下。

哈姆莱特　那么你们说,哪一个人会想得到有这种事?可是你们能够保守秘密吗?

霍拉旭、马西勒斯　是,上天为我们作证,殿下。

哈姆莱特　在全丹麦从来不曾有哪一个奸贼——不是一个十足的坏人。

霍拉旭　殿下，这样一句话是用不到什么鬼魂从坟墓里出来告诉我们的。

哈姆莱特　啊，对了，你说得有理。所以，我们还是不必多说废话，大家握握手分开了吧。你们可以去照你们自己的意思干你们自己的事——因为各人都有各人的意思和各人的事——至于我自己，那么我对你们说我是要去祈祷去的。

霍拉旭　殿下，您这些话好像有些疯疯癫癫似的。

哈姆莱特　我的话冒犯了你，真是非常抱歉。是的，我从心底里抱歉。

霍拉旭　哪儿的话，殿下。

哈姆莱特　不，凭着圣伯特力克[①]的名义，霍拉旭，我真是非常冒犯了你。讲到这一个幽灵，那么让我告诉你们，它是一个诚实的亡魂；你们要是想知道它对我说了些什么话，我只好请你们暂时不必动问。现在，好朋友们，你们都是我的朋友，都是学者和军人，请你们允许我一个卑微的要求。

霍拉旭　是什么要求，殿下？我们一定允许您。

哈姆莱特　永远不要把你们今晚所见的事情告诉别人。

霍拉旭、马西勒斯　殿下，我们一定不告诉别人。

哈姆莱特　不，你们必须宣誓。

霍拉旭　凭着良心起誓，殿下，我决不告诉别人。

马西勒斯　凭着良心起誓，殿下，我也决不告诉别人。

哈姆莱特　把手按在我的剑上宣誓。

马西勒斯　殿下，我们已经宣誓过了。

哈姆莱特　那不算，把手按在我的剑上。

鬼魂　（在台板下）宣誓！

哈姆莱特　啊哈！孩儿！你也这样说吗？你在那儿吗，好家伙？来，你们不听见这个地窖里的人怎么说吗？宣誓吧。

霍拉旭　请您教我们怎样宣誓，殿下。

哈姆莱特　永不向人提起你们所看见的这一切。把手按在我的剑上宣誓。

---

① 圣伯特力克，爱尔兰的保护神。

鬼魂 （在下）宣誓！

哈姆莱特 你到处跟着我们吗？那么我们换一个地方。过来，朋友们。把你们的手按在我的剑上，宣誓永不向人提起你们所听见的这一切。

鬼魂 （在下）宣誓！

哈姆莱特 说得好，老鼹鼠！你能够在地底钻得这么快吗？好一个开路的先锋！好朋友们，我们再来换一个地方。

霍拉旭 哎哟，真是不可思议的怪事！

哈姆莱特 那么你还是用见怪不怪的态度对待它吧。霍拉旭，天地之间有许多事情，是科学所没有梦想到的呢。可是，来，上帝的慈悲保佑你们，你们必须再作一次宣誓。我今后也许有时候要故意装出一副疯疯癫癫的样子，你们要是在那时候看见了我的古怪的举动，切不可像这样交叉着手臂，或者这样摇头摆脑地，或者嘴里说一些吞吞吐吐的词句，例如"呃，呃，我们知道"，或是"只要我们高兴，我们就可以"，或是"要是我们愿意说出来的话"，或是"有人要是怎么怎么"，诸如此类的含糊其辞的话语，表示你们知道我有些什么秘密；你们必须答应我避免这一类言词，上帝的恩惠和慈悲保佑着你们，宣誓吧。

鬼魂 （在下）宣誓！（众宣誓）

哈姆莱特 安息吧，安息吧，受难的灵魂！好，朋友们，我用全心的真情，信赖着你们两位；要是在哈姆莱特的微弱的能力以内，能够有可以向你们表示他的友情之处，上帝在上，我一定不会有负你们。让我们一同进去；请你们记着在无论什么时候都要守口如瓶。这是一个颠倒混乱的时代，唉，倒霉的我却要负起重整乾坤的责任！来，我们一块儿去吧。（同下）

第二幕

第一场　波洛涅斯家中一室

【老波洛涅斯及家仆雷奈尔多上。

波洛涅斯　把这些钱和这封信交给他,雷奈尔多。

雷奈尔多　是,老爷。

波洛涅斯　好雷奈尔多,你在没有去看他以前,最好先探听探听他的行为。

雷奈尔多　老爷,我本来就有这个意思。

波洛涅斯　很好,很好,好得很。你先给我调查调查有些什么丹麦人在巴黎,他们是干什么的,叫什么名字,有没有钱,住在什么地方,跟哪些人作伴,用度大不大;用这种转弯抹角的方法,要是你打听到他们也认识我的儿子,你就可以更进一步,表示你对他也有相当的认识;你可以这样说:"我知道他的父亲和他的朋友,对他也略为有点认识。"你听着没有,雷奈尔多?

雷奈尔多　是,我在留心听着,老爷。

波洛涅斯　"对他也略为有点认识,可是,"你可以说,"不怎么熟悉;不过假如果然是他的话,那么他是个很放浪的人,有些怎么怎么的坏习惯。"说到这里,你就可以随便捏造一些关于他的坏话;当然啰,你不能把他说得太不成样子,那是会损害他的名誉的,这一点你必须注意;可是你不妨举出一些纨绔子弟们所犯的最普通的浪荡的行为。

雷奈尔多　譬如赌钱，老爷。

波洛涅斯　对了，或是喝酒、斗剑、赌咒、吵嘴、嫖妓之类，你都可以说。

雷奈尔多　老爷，那是会损害他的名誉的。

波洛涅斯　不，不，你可以在言语之间说得轻淡一些。可不能多糟贱他。你不能说他公然纵欲，那可不是我的意思；可是你要把他的过失讲得那么巧妙，让人家听着好像那不过是行为上的小小的不检，一个血气方刚的一时胡闹，一般公子哥儿难免的放浪行为。

雷奈尔多　可是老爷——

波洛涅斯　为什么叫你做这种事？

雷奈尔多　是的，老爷，请您告诉我。

波洛涅斯　呃，我的用意是这样的，我相信其中自有妙处：你这样轻描淡写地说了我儿子的一些坏话，就像你提起一件略有污损的东西似的，听着，要是跟你谈话的那个人，也就是你向他探询的那个人，果然看见过你所说起的那个少年犯了你刚才所列举的那些罪恶，他一定会用这样的话对你表示同意："好先生——"也许他称你"朋友"，"仁兄"，按照着各人的身份和各国的习惯。

雷奈尔多　很好，老爷。

波洛涅斯　然后他就——他就——我刚才要说一句什么话？哎哟，我正要说一句什么话，我说到什么地方啦？

雷奈尔多　您刚才说到"用这样的话表示同意"。

波洛涅斯　说到"用这样的话表示同意"，嗯，对了，他会用这样的话对你表示同意："我认识这位绅士，昨天我还看见他，或许是前天，或许是什么什么时候，跟什么什么人在一起，正像您所说的，他在什么地方赌钱，在什么地方喝得酩酊大醉，在什么地方因为打网球而跟人家打起架来"；也许他还会说，"我看见他走进什么什么一家生意人家去"，那就是说窑子或是诸如此类的所在。你瞧，你用说谎的钓饵，就可以把事实的真相诱上你的钓钩；我们有智慧有见识的人，往往用这种旁敲侧击的方法，间接达到我们的目的；你也可以照着我上面所说的那一番话，探听出我的儿子的行为。你懂得我的意思没有？

雷奈尔多　老爷,我懂得。

波洛涅斯　上帝和你同在,再会!

雷奈尔多　那么我去了,老爷。

波洛涅斯　你自己也得留心观察他的举止。

雷奈尔多　是,老爷。

波洛涅斯　叫他用心学习音乐。

雷奈尔多　是,老爷。

波洛涅斯　你去吧!(雷奈尔多下)

【奥菲利娅上。

波洛涅斯　啊,奥菲利娅!什么事?

奥菲利娅　哎哟,父亲,我吓死了!

波洛涅斯　凭着上帝的名义,怕什么?

奥菲利娅　父亲,我正在房间里缝纫的时候,哈姆莱特殿下跑了进来,走到我的面前;他上身的衣服完全没有扣上钮子,头上也不戴帽子,他的袜子上沾着污泥,没有袜带,一直垂到脚踝上;他的脸色像他的衬衫一样白,他的膝盖互相碰撞,他的神气是那样凄惨,好像他刚从地狱里逃出来,要向人讲述它的恐怖一样。

波洛涅斯　他因为不能得到你的爱而发疯了吗?

奥菲利娅　父亲,我不知道,可是我想也许是的。

波洛涅斯　他怎么说?

奥菲利娅　他握住我的手腕紧紧不放,拉直了手臂向后退立,用他的另一只手这样遮在他的额角上,一眼不眨地瞧着我的脸,好像要把它临摹下来似的。这样经过了好久的时间,然后他轻轻地摇动一下我的手臂,他的头上上下下点了三次,于是他发出了一声非常惨痛而深长的叹息,好像他的整个的胸部都要爆裂,他的生命就在这一声叹息中间完毕似的。然后他放松了我,转过他的身体,他的头还是向后回顾,好像他不用眼睛的帮助也能够找到他的路,因为直到他走出了门外,他的两眼还是注视在我的身上。

波洛涅斯　跟我来,我要见王上去。这正是恋爱不遂的疯狂;一个人受到这种剧烈的刺激,什么不顾一切的事情都会干得出来。我真后悔。怎么,你最近对他说过什么使他难堪的话没有?

奥菲利娅　没有,父亲,可是我已经遵从您的命令,拒绝他的来信,并且不允许他来见我。

波洛涅斯　这就是使他疯狂的原因。我很后悔看错了人。我以为他不过把你玩弄玩弄,恐怕贻误你的终身;可是我不该这样多疑!正像年轻人干起事来,往往不知道瞻前顾后一样,我们这种上了年纪的人,总是免不了思虑过多。来,我们见王上去。这种事情是不能蒙蔽起来的,要是隐讳不报,也许会闹出乱子来。来。(同下)

第二场　城堡中一室

【喇叭奏花腔。国王、王后、罗森格兰兹、吉尔登斯吞及侍从等上。

国王　欢迎,亲爱的罗森格兰兹和吉尔登斯吞!这次匆匆召请你们两位前来,一方面是因为我非常思念你们,一方面也是因为我有需要你们帮忙的地方。你们大概已经听到哈姆莱特的变化;我把它称为变化,因为无论在外表上或是精神上,他已经和从前大不相同。除了他父亲的死以外,究竟还有些什么原因,把他激成了这种疯疯癫癫的样子,我实在无从猜测。你们从小便跟他在一起长大,素来知道他的脾气,所以我特地请你们到我们宫廷里来盘桓几天,陪伴陪伴他,替他解解愁闷,同时趁机窥探他究竟有些什么秘密的心事,为我们所不知道的,也许一旦公开之后,我们就可以对症下药。

王后　他常常讲起你们两位,我相信世上没有哪两个人比你们更为他所亲信了。你们要是不嫌怠慢,答应在我们这儿小作逗留,帮助我们实现我们的希望,那么你们的盛情雅意,一定会受到丹麦王室隆重的礼谢的。

罗森格兰兹　我们是两位陛下的臣子,两位陛下有什么旨意,尽管命令我们,像这样言重的话,倒使我们置身无地了。

吉尔登斯吞　我们愿意投身在两位陛下的足下,两位陛下无论有什么命令,我们都愿意尽力奉行。

国王　谢谢你们,罗森格兰兹和善良的吉尔登斯吞。

王后　谢谢你们,吉尔登斯吞和善良的罗森格兰兹。现在我就要请你们立刻去看看我的大大变了样子的儿子。来人,领这两位绅士到哈姆莱特的地方去。

吉尔登斯吞　但愿上天保佑,使我们能够得到他的欢心,帮助他恢复常态!

王后　阿门!(罗森格兰兹、吉尔登斯吞及若干侍从下)

【波洛涅斯上。

波洛涅斯　启禀陛下,我们派往挪威去的两位钦使已经喜气洋洋地回来了。

国王　你总是带着好消息来报告我们。

波洛涅斯　真的吗,陛下?不瞒陛下说,我把我对于我的上帝和我的宽仁厚德的王上的责任,看得跟我的灵魂一样重呢。要是我的脑筋还没有出毛病,没有想到了岔路上去,那么我想我已经发现了哈姆莱特发疯的原因。

国王　啊!你说吧,我急着要听呢。

波洛涅斯　请陛下先接见了钦使;我的消息留作为茶余饭后的话题吧。

国王　那么有劳你去迎接他们进来。(波洛涅斯下)我的亲爱的王后,他对我说他已经发现了你的儿子心神不定的原因。

王后　我想主要的原因还是他父亲的死和我们过于迅速的结婚。

国王　好,等我们仔细问问。

【波洛涅斯率大使伏提曼德及考尼律斯重上。

国王　欢迎,我的好朋友们!伏提曼德,我们的挪威王兄怎么说?

伏提曼德　他叫我们向陛下转达他的友好的问候。他听到了我们的要求,就立刻传谕他的侄儿停止征兵;本来他以为这种举动是准备对付波兰人的,可是一经调查,才知道它的对象原来是陛下;他知道此事以后,痛心自己因为年老多病,受人欺罔,震怒之下,传令把福丁布拉斯逮捕;福丁布拉斯并未反抗,受到了挪威王一番申斥,最后就在他的叔父面前立誓决不兴兵侵犯陛下。老王看见他诚心悔过,非常欢喜,当下就给他三千克郎的年俸,并且委任他统率他所征募的那些兵士,去向波兰人征伐;同时他叫我把这封信呈上陛下,(以书信呈上)请求陛下允许他的军队借道通过陛下的领土,他已经在信里提出若干条件,保证决不扰乱地方的安宁。

国王　这样很好,等我们有空的时候,还要仔细考虑一下,然后答复。你们

远道跋涉，不辱使命，很是劳苦了，先去休息休息，今天晚上我们还要在一起欢宴。欢迎你们同来！（二使节及侍从下）

波洛涅斯　这件事情总算圆满结束了。王上，娘娘，要是我向你们长篇大论地解释君上的尊严、臣下的名分、白昼何以为白昼、黑夜何以为黑夜、时间何以为时间，那不过徒然浪费了昼夜的时间；所以，既然简洁是智慧的灵魂、冗长是肤浅的藻饰，我还是把话说得简单一些吧。你们的那位殿下是疯了；我说他疯了，因为假如要说明什么才是真疯，那么除了说他疯了以外，还有什么话好说呢？可是那也不用说了。

王后　多谈些实际，少弄些玄虚。

波洛涅斯　娘娘，我发誓我一点不弄玄虚。他疯了，这是真的；惟其是真的，所以才可叹，它的可叹也是真的——蠢话少说，因为我不愿故弄玄虚。好，让我们同意他已经疯了；现在我们就应该求出这一个结果的原因，或者不如说，这一种病态的原因，因为这个病态的结果不是无因而至的。这就是我们现在要做的一步工作。我们来想一想吧。我有一个女儿——当她还不过是我的女儿的时候，她是属于我的——难得她一片孝心，把这封信给了我；现在请猜一猜这里面说些什么话。（读信）“给那天仙化人的、我的灵魂的偶像，最美丽的奥菲利娅——”这是一句恶劣的句子，下流的句子，“美丽的”也是很下流的字眼。可是你们听下去吧：“让这几行诗句留下在她的皎洁的胸中——”

王后　这是哈姆莱特写给她的吗？

波洛涅斯　好娘娘，等一等，听我念下去。（读信）

“你可以疑心星星是火把；
　你可以疑心太阳会移转；
你可以疑心真理是谎话；
　可是我的爱永没有改变。

亲爱的奥菲利娅啊！我的诗写得太坏。我不会用诗句来抒写我的愁怀；可是相信我，最好的人儿啊！我最爱的是你。再会！最亲爱的小姐，只要我一息尚存，我就永远是你的，哈姆莱特。”这一封信是我的女儿出于孝顺之心拿来给我看的；此外，她又把他一次次求爱的情形，在什么时候、用什么方法、在什么所在，全都讲给我听了。

国王　可是她对于他的爱情抱着怎样的态度呢？

波洛涅斯　陛下以为我是怎么样的一个人？

国王　一个忠心正直的人。

波洛涅斯　但愿我能够证明自己是这样一个人。可是假如我看见这场热烈的恋爱正在进行——不瞒陛下说，我在我的女儿没有告诉我以前，就早已看出来了——假如我知道有了这么一回事，却在暗中玉成他们的好事，或者故意视若无睹，假作痴聋，一切不闻不问，那时候陛下的心里觉得怎样？我的好娘娘，您这位王后陛下的心里又觉得怎样？不，我一点儿也不敢懈怠我的责任，立刻我就对我那位小姐说："哈姆莱特殿下是一位王子，不是你可以仰望的；这种事情不能让它继续下去。"于是我把她教训一番，叫她深居简出，不要和他见面，不要接纳他的来使，也不要收受他的礼物；她听了这番话，就照着我的意思实行起来。说来话短，他受到拒绝以后，心里就郁郁不快，于是饭也吃不下了，觉也睡不着了，他的身体一天憔悴一天，他的精神一天恍惚一天，这样一步步发展下去，就变成现在他这一种为我们大家所悲痛的疯狂。

国王　你想是这个原因吗？

王后　这是很可能的。

波洛涅斯　我倒很想知道知道，哪一次我肯定地说过了"这件事情是这样的"，结果却并不是这样？

国王　照我所知道的，那倒是没有。

波洛涅斯　要是我说错了话，把这个东西从这上面拿了下来吧。（指自己的头及肩）只要有线索可寻，我总会找出事实的真相，即使那真相一直藏在地球的中心。

国王　我们怎么可以进一步试验试验？

波洛涅斯　您知道，有时候他会接连几个钟头在这儿走廊里踱来踱去。

王后　他真的常常这样踱来踱去。

波洛涅斯　趁他踱来踱去的时候，我就放我的女儿去见他，你我可以躲在帏幕后面注视他们相会的情形；要是他不爱她，他的理智不是因为恋爱而丧失，那么不要叫我襄理国家的政务，让我去做个耕田的农夫吧。

国王　我们要试一试。

【哈姆莱特读书上。

王后　可是瞧，这可怜的孩子忧忧愁愁地念着一本书来了。

波洛涅斯　请两位陛下避一避开，让我上前招呼他。（国王、王后及侍从等下）

【哈姆莱特读书上。

波洛涅斯　啊，恕我冒昧。您好，哈姆莱特殿下？

哈姆莱特　呃，上帝怜悯世人！

波洛涅斯　您认识我吗，殿下？

哈姆莱特　认识认识，你是一个卖鱼的贩子。

波洛涅斯　我不是，殿下。

哈姆莱特　那么，我但愿你是一个鱼贩一样的老实人。

波洛涅斯　老实，殿下？

哈姆莱特　嗯，先生，在这世界上，一万个人中间只不过有一个老实人。

波洛涅斯　这句话说得很对，殿下。

哈姆莱特　要是太阳在一头大可亲吻的死狗尸体上孵育蛆虫——你有一个女儿吗？

波洛涅斯　我有，殿下。

哈姆莱特　不要让她在太阳光底下行走。怀孕是一种幸福，可是你的女儿要是怀了孕，那可糟了。朋友，留心哪。

波洛涅斯　（旁白）你们瞧，他念念不忘地提到我的女儿，可是最初他不认识我，他说我是一个卖鱼的贩子。他的疯病已经很深了，很深了。说句老实话，我在年轻的时候，为了恋爱也曾大发其疯，那样子也跟他差不多哩。让我再去对他说话。——您在读些什么，殿下？

哈姆莱特　都是些空话，空话，空话。

波洛涅斯　讲些什么事情，殿下？

哈姆莱特　谁和谁啊？

波洛涅斯　殿下，我问的是你书里的事情。

哈姆莱特　一派诽谤，先生。这个专爱把人讥笑的坏蛋在这儿说着，老年人长着灰白的胡须，他们的脸上满是皱纹，他们的眼睛里粘满了眼屎，他们的头脑是空空洞洞的，他们的两腿是摇摇摆摆的；这些话，先生，虽然我十分相信，可是照这样写在书上，总有些有伤厚道；因为就是拿您先生自己来说，要是您能够像一只蟹一样向后倒退，那么您也应该跟我差不多老了。

波洛涅斯　（旁白）这些虽然是疯话，却有深意在内。——您要走到避风的地方去吗，殿下？

哈姆莱特　走进我的坟里去？

波洛涅斯　那可真是一个避风的地方。（旁白）他的回答有时候是多么深刻！疯狂的人往往能够说出理智清明的人所说不出来的话。我要离开他，立刻就去想法让他跟我的女儿见面。——殿下，我要向您告别了。

哈姆莱特　先生，那是再好没有的事；但愿我也能够向我的生命告别，但愿我也能够向我的生命告别，但愿我也能够向我的生命告别。

波洛涅斯　再会，殿下。

哈姆莱特　这些讨厌的老傻瓜！

【罗森格兰兹及吉尔登斯吞上。

波洛涅斯　你们要去找哈姆莱特殿下，那边就是。

罗森格兰兹　上帝保佑您，大人！（波洛涅斯下）

吉尔登斯吞　我的尊贵的殿下！

罗森格兰兹　我的最亲爱的殿下！

哈姆莱特　我的好朋友们！你好，吉尔登斯吞？啊，罗森格兰兹！好孩子们，你们两人都好？

罗森格兰兹　不过像一般庸庸碌碌之辈，在这世上虚度时光而已。

吉尔登斯吞　无荣无辱便是我们的幸福，我们不是命运女神帽上的钮扣。

哈姆莱特　也不是她鞋子的底吗？

罗森格兰兹　也不是，殿下。

哈姆莱特　那么你们是在她的腰上，或是在她的怀抱之中吗？

吉尔登斯吞　说老实话，我们是在她的私处。

哈姆莱特　在命运身上秘密的那部分吗？啊，对了，她本来是一个娼妓。你们听到什么消息没有？

罗森格兰兹　没有，殿下，我们只知道这世界变得老实起来了。

哈姆莱特　那么世界末日快要到了；可是你们的消息是假的。让我再问你们一些私人的问题，我的好朋友们，你们在命运手里犯了什么案子，她把你们送到这儿牢狱里来了？

吉尔登斯吞　牢狱，殿下？

哈姆莱特　丹麦是一所牢狱。

罗森格兰兹　那么世界也是一所牢狱。

哈姆莱特　一所很大的牢狱，里面有许多监房、囚室、地牢；丹麦是其中最坏的一间。

罗森格兰兹　我们倒不是这样想，殿下。

哈姆莱特　啊，那是对于你们它并不是牢狱；因为世上的事情本来没有善恶，都是各人的思想把它们分别出来的。对于我它是一所牢狱。

罗森格兰兹　啊，那是因为您的梦想太大，丹麦是个狭小的地方，不够给您发展，所以您把它看成一所牢狱啦。

哈姆莱特　上帝啊！倘不是因为我有了噩梦，那么即使把我关在一个果壳里，我也会把自己当作一个拥有着无限空间的君王的。

吉尔登斯吞　那种噩梦便是您的野心；因为野心家本身的存在，也不过是一个梦的影子。

哈姆莱特　一个梦的本身便是一个影子。

罗森格兰兹　不错，因为野心是那么空虚轻浮的东西，所以我认为它不过是影子的影子。

哈姆莱特　那么我们的乞丐是实体，我们的帝王和大言不惭的英雄却是乞丐的影子了。我们进宫去好不好？因为我实在不能陪着你们谈玄说理。

罗森格兰兹、吉尔登斯吞　我们愿意伺候殿下。

哈姆莱特　没有的事，我不愿把你们当作我的仆人一样看待；老实对你们说吧，在我旁边伺候我的人太多啦。可是，凭着我们多年的交情，老实告诉我，你们到厄耳锡诺来有什么贵干？

罗森格兰兹　我们是来拜访您的，殿下，没有别的原因。

哈姆莱特　像我这样一个叫花子，我的感谢也是不值钱的，可是我谢谢你们。我想，亲爱的朋友们，你们专诚而来，只换到我的一声不值半文钱的谢谢，未免太不值得了。不是有人叫你们来的吗？果然是你们自己的意思吗？真的是自动的访问吗？来，不要骗我。来，来，快说。

吉尔登斯吞　叫我们说些什么话呢,殿下?

哈姆莱特　无论什么话都行,只要不是废话。你们是奉命而来的;瞧你们掩饰不了你们良心上的惭愧,已经从你们的脸色上招供出来了。我知道是我们这位好国王和好王后叫你们来的。

罗森格兰兹　为了什么目的呢,殿下?

哈姆莱特　那可要请你们指教我了。可是凭着我们朋友间的道义,凭着我们少年时候亲密的情谊,凭着我们始终不渝的友好的精神,凭着其他一切更有力量的理由,让我要求你们开诚布公,告诉我究竟你们是不是奉命而来的?

罗森格兰兹　(向吉尔登斯吞旁白)你怎么说?

哈姆莱特　(旁白)好,那么我看透你们的行动了。——要是你们爱我,别再抵赖了吧。

吉尔登斯吞　殿下,我们是奉命而来的。

哈姆莱特　让我代你们说明来意,免得你们泄漏了自己的秘密,有负国王、王后的付托。我近来不知为了什么缘故,一点兴致都提不起来,什么游乐的事都懒得过问;在这一种抑郁的心境之下,仿佛负载万物的大地,这一座美好的框架,只是一个不毛的荒岬;覆盖众生的穹苍,这一顶壮丽的帐幕,这一个点缀着金黄色的火球的庄严的屋宇,只是一大堆污浊的瘴气的集合。人类是一件多么了不得的杰作!多么高贵的理性!多么伟大的力量!多么优美的仪表!多么文雅的举动!在行为上多么像一个天使!在智慧上多么像一个天神!宇宙的精华!万物的灵长!可是在我看来,这一个泥土塑成的生命算得什么?人类不能使我发生兴趣;不,女人也不能使我发生兴趣,虽然从你的微笑之中,我可以看到你们持有异议。

罗森格兰兹　殿下,我心里并没有这样的思想。

哈姆莱特　那么当我说"人类不能使我发生兴趣"的时候,你为什么笑起来?

罗森格兰兹　我想,殿下,要是人类不能使您发生兴趣,那么那班戏子们恐怕要来自讨一场没趣了;我们在路上追上他们,他们是要到这儿来向您献技的。

哈姆莱特　扮演国王的那个人将要得到我的欢迎，我要在他的御座之前致献我的敬礼；冒险的骑士可以挥舞他的剑盾；情人的叹息不会没有酬报；躁急易怒的角色可以平安下场；小丑将要使那班善笑的观众捧腹；我们的女主角可以坦白诉说她的心事，不用担心那无韵的诗行将脱去板眼。他们是一班什么戏子？

罗森格兰兹　就是您向来所喜欢的那一个班子，在城里专演悲剧的。

哈姆莱特　他们怎么走起江湖来呢？固定在一个地方演戏，在名誉和收益上都要好得多哩。

罗森格兰兹　我想他们不能在一个地方立足，是为了时势的变化。

哈姆莱特　他们的名誉还是跟我在城里那时候一样吗？他们的观众还是那么多吗？

罗森格兰兹　不，他们现在已经大非昔比了。

哈姆莱特　怎么会这样的？他们的演技退步了吗？

罗森格兰兹　不，他们还是跟从前一样努力；可是，殿下，他们的地位已经被一群羽毛未丰的黄口小儿占夺了去。这些娃娃们的嘶叫博得了台下疯狂的喝彩，他们是目前流行的宠儿，他们的声势压倒了所谓普通的戏班，以至于许多佩剑绅士都因为惧怕那些专为童伶写戏的剧作家的鹅毛笔的威力，而不敢去那里看戏了。

哈姆莱特　什么！是一些童伶吗？谁维持他们的生活？他们的薪工是怎么计算的？他们一到不能唱歌的年龄，就不再继续他们的本行了吗？要是他们攒不了多少钱，长大起来多半还是要做普通戏子的，那时候他们不是要抱怨他们的批评家们不该在从前把他们捧得那么高，结果反而妨碍了他们自己的前途吗？

罗森格兰兹　真的，两方面闹过不少的纠纷，全国的人都站在旁边恬不为意地呐喊助威，怂恿他们互相争斗。曾经有一个时期，一本脚本非到编剧家和演员争吵得动起武来，是没有人愿意出钱购买的。

哈姆莱特　有这等事？

吉尔登斯吞　啊！两边曾大动干戈呢。

哈姆莱特　结果是孩子们大获全胜？

罗森格兰兹　正是这样，殿下，他们连“环球剧场”也一并席卷了去。

哈姆莱特　那也没有什么稀奇。我的叔父是丹麦的国王，当我父亲在世的时候对他扮鬼脸的那些人，现在都愿意拿出二十、四十、五十、一百块金洋来买他的一幅小照。哼，这里面有些不是常理可解的地方，要是哲学能够把它推究出来的话。（内喇叭奏花腔）

吉尔登斯吞　这班戏子们来了。

哈姆莱特　两位先生，欢迎你们到厄耳锡诺来。把你们的手给我；按照通行的礼节，我应该向你们表示欢迎。让我不要对你们失礼，因为这些戏子们来了以后，我不能不敷衍他们一番，也许你们见了会发生误会，以为我招待你们还不及招待他们的殷勤。我欢迎你们；可是我的叔父、父亲和婶母、母亲可弄错啦。

吉尔登斯吞　弄错了什么，我的好殿下？

哈姆莱特　天上刮着西北风，我才是发疯的；风从南方吹来的时候，我不会把一头鹰当作了一头鹭鸶。

【波洛涅斯重上。

波洛涅斯　祝福你们，两位先生！

哈姆莱特　（对二人旁白）听着，吉尔登斯吞，你也听着，两人站在我的两边，听我说：你们看见的那个大孩子，还在襁褓之中，没有学会走路哩。

罗森格兰兹　也许他是第二次裹在襁褓里，因为人家说，一个老年人是第二次做婴孩。

哈姆莱特　我可以预言他是来报告我戏子们来了的消息。听好：（故意大声）你说得不错，在星期一早上，正是正是。

波洛涅斯　殿下，我有消息要来向您报告。

哈姆莱特　大人，我也有消息要向您报告。当罗歇斯[①]在罗马演戏的时候——

波洛涅斯　那班戏子们已经到这儿来了，殿下。

哈姆莱特　嗤，嗤！

波洛涅斯　凭着我的名誉起誓——

哈姆莱特　那时每一个伶人都骑着驴子而来——

---

① 罗歇斯，古罗马著名伶人。

波洛涅斯　他们是全世界最好的伶人，无论悲剧、喜剧、历史剧、田园剧、田园喜剧、田园史剧、历史悲剧、历史田园悲喜剧、不分场的古典剧，或是近代的自由诗剧，他们无不拿手；塞内加的悲剧不嫌其太沉重，普劳图斯的喜剧不嫌其太轻浮。① 无论在规矩的或是即兴的演出方面，他们都是唯一的演员。

哈姆莱特　以色列的士师耶弗他啊，你有一件怎样的宝贝！②

波洛涅斯　他有什么宝贝，殿下？

哈姆莱特　嗨，

他有一个独生娇女，
爱她胜过掌上明珠。

波洛涅斯　（旁白）还在提我的女儿。

哈姆莱特　我念得对不对，耶弗他老头儿？

波洛涅斯　要是您叫我耶弗他，殿下，那么我有一个爱如掌珠的娇女。

哈姆莱特　不，下面不是这样的。

波洛涅斯　那么应当是怎样的呢，殿下？

哈姆莱特　啊，“命中注定，老天知道”，接下去你知道，“且说那一日”。你去查那首圣经歌谣的第一节吧。瞧，有人来打断我的谈话了。

【优伶四五人上。

哈姆莱特　欢迎，各位朋友，欢迎欢迎！我很高兴看见你们都是这样健康。啊，我的老朋友！你的脸上比我上次看见你的时候，多长了几根胡子，格外显得威武啦；你是要到丹麦来向我挑战吗？啊，我的年轻的姑娘！凭着圣母起誓，您穿上了一双高底木靴，比我上次看见您的时候更苗条得多啦；求求上帝，但愿您的喉咙不要沙哑得像一面破碎的铜锣才好！各位朋友，欢迎欢迎！我们要像法国的猎鹰一样，看见什么就飞扑上去；让我们立刻就来念一段剧词。来，试一试你们的本领，来一段激昂慷慨的剧词。

---

① 塞内加、普劳图斯均为罗马剧作家，前者善写悲剧，后者善写喜剧。

② 耶弗他得上帝之助击败敌人，乃以其女献祭。事见《旧约·士师记》。

伶甲　殿下要听的是哪一段？

哈姆莱特　我曾经听见你向我背诵过一段台词，可是它从来没有上演过；即使上演，也不会有一次以上，因为我记得这本戏并不受大众的欢迎。它是不合一般人口味的鱼子酱；可是照我的意思看来，还有其他在这方面比我更有权威的人也抱着同样的见解，它是一本绝妙的戏剧，场面支配得很是适当，文字质朴而富于技巧。我记得有人这样批评它，说是没有哗众取宠的笑料，也不见矫揉造作的痕迹；他把它称为一种老老实实的写法，喜人又健康，漂亮但不招摇。其中有一段话是我最喜爱的，那就是埃涅阿斯对狄多讲述的故事，尤其是讲到普里阿摩斯被杀的那一节。要是你们还没有把它忘记，请从这一行念起；让我想想，让我想想——

野蛮的皮洛斯像猛虎一样——

不，不是这样；但是的确是从皮洛斯开始的——

野蛮的皮洛斯蹲伏在木马之中，
黝黑的手臂和他的决心一样，
像黑夜一般阴森而恐怖；
在这黑暗狰狞的肌肤之上，
现在更染上令人惊怖的纹章，
从头到脚，他全身一片殷红，
溅满了父母子女们无辜的血。
那些燃烧着融融烈火的街道，
发出残忍而惨恶的凶光，
照亮敌人去肆行他们的杀戮，
也焙干了到处横流的血泊；
冒着火焰的熏炙，像恶魔一般，
全身胶粘着凝结的血块，
圆睁着两颗血红的眼睛，
来往寻找普里阿摩斯老王的踪迹。

你接下去吧。

波洛涅斯　上帝在上，殿下，您念得好极了，真是抑扬顿挫，曲尽其妙。

伶甲 那老王正在气喘吁吁，
在希腊人的重围中苦战，
一点不听他手臂的指挥，
他的古老的剑锵然落地；
皮洛斯瞧他孤弱可欺，
疯狂似地向他猛力攻击，
凶恶的剑锋上下四方挥舞，
把那心胆俱丧的老翁吓倒。
这一下有如天崩地裂，
惊动了没有感觉的伊利昂，
冒着火焰的屋顶霎时坍下，
那轰然的巨响像一个霹雳，
震聋了皮洛斯的耳朵；瞧！
他的剑还没有砍下普里阿摩斯
白发的头颅，却已在空中停住；
像画中的暴君，
将行未行，兀立不动。
在一场暴风雨未来以前，
天上往往有片刻的宁寂，
一块块乌云静悬在空中，
狂风悄悄地收起它的声息，
死样的沉默笼罩整个大地；
可是就在这片刻之内，
可怕的雷鸣震裂了天空。
经过暂时的休止，杀人的暴念
重新激起了皮洛斯的精神；
库克罗普斯为战神铸造甲胄，
那巨力的锤击，还不及皮洛斯

流血的剑向普里阿摩斯身上劈下
那样凶狠无情。
去,去,你娼妇一样的命运!
天上的诸神啊!剥去她的权力,
不要让她僭窃神明的宝座;
拆毁她的车轮,把它滚下神山,
直到地狱的深渊。

波洛涅斯　这一段太长啦。

哈姆莱特　它应当跟你的胡子一起到理发匠那儿去剪一剪。念下去吧。他只爱听俚俗的歌曲和淫秽的故事,否则他就要瞌睡的。念下去,下面要讲到赫卡柏了。

伶甲　可是啊!谁看见那蒙脸的王后——

哈姆莱特　"那蒙脸的王后"?

波洛涅斯　那很好,"蒙脸的王后"是很好的句子。

伶甲　满面流泪,在火焰中赤脚奔走,
一块布覆在失去宝冕的头上,
也没有一件蔽体的衣服,
只有在惊惶中抓到的一幅毡巾,
裹住她瘦削而多产的腰身;
谁见了这样伤心惨目的景象,
不要向残酷的命运申申毒詈?
她看见皮洛斯以杀人为戏,
正在把她丈夫的肢体脔割,
忍不住大放哀声,那凄凉的号叫——
除非人间的哀乐不能感动天庭——
即使光明的日月也会陪她流泪,
诸神的心中都要充满悲愤。

波洛涅斯　瞧,他的脸色都变了,他的眼睛里已经含着眼泪!不要念下去了吧。

哈姆莱特　很好,其余的部分等会儿再念给我听吧。大人,请您去找一处好好的地方安顿这一班伶人。听着,他们是不可怠慢的,因为他们是这一个时代的缩影;宁可在死后得到一篇恶劣的墓铭,不要在生前受他们一场刻毒的讥讽。

波洛涅斯　殿下,我按着他们应得的名分对待他们就是了。

哈姆莱特　哎哟,朋友,还要客气得多哩!要是照每一个应得的名分对待他,那么谁逃得了一顿鞭子?照你自己的名誉地位对待他们;他们越是不配受这样的待遇,越可以显出你的谦虚有礼。领他们进去。

波洛涅斯　来,各位朋友。

哈姆莱特　跟他去,朋友们,明天我们要听你们唱一本戏。(波洛涅斯偕众伶下,伶甲独留)听着,老朋友,你会演《贡扎古之死》吗?

伶甲　会演的,殿下。

哈姆莱特　那么我们明天晚上就把它上演。也许我因为必要的理由,要另外写下约摸有十几行句子的一段剧词插进去,你能够把它预先背熟吗?

伶甲　可以,殿下。

哈姆莱特　很好。跟着那位老爷去,留心不要取笑他。(伶甲下。向罗森格兰兹、吉尔登斯吞)我的两位好朋友,我们今天晚上再见;欢迎你们到厄耳锡诺来!

吉尔登斯吞　再会,殿下!(罗森格兰兹、吉尔登斯吞同下)

哈姆莱特　好,上帝和你们同在!现在我只剩一个人了。啊,我是一个多么不中用的蠢才!这一个伶人不过在一本虚构的故事、一场激昂的幻梦之中,却能够使他的灵魂融化在他的意象里,在它的影响之下,他的整个的脸色变成惨白,他的眼中洋溢着热泪,他的神情流露着仓皇,他的声音是这么呜咽凄凉,他的全部动作都表现得和他的意象一致,这不是很不可思议的吗?而且一点也不为了什么!为了赫卡柏!赫卡柏对他有什么相干,他对赫卡柏又有什么相干,他却要为她流泪?要是他也有了像我所有的那样使人痛心的理由,他将要怎样呢?他一定会让眼泪淹没了舞台,用可怖的字句震裂了听众的耳朵,使有罪的人发狂,使无罪的人惊骇,使愚昧无知的人张惶失措,使所有的耳目迷乱了它们的功能。可是我,一个糊涂颟顸的家伙,垂头丧气,一天到晚像在做梦似的,忘记了杀父的大仇;虽然一个国王给人家用万恶的手段掠夺了他的权位，杀害了他的最宝贵的生命，我却始终哼不出一句话来。我是一个懦夫吗？谁骂我恶人？谁敲破我的脑壳？谁拔去我的胡子，把它吹在我的脸上？谁扭我的鼻子？谁当面指斥我胡说？谁对我做这种事？嘿！我应该忍受这样的侮辱，因为我是一个没有心肝、逆来顺受的怯汉，否则我早已用这奴才的尸肉，喂肥了满天盘旋的乌鸢了。嗜血的、荒淫的恶贼！狠心的、奸诈的、淫邪的、悖逆的恶贼！啊！复仇！——嗨，我真是个蠢才！我的亲爱的父亲被人谋杀了，鬼神都在鞭策我复仇，我这做儿子的却像一个下流女人似的，只会用空言发发牢骚，学起泼妇骂街的样子来，在我已经是了不得的了！呸！呸！活动起来吧，我的脑筋！我听人家说，犯罪的人在看戏的时候，因为台上表演的巧妙，有时会激动天良，当场供认他们的罪恶；因为暗杀的事情无论干得怎样秘密，总会借着神奇的喉舌泄露出来。我要叫这班伶人在我的叔父面前表演一本跟我的父亲惨死的情节相仿的戏剧，我就在一旁窥察他的神色；我要探视到他的灵魂的深处，要是他稍露惊骇不安之态，我就知道我应该怎么办。我所看见的幽灵也许是魔鬼的化身，借着一个美好的形状出现，魔鬼是有这一种本领的；对于柔弱忧郁的灵魂，他最容易发挥他的力量；也许他看准了我的柔弱和忧郁，才来向我作祟，要把我引诱到沉沦的路上。我要先得到一些比这更切实的证据；凭着这一本戏，我可以发掘国王内心的隐秘。（下）

第三幕

第一场　城堡中一室

【国王、王后、波洛涅斯、奥菲莉娅、罗森格兰兹及吉尔登斯吞上。

国王　你们不能用迂回婉转的方法，探出他为什么这样神思颠倒，让紊乱而危险的疯狂困扰他的安静的生活吗？

罗森格兰兹　他承认他自己有些神经迷惘，可是绝口不肯说为了什么缘故。

吉尔登斯吞　他也不肯虚心接受我们的探问；当我们想要从他嘴里知道他自己的一些真相的时候，他总是用假作痴呆的神气回避不答。

王后　他对待你们还客气吗？

罗森格兰兹　很有礼貌。

吉尔登斯吞　可是不大自然。

罗森格兰兹　不大说话，但对我们的问题倒是回答得十分详细。

王后　你们有没有劝诱他找些什么消遣？

罗森格兰兹　娘娘，我们来的时候，刚巧有一班戏子也要到这儿来，给我们赶上了；我们把这消息告诉了他，他听了好像很高兴。现在他们已经到了宫里，我想他今晚就要看他们表演的。

波洛涅斯　一点不错，他还叫我来请两位陛下同去看看他们演得怎样哩。

国王　那好极了，我非常高兴听见他对这方面感到兴趣。请你们两位还要更进一步鼓起他的兴味，把他的心思移转到这种娱乐上面。

罗森格兰兹　是，陛下。（罗森格兰兹、吉尔登斯吞同下）

国王　亲爱的葛特露，你也暂时离开我们；因为我们已经暗中差人去唤哈姆莱特到这儿来，让他和奥菲利娅见见面，就像是他们偶然相遇的一般。她的父亲跟我两人将要权充一下密探，躲在可以看见他们却不能被他们看见的地方，注意他们会面的情形，从他的行为上判断他的疯病究竟是不是因为恋爱上的苦闷。

王后　我愿意服从您的意旨。奥菲利娅，但愿你的美貌果然是哈姆莱特疯狂的原因；更愿你的美德能够帮助他恢复原状，使你们两人都能安享尊荣。

奥菲利娅　娘娘，但愿如此。（王后下）

波洛涅斯　奥菲利娅，你在这儿走走。陛下，我们就去躲起来吧。（向奥菲利娅）你拿这本书去读，他看见你这样用功，就不会疑心你为什么一个人在这儿了。人们往往用至诚的外表和虔敬的行动，掩饰一颗魔鬼般的内心，这样的例子是太多了。

国王　（旁白）啊，这句话是太真实了！它在我的良心上抽了多么重的一鞭！涂脂抹粉的娼妇的脸，还不及掩藏在虚伪的言辞后面的我的行为更丑恶。难堪的重负啊！

波洛涅斯　我听见他来了。我们退下去吧，陛下。（国王及波洛涅斯下）

【哈姆莱特上。

哈姆莱特　生存还是毁灭，这是一个值得考虑的问题；默然忍受命运的暴虐的毒箭，或是挺身反抗人世的无涯的苦难，在奋斗中扫清那一切，这两种行为，哪一种更高贵？死了，睡去了，什么都完了；要是在这一种睡眠之中，我们心头的创痛，以及其他无数血肉之躯所不能避免的打击，都可以从此消失，那正是我们求之不得的结局。死了，睡去了；睡去了也许还会做梦。嗯，阻碍就在这儿：因为当我们摆脱了这一具朽腐的皮囊以后，在那死的睡眠里，究竟将要做些什么梦，那不能不使我们踌躇顾虑。人们甘心久困于患难之中，也就是为了这一个缘故。谁愿意忍受人世的鞭挞和讥嘲、压迫者的凌辱、傲慢者的冷眼、被轻蔑的爱情的惨痛、法律的迁延、官吏的横暴和俊杰大才费尽辛勤所换来的得势小人的鄙视，要是他只要用一柄小小的刀子，就可以清算他自己的一生？谁愿意负着这样的重担，在烦劳的生命的压迫下呻吟流汗，倘不是因为惧怕不可知的死后，惧怕那从来不曾有一个旅人回来过的神秘之国，是它迷惑了我们的意志，使我们宁愿忍受目前的磨折，不敢向我们所不知道的痛苦飞去？这样，重重的顾虑使我们全变成了懦夫，决心的赤热的光彩，被审慎的思维盖上了一层灰色，伟大的事业在这一种考虑之下，也会逆流而退，失去了行动的意义。且慢！美丽的奥菲利娅！——女神，在你的祈祷之中，不要忘记替我忏悔我的罪孽。

奥菲利娅　我的好殿下，您这许多天来贵体安好吗？

哈姆莱特　谢谢你，很好，很好，很好。

奥菲利娅　殿下，我有几件您送给我的纪念品，我早就想把它们还给您，请您现在收回去吧。

哈姆莱特　不，我不要，我从来没有给你什么东西。

奥菲利娅　殿下，我记得很清楚您把它们送给我，那时候您还向我说了许多甜蜜的言语，使这些东西格外显得贵重；现在它们的芳香已经消散，请您拿了回去吧，因为送礼的人要是变了心，礼物虽贵，也会失去了价值。拿去吧，殿下。

哈姆利娅　哈哈！你贞洁吗？

奥菲利娅　殿下！

哈姆莱特　你美丽吗？

奥菲利娅　殿下是什么意思？

哈姆莱特　要是你既贞洁又美丽，那么顶好不要让你的贞洁跟你的美丽来往。

奥菲利娅　殿下，美丽跟贞洁相交，那不是再好没有吗？

哈姆莱特　嗯，真的，因为美丽可以使贞洁变成淫荡，贞洁却未必能使美丽受它自己的感化；这句话从前像是怪诞之谈，可是现在的时世已经把它证实了。我的确曾经爱过你。

奥菲利娅　真的，殿下，您曾经使我相信您爱我。

哈姆莱特　你当初就不应该相信我，因为美德不能熏陶我们罪恶的本性。我没有爱过你。

奥菲利娅　那么我真是受了骗了。

哈姆莱特　进尼姑庵去吧！为什么你要生养一群罪人出来呢？我自己还不算是一个顶坏的人，可是我可以指出我的许多过失；一个人有了那些过失，他的母亲还是不要生下他来的好。我很骄傲、使气、不安分，还有那么多的罪恶，连我的思想里也容纳不下，我的想象也不能给它们形相，甚至于我没有充分的时间可以把它们实行出来。像我这样的家伙，匍匐于天地之间，有什么用处呢？我们都是些十足的坏人，一个也不要相信我们。进尼姑庵去吧。你的父亲呢？

奥菲利娅　在家里，殿下。

哈姆莱特　把他关起来，让他只好在家里发发傻劲。再会！

奥菲利娅　哎哟，天哪！救救他！

哈姆莱特　要是你一定要嫁人，我就把这一个诅咒送给你做嫁奁：尽管你像冰一样坚贞，像雪一样纯洁，你还是逃不过谗人的诽谤。进尼姑庵去吧，去！再会！或者要是你必须嫁人的话，就去嫁一个傻瓜吧；因为聪明人都明白你们会叫他们变成怎样的怪物。进尼姑庵去吧，去！越快越好。再会！

奥菲利娅　天上的神明啊，让他清醒过来吧！

哈姆莱特　我也知道你们会怎样涂脂抹粉；上帝给了你们一张脸，你们又替自己另外造了一张。你们烟行媚视，淫声浪气，替上帝造下的生物乱取名字，卖弄你们不懂事的风骚。算了吧，我再也不敢领教了，它已经使我发了狂。我说，我们以后再不要结什么婚了；已经结过婚的，除了一个人以外，都可以让他们活下去；没有结婚的不准再结婚，进尼姑庵去吧，去。（下）

奥菲利娅　啊，一颗多么高贵的心是这样殒落了！朝臣的眼睛、学者的辩舌、军人的利剑、国家所瞩望的一朵娇花；时流的明镜、人伦的雅范、举世注目的中心，这样无可挽回地殒落了！我是一切妇女中间最伤心而不幸的，我曾经从他音乐一般的盟誓中吮吸芬芳的甘蜜，现在却眼看着他的高贵无上的理智，像一串美妙的银铃失去了谐和的音调，无比的青春美貌，在疯狂中凋谢！啊！我好苦，谁料过去的繁华，变作今朝的泥土！（退后）

【国王及波洛涅斯重上。

国王　恋爱！他的精神错乱不像是为了恋爱；他说的话虽然有些颠倒，也不像是疯狂。他有些什么心事盘踞在他的灵魂里，我怕它也许会产生危险的结果。为了防免万一起见，我已经当机立断，决定了一个办法：他必须立刻到英国去，向他们追索延宕未纳的贡物；也许他到海外各国游历一趟以后，时时变换的环境，可以替他排解去这一桩使他神思恍惚的心事。你看怎么样？

波洛涅斯　那很好，可是我相信他的烦闷的根本原因，还是为了恋爱上的失意。啊，（奥菲莉娅趋前）奥菲利娅！你不用告诉我们哈姆莱特殿下说些什么话，我们全都听见了。陛下，照您的意思办吧；可是您要是认为可以的话，不妨在戏剧终场以后，让他的母后独自一人跟他在一起，恳求他向她吐露他的心事；她必须很坦白地跟他谈谈，我就找一个所在听他们说些什么。要是她也探听不出他的秘密来，您就叫他到英国去，或者凭着您的高见，把他关禁在一个适当的地方。

国王　就是这样吧。大人物的疯狂是不能听其自然的。（同下）

第二场　城堡中的厅堂

【哈姆莱特及三伶人上。

哈姆莱特　请你念这段剧词的时候，要照我刚才读给你听的那样子，一个字一个字打舌头上很轻快地吐出来；要是你也像多数的伶人们一样，只会拉开了喉咙嘶叫，那么我宁愿叫那传宣告示的公差念我这几行词句。也不要老是把你的手在空中这么摇挥；一切动作都要温文，因为就是在洪水暴风一样的感情激发之中，你也必须取得一种节制，免得流于过火。啊！我顶不愿意听见一个披着满头假发的家伙在台上乱嚷乱叫，把一段感情片片撕碎，让那些只爱热闹的下层观众听出了神，他们中间的大部分是除了欣赏一些莫名其妙的哑剧和喧嚣以外，什么都不懂得的。我可以把这种家伙抓起来抽一顿鞭子，因为他把妥玛刚特形容过了分，希律王的凶暴也要对他甘拜下风。[1] 请你留心避免才好。

伶甲　我留心着就是了，殿下。

哈姆莱特　可是太平淡了也不对，你应该接受你自己的常识的指导，把动作和言语互相配合起来；特别要注意到这一点：你不能越过人情的常道；因为不近情理的过分描写，是和演剧的原意相反的，自有戏剧以来，它的目的始终是反映人生，显示善恶的本来面目，给它的时代看一看它自己演变发展的模型。要是表演得过了分或者太懈怠了，虽然可以博外行的观众一笑，明眼之士却要因此而皱眉；你必须看重这样一个卓识者的批评甚于满场观众盲目的毁誉。啊！我曾经看见有几个伶人演戏，而且也听见有人把他们极口捧场，说一句并不过分的话，他们既不会说基督徒的语言，又不会学着人的样子走路，瞧他们在台上大摇大摆，使劲叫喊的样子，我心里就想一定是什么造化的雇工把他们造了下来，才造得这样拙劣，以至于全然失去了人类的面目。

伶甲　我希望我们在这方面已经有了相当的纠正。

哈姆莱特　啊！你们必须彻底纠正这一种弊病。还有你们那些扮演小丑的，除了剧本上专为他们写下的台词以外，不要让他们临时编造一些话儿加上去。往往有许多小丑爱用自己的笑声，引起台下一些无知的观众的哄笑，虽然那时候全场的注意力应当集中于其他更重要的问题上；这种行为是不可恕的，它表示出那丑角的可鄙的野心。去，准备起来吧。（伶人等同下）

【波洛涅斯、罗森格兰兹及吉尔登斯吞上。

哈姆莱特　啊，大人，王上愿意来听这一本戏吗？

波洛涅斯　他跟娘娘都就要来了。

哈姆莱特　叫那些戏子们赶紧点儿。（波洛涅斯下）你们两人也去帮着催催他们。

罗森格兰兹　是，殿下。（罗森格兰兹、吉尔登斯吞下）

哈姆莱特　喂！霍拉旭！

---

① 妥玛刚特为传说中伊斯兰教神祇，希律是耶稣时代犹太暴君，二者均为英国旧时宗教剧中常见角色。

【霍拉旭上。

霍拉旭　有,殿下。

哈姆莱特　霍拉旭,你是在我所交往的人中最正直的一个。

霍拉旭　啊! 殿下——

哈姆莱特　不,不要以为我在恭维你;你除了你的善良的精神以外,身无长物,我恭维了你又有什么好处呢? 为什么要向穷人恭维? 不,让蜜糖一样的嘴唇去吮舐愚妄的荣华,在有利可图的所在弯下他们生财有道的膝盖来吧。听着。自从我能够辨别是非、察择贤愚以后,你就是我灵魂里选中的一个人,因为你虽然经历一切的颠沛,却不曾受到一点伤害,命运的虐待和恩宠,你都是受之泰然;能够把感情和理智调整得那么适当,命运不能把他玩弄于指掌之间,那样的人是有福的。给我一个不为感情所奴役的人,我愿意把他珍藏在我的心坎、我的灵魂的深处,正像我对你一样。这些话现在也不必多说了。今晚我们要在国王面前表演一本戏剧,其中有一场的情节跟我告诉过你的我的父亲的死状颇相仿佛;当那幕戏正在串演的时候,我要请你集中你的全副精神,注视我的叔父,要是他在听到了那一段剧词以后,他的隐藏的罪恶还是不露出一丝痕迹来,那么我们所看见的那个鬼魂一定是个恶魔,我的幻想也就像铁匠的砧石那样漆黑一团了。留心看好他,我也要把我的眼睛看定他的脸上;过后我们再把各人观察到的结果综合起来,替他下一个判断。

霍拉旭　很好,殿下,在这本戏表演的时候,要是他在容色举止之间有什么地方逃过了我们的注意,请您唯我是问。

【喇叭吹花腔,奏丹麦进行曲。国王、王后、波洛涅斯、奥菲利娅、罗森格兰兹、吉尔登斯吞及其他贵族上;国王侍卫持火炬上。

哈姆莱特　他们来看戏了。我必须装作无所事事的神气。你去拣一个地方坐下。

国王　你好吗,哈姆莱特贤侄?

哈姆莱特　很好,好极了。我吃的是变色蜥蜴的肉,喝的是充满着甜言蜜语的空气,你们的肥鸡还没有这样的味道哩。

国王　你这种话真是答非所问,哈姆莱特,我不是那个意思。

哈姆莱特　不,我现在也没有那个意思。(向波洛涅斯)大人,您说您在大学里念书的时候，曾经演过一回戏吗？

波洛涅斯　是的，殿下，他们都赞我是一个很好的演员哩。

哈姆莱特　您扮演什么角色呢？

波洛涅斯　我扮的是裘利斯·凯撒，勃鲁托斯在朱庇特神殿里把我杀死。

哈姆莱特　他在神殿里杀死了那么好的一头小牛，真太残忍了。那班戏子已经预备好了吗？

罗森格兰兹　是，殿下，他们在等候您的旨意。

王后　过来，我的好哈姆莱特，坐在我的旁边。

哈姆莱特　不，好妈妈，这儿有一个更迷人的东西哩。（在奥菲利娅脚边躺下）

波洛涅斯　（向国王）啊哈！您看见吗？

哈姆莱特　小姐，我可以睡在您的怀里吗？

奥菲利娅　不，殿下。

哈姆莱特　我的意思是说，我可以把我的头枕在您的膝上吗？

奥菲利娅　嗯，殿下。

哈姆莱特　您以为我在转着下流的念头吗？

奥菲利娅　我没有想到，殿下。

哈姆莱特　睡在姑娘大腿的中间，想起来倒是很有趣的。

奥菲利娅　什么，殿下？

哈姆莱特　没有什么。

奥菲利娅　您在开玩笑哩，殿下。

哈姆莱特　谁，我吗？

奥菲利娅　嗯，殿下。

哈姆莱特　上帝啊！我不过是给您消遣消遣的。一个人为什么不说说笑笑呢？您瞧，我的母亲多么高兴，我的父亲还不过死了两个钟头。

奥菲利娅　不，已经四个月了，殿下。

哈姆莱特　这么久了吗？哎哟，那么让魔鬼去穿孝服吧，我可要去做一身貂皮的新衣啦。天啊！死了两个月，还没有把他忘记吗？那么也许一个大人物死了以后，他的记忆还可以保持半年之久；可是凭着圣母起誓，他必须造下几所教堂，否则他就要跟那被遗弃的木马一样，没有人再会想念他了。

【高音笛奏乐。哑剧登场：

一国王及一王后上，状极亲热，互相拥抱。王后跪地，向国王做宣誓状。国王扶王后起，俯首王后颈上。国王就花坪上睡下；王后见国王睡熟离去。另一人上，自国王头上去冠，吻冠，注毒药于国王耳，下。王后重上，见国王死，作哀恸状。下毒者率其他三四人重上，佯作陪王后悲哭状。从者舁国王尸下。下毒者以礼物赠王后，向其乞爱；王后先作憎恶不愿状，卒允其请。同下。

奥菲利娅　这是什么意思，殿下？

哈姆莱特　呃，这是阴谋诡计的意思。

奥菲利娅　大概这一场哑剧就是全剧的本事了。

【致开场词者上。

哈姆莱特　这家伙可以告诉我们一切。演戏的都不能保守秘密，他们什么话都会说出来。

奥菲利娅　他讲得出他们表演的是什么吗？

哈姆莱特　讲得出，你给他演什么，他就讲得出什么；你有脸演，他就有脸讲。

奥菲利娅　殿下真坏，殿下真坏！我要看戏了。

致开场词者　这悲剧要是演不好，
要请各位原谅指教，
小的在这厢有礼了。（下）

哈姆莱特　这算开场词呢，还是指环上的诗铭？

奥菲利娅　它很短，殿下。

哈姆莱特　正像女人的爱情一样。

【二伶人扮国王、王后上。

伶王　日轮已经盘绕三十春秋，
那茫茫海水和滚滚地球，
月亮吐耀着借来的晶光，
三百六十回向大地环航，
自从爱把我们缔结良姻，

许门替我们证下了鸳盟。

伶后　　愿日月继续他们的周游，
让我们再厮守三十春秋！
可是唉，你近来这样多病，
郁郁寡欢，失去旧时高兴，
好叫我满心里为你忧惧。
可是，我的主，你不必疑虑；
女人的忧伤像她的爱一样，
不是太少，就是超过分量；
你知道我爱你是多么深，
所以才会有如此的忧心。
越是相爱，越是挂肚牵胸；
不这样那显得你我情浓？

伶王　　爱人，我不久必须离开你，
我的全身将要失去生机；
留下你在这繁华的世界
安享尊荣，受人们的敬爱；
也许再嫁一位如意郎君——

伶后　　啊！我断不是那样薄情人；
我倘忘旧迎新，难邀天恕，
再嫁的除非是杀夫淫妇。

哈姆莱特　（旁白）苦恼，苦恼！

伶后　　妇人失节大半贪慕荣华，
多情女子决不另抱琵琶；
我要是与他人共枕同衾，
怎么对得起地下的先灵！

伶王　　我相信你的话发自心田，
可是我们往往自食前言。
志愿不过是记忆的奴隶，
总是有始无终，虎头蛇尾，

像未熟的果子密布树梢，
一朝红烂就会离去枝条。
我们对自己所负的债务，
最好把它丢在脑后不顾；
一时的热情中发下誓愿，
心冷了，那意志也随云散。
过分的喜乐，剧烈的哀伤，
反会毁害了感情的本常。
人世间的哀乐变幻无端，
痛哭一转瞬早换了狂欢。
世界也会有毁灭的一天，
何怪爱情要随境遇变迁；
有谁能解答这一个哑谜，
是境由爱造？是爱逐境移？
失财势的伟人举目无亲；
走时运的穷酸仇敌逢迎。
这炎凉的世态古今一辙：
富有的门庭挤满了宾客；
要是你在穷途向人求助，
即使知交也要情同陌路。
把我们的谈话拉回本题，
意志命运往往背道而驰，
决心到最后会全部推倒，
事实的结果总难符预料。
你以为你自己不会再嫁，
只怕我一死你就要变卦。

伶后　地不要养我，天不要亮我！
昼不得游乐，夜不得安卧！
毁灭了我的希望和信心；
铁锁囚门把我监禁终身！

每一种恼人的飞来横逆，
把我一重重的心愿摧折！
我倘死了丈夫再作新人，
让我生前死后永陷沉沦！

哈姆莱特　要是她现在背了誓！

伶王　难为你发这样重的誓愿。
爱人，你且去；我神思昏倦，
想要小睡片刻。（睡）

伶后　愿你安睡；
上天保佑我俩永无灾悔！（下）

哈姆莱特　母亲，您觉得这出戏怎样？

王后　我觉得那女主人公发誓太多。

哈姆莱特　啊，可是她会守约的。

国王　这出戏是怎么一个情节？里面没有什么要不得的地方吗？

哈姆莱特　不，不，他们不过开玩笑毒死了一个人，没有什么要不得的。

国王　戏名叫什么？

哈姆莱特　《捕鼠机》。呃，怎么？这是一个象征的名字。戏中的故事影射着维也纳的一件谋杀案。贡扎古是那公爵的名字；他的妻子叫作巴普蒂斯塔。您看下去就知道是怎么一回事。这是一本很恶劣的作品，可是那有什么关系？它不会对您陛下跟我们这些灵魂清白的人有什么相干；让那被鞍子磨伤的马儿去惊跳退缩吧，我们的肩背都是好好儿的。

【一伶人扮琉西安纳斯上。

哈姆莱特　这个人叫作琉西安纳斯，是那国王的侄子。

奥菲利娅　您很会解释剧情，殿下。

哈姆莱特　要是我看见傀儡戏扮演您跟您爱人的故事，我也会替你们解释的。

奥菲利娅　殿下，您太尖刻了。

哈姆莱特　想磨掉我这尖儿，你非得哼哼不可。动手吧，凶手！浑账东西，别扮鬼脸了，动手吧！来，哇哇的乌鸦发出复仇的啼声。

琉西安纳斯　黑心快手，遇到妙药良机；

趁着没人看见，事不宜迟。
你夜半采来的毒草炼成，
赫卡忒的咒语念上三巡，
赶快发挥你凶恶的魔力，
让他的生命速归于幻灭。（以毒药注入睡者耳中）

哈姆莱特　他为了觊觎权位，在花园里把他毒死。他的名字叫贡扎古；那故事原文还存在，是用很好的意大利文写成的。底下就要演到那凶手怎样得到贡扎古的妻子的爱了。

奥菲利娅　王上起来了！

哈姆莱特　什么！给一响空枪吓坏了？

王后　陛下怎么啦？

波洛涅斯　不要演下去了！

国王　给我点起火把来！去！

普洛涅斯　火把！火把！火把！（除哈姆莱特、霍拉旭外，均下）

哈姆莱特　　嗨，让那中箭的母鹿掉泪，
　　没有伤的公鹿自去游玩；
有的人失眠，有的人酣睡，
　　世界就是这样循环轮转。

老兄，要是我的命运跟我作起对来，凭着我这样的本领，再插上满头的羽毛，开缝的靴子上缀上两朵绢花，你想我能不能在戏班子里插足？

霍拉旭　也许他们可以让您领半额包银。

哈姆莱特　我可要领全额的。
因为你知道，亲爱的台芒，
　　这一个荒凉破碎的国土
原来是乔武统治的雄邦，
　　而今王位上却坐着——孔雀。

霍拉旭　您该把它押了韵才是。

哈姆莱特　啊，好霍拉旭！那鬼魂真的没有骗我。你看见了吗？

霍拉旭　看见了，殿下。

哈姆莱特　当那演戏的一提到毒药的时候?

霍拉旭　我看得他很清楚。

哈姆莱特　啊哈!来,奏乐!来,那吹笛子的呢?

要是国王不爱这出喜剧,
那么他多半是不能赏识。

来,奏乐!

【罗森格兰兹及吉尔登斯吞重上。

吉尔登斯吞　殿下,允许我跟您说句话。

哈姆莱特　好,你对我讲全部历史都可以。

吉尔登斯吞　殿下,王上——

哈姆莱特　嗯,王上怎么样?

吉尔登斯吞　他回去以后,非常不舒服。

哈姆莱特　喝醉酒了吗?

吉尔登斯吞　不,殿下,他在发脾气。

哈姆莱特　你应该把这件事告诉他的医生才算你聪明,因为叫我去替他诊视,恐怕反而更会激动他的脾气的。

吉尔登斯吞　好殿下,请您说话检点些,别这样拉扯开去。

哈姆莱特　好,我是听话的,你说吧。

吉尔登斯吞　您的母后心里很难过,所以叫我来。

哈姆莱特　欢迎得很。

吉尔登斯吞　不,殿下,这一种礼貌是用不着的。要是您愿意给我一个好好的回答,我就把您母亲的意旨向您传达;不然的话,请您原谅我,让我就这么回去,我的事情就算完了。

哈姆莱特　我不能。

吉尔登斯吞　您不能什么,殿下?

哈姆莱特　我不能给你一个好好的回答,因为我的脑子已经坏了;可是我所能够给你的回答,你——我应该说我的母亲——可以要多少有多少。所以别说废话,言归正传吧。你说我的母亲——

罗森格兰兹　她这样说:您的行为使她非常吃惊。

哈姆莱特　啊,好儿子,居然会叫一个母亲吃惊!可是在这母亲吃惊的后面,还有些什么话呢？说吧。

罗森格兰兹　她请您在就寝以前,到她房间里去跟她谈谈。

哈姆莱特　即使她十次是我的母亲,我也一定服从她。你还有什么别的事情？

罗森格兰兹　殿下,我曾经蒙您错爱。

哈姆莱特　凭着我这双扒儿手起誓,我现在还是欢喜你的。

罗森格兰兹　好殿下,您心里这样不痛快,究竟是为了什么原因？要是您不肯把您的心事告诉您的朋友,那恐怕会累您自己失去自由的。

哈姆莱特　我不满足我现在的地位。

罗森格兰兹　怎么！王上自己已经亲口把您立为王位的继承者了,您还不能满足吗？

哈姆莱特　嗯,可是"要等草儿青青——"①这句老话也有点儿发了霉啦。

【乐工等持笛子上。

哈姆莱特　啊！笛子来了,拿一支给我。跟你们退后一步说话。为什么你们这样千方百计地窥探我的隐私,好像一定要把我逼进你们的圈套？

吉尔登斯吞　啊！殿下,要是我有太冒昧放肆的地方,那都是因为我对您敬爱太深了。

哈姆莱特　我不大懂得你的话。你愿意吹吹这笛子吗？

吉尔登斯吞　殿下,我不会吹。

哈姆莱特　请你吹一吹。

吉尔登斯吞　我真的不会吹。

哈姆莱特　请你不要客气。

吉尔登斯吞　我真的一点不会,殿下。

哈姆莱特　那是跟说谎一样容易的。你只要用你的手指按着这些笛孔,把你的嘴放在上面一吹,它就会发出最好听的音乐来。瞧,这些是音栓。

吉尔登斯吞　可是我不会从它里面吹出谐和的曲调来。我不懂得那技巧。

哈姆莱特　哼,你把我看成了什么东西！你会玩弄我;你自以为摸得到我的心窍;你想要探出我的内心的秘密;你会从我的最低音试到我的最高

---

① 这句谚语是:"要等草儿青青,马儿早已饿死。"

音;可是在这支小小的乐器之内,藏着绝妙的音乐,你却不会使它发出声音来。哼,你以为玩弄我比玩弄一支笛子容易吗?无论你把我叫作什么乐器,你也只能拨动我,不能玩弄我。

【波洛涅斯重上。

哈姆莱特　上帝祝福你,先生!

波洛涅斯　殿下,娘娘请您立刻就去见她说话。

哈姆莱特　你看见那片像骆驼一样的云吗?

波洛涅斯　哎哟,它真的像一头骆驼。

哈姆莱特　我想它还是像一头鼬鼠。

波洛涅斯　它拱起了背,正像是一头鼬鼠。

哈姆莱特　还是像一条鲸鱼吧?

波洛涅斯　很像一条鲸鱼。

哈姆莱特　那么等一会儿我就去见我的母亲。(旁白)我给他们愚弄得再也忍不住了。(高声)我等一会儿就来。

波洛涅斯　我就去这么说。(下)

哈姆莱特　等一会儿是很容易说的。离开我,朋友们。(除哈姆莱特外,均下)现在是一夜之中最阴森的时候,鬼魂都在此刻从坟墓里出来,地狱也要向人世吐放疠气;现在我可以痛饮热腾腾的鲜血,干那白昼所不敢正视的残忍的行为。且慢!我还要到我母亲那儿去一趟。心啊!不要失去你的天性之情,永远不要让尼禄[①]的灵魂潜入我这坚定的胸怀;让我做一个凶徒,可是不要做一个逆子。我要用利剑一样的说话刺痛她的心,可是决不伤害她身体上一根毛发;我的舌头和灵魂要在这一次学学伪善者的样子,无论在言语上给她多么严厉的谴责,在行动上却要做得丝毫不让人家指摘。(下)

第三场　城堡中一室

【国王、罗森格兰兹及吉尔登斯吞上。

---

① 尼禄,古罗马暴君。

国王　我不欢喜他；纵容他这样疯闹下去，对于我是一个很大的威胁。所以你们快去准备起来吧；我马上叫人办好你们要递送的文书，同时打发他跟你们一块儿到英国去。就我的地位而论，他的疯狂每小时都可以危害我的安全，我不能让他留在我的近旁。

吉尔登斯吞　我们就去准备起来。许多人的安危都寄托在陛下身上，这一种顾虑是最圣明不过的。

罗森格兰兹　每一个庶民都知道怎样远祸全身，一身负天下重寄的人，尤其应该时刻不懈地防备危害的袭击。君主的薨逝不仅是个人的死亡，它像一个漩涡一样，凡是在它近旁的东西，都要被它卷去同归于尽；又像一个矗立在最高山峰上的巨轮，它的轮辐上连附着无数的小物件，当巨轮轰然崩裂的时候，那些小物件也跟着它一齐粉碎。国王的一声叹息，总是随着全国的呻吟。

国王　请你们准备立刻出发，因为我们必须及早制止这一种公然的威协。

罗森格兰兹、吉尔登斯吞　我们就去赶紧预备。（罗森格兰兹、吉尔登斯吞同下）

【波洛涅斯上。

波洛涅斯　陛下，他到他母亲房间里去了。我现在就去躲在帏幕后面，听他们怎么说。我可以断定她一定会把他好好教训一顿。您说得很不错，母亲对于儿子总有几分偏心，所以最好有一个第三者躲在旁边偷听他们的谈话。再会，陛下，在您未睡以前，我还要来看您一次，把我所探听到的事情告诉您。

国王　谢谢你，贤卿。（波洛涅斯下）啊！我的罪恶的戾气已经上达于天；我的灵魂上负着一个元始以来最初的诅咒，杀害兄弟的暴行！我不能祈祷，虽然我的愿望像决心一样强烈；我的更坚强的罪恶击败了我的坚强的意愿。像一个人同时要做两件事情，我因为不知道应该先从什么地方下手而徘徊歧途，结果反弄得一事无成。要是这一只可诅咒的手上染满了一层比它本身还厚的兄弟的血，难道天上所有的甘霖都不能把它洗涤得像雪一样洁白吗？慈悲的使命，不就是宽宥罪恶吗？祈祷的目的，不是一方面预防我们的堕落，一方面救拔我们于已堕落之后吗？那么我要仰望上天；我的过失已经犯下了。可是唉！哪一种祈祷才是我所适用的呢？“求上帝赦免我的杀人重罪”吗？那不能,因为我现在还占有着那些引起我的犯罪动机的目的物,我的王冠、我的野心和我的王后。非分攫取的利益还在手里,就可以幸邀宽恕吗？在这贪污的人世,罪恶的镀金的手也许可以把公道推开不顾,暴徒的赃物往往就是枉法的贿赂;可是天上却不是这样的,在那边一切都无可遁避,任何行动都要显现它的真相,我们必须当面为我们自己的罪恶作证。那么怎么办呢？还有什么法子好想呢？试一试忏悔的力量吧。什么事情是忏悔所不能做到的？可是对于一个不能忏悔的人,它又有什么用呢？啊,不幸的处境！啊,像死亡一样黑暗的心胸！啊,越是挣扎,越是不能脱身的胶住了的灵魂！救救我,天使们！试一试吧:弯下来,顽强的膝盖;钢丝一样的心弦,变得像新生之婴的筋肉一样柔嫩吧！但愿一切转祸为福！(跪祷)

【哈姆莱特上。

哈姆莱特　他现在正在祈祷,我正好动手;我决定现在就干,让他上天堂去,我也算报了仇了。不,那还要考虑一下:一个恶人杀死我的父亲;我,他的独生子,却把这个恶人送上天堂。啊,这简直是以恩报怨了。他用卑鄙的手段,在我父亲满心俗念、罪孽正重的时候趁其不备把他杀死;虽然谁也不知道在上帝面前他的生前的善恶如何相抵,可是照我们一般的推想,他的孽债多半是很重的。现在他正在洗涤他的灵魂,要是我在这时候结果了他的性命,那么天国的路是为他开放着,这样还算是复仇吗？不！收起来,我的剑,等候一个更惨酷的机会吧;当他在酒醉以后,在愤怒之中,或是在荒淫纵欲的时候,在赌博、咒骂或是其他邪恶的行为的中间,我就要叫他颠踬在我的脚下,让他幽深黑暗不见天日的灵魂永堕地狱。我的母亲在等我。这一服续命的药剂不过延长了你临死的痛苦。(下)

【国王起立。

国王　我的言语高高飞起,我的思想滞留地下;没有思想的言语永远不会上升天界。(下)

第四场　王后寝宫

【王后及波洛涅斯上。

波洛涅斯　他就要来了。请您把他着实教训一顿，对他说他这种狂妄的态度，实在叫人忍无可忍，倘没有您娘娘替他居中回护，王上早已对他大发雷霆了。我就悄悄地躲在这儿。请您对他讲得着力一点。

王后　都在我身上，你放心吧。退下去，我听见他来了。（波洛涅斯匿帏后）

【哈姆莱特上。

哈姆莱特　母亲，您叫我有什么事？

王后　哈姆莱特，你已经大大得罪了你的父亲啦。

哈姆莱特　母亲，您已经大大得罪了我的父亲啦。

王后　来，来，不要用这种胡说八道的话回答我。

哈姆莱特　去，去，不要用这种胡说八道的话问我。

王后　啊，怎么，哈姆莱特！

哈姆莱特　现在又是什么事？

王后　你忘记我了吗？

哈姆莱特　不，凭着十字架起誓，我没有忘记你。你是王后，你的丈夫的兄弟的妻子，你又是我的母亲——但愿你不是！

王后　哎哟，那么我要去叫那些会说话的人来跟你谈谈了。

哈姆莱特　来，来，坐下来，不要动；我要把一面镜子放在你的面前，让你看一看你自己的灵魂。

王后　你要干什么呀？你不是要杀我吧？救命！救命呀！

波洛涅斯　（在帏后）喂！救命！

哈姆莱特　（拔剑）怎么！是哪一个鼠贼？要钱不要命吗？我来结果你。（以剑刺穿帏幕）

波洛涅斯　（在帏后）啊！我死了！

王后　哎哟！你干了什么事啦？

哈姆莱特　我也不知道；那不是国王吗？

王后　啊，多么鲁莽残酷的行为！

哈姆莱特　残酷的行为！好妈妈，简直就跟杀了一个国王，再去嫁给他的兄弟一样坏。

王后　杀了一个国王！

哈姆莱特　嗯，母亲，我正是这样说。（揭帏见波洛涅斯）你这倒运的、粗心的、爱管闲事的傻瓜，再会！我还以为是一个在你上面的人哩。也是你命不该活；现在你可知道爱管闲事的危险了。——别尽扭着你的手。静一静，坐下来，让我扭你的心；你的心倘不是铁石打成的，万恶的习惯倘不曾把它硬化得透不进一点感情，那么我的话一定可以把它刺痛。

王后　我干了些什么错事，你才敢这样肆无忌惮地向我摇唇弄舌？

哈姆莱特　你的行为可以使贞节蒙污，使美德得到了伪善的名称；从纯洁的恋情的额上取下娇艳的蔷薇，替它盖上一个烙印；使婚姻的盟约变成博徒的誓言一样虚伪。啊！这样一种行为，简直使盟约成为一个没有灵魂的躯壳，神圣的婚礼变成一串谵妄的狂言；苍天的脸上也为它带上羞色，大地因为痛心这样的行为，也罩上满面的愁容，好像世界末日就要到来一般。

王后　唉！究竟是什么极恶重罪，你把它说得这样惊人呢？

哈姆莱特　瞧这一幅图画，再瞧这一幅；这是两个兄弟的肖像。你看这一个的相貌是多么高雅优美：太阳神的鬈发，天神的前额，战神一样威风凛凛的眼睛，像降落在高吻穹苍的山巅的神使一样矫健的姿态；这一个完善卓越的仪表，真像每一个天神都曾在那上面打下印记，向世间证明这是一个男子的典型。这是你从前的丈夫。现在你再看这一个：这是你现在的丈夫，像一株霉烂的禾穗，损害了他的健硕的兄弟。你有眼睛吗？你甘心离开这一座大好的高山，靠着这荒野生活吗？嘿！你有眼睛吗？你不能说那是爱情，因为在你的年纪，热情已经冷淡下来，它必须等候理智的判断；什么理智愿意从这么高的地方，降落到这么低的所在呢？知觉你当然是有的，否则你就不会有行动；可是你那知觉也一定已经麻木了；因为就是疯人也不会犯那样的错误，无论怎样丧心病狂，总不会连这样悬殊的差异都分辨不出来。那么是什么魔鬼蒙住了你的眼睛，把你这样欺骗呢？你的视觉、听觉、触觉、嗅觉，全都失去了交相为用的功能了吗？因为单单一个感官有了毛病，决不会使人愚蠢到这步田地的。羞啊！你不觉得惭愧吗？要是地狱中的孽火可以在一个中年妇人的骨髓里煽起了蠢动，那么在青春的烈焰中，让贞操像蜡一样融化了吧。因为少年情欲的驱动而失身，又有什么可耻呢？霜雪都会自动燃烧，理智都会做性欲的奴隶呢。

王后　啊，哈姆莱特！不要说下去了！你使我的眼睛看进了我自己灵魂的深处，看见我灵魂里那些洗拭不去的黑色的污点。

哈姆莱特　嘿，生活在汗臭垢腻的眠床上，让淫邪熏没了心窍，在污秽的猪圈里调情弄爱——

王后　啊，不要再对我说下去了！这些话像刀子一样戳进我的耳朵里；不要说下去了，亲爱的哈姆莱特！

哈姆莱特　一个杀人犯，一个恶徒，一个不及你前夫二百分之一的庸奴，一个冒充国王的丑角，一个盗国窃位的扒手，从架子上偷下那顶珍贵的王冠，塞在自己的腰包里！

王后　别说了！

哈姆莱特　一个身着斑斓彩衣的下流国王——

【鬼魂着睡衣上。

哈姆莱特　天上的神明啊，救救我，用你们的翅膀覆盖我的头顶！——陛下英灵不昧，有什么见教？

王后　哎哟，他疯了！

哈姆莱特　您不是来责备您的儿子不该浪费他的时间和感情，把您煌煌的命令搁在一旁，耽误了应该做的大事吗？啊，说吧！

鬼魂　不要忘记。我现在是来磨砺你的快要蹉跎下去的决心。可是瞧！你的母亲那惊愕的表情。啊，快去安慰安慰她的正在交战中的灵魂吧！最柔弱的人最容易受幻想的激动。对她说话去，哈姆莱特。

哈姆莱特　您怎么啦，母亲？

王后　唉！你怎么啦？为什么你把眼睛睁视着虚无，向空中喃喃说话？你的眼睛里射出狂乱的神情；像熟睡的兵士突然听到警号一般，你的整齐的头发一根根都像有了生命似地竖立起来。啊，好儿子！在你的疯狂的热焰上，浇洒一些清凉的镇静剂吧！你在瞧什么？

哈姆莱特　他，他！您瞧，他的脸色多么惨淡！看见了他这一种形状，要是再知道他所负的沉冤,即使石块也会感动的。——不要瞧着我,因为那不过徒然勾起我的哀感,也许反会妨碍我的冷酷的决心;也许我会因此而失去勇气,让挥泪代替了流血。

王后　你这番话是对谁说的?

哈姆莱特　您没有看见什么吗?

王后　什么也没有。要是有什么东西在那边,我不会看不见的。

哈姆莱特　您也没有听见什么吗?

王后　不,除了我们两人的说话以外,我什么也没有听见。

哈姆莱特　啊,您瞧!瞧,它悄悄儿去了!我的父亲,穿着他生前所穿的衣服!瞧!他就在这一刻,从门口走出去了!(鬼魂下)

王后　这是你脑中虚构的意象;一个人在心神恍惚的状态中,最容易发生这种幻妄的错觉。

哈姆莱特　心神恍惚!我的脉搏跟您的一样,在按着正常的节奏跳动哩。我所说的并不是疯话;要是您不信,我可以把我刚才说过的话一字不漏地复述一遍,一个疯人是不会记忆得那样清楚的。母亲,为了上帝的慈悲,不要自己安慰自己,以为我这一番说话,只是出于疯狂,不是真的对您的过失而发;那样的思想不过是骗人的油膏,只能使您溃烂的良心上结起一层薄膜,那内部的毒疮却在底下愈长愈大。向上天承认您的罪恶吧,忏悔过去,警戒未来;不要把肥料浇在莠草上,使它们格外蔓延起来。原谅我这一番正义的劝告;因为在这种万恶的时世,正义必须向罪恶乞恕,它必须俯首屈膝,要求人家接纳他的善意的箴规。

王后　啊,哈姆莱特!你把我的心劈为两半了!

哈姆莱特　啊!把那坏的一半丢掉,保留那另外的一半,让您的灵魂清净一些。晚安!可是不要上我叔父的床;即使您已经失节,也得勉力学做一个贞节妇人的样子。习惯虽然是一个可以使人失去羞耻的魔鬼,但是它也可以做一个天使,对于勉力为善的人,它会用潜移默化的手段,使他徙恶从善。您要是今天晚上自加抑制,下一次就会觉得这一种自制的功夫并不怎样为难,慢慢儿就可以习以为常了;因为习惯简直有一种改变气质的神奇的力量,它可以使魔鬼主宰人类的灵魂,也可以把他从人们心里驱逐出去。让我再向您道一次晚安;当您希望得到上天祝福的时候,我将求您祝福我。至于这一位老人家,(指波洛涅斯)我很后悔自己一时鲁莽把他杀死;可是这是上天的意思,要借着他的死惩罚我,同时借着我的手惩罚他,使我一方面自己受到天谴,一方面又成为代天行刑的使者。我现在先去把他的尸体安顿好了,再来承担这一个杀人的过咎。晚安!为了顾全母子的恩慈,我不得不忍情暴戾;不幸已经开始,更大的灾祸还在接踵而至。再有一句话,母亲。

王后　我应该怎么做?

哈姆莱特　我不能禁止您不再让那骄淫的僭王引诱您和他同床,让他拧您的脸,叫您做他的小耗子;我也不能禁止您因为他给了您一两个恶臭的吻,或是用他万恶的手指抚摸您的颈项,就把您所知道的事情一起说了出来,告诉他我实在是装疯,不是真疯。您应该让他知道;因为哪一个聪明懂事的王后愿意隐藏这样重大的消息,不去告诉一只哈蟆、一只蝙蝠、一只老雄猫知道呢?不,虽然理性警告您保守秘密,您尽管学那寓言中的猴子,因为受了好奇心的驱使,到屋顶上去开了笼门,把鸟儿放出,自己钻进笼里去,结果连笼子一起掉下来跌死吧。

王后　你放心吧,要是言语是从呼吸里吐出来的,我决不会让我的呼吸泄漏了你对我所说的话。

哈姆莱特　我必须到英国去,您知道吗?

王后　唉!我忘了,这事情已经这样决定了。

哈姆莱特　公文已经封好,打算交给我那两个同学带去。对这两个家伙,我要像对待两条咬人的毒蛇一样随时提防;他们将要做我的先驱,引导我钻进什么圈套里去。我倒要瞧瞧他们的能耐。开炮的要是给炮轰了,也是一件好玩的事;他们会埋地雷,我要比他们埋得更深,把他们轰到月亮里去。啊!用诡计对付诡计,不是顶有趣的吗?这家伙一死,多半会提早了我的行期;让我把这尸体拖到隔壁去。母亲,晚安!这一位大臣生前是个愚蠢饶舌的家伙,现在却变成非常谨严庄重的人了。来,老先生,让我把您拖下您的坟墓里去。晚安,母亲!(各下。哈姆莱特拖波洛涅斯尸体入内)

第四幕

第一场　城堡中一室

【国王、王后、罗森格兰兹及吉尔登斯吞上。

国王　这些长吁短叹之中，都含着深长的意义，我们必须设法探索出来。你的儿子呢？

王后　（向罗森格兰兹、吉尔登斯吞）请你们暂时退开。（罗森格兰兹、吉尔登斯吞下）啊，陛下！今晚我看见了多么惊人的事情！

国王　什么，葛特露？哈姆莱特怎么啦？

王后　疯狂得像彼此争强斗胜的天风和海浪一样。在他野性发作的时候，他听见帏幕后面有什么东西爬动的声音，就拔出剑来，嚷着，“有耗子！有耗子！”于是在一阵疯狂的恐惧之中，把那躲在幕后的好老人家杀死了。

国王　啊，罪过罪过！要是我在那儿，我也会照样死在他手里的；放任他这样胡作非为，对于你，对于我，对于每一个人，都是极大的威胁。唉！这一件流血的暴行应当由谁负责呢？我们是不能辞其咎的，因为我们早该防祸未然，把这个发疯的孩子关禁起来，不让他到处乱走；可是我们太爱他了，以至于不愿想一个适当的方策，正像一个害着恶疮的人，因为不让它出毒的缘故，弄到毒气攻心，无法救治一样。他到哪儿去了？

王后　拖着那个被他杀死的尸体出去了。像一堆下贱的铅铁掩不了真金的光彩一样，他知道他自己做错了事，他的纯良的本性就从他的疯狂里透露出来，他哭了。

国王　啊，葛特露！来！太阳一到了山上，我们必须赶紧让他登船出发。对于这一件罪恶的行为，我们必须用最严正的态度、最巧妙的措辞，决定一个执法原情的处置。喂！吉尔登斯吞！

【罗森格兰兹及吉尔登斯吞重上。

国王　两位朋友，我们还要借重你们一下。哈姆莱特在疯狂之中，已经把波洛涅斯杀死；他现在把那尸体从他母亲的房间里拖出去了。你们去找他来，对他说话要和气一点；再把那尸体搬到教堂里去。请你们快去把这件事情办好。（罗森格兰兹、吉尔登斯吞下）来，葛特露，我们要去召集我们那些最有见识的朋友们，把我们的决定和这一件意外的变故告诉他们，免得外边无稽的谰言牵涉到我们身上，那些毒箭从低声的密语中间散放出去，是像弹丸从炮口里射出去一样每发必中的。啊，来吧！我的灵魂里充满着混乱和惊愕。（同下）

第二场　城堡中另一室

【哈姆莱特上。

哈姆莱特　藏好了。

罗森格兰兹、吉尔登斯吞　（在内）哈姆莱特！哈姆莱特殿下！

哈姆莱特　什么声音？谁在叫哈姆莱特？啊，他们来了。

【罗森格兰兹及吉尔登斯吞上。

罗森格兰兹　殿下，您把那尸体怎么样啦？

哈姆莱特　它本来就是泥土，我仍旧让它回到泥土里去。

罗森格兰兹　告诉我们它在什么地方，让我们把它搬到教堂里去。

哈姆莱特　不要相信。

罗森格兰兹　不要相信什么？

哈姆莱特　不要相信我会放弃我自己的意见来听你的话。而且，一块海绵也敢问起我来！一个堂堂王子应该用什么话去回答它呢？

罗森格兰兹　您把我当作一块海绵吗，殿下？

哈姆莱特　嗯，先生，一块吸收君王的恩宠、利禄和官爵的海绵。可是这样的官员要到最后才会显出他们最大的用处来；像猴子吃硬壳果一般，他们的君王先把他们含在嘴里舐弄了好久，然后再一口咽了下去。当他需要被你们所吸收去的东西的时候，他只要把你们一挤，于是，海绵，你又是一块干巴巴的海绵了。

罗森格兰兹　我不懂您的话，殿下。

哈姆莱特　那很好，一句下流的话睡在一个傻瓜的耳朵里。

罗森格兰兹　殿下，您必须告诉我们那尸体在什么地方，然后跟我们见王上去。

哈姆莱特　他的身体和国王同在，可是那国王并不和他的身体同在。国王是一件东西——

吉尔登斯吞　一件东西，殿下！

哈姆莱特　一件虚无的东西。带我去见他。狐狸躲起来，大家追上去。（同下）

第三场　城堡中另一室

【国王上，侍从随后。

国王　我已经叫他们找他去了，并且叫他们把那尸体寻出来。让这家伙任意胡闹，是一件多么危险的事情！可是我们又不能把严刑峻法加在他的身上，他是为糊涂的群众所喜爱的，他们欢喜一个人，只凭眼睛，不凭理智；我要是处罚了他，他们只看见我的刑罚的苛酷，却不想到他犯的是什么重罪。为了顾全各方面的关系，叫他迅速离国，不失为一种适宜的策略。应付非常的变故，必须用非常的手段。

【罗森格兰兹上。

国王　啊！事情怎么样啦？

罗森格兰兹　陛下，他不肯告诉我们那尸体在什么地方。

国王　可是他呢？

罗森格兰兹　在外面，陛下，我们把他看起来了，等候您的旨意。

国王　带他来见我。

罗森格兰兹　喂,吉尔登斯吞!带殿下进来。

【哈姆莱特及吉尔登斯吞上。

国王　啊,哈姆莱特,波洛涅斯呢?

哈姆莱特　吃饭去了。

国王　吃饭去了!什么地方?

哈姆莱特　不是在他吃饭的地方,是在人家吃他的地方;有一群精明的蛆虫正在他身上大吃特吃哩。蛆虫是全世界最大的饕餮家;我们喂肥了各种的牲畜给自己受用,再喂肥了自己去给蛆虫受用。胖胖的国王跟瘦瘦的乞丐是一个桌子上两道不同的菜——不过是这么一回事。

国王　唉!唉!

哈姆莱特　一个人可以拿一条吃过一个国王的蛆虫去钓鱼,再吃那吃过那条蛆虫的鱼。

国王　你这句话是什么意思?

哈姆莱特　没有什么意思,我不过告诉你一个国王可以在一个乞丐的脏腑里出巡呢。

国王　波洛涅斯呢?

哈姆莱特　在天上。你差人到那边去找他吧。要是你的使者在天上找不到他,那么你可以自己到另外一个所在去找他。可是你们在这一个月里要是找不到他的话,你们只要跑上走廊的阶石,也就可以闻到他的气味了。

国王　(向若干侍从)去到走廊里找一找。

哈姆莱特　他在等着你们哩。(侍从等下)

国王　哈姆莱特,你干出这种事来,使我非常痛心。为了你自身的安全起见,你必须火速离开国境;所以快去给自己预备预备:船已经整装待发,风势也很顺利,同行的人都在等着你,一切都已经准备好向英国出发。

哈姆莱特　到英国去!

国王　是的,哈姆莱特。

哈姆莱特　好。

国王　要是你明白我的用意,你应该知道这是为了你的好处。

哈姆莱特　我看见一个明白你的用意的天使。可是来,到英国去!再会,亲爱的母亲！

国王　我是你的慈爱的父亲，哈姆莱特。

哈姆莱特　我的母亲。父亲和母亲是夫妇两个，夫妇是一体之亲；所以再会吧，我的母亲！来，到英国去！（下）

国王　跟在他的后面，劝诱他赶快上船，不要耽误；我要叫他在今晚离开国境。去！这件事情一解决，什么问题都没有了。请你们赶快一点。（罗森格兰兹、吉尔登斯吞下）英格兰王啊，丹麦的宝剑在你的国土上还留着鲜明的创痕，你向我们纳款输诚的敬礼至今未减，要是你畏惧我的威力，重视我的友谊，你就不能忽视我的意旨；我已经在公函里要求你把哈姆莱特立即处死，照着我的意思做吧，英格兰王，因为他像是我深入膏肓的痼疾，一定要借你的手把我医好。我必须知道他已经不在人世，我脸上才会有笑容浮起。（下）

第四场　丹麦原野

【福丁布拉斯率列队兵士上。

福丁布拉斯　队长，你去替我问候丹麦国王，告诉他说福丁布拉斯因为得到他的允许，已经按照约定，率领一支军队通过他的国境。你知道我们在什么地方集合。要是丹麦王有什么话要跟我当面说的，我也可以入朝晋谒。你就这样对他说吧。

队长　是，主将。

福丁布拉斯　慢步前进。（福丁布拉斯及兵士等下，队长留后）

【哈姆莱特、罗森格兰兹、吉尔登斯吞等同上。

哈姆莱特　官长，这些是什么人的军队？

队长　他们都是挪威的军队，先生。

哈姆莱特　请问他们是开到什么地方去的？

队长　到波兰的某一部分去。

哈姆莱特　谁是领兵的主将？

队长　挪威老王的侄儿福丁布拉斯。

哈姆莱特　他们是要向波兰本土进攻呢，还是去袭击边疆？

队长　不瞒您说，我们是要去夺一小块只有空名毫无实利的土地。叫我出五块钱去把它租赁下来，我也不要；无论挪威人、波兰人，要是把它标卖起来，谁也不会付出比这大一点的价钱把它买下来的。

哈姆莱特　啊，那么波兰人一定不会防卫它的了。

队长　不，他们早已布防好了。

哈姆莱特　为了这么一点鸡毛蒜皮，竟浪掷两千条活生生的性命和两万块金圆！这完全是因为国家太富足升平了，晏安的积毒蕴蓄于内，虽然已经到了溃烂的程度，外表上却还一点看不出将死的征象来。谢谢您，官长。

队长　上帝和您同在，先生。（下）

罗森格兰兹　我们去吧，殿下。

哈姆莱特　我就来，你们先走一步。（除哈姆莱特外，均下）我所见到听到的一切，都好像在对我谴责，鞭策我赶快进行我的蹉跎未就的复仇大愿！一个人要是在他生命的盛年，只知道吃吃睡睡，他还算是个什么东西？简直不过是一头畜生！上帝造下我们来，使我们能够这样高谈阔论，瞻前顾后，当然要我们利用他所赋予我们的这一种能力和灵明的理智，不让它们白白废掉。现在我明明有理由，有决心，有力量，有方法，可以动手干我所要干的事，可是我还是在说一些空话，"我要怎么怎么干"，而始终不曾在行动上表现出来；我不知道这是为了鹿豕一般的健忘呢，还是为了三分懦怯一分智慧的过于审慎的顾虑。像大地一样显明的榜样都在鼓励我；瞧这一支勇猛的大军，领队的是一个娇养的少年王子，勃勃的雄心振起了他的精神，使他蔑视不可知的结果，为了区区弹丸大小的一块不毛之地，拼着血肉之躯，去向命运、死亡和危险挑战。真正的伟大不是轻举妄动，而是在荣誉遭遇危险的时候，即使为了一根稻秆之微，也要慷慨力争。可是我的父亲给人惨杀，我的母亲给人污辱，我的理智和感情都被这种不共戴天的大仇所激动，我却因循隐忍，一切听其自然，看着这两万个人为了博取一个空虚的名声，走下坟墓竟如躺上眠床，目的只是争夺一方还不够作为他们的战场和埋骨之所的土地，相形之下，我将何地自容呢？啊！从这一刻起，让我屏除一切的疑虑妄念，把流血的思想充满在我的脑际！（下）

第五场　厄耳锡诺。城堡中一室

【王后、霍拉旭及一侍臣上。

王后　我不愿意跟她说话。

侍臣　她一定要见您。她的神气疯疯癫癫,瞧着怪可怜的。

王后　她要什么?

侍臣　她不断提起他的父亲;她说她听见这世上到处是诡计;一边呻吟,一边捶她的心,对一些琐琐屑屑的事情痛骂,讲的都是些很玄妙的话,好像有意思又好像没有意思。她的话虽然不知所云,可是却能使听见的人心中发生反应而企图从它里面找出意义来;他们妄加猜测,把她的话断章取义,用自己的思想附会上去;当她讲那些话的时候,有时眨眼,有时点头,做着种种的手势,的确使人相信在她的言语之间,含蓄着什么意思,虽然不能确定,却似乎隐藏着不祥之兆。

霍拉旭　最好有什么人跟她谈谈,因为也许她会在愚妄的脑筋里散布一些危险的猜测。

王后　让她进来。(侍臣下)

我负疚的灵魂惴惴惊惶,
琐琐细事也像预兆灾殃;
罪恶是这样充满了疑猜,
越小心越容易流露鬼胎。

【奥菲利娅披头散发、精神恍惚,弹鲁特琴上。

奥菲利娅　丹麦的美丽的王后陛下呢?

王后　啊,奥菲利娅!

奥菲利娅　(唱)为寻真爱满街走,
谁是知心郎?
毡帽在头杖在手,
草鞋穿一双。

王后　唉!好姑娘,这支歌是什么意思呢?

奥菲利娅　您说?请您听好了。(唱)

姑娘，姑娘，他死了，
一去不复来；
头上盖着青青草，
脚下石生苔。
嗬呵！

王后　哎，可是，奥菲利娅——

奥菲利娅　请您听好了。（唱）

殓衾遮体白如雪——

【国王上。

王后　唉！陛下，您瞧。

奥菲利娅　　鲜花红似雨；
花上盈盈有泪滴，
伴郎坟墓去。

国王　你好，美丽的姑娘？

奥菲利娅　好，上帝保佑您！他们说猫头鹰是一个面包师的女儿变成的。主啊！我们谁也不知道自己将来会变成什么。愿上帝和您同席！

国王　她父亲的死激成了她这种幻想。

奥菲利娅　对不起，我们以后再别提这件事了。要是有人问您这是什么意思，您就这样对他说：（唱）

情人佳节就在明天，
我要一早起身，
梳洗齐整到你窗前，
来做你的恋人。
他下了床披了衣裳，
他开开了房门；
她进去时是个女郎，
出来变了妇人。

国王　美丽的奥菲利娅！

奥菲利娅　真的，不用发誓，我会把它唱完：（唱）

凭着神圣慈悲名字，
这种事太丢脸！

少年男子不知羞耻，
　一味无赖纠缠。
你曾答应婚娶，
　然后再同枕席；
谁料如今被你欺诈，
　懊悔万千无及！

国王　她这个样子已经多久了？

奥菲利娅　我希望一切转祸为福！我们必须忍耐；可是我一想到他们把他放下寒冷的泥土里去，我就禁不住掉泪。我的哥哥必须知道这件事。谢谢你们很好的劝告。来，我的马车！晚安，太太们；晚安，可爱的小姐们；晚安，晚安。（下）

国王　紧紧跟住她，留心不要让她闹出乱子来。（霍拉旭下）啊！深心的忧伤把她害成了这样子；这完全是为了她父亲的死。啊，葛特露，葛特露！不幸的事情总是接踵而来：第一是她父亲的被杀；然后是你儿子的远别，他闯了这样大祸，不得不亡命异国，也是自取其咎。人民对于善良的波洛涅斯的暴亡，已经群疑蜂起，议论纷纷；我们这样匆匆忙忙地把他秘密安葬，更加引起了外间的疑窦；可怜的奥菲利娅也因此而悲伤得失去了她的正常的理智。我们人类没有了理智，不过是画上的图形，无知的禽兽。最后，跟这些事情同样使我不安的，是她的哥哥已经从法国秘密回来，行动诡异，居心莫测；他的耳中所听到的，都是那些播弄是非的人所散播的关于他父亲死状的恶意的谣言，少不得牵涉到我们身上。啊，我的亲爱的葛特露！这种消息像一尊杀人的巨炮，到处都在危害我的生命。（内喧呼声）

王后　哎哟！这是什么声音？

【一侍臣上。

国王　来人哪！我的瑞士卫队呢？叫他们把守宫门。什么事？

侍臣　赶快避一避吧，陛下，比大洋中的怒潮冲决堤岸还要汹汹其势，年轻的雷欧提斯带领着一队叛军，打败了您的卫士，冲进宫里来了。这一群暴徒把他称为主上；就像世界还不过刚才开始一般，他们推翻了一切的传统和习惯，那应当核准我们言语的尺度，他们全抛到脑后，只顾高喊

“我们推举雷欧提斯做国王!”他们掷帽举手,吆呼的声音响彻云霄,“让雷欧提斯做国王,让雷欧提斯做国王!”

王后　他们这样兴高采烈,却不知道已经误入歧途!啊,你们干了错事了,你们这些不忠的丹麦狗!

【雷欧提斯率众上。

国王　宫门都已打破了。

雷欧提斯　国王在哪儿?弟兄们,大家站在外面。

众人　不,让我们进来。

雷欧提斯　对不起,请你们让我一个人在这儿。

众人　好,好。(众人下)

雷欧提斯　谢谢你们。把门看守好了。啊,你这万恶的奸王!还我的父亲来!

王后　安静一点,好雷欧提斯。

雷欧提斯　我身上要是有一点血安静下来,我就是个野生的杂种,我的父亲是个王八,我的母亲的贞洁的额角上,也要雕上娼妓的恶名。

国王　雷欧提斯,你这样大张声势,兴兵犯上,究竟为了什么原因?——放了他,葛特露,不要担心他会伤害我的身体,一个君王是有神灵呵护的,他的威焰可以吓退叛逆。——告诉我,雷欧提斯,你有什么气恼不平的事?——放了他,葛特露。——你说吧。

雷欧提斯　我的父亲呢?

国王　死了。

王后　但是并不是他杀死的。

国王　尽他问下去。

雷欧提斯　他怎么会死的?我可不能受人家的愚弄。忠心,到地狱里去吧!让最黑暗的魔鬼把一切誓言抓了去!什么良心,什么礼貌,都给我滚下无底的深穴里去!我要向永劫挑战。我的立场已经坚决:死也好,活也好,我什么都不管,只要痛痛快快地为我的父亲复仇。

国王　谁可以阻止你?

雷欧提斯　除了我自己的意志以外,全世界也不能阻止我;不费多大力气,我的目的就可以达到。

国王　好雷欧提斯，要是你想知道你的亲爱的父亲究竟是怎样死去的话，难道你的复仇是把朋友和敌人搅在一起，把赢家和输家都一扫而光？

雷欧提斯　我只要找我父亲的敌人算账。

国王　那么你要知道谁是他的敌人吗？

雷欧提斯　对于他的好朋友，我愿意张开我的手臂拥抱他们，像舍身哺养幼雏的塘鹅一样，把我的血供他们喝饮。

国王　啊，现在你才说得像一个孝顺的儿子和真正的绅士。我不但对于令尊的死不曾有分，而且为他也感觉到非常的悲痛；这一个事实将会透过你的心，正像白昼的阳光照射你的眼睛一样。

众人　（内喧哗声）放她进去！

雷欧提斯　怎么！那是什么声音？

【奥菲利娅重上。

雷欧提斯　啊，赤热的烈焰，炙枯了我的脑浆吧！七倍辛酸的眼泪，灼伤了我的视觉吧！天日在上，我一定要叫那害你疯狂的仇人重重地抵偿他的罪恶。啊，五月的玫瑰！亲爱的女郎，好妹妹，奥菲利娅！天啊！一个少女的理智，也会像一个老人的生命一样受不起打击吗？人的性情因为热爱会变得格外敏感，这敏感的性情又常常把自己最珍贵的部分献给所爱。

奥菲利娅　（唱）他们把他抬上柩架；

　　哎呀，哎呀，哎哎呀；

在他坟上泪如雨下。

再会，我的鸽子！

雷欧提斯　要是你没有发疯，你会激励我复仇，你的言语也不会比你现在这样子更使我感动了。

奥菲利娅　你该唱“当啊当”，你该唱“你叫他当啊当”。啊！这叠唱多好听！唱的是黑心的管家，把主人的女儿拐了去了。

雷欧提斯　这一种无意识的话，比正言危论还要有力得多。

奥菲利娅　这是表示记忆的迷迭香；爱人，请你记着吧：这是表示相思的三色堇。

雷欧提斯　疯话里有教训，相思和记忆总是相伴相依。

奥菲利娅　（向克劳狄斯）这是给您的谄媚人的茴香和忠诚的漏斗花；（向葛特露）这是给您的表示悔恨的芸香，这儿还留着一些给我自己；遇到礼拜天，我们可以叫它慈悲草。啊！您可以把您的芸香插戴得别致点儿。这儿是一枝骗人的雏菊；我想要给您几朵忠贞的紫罗兰，可是我父亲一死，它们全都谢了；他们说他落了一个善终——（唱）

可爱的罗宾是我的宝贝。

雷欧提斯　忧愁、痛苦、悲哀和地狱中的磨难，在她身上都变成了可怜可爱。

奥菲利娅　（唱）他会不会再回来？
他会不会再回来？
不，不，他死了；
你的命难保，
他再也不会回来。
他的胡须像白银，
满头黄发乱纷纷。
人死不能活，
且把悲声歇；
上帝饶赦他灵魂！

求上帝饶赦一切基督徒的灵魂！上帝和你们同在！（下）

雷欧提斯　上帝啊，你看见这种惨事吗？

国王　雷欧提斯，我必须跟你详细谈谈关于你所遭逢的不幸；你不能拒绝我这一个权利。你不妨先去选择几个你的最有见识的朋友，请他们在你我两人之间做公正人：要是他们评断的结果，认为是我主动或同谋杀害的，我愿意放弃我的国土、我的王冠、我的生命以及我所有的一切，作为对你的补偿；可是他们假如认为我是无罪的，那么你必须答应助我一臂之力，让我们两人开诚合作，定出一个惩凶的方策来。

雷欧提斯　就这样吧。他死得这样不明不白，他的下葬又是这样偷偷摸摸的，他的尸体上没有一些战士的荣饰，也不曾为他举行一些哀祭的仪式，从天上到地下都在发出愤懑不平的呼声，我不能不问一个明白。

国王　你可以明白一切；谁是真有罪的，让斧钺加在他的头上吧。请你跟我来。（同下）

第六场　城堡中另一室

【霍拉旭及数人上。

霍拉旭　要来见我说话的是些什么人？

一绅士　是几个水手，先生。他们说他们有信要交给您。

霍拉旭　叫他们进来。（绅士下）倘不是哈姆莱特殿下差来的人，我不知道在这世上的哪一部分会有人来看我。

【水手等上。

水手甲　上帝祝福您，先生！

霍拉旭　愿他也祝福你。

水手乙　他要是高兴，先生，他会祝福我们的。这儿有一封信给您，先生——它是从那位到英国去的钦使寄来的——要是您的名字果然是霍拉旭的话。

霍拉旭　（读信）"霍拉旭，你把这封信看过以后，请把来人领去见一见国王；他们还有信要交给他。我们在海上的第二天，就有一艘很凶猛的海盗船向我们追击。我们因为船行太慢，只好勉力迎敌；在彼此相持的时候，我跳上了海盗船，他们就立刻抛下我们的船，扬帆而去，剩下我一个人做他们的俘虏。他们对待我很是有礼，可是他们也知道他们这样做对他们有利；我还要重谢他们哩。把我给国王的信交给他以后，请你就像逃命一般火速来见我。我有一些可以使你听了张口结舌的话要在你的耳边说；可是事实的本身比这些话还要严重得多。来人可以把你带到我现在所在的地方。罗森格兰兹和吉尔登斯吞到英国去了；关于他们我还有许多话要告诉你。再会。你的哈姆莱特。"来，让我立刻就带你们去把你们的信送出，然后请你们领我到那把这些信交给你们的那个人的地方去。（同下）

第七场　城堡中另一室

【国王及雷欧提斯上。

国王　你已经用你同情的耳朵，听见我告诉你那杀死令尊的人也在图谋我的生命；现在你必须明白我的无罪，并且把我当作你的一个心腹的友人了。

雷欧提斯　听您所说，果然像是真的；可是告诉我，为了您自己的安全起见，为什么您对于这样罪大恶极的暴行，不采取严厉的手段呢？

国王　啊！那是因为有两个理由，也许在你看来是不成其为理由的，可是对于我却有很大的关系。王后，他的母亲，差不多一天不看见他就不能生活；至于我自己，那么不管它是我的好处或是我的致命的弱点，我的生命和灵魂是这样跟她连结在一起，正像星球不能跳出轨道一样，我也不能没有她而生活。而且我所以不能把这件案子公开，还有一个重要的顾虑：一般民众对他都有很大的好感，他们盲目的崇拜像一股使树木变成石块的魔泉一样，把他所有的错处都变成了优点；我的箭太轻太没有力了，遇到这样的狂风，一定不能射中目的，反而给吹了回来。

雷欧提斯　那么难道我的一个高贵的父亲就是这样白白死去，一个好好的妹妹就是这样白白疯了不成？她的完美卓越的姿容才德，是可以傲视一世，睥睨古今的。可是我的报仇的机会总有一天会到来。

国王　不要让这件事扰乱了你的睡眠；你不要以为我是这样一个麻木不仁的人，会让人家揪着我的胡须，还以为不过是开开玩笑。不久你就可以听到消息。我爱你父亲，我也爱我自己；那我希望可以使你想到——

【一使者携信件上。

国王　啊！什么消息？

使者　启禀陛下，是哈姆莱特寄来的信；这一封是给陛下的，这一封是给王后的。

国王　哈姆莱特寄来的！谁把它们送到这儿来？

使者　他们说是几个水手，陛下，我没有看见他们；这两封信是克劳狄奥交给我的，来人把信送在他手里。

国王　雷欧提斯，你可以听一听这封信。出去！（使者下。读信）“陛下，我已经光着身子回到您的国土上来了。明天我就要请您允许我拜见御容。让我先向您禀告我的不召而返之罪，然后再禀告您我这次突然而意外回国的原因。哈姆莱特敬上。”这是什么意思？同去的人也都一起回来了吗？还是什么人在捣鬼其实并没有这么一回事？

雷欧提斯　您认识这笔迹吗？

国王　这确是哈姆莱特的亲笔。“光着身子！”这儿还附着一笔，说是“一个人回来”。你看他是什么用意？

雷欧提斯　我可弄不懂，陛下。可是他来得正好；我凉透了的心也陡然热了起来，因为我知道我会好好活着对他说，“当初你就是这样杀死我爹爹的！”

国王　要是他真的回来了——这怎么可能，可这又确实是真的——雷欧提斯，你愿意听我的吩咐吗？

雷欧提斯　愿意，陛下，只要您不勉强我跟他和解。

国王　我是要使你自己心里得到平安。要是他现在中途而返，不预备再作这样的航行，那么我已经想好了一个计策，激动他去干一件事情，一定可以叫他自投罗网；而且他死了以后，谁也不能讲一句闲话，即使他的母亲也不能觉察我们的诡计，只好认为是一件意外的灾祸。

雷欧提斯　陛下，我愿意服从您的指挥，最好请您设法让他死在我的手里。

国王　我正是这样计划。自从你到国外游学以后，人家常常说起你有一种特长的本领，这种话哈姆莱特也是早就听到过的；虽然在我的意见之中，这不过是你所有的才艺中间最不足道的一种，可是你的一切才艺的总和，都不及这一种本领更能挑起他的妒忌。

雷欧提斯　是什么本领呢，陛下？

国王　它虽然不过是装饰在少年人帽上的一条缎带，但也是少不了的；因为年轻人应该装束得华丽潇洒一些，表示他的健康活泼，正像老年人应该装束得朴素大方一些，表示他的矜严庄重一样。两个月以前，这儿来了一个诺曼第的绅士；我自己曾经和法国人在马上比过武艺，他们都是很精于骑术的；可是这位好汉简直有不可思议的魔力，他骑在马上，好像和他的坐骑化成了一体似的，随意驰骤，无不出神入化。他的技术是那样远超我的预料，无论我杜撰一些怎样夸大的辞句，都不够形容它的奇妙。

雷欧提斯　是个诺曼人吗？

国王　是诺曼人。

雷欧提斯　那么一定是拉摩德了。

国王　正是他。

雷欧提斯　我认识他。他的确是全国知名的勇士。

国王　他承认你的武艺很是了得，对于你的剑术尤其极口称赞，说是倘有人能够和你对敌，那一定大有可观；他发誓说他们国里的剑士要是跟你交起手来，一定会眼花缭乱，全然失去招架之功。他对你的一番夸奖，使哈姆莱特妒恼交集，一心希望你快些回来，跟他比赛一下。从这一点上——

雷欧提斯　从这一点上怎么，陛下？

国王　雷欧提斯，你真爱你的父亲吗？还是不过是做作出来的悲哀，只有表面没有真心？

雷欧提斯　您为什么这样问我？

国王　我不是以为你不爱你的父亲；可是我知道爱不过起于一时感情的冲动，经验告诉我，经过了相当时间，它是会逐渐冷淡下去的。爱像是一盏油灯，灯芯烧枯以后，它的火焰也会由微暗而至于消灭。一切事情都不能永远保持良好，因为过度的善反会摧毁它的本身，正像一个人因充血而死去一样。想做的，想到了就该做，因为旁人弄舌插足、老天节外生枝，这些都会消磨延宕想做的愿望和行动；该做的事情一经耽搁就像那声声感慨，越是长吁短叹越会销蚀人的精力和志气。可是回到事情的症结上来吧。哈姆莱特回来了，你预备怎样用行动代替言语，表明你自己的确是你父亲的孝子呢？

雷欧提斯　我要在教堂里割断他的喉咙。

国王　无论什么所在都不能庇护一个杀人的凶手；报仇雪恨不应受任何拘束。可是，好雷欧提斯，你要是果然志在复仇，还是住在自己家里不要出来。哈姆莱特回来以后，我们可以让他知道你也已经回来，叫几个人在他的面前夸奖你的本领，把你说得比那法国人所讲的还要了得，怂恿他和你作一次比赛。他是个粗心的人，一点不想到人家在算计他，一定不会仔细检视比赛用的刀剑的利钝；你只要预先把一柄利剑混杂在里面，趁他没有注意的时候，不动声色地自己拿了，在比赛之际，看准他的要害刺了过去,就可以替你的父亲报了仇了。

雷欧提斯　我愿意这样做。为了达到复仇的目的,我还要在我的剑上涂一些毒药。我已经从一个卖药人手里买到一种致命的药油,只要在剑头上沾了一滴,刺到人身上,它一碰到血,即使只是擦破了一些皮肤,也会毒性发作,无论什么灵丹仙草,都不能挽救他的性命。这药油我就涂一点在我的剑头上,管保一丁点擦伤就让他送命。

国王　让我们再考虑考虑,看时间和机会能够给我们什么方便。要是这一个计策会失败,要是我们会在行动之间露出了破绽,那么还是不要尝试的好。为了预防失败起见,我们应该另外再想一个万全之计。且慢!让我想来:我们可以对你们两人的胜负打赌。啊,有了:你在跟他交手的时候,必须使出你全副的精神,使他疲于奔命,等他口干舌燥要讨水喝的当儿,我就为他预备好一杯毒酒,万一他逃过了你的毒剑,也逃不过我们这一着。且慢!什么声音?

【王后上。

王后　一桩祸事刚刚到来,又有一桩接踵而至。雷欧提斯,你的妹妹掉在水里淹死了。

雷欧提斯　淹死了!啊!在哪儿?

王后　在小溪之旁,斜生着一株杨柳,它的毵毵的枝叶倒映在明镜一样的水流之中:她编了几个奇异的花环来到这里,用的是毛茛、荨麻、雏菊和长颈兰——那长颈兰正派姑娘叫它“死人指”,粗鲁的羊倌给它起了一个不雅的名字——她爬上一根横垂的树枝,想要把她的花冠挂在上面;就在这时候,一根心怀恶意的树枝折断了,她就连人带花一起落下呜咽的溪水里。她的衣服四散展开,使她暂时像人鱼一样飘浮水上;她嘴里还断断续续唱着古老的谣曲,好像一点不感觉到处境的险恶,又好像她本来就是生长在水中的一般。可是不多一会儿,她的衣服给水浸得重起来了,这可怜的人儿歌还没有唱完,就已经沉到了泥里。

雷欧提斯　唉!那么她是淹死了吗?

王后　淹死了,淹死了!

雷欧提斯　太多的水淹没了你的身体,可怜的奥菲利娅,所以我必须忍住我的眼泪。可是人类的常情是不能遏阻的,我掩饰不了心中的悲哀,只好顾不得惭愧了；当我们的眼泪干了以后，我们的妇人之仁也是会随着消灭的。再会，陛下！我有一段炎炎欲焚的烈火般的话，可是我的傻气的眼泪把它浇熄了。（下）

国王　让我们跟上去，葛特露，我好容易才把他的怒气平息了一下，现在我怕又要把它挑起来了。快让我们跟上去吧。（同下）

第五幕

第一场　墓　　地

【二小丑携锄、锹等上。

小丑甲　她存心自己脱离人世，却要照基督徒的仪式下葬吗？

小丑乙　我对你说是的，所以你赶快把她的坟掘好吧；验尸官已经验明她的死状，宣布应该按照基督徒的仪式把她下葬。

小丑甲　这可奇了，难道她是因为自卫而跳下水里的吗？

小丑乙　他们验明是这样的。

小丑甲　那一定是"自取灭亡"了，不会有别的原因。因为问题是这样的：要是我有意投水自杀，那必须成立一个行为；一个行为可以分三部分，那就是干、行、做；所以，她是有意投水自杀的。

小丑乙　哎，你听我说——

小丑甲　让我说完。这儿是水，好。这儿站着人，好。要是这个人跑到这个水里，把他自己淹死了，那么，不管他自己愿不愿意，总是他自己跑下去的；你听好了没有？可是要是那水漫到他的身上把他淹死了，那就不是他自己把自己淹死。所以，对于他自己的死无罪的人，并没有杀害他自己的生命。

小丑乙　法律上是这样说的吗？

小丑甲　嗯，是的，这是验尸官的验尸法。

小丑乙　说一句老实话，要是这个死的不是一位贵家女子，他们决不会按照基督徒的仪式把她下葬的。

小丑甲　对了，你说得有理。有财有势的人，就是要投河上吊，比起他们同教的基督徒来也可以格外通融，世上的事情真是太不公平！来，我的锄头。要论家世久远，谁也比不上种地的、挖沟的和掘墓的。他们都是亚当的传人。

小丑乙　亚当难道也是世家？

小丑甲　他是天下第一个造起族徽来的。

小丑乙　哪有这样的事！他从来没造过什么族徽。

小丑甲　你难道是异教徒，你圣经是怎么读的？圣经里面说亚当种地，地都能种，族徽造不了吗？一个问题，要是你回答得不对，那么你就承认你自己——

小丑乙　你问吧。

小丑甲　谁造出东西比泥水匠、船匠或是木匠更坚固？

小丑乙　造绞架的人。因为一千个在它上面悬挂过的人都已经先后死去，它还是站在那儿动都不动。

小丑甲　我很欢喜你的聪明，真的。绞架是很合适的，可是它怎么是合适的？它对于那些有罪的人是合适的。你说绞架造得比教堂还坚固，说这样的话是罪过的；所以，绞架对于你是合适的。来，重新说过。

小丑乙　谁造出东西比泥水匠、船匠或是木匠更坚固？

小丑甲　嗯，你回答了这个问题，我就让你下工。

小丑乙　呃，现在我知道了。

小丑甲　说吧。

小丑乙　真的，我可回答不出来。

【哈姆莱特及霍拉旭上，立远处。

小丑甲　别尽绞你的脑汁了，懒驴子是打死也走不快的；下回有人问你这个问题的时候，你就对他说，“掘坟的人”，因为他造的房子是可以一直住到世界末日的。去，到“老约翰”酒店里去给我倒一杯酒来。（小丑乙下；小丑甲且掘且歌）

年轻时候最爱偷情，

觉得那事很有趣味；
规规矩矩学做好人，
在我看来太无意义。

哈姆莱特 这家伙难道对于他的工作一点没有什么感觉，在掘坟的时候还会唱歌吗？

霍拉旭 他做惯了这种事，所以不以为意。

哈姆莱特 正是。不大劳动的手，它的感觉要比较灵敏一些。

小丑甲 （唱）谁料如今岁月潜移，
老景催人急于星火，
两脚挺直，一命归西，
世上原来不曾有我。（掷起一骷髅）

哈姆莱特 那个骷髅里面曾经有一条舌头，它也会唱歌哩；瞧这家伙把它摔在地上，好像它是第一个杀人凶手该隐的颚骨似的！它也许是一个政客的头颅，现在却让这蠢货把它丢来踢去；也许他生前是个偷天换日的好手，你看是不是？

霍拉旭 也许是的，殿下。

哈姆莱特 也许是一个朝臣，他会说，“早安，大人！您好，大人！”也许他就是某大人，嘴里称赞某大人的马好，心里却想把它讨了来，你看是不是？

霍拉旭 是，殿下。

哈姆莱特 啊，正是。现在却让蛆虫伴寝，他的下巴也掉了，一柄工役的锄头可以在他头上敲来敲去。从这种变化上，我们大可看透生命的无常。难道这些枯骨生前受了那么多的教养，死后却只好给人家当木块一般抛着玩吗？想起来我的骨头都痛了。

小丑甲 （唱）锄头一柄，铁铲一把，
殓衾一方掩面遮身；
挖松泥土深深掘下，
掘了个坑招待客人。（掷起另一骷髅）

哈姆莱特 又是一个。谁知道那不会是一个律师的骷髅？他的舞弄刀笔的手段、颠倒黑白的雄辩，现在都到哪儿去了？为什么他让这个放肆的家伙用肮脏的铁铲敲他的脑壳，不去控告他一个殴打罪？哼！这家伙生前也许曾经买下许多的地产,开口闭口用那些条文、具结、罚款、证据、赔偿一类的名词吓人;现在他的脑壳里塞满了泥土,这就算是他所取得的罚款和最后的赔偿了吗?他的保证书、他的双重保证人就不能保他再多买些土地,到头来只给他剩下一份契约大小的一抔黄土吗?这只小木匣,原来装他所有的地契都装不下,现在地主本人难道就不能再多一点伸伸胳膊的地方?哈!

霍拉旭　不能比这再多一点了,殿下。

哈姆莱特　契约纸不是用羊皮做的吗?

霍拉旭　是的,殿下,也有用牛皮做的。

哈姆莱特　我看痴心指靠那些玩意儿的人,比牲口聪明不了多少。我要去跟这家伙谈谈。喂,这是谁的坟墓?

小丑甲　我的,先生——

　　挖松泥土深深掘下,
　　　掘了个坑招待客人。

哈姆莱特　我看也是你的,因为你在里头胡闹。

小丑甲　您在外头也不老实,先生,所以这坟不是您的;至于说我,我倒没有在里头胡闹,可是这坟的确是我的。

哈姆莱特　您在里头,又说是你的,这就是"在里头胡闹"。因为挖坟是为死人,不是为会蹦会跳的活人,所以说你胡闹。

小丑甲　这套胡闹的话果然会蹦会跳,先生,等会儿又该从我这里跳到您那里去了。

哈姆莱特　你给什么人掘这坟墓?是个男人吗?

小丑甲　不是男人,先生。

哈姆莱特　那么是个女人?

小丑甲　也不是女人。

哈姆莱特　不是男人,也不是女人,那么谁葬在这里面?

小丑甲　先生,她本来是一个女人,可是,让她的灵魂安息吧,她已经死了。

哈姆莱特　这浑蛋倒会分辨得这样清楚!我们讲话可得明白仔细,含糊其词就会自找没趣。凭着上帝发誓,霍拉旭,我觉得这三年来,时世变得越发不成样子了,庄稼汉的脚趾头已经挨着朝廷贵人的脚后跟,都能磨破那上面的冻疮了。——你做这掘墓的营生有多久了？

小丑甲　我开始干这营生，是在我们的老王爷哈姆莱特打败了福丁布拉斯那一天。

哈姆莱特　那是多久以前的事？

小丑甲　你不知道吗？每一个傻子都知道的：那正是小哈姆莱特出世的那一天，就是那个发了疯给他们送到英国去的。

哈姆莱特　嗯，对了。为什么他们叫他到英国去？

小丑甲　就是因为他发了疯呀。他到了英国去，他的疯病就会好的，即使疯病不会好，在那边也没有什么关系。

哈姆莱特　为什么？

小丑甲　英国人不会把他当作疯子；他们都是跟他一样疯的。

哈姆莱特　他怎么会发疯？

小丑甲　人家说得很奇怪。

哈姆莱特　怎么奇怪？

小丑甲　他们说他脑子来了毛病。

哈姆莱特　从哪里来的？

小丑甲　还不就是丹麦本地来的。我在本地干这掘墓的营生，从小到大，一共有三十年了。

哈姆莱特　一个人埋在地下，要经过多少时候才会腐烂？

小丑甲　假如他不是在未死以前就已经腐烂——现在多的是害杨梅疮死去的尸体，简直抬都抬不下去——他大概可以过八九年；一个硝皮匠在九年以内不会腐烂。

哈姆莱特　为什么他要比别人长久一些？

小丑甲　因为，先生，他的皮硝得比人家的硬，可以长久不透水；尸体一碰到水，是最会腐烂的。这儿又是一个骷髅；这骷髅已经埋在地下二十三年了。

哈姆莱特　它是谁的骷髅？

小丑甲　是个婊子养的疯小子。你猜是谁？

哈姆莱特　不，我猜不出。

小丑甲　这个遭瘟的疯小子！他有一次把一瓶葡萄酒倒在我的头上。这一个骷髅,先生,是国王的弄人郁利克的骷髅。

哈姆莱特　这就是他!

小丑甲　正是他。

哈姆莱特　让我看。(取骷髅)唉,可怜的郁利克!霍拉旭,我认识他。他是一个最会开玩笑,非常富于想象力的家伙。他曾经把我负在背上一千次;现在我一想起来,却忍不住心头作呕。这儿本来有两片嘴唇,我不知吻过它们多少次。——现在你还会把人挖苦吗?你还会蹦蹦跳跳,逗人发笑吗?你还会唱歌吗?你还会随口编造一些笑话,说得满座捧腹吗?你没有留下一个笑话,讥笑你自己吗?这样垂头丧气了吗?现在你给我到小姐的闺房里去,对她说,凭她脸上的脂粉搽得一寸厚,到后来总是要变成这个样子的;你用这样的话告诉她,看她笑不笑吧。霍拉旭,请你告诉我一件事情。

霍拉旭　什么事情,殿下?

哈姆莱特　你想亚力山大在地下也是这副形状吗?

霍拉旭　也是这样。

哈姆莱特　也是有同样的臭味吗?呸!(掷下骷髅)

霍拉旭　也有同样的臭味,殿下。

哈姆莱特　谁知道我们将来会变成一些什么下贱的东西,霍拉旭!要是我们用想象推测下去,谁知道亚力山大的高贵的尸体,不就是塞在酒桶口上的泥土?

霍拉旭　那未免太想入非非了。

哈姆莱特　不,一点也不,这是很可能的。我们可以这样想:亚力山大死了;亚力山大埋葬了;亚力山大化为尘土;人们把尘土做成烂泥;那么为什么亚力山大所变成的烂泥,不会被人家拿来塞在啤酒桶的口上呢?

凯撒死了,他尊严的尸体
也许变了泥把破墙填砌;
啊!他从前是何等的英雄,
现在只好为人挡雨遮风!

可是不要作声!不要作声!站开,国王来了。

【国王、王后,雷欧提斯、一教士随一棺上,众贵族随后。

哈姆莱特　王后和朝臣们也都来了;他们是送什么人下葬呢?仪式又是这样草率的?瞧上去好像他们所送葬的那个人,是自杀而死的,同时又是个很有身份的人。让我们躲在一旁瞧瞧他们。(与霍拉旭退后)

雷欧提斯　还有些什么仪式?

哈姆莱特　(向霍拉旭)那是雷欧提斯,一个很高贵的青年。听着。

雷欧提斯　还有些什么仪式?

教士甲　她的葬礼已经超过了她所应得的名分。她的死状很是可疑;倘不是因为我们迫于权力,按例就该把她安葬在圣地以外,直到最后审判的喇叭吹召她起来。我们不但不应该为她念祷告,并且还要用砖瓦碎石丢在她坟上;可是现在我们已经允许给她处女的葬礼,用花圈盖在她的身上,替她散播鲜花,鸣钟送她入土,这还不够吗?

雷欧提斯　难道不能再有其他的仪式了吗?

教士甲　不能再有其他的仪式了;要是我们为她奏安魂曲,就像对于一般平安死去的灵魂一样,那就要亵渎了教规。

雷欧提斯　把她放下泥土里去;愿她的娇美无瑕的肉体上生出芬芳馥郁的紫罗兰来!我告诉你,你这下贱的教士,我的妹妹将要做一个天使,你死了却要在地狱里呼号。

哈姆莱特　什么!美丽的奥菲利娅吗?

王后　好花是应当撒在美人身上的。永别了!(散花)我本来希望你做我的哈姆莱特的妻子;这些鲜花本来要铺在你的新床上,亲爱的女郎,谁想得到我会把它们撒在你的坟上!

雷欧提斯　啊!但愿千百重的灾祸,降临在害得你精神错乱的那个该死的恶人的头上!等一等,不要就把泥土盖上去,让我再把她拥抱一次。(跳下墓中)现在把你们的泥土倒下来,把死的和活的一起掩埋了吧;让这块平地上堆起一座高山,那古老的丕利恩山和苍秀插天的奥林匹斯山都要匍匐在它的足下。

哈姆莱特　(上前)哪一个人的心里装载得下这样沉重的悲伤?哪一个人的哀恸的辞句,可以使天上的流星惊疑止步?那是我,丹麦王子哈姆莱特!(跳下墓中)

雷欧提斯　魔鬼抓了你的灵魂去!(将哈姆莱特揪住)

哈姆莱特　你祷告错了。请你不要掐住我的喉咙;因为我虽然不是一个暴躁易怒的人,可是我的火性发作起来,是很危险的,你还是不要激恼我吧。放开你的手!

国王　把他们扯开!

王后　哈姆莱特!哈姆莱特!

众人　殿下,公子——

霍拉旭　好殿下,安静点儿。(侍从等分开二人,二人自墓中出)

哈姆莱特　嘿,我愿意为了这个题目跟他决斗,直到我的眼皮不再眨动。

王后　啊,我的孩子!什么题目?

哈姆莱特　我爱奥菲利娅。四万个兄弟的爱合起来也抵不过我对她的爱。你愿意为她干些什么事情?

国王　啊!他是个疯人,雷欧提斯。

王后　看在上帝的情分上,不要跟他顶真。

哈姆莱特　哼,让我瞧瞧你会干些什么事。你会哭吗?你会打架吗?你会绝食吗?你会撕破你自己的身体吗?你会喝一大缸醋吗?你会吃一条鳄鱼吗?我都做得到。你是到这儿来哭泣的吗?你跳下她的坟墓里,是要当面羞辱我吗?你跟她活埋在一起,我也会跟她活埋在一起;要是你还要夸说什么高山大岭,那么让他们把几百万亩的泥土堆在我们身上,直到我们的地面高耸入云,直到被烈日烧焦,让巍峨的奥萨山相形之下变得像一颗痦子一样大小吧!嘿,你会吹,我就不会吹吗?

王后　这不过是他一时的疯话。他的疯病一发作起来,总是这个样子的;可是等一会儿他就会安静下来,就像母鸽孵育她那一双黄茸茸的雏鸽时一样温和了。

哈姆莱特　听我说,老兄,你为什么这样对待我?我一向都是爱你的。可是这些都不用说了,有本领的,随他干什么事吧;猫总是要叫,狗总是要闹的。(下)

国王　好霍拉旭,请你跟住他。(霍拉旭下。向雷欧提斯)记着我们昨天晚上所说的话,格外忍耐点儿吧;我们马上就可以实行我们的办法。好葛特露,叫几个人好好看守你的儿子。这一个坟上将要有一块活生生的纪念碑。平安的时间不久就会到来;现在我们必须耐着性把一切安排。

（同下）

第二场　城堡中的厅堂

【哈姆莱特及霍拉旭上。

哈姆莱特　这个题目已经讲完，现在我可以让你知道另外一段事情。你还记得当初的一切经过情形吗？

霍拉旭　记得，殿下？

哈姆莱特　在我的心里有一种战争，使我不能睡眠；我觉得我的处境比套在脚镣里的叛变的水手还要难堪。我就鲁莽行事，结果倒鲁莽对了。我们应该知道，有时候一时的孟浪，往往反而可以做出一些为我们的深谋密虑所做不成功的事；从这一点上，我们可以看出来，无论我们怎样辛苦图谋，我们的结果却早已有一种冥冥中的力量把它布置好了。

霍拉旭　这是无可置疑的。

哈姆莱特　我从舱里出来，一件航海的宽衣罩在我的身上，我在黑暗之中摸索着找寻那封公文，果然给我达到目的，摸到了他们的包裹，拿着它回到我自己的地方；疑心使我忘记了礼貌，我大胆地拆开了他们的公文，在那里面，霍拉旭——啊，堂皇的诡计！——我发现一道严厉的命令，借了许多好听的理由为名，说是为了丹麦和英国双方的利益，决不能让我这个危险凶残的家伙逃脱，接到公文后，必须不等磨好利斧，立即砍下我的脑袋。

霍拉旭　有这等事？

哈姆莱特　这一封就是原来的国书；你有空的时候可以仔细读一下。可是你愿意听我告诉你后来我怎么办吗？

霍拉旭　请您告诉我。

哈姆莱特　在这样重重诡计的包围之中，我的脑筋不等我定下心来思索，就开始活动起来了；我坐下来另外写了一通国书，字迹清清楚楚。从前我曾经抱着跟我们那些政治家们同样的意见，认为字体端正是一件有失体面的事，总是想竭力忘记这一种本领，可是现在它却对我有了大大的用处。你要知道我写些什么话吗？

霍拉旭　嗯,殿下。

哈姆莱特　我用国王的名义,向英王提出恳切的要求,因为英国是他忠心的藩属,因为两国之间的友谊,必须让它像棕榈树一样发荣繁茂,因为和平的女神必须永远戴着他的荣冠,沟通彼此的情感,以及许许多多诸如此类的重要理由,请他在读完这一封信以后,不要有任何的迟延,立刻把那两个传书的来使处死,不让他们有从容忏悔的时间。

霍拉旭　可是国书上没有盖印,那怎么办呢?

哈姆莱特　啊,就在这件事上,也可以看出一切都是上天预先注定。我的衣袋里恰巧藏着我父亲的私印,它跟丹麦的国玺是一个式样的;我把伪造的国书照着原来的样子折好,签上名字,盖上印玺,把它小心封好,归还原处,一点不露出破绽。过一天就遇见了海盗,那以后的情形,你早已知道了。

霍拉旭　这样说来,吉尔登斯吞和罗森格兰兹是去送死的了。

哈姆莱特　哎,朋友,他们本来是自己钻求这件差使的;我在良心上没有对不起他们的地方,是他们自己的阿谀献媚断送了他们的生命。两个强敌猛烈争斗的时候,不自量力的微弱之辈,却去插身在他们的刀剑中间,这样的事情是最危险不过的。

霍拉旭　嘿,这是一个什么国王!

哈姆莱特　你想,我是不是应该——他杀死了我的父王,奸污了我的母亲,篡夺了我的嗣位的权利,用这种诡计谋害我的生命,凭良心说我是不是应该亲手向他复仇雪恨?上天会不会嘉许我替世上剪除这一个戕害天性的蟊贼,不让他继续为非作恶?

霍拉旭　他不久就会从英国得到消息,知道这一回事情产生了怎样的结果。

哈姆莱特　时间虽然很局促,可是我已经抓住眼前这一刻功夫;说一个“一”字的一刹那就可结果一条性命。可是我很后悔,好霍拉旭,不该在雷欧提斯面前失去了自制;因为他所遭遇的惨痛,正是我自己的怨愤的影子。我要取得他的好感。可是他倘不是那样夸大他的悲哀,我也决不会动起那么大的火性来的。

霍拉旭　不要作声!谁来了?

【名叫奥斯里克的年轻朝臣上。

奥斯里克　殿下，欢迎您回到丹麦来！

哈姆莱特　谢谢您，先生。你认识这只水苍蝇吗？

霍拉旭　不，殿下。

哈姆莱特　那是你的运气，因为认识他是一件丢脸的事。一头畜生只要拥有大群畜生就可以爬到国王的餐桌上嚼草料。这家伙是个乡巴佬，可是手里有良田万顷。

奥斯里克　殿下，您要是有空的话，我奉陛下之命，要来告诉您一件事情。

哈姆莱特　先生，我愿意恭聆大教。您的帽子是应该戴在头上的，您还是戴上去吧。

奥斯里克　谢谢殿下，天气真热。

哈姆莱特　不，相信我，天冷得很，在吹北风哩。

奥斯里克　真的有点儿冷，殿下。

哈姆莱特　可是对于像我这样的体质，我觉得这一种天气却是闷热得厉害。

奥斯里克　对了，殿下，真是说不出来的闷热。可是，殿下，陛下叫我来通知您一声，他已经为您下了一个很大的赌注了。殿下，事情是这样的——

哈姆莱特　请您不要这样多礼。（使奥斯里克戴上帽子）

奥斯里克　不，殿下，我还是这样舒服些，真的。殿下，雷欧提斯新近到我们的宫庭里来；相信我，他是一位完善的绅士，充满着最卓越的特点，他的礼貌非常温雅，他的谈吐又是非常渊博；说一句发自衷心的话，他是上流社会的南针，因为在他身上可以找到一个绅士所应有的品性的总汇。

哈姆莱特　先生，他对于您这一番描写，的确可以当之无愧；虽然我知道，要是把他的好处一件一件列举出来，不但我们的记忆将要因此而淆乱，交不出一篇正确的账目来，而且他这一艘满帆的快船，也决不是我们失舵之舟所能追及；可是，凭着真诚的赞美而言，我认为他是一个才德优异的人，他的高超的禀赋是那样稀有而罕见，说一句真心的话，除了在他的镜子里以外，再也找不到第二个跟他同样的人，纷纷追踪求迹之辈，不过是他的影子而已。

奥斯里克　殿下把他说得一点不错。

哈姆莱特　您的用意呢？为什么我们要用尘俗的呼吸，嘘在这位绅士的身上呢？

奥斯里克　殿下?

霍拉旭　自己所用的语言到了别人嘴里,您就听不懂了吗?

哈姆莱特　您向我提起这位绅士的名字,有什么目的?

奥斯里克　雷欧提斯吗?

霍拉旭　他的嘴里已经变得空空洞洞,因为他的那些好听话都说完了。

哈姆莱特　正是雷欧提斯。

奥斯里克　我知道您不是不明白——

哈姆莱特　您既然知道我这人不是不明白,那就很好;可是说句老实话,即使你知道我是明白人,对我也不是什么光荣的事。好,您怎么说?

奥斯里克　我是说,您不是不明白雷欧提斯有些什么特长——

哈姆莱特　那我可不敢说,因为也许人家会疑心我有意跟他比并高下;可是要知道一个人的底细,应该先知道他自己。

奥斯里克　殿下,我的意思是说他的武艺。人家都称赞他的本领一时无双。

哈姆莱特　他会使些什么武器?

奥斯里克　长剑和短刀。

哈姆莱特　他会使这两种武器吗?很好。

奥斯里克　殿下,王上已经用六匹巴巴里的骏马跟他打赌;在他的一方面,照我所知道的,押的是六柄法国的宝剑和好刀,连同一切鞘带钩子之类的附件,其中有三柄的挂架尤其珍奇可爱,跟剑柄配得非常合适,式样非常精致,花纹非常富丽。

哈姆莱特　您所说的挂架是什么东西?

霍拉旭　我知道您要听懂他的说话,非得翻查一下注解不可。

奥斯里克　殿下,挂架就是剑柄上的挂钩。

哈姆莱特　要是腰上能挂上三门大炮,倒也还说得过去;不然还是叫挂钩吧。好,说下去;六匹巴巴里骏马对六柄法国宝剑,附件在内,外加三条花纹富丽的挂架。法国货对丹麦货。可是用你的话来说,两方面这样"押"是为了什么呢?

奥斯里克　殿下,王上跟他打赌,要是你们两人交起手来,在十二个回合之中,他至多不过有三个回合占到您的上风;可是他觉得他可以稳赢九个回合。殿下要是答应的话,马上就可以试一试。

哈姆莱特　要是我答应个“不”字呢？

奥斯里克　殿下，我的意思是说，你答应跟他当面比较高低。

哈姆莱特　先生，我还要在这儿厅堂里散散步。你去回陛下说，现在是我一天之中休息的时间。叫他们把比赛用的钝剑预备好了，要是这位绅士愿意，王上也不改变他的意见的话，我愿意尽力为他博取一次胜利；万一不幸失败，那我也不过丢了一次脸，给他多剁了两下。

奥斯里克　我就照这样去回话吗？

哈姆莱特　您就照这个意思去说，随便您再加上一些什么花巧的句子都行。

奥斯里克　（鞠躬）我愿向殿下奉献我的赤诚的心。

哈姆莱特　不敢当，可不敢当（奥斯里克下）。他的那颗心只能由他奉献，别人可谁也不敢替他送人。

霍拉旭　这一头小鸭子顶着壳儿逃走了。

哈姆莱特　他在母亲怀抱里的时候，也要先把他母亲的奶头恭维几句，然后吮吸。像他这一类靠着一些繁文缛礼撑撑场面的家伙，正是愚妄的世人所醉心的；他们的浅薄的牙慧使傻瓜和聪明人同样受他们的欺骗，可是一经试验，他们就会像汽泡一样爆破了。

【一贵族上。

贵族　殿下，陛下刚才叫奥斯里克来向您传话，知道您在这儿厅上等候他的旨意；他叫我再来问您一声，您是不是仍旧愿意跟雷欧提斯比剑，还是慢慢再说。

哈姆莱特　我没有改变我的初衷，一切服从王上的旨意。现在也好，无论什么时候都好，只要他方便，我总是随时准备着，除非我丧失了现在所有的力气。

贵族　王上、娘娘，还有其他的人都要到这儿来了。

哈姆莱特　他们来得正好。

贵族　娘娘请您在开始比赛以前，对雷欧提斯客气几句。

哈姆莱特　我愿意服从她的教诲。（贵族下）

霍拉旭　殿下，您要失败的。

哈姆莱特　我想我不会失败。自从他到法国去了以后，我练习得很勤；我一定可以把他打败。可是你不知道我的心里是多么不舒服；那也不用说了。

霍拉旭　啊，我的好殿下——

哈姆莱特　那不过是一种傻气的心理；可是一个女人也许会因为这种莫名其妙的疑虑而惶惑。

霍拉旭　要是您心里不愿意做一件事，那么就不要做吧。我可以去通知他们不用到这儿来，说您现在不能比赛。

哈姆莱特　不，我们不要害怕什么预兆；一只雀子的死生都是命运预先注定的。注定在今天，就不会是明天；不是明天，就是今天；逃过了今天，明天还是逃不了，随时准备着就是了。一个人既然在离开世界的时候不知道他会留下些什么，那么早早脱身而去，不是更好吗？随它去。

【众人抬一桌酒肴上，上置酒壶数把；鼓号齐鸣；仆从携坐垫、长短剑上；国王、王后、雷欧提斯、奥斯里克及全体贵族上。

国王　来，哈姆莱特，来，让我为你们两人和解和解。（牵雷欧提斯、哈姆莱特二人的手相握）

哈姆莱特　原谅我，雷欧提斯，我得罪了你，可是你是个堂堂男子，请你原谅我吧。这儿在场的众人都知道，你也一定听见人家说起，我是怎样为疯狂所害苦。凡是我的所作所为，足以伤害你的感情和荣誉，挑起你的愤激来的，我现在声明都是我在疯狂中犯下的过失。难道哈姆莱特会做对不起雷欧提斯的事吗？哈姆莱特决不会做这种事。要是哈姆莱特在丧失他自己的心神的时候，做了对不起雷欧提斯的事，那样的事不是哈姆莱特做的，哈姆莱特不能承认。那么是谁做的呢？是他的疯狂。既然是这样，那么哈姆莱特也是属于受害的一方，他的疯狂是可怜的哈姆莱特的敌人。当着在座众人之前，我承认我在无心中射出的箭，误伤了我的兄弟；我现在要向他请求大度包涵，宽恕我的不是出于故意的罪恶。

雷欧提斯　我的感情是激动我复仇的主要力量，现在从感情上说我自然是满意了，但是还有事关荣誉这一条；除非有什么为众人所敬仰的长者，告诉我可以跟你捐除宿怨，指出这样的事是有前例可援的，不至于损害我的名誉，那时我才可以跟你言归于好。现在我先接受你的友好的表示，并且表示不会辜负你的盛情。

哈姆莱特　我绝对信任你的诚意，愿意奉陪你举行一次友谊的比赛。把钝剑给我们。来。

雷欧提斯　来，给我一柄。

哈姆莱特　雷欧提斯，我的剑术荒疏已久，只能给你帮场；正像最黑暗的夜里一颗吐耀的明星一般，彼此相形之下，一定更显得你的本领的高强。

雷欧提斯　殿下不要取笑。

哈姆莱特　不，我可以举手起誓，这不是取笑。

国王　奥斯里克，把钝剑分给他们。哈姆莱特侄儿，你知道我们怎样打赌吗？

哈姆莱特　我知道，陛下，您把赌注下在实力较弱的一方了。

国王　我想我的判断不会有错。你们两人的技术我都领教过；现在既然众人皆说他胜你一筹，那就叫他让你几招。

雷欧提斯　这一柄太重了，换一柄给我。

哈姆莱特　这一柄我很满意。这些钝剑都是同样长短的吗？

奥斯里克　是，殿下。（二人准备比赛）

国王　替我在那桌子上斟下几杯酒。要是哈姆莱特击中了第一剑或是第二剑，或者在第三次交锋的时候争得上风，让所有的碉堡上一齐鸣起炮来；国王将要饮酒慰劳哈姆莱特，他还要拿一颗比丹麦四代国王戴在王冠上的更贵重的珍珠丢在酒杯里。把杯子给我；鼓声一起，喇叭就接着吹响，通知外面的炮手，让炮声震彻天地，报告这一个消息，“现在国王为哈姆莱特祝饮了！”来，开始比赛吧。（号角齐鸣）你们在场裁判的都要留心看好。

哈姆莱特　请了。

雷欧提斯　请了，殿下。（二人比剑。哈姆莱特刺中对手一剑）

哈姆莱特　一剑。

雷欧提斯　不，没有击中。

哈姆莱特　请裁判员公断。

奥斯里克　中了，很明显的一剑。

雷欧提斯　好，再来。

国王　且慢，拿酒来。哈姆莱特，这一颗珍珠是你的，祝你健康！把这一杯

酒给他。(鼓号齐鸣;内鸣炮)

哈姆莱特　让我先赛完这一局。暂时把它放在一旁。来。(二人比剑)又是一剑;你怎么说?

雷欧提斯　我承认给你碰着了。

国王　我们的孩子一定会胜利。

王后　他身体太胖,有些喘不过气来。来,哈姆莱特,把我的手巾拿去,揩干你额上的汗。王后为你饮下这一杯酒,祝你胜利,哈姆莱特。

哈姆莱特　好妈妈!

国王　葛特露,不要喝。

王后　我要喝的,陛下,请您原谅我。

国王　(旁白)这一杯酒里有毒。太迟了!

哈姆莱特　母亲,我现在还不敢喝酒,等一等再喝吧。

王后　来,让我擦干你的脸。

雷欧提斯　陛下,现在我一定要击中他了。

国王　我怕你击不中他。

雷欧提斯　(旁白)可是我的良心却不赞成我干这件事。

哈姆莱特　来,再受我一剑,雷欧提斯。你怎么一点不起劲?请你使出你的全身本领来吧,我怕你在开我的玩笑哩。

雷欧提斯　你这样说吗?来。(二人比剑)

奥斯里克　两边都没有中。

雷欧提斯　受我这一剑!(雷欧提斯挺剑刺伤哈姆莱特;二人在争夺中彼此手中之剑各为对方夺去)

国王　分开他们!他们动起火性来了。

哈姆莱特　来,再试一下。(哈姆莱特刺伤雷欧提斯,王后倒地)

奥斯里克　哎哟,瞧王后怎么啦!

霍拉旭　他们两人都在流血。您怎么啦,殿下?

奥斯里克　你怎么啦,雷欧提斯?

雷欧提斯　唉,奥斯里克,正像一头自投罗网的山鹬,我用诡计害人,反而害了自己,这也是我应得的报应。

哈姆莱特　王后怎么啦?

国王　她看见他们流血，昏过去了。

王后　不，不，那杯酒，那杯酒——啊，我的亲爱的哈姆莱特！那杯酒，那杯酒。我中毒了。（死）

哈姆莱特　啊，奸恶的阴谋！喂！把门锁上了！阴谋！查出来是哪一个干的。（雷欧提斯倒地）

雷欧提斯　凶手就在这儿，哈姆莱特。哈姆莱特，你已经不能活命了；世上没有一种药可以救治你，不到半小时，你就要死去。那杀人的凶器就在你的手里，它的锋利的刃上还涂着毒药。这奸恶的诡计已经回过来害了我自己。瞧！我躺在这儿，再也不会站起来了。你的母亲也中了毒。我说不下去了。国王——国王——都是他一个人的罪恶。

哈姆莱特　锋利的刃上还涂着毒药！——好，毒药，发挥你的力量吧！（刺国王）

众人　反了！反了！

国王　啊！帮帮我，朋友们，我不过受了点伤。

哈姆莱特　好，你这败坏伦常、嗜杀贪淫、万恶不赦的丹麦奸王！喝干了这杯毒药——你那颗珍珠是在这儿吗？——跟我的母亲一道去吧！（国王死）

雷欧提斯　他死得应该；这毒药是他亲手调下的。尊贵的哈姆莱特，让我们互相宽恕；我不怪你杀死我和我的父亲，你也不要怪我杀死你！（死）

哈姆莱特　愿上天赦免你的错误！我也跟你来了。我死了，霍拉旭。不幸的王后，别了！你们这些看见这一幕意外的惨变而颤栗失色的无言的观众，倘不是因为死神的拘捕不给人片刻的留滞，啊！我可以告诉你们——可是随它去吧，霍拉旭，我死了，你还活在世上；请你把我的行事的始末根由昭告世人，解除他们的疑惑。

霍拉旭　不，我虽然是个丹麦人，可是在精神上我却更是个古代的罗马人；这儿还留剩着一些毒药。

哈姆莱特　你是个汉子，把那杯子给我。放手！凭着上天起誓，你必须把它给我。啊，上帝！霍拉旭，我一死之后，要是世人不明白这一切事情的真相，我的名誉将要永远蒙着怎样的损伤！你倘然爱我，请你暂时牺牲一下天堂上的幸福，留在这一个冷酷的人间，替我传述我的故事吧。

(内军队自远处行进及鸣炮声)这是哪儿来的战场上的声音?(奥斯里克走至场门,再折回)

奥斯里克　年轻的福丁布拉斯从波兰奏凯班师,这是他对英国来的钦使所发的礼炮。

哈姆莱特　啊!我死了,霍拉旭。猛烈的毒药已经克服了我的精神,我不能活着听见英国来的消息。可是我可以预言福丁布拉斯将被推戴为王,他已经得到我这临死之人的同意;你可以把这儿所发生的一切事实告诉他。此外仅余沉默而已。(死)

霍拉旭　一颗高贵的心现在碎裂了!晚安,亲爱的王子,愿成群的天使们用歌唱抚慰你安息!——为什么鼓声越来越近了?(内军队行进声)

【福丁布拉斯、英国使臣率旗鼓侍从上。

福丁布拉斯　这一场比赛在什么地方举行?

霍拉旭　你们要看些什么?要是你们想知道一些惊人的惨事,那么不用再到别处找了。

福丁布拉斯　好一场惊心动魄的屠杀!啊,骄傲的死神!你用这样残忍的手腕,一下子杀死了这许多王裔贵胄,在你的永久的幽窟里,将要有一席多么丰美的盛筵!

使臣甲　这一个景像太惨了。我们从英国奉命来此,本来是要回复这儿的王上,告诉他我们已经遵从他的命令,把罗森格兰兹和吉尔登斯吞两人处死;不幸我们来迟了一步,那应该听我们说话的耳朵已经没有知觉了,我们还希望从谁的嘴里得到一声感谢呢?

霍拉旭　即使他能够向你们开口说话,他也不会感谢你们;他从来不曾命令你们把他们处死。可是既然你们来得都是这样凑巧,有的刚从波兰回来,有的刚从英国到来,恰好看见这一幕流血的惨剧,那么请你们叫人把这几个尸体抬起来放在高台上面,让大家可以看见,让我向那懵无所知的世人报告这些事情的发生经过;你们可以听到奸淫残杀、反常悖理的行为,冥冥中的判决、意外的屠戮、借手杀人的狡计,以及陷人自害的结局;这一切我都可以确确实实地告诉你们。

福丁布拉斯　让我们赶快听你说,所有最尊贵的人,都叫他们一起来吧。我在这一个国内本来也有继承王位的权利,现在国中无主,正是我要求这一个权利的机会；可是我虽然准备接受我的幸运，我的心里却充满了悲哀。

霍拉旭　关于那一点，我受死者的嘱托，也有一句话要说，他的意见是可以影响许多人的；可是在这人心惶惶的时候，让我还是先把这一切解释明白了，免得引起更多的不幸、阴谋和错误来。

福丁布拉斯　让四个将士把哈姆莱特像一个军人似的抬到台上，因为要是他能够践登王位，一定会成为一个贤明的君主的；为了表示对他的悲悼，我们要用军乐和战地的仪式，向他致敬。把这些尸体一起抬起来。这一种情形在战场上是不足为奇的，可是在宫廷之内，却是非常的变故。去，叫兵士放起炮来。（列队行进下，鸣炮）

奥 瑟 罗

朱生豪　译
沈　林　校

导言

1822年的一天，美国巴尔的摩市上演《奥瑟罗》。就在奥瑟罗要扼死妻子的那一刻，台下一军人霍然而起，厉声高喊"我不能看着一个黑鬼杀死我们白人妇女"，当场将奥瑟罗的扮演者击毙。

这一声喊跨越了两个多世纪。故事原作者意大利的钦提奥在他那篇由莎翁搬上舞台的小说中就谆谆告诫他的威尼斯女同胞：切不可背着父母同外国人私奔。奥瑟罗从来不是非洲黑人，他是地中海棕皮肤的摩尔人。他效力威尼斯军界，与土耳其作战功绩彪炳，获得了"身份"，成为新贵，但他的异族人身份并未被忘却：他要么是"老黑羊"，要么是"黑将军"。

纸醉金迷的威尼斯、惊涛拍岸的塞浦路斯、域外武士与纯情少女的生死恋情，这些构成了本剧的异国情调，并打动过众多文人骚客，其中不少人在这五色缤纷的图卷背后窥见了黑与白的对峙。维尼称他的改编本作《威尼斯的摩尔人》，雨果则用充满诗人激情的语调这样解释此剧："奥瑟罗是夜，黑夜迷恋白昼正如非洲人崇拜白种女人。对于奥瑟罗，苔丝狄蒙娜就是光明！奥瑟罗伟岸英武、堂堂正正、虎啸龙吟，一派王者风度；他身后战旗猎猎，四围号角齐鸣；他身披二十次胜利的霞光，缀着满天繁星。这就是奥瑟罗。可他又是黑色的，受到嫉妒的蛊惑，刹那间就变成了黑鬼。"海涅则口欲言而嗫嚅："作者如此热衷于描写黑男人对白妇人的激情，这使我十分不安。"扮过奥瑟罗的劳伦斯·奥立弗则明白直露："伊阿古，一个奸徒；奥瑟罗，一个黑鬼。两人相伴相随，还有什么比这更可怕？"

这部曾被戏称为"手帕的悲剧"的作品至今魅力不减，就在于它揭示了一出家庭悲剧背后的社会、文化及种族冲突的原因。

剧中人物

威尼斯公爵

勃拉班修　元老，苔丝狄蒙娜之父

葛莱西安诺　勃拉班修之弟

罗多维科　勃拉班修的亲戚

奥瑟罗　摩尔人,供职威尼斯军界

凯西奥　奥瑟罗的副将,光明正大的军人

伊阿古　奥瑟罗的旗官,恶棍

罗德利哥　被愚弄的绅士

蒙太诺　塞浦路斯总督,奥瑟罗的前任

小　丑　奥瑟罗的仆人

苔丝狄蒙娜　勃拉班修之女,奥瑟罗之妻

爱米利娅　伊阿古之妻

比恩卡　妓女

塞浦路斯诸绅士、水手、军官、传令官、使者、侍从等

地点

威尼斯及塞浦路斯一海港

第一幕

第一场　威尼斯。街道

【罗德利哥及伊阿古上。

罗德利哥　嘿！别对我说，伊阿古。我把我的钱袋交给你支配，让你随意花用，你却做了他们的同谋，这太不够朋友啦。

伊阿古　他妈的！你总不肯听我说下去。要是我会做梦想到这种事情，你不要把我当作人。

罗德利哥　你告诉我你对他一向怀恨的。

伊阿古　要是我不恨他，你从此别理我。这城里的三个当道要人亲自向他打招呼，举荐我做他的副将；凭良心说，我知道我自己的价值，难道我就做不得一个副将？可是他眼睛里只有自己没有别人，对于他们的请求，都用一套充满了军事上口头禅的空话回绝了；因为，他说，"我已经选定我的将佐了。"他选中的是个什么人呢？哼，一个算学大家，一个叫作迈克尔·凯西奥的佛罗伦萨人，一个几乎因为娶了娇妻而误了终身的家伙；他从来不曾在战场上领过一队兵，对于布阵作战的知识，简直不比一个老守空闺的女人知道得更多；即使懂得一些书本上的理论，那些身穿宽袍的元老大人们讲起来也会比他更头头是道。只有空谈，毫无实际，这就是他的全部的军人资格。可是，老兄，他居然得到了任命；我在罗得斯岛、塞浦路斯岛以及其他基督徒和异教徒的国土上立过多少军功,都是他亲眼看见的,现在却必须低首下心,受一个市侩的指挥。这位掌柜居然做起他的副将来,而我呢——上帝恕我这样说——却只在这位黑将军的麾下充一名旗官。

罗德利哥 天哪,我多想做他的刽子手啊!

伊阿古 这也是没有办法呀。说来也叫人恼恨,军队里的升迁可以全然不管古来的定法,按照各人的阶级依次递补,只要谁的路子活,能够得到上官的欢心,就可以越级擢升。现在,老兄,请你替我评一评,我为什么得要跟这摩尔人好。

罗德利哥 假如是我,我就不愿跟随他。

伊阿古 啊,老兄,你放心吧;我所以跟随他,不过是要利用他达到我自己的目的。我们不能每个人都是主人,每个主人也不是都有忠心的仆人。有一辈天生的奴才,他们卑躬屈膝,拼命讨主人的好,甘心受主人的鞭策,像一头驴子似的,为了一些粮草而出卖他们的一生,等到年纪老了,主人就把他们撵走;这种老实的奴才是应该抽一顿鞭子的。还有一种人,他们表面上尽管装出一副鞠躬如也的样子,骨子里却是为他们自己打算;看上去好像替主人做事,实际却靠着主人发展自己的势力,一旦捞够油水,才知道这种人其实是唯我独尊。这种人还有几分头脑,我自认为自己也属于这一类。因为,老兄,正像你是罗德利哥,不是别人一样,我要是做了那摩尔人,我就不会是伊阿古。虽说跟随他,其实还是跟随自己。上天是我的公正人,我这样对他陪着小心,既不是为了感情,又不是为了义务,只是为了自己的利益,才戴上这一副假脸。要是我的表面的行动,果然出于内心的自然流露,那么不久我就要掬出我的心来,让乌鸦们乱啄了。世人所知道的我,并不是实在的我。

罗德利哥 要是那厚嘴唇的家伙也有这么一手,那可真让他交上大运了!

伊阿古 叫起她的父亲来;不要放过他,打断他的兴致,在各处街道上宣布他的罪恶;激怒她的亲族;让他虽然住在气候宜人的地方,也免不了受蚊蝇的滋扰,虽然享用着盛大的欢乐,也免不了受烦恼的缠绕。

罗德利哥 这儿就是她父亲的家,我要高声叫喊。

伊阿古 很好,你嚷起来吧,就像在一座人口众多的城里,因为晚间失慎而起火烧起来的时候,人们用那种惊骇惶恐的声音呼喊一样。

罗德利哥　喂，喂，勃拉班修！勃拉班修先生，喂！

伊阿古　醒来！喂，喂！勃拉班修！捉贼！捉贼！捉贼！留心你的屋子，你的女儿，和你的钱袋！捉贼！捉贼！

【勃拉班修自上方窗口上。

勃拉班修　大惊小怪的，叫些什么呀？出了什么事？

罗德利哥　先生，您家里的人没有缺少吗？

伊阿古　您的门都锁上了吗？

勃拉班修　咦，你们为什么这样问我？

伊阿古　哼！先生，有人偷了您东西啦，还不赶快披上您的袍子！您的心碎了，您的灵魂已经丢掉半个；就在这时候，就在这一刻，一头老黑羊在跟您的白母羊交尾哩。起来，起来！打钟惊醒那些鼾睡的市民，否则魔鬼要让您抱孙子啦。喂，起来！

勃拉班修　什么！你发疯了吗？

罗德利哥　老先生，您认识我的声音吗？

勃拉班修　我不认识，你是谁？

罗德利哥　我的名字是罗德利哥。

勃拉班修　讨厌！我叫你不要在我的门前走动；我已经老老实实明明白白对你说，我的女儿是不能嫁给你的。现在你吃饱了饭，喝醉了酒，疯疯癫癫，不怀好意，又要来扰乱我的安静了。

罗德利哥　先生，先生，先生！

勃拉班修　可是你必须明白，我不是一个好说话的人，要是你惹我性起，凭着我的地位，只要略微拿出一点力量来，你就要叫苦不迭了。

罗德利哥　好先生，不要生气。

勃拉班修　说什么有贼没有贼？这儿是威尼斯，我的屋子不是一座独家的田庄。

罗德利哥　最尊严的勃拉班修，我是一片诚心来通知您。

伊阿古　嘿，先生，您也是那种因为魔鬼叫他敬奉上帝而把上帝丢在一旁的人。您把我们当作了坏人，所以把我们的好心看成了恶意，宁愿让您的女儿给一头黑马骑了，替您生下一些马子马孙，攀一些马亲马眷。

勃拉班修　你是个什么浑账东西，敢这样胡说八道？

伊阿古　先生，我是一个特意来告诉您一个消息的人，令爱正在跟那摩尔人干那件禽兽一样的勾当哩。

勃拉班修　你是个浑蛋！

伊阿古　您是一位——元老呢。

勃拉班修　你留点儿神吧，罗德利哥，我认识你。

罗德利哥　先生，我愿意负一切责任，可是请您允许我说一句话。要是令爱因为得到您的明智的同意，所以才会在这样更深人静的午夜，让一个公爵的奴才、一个下贱的船夫，把她载到一个贪淫的摩尔人的粗野的怀抱里——要是您对于这件事情不但知道，而且默许——照我看来，您至少已经给她一部分的同意——那么我们的确太放肆太冒昧了；可是假如您果然没有知道这件事，那么从礼貌上说起来，您也不应该对我们恶声相向。难道我会这样一点不懂规矩，敢来戏侮像您这样一位年尊的长者吗？我再说一句，要是令爱没有得到您的许可，就把她的责任、美貌、智慧和财产，全部委弃在一个到处为家、漂泊流浪的异邦人的身上，那么她的确已经干下了一件重大的逆行了。您可以立刻去调查一个明白，要是她好好儿在她的房间里或是在您的屋子里，那么是我欺骗了您，您可以按照国法惩办我。

勃拉班修　喂，点起火来！给我一支蜡烛！把我的仆人全都叫起来！这件事情很像我的恶梦，它的极大的可能性已经重压在我的心头了。喂，拿火来！拿火来！（自上方下）

伊阿古　再会，我要少陪了，要是我不去，我就不得不与这摩尔人当面对质，那不但不大相宜，而且在我的地位上也很多不便；因为我知道无论他将要因此受到什么谴责，政府方面不可能不冒任何风险就把他解职，他就要出发指挥那正在进行中的塞浦路斯战事了，他是再合适不过的人选，因为没有第二个人有像他那样的才能可以担当这一个重任。所以虽然我恨他像恨地狱里的刑罚一样，可是为了事实上的必要，我不得不和他假意周旋，那也不过是表面上的敷衍而已。你等他们出来找人的时候，只要领他们到马人旅社去，一定可以找到他；我会在那边跟他在一起。再见。（下）

【勃拉班修率众仆持火炬上。

勃拉班修　真有这样的祸事！她去了；只有悲哀怨恨伴着我这衰朽的余年！罗德利哥，你在什么地方看见她的？——啊，不幸的孩子！——你说跟那摩尔人在一起吗？——谁还愿意做一个父亲！——你怎么知道是她？——唉，想不到她会这样欺骗我！——她对你怎么说？——再拿些蜡烛来！唤醒我的所有的亲族！——你想他们有没有结婚？

罗德利哥　说老实话，我想他们已经结了婚啦。

勃拉班修　天哪！她怎么出去的？啊，血肉的叛逆！做父亲的人啊，从此以后，你们千万留心你们女儿的行动，不要信任她们的心思。世上有没有一种引诱青年少女失去贞操的魔术？罗德利哥，你有没有在书上读到过这一类的事情？

罗德利哥　是的，先生，我的确读到过。

勃拉班修　叫起我的兄弟来！唉，我后悔不让你娶了她去！你们快去给我分头找寻！你知道我们可以在什么地方把她跟那摩尔人一起捉到？

罗德利哥　我想我可以找到他的踪迹，要是您愿意多派几个得力的人手跟着我前去。

勃拉班修　请你带路。我要到每一家人家去搜寻；大部分的人家都在我的势力之下。喂，多带一些武器！叫起几个巡夜的警吏！去，好罗德利哥，我一定重谢你的辛苦。（同下）

第二场　另一街道

【奥瑟罗、伊阿古及侍从等持火炬上。

伊阿古　虽然我在战场上杀过不少的人，可是总觉得有意杀人是违反良心的；缺少作恶的本能，往往使我不能做我所要做的事。好多次我想要把我的剑从他的肋骨下面刺进去。

奥瑟罗　还是随他说去吧。

伊阿古　可是他唠哩唠叨地说了许多破坏您的名誉的难听话，虽然像我这样一个荒唐的家伙，也实在忍不住我的怒气。可是请问主帅，你们有没有完成婚礼？您要注意，这位元老是很得人心的，他的潜势力比公爵还要大上一倍；他会拆散你们的姻缘，尽量运用法律的力量来给您种种压制和迫害。

奥瑟罗　随他怎样发泄他的愤恨吧；我对贵族们所立的功劳，就可以驳倒他的控诉。世人还没有知道——要是夸口是一件荣耀的事，我就要到处宣布——我是高贵的祖先的后裔，我有充分的资格，享受我目前所得到的值得骄傲的幸运。告诉你吧，伊阿古，倘不是我真心爱恋温柔的苔丝狄蒙娜，即使给我大海中所有的珍宝，我也不愿意放弃我的无拘无束的自由生活，来俯就家室的羁缚的。可是瞧！那边举着火把而来的是些什么人？

【凯西奥及若干吏役持火炬上。

伊阿古　她的父亲带着他的亲友来找您了，您还是进去躲一躲吧。

奥瑟罗　不，我要让他们看见我，我的地位和我的清白的人格可以替我表明一切。是不是他们？

伊阿古　两面神在上，我想不是。

奥瑟罗　原来是公爵手下的人，还有我的副将。晚安，各位朋友！有什么消息？

凯西奥　主帅，公爵向您致意，请您立刻就过去。

奥瑟罗　你知道是为了什么事？

凯西奥　照我猜想起来，大概是塞浦路斯方面的事情，看样子很是紧急。就在这一个晚上，战船上已经连续派了十二个使者赶来告急；许多元老都从睡梦中叫了起来，在公爵府里集合了。他们正在到处找您，因为您不在家里，所以元老院派了三队人出来分头寻访。

奥瑟罗　幸而你找到了我。让我到这儿屋子里去说一句话，就来跟你同去。（下）

凯西奥　旗官，他到这儿来有什么事？

伊阿古　不瞒你说，他今天夜里登上了一艘陆地上的大船，要是能够证明那是一件合法的战利品，他可以从此成家立业了。

凯西奥　我不懂你的话。

伊阿古　他结了婚啦。

凯西奥　跟谁结婚？

【奥瑟罗重上。

伊阿古　呃，跟——来，主帅，我们去吧。

奥瑟罗　好，我跟你走。

凯西奥　又有一队人来找您了。

伊阿古　那是勃拉班修。主帅，请您留心点儿，他来是不怀好意的。

【勃拉班修、罗德利哥及吏役等持火炬武器上。

奥瑟罗　喂！站住！

罗德利哥　先生，这就是那摩尔人。

勃拉班修　杀死他，这贼！（两方拔剑）

伊阿古　你，罗德利哥！来，我们来比个高下。

奥瑟罗　收起你们明晃晃的剑，它们沾了露水会生锈的。老先生，像您这么年高德劭的人，有什么话不可以命令我们，何必动起武来呢？

勃拉班修　啊，你这恶贼你把我的女儿藏到什么地方去了？你不想想你自己是个什么东西，胆敢用妖法蛊惑她。我们只要凭着情理判断，像她这样一个年青貌美娇生惯养的姑娘，多少我们国里有财有势的俊秀子弟她都看不上眼，倘不是中了魔，怎么会不怕人家的笑话，背着尊亲投奔到你这个丑恶的黑鬼的怀里？——吓都吓死她了，还有何乐趣！世人可以替我评一评，是不是显而易见你用邪恶的符咒欺诱她的娇弱的心灵，用药饵丹方迷惑她的知觉；我要叫他们评论评论，这种事情是不是很可能的。所以我现在逮捕你：妨害风化，行使邪术，便是你的罪名。抓住他；要是他敢反抗，你们就用武力制服他。

奥瑟罗　帮助我的，反对我的，大家放下你们的手！我要是想打架，我自己会知道应该在什么时候动手。您要我到什么地方去答复您的控诉？

勃拉班修　到监牢里去，等法庭上传唤你的时候你再开口。

奥瑟罗　要是我听从您的话去了，那么怎样答复公爵呢？他的使者就在我的身边，因为有紧急的公事，等候着带我去见他。

吏役　真的，大人，公爵正在举行会议，我相信他已经派人请您去了。

勃拉班修　怎么！公爵在举行会议！在这样夜深的时候！把他带去。我的事情也不是一件等闲小事；公爵和我的同僚们听见了这个消息，一定会感到这种侮辱简直就像加在他们自己身上一般。要是这样的行为可以

置之不问，奴隶和异教徒都要来主持我们的国政了。（同下）

第三场　议　事　厅

【公爵及众元老围桌而坐。议事厅内掌灯，吏役等随侍。

公爵　这些消息彼此纷歧，令人难于置信。

元老甲　它们真是参差不一。我的信上说是共有船只一百零七艘。

公爵　我的信上说是一百四十艘。

元老乙　我的信上又说是二百艘。可是它们所报的数目虽然各各不同，因为根据估计所得的结果，难免多少有些出入，不过它们都证实确有一支土耳其舰队在向塞浦路斯进发。

公爵　嗯，这种事情推想起来很有可能；即使消息不尽正确，大体上总是有根据的，我们倒不能不担着几分心事。

水手　（在内）喂！喂！喂！有人吗？

吏役　一个从船上来的使者。

【一水手上。

公爵　什么事？

水手　安哲鲁大人叫我来此禀告殿下，土耳其人调集舰队，正在向罗得斯岛进发。

公爵　你们对于这一个变动有什么意见？

元老甲　照常识判断起来，这是不会有的事；它无非是转移我们目标的一种诡计。我们只要想一想塞浦路斯对于土耳其人的重要性远在罗得斯岛以上，而且攻击塞浦路斯，也比攻击罗得斯岛容易得多，因为它的防务比较空虚，不像罗得斯岛那样戒备严密。我们只要想到这一点，就可以断定土耳其人决不会那样愚笨，甘心舍本逐末，避轻就重，进行一场无益的冒险的。

公爵　嗯，他们的目标决不是罗得斯岛，这是可以断定的。

吏役　又有消息来了。

【一使者上。

使者　向罗得斯岛前进的土耳其人，已经和后来的另外一支舰队会合了。

元老甲　嗯，果然符合我的预料。照你猜想起来，一共有多少船只？

使者　三十艘模样，它们现在已经回过头来，显然是要开向塞浦路斯去的。蒙太诺大人，您的忠实英勇的仆人，叫我来向您报告这一个消息。

公爵　那么一定是到塞浦路斯去的了。玛克斯·勒西科斯不在威尼斯吗？

元老甲　他现在到佛罗伦萨去了。

公爵　替我写一封十万火急的信去给他。

元老甲　勃拉班修和那勇敢的摩尔人来了。

【勃拉班修、奥瑟罗、伊阿古、罗德利哥、吏役等上。

公爵　英勇的奥瑟罗，我们必须立刻派你出去向我们的公敌土耳其人作战。（向勃拉班修）我没有看见你，欢迎，先生，我们今晚正在需要你的见教和帮助呢。

勃拉班修　我也同样需要您的指教和帮助。殿下，请您原谅，我并不是因为职责所在，也不是因为听到了什么国家大事而从床上惊起；国家的安危不能引起我的注意，因为我的个人的悲哀是那么压倒一切，把其余的忧虑一起吞没了。

公爵　啊，为了什么事？

勃拉班修　我的女儿！啊，我的女儿！

公爵、众元老　死了吗？

勃拉班修　嗯，她对于我是死了。她已经被人污辱，人家把她从我的地方拐走，用江湖骗子的符咒药物引诱她堕落；因为一个没有残疾、眼睛明亮、理智健全的人，倘不是中了魔法的蛊惑，决不会犯下这样荒唐的错误来的。

公爵　用这种邪恶的手段引诱你的女儿，使她丧失自己的本性，使你丧失了她的，无论他是什么人，你都可以根据无情的法律，照你自己的解释给他应得的严刑；即使他是我的儿子，你也可以照样控诉他。

勃拉班修　感谢殿下。罪人就在这儿，就是这个摩尔人；好像是您有重要的公事而召他来的。

公爵、众元老　那我们真是抱憾得很。

公爵　（向奥瑟罗）你自己对于这件事有什么话要分辩？

勃拉班修　没有，事情就是这样。

奥瑟罗　威严无比,德高望重的各位大人,我的尊贵贤良的主人们,我把这位老人家的女儿带走了,这是完全真实的;我已经和她结了婚,这也是真的:我的最大的罪状仅止于此,别的就不是我所知道的了。我的言语是粗鲁的,一点不懂得那些温文尔雅的辞令;因为自从我这双手臂长了七年的膂力以后,直到最近这九个月时间在无所事事中蹉跎过去以前,它们一直都在战场上发挥它们的本领;对于这一个广大的世界,我除了冲锋陷阵以外,几乎一无所知,所以我也不能用什么动人的字句替我自己辩护。可是你们要是愿意耐心听我说下去,我可以向你们讲述一段质朴无文的关于我的恋爱的全部经过的故事;告诉你们我用什么药物、什么符咒、什么驱神役鬼的手段、什么神奇玄妙的魔法,骗到了他的女儿,因为这是他所控诉我的罪名。

勃拉班修　一个素来胆小的女孩子,她的生性是那么幽娴贞静,甚至于心里略为动了一点感情,就会满脸羞愧;像她这样的品质,像她这样的年龄,竟会不顾国族的畛域,把名誉和一切作为牺牲,去跟一个她瞧着都害怕的人发生恋爱!假如有人竟会宣称,像她这样好的姑娘会做出这样有悖常理的事,这个人的头脑定是出了毛病。所以一定要细细查究,看到底用了什么诡计才会发生这样的事情。我断定他一定曾经用烈性的药饵或是邪术炼成的毒剂麻醉她的血液。

公爵　没有更确实显明的证据,单单凭着这些表面上的猜测和莫须有的武断,是不能使人信服的。

元老甲　奥瑟罗,你说,你有没有用不正当的诡计诱惑这一位年轻的女郎,或是用强暴的手段逼迫她服从你;还是正大光明地对她心心相照,达到你的求爱的目的?

奥瑟罗　请你们差一个人到马人旅馆把这位小姐接来,让她当着她的父亲的面告诉你们我是怎么一个人。要是你们根据她的报告,认为我是有罪的,你们不但可以撤销你们对我的信任,解除你们给我的职权,并且可以把我判处死刑。

公爵　去把苔丝狄蒙娜带来。(二三侍从下)

奥瑟罗　旗官,你领他们去;你知道她在什么地方。(伊阿古下)当她没有到来以前,我要像对天忏悔我的血肉的罪恶一样,把我怎样得到这位美人的爱情和她怎样得到我的爱情的经过情形，忠实地向各位陈诉。

公爵　说吧，奥瑟罗。

奥瑟罗　她的父亲很看重我，常常请我到他家里，每次谈话的时候，总是问起我的历史，要我一年一年地讲述我所经历的各次战争、围城和意外的遭遇。我就把我的一生事实，从我的童年时代起，直到他叫我讲述的那一刻为止，原原本本地说了出来。我说起最可怕的灾祸、海上陆上惊人的奇遇、间不容发的脱险、在傲慢的敌人手中被俘为奴和遇赎脱身的经过，以及旅途中的种种见闻：那些广大的岩窟、荒凉的沙漠、突兀的崖嶂、巍峨的峰岭，还有彼此相食的野蛮部落和肩下生头的化外异民，都是我的谈话的题目。苔丝狄蒙娜对于这种故事，总是出神倾听；有时为了家庭中的事务，她不能不离座而起，可是她总是尽力把事情赶紧办好，再回来孜孜不倦地把我所讲的每一个字都听了进去。我注意到她这种情形，有一天在一个适当的时间，从她的嘴里逗出了她的真诚的心愿：她希望我能够把我的一生经历，对她作一次详细的复述，因为她平日所听到的，只是一鳞半爪、残缺不全的片段。我答应了她的要求。当我讲到我在少年时代所遭逢的不幸打击的时候，她往往忍不住掉下泪来。我的故事讲完以后，她用无数的叹息酬劳我。她发誓说，那是非常奇异而悲惨的；她希望她没有听到这段故事，可是又希望上天为她造下这样一个男子。她向我道谢，对我说，要是我有一个朋友爱上了她，我只要教他怎样讲述我的故事，就可以得到她的爱情。我听了这一个暗示，才向她吐露我的求婚的诚意。她为了我所经历的种种患难而爱我，我为了她对我所抱的同情而爱她：这就是我的唯一的妖术。她来了，让她为我证明吧。

【苔丝狄蒙娜、伊阿古及侍从等上。

公爵　像这样的故事，我想我的女儿听了也会着迷的。勃拉班修，木已成舟，不必懊恼了。刀剑虽破，比起手无寸铁来，总是略胜一筹。

勃拉班修　请殿下听她说；要是她承认她本来也有爱慕他的意思，而我还要归咎于他，那就让我遭受天打雷轰。过来，好姑娘，你看这在座的济济众人之间，谁是你所最应该服从的？

苔丝狄蒙娜　我的尊贵的父亲，我在这里所看到的，是我的分歧的义务：对您说起来，我深荷您的生养教育的大恩，您给我的教养使我明白我应该怎样敬重您；您是我的家长和严君，我直到现在都是您的女儿。可是这儿是我的丈夫，正像我的母亲对您克尽一个妻子的义务，把您看得比她的父亲更重一样，我也应该有权利向这位摩尔人、我的夫主，尽我应尽的名分。

勃拉班修　上帝和你同在！我没有话说了。殿下，请您继续处理国家的要务吧。我宁愿抚养一个义子，也不愿自己生男育女。过来，摩尔人。我现在用我的全副诚心，把她给了你；倘不是你早已得到了她，我再也不会让她到你手里。为了你的缘故，宝贝，我很高兴我没有别的儿女，否则你的私奔将要使我变成一个虐待儿女的暴君，给他们手脚加上镣铐。我没有话说了，殿下。

公爵　让我为你设身处地说几句话给你听听，也许可以帮助这一对恋人，使他们能够得到你的欢心。

眼看希望幻灭，恶运临头，
无可挽回，何必满腹牢愁？
为了既成的灾祸而痛苦，
徒然招惹出更多的灾祸。
既不能和命运争强斗胜，
还是付之一笑，安心耐忍。
聪明人遭盗窃毫不介意；
痛哭流涕反而伤害自己。

勃拉班修　让敌人夺去我们的海岛，
我们同样可以付之一笑。
那感激法官仁慈的囚犯，
他可以忘却刑罚的苦难；
倘然他怨恨那判决太重，
他就要忍受加倍的惨痛。
种种譬解虽能给人慰藉，
它们也会格外添人悲戚；
可是空言毕竟无补实际，

几曾有好听话送进心底？

请殿下继续进行原来的公事吧。

公爵　土耳其人正在向塞浦路斯岛大举进犯，奥瑟罗，那岛上的实力你是知道得十分清楚的；虽然我们派在那边代理总督职务的是一个公认为很有能力的人，可是大家的意思，都觉得由你去负责镇守，才可以万无一失；所以少不得只好打扰你的新婚的快乐，辛苦你去赶这一趟了。

奥瑟罗　各位尊严的元老们，习惯的暴力已经使我把冷酷无情的战场当作我的温软的眠床，对于艰难困苦，我总是挺身而赴。我愿意接受你们的命令，去和土耳其人作战；可是我要请求你们给我的妻子一个适当的安置，按照她的身份，供给她一切日常的需要。

公爵　你要是同意的话，可以让她住在她父亲的家里。

勃拉班修　我不愿意容留她。

奥瑟罗　我也不能同意。

苔丝狄蒙娜　我也不愿住在父亲的家里，让他每天看见我生气。最仁慈的公爵，愿您俯听我的陈请，让我的卑微的衷忱得到您的谅解和赞许。

公爵　你有什么请求，苔丝狄蒙娜？

苔丝狄蒙娜　我的大胆的行动可以代我向世人宣告，我因为爱这摩尔人，所以愿意和他过共同的生活。我的心灵完全为他的高贵的德性所征服，在他崇高的精神里，我看见他奇伟的仪表。我已经把我的灵魂和命运一起呈献给他了。所以，各位大人，要是他一个人迢迢出征，把我遗留在和平的后方，像醉生梦死的蜉蝣一样，我将要因为不能朝夕事奉他，而在镂心刻骨的离情别绪中度日如年了。让我跟随他去吧。

奥瑟罗　请你们允许了她吧。上天为我作证，我向你们这样请求，并不是为了满足我自己的欲望，因为青春的热情在我已成过去了；我的唯一的动机，只是不忍使她失望。请你们千万不要抱着那样的思想，以为她跟我在一起，会使我懈怠了你们所付托给我的重大的使命。不，要是插翅的爱神的风流解数，可以蒙蔽了我的灵明的理智，使我因为贪恋欢娱而误了正事，那么让主妇们把我的战盔当作水罐，让一切的污名都丛集于我的一身吧！

公爵　她的去留行止，可以由你们自己去决定。事情很是紧急，你必须立刻出发。

元老甲 今天晚上你就得动身。

奥瑟罗 很好。

公爵 明天早上九点钟，我们还要在这儿聚会一次。奥瑟罗，请你留下一个将佐在这儿，你的委任状由他转交给你；要是我们随后还有什么决定，可以叫他把我们的训令传达给你。

奥瑟罗 殿下，我的旗官是一个很适当的人物，他的为人是忠实而可靠的；我还要请他负责护送我的妻子，要是此外再有什么必须寄给我的物件，也请殿下一起交给他。

公爵 很好。各位晚安！（向勃拉班修）尊贵的先生，倘然以才德取人，不凭容貌，你这位贤东床难道比不上翩翩年少？

元老甲 再会，勇敢的摩尔人！好好看顾苔丝狄蒙娜。

勃拉班修 留心看好她，摩尔人，不要视而不见；她已经愚弄她的父亲，她也会把你欺骗。（公爵、众元老、吏役等同下）

奥瑟罗 我用生命保证她的忠诚！正直的伊阿古，我必须把我的苔丝狄蒙娜托付给你，请你叫你的妻子当心照料她；看什么时候有方便，就烦你护送她们起程。来，苔丝狄蒙娜，我只有一小时的工夫和你诉述衷情、料理庶事了。我们必须服从环境的支配。（奥瑟罗、苔丝狄蒙娜同下）

罗德利哥 伊阿古！

伊阿古 你怎么说，好人儿？

罗德利哥 你想我该怎么办？

伊阿古 上床睡觉去吧。

罗德利哥 我立刻就去投水去。

伊阿古 好，要是你投了水，我从此不欢喜你了。嘿，你这傻大少爷！

罗德利哥 活着要是这样受苦，傻瓜才愿意活下去；一死可以了却烦恼，还是死了的好。

伊阿古 啊，该死！我在这世上也经历过四七二十八个年头了，自从我能够辨别利害以来，我从来不曾看见过什么人知道怎样爱惜他自己。要是我也会为了爱上一个雌儿的缘故而投水自杀，我宁愿变成一只猴子。

罗德利哥　我该怎么办？我承认这样痴心是一件丢脸的事，可是我没有力量把它补救过来呀。

伊阿古　力量！废话！我们要这样那样，只有靠我们自己。我们的身体就像一座园圃，我们的意志是这园圃里的园丁；不论我们插荨麻、种萵苣、栽下牛膝草、拔起百里香，或者单独培植一种草木，或者把全园种得万卉纷披，让它荒废不治也好，把它辛勤耕垦也好，那力量来自我们的意志。要是在我们的生命之中，理智和情欲不能保持平衡，我们血肉的邪心就会引导我们到一个荒唐的结局；可是我们有的是理智，可以冲淡我们汹涌的热情、肉体的刺激和奔放的淫欲。我认为你所称为爱情的，也不过是那样一种东西。

罗德利哥　不，那不是。

伊阿古　那不过是在意志的默许之下一阵情欲的冲动而已。算了，做一个汉子。投水自杀！捉几头大猫小狗投在水里吧！我曾经声明我是你的朋友，我承认我对你的友谊是用不可摧折的坚韧的缆索联结起来的；现在正是我应该为你出力的时候。把银钱放在你的钱袋里，跟他们出征去；装上一脸假胡子，遮住你的本来面目；我说，把银钱放在你的钱袋里。苔丝狄蒙娜爱那摩尔人决不会长久——把银钱放在你的钱袋里——他也不会长久爱她。她一开始就把他爱得这样热烈，他们感情的破裂一定也是很突然的；你只要把银钱放在你的钱袋里。这些摩尔人很容易变心——把你的钱袋装满了钱——现在他吃起来像蝗虫一样好胃口的食物，不久便要变得像苦苹果一样涩口了。她必须换一个年轻的男子；当她餍足了他的肉体以后，她就会觉悟她的选择的错误。她必须换换口味，她必须；所以把银钱放在你的钱袋里。要是你一定要寻死，也得想一个比投水巧妙一点死法。尽你的力量搜括一些钱。要是凭着我的计谋和魔鬼们的奸诈，破坏这一个鲁莽的蛮子和这一个狡猾的威尼斯女人之间的脆弱的盟誓，还不算是一件难事，那么你一定可以享受她；所以快去设法弄些钱来吧。投水自杀！什么话！那根本就不用提。你宁可因为追求你的快乐而被人吊死，总不要在没有一亲她的香泽以前投水自杀。

罗德利哥　要是我期待着这样的结果，你一定会尽力帮助我达到我的愿望吗?

伊阿古　你可以完全信任我。去,弄一些钱来。我常常对你说,一次一次反复告诉你,我恨那摩尔人;我的怨毒蓄积在心头,你也对他抱着同样深刻的仇恨,让我们同心合力向他复仇。要是你能够给他戴上一顶绿头巾,你果然是如愿以偿,我也可以拍掌称快。无数人事的变化孕育在时间的胚胎里,我们等着看吧。去,预备好你的钱。我们明天再谈这件事情。再见。

罗德利哥　明天早上我们在什么地方会面?

伊阿古　就在我的寓所里吧。

罗德利哥　我一早就来看你。

伊阿古　好,再会。你听见吗,罗德利哥?

罗德利哥　你说什么?

伊阿古　别再提起投水的话儿了,你听见没有?

罗德利哥　我已经变了一个人了。

伊阿古　好,再会,多放一些钱在你的钱袋里。

罗德利哥　我要去把我的田地一起变卖。(下)

伊阿古　我总是这样让这种傻瓜掏出钱来给我花用;因为倘不是为了替自己解解闷气,打算占些便宜,那我浪费了时间跟这样一个呆子周旋,那才对不起我的人生阅历呢。我恨那摩尔人,有人说他和我的妻子私通,我不知道这句话是真是假;可是在这种事情上,即使不过是嫌疑,我也要把它当作实有其事一样看待。他对我很有好感,这样可以使我对他实行我的计策的时候格外方便一些。凯西奥是一个俊美的男子;让我想想看:夺到他的位置,实现我的一举两得的阴谋;怎么办?怎么办?让我看:等过了一些时候,在奥瑟罗的耳边捏造一些鬼话,说他跟他的妻子看上去太亲热了;他长得漂亮,性情又温和,天生一种媚惑妇人的魔力,像他这种人是很容易引起疑心的。那摩尔人是一个坦白爽直的人,他看见人家在表面上装出一副忠厚诚实的样子,就以为一定是个好人;我可以把他像一头驴子一般牵着鼻子跑。有了!我的计策已经产生。地狱和黑夜酝酿就这空前的罪恶,它必须向世界显露它的面目。(下)

第二幕

第一场　塞浦路斯岛海港一市镇。码头附近的广场

【蒙太诺及二军官上。

蒙太诺　你从那海岬上望出去,看见海里有什么船只没有?

军官甲　一点望不见。波浪很高,在天海之间,我看不见一片船帆。

蒙太诺　风在陆地上吹得也很厉害,从来不曾有这么大的暴风打击过我们的雉堞。要是它在海上也是这么猖狂,哪一艘橡树造成的船身支持得住山一样的巨涛迎头倒下?这场风暴会给我们带来什么消息呢?

军官乙　土耳其舰队一定被风浪冲散了。你只要站在白沫飞溅的海岸上,就可以看见咆哮的汹涛高击云霄,被狂风卷起的怒浪奔腾山立,好像要把海水浇向光明的大熊星上,熄灭那照耀北极的永古不移的斗宿一样。我从来没有见过这样可怕的惊涛骇浪。

蒙太诺　要是土耳其舰队没有避进港里,它们一定沉没了;这样的风浪是抵御不了的。

【另一军官上。

军官丙　报告消息!小伙子们!咱们的战事已经结束了。土耳其人遭受这场暴风浪的突击,不得不放弃他们进攻的计划。一艘从威尼斯来的大船,一路上看见他们的船只或沉或破,大部分零落不堪。

蒙太诺　啊!这是真的吗?

军官丙　大船已经在这儿进港，是艘维洛那造的船。迈克尔·凯西奥，那勇武的摩尔人奥瑟罗的副将，已经上岸来了；那摩尔人自己还在海上，他是奉到全权委任，到塞浦路斯来的。

蒙太诺　我很高兴，这是一位很有才能的总督。

军官丙　可是这个凯西奥说起土耳其的损失，虽然兴高彩烈，同时他却满脸愁容，祈祷着那摩尔人的安全，因为他们是在险恶的大风浪中彼此失散的。

蒙太诺　但愿他平安无恙。我曾经在他手下做过事，知道他在治军用兵这方面，的确是一个大将之才。来，让我们到海边去！一方面看看新近到来的船舶，一方面把我们的眼睛遥望到海天相接的远处，盼候着勇敢的奥瑟罗。

军官丙　来，我们去吧；因为每一分钟都会有更多的人到来。

【凯西奥上。

凯西奥　谢谢，你们这座英勇的岛上的各位壮士，因为你们这样褒奖这位摩尔人。啊！但愿上天帮助他战胜风浪，因为我是在险恶的波涛之中和他失散的。

蒙太诺　他的船靠得住吗？

凯西奥　船身很是坚固，舵师是一个很有经验的人，所以我还抱着很大的希望。（内呼声："一条船！一条船！一条船！"）

【一使者上。

凯西奥　什么声音？

使者　全城的人都出来了，海边上站满了人，他们在嚷，"一条船！一条船！"

凯西奥　我希望那就是我们新任的总督。（炮声）

军官乙　他们在放礼炮了；即使不是总督，至少也是我们的朋友。

凯西奥　先生，请你去看一看，回来告诉我们究竟是什么人来了。

军官乙　我就去。（下）

蒙太诺　副将，你们主帅有没有结过婚？

凯西奥　他的婚姻是再幸福不过的。他娶到了一位女郎，她的美貌才德，胜过一切的形容和崇高的名誉；笔墨的赞美不能穷极她的好处，没有一句适当的言语可以充分表达她的天赋的优美。

【军官乙重上。

凯西奥　啊！谁到来了？

军官乙　是元帅麾下的一名旗官，叫伊阿古。

凯西奥　他倒一帆风顺地到了。汹涌的怒涛、咆哮的狂风、埋伏在海底的礁石沙碛，似乎也懂得爱惜美人，收敛了它们凶恶的本性，让神圣的苔丝狄蒙娜安然通过。

蒙太诺　她是谁？

凯西奥　就是我刚才所说起的，我们大帅的主帅。勇敢的伊阿古护送她到这儿来，想不到他们路上走得这么快，比我们的预期还早了七天。伟大的乔武啊，保佑奥瑟罗，吹一口你的大力的气息在他的船帆上，让他的高大的桅樯在这儿海港里显现它的雄姿，让他跳动着一颗恋人的心投进苔丝狄蒙娜的怀里，重新燃起我们奄奄欲绝的精神，使整个塞浦路斯充满兴奋！

【苔丝狄蒙娜、爱米利娅、伊阿古、罗德利哥及侍从等上。

凯西奥　啊！瞧，船上的珍宝到岸上来了。塞浦路斯人啊，向她下跪吧。祝福你，夫人！愿神灵在你前后左右周遭呵护你！

苔丝狄蒙娜　谢谢您，英勇的凯西奥。您知道我的丈夫有什么消息吗？

凯西奥　他还没有到来；我只知道他是平安的，大概不久就会到来。

苔丝狄蒙娜　啊！可是我怕——你们怎么会分散的？

凯西奥　天风和海水的猛烈的激战，使我们彼此相失。（内呼声："一条船！一条船！"炮声）听！有船来了。

军官乙　他们向我们城上放礼炮了；到来的也是我们的朋友。

凯西奥　你去探看探看。（军官乙下）旗官，欢迎！（向爱米利娅）欢迎，嫂子！请不要恼怒，好伊阿古，我总得有个礼貌，按我的教养，就得来这么一个放肆的见面礼。（吻爱米利娅）

伊阿古　老兄，要是她向你掀动她的嘴唇，也像她向我掀动她的舌头一样，那你就要叫苦不迭了。

苔丝狄蒙娜　唉！她又不会多嘴。

伊阿古　真的，她太会多嘴了；每次我想睡觉的时候，总是被她吵得不得安宁。不过，在您夫人的面前，我还要说一句，她有些话是放在心里说的，人家瞧她不开口，她却在心里骂人。

爱米利娅　你没有理由这样冤枉我。

伊阿古　得啦，得啦，你们跑出门像图画，走进房像响铃，到了灶下像野猫；设计害人的时候，面子上装得像个圣徒，人家冒犯了你们，你们便活像夜叉；叫你们管家，你们只会一味胡闹，一上床却又忙碌得像个主妇。

苔丝狄蒙娜　啊，啐！你这乱讲乱说的家伙！

伊阿古　　　我说的话儿千真万确，
　　　　　　你们起来游戏，上床工作。

爱米利娅　我再也不要你写赞美我的诗句。

伊阿古　对，可别叫我写。

苔丝狄蒙娜　要是叫你赞美我，你要怎么写法呢？

伊阿古　啊，好夫人，别叫我做这件事，因为我的脾气是要吹毛求疵的。

苔丝狄蒙娜　来，试试看。有人到港口去了吗？

伊阿古　是，夫人。

苔丝狄蒙娜　我虽然心里愁闷，姑且强作欢容。来，你怎么赞美我？

伊阿古　我正在想着呢；可是我的诗情粘在我的脑壳里，用力一挤就会把脑浆一起挤出的。我的诗神难产了。好了，生下来了：

　　　　　　她要是既漂亮又智慧，
　　　　　　就不会误用她的娇美。

苔丝狄蒙娜　赞美得好！要是她虽黑丑而聪明呢？

伊阿古　　　要是她虽黑丑却聪明，
　　　　　　包她配上一位俊郎君。

苔丝狄蒙娜　不成话。

爱米利娅　要是美貌而愚笨呢？

伊阿古　　　美女人决不是笨冬瓜，
　　　　　　蠢杀也会抱个小娃娃。

苔丝狄蒙娜　这些都是在酒店里骗傻瓜们笑笑的古老的歪诗。还有一种又丑又笨的女人，你也能够勉强赞美她两句吗？

伊阿古　　别看她心肠笨相貌丑，
　　　　　聪明漂亮女人的戏法一样拿手。

苔丝狄蒙娜　啊，岂有此理！你把最好的赞美给了最坏的女人。可你又怎样赞美一位真正值得赞美的女人呢？一位品质优异、连十足的恶棍都不得不称赞的女人呢？

伊阿古　　她生得水灵，却不骄傲；
　　　　　口齿伶俐，却不吵闹；
　　　　　从不缺钱，却不妖娆；
　　　　　心想事成，却啥都不要；
　　　　　受了恶气，本可出气，
　　　　　自己却先消了不平之气；
　　　　　明白事理，端庄稳重，
　　　　　吃着鳕鱼头，不思鲑鱼尾；
　　　　　脑筋转得快，嘴巴却闭得牢；
　　　　　有人尾随，头也不回。
　　　　　要是真有这样的女娇娃——

苔丝狄蒙娜　要她干啥？

伊阿古　　奶傻孩子，记油盐账。

苔丝狄蒙娜　啊，这结尾真是太差劲、太没劲了！爱米利娅，不要听他的胡言乱语，虽说他是你的丈夫。你说呢，凯西奥，他是不是一个满嘴胡说八道的家伙？

凯西奥　他很直爽，夫人。您要是把他当作一个军人，不把他当作一个文士，您就不会嫌他出言粗俗了。

伊阿古　（旁白）他捏着她的手心。嗯，交头接耳，好得很。我只要张起这么一个小小的网，就可以捉住像凯西奥这样一头大苍蝇。嗯，对她微笑，很好；我要叫你跌翻在你自己的礼貌中间。——您说得对，正是正是。——要是这种鬼殷勤会葬送你的前程，你还是不要老是吻着你的三个指头，表示你的绅士风度吧。很好，吻得不错！绝妙的礼貌！正是正是，又把你的手指放到你的嘴唇上去了吗？（喇叭声）是那摩尔人来了！我听得出他的喇叭声音。

凯西奥　真的是他。

苔丝狄蒙娜　让我们去迎接他。

凯西奥　瞧！他来了。

【奥瑟罗及侍从等上。

奥瑟罗　啊，我娇美的战士！

苔丝狄蒙娜　我亲爱的奥瑟罗！

奥瑟罗　看见你比我先到这里，真使我又惊又喜。啊，我的心爱的人！要是每一次暴风雨之后，都有这样和煦的阳光，那么尽管让狂风肆意地吹，把死亡都吹醒了吧！让那辛苦挣扎的船舶爬上一座座如山的高浪，就像从高高的天上堕下幽深的地狱一般一泻千丈地跌落下来吧！要是我现在死去，那才是最幸福的；因为我怕我的灵魂已经尝到了无上的欢乐，此生此世，再也不会有同样令人欣喜的事情了。

苔丝狄蒙娜　但愿上天眷顾，让我们的爱情和欢乐与日俱增！

奥瑟罗　阿门，慈悲的神明！我不能充分说出我心头的快乐；太多的欢喜窒住了我的呼吸。一个吻，再一个吻，这就是两根心弦间能奏响的最嘈杂的声音。（两人接吻）

伊阿古　（旁白）啊，你们现在是琴瑟调和，看我不动声色，叫你们弦断柱裂走了音。

奥瑟罗　来，让我们到城堡里去。好消息，朋友们，我们的战事已经结束，土耳其人全都溺死了。我的岛上的旧友，您好？爱人，你在塞浦路斯将要受到众人的宠爱，我觉得他们都是非常热情的。啊，亲爱的，我自己太高兴了，所以会说出这样忘形的话来。好伊阿古，请你到港口去一趟，把我的箱子搬到岸上。带那船长到城堡里来；他是一个很好的家伙，他的才能非常叫人钦佩。来，苔丝狄蒙娜。（除伊阿古和罗德利哥外，均下）

伊阿古　你马上就到港口来会我。过来。人家说，爱情可以刺激懦夫，使他鼓起本来所没有的勇气；要是你果然有胆量，请听我说。副将今晚在卫舍守夜。第一我必须告诉你，苔丝狄蒙娜是直接跟他发生恋爱的。

罗德利哥　跟他发生恋爱！那是不会有的事。

伊阿古　闭住你的嘴，好好听我说。你看她当初不过因为这摩尔人向她吹了些牛皮，撒下一些漫天的大谎，她就爱得他多么热烈；难道她会继续爱他，只是为了他的吹牛的本领吗？你是个聪明人，不要以为世上会有这样的事。她的视觉必须得到满足；她能够从魔鬼脸上感到什么佳趣？情欲在一阵兴奋过了以后而渐生厌倦的时候，必须换一换新鲜的口味，方才可以把它重新刺激起来：或者是容貌的漂亮，或者是年龄的相称，或者是举止的风雅，这些都是这摩尔人所欠缺的。她因为在这些必要条件上种种不能满足，一定会觉得她的青春娇艳所托非人，而开始对这摩尔人由失望而憎恨，由憎恨而厌恶，她的天性就会迫令她再作第二次的选择。这种情形是很自然而可能的；要是承认了这一点，试问哪一个人比凯西奥更有享受这一种福分的便利？一个很会讲话的家伙，为了达到他的秘密的淫邪的欲望，他会恬不为意地装出一副殷勤文雅的外表。哼，谁也比不上他；一个狡猾阴险的家伙，惯会趁机取利，无孔不入；一个鬼一样的家伙！而且，这家伙又漂亮，又年轻，凡是可以使无知妇女醉心的条件，他无一不备。一个十足害人的家伙。这女人已经把他勾上了。

罗德利哥　我不能相信，她是一位圣洁的女郎。

伊阿古　他妈的圣洁！她喝的酒也是用葡萄酿成的；她要是圣洁，她就不会爱这摩尔人了。哼，圣洁！你不看见她捏弄他的手心吗？你不看见吗？

罗德利哥　是的，我看见的；可是那不过是礼貌罢了。

伊阿古　我举手为誓，这明明是奸淫！这一段意味深长的楔子，就包括无限淫情欲念的交流。他们的嘴唇那么贴近，他们的呼吸简直互相拥抱了。该死的思想，罗德利哥！这种表面上的亲热一开了端，主要的好戏就会跟着上场，肉体的结合是必然的结论。呸！可是，老兄，你听我说。我特意把你从威尼斯带来，今晚你代我值班守夜。凯西奥是不认识你的；我就在离你不远的地方看着你。你见了凯西奥就找一些借口向他挑衅，或者高声辱骂，或者毁谤他的军誉，或者随你的意思见机行事。

罗德利哥　好。

伊阿古　他是个性情暴躁、易于发怒的人，也许会向你动武；即使他不动武，你也要激他和你打起架来；因为借着这一个理由，我就可以在塞浦路斯人中间煽起一场暴动，假如要平息他们的愤怒，除了把凯西奥解职以外没有其他的方法。这样你就可以在我的设计协助之下，早日达到你的愿望，你的阻碍也可以从此除去，否则我们的事情是决无成功之望的。

罗德利哥　我愿意这样干，要是我能够找到下手的机会。

伊阿古　那我可以向你保证。等会儿在城堡见我。我现在必须去替他把应用物件搬上岸来。再会。

罗德利哥　再会。（下）

伊阿古　凯西奥爱她，这一点我是可以充分相信的；她爱凯西奥，这也是一件很自然而可能的事。这摩尔人我虽然气他不过，却有一副坚定仁爱正直的性格；我相信他会对苔丝狄蒙娜做一个最多情的丈夫。讲到我自己，我也是爱她的，并不完全出于情欲的冲动——虽然也许我也犯着这样的罪名——可是一半是为要报复我的仇恨，因为我疑心这好色的摩尔人跨上了我的鞍子。这一种思想像毒药一样腐蚀我的肝肠，什么都不能使我心满意足，除非在他身上发泄这一口怨气。他夺去我的人，我也叫他有了妻子享受不成；即使不能做到这一点，我也要叫这摩尔人心里长起根深蒂固的嫉妒来，没有一种理智的药饵可以把它治疗。为了达到这一个目的，我已经利用这威尼斯的蠢货做我的鹰犬；要是他果然听我的唆使，我就可以抓住我们那位迈克尔·凯西奥的把柄，在这摩尔人面前诽谤他，因为我疑心凯西奥跟我的妻子也是有些暧昧的。这样我可以让这摩尔人感谢我，喜欢我，报答我，因为我叫他做了一头大大的驴子，用诡计捣乱他的平和安宁，使他因气愤而发疯。方针已经决定，前途未可预料；阴谋的面目待到下手后才会揭晓。（下）

第二场　街　道

【传令官持告示上；民众随后。

传令官　我们尊贵英勇的元帅奥瑟罗有令，根据最近接到的消息，土耳其舰队已经全军覆没，全体军民听到这一个捷音，理应同表庆祝：跳舞的跳舞，燃放焰火的燃放焰火，每一个人都可以随他自己的高兴尽情欢乐；因为除了这些可喜的消息以外，我们同时还要祝贺我们元帅的新婚。帅府中一切门禁完全撤除，从下午五时起，直到深夜十一时，无论何人，可以自由出入，饮酒宴乐。上天祝福塞浦路斯岛和我们尊贵的元帅奥瑟

罗!(同下)

第三场　城堡中的厅堂

【奥瑟罗、苔丝狄蒙娜、凯西奥及侍从等上。

奥瑟罗　好迈克尔,今天请你留心戒备。我们必须随时谨慎,免得因为纵乐无度而肇成意外。

凯西奥　我已经吩咐伊阿古怎样办了,我自己也要亲自督察照看。

奥瑟罗　伊阿古是个忠实可靠的汉子。迈克尔,晚安,明天你一早就来见我。(向苔丝狄蒙娜)来,我的爱人,我们已经把彼此心身互相交换,愿今后花开结果,恩情美满。晚安!(奥瑟罗、苔丝狄蒙娜及侍从等下)

【伊阿古上。

凯西奥　欢迎,伊阿古,我们该守夜去了。

伊阿古　时候还早哪,副将,现在还不到十点钟。咱们主帅因为舍不得他的新夫人,所以这么早就打发我们出去;可是我们也怪不得他,他还没有跟她真个销魂,而她这个人,任是天神见了她也要动心的。

凯西奥　她是一位人间无比的佳人。

伊阿古　我可以担保她也是一个非常风流的人儿。

凯西奥　她的确是一个娇艳可爱的女郎。

伊阿古　她长着一双多么好的眼睛,简直能摄人魂魄。

凯西奥　一双动人的眼睛,可是却有一种端庄贞静的神气。

伊阿古　她说话的时候,不就是爱情的警报吗?

凯西奥　她真是十全十美。

伊阿古　好,愿他们被窝里快乐!来,副将,我还有一瓶酒;外面有两个塞浦路斯的绅士,要想为黑将军祝饮一杯。

凯西奥　今夜可不能奉陪了,好伊阿古。我一喝了酒,头脑就会糊涂起来。我希望有人能够发明在宾客欢会的时候,用另外一种方法招待他们。

伊阿古　啊,他们都是我们的朋友,喝一杯吧,我也可以代你喝。

凯西奥　我今晚只喝了一杯,就是那一杯也被我偷偷儿冲了些水,可是我的头已经有点儿昏啦。我知道自己的弱点,实在不敢再多喝了。

伊阿古　哎哟,朋友!这是一个狂欢的良夜,不要扫了那些绅士们的兴致。

凯西奥　他们在什么地方?

伊阿古　就在这门外,请你去叫他们进来吧。

凯西奥　我去就去,可是我心里是不愿意的。(下)

伊阿古　他今晚已经喝过了一些酒,我只要再灌他一杯下去,他就会像小狗一样到处招惹是非。我们那位为情憔悴的傻瓜罗德利哥,今晚为了苔丝狄蒙娜也喝了几大杯的酒,我已经派他守夜了。还有三个心性高傲、重视荣誉的塞浦路斯少年,都是这座尚武的岛上的优秀人物,我也把他们灌得酩酊大醉;他们今晚也是要守夜的。在这一群醉汉中间,我要叫我们这位凯西奥干出一些可以激起这岛上公愤的事来。可是他们来了。

【凯西奥率蒙太诺及军官等重上;众仆持酒后随。

凯西奥　上帝可以作证,他们已经灌了我一满杯啦。

蒙太诺　真的,只是小小的一杯,顶多也不过一品脱的分量。我是一个军人,从来不会说谎的。

伊阿古　喂,酒来!(唱)

一瓶一瓶复一瓶,
饮酒击瓶玎珰鸣。
我为军人岂无情,
人命倏忽如烟云,
聊持杯酒遣浮生。

孩儿们,酒来!

凯西奥　好一支歌儿!

伊阿古　这一支歌是我在英国学来的。英国人的酒量才厉害呢,什么丹麦人、德国人、大肚子的荷兰人——酒来!——比起英国人来都不算得什么。

凯西奥　你那英国人果然这样善于喝酒吗?

伊阿古　嘿,他会不动声色地把丹麦人灌得烂醉如泥,面不流汗把德国人灌得不省人事,还没有倒满下一杯,那荷兰人已经呕吐狼藉了。

凯西奥　祝我们的主帅健康!

蒙太诺　赞成，副将，您喝我也喝。

伊阿古　啊，可爱的英格兰！（唱）

斯蒂芬是个好国王，
做条新裤一克朗；
非说裁缝黑心肠，
多收工钱六便士。
老爷英名四方扬，
瞧你是个啥模样。
骄奢误国你知不知，
赶快拾起你的旧衣裳。

喂，酒来！

凯西奥　老天在上，这首歌可比刚才一首更要好听。

伊阿古　那就再听一遍？

凯西奥　不了，因为照我看，像他这样身份的人做出这样的事，太没样子了。好，上帝在我们头上，有的灵魂必须得救，有的灵魂就不能得救。

伊阿古　对了，副将。

凯西奥　讲到我自己——我并没有冒犯我们主帅或是无论哪一位大人物的意思——我是希望能够得救的。

伊阿古　我也这样希望，副将。

凯西奥　嗯，可是，对不起，你不能比我先得救；副将得救了，然后才是旗官得救。咱们别提这种话啦，还是去干我们的事吧。上帝赦免我们的罪恶！各位先生，我们不要忘了我们的事情。不要以为我是醉了，各位先生。这是我的旗官；这是我的右手，这是我的左手。我现在并没有醉；我站得很稳，我说话也很清楚。

众人　非常清楚。

凯西奥　那么很好，你们可不要以为我醉了。（下）

蒙太诺　各位朋友，来，我们到露台上守望去。（众绅士随凯西奥下）

伊阿古　你们看见刚才出去的这一个人：讲到指挥三军的才能，他可以和凯撒争一日之雄；可是你们瞧他这一种酗酒的样子，正好和他的长处相抵销。我真为他可惜！我怕奥瑟罗对他如此信任，也许有一天会被他误了大事,使全岛大受震动的。

蒙太诺　可是他常常是这样的吗?

伊阿古　他喝醉了酒总是要睡觉;要是没有酒替他催眠,他可以一昼夜打起精神不睡。

蒙太诺　这种情形应该向元帅提起。也许他没有觉察,也许他秉性仁恕,因为看重凯西奥的才能而忽略了他的短处。这句话对不对?

【罗德利哥上。

伊阿古　(向罗德利哥旁白)怎么,罗德利哥!你快追到那副将后面去吧。去!(罗德利哥下)

蒙太诺　这高贵的摩尔人竟会让一个染上这种恶癖的人做他的辅佐,真是一件令人抱憾的事。谁能够老实对他这样说,才是一个正直的汉子。

伊阿古　即使把这一座大好的岛送给我,我也不愿意说。我很爱凯西奥,要是有办法,我愿意尽力帮助他除去这一种恶癖。(内呼声:"救命!救命!")可是听!什么声音?

【凯西奥驱罗德利哥重上。

凯西奥　浑蛋!狗贼!

蒙太诺　什么事,副将?

凯西奥　一个浑蛋也敢教训起我来!我要把这浑蛋打进一只酒瓶里去。

罗德利哥　打我!

凯西奥　你还要利嘴吗,狗贼?(打罗德利哥)

蒙太诺　(拉凯西奥)别,副将,请您住手。

凯西奥　放开我,先生,否则我要一拳打到你的头上来了。

蒙太诺　得啦得啦,你醉了。

凯西奥　醉了!(与蒙太诺斗)

伊阿古　(向罗德利哥旁白)快走!到外边去高声嚷叫,说是出了乱子啦。(罗德利哥下)不,副将!天哪,各位先生!喂,来人!副将!蒙太诺!帮帮忙,各位朋友!这算是守的什么夜呀!(钟鸣)谁在那儿打钟?该死!全市的人都要起来了。天哪!副将,住手!你的脸要从此丢尽啦。

【奥瑟罗及侍从等重上。

奥瑟罗　这儿出了什么事情?

蒙太诺　他妈的！我的血流个不停。我受了重伤啦，这家伙死定了。（再次冲向凯西奥）

奥瑟罗　要活命的快住手！

伊阿古　喂，住手，副将！蒙太诺！各位先生！你们忘记你们的地位和责任了吗？住手！主帅在对你们说话，还不住手！

奥瑟罗　怎么，怎么！为什么闹起来的？难道我们都变成土耳其人了吗？上天不许异教徒攻打我们，我们倒要同室操戈吗？为了基督徒的面子，停止这场粗暴的争吵；谁要是一味怄气，再敢动一动，他就是看轻他自己的灵魂，他一举手我就叫他死。叫他们不要打那可怕的钟，它会扰乱岛上的人心。各位，究竟是怎么一回事？正直的伊阿古，瞧你懊恼得脸色惨淡，告诉我，谁开始这场争闹？凭着你的忠心，老实对我说。

伊阿古　我不知道。刚才还是好好的朋友，像正在宽衣解带的新夫妇一般相亲相爱，一下子就好像受到什么星光的刺激，迷失了他们的本性似的，大家拔出剑来，向彼此的胸前直刺过去，拼个你死我活了。我说不出这场任性的争吵是怎么开始的；只怪我这双腿不曾在光荣的战阵上失去，那么我也不会踏进这种是非中间了！

奥瑟罗　迈克尔，你怎么会这样忘记你自己的身份？

凯西奥　请您原谅我，我没有话可说。

奥瑟罗　尊贵的蒙太诺，您一向是个温文知礼的人，您的少年端重为举世所钦佩，在贤人君子之间，您有很好的名声；为什么您会这样自贬身价，牺牲您的宝贵的名誉，让人家说您是个在深更半夜里酗酒闹事的家伙？给我一个回答。

蒙太诺　尊贵的奥瑟罗，我伤得很厉害，不能多说话；您的贵部下伊阿古可以告诉您我所知道的一切。其实我也不知道我在今夜说错了什么话或是做错了什么事，除非在暴力侵凌的时候，自卫是一桩罪恶。

奥瑟罗　苍天在上，我现在可再也遏制不住我的怒气了。我只要动一动，或是举一举这只手臂，就可以叫你们中间最有本领的人在我的一怒之下丧失了生命。让我知道这一场可耻的骚扰是怎么开始的，谁是最初肇起事端来的人。要是证实了哪一个人是启衅的罪魁，即使他是我的孪生兄弟，我也不能放过他。什么！一个新遭战乱的城市，秩序还没有恢复，人民的心里充满了恐惧，你们却在深更半夜，在全岛治安所系赖的所在为了私人间的细故争吵起来！岂有此理！伊阿古，谁是肇事的人？

蒙太诺　你要是意存偏袒，或是同僚相护，所说的话和事实不尽符合，你就不是个军人。

伊阿古　不要这样逼我，我宁愿割下自己的舌头，也不愿让它说迈克尔·凯西奥的坏话；可是事已如此，我想说老实话也不算对不起他。是这样的，主帅，蒙太诺跟我正在谈话，忽然跑进一个人来高呼救命，后面跟着凯西奥，杀气腾腾地提了剑，好像一定要杀死他才甘心似的；那时候这位先生就挺身前去拦住凯西奥，请他息怒；我自己追赶那个叫喊的人，因为恐怕他在外边大惊小怪，扰乱人心，可是他跑得快，我追不上，又听见背后刀剑碰撞和凯西奥高声咒骂的声音，所以就回来了。我从来没有听见他这样骂过人；我本来追得不远，一转身就看见他们在这儿你一刀我一剑地厮杀得难解难分，正像您到来喝开他们的时候一样。我所能报告的就是这几句话。人总是人，圣贤也有错误的时候；一个人在愤怒之中，就是好朋友也会反脸不认。虽然凯西奥给了他一点小小的伤害，可是我相信凯西奥一定从那逃走的家伙那里受到什么奇耻大辱，所以才会动起那么大的火性来的。

奥瑟罗　伊阿古，我知道你的忠实和义气，使你把这件事情轻描淡写，替凯西奥减轻他的罪名。凯西奥，你是我的好朋友，可是从此以后，你不是我的部属了。

【苔丝狄蒙娜率侍从上。

奥瑟罗　瞧！我的温柔的爱人也给你们吵醒了！（向凯西奥）我要把你做一个榜样。

苔丝狄蒙娜　什么事？

奥瑟罗　现在一切都没事了，爱人，去睡吧。先生，您受的伤我愿意亲自替您医治。把他扶出去。（侍从扶蒙太诺下）伊阿古，你去巡视市街，安定安定受惊的人心。来，苔丝狄蒙娜，难圆的是军人的好梦，才合眼又被杀声惊动。（携苔丝狄蒙娜、众绅士及仆从下）

伊阿古　什么！副将，你受伤了吗？

凯西奥　嗯，我的伤是无药可救的了。

伊阿古　哎哟，上天保佑没有这样的事！

凯西奥　名誉，名誉，名誉！啊，我的名誉已经一败涂地了！我已经失去我的生命中不死的一部分，留下来的也就跟畜牲没有分别了。我的名誉，伊阿古，我的名誉！

伊阿古　我是个老实人，我还以为你受到了什么身体上的伤害，那是比名誉的损失痛苦得多的。名誉是一件无聊的骗人的东西；得到它的人未必有什么功德，失去它的人也未必有什么过失。你的名誉仍旧是好端端的，除非你自以为它已经扫地了。嘿，朋友，你要恢复主帅对你的欢心，尽有办法呢。你现在不过一时遭逢他的恼怒；他给你的这一种处分，与其说是表示对你的不满，还不如说是遮掩世人耳目的政策，正像有人为了吓退一头凶恶的狮子而故意鞭打他的驯良的狗儿一样。你只要向他恳求恳求，他一定会回心转意的。

凯西奥　我宁愿恳求他唾弃我，也不愿蒙蔽他的聪明，让这样一位贤能的主帅手下有这么一个酗酒放荡的不肖将校。纵饮无度！胡言乱道！吵架！吹牛！赌咒！跟自己的影子说些废话！啊，你空虚缥缈的美酒的精灵，要是你还没有一个名字，让我们叫你作魔鬼吧！

伊阿古　你提起了剑追逐不舍的那个人是谁？他怎么冒犯了你？

凯西奥　我不知道。

伊阿古　你怎么会不知道？

凯西奥　我记得一大堆的事情，可是全都是模模糊糊的；我记得跟人家吵起来，可是不知道为了什么。上帝啊！人们居然会把一个仇敌放进了自己的嘴里，让它偷去他们的头脑，在欢天喜地之中，把我们自己变成了畜生！

伊阿古　可是你现在已经很清醒了。你怎么会明白过来的？

凯西奥　气鬼一上了身，酒鬼就自动退让；一件过失引起了第二件过失，简直使我自己也瞧不起自己了。

伊阿古　得啦，你也太认真了。照此时此地的环境说起来，我但愿没有这种事情发生；可是即使事已如此，以后留心改过也就是了。

凯西奥　我要向他请求恢复我的原职，他会对我说我是一个酒棍！即使我有一百张嘴，这样一个答复也会把它们一起封住。现在还是一个清清楚楚的人,不一会儿就变成个傻子,然后他就变成一头畜生!啊,奇怪!每一杯过量的酒都是魔鬼酿成的毒水。

伊阿古　算了,算了,好酒只要不滥喝,也是一个很好的伙伴,你也不用咒骂它了。副将,我想你一定把我当作一个好朋友看待。

凯西奥　我很信任你的友谊。——我醉了!

伊阿古　朋友,一个人有时候多喝了几杯,也是免不了的。让我告诉你一个办法。我们主帅的夫人现在是我们真正的主帅;我可以这样说,因为他心里只念着她的好处,眼睛里只看见她的可爱。你只要在她面前坦白忏悔,恳求恳求她,她一定会帮助你官复原职。她的性情是那么慷慨仁慈,那么体贴人心,人家请她出十分力,她要是没有出到十二分,就觉得好像对不起人似的。你请她替你弥缝弥缝你跟她的丈夫之间的这一道裂痕,我可以拿我的全部财产打赌,你们的交情一定会反而因此格外加强的。

凯西奥　你的主意出得很好。

伊阿古　我发誓这一种意思完全出于一片诚心。

凯西奥　我充分信任你的善意,明天一早我就请求贤德的苔丝狄蒙娜替我尽力说情。要是我在这儿给他们革退了,我的前途也就从此毁了。

伊阿古　你说得对。晚安,副将,我还要守夜去呢。

凯西奥　晚安,正直的伊阿古!(下)

伊阿古　谁说我作事奸恶?我贡献给他的这番意见,不是光明正大,很合理,而且的确是挽回这摩尔人的心意的最好办法吗?只要是正当的请求,苔丝狄蒙娜总是有求必应的;她的为人是再慷慨再热心不过的了。至于叫她去说动这摩尔人,更是不费吹灰之力;他的灵魂已经完全成为她的爱情的俘虏,无论她要做什么事,或是把已经做成的事重新推翻,即使叫他抛弃他的信仰和一切得救的希望,他也会唯命是从,让她的好恶主宰他的无力反抗的身心。我既然向凯西奥指示了这一条对他有利的方策,谁还能说我是个恶人呢?人面蛇心的鬼魅!恶魔往往用神圣的外表,引诱世人干最恶的罪行,正像我现在所用的手段一样;因为当这个老实的呆子恳求苔丝狄蒙娜为他转圜,当她竭力在那摩尔人面前替他说情的时候,我就要用毒药灌进那摩尔人的耳中,说是她所以要运动凯西奥复职，只是为了恋奸情热的缘故。这样她越是忠于所托，越是会加强那摩尔人的猜疑；我就利用她的善良的心肠污毁她的名誉，让他们一个个都落进了我的罗网之中。

【罗德利哥重上。

伊阿古　啊，罗德利哥！

罗德利哥　我在这儿给你们驱来赶去，不像一头追寻狐兔的猎狗，倒像是替你们凑凑热闹的。我的钱也差不多花光了，今夜我还挨了一顿痛打；我想这番教训，大概就是我费去不少辛苦换来的代价了。现在我的钱囊已经空空如也，我的头脑里总算增加了一点智慧，我要回到威尼斯去了。

伊阿古　没有耐性的人是多么可怜！什么伤口不是慢慢儿平复起来的？你知道我们干事情全赖计谋，并不是用的魔法；用计谋就必须等待时机成熟。一切进行得不是很顺利吗？凯西奥固然把你打了一顿，可是你受了一点小小的痛苦，已经使凯西奥把官职都丢了。虽然在太阳光底下，各种草木都欣欣向荣，可是最先开花的果子总是最先成熟。你安心点儿吧。哎哟，天已经亮啦；又是喝酒，又是打架，闹哄哄的就让时间飞快过去了。你去吧，回到你的宿舍里去。去吧，有什么消息我再来告诉你。去吧。（罗德利哥下）我还要做两件事情：第一是叫我的妻子在她的女主人面前替凯西奥说两句好话；同时我就去设法把那摩尔人骗一骗开，等到凯西奥去向他的妻子请求的时候，再让他亲眼看见这幕把戏。好，言之有理，不要迁延不决，耽误了锦囊妙计。（下）

第三幕

第一场　塞浦路斯。城堡前

【凯西奥及若干乐工上。

凯西奥　列位朋友，就在这儿奏起来吧，我会酬劳你们的。奏一支简短一些的乐曲，敬祝我们的主帅晨安。（众乐工奏乐）

【小丑上。

小丑　怎么，诸位，你们的家伙是不是都逛过那不勒斯的风流窟啊？要不怎么都这样嗡嗡咙咙地用鼻音说话？

乐工甲　大哥，这话怎么说？

小丑　敢问大哥，你们的家伙都是管乐器吗？

乐工甲　不错，大哥。

小丑　啊，难怪下面都长了那么个玩艺儿。

乐工甲　那儿长了个什么玩艺儿，大哥？

小丑　我知道的好多管乐器上都长了那么个玩艺儿。可是列位朋友，这儿是赏给你们的钱；将军非常喜欢你们的音乐，他请求你们千万不要再奏下去了。

乐工甲　好，大哥，那么我们不奏了。

小丑　要是你们会奏听不见的音乐，请奏起来吧；可是正像人家说的，将军对于听音乐这件事不大感到兴趣。

乐工甲　我们不会奏那样的音乐。

小丑　那么把你们的笛子藏起来,因为我要去了,去融化在空气里了。去!(乐工等下)

凯西奥　你听不听见,我的好朋友?

小丑　不,我没有听见您的好朋友,我只听见您。

凯西奥　少说笑话。这一块小小的金币你拿了去,要是伺候将军夫人的那位奶奶已经起身,你就告诉她有一个凯西奥请她出来说话。你肯不肯?

小丑　她已经起身了,先生,要是她愿意出来,我就告诉她。

凯西奥　谢谢你,我的好朋友。(小丑下)

【伊阿古上。

凯西奥　来得正好,伊阿古。

伊阿古　你还没有上过床吗?

凯西奥　没有,我们分手的时候,天早就亮了。伊阿古,我已经大胆叫人去请你的妻子出来,我想请她替我设法见一见贤德的苔丝狄蒙娜。

伊阿古　我去叫她立刻出来见你。我还要想一个法子把那摩尔人调开,好让你们谈话方便一些。

凯西奥　多谢你的好意。(伊阿古下)我从来没有认识过一个比他更善良正直的佛罗伦萨人。

【爱米利娅上。

爱米利娅　早安,副将!听说您误触主帅之怒,真是一件令人懊恼的事;可是一切就会转祸为福的。将军和他的夫人正在谈起此事,夫人竭力替您辩白,摩尔人说,被您伤害的那个人,在塞浦路斯是很有名誉很有势力的,为了避免受人非难起见,他不得不把您斥革;可是他说他很喜欢您,即使没有别人替您说情,他也会留心着一有适当的机会,就让您恢复原职的。

凯西奥　可是我还要请求您一件事;要是您认为没有妨碍或是可以办得到的话,请您设法让我独自见一见苔丝狄蒙娜,跟她做一次简短的谈话。

爱米利娅　请您进来吧,我可以带您到一处能让您从容吐露您的心曲的所在。

凯西奥　那真使我感激万分。(同下)

第二场　城堡中一室

【奥瑟罗、伊阿古及绅士等上。

奥瑟罗　伊阿古，这儿封信你拿去交给舵师，叫他回去替我呈上元老院。我就在堡垒上走走；你把事情办好以后，就到那边来见我。

伊阿古　是，主帅，我就去。

奥瑟罗　各位，我们要不要去看看这儿的防务？

众人　我们愿意奉陪。（各下）

第三场　城　堡　前

【苔丝狄蒙娜、凯西奥及爱米利娅上。

苔丝狄蒙娜　好凯西奥，你放心吧，我一定尽力替你说情就是了。

爱米利娅　好夫人，请您千万出力。不瞒您说，我的丈夫为了这件事情，也懊恼得不得了，就像是他自己身上的事情一般。

苔丝狄蒙娜　啊！你的丈夫是一个好人。放心吧，凯西奥，我一定会设法使我的丈夫对你恢复原来的友谊。

凯西奥　大恩大德的夫人，无论迈克尔·凯西奥将来会有什么成就，他永远是您的忠实的仆人。

苔丝狄蒙娜　我知道，我感谢你的好意。你爱我的丈夫，你又是他的多年的知交，放心吧，他除了表面上因为避免嫌疑而对你略示疏远以外，决不会真的对你见外的。

凯西奥　您说得很对，夫人，可是避嫌这一个权宜之计可能因为什么细故或偶然事件而拖很长时间。我现在又失去了在帐下供奔走的机会，日久之后，有人代替了我的地位，恐怕主帅就要把我的忠诚和微劳一起忘记了。

苔丝狄蒙娜　那你不用担心，当着爱米利娅的面，我保证你一定可以恢复原职。请你相信我，要是我发誓帮助一个朋友，我一定会帮助他到底。我的丈夫将要不得安息，无论睡觉吃饭的时候，我都要在他耳旁聒噪；无论他干什么事，我都要插进嘴去替凯西奥说情。所以高兴起来吧，凯西奥，因为你的辩护人是宁死不愿放弃你的权益的。

【奥瑟罗及伊阿古自远处上。

爱米利娅　夫人，将军来了。

凯西奥　夫人，我告辞了。

苔丝狄蒙娜　啊，等一等，听我说。

凯西奥　夫人，改日再谈吧；我现在心里很不自在，见了主帅恐怕反多不便。

苔丝狄蒙娜　好，随您的便。（凯西奥下）

伊阿古　嘿！我不欢喜那种样子。

奥瑟罗　你说什么？

伊阿古　没有什么，主帅，要是——我不知道。

奥瑟罗　那从我妻子身边走开去的，不是凯西奥吗？

伊阿古　凯西奥，主帅？不，我想他一定不会看见您来了，就好像做了什么亏心事似的偷偷溜走的。

奥瑟罗　我相信是他。

苔丝狄蒙娜　啊，我的主！刚才有人在这儿向我请托，他因为失去了您的欢心，非常抑郁不快呢。

奥瑟罗　你说的是什么人？

苔丝狄蒙娜　就是您的副将凯西奥呀。我的好夫君，要是我还有几分面子，或是几分可以左右您的力量，请您立刻对他恢复原来的恩宠吧；因为他倘不是一个真心爱您的人，他的过失倘不是无心而是有意的，那么我就是看错了人啦。请您叫他回来吧。

奥瑟罗　他刚才从这儿走开去吗？

苔丝狄蒙娜　嗯，是的，他是那样满含着羞愧，使我也不禁对他感到同情的悲哀。爱人，叫他回来吧。

奥瑟罗　现在不必，亲爱的苔丝狄蒙娜，慢慢儿再说吧。

苔丝狄蒙娜　可是那不会太久吗？

奥瑟罗　亲爱的，为了你的缘故，我叫他早一点复职就是了。

苔丝狄蒙娜　能不能在今天晚餐的时候？

奥瑟罗　不，今晚可不能。

苔丝狄蒙娜　那么明天午餐的时候?

奥瑟罗　明天我不在家里午餐,我要跟将领们在营中会面。

苔丝狄蒙娜　那么明天晚上吧,或者星期二早上,星期二中午、晚上,星期三早上,随您指定一个时间,可是不要超过三天以上。他对于自己的行为不检,的确非常悔恨;固然在这种战争的时期,地位较高的人必须以身作则,可是照我们平常的眼光看来,他的过失实在是微乎其微的。什么时候让他来?告诉我,奥瑟罗。要是您有什么事情要求我,我想我决不会拒绝您,或是这样吞吞吐吐的。什么!迈克尔·凯西奥,您向我求婚的时候,是他陪着您来的;好多次我表示对您不满意的时候,他总是为您辩护;现在我请您把他重新叙用。却会这样为难!相信我,我可以——

奥瑟罗　好了,不要说下去了。让他随便什么时候来吧。你要什么我总不愿拒绝的。

苔丝狄蒙娜　这并不是一个恩惠,就好像我请求您戴上您的手套,劝您吃些富于营养的菜肴,穿些温暖的衣服,或是叫您做一件对您自己有益的事情一样。不,要是我真的向您提出什么要求,来试探试探您的爱情,那一定要是一件非常棘手而难以应允的事。

奥瑟罗　我什么都不愿拒绝你,可是现在你必须答应暂时离开我一会儿。

苔丝狄蒙娜　我会拒绝您的要求吗?不。再会,我的主。

奥瑟罗　再会,我的苔丝狄蒙娜,我马上就来看你。

苔丝狄蒙娜　爱米利娅,来吧。您爱怎么样就怎么样,我总是服从您的。

(苔丝狄蒙娜、爱米利娅同下)

奥瑟罗　可爱的女人!要是我不爱你,让我的灵魂永堕地狱!当我不爱你的时候,世界也要复归于混沌了。

伊阿古　尊贵的主帅——

奥瑟罗　你说什么,伊阿古?

伊阿古　当您向夫人求婚的时候,迈克尔·凯西奥也知道你们的恋爱吗?

奥瑟罗　他从头到尾都知道。你为什么问起?

伊阿古　不过是为了解我心头的一个疑惑,并没有其他的用意。

奥瑟罗　你有什么疑惑,伊阿古?

伊阿古　我以为他本来跟夫人是不相识的。

奥瑟罗　啊，不，他常常在我们两人之间传递消息。

伊阿古　当真？

奥瑟罗　当真！嗯，当真。你觉得有什么不对吗？他这人不老实吗？

伊阿古　老实，我的主帅？

奥瑟罗　老实！嗯，老实。

伊阿古　主帅，照我所知道的——

奥瑟罗　你有什么意见？

伊阿古　意见，我的主帅！

奥瑟罗　意见，我的主帅！天哪，他在学我的舌，好像在他的思想之中，藏着什么丑恶得不可见人的怪物似的。你的话里含着意思。刚才凯西奥离开我的妻子的时候，我听见你说，你不欢喜那种样子；你不欢喜什么样子呢？当我告诉你在我求婚的全部过程中，他都参预我们的秘密的时候，你又喊着说，“当真！”蹙紧了你的眉头，好像在把一个可怕的思想关锁在你的脑筋里一样。要是你爱我，把你所想到的事告诉我吧。

伊阿古　主帅，您知道我是爱您的。

奥瑟罗　我相信你的话，因为我知道你是一个忠爱正直的人，从来不让一句没有忖度过的话轻易出口，所以你这种吞吞吐吐的口气格外使我惊疑。在一个奸诈的小人，这些不过是一套玩惯了的戏法；可是在一个正人君子，那就是从心底里不知不觉自然流露出来的秘密的抗议。

伊阿古　讲到迈克尔·凯西奥，我敢发誓我相信他是忠实的。

奥瑟罗　我也是这样想。

伊阿古　人们的内心应该跟他们的外表一致，有的人却不是这样；要是他们能够脱下了假面，那就好了！

奥瑟罗　不错，人们的内心应该跟他们的外表一致。

伊阿古　所以我想凯西奥是个忠实的人。

奥瑟罗　不，我看你还有一些别的意思。请你老老实实把你的思想告诉我，尽管用最坏的字眼，说出你所想到的最坏的事情。

伊阿古　我的好主帅，请原谅我，凡是我名分上应尽的责任，我当然不敢躲避，可是您不能勉强我做那一切奴隶们也没有那种义务的事。吐露我的思想？也许它们是邪恶而卑劣的，哪一座庄严的宫殿里，不会有时被下贱的东西闯入呢？哪一个人的心胸这样纯洁，没有一些污秽的念头和正大的思想分庭抗礼呢？

奥瑟罗　伊阿古，要是你以为你的朋友受人欺侮了，可是却不让他知道你的思想，这不成了合谋卖友了吗？

伊阿古　也许我是以小人之腹度君子之心，因为我是一个秉性多疑的人，常常会无中生有，错怪了人家；所以请您还是不要把我的无稽的猜测放在心上，更不要因为我的胡乱的妄言而自寻烦恼。要是我让您知道了我的思想，一则将会破坏您的安静，对您没有什么好处；二则那会影响我的人格，对我也是一件不智之举。

奥瑟罗　你的话是什么意思？

伊阿古　我的好主帅，无论男人女人，名誉是他们灵魂里面最切身的珍宝。谁偷窃我的钱囊的，不过偷窃到一些废物，一些虚无的东西，它只是从我的手里转到他的手里，而它也曾做过千万人的奴隶；可是谁偷了我的名誉，那么他虽然并不因此而富足，我却因为失去它而成为赤贫了。

奥瑟罗　凭着上天起誓，我一定要知道你的思想。

伊阿古　即使我的心在您的手里，您也不能知道我的思想；当它还在我的保管之下，我更不能让您知道。

奥瑟罗　嘿！

伊阿古　啊，主帅，您要留心嫉妒啊！那是一个绿眼的妖魔，谁做了它的牺牲，就要受它的玩弄。本来并不爱他的妻子的那种丈夫，虽然明知被他的妻子欺骗，算来还是幸福的；可是，啊！一方面那样痴心疼爱，一方面又是那样满腹狐疑，这才是活活的受罪！

奥瑟罗　啊，难堪的痛苦！

伊阿古　贫穷而知足，可以赛过富有；有钱的人要是时时刻刻都在担心他会有一天变成穷人，那么即使他有无限的资财，实际上也像冬天一样贫困。天啊，保佑我们不要嫉妒吧！

奥瑟罗　咦，这是什么意思？你以为我会在嫉妒里消磨我的一生，随着每一次月亮的变化，发生一次新的猜疑吗？不，我有一天感到怀疑，就要把它立刻解决。要是我会让这种捕风捉影的推测支配我的心灵，像你所暗示的那样,我就是一头愚蠢的山羊。谁说我的妻子貌美多姿、爱好交际、口才敏慧、能歌善舞,又能弹一手好琴,决不会使我嫉妒;对于一个贤淑的女子,这些是锦上添花的美妙的外饰。我也绝不因为我自己的缺点而担心她会背叛我;她倘不是独具慧眼,决不会选中我的。不,伊阿古,我在没有亲眼看到以前,决不妄起猜疑;当我感到怀疑的时候,我就要把它证实;果然有了确实的证据,我就一了百了,让爱情和嫉妒同时毁灭。

伊阿古　您这番话使我听了很是高兴,因为我现在可以用更坦白的精神,向您披露我的忠爱之忱了。我还不能给您确实的证据。注意尊夫人的行动;留心观察她对凯西奥的态度;用冷静的眼光看着他们,不要一味多心,也不要过于大意。我不愿您的慷慨豪迈的天性被人欺罔;留心着吧。我知道我们国家的娘儿们的脾气;在威尼斯她们背着丈夫干的风流活剧,是不瞒天地的;她们可以不顾羞耻,干她们所要干的事,只要不让丈夫知道,就可以问心无愧。

奥瑟罗　你真的这样说吗?

伊阿古　她当初跟您结婚,曾经骗过她的父亲;当她好像对您的容貌颤栗畏惧的时候,她的心里却在热烈地爱着它。

奥瑟罗　她正是这样。

伊阿古　好,她这样小小的年纪,就有这般能耐,做作得不露一丝破绽,把她父亲的眼睛完全遮掩过去,使他疑心您用妖术把她骗走。——可是我不该说这种话;请您原谅我对您的过分的忠心吧。

奥瑟罗　我永远感激你的好意。

伊阿古　我看这件事情有点儿扫了您的兴致。

奥瑟罗　一点不,一点不。

伊阿古　真的,我怕您在气恼啦。我希望您把我这番话当作善意的警戒。可是我看您真的在动怒啦。我必须请求您不要因为我这么说了,就武断地下了结论;不过是一点嫌疑,还不能就认为事实哩。

奥瑟罗　我不会的。

伊阿古　您要是这样,主帅,那么我的话就要引起不幸的后果,完全违反我的本意了。凯西奥是我的好朋友——主帅,我看您在动怒啦。

奥瑟罗　不，并不怎么动怒。我想苔丝狄蒙娜是贞洁的。

伊阿古　但愿她永远如此！但愿您永远这样想！

奥瑟罗　可是一个人往往容易迷失本性——

伊阿古　嗯，问题就在这儿。说句大胆的话，当初多少跟她同国族、同肤色、同阶级的人向她求婚，她都置之不理，这明明是违反常情的举动。嘿！从这儿就可以看到一个荒唐的意志、乖僻的习性和不近人情的思想。可是原谅我，我不一定指着她说话；虽然我恐怕她因为一时的孟浪跟随了您，也许后来会觉得您在各方面不能符合她自己国中的标准而懊悔她的选择的错误。

奥瑟罗　再会，再会。要是你还观察到什么事，请让我知道；叫你的妻子留心察看。离开我，伊阿古。

伊阿古　（欲去）主帅，我告辞了。

奥瑟罗　我为什么要结婚呢？这个诚实的汉子所看到所知道的事情，一定比他向我宣布出来的多得多。

伊阿古　（回转）主帅，我想请您最好把这件事情搁一搁，慢慢儿再看吧。凯西奥虽然应该让他复职，因为他对于这一个职位是非常胜任的；可是您要是愿意对他暂时延宕一下，就可以借此窥探他的真相，看他钻的是哪一条门路。您只要注意尊夫人在您面前是不是着力替他说情；从那上头就可以看出不少情事。现在请您只把我的意见认作无谓的过虑——我相信我的确太多疑了——仍旧把尊夫人看成一个清白无罪的人。

奥瑟罗　你放心吧，我不会失去自制的。

伊阿古　那么我告辞了。（下）

奥瑟罗　这是一个非常诚实的家伙，对于人情世故是再熟悉不过的了。要是我能够证明她是一头没有驯伏的野鹰，虽然我用自己的心弦把她系住，我也要放她随风远去，追寻她自己的命运。也许因为我生得黑丑，缺少绅士们温柔风雅的谈吐，也许因为我年纪老了点儿——虽然还不算顶老——所以她才会背叛我；我已经自取其辱，只好割断对她这一段痴情。啊，结婚的烦恼！我们可以在名义上把这些可爱的人儿称为我们所有，却不能支配她们的爱憎喜恶；我宁愿做一只蛤蟆，呼吸牢室中的浊气，也不愿占住了自己心爱之物的一角，让别人把它享用。可是那是富贵者也不能幸免的灾祸,他们并不比贫贱者享有更多的特权;那是像死一样不可逃避的命运,我们一生下来就已经在冥冥中注定了的。瞧!她来了。倘然她是不贞的,啊!那么上天在开自己的玩笑了。我不信。

【苔丝狄蒙娜、爱米利娅重上。

苔丝狄蒙娜　啊,我的亲爱的奥瑟罗!您所宴请的那些岛上的贵人们都在等着您去入席哩。

奥瑟罗　是我失礼了。

苔丝狄蒙娜　您怎么说话这样没有劲?您不大舒服吗?

奥瑟罗　我有点儿头痛。

苔丝狄蒙娜　那一定是为了少睡的缘故,不要紧的,让我替您绑紧了,一小时内就可以痊愈。

奥瑟罗　你的手帕太小了。(苔丝狄蒙娜手帕坠地)随它去。来,我跟你一块儿进去。

苔丝狄蒙娜　您身子不舒服,我很懊恼。(奥瑟罗、苔丝狄蒙娜下)

爱米利娅　我很高兴我拾到了这方手帕,这是她从那摩尔人手里第一次得到的礼物。我那古怪的丈夫向我说过了不知多少好话,要我把它偷了来;可是她非常喜欢这玩意儿,因为他叫她永远保存,不许遗失,所以她随时带在身边,一个人的时候就拿出来把它亲吻,对它说话。我要去把那花样描下来,再把它送给伊阿古;究竟他拿去有什么用,天才知道,我可不知道。我只不过为了讨他的欢喜。

【伊阿古重上。

伊阿古　啊!你一个人在这儿干什么?

爱米利娅　不要骂,我有一件好东西给你。

伊阿古　一件好东西给我?一件不值钱的东西——

爱米利娅　嘿!

伊阿古　娶了一个愚蠢的老婆。

爱米利娅　啊!当真?要是我现在把那方手帕给了你,你给我什么东西?

伊阿古　什么手帕?

爱米利娅　什么手帕!就是那摩尔人第一次送给苔丝狄蒙娜,你老是叫我偷了来的那方手帕呀。

伊阿古　已经偷来了吗?

爱米利娅　不,不瞒你说,她自己不小心掉了下来,我正在旁边,趁此机会就把它拾起来了。瞧,这不是吗?

伊阿古　好婆娘,给我。

爱米利娅　你一定要我偷了它来,究竟有什么用?

伊阿古　哼,那干你什么事?(夺帕)

爱米利娅　要是没有重要的用途,还是把它还了我吧。可怜的夫人!她失去这方手帕,准要发疯了。

伊阿古　不要说出来,我自有用处。去,离开我。(爱米利娅下)我要把这手帕丢在凯西奥的寓所里,让他找到它。像空气一样轻的小事,对于一个嫉妒的人,也会变成天书一样坚强的确证;也许这就可以引起一场是非。这摩尔人为我的毒药所中,他的心理上已经发生变化了;危险的思想本来就是一种毒药,虽然在开始的时候尝不到什么苦涩的味道,可是渐渐在血液里活动起来,就会像火山一样轰然爆发。

【奥瑟罗重上。

伊阿古　我已经说过了,瞧,他又来了!罂粟,曼陀罗,或是世上一切使人昏迷的药草,都不能使你得到昨天晚上你还安然享受的酣眠。

奥瑟罗　嘿!嘿!对我不贞?

伊阿古　啊,怎么,主帅!别老是想着那件事啦。

奥瑟罗　去!滚开!你害得我好苦。与其知道得不明不白,还是糊里糊涂受人家欺弄的好。

伊阿古　怎么,主帅!

奥瑟罗　她瞒着我跟人家私通,我不是一无知觉的吗?我没有看见,没有想到,它对我漠不相干;到了晚上,我还是睡得好好的,逍遥自得,无忧无虑,在她的嘴唇上找不到凯西奥吻过的痕迹。被盗的人要是不知道偷儿盗去了他什么东西,他就是等于没有被盗一样。

伊阿古　我很抱歉听见您说这样的话。

奥瑟罗　要是全营的将士,从最低微的工兵起,都曾领略过她的肉体的美趣,只要我一无所知,我还是快乐的。啊!从今以后,永别了,宁静的心

绪！永别了，平和的幸福！永别了，威武的大军、激发壮志的战争！啊，永别了！永别了，长嘶的骏马、锐厉的号角、惊魂的鼙鼓、刺耳的横笛、庄严的大旗和一切战阵上的威仪！还有你，杀人的巨炮啊，你的残暴的喉管里摹仿着天神乔武的怒吼，永别了！奥瑟罗的事业已经完毕。

伊阿古　难道一至于此吗，主帅？

奥瑟罗　恶人，你必须证明我的爱人是一个淫妇，（掐住伊阿古的喉咙）你必须给我目击的证据；否则凭着人类永生的灵魂起誓，我的激起了的怒火将要喷射在你的身上，使你悔恨自己当初不曾投胎做一条狗！

伊阿古　竟会到了这样的地步吗？

奥瑟罗　让我亲眼看见这种事实，或者至少给我无可置疑的切实的证据，否则我要活活取你的命！

伊阿古　尊贵的主帅——

奥瑟罗　你要是故意捏造谣言，毁坏她的名誉，使我受到难堪的痛苦，那么你再不要祈祷吧；放弃一切恻隐之心，让各种可怕的罪恶丛集于你的一身，尽管做一些使上天悲泣、使人世惊愕的暴行吧，因为你现在已经罪大恶极，没有什么可以使你在地狱里沉沦得更深了。

伊阿古　天啊！您是一个汉子吗？您有灵魂吗？您有知觉吗？上帝和您同在！我也不要做这捞什子的旗官了。啊，倒霉的傻瓜！你以为自己是个老实人，人家却把你的老实当作了罪恶！啊，丑恶的世界！注意，注意，世人啊！说老实话，做老实人，是一件危险的事哩。谢谢您给我这一个有益的教训；既然善意反而遭人嗔怪，从此以后，我再也不对什么朋友掬献我的真情了。

奥瑟罗　不，且慢，你应该做一个老实的人。

伊阿古　我应该做一个聪明人；因为老实人就是傻瓜，虽然一片好心，结果还是不能取信于人。

奥瑟罗　我想我的妻子是贞洁的，可是又疑心她不大贞洁；我想你是诚实的，可是又疑心你不大诚实。我一定要得到一些证据。她的名誉本来是像狄安娜的容颜一样皎洁的，现在已经染上污垢，像我自己的脸庞一样黝黑了。要是这儿有绳子、刀子、毒药、火焰或是使人窒息的河水，我一定不能忍受下去。但愿我能够扫空这一块疑团！

伊阿古　主帅,我看您完全被感情所支配了。我很后悔不该惹起您的疑心。那么您愿意知道究竟吗?

奥瑟罗　愿意!嘿,我一定要知道。

伊阿古　那倒是可以的;可是怎样去知道它呢,主帅?您要眼睁睁地当场看她被人按倒在地吗?

奥瑟罗　啊!该死该死!

伊阿古　叫他们当场表演,我想很不容易;非要捉奸在床,才收拾他俩,这很不容易。那么怎么样呢?那么又怎么办呢?我应该怎么说呢?怎样才可以拿到真凭实据?即使他们像山羊一样风骚、猴子一样好色、豺狼一样贪淫,即使他们是糊涂透顶的傻瓜,您也看不到他们这一幕把戏。可是我说,有了确凿的线索,就可以探出事实的真相;要是这一类间接的旁证可以替您解除疑惑,那倒是不难得到的。

奥瑟罗　给我一个充分的理由,证明她已经失节。

伊阿古　我不喜欢这件差使;可是既然愚蠢的忠心已经把我拉进了这一桩纠纷里去,我也不能再守沉默了。最近我曾经和凯西奥同过榻。我因为牙痛不能入睡;世上有一种人,他们的灵魂是不能保守秘密的,往往会在睡梦之中吐露他们的私事,凯西奥也就是这一种人。我听见他在梦寐中说,"亲爱的苔丝狄蒙娜,我们须要小心,不要让别人窥破了我们的爱情!"于是,主帅,他就紧紧地捏住我的手,嘴里喊,"啊,可爱的人儿!"然后狠狠地吻着我,好像那些吻是长在我的嘴唇上,他恨不得把它们连根拔起一样;然后他又把他的脚搁在我的大腿上,叹一口气,亲一个吻,喊一声"该死的命运,把你给了那摩尔人!"

奥瑟罗　啊,可恶!可恶!

伊阿古　不,这不过是他的梦。

奥瑟罗　虽然只是一个梦,事情一定是做出来了。

伊阿古　这确实非常可疑;这也许可以进一步证实其他的疑窦。

奥瑟罗　我要把她碎尸万段。

伊阿古　不,您不能太鲁莽了。我们还没有看见实际的行动,也许她还是贞洁的。告诉我这一点:您有没有看见过在尊夫人的手里有一方绣着草莓花样的手帕?

奥瑟罗　我给过她这样一方手帕，那是我第一次送给她的礼物。

伊阿古　那我不知道，可是今天我看见凯西奥用这样一方手帕抹他的胡子，我相信它一定就是尊夫人的。

奥瑟罗　假如就是那一方手帕——

伊阿古　假如就是那一方手帕，或者是她所用过的其他手帕，那么又是一个对她不利的证据了。

奥瑟罗　啊，我但愿那家伙有四万条生命！单单让他死一次是发泄不了我的愤怒的。现在我明白这件事情全然是真的了。瞧，伊阿古，我把我的全部痴情向天空中吹散；它已经随风消失了。黑暗的复仇，从你的幽窟之中升起来吧！爱情啊，把你的王冠和你的心灵深处的宝座让给残暴的憎恨吧！膨胀起来吧，我的胸膛，因为你已经满载着毒蛇的螫舌！

伊阿古　请不要发恼。

奥瑟罗　啊，血！血！血！

伊阿古　忍耐点儿吧，也许您的意见会改变过来的。

奥瑟罗　决不，伊阿古。正像黑海的寒涛滚滚奔流，冲进马尔马拉海，直抵达达尼尔海峡，永远不会后退，我的风驰电掣的流血的思想，在复仇的目的没有充分达到以前，也决不会踟蹰却顾，化为绕指的柔情。（跪）苍天在上，我倘不能报复这奇耻大辱，誓不偷生人世。

伊阿古　且慢起来。（跪）永古炳耀的日月星辰，环抱宇宙的风云雨雾，请你们为我作证：从现在起，伊阿古愿意尽心竭力，为被欺的奥瑟罗效劳；无论他叫我做什么残忍的工作，我都唯命是从，当它是一桩善举。

奥瑟罗　我不用空口的感谢接受你的好意，为了表示我的诚心的嘉纳，我要请你立刻履行你的诺言：在这三天以内，让我听见你说凯西奥已经不在人世。

伊阿古　我的朋友的死已经决定了，因为这是您的意旨；可是放她活命吧。

奥瑟罗　该死的淫妇！啊，咒死她！来，跟我去，我要为这美貌的魔鬼想出一个干脆的死法。现在你是我的副将了。

伊阿古　我永远是您的忠仆。（同下）

第四场 城 堡 前

【苔丝狄蒙娜、爱米利娅及小丑上。

苔丝狄蒙娜 喂,你知道凯西奥副将家在哪儿吗?

小丑 我可不敢说他“假”在哪儿。

苔丝狄蒙娜 为什么?

小丑 他一个军人,说军人“假”,还不得挨他一刀。

苔丝狄蒙娜 行了! 他住在哪儿?

小丑 我要告诉你他住哪儿,我就露出我“假”在哪儿了。

苔丝狄蒙娜 没头没脑的,什么意思?

小丑 我就不知道他住在哪儿。要是乱安排一个地方,说他“假”在这儿,“假”在那儿,那就是存心说“假”话了。

苔丝狄蒙娜 你可以打听打听他在什么地方呀。

小丑 好,我就去到处打听人家,就是盘问人家,看他们怎么回答我。

苔丝狄蒙娜 找到了他,你就叫他到这儿来,对他说我已经替他在将军面前说过情了,大概可以得到圆满的结果。

小丑 干这件事是一个人的智力所能及的,所以我愿意去干它一下。(下)

苔丝狄蒙娜 我究竟在什么地方掉了那方手帕呢,爱米利娅?

爱米利娅 我不知道,夫人。

苔丝狄蒙娜 相信我,我宁愿失去我的一袋金币。倘然我的摩尔人不是这样一个光明磊落的汉子,倘然他也像那些多疑善妒的卑鄙男人一样,这是很可能引起他的疑心的。

爱米利娅 他不会嫉妒吗?

苔丝狄蒙娜 谁! 他? 我想在他生长的地方,那灼热的阳光已经把这种气质完全从他身上吸去了。

爱米利娅 瞧! 他来了。

苔丝狄蒙娜 我在他没有跟凯西奥当面谈话以前,决不离开他一步。

【奥瑟罗上。

苔丝狄蒙娜　您好吗，我的主？

奥瑟罗　好，我的好夫人。（旁白）啊，装假脸真不容易！——你好，苔丝狄蒙娜？

苔丝狄蒙娜　我好，我的好夫君。

奥瑟罗　把你的手给我。这手很潮润呢，我的夫人。

苔丝狄蒙娜　它还没有感到老年的侵袭，没有受过忧伤的损害。

奥瑟罗　这一只手表明它的主人是多育子女而心肠慷慨的；这么热，这么潮。奉劝夫人努力克制邪心，常常斋戒祷告，反身自责，礼拜神明，因为这儿有一个年少风流的魔鬼，惯会在人们血液里捣乱。这是一只好手，一只很慷慨的手。

苔丝狄蒙娜　您真的可以这样说，因为就是这一只手把我的心献给您的。

奥瑟罗　一只慷慨的手。从前的姑娘把手给人，同时把心也一起给了他；现在时世变了，得到一位姑娘的手的，不一定能够得到她的心。

苔丝狄蒙娜　这种话我不会说。来，您答应我的事怎么样啦？

奥瑟罗　我答应你什么，乖乖？

苔丝狄蒙娜　我已经叫人去请凯西奥来跟您谈谈了。

奥瑟罗　我的眼睛有些胀痛，老是淌着眼泪。把你的手帕借给我用一用。

苔丝狄蒙娜　这儿，我的主。

奥瑟罗　我给你的那一方呢？

苔丝狄蒙娜　我没有带在身边。

奥瑟罗　没有带？

苔丝狄蒙娜　真的没有带，我的主。

奥瑟罗　那你可错了。那方手帕是一个埃及女人送给我的母亲的；她是一个能够洞察人心的女巫，她对我的母亲说，当她保存着这方手帕的时候，它可以使她得到我的父亲的欢心，享受专房的爱宠，可是她要是失去了它，或是把它送给旁人，我的父亲就要对她发生憎厌，他的心就要另觅新欢了。她在临死的时候把它传给我，叫我有了妻子以后，就把它交给新妇。我遵照她的吩咐给了你，所以你必须格外小心，珍惜它像珍惜你自己宝贵的眼睛一样；万一失去了，或是送给别人，那就难免遭到一场无比的灾祸。

苔丝狄蒙娜　真会有这种事吗？

奥瑟罗　真的，这一方小小的手帕，却有神奇的魔力织在里面：它是一个二百岁的神巫在一阵心血来潮的时候缝就的；它那一缕缕的丝线，也不是世间的凡蚕所吐；织成以后，它曾经在用处女的心炼成的丹液里浸过。

苔丝狄蒙娜　当真！这是真的吗？

奥瑟罗　绝对的真实，所以留心藏好它吧。

苔丝狄蒙娜　上帝啊，但愿我从来没有见过它！

奥瑟罗　嘿！为什么？

苔丝狄蒙娜　您为什么说得这样暴躁？

奥瑟罗　它已经失去了吗？不见了吗？说，它是不是已经丢了？

苔丝狄蒙娜　上天保佑我们！

奥瑟罗　你说。

苔丝狄蒙娜　它没有失去；可是要是失去了，那可怎么样呢？

奥瑟罗　怎么！

苔丝狄蒙娜　我说它没有失去。

奥瑟罗　去把它拿来给我看。

苔丝狄蒙娜　我可以去把它拿来，可是现在我不高兴。这是一个诡计，要想把我的要求赖了过去。请您把凯西奥重新录用了吧。

奥瑟罗　给我把那手帕拿来。我疑心起来了。

苔丝狄蒙娜　得啦，得啦，您再也找不到一个比他更能干的人。

奥瑟罗　手帕！

苔丝狄蒙娜　请您还是跟我谈谈凯西奥的事情吧。

奥瑟罗　手帕！

苔丝狄蒙娜　他一向受您的眷爱，跟着您同甘共苦，历尽艰辛——

奥瑟罗　手帕！

苔丝狄蒙娜　凭良心说，您也太不该。

奥瑟罗　去！（下）

爱米利娅　这个人在嫉妒吗？

苔丝狄蒙娜　我从来没有见过他像这样子。这手帕一定有些不可思议的魔力，我真倒霉把它丢了。

爱米利娅　好的男人一两年里头也难得碰见一个。男人是一只胃，我们是一块肉；他们贪婪地把我们吞下去，吃饱了，就把我们呕出来。您瞧！凯西奥跟我的丈夫来啦。

【伊阿古及凯西奥上。

伊阿古　没有别的法子，只好央求她出力。瞧！好运气！去求求她吧。

苔丝狄蒙娜　啊，好凯西奥！您有什么见教？

凯西奥　夫人，我还是要向您重提我原来的请求，希望您发挥鼎力，让我重做一个人，能够在我所尊敬的主帅麾下再邀恩眷。我不能这样延宕下去了。假如我果然罪大恶极，无论过去的微劳、现在的悔恨，或是将来立功自赎的决心，都不能博取他的矜怜宽谅，那么我也希望得到一个明白的答复，我就死心塌地，向别处去乞讨命运的布施了。

苔丝狄蒙娜　唉，善良的凯西奥！我的话已经变成刺耳的烦渎了；我的丈夫已经不是我的丈夫，要是他的面貌也像他的脾气一样改变，我简直要不认识他了。愿神灵保佑我！我已经尽力替您说话；为了我的言辞的戆拙，我已经遭到他的憎怒。您必须暂时忍守，只要是我力量所及的事，我都愿意为您一试；请您相信我，倘然那是我自己的事情，我也不会这样热心的。

伊阿古　主帅发怒了吗？

爱米利娅　他刚才从这儿走开去，他的神气暴躁异常。

伊阿古　他会发怒吗？我曾经看见大炮冲散他的队伍，像魔鬼一样把他的兄弟从他身边轰掉，他仍旧不动声色。他也会发怒吗？那么一定出了什么重大的事情啦。我要去看看他。他要是发怒，一定有些缘故。

苔丝狄蒙娜　请你就去吧。（伊阿古下）一定是什么国家大事，或是他在这儿塞浦路斯发现了什么秘密的阴谋，扰乱了他的清明的神志。人们在这种情形之下，往往会为了一点点小事而生气，虽然实际激怒他们的却是其他更大的原因。正是这样，我们一个指头疼痛的时候，全身都会觉得难受。我们不能把男人当作完善的天神，也不能希望他们永远像新婚之夜那样殷勤体贴。爱米利娅，我真该死，会在心里抱怨他的无情；现在我才觉悟我是错怪他了。

爱米利娅　谢天谢地，但愿果然像您所想的，是为了些国家的事情，不是因为对您起了疑心。

苔丝狄蒙娜　唉！我从来没有给过他一些可以使他怀疑的理由。

爱米利娅　可是多疑的人是不会因此而满足的。他们往往不是因为有了什么理由而嫉妒，只是为了嫉妒而嫉妒，那是一个凭空而来，自生自长的怪物。

苔丝狄蒙娜　愿上天保佑奥瑟罗，不要让这怪物钻进他的心！

爱米利娅　阿门，夫人。

苔丝狄蒙娜　我去找他去。凯西奥，您在这儿走走；要是我看见他可以说话，我会向他提起您的请求，尽力给您转圜就是了。

凯西奥　多谢夫人。（苔丝狄蒙娜、爱米利娅下）

【比恩卡上。

比恩卡　你好，好凯西奥！

凯西奥　你怎么不在家里？你好，我的最娇美的比恩卡？不骗你，亲爱的，我正要到你家里来呢。

比恩卡　我也是要到你的尊寓里去的，凯西奥。怎么！一个星期不来看我？七天七夜！一百六十八个小时！在相思里挨过的时辰，比时钟上是要慢八十倍的。啊，这一笔算不清的糊涂账！

凯西奥　对不起，比恩卡，这几天来我实在心事太重，改日加倍补答你就是了。亲爱的比恩卡，（以苔丝狄蒙娜手帕授比恩卡）替我把这手帕上的花样描下来。

比恩卡　啊，凯西奥！这是什么地方来的？这一定是哪个新相好送给你的礼物；我现在明白你不来看我的缘故了。有这等事吗？好，好。

凯西奥　得啦，女人！把你这种瞎疑心丢还给魔鬼吧。你在吃醋了，你以为这是什么情人送给我的纪念品，不，凭着我的良心发誓，比恩卡。

比恩卡　那么这是谁的？

凯西奥　我不知道，爱人，我在寝室里找到它。那花样我很喜欢，我想趁失主没有来问我讨还以前，把它描了下来。请你拿去给我描一描。现在请你暂时离开我。

比恩卡　离开你！为什么？

凯西奥　我在这儿等候主帅到来，让他看见我有女人陪着，恐怕不大方便。

比恩卡　为什么？我倒要请问。

凯西奥　不是因为我不爱你。

比恩卡　就是因为你不爱我。请你陪我略走一段路，告诉我今天晚上你来不来看我。

凯西奥　我只能陪你略走几步，因为我在这儿等着人，可是我就会来看你的。

比恩卡　那很好，我也不能勉强你。（各下）

第四幕

第一场　塞浦路斯。城堡前

【奥瑟罗及伊阿古上。

伊阿古　你难道是这样想的吗?

奥瑟罗　这样想什么,伊阿古?

伊阿古　什么!背着人接吻?

奥瑟罗　这样的接吻是为礼法所不许的。

伊阿古　脱光了衣服,和她的朋友睡在一床,经过一个多小时,却一点不起邪念?

奥瑟罗　伊阿古,脱光衣服睡在床上,还会不起邪念!这明明是对魔鬼的假意矜持;他们的本心是规矩的,可偏是做出了这种勾当;魔鬼欺骗了这两个规规矩矩的人,而他们就去欺骗上天。

伊阿古　要是他们不及于乱,那还不过是一个小小的过失;可是假如我把一方手帕给了我的妻子——

奥瑟罗　给了她便怎样?

伊阿古　啊,主帅,那时候它就是她的东西了;既然是她的东西,我想她可以把它送给无论什么人的。

奥瑟罗　她的贞操也是她自己的东西,她也可以把它送给无论什么人吗?

伊阿古　她的贞操是一种看不见摸不着的品质。世上有多少被公认为是有贞操的人其实并不具备贞操的品质，可是讲到那方手帕——

奥瑟罗　天哪，我但愿忘记那句话！你说——啊！它笼罩着我的记忆，就像预兆不祥的乌鸦在一座染疫的屋顶上回旋一样——你说我的手帕在他的手里。

伊阿古　是的，在他手里便怎么样？

奥瑟罗　那可不大好。

伊阿古　什么！要是我说我看见他干那对不住您的事？或是听见他说——世上尽多那种家伙，他们靠着死命的追求征服了一个女人，或者得到什么情妇的自动的垂青，就禁不住到处向人吹——

奥瑟罗　他说过什么话吗？

伊阿古　说过的，主帅，可是您放心吧，他说过的话，他都可以发誓否认的。

奥瑟罗　他说过些什么？

伊阿古　他说，他曾经——我不知道他曾经干些什么事。

奥瑟罗　什么？什么？

伊阿古　跟她睡——

奥瑟罗　在一床？

伊阿古　睡在一床，睡在她的身上；随您怎么说吧。

奥瑟罗　跟她睡在一床！睡在她的身上！说睡在她身上岂不是诽谤她。该死！岂有此理！手帕——口供——手帕！叫他招供了，再把他吊死。先把他吊起来，然后叫他招供。我一想起就气得发抖。人们总是有了某种感应，阴暗的情绪才会笼罩他的心灵；一两句空洞的说话是不能给我这样大的震动的。呸！磨鼻子，咬耳朵，吮嘴唇。会有这样的事吗？口供！——手帕！——啊，魔鬼！（晕倒）

伊阿古　显出你的效力来吧，我的妙药，显出你的效力来吧！轻信的愚人是这样落进了圈套；许多贞洁贤淑的娘儿们，都是这样蒙上了不白之冤。喂，主帅！主帅！奥瑟罗！

【凯西奥上。

伊阿古　啊，凯西奥！

凯西奥　怎么一回事？

伊阿古　咱们大帅发起癫痫来了。这是他第二次发作，昨天他也发过一次。

凯西奥　在他太阳穴上摩擦摩擦。

伊阿古　不，不行，他这种昏迷状态，必须保持安静；要不然的话，他就要嘴里冒出白沫，慢慢儿会发起疯狂来的。瞧！他在动了。你暂时走开一下，他就会恢复原状的。等他走了以后，我还有要紧的话儿跟你说。（凯西奥下）怎么啦，主帅？您没有跌痛您的头吗？

奥瑟罗　你在讥笑我吗？

伊阿古　我讥笑您！不，没有这样的事！我愿您像一个大丈夫似的忍受命运的播弄。

奥瑟罗　顶上了绿头巾，还好算是一个人吗？

伊阿古　在一座热闹的城市里，这种不好算人的人多着呢。

奥瑟罗　他自己公然承认了吗？

伊阿古　主帅，您看破一点吧；您只要想一想，哪一个有家室的须眉男子，没有遭到跟您同样命运的可能？世上不知有多少男人，他们的卧榻上容留过无数素昧平生的人，他们自己还满以为这是一块私人的禁地哩。您的情形还不算顶坏。啊！这是最刻毒的恶作剧，魔鬼的最大的玩笑，让一个男人安安心心地搂着一个荡妇亲嘴，还以为她是一个三贞九烈的女人！不，我要睁开眼先看清我自己是个什么东西，我也就看准了该拿她怎么办。

奥瑟罗　啊！你是个聪明人，你说得一点不错。

伊阿古　现在请您暂时站在一旁，竭力耐住您的怒气。刚才您恼得昏过去的时候，凯西奥曾经到这儿来过；我告诉他您不省人事是因为一时不适，把他打发走了，叫他过一会儿再来跟我谈谈；他已经答应我了。您只要找一处所在躲一躲，就可以看见他满脸得意忘形、冷嘲热讽的神气；因为我要叫他从头叙述他历次跟尊夫人相会的情形，还要问他重温好梦的时间和地点。您留心看看他那副表情吧。可是不要气恼；否则我就要说您一味意气用事，一点没有大丈夫的气概啦。

奥瑟罗　告诉你吧，伊阿古，我会很巧妙地不动声色；可是，你听着，我也会包藏一颗最可怕的杀心。

伊阿古　那很好，可是什么事都要看准时机。您走远一步吧。（奥瑟罗退后）现在我要向凯西奥谈起比恩卡，一个靠着出卖风情维持生活的雌儿；她热恋着凯西奥;这也是娼妓们的报应,往往她们迷惑了多少的男子,结果却被一个男人迷昏了心。他一听见她的名字,就会忍不住捧腹大笑。他来了。

【凯西奥重上。

伊阿古　他一笑起来,奥瑟罗就会发疯;可怜的凯西奥的嬉笑的神情和轻狂的举止,在他那充满着无知的嫉妒的心头,一定可以引起严重的误会。——您好,副将?

凯西奥　我因为丢掉了这个头衔,正在懊恼得要死,你却还要这样称呼我。

伊阿古　在苔丝狄蒙娜跟前多说几句央求的话,包你原官起用。(低声)要是这件事情换在比恩卡手里,早就不成问题了。

凯西奥　唉,可怜虫!

奥瑟罗　瞧!他已经在笑起来啦!

伊阿古　我从来不知道一个女人会这样爱一个男人。

凯西奥　唉,小东西!我看她倒是真的爱我。

奥瑟罗　他并不坚决否认,还笑个不停。

伊阿古　你听见吗,凯西奥?

奥瑟罗　现在他在要求他宣布经过情形啦。说下去,很好,很好。

伊阿古　她向人家说你将要跟她结婚,你有这个意思吗?

凯西奥　哈哈哈!

奥瑟罗　你这样得意吗,好家伙,你这样得意吗?

凯西奥　我跟她结婚!什么?一个卖淫妇?对不起,你不要这样看轻我,我还不至于糊涂到这等地步哩。哈哈哈!

奥瑟罗　好,好,好,好。得胜的人才会笑逐颜开。

伊阿古　不骗你,人家都在说你将要跟她结婚。

凯西奥　对不起,别说笑话啦。

伊阿古　我要是骗了你,我就是个大大的浑蛋。

凯西奥　一派胡说!她自己一厢情愿,相信我会跟她结婚;我可没有答应她。

奥瑟罗　伊阿古在向我打招呼。现在他开始讲他的故事啦。

凯西奥　她刚才还在这儿,她到处缠着我。前天我正在海边上跟几个威尼斯人谈话，那傻东西就来啦，不瞒你说，她这样攀住我的颈项——

奥瑟罗　（旁白）叫一声“啊，亲爱的凯西奥！”我可以从他的表情之间猜得出来。

凯西奥　她这样拉住我的衣服，靠在我的怀里，哭个不停，还这样把我拖来拖去，哈哈哈！

奥瑟罗　现在他在讲她怎样把他拖到我的寝室里去啦。啊！我看见你的鼻子，可是不知道应该把它丢给那一条狗吃。

凯西奥　好，我只好离开她。

伊阿古　啊！瞧，她来了。

凯西奥　好一头抹香粉的臭猫！

【比恩卡上。

凯西奥　你这样到处盯着我不放，算是什么呀？

比恩卡　让魔鬼跟他的老娘盯着你吧！你刚才给我的那方手帕算是什么意思？我是个大傻瓜，才会把它收了下来。叫我描下那花样！好看的花样真多，居然你在你的寝室里找到它，却不知道谁把它丢在那边！这一定是哪一个贱丫头送给你的东西，却叫我描下它的花样来！拿去，还给你那个相好吧；随你从什么地方得到这方手帕，我可不高兴描下它的花样。

凯西奥　怎么，我的亲爱的比恩卡！怎么啦！怎么啦！

奥瑟罗　天哪，那该是我的手帕哩！

比恩卡　今天晚上你要是愿意来吃饭，尽管来吧；要是不愿意来，等你下回有兴致的时候再来吧。（下）

伊阿古　追上去，追上去。

凯西奥　真的，我必须追上去，否则她会沿街骂人的。

伊阿古　你预备到她家里去吃饭吗？

凯西奥　是的，我想去。

伊阿古　好，也许我会再碰见你，因为我很想跟你谈谈。

凯西奥　请你一定来吧。

伊阿古　得了，别多说啦。（凯西奥下）

奥瑟罗　（趋前）伊阿古，我应该怎样杀死他？

伊阿古　您看见他一听到人家提起他的丑事，就笑得多么高兴吗？

奥瑟罗　啊，伊阿古！

伊阿古　您还看见那方手帕吗？

奥瑟罗　那就是我的吗？

伊阿古　我可以举手起誓，那是您的。瞧他多么看得起您那位痴心的太太！她把手帕送给他，他却拿去给了他的娼妇。

奥瑟罗　我要用九年的时间慢慢儿折磨死他。一个高雅的女人！一个美貌的女人！一个温柔的女人！

伊阿古　不，您必须忘掉那些。

奥瑟罗　嗯，让她今夜腐烂、死亡、堕入地狱吧，因为她不能再活在世上。不，我的心已经变成铁石了；我打它，反而打痛了我的手。啊！世上没有一个比她更可爱的东西；她可以睡在一个皇帝的身边，命令他干无论什么事。

伊阿古　您素来不是这个样子的。

奥瑟罗　让她死吧！我不过说她是怎么样的一个人。她的针线活儿是这样精妙！一个出色的音乐家！啊，她唱起歌来，可以驯伏一头野熊的心！她的心思才智，又是这样敏慧多能！

伊阿古　唯其这样多才多艺，干出这种丑事来，才格外叫人气恼。

奥瑟罗　啊！一千倍，一千倍的可恼！而且她的性格又是这样温柔！

伊阿古　嗯，太温柔了。

奥瑟罗　对啦，一点不错。可是，伊阿古，可惜！啊！伊阿古！伊阿古！太可惜啦！

伊阿古　要是您对于一个失节之妇，还是这样恋恋不舍，那么索性采取放任主义吧；因为既然您自己也不以为意，当然更不干别人的事。

奥瑟罗　我要把她剁成一堆肉酱。叫我当一个王八！

伊阿古　啊，她太不顾羞耻啦！

奥瑟罗　跟我的部将通奸！

伊阿古　那尤其可恶。

奥瑟罗　给我弄些毒药来，伊阿古，今天晚上。我不想跟她多费唇舌，免得她的肉体和美貌再打动了我的心。今天晚上，伊阿古。

伊阿古　不要用毒药,在她床上扼死她,就在那被她玷污了的床上。

奥瑟罗　好,好,那是一个大快人心的处置,很好。

伊阿古　至于凯西奥,让我去取他的命吧。您在午夜前后,一定可以听到消息。

奥瑟罗　好极了。(喇叭声)那是什么喇叭的声音?

伊阿古　一定是从威尼斯来了什么人。——是罗多维科奉公爵之命到这儿来了。瞧,您那位太太也跟他在一起。

【罗多维科、苔丝狄蒙娜及侍从等上。

罗多维科　上帝保佑您,尊贵的将军!

奥瑟罗　祝福您,大人。

罗多维科　公爵和威尼斯的元老们问候您安好。(以信交奥瑟罗)

奥瑟罗　我敬吻他们的恩命。(拆信阅读)

苔丝狄蒙娜　罗多维科大哥,威尼斯有什么消息?

伊阿古　我很高兴看见您,大人,欢迎您到塞浦路斯来!

罗多维科　谢谢。凯西奥副将好吗?

伊阿古　他还健在,大人。

苔丝狄蒙娜　大哥,他跟我的丈夫闹了点儿别扭;可是您可以使他们言归于好。

奥瑟罗　你有把握吗?

苔丝狄蒙娜　您怎么说,我的主?

奥瑟罗　(读信)"务必照办为要,不得有误。——"

罗多维科　他没有回答,他正在忙着读信。将军跟凯西奥果然有了意见吗?

苔丝狄蒙娜　有了很不幸的意见;为了我对凯西奥所抱的好感,我很愿意尽力调解他们。

奥瑟罗　该死!

苔丝狄蒙娜　您怎么说,我的主?

奥瑟罗　你聪明吗?

苔丝狄蒙娜　什么!他生气了吗?

罗多维科　也许这封信激动了他;因为照我猜想起来,他们是要召唤他回国,叫凯西奥代理他的职务。

苔丝狄蒙娜　真的吗？那好极了。

奥瑟罗　当真？

苔丝狄蒙娜　您怎么说，我的主？

奥瑟罗　你要是发了疯，我才高兴。

苔丝狄蒙娜　为什么，亲爱的奥瑟罗？

奥瑟罗　魔鬼！（击苔丝狄蒙娜）

苔丝狄蒙娜　我没有错处，您不该这样对待我。

罗多维科　将军，我要是把这回事情告诉威尼斯人，即使发誓说我亲眼看见，他们也一定不会相信我。这太过分了，向她赔罪吧，她在哭了。

奥瑟罗　啊，魔鬼！魔鬼！要是妇人的眼泪有孳生化育的力量，她的每一滴泪都会变成一条鳄鱼。走开，不要让我看见你！

苔丝狄蒙娜　我不愿留在这儿害您生气。（欲去）

罗多维科　真是一位顺从的夫人。将军，请您叫她回来吧。

奥瑟罗　夫人！

苔丝狄蒙娜　我的主？

奥瑟罗　大人，您要跟她说些什么话？

罗多维科　谁？我吗，将军？

奥瑟罗　嗯，您要我叫她回转来，现在她转过来了。她会转来转去，走一步路回一个身；她还会哭，大人，她还会哭；她是非常顺从的，正像您所说，非常顺从。尽管流你的眼泪吧。大人，这信上的意思——好一股装腔作势的劲儿！——是要叫我回去。——你去吧，等会儿我再叫人来唤你。——大人，我服从他们的命令，不日就可以束装上道，回到威尼斯去。——去！滚开！（苔丝狄蒙娜下）凯西奥可以接替我的位置。今天晚上，大人，我还要请您赏光便饭。欢迎您到塞浦路斯来！——山羊和猴子！（下）

罗多维科　这就是为我们整个元老院所同声赞叹，称为全才全德的那位英勇的摩尔人吗？这就是那喜怒之情不能把它震撼的高贵的天性吗？那命运的箭矢不能把它擦伤穿破的坚定的德操吗？

伊阿古　他已经大大变了样子啦。

罗多维科　他的头脑没有毛病吗？他的神经是不是有点错乱？

伊阿古　他就是这个样子，我可不愿说他该是怎么个样子。要是他没有他应该有的样子，老天保佑他有吧！

罗多维科　什么！打他的妻子！

伊阿古　真的，那可不大好；可是我但愿知道他对她没有比这更暴虐的行为！

罗多维科　他一向都是这样的吗？还是因为信上的话激怒了他，所以才会有这种以前所没有的过失？

伊阿古　唉！唉！按着我的地位，我实在不便把我所看见所知道的一切说出口来。您不妨留心注意他，他自己的行动就可以说明一切，用不到我多说了。请您跟上去，看他还有些什么花样做出来。

罗多维科　他竟是这样一个人，真使我大失所望啊。（同下）

第二场　城堡中一室

【奥瑟罗及爱米利娅上。

奥瑟罗　那么你没有看见什么吗？

爱米利娅　没有看见，没有听见，也没有疑心到。

奥瑟罗　你不是看见凯西奥跟她在一起吗？

爱米利娅　可是我不知道那有什么不对，而且我听见他们两人所说的每一个字。

奥瑟罗　什么！他们从来不曾低声耳语吗？

爱米利娅　从来没有，将军。

奥瑟罗　也不曾打发你走开吗？

爱米利娅　没有。

奥瑟罗　没有叫你去替她拿扇子、手套、面罩，或是什么东西吗？

爱米利娅　没有，将军。

奥瑟罗　那可奇了。

爱米利娅　将军，我敢用我的灵魂打赌她是贞洁的。要是您疑心她有非礼的行为，赶快除掉这种思想吧，因为那是您心理上的一个污点。要是哪一个浑蛋把这种思想放进您的脑袋里，让上天罚他变成一条蛇，受永远的诅咒！假如她不是贞洁、贤淑而忠诚的，那么世上没有一个幸福的男人了；最纯洁的妻子，也会变成最丑恶的淫妇。

奥瑟罗　叫她到这儿来，去。（爱米利娅下）她的话说得很动听，可是这种惯拉皮条的人，谁都是天生的利嘴。这是一个狡猾的淫妇，一肚子千刁万恶，当着人却会跪下来向天祈祷。我看见过她这一种手段。

【爱米利娅偕苔丝狄蒙娜重上。

苔丝狄蒙娜　我的主，您有什么吩咐？

奥瑟罗　过来，乖乖。

苔丝狄蒙娜　您要我怎么样？

奥瑟罗　让我看看你的眼睛。瞧着我的脸。

苔丝狄蒙娜　这是什么古怪的念头？

奥瑟罗　（向爱米利娅）你去干你的事吧，奶奶，把门关了，让我们两人在这儿谈谈心。要是有人来了，你就在门口咳嗽一声。干你的贵营生去吧，快，快！（爱米利娅下）

苔丝狄蒙娜　我跪在您的面前，请您告诉我您这些话是什么意思？我知道您在生气，可是我不懂您的话。

奥瑟罗　嘿，你是什么人？

苔丝狄蒙娜　我的主，我是您的妻子，您的忠心不二的妻子。

奥瑟罗　来，发一个誓，让你自己死后下地狱吧。因为你的外表太像一个天使了，倘不是在不贞之上，再加一重伪誓的罪名，也许魔鬼们会不敢抓你下去的；所以发誓说你是贞洁的吧。

苔丝狄蒙娜　天知道我是贞洁的。

奥瑟罗　天知道你是像地狱一样淫邪的。

苔丝狄蒙娜　我的主，我对谁干了欺心的事？我跟哪一个人有不端的行动？我怎么是淫邪的？

奥瑟罗　啊，苔丝狄蒙娜！去！去！去！

苔丝狄蒙娜　唉，不幸的日子！——您为什么哭？您的眼泪是为我而流的吗，我的主？要是您疑心这次奉召回国，是我父亲的主意，请您不要怪我；您要是失去了他，我同样也失去了他。

奥瑟罗　要是上天的意思，要让我历受种种的折磨；要是他用诸般的痛苦和耻辱降在我的毫无防卫的头上，把我浸没在贫困的泥沼里，剥夺我的一切自由和希望，我也可以在我的灵魂的一隅之中，找到一滴忍耐的甘露。可是唉！在这尖酸刻薄的世上，做一个被人戟指笑骂的目标！就连这个，我也还可以容忍；可是我的心灵失去了归宿，我的生命失去了寄托，我的活力的源泉干涸了，变成了蛤蟆们繁育生息的污池！忍耐，你朱唇韶颜的天婴啊，转变你的脸色，让它化成地狱般的狰狞吧！

苔丝狄蒙娜　我希望我在我的尊贵的夫主眼中，是一个贤良贞洁的妻子。

奥瑟罗　啊，是的，就像夏天肉铺里的苍蝇一样贞洁，飞来飞去撒它的卵子。你这野草闲花啊！你的颜色是这样娇美，你的香气是这样芬芳，人家看见你嗅到你就会心疼；但愿世上从来不曾有过你！

苔丝狄蒙娜　唉！我究竟犯了些什么我自己也不知道的罪恶呢？

奥瑟罗　这一张皎洁的白纸，这一本美丽的书册，是要让人家写上“娼妓”两个字去的吗？犯了什么罪恶！啊，你这人尽可夫的娼妇！我只要一说起你所干的事，我的两颊就会变成两座熔炉，把廉耻烧为灰烬。犯了什么罪恶！天神见了它要掩鼻而过；月亮看见了要羞得闭上眼睛；碰见什么都要亲吻的淫荡的风，也静悄悄躲在岩窟里面，不愿听见人家提起它。犯了什么罪恶！不要脸的娼妇！

苔丝狄蒙娜　天啊，您不该这样侮辱我！

奥瑟罗　你不是一个娼妇吗？

苔丝狄蒙娜　不，我发誓我不是，否则我就不是一个基督徒。要是为我的主保持这一个清白的身子，不让淫邪的手把它污毁，要是这样的行为可以使我免去娼妇的恶名，那么我就不是娼妇。

奥瑟罗　什么！你不是一个娼妇吗？

苔丝狄蒙娜　不，否则我死后没有得救的希望。

奥瑟罗　真的吗？

苔丝狄蒙娜　啊，上天饶恕我们！

奥瑟罗　那么我真是多多冒昧了；我还以为你就是那个嫁给奥瑟罗的威尼斯的狡猾的娼妇哩。——喂，你这位和圣彼得干着相反差使的，看守地狱门户的奶奶！

【爱米利娅重上。

奥瑟罗　你，你，对了，你！我们的谈话已经完毕。这几个钱是给你作为酬劳的；请你开了门上的锁，不要泄漏我们的秘密。（下）

爱米利娅　唉！这位老爷究竟在转些什么念头呀？您怎么啦，夫人？您怎么啦，我的好夫人？

苔丝利狄蒙娜　我是在半醒半睡之中。

爱米利娅　好夫人，我的老爷到底有些什么心事？

苔丝狄蒙娜　谁？

爱米利娅　我的老爷呀，夫人。

苔丝狄蒙娜　谁是你的老爷？

爱米利娅　我的老爷就是你的丈夫，好夫人。

苔丝狄蒙娜　我没有丈夫。不要对我说话，爱米利娅，我不能哭，我没有话可以回答你，除了我的眼泪。请你今夜把我结婚的被褥铺在我的床上，记好了；再去为我叫你的丈夫来。

爱米利娅　真是变了变了！（下）

苔丝狄蒙娜　我应该受到这样的待遇，全然是应该的。我究竟有些什么不检的行为——哪怕只是一丁点儿，才会引起他的猜疑呢？

【爱米利娅率伊阿古重上。

伊阿古　夫人，您有什么吩咐？您怎么啦？

苔丝狄蒙娜　我不知道。小孩子做了错事，做父母的总是用温和的态度，轻微的责罚教训他们；他也应该这样责备我，因为我是一个娇养惯了的孩子，不惯受人家责备的。

伊阿古　怎么一回事，夫人？

爱米利娅　唉！伊阿古，将军口口声声骂她娼妇，用那样难堪的名字加在她的身上，稍有人心的人，谁听见了都不能忍受的。

苔丝狄蒙娜　我应该得到那样一个称呼吗，伊阿古？

伊阿古　什么称呼，好夫人？

苔丝狄蒙娜　就像她说我的主称呼我的那种名字。

爱米利娅　他叫她娼妇。一个喝醉了酒的叫花子，也不会把这种名字加在他的姘妇的身上。

伊阿古　为什么他要这样？

苔丝狄蒙娜　我不知道,我相信我不是那样的女人。

伊阿古　不要哭,不要哭。唉!

爱米利娅　多少名门贵族向她求婚,她都拒绝了;她抛下了老父,离乡背井,远别亲友,结果却只讨他骂一声娼妇吗?这还不叫人伤心吗?

苔丝狄蒙娜　都是我自己命薄。

伊阿古　他太岂有此理了!他怎么会起这种心思的?

苔丝狄蒙娜　天才知道。

爱米利娅　我可以打赌,一定有一个万劫不复的恶人,一个爱管闲事鬼讨好的家伙,一个说假话骗人的奴才,因为要想钻求差使,造出这样的谣言来;要是我的话说得不对,我愿意让人家把我吊死。

伊阿古　呸!哪里有这样的人?一定不会的。

苔丝狄蒙娜　要是果然有这样的人,愿上天宽恕他!

爱米利娅　宽恕他!一条绳子箍住他的颈项,地狱里的恶鬼咬碎他的骨头!他为什么叫她娼妇?谁跟她在一起?什么所在?什么时候?什么方式?什么根据?这摩尔人一定是上了不知哪一个千刁万恶的坏人的当,一个下流的大浑蛋,一个卑鄙的家伙!天啊!愿你揭破这种家伙的嘴脸,让每一个老实人的手里都拿一根鞭子,把这些浑蛋们脱光了衣服一顿抽,从东方一直抽到西方!

伊阿古　别嚷得给外边都听见了。

爱米利娅　哼,可恶的东西!前回弄昏了你的头,使你疑心我跟这摩尔人有暧昧的,也就是这种家伙。

伊阿古　好了,好了,你是个傻瓜。

苔丝狄蒙娜　好伊阿古啊,我应当怎样重新取得我的丈夫的欢心呢?好朋友,替我向他解释解释;因为凭着天上的太阳起誓,我实在不知道我怎么会失去他的宠爱。我对天下跪,要是在思想上行动上,我曾经有意背弃他的爱情;要是我的眼睛,我的耳朵,或是我的任何感觉,曾经对别人发生爱悦;要是我在过去、现在和将来,不是那样始终深深地爱着他,即使他把我弃如敝屣,也不因此而改变我对他的忠诚。要是我果然有那样的过失,愿我终身不能享受快乐的日子!无情可以给人重大的打击;他的无情也许会摧残我的生命,可是永不能毁坏我的爱情。我不愿提起“娼妇”两个字，一说起它就会使我心生憎恶，更不用说亲自去干那博得这种丑名的行为了；整个世界的荣华也不能诱动我。

伊阿古　请您宽心，这不过是他一时的心绪恶劣，在国事方面受了点刺激，所以跟您呕起气来啦。

苔丝狄蒙娜　要是没有别的原因——

伊阿古　只是为了这个原因，我可以保证。（喇叭声）听！喇叭在吹晚餐的信号了；威尼斯的使者在等候进餐。进去，不要哭，一切都会圆满解决的。（苔丝狄蒙娜、爱米利娅下）

【罗德利哥上。

伊阿古　啊，罗德利哥！

罗德利哥　我看你全然在欺骗我。

伊阿古　我怎么欺骗你？

罗德利哥　伊阿古，你每天在我面前捣鬼，把我支吾过去；照我现在看起来，你非但不给我开一线方便之门，反而使我的希望一天一天微薄下去。我实在忍不住了。为了自己的愚蠢，我已经吃了不少的苦，这一笔账我也不能就此善罢甘休。

伊阿古　你愿意听我说吗，罗德利哥？

罗德利哥　哼，我已经听得太多了。你的说话和行动是不相符合的。

伊阿古　你太冤枉人啦。

罗德利哥　我一点没有冤枉你。我的钱都花光啦。你从我手里拿去送给苔丝狄蒙娜的珠宝，即使一个修女也会被它诱惑的；你对我说她已经收下了，告诉我不久就可以得到喜讯，可是到现在还不见一点动静。

伊阿古　好，算了，很好。

罗德利哥　很好！算了！我不能就此算了，朋友，这事情也不很好。我举手起誓，这种手段太卑鄙，我开始觉得我自己受了骗了。

伊阿古　很好。

罗德利哥　我告诉你这事情不很好。我要亲自去见苔丝狄蒙娜，要是她肯把我的珠宝还我，我愿意死了这片心，忏悔我这种非礼的追求；要不然的话，你留心点儿吧，我一定要跟你算账。

伊阿古　你现在话说完了吧？

罗德利哥　嗯,我的话都是说过就做的。

伊阿古　好,现在我才知道你是一个有骨气的人;从这一刻起,你已经使我比从前加倍看重你了。把你的手给我,罗德利哥。你责备我的话,都是非常有理;可是我还要声明一句,我替你干这件事情,的的确确是尽忠竭力,不敢昧一点良心的。

罗德利哥　那还没有事实的证明。

伊阿古　我承认还没有事实的证明,你的疑心不是没有理由的。可是,罗德利哥,要是你果然有决心,有勇气,有胆量——我现在相信你一定有的——今晚你就可以表现出来;要是明天夜里你不能享用苔丝狄蒙娜,你可以用无论什么恶毒的手段、阴险的计谋,取去我的生命。

罗德利哥　好,你要我怎么干?是说得通做得到的事吗?

伊阿古　老兄,威尼斯已经派了专使来,叫凯西奥代替奥瑟罗的职位。

罗德利哥　真的吗?那么奥瑟罗和苔丝狄蒙娜都要回威尼斯去了。

伊阿古　啊,不,他要到毛里塔尼亚去,把那美丽的苔丝狄蒙娜一起带走,除非这儿出了什么事,使他耽搁下来。最好的办法,是把凯西奥除掉。

罗德利哥　你说把他除掉是什么意思?

伊阿古　砸碎他的脑袋,让他不能担任奥瑟罗的职位。

罗德利哥　那就是你要我去干的事吗?

伊阿古　嗯,要是你敢做一件对你自己有利益的事。他今晚在一个妓女家里吃饭,我也要到那边去见他。现在他还没有知道他自己的好运。我可以设法让他在十二点钟到一点钟之间从那边出来,你只要留心在门口守候,就可以照你的意思把他处置;我就在附近接应你,他在我们两人之间一定逃不了。来,不要发呆,跟我去;我可以告诉你为什么他的死是必要的,你听了就会知道这是你的一件无可推辞的行动。现在正是晚餐的时候,夜过去得很快,准备起来吧。

罗德利哥　我还要听一听你要叫我这样做的理由。

伊阿古　我一定可以向你解释明白。(同下)

第三场　城堡中另一室

【奥瑟罗、罗多维科、苔丝狄蒙娜、爱米利娅及侍从等上。

罗多维科　将军请留步吧。

奥瑟罗　啊,没有关系,散散步对我也是很有好处的。

罗多维科　夫人,晚安,谢谢您的盛情。

苔丝狄蒙娜　大驾光临,我们是十分欢迎的。

奥瑟罗　请吧,大人。啊!苔丝狄蒙娜——

苔丝狄蒙娜　我的主?

奥瑟罗　你快进去睡吧,我马上就回来的。把你的侍女们打发开了,不要忘记。

苔丝狄蒙娜　是,我的主。(奥瑟罗、罗多维科及侍从等下)

爱米利娅　怎么?他现在的脸色温和得多啦。

苔丝狄蒙娜　他说他就会回来的。他叫我去睡,还叫我把你遣开。

爱米利娅　把我遣开!

苔丝狄蒙娜　这是他的吩咐。所以,好爱米利娅,把我的睡衣给我,你去吧,我们现在不能再惹他生气了。

爱米利娅　我希望您当初并不和他相识!

苔丝狄蒙娜　我却不希望这样;我是那么欢喜他,即使他的固执,他的呵斥,他的怒容——请你替我取下衣上的扣针——在我看来也是可爱的。

爱米利娅　我已经照您的吩咐,把那些被褥铺好了。

苔丝狄蒙娜　很好。天哪!我们的思想是多么傻!要是我比你先死,请你就把那些被褥做我的殓衾。

爱米利娅　得啦得啦,您在说呆话。

苔丝狄蒙娜　我的母亲有一个侍女名叫巴巴拉,她跟人家有了恋爱;她的爱人发了疯,把她丢了。她有一支《杨柳歌》,那是一支古老的曲调,可是正好说中了她的命运;她到死的时候,嘴里还在唱着它。那支歌今天晚上老是萦回在我的脑际;我的烦乱的心绪,使我禁不住侧下我的头,学着可怜的巴巴拉的样子把它歌唱。请你赶快点儿。

爱米利娅　我要不要就去把您的睡衣拿来?

苔丝狄蒙娜　不,先替我取下这儿的扣针。这个罗多维科是一个俊美的男子。

爱米利娅　一个很漂亮的人。

苔丝狄蒙娜　他的谈吐很好。

爱米利娅　我知道威尼斯有一个女郎,愿意赤脚步行到巴勒斯坦,就只为了能碰一碰他的下嘴唇。

苔丝狄蒙娜　(唱)可怜的她坐在枫树下啜泣,

歌唱那青青杨柳;

她手抚着胸膛,她低头靠膝,

唱杨柳,杨柳,杨柳。

清澈的流水吐出她的呻吟,

唱杨柳,杨柳,杨柳;

她的热泪溶化了顽石的心——

把这些放在一旁。——(唱)

唱杨柳,杨柳,杨柳。

快一点,他就要来了。——(唱)

青青的柳枝编成一个翠环;

不要怪他,我甘心受他笑骂——

不,下面一句不是这样的。听!谁在打门?

爱米利娅　是风哩。

苔丝狄蒙娜　(唱)我叫情哥负心郎,他又怎讲?

唱杨柳,杨柳,杨柳。

我见异思迁,由你另换情郎。

你去吧,晚安。我的眼睛在跳,那是哭泣的预兆吗?

爱米利娅　没有这样的事。

苔丝狄蒙娜　我听见人家这样说。啊,这些男人!这些男人!凭你的良心说,爱米利娅,你想世上有没有背着丈夫干这种坏事的女人?

爱米利娅　怎么没有?

苔丝狄蒙娜　你愿意为了整个世界的财富而干这种事吗?

爱米利娅　难道您不愿吗？

苔丝狄蒙娜　不，凭着天上的月光起誓！你愿意为了整个的世界而干这种事吗？

爱米利娅　世界是一件很大的东西；干一件小小的坏事，换取这样大大的好处是合算的。

苔丝狄蒙娜　真的，我想你不会。

爱米利娅　真的，我想我应该干的。为了一枚对合的戒指、几匹麻布或是几件衣服、几件裙子、一两顶帽子以及诸如此类的小玩意儿而叫我干这种事，我当然不愿。可是为了整个世界，谁不愿意为了让她的丈夫当皇帝而先让他当乌龟呢？我就是因此而下炼狱，也是甘心的。

苔丝狄蒙娜　我要是为了整个的世界，会干出这种丧心的事来，一定不得好死。

爱米利娅　世间的是非本来没有定准；您因为干了一件错事而得到整个的世界，在您自己的世界里，您还不能把是非颠倒过来吗？

苔丝狄蒙娜　我想世上不会有那样女人的。

爱米利娅　不仅有，还多着呢，多得能把她们靠风流手段换来的世界塞得满满的。照我想来，妻子的堕落总是丈夫的过失：要是他们疏忽了自己的责任，把我们所珍爱的东西浪掷在外人的怀里，或是无缘无故吃起醋来，约束我们行动的自由或是殴打我们，削减我们的花粉钱，我们也是有脾气的，就是生就温柔的天性，到了一个时候也是会复仇的。让做丈夫的人们知道，他们的妻子也和他们有同样的感觉：她们的眼睛也能辨别美恶，她们的鼻子也能辨别香臭，她们的舌头也能辨别甜酸，正像她们的丈夫们一样。他们厌弃了我们，别寻新欢，是为了什么缘故呢？是逢场作戏吗？我想是的。是因为爱情的驱使吗？我想也是的。还是因为喜新厌旧的人类常情吗？那也是一个理由。那么难道我们就不会对别人发生爱情，难道我们就没有逢场作戏的欲望，难道我们就不是喜新厌旧，跟男人们一样？所以让他们好好儿对待我们吧；否则我们要让他们知道，我们所干的坏事都是出于他们的指教。

苔丝狄蒙娜　晚安，晚安！愿上天监视我们的言行；我不愿以恶为师，我只愿鉴非自警！（各下）

第五幕

第一场　塞浦路斯。街道

【伊阿古及罗德利哥上。

伊阿古　来，站在这堵披屋后面。他就会来的。把你的宝剑拔出鞘，看准要害刺过去。快，快，不要怕，我就在你旁边。成功失败，在此一举，你得下定决心。

罗德利哥　不要走开，也许我会失手。

伊阿古　我就在这儿，你的近旁。胆子放大些，站定了。（退后）

罗德利哥　我对于这件事情不是顶热心，可是他讲的理由十分充足。反正不过去掉了一个人。出来，我的剑，他必须死！

伊阿古　我已经激动这小脓包的心，他居然动起怒来了。不管是他杀死凯西奥，还是凯西奥杀死他，或者两败俱伤，对于我都是有好处的。要是罗德利哥活在世上，他总有一天要向我讨还那许多我从他手里干没下来说是送给苔丝狄蒙娜的金银珠宝；这可断断不能。要是凯西奥活在世上，他那种翩翩风度，叫我每天都要在他的旁边相形见绌；而且那摩尔人万一向他当面质问起来，我的阴谋就会暴露，那时候我的地位就非常危险了。不，他非死不可。就这样吧。我听见他来了。

【凯西奥上。

罗德利哥　我认识他走路的姿势，正是他。——恶人，你给我死吧！（挺剑

刺凯西奥)

凯西奥　幸亏我穿着一身好甲,否则那一剑一定会致我的死命。让我也来试一试你的甲牢不牢吧。(拔剑刺伤罗德利哥)

罗德利哥　啊,我死了!(伊阿古自后刺伤凯西奥腿,下)

凯西奥　我从此终身残废了!救命啊!杀了人啦!杀了人啦!(倒地)

【奥瑟罗上。

奥瑟罗　凯西奥的声音。伊阿古果然没有失信。

罗德利哥　啊,我真是个恶人!

奥瑟罗　一点不错。

凯西奥　啊,救命哪!拿火来!找一个医生!

奥瑟罗　正是他。勇敢正直的伊阿古呀,你这样奋不顾身,为你的朋友复仇雪耻,真是难得!你给我一个教训了。贱人,你心爱的人已经死在这儿,你的末日就在眼前。娼妇,我来了!从我的心头抹去你的媚眼的魔力,让淫邪的血溅洒你那被淫邪玷污了的枕席。(下)

【罗多维科及葛莱西安诺上。

凯西奥　喂!怎么!没有巡夜的逻卒?没有过路的行人?杀了人啦!杀了人啦!

葛莱西安诺　出了什么乱子啦?这叫声很是凄惨。

凯西奥　救命啊!

罗多维科　听!

罗德利哥　啊,该死的恶人!

罗多维科　两三个人在那儿呻吟。这是一个很阴沉的黑夜,也许他们是故意装出来的,我们人手孤单,冒冒失失过去恐怕不大安全。

罗德利哥　没有人来吗?那么我要流血而死了!

罗多维科　听!

【伊阿古持火炬重上。

葛莱西安诺　有一个人穿着衬衫,一手拿火,一手举着武器来了。

伊阿古　那边是谁?什么人在那儿喊杀人?

罗多维科　我们不知道。

伊阿古　你们听见一个呼声吗?

凯西奥　这儿,这儿!看在上天面上,救救我!

伊阿古　怎么一回事?

葛莱西安诺　这个人好像是奥瑟罗麾下的旗官。

罗多维科　正是,一个很勇敢的汉子。

伊阿古　你是什么人,在这儿叫喊得这样凄惨?

凯西奥　伊阿古吗?啊,我被恶人算计,害得我不能做人啦!救救我!

伊阿古　哎哟,副将!这是什么恶人干的事?

凯西奥　我想有一个暴徒还在这儿,他逃不了。

伊阿古　啊,可恶的奸贼!(向罗多维科、葛莱西安诺)你们是什么人?过来帮帮忙。

罗德利哥　啊,救救我!我在这儿。

凯西奥　他就是恶党中的一人。

伊阿古　好一个杀人的凶徒!啊,恶人!(刺罗德利哥)

罗德利哥　啊,万恶的伊阿古!没有人心的狗!

伊阿古　在暗地里杀人!这些凶恶的贼党都在哪儿?这地方多么寂静!喂!杀了人啦!杀了人啦!你们是什么人?是好人还是坏人?

罗多维科　请你自己判断我们吧。

伊阿古　罗多维科大人吗?

罗多维科　正是,老总。

伊阿古　恕我失礼了。这儿是凯西奥,被恶人们刺伤,倒在地上。

葛莱西安诺　凯西奥!

伊阿古　怎么样,兄弟?

凯西奥　我的腿断了。

伊阿古　哎哟,罪过罪过!两位先生,请替我照火;我要用我的衫子把它包扎起来。

【比恩卡上。

比恩卡　喂,什么事?谁在这儿叫喊?

伊阿古　谁在这儿叫喊!

比恩卡　哎哟,我的亲爱的凯西奥!我的温柔的凯西奥!啊,凯西奥!凯西奥！凯西奥！

伊阿古　哼，你这声名狼藉的娼妇！凯西奥，照你猜想起来，向你下这样毒手的大概是些什么人？

凯西奥　我不知道。

葛莱西安诺　我正要来找你，谁料你会遭逢这样的祸事，真是恼人！

伊阿古　借给我一条吊袜带。好。啊，要是有一张椅子，让他舒舒服服躺在上面，把他抬去才好！

比恩卡　哎哟，他晕过去了！啊，凯西奥！凯西奥！凯西奥！

伊阿古　两位先生，我很疑心这个贱人也是那些凶徒们的同党。——忍耐点儿，好凯西奥。——来，来，借我一个火。我们认不认识这一张脸？哎哟！是我的同国好友罗德利哥吗？不。唉，果然是他！天哪！罗德利哥！

葛莱西安诺　什么！威尼斯的罗德利哥吗？

伊阿古　正是他，先生。你认识他吗？

葛莱西安诺　认识他！我怎么不认识他？

伊阿古　葛莱西安诺先生吗？请您原谅，这些流血的惨剧，使我礼貌不周，失敬得很。

葛莱西安诺　哪儿的话，我很高兴看见您。

伊阿古　你怎么啦，凯西奥？啊，来一张椅子！来一张椅子！

葛莱西安诺　罗德利哥！

伊阿古　他，他，正是他。（从者携椅上）啊！很好，椅子。几个人把他小心抬走；我就去找军医官来。（向比恩卡）你，奶奶，你也不用装腔作势啦。——凯西奥，死在这儿的这个人是我的好朋友。你们两人有些什么仇恨？

凯西奥　一点没有，我根本不认识这个人。

伊阿古　（向比恩卡）什么！你脸色变白了吗？——啊！把他抬到避风的地方。（众抬凯西奥、罗德利哥二人下）等一等，两位先生。奶奶，你脸色变白了吗？你们看见她眼睛里这一股惊慌的神气吗？哼，要是你这样睁大了眼睛，我们还要等着听一些新鲜的话儿哩。留心瞧着她。你们瞧，你们看见吗，两位先生？哼，犯罪的人不说话，他的罪行也终将大白于天下的。

爱米利娅　唉！出了什么事啦？出了什么事啦，丈夫？

伊阿古　凯西奥在这儿黑暗之中，被罗德利哥和几个在逃的同党袭击；他几乎送了性命，罗德利哥已经死了。

爱米利娅　哎哟，好一位绅士！哎哟，好凯西奥！

伊阿古　这是他爱嫖的结果。爱米利娅，你去问问凯西奥，他今天晚上在什么地方吃饭的。——什么！你听了这句话就发抖吗？

比恩卡　他在我家里吃饭，可是我并没有因此而发抖。

伊阿古　噢，他在你家里吃饭？你跟我走！

爱米利娅　呸，呸，你这不要脸的娼妇！

比恩卡　我不是娼妇，我跟你一样清白。

爱米利娅　跟我一样清白！呸！不要脸！

伊阿古　两位好先生，让我们去帮助帮助可怜的凯西奥，替他把伤口扎好。来，奶奶，你必须对我们讲老实话。爱米利娅，你快奔到城堡里去，告诉将军和夫人这儿发生了什么事。你们先请吧。（旁白）今夜是我的命运所寄，倘不能青云直上，就要一败涂地。（同下）

第二场　城堡中的卧室

【苔丝狄蒙娜睡床上，奥瑟罗持灯上。

奥瑟罗　只是为了一个原因，只是为了一个原因，我的灵魂！纯洁的星星啊，让我不要向你们说出这个原因！只是为了这一个原因……可是我不愿溅她的血，也不愿毁伤她那比白雪更皎洁、比石膏更腻滑的肌肤。可是她不能不死，否则她将要陷害更多的男子。让我熄灭了这一盏灯，然后再熄灭你的生命之灯。融融的灯光啊，我把你吹熄以后，要是我心生后悔，仍旧可以把你重新点亮；可是你，造化最精美的样本啊，你的火焰一旦熄灭，我不知道什么地方有那天上的神火，能够燃起你原来的光彩！我摘下了蔷薇，就不能再给它已失的生机，只好让它枯萎凋谢；当它还在枝头的时候，我要嗅一嗅它的芳香。（吻苔丝狄蒙娜）啊，甘美的气息！你几乎诱动公道的心，使她折断她的利剑了！再一个吻，再一个吻。愿你到死都是这样；我要杀死你，然后再爱你。再一个吻，这是最后的一吻了；这样销魂，却又是这样无比的惨痛！我必须哭泣，然而这些是无情的眼泪。这一阵阵悲伤是神圣的，因为它要惩罚的正是它最疼爱的。她醒来了。

苔丝狄蒙娜　谁？奥瑟罗吗？

奥瑟罗　嗯，苔丝狄蒙娜。

苔丝狄蒙娜　您要睡了吗，我的主？

奥瑟罗　你今晚有没有祈祷过，苔丝狄蒙娜？

苔丝狄蒙娜　祈祷过了，我的主。

奥瑟罗　要是你想到在你的一生之中，还有什么罪恶不曾为上帝所宽宥，赶快恳求他的恩赦吧。

苔丝狄蒙娜　哎哟！我的主，您这句话是什么意思？

奥瑟罗　嘿，祈祷吧，干脆点儿，我就在一旁等着你。我不愿杀害你的没有准备的灵魂，不，上天禁止这种罪行！我不愿杀害你的灵魂。

苔丝狄蒙娜　您在说杀人的话吗？

奥瑟罗　嗯，是的。

苔丝狄蒙娜　那么愿上天垂怜于我！

奥瑟罗　阿门，但愿如此！

苔丝狄蒙娜　要是您这样说，我希望您不至于把我杀死。

奥瑟罗　哼！

苔丝狄蒙娜　可是我怕您，因为您的眼珠这样滚转的时候，您已是动了杀机。我不知道我为什么害怕，因为我不知道我有什么罪，可是我觉得害怕。

奥瑟罗　想想你的罪恶吧。

苔丝狄蒙娜　除非我对您的爱是罪恶，我不知道我有什么罪恶。

奥瑟罗　好，你必须因此而死。

苔丝狄蒙娜　为了爱而被杀，那样的死是违反人情的。唉！您为什么这样咬着您的下唇呢？一种饮血的欲念震撼您的全身，这便是它的征兆；可是我希望，我希望您的怒气不是对我而发。

奥瑟罗　闭嘴,不要作声!

苔丝狄蒙娜　是。可是请您告诉我究竟为了什么事?

奥瑟罗　你把我给你的那条我的心爱的手帕送给凯西奥。

苔丝狄蒙娜　不,凭着我的生命和灵魂起誓!您叫他来问好了。

奥瑟罗　好人儿,留心不要发伪誓,你已经死在眼前了。

苔丝狄蒙娜　不,我现在还不能死。

奥瑟罗　你必须立刻死,所以赶快坦白招认你的罪恶吧;即使你发誓否认每一件事实,也不能除去那使我痛心的坚强的确信。你必须死。

苔丝狄蒙娜　那么愿上帝垂怜于我!

奥瑟罗　阿门。

苔丝狄蒙娜　愿您也大发慈悲!我生平从不曾得罪过您,也从不曾用上天所不容的非分的爱情滥施在凯西奥的身上;我没有给过他什么东西。

奥瑟罗　苍天在上,我亲眼看见我的手帕在他的手里。欺罔神明的妇人!你使我的心变成坚硬;我本来想把你作为献祭的牺牲,现在却被你激起我的屠夫的恶念来了。我明明看见那手帕的。

苔丝狄蒙娜　那么是他在什么地方拾到的,我没有给他。叫他到这儿来,让他供认事实的真相。

奥瑟罗　他已经承认了。

苔丝狄蒙娜　承认什么,我的主?

奥瑟罗　承认他已经和你发生关系。

苔丝狄蒙娜　怎么?非法的关系吗?

奥瑟罗　嗯。

苔丝狄蒙娜　他不会这样说的。

奥瑟罗　是的,他的嘴已经闭住,正直的伊阿古已经把他解决了。

苔丝狄蒙娜　啊,我的恐惧竟成事实!什么!他死了吗?

奥瑟罗　即使他每一根头发里都有生命,我的复仇的怒火也会把它们一起吞下。

苔丝狄蒙娜　唉!他被人陷害,我的一生也从此断送了!

奥瑟罗　不要脸的娼妇!你当着我的面为他哭泣吗?

苔丝狄蒙娜　啊,我的主,把我放逐,可是不要杀我!

奥瑟罗　倒下，娼妇！

苔丝狄蒙娜　明天杀我，让我活过今天！

奥瑟罗　不，要是你想挣扎——

苔丝狄蒙娜　给我半点钟的时间！

奥瑟罗　已经决定了，没有挽回的余地。

苔丝狄蒙娜　可是让我做一次祷告吧！

奥瑟罗　太迟了。（扼苔丝狄蒙娜咽喉）

爱米利娅　（在内）将军，将军！喂！将军，将军！

奥瑟罗　这是什么声音？没有死吗？还没有完全死去吗？我虽然狠心，却还有几分慈悲；我不愿你多挨受一刻痛苦。好，好。

爱米利娅　（在内）喂！将军，将军！

奥瑟罗　哪一个？

爱米利娅　（在内）啊，将军！我要跟您说句话儿。

奥瑟罗　是的，这是爱米利娅。——等一等。——她死了。她大概是来通报凯西奥的死讯。外边已经听得见嘈杂的声音。嘿！一动也不动了吗？像坟墓一样沉寂。要不要让她进来？妥当不妥当？我想她又在动了。不。怎么办呢？要是她进来，她一定要跟我的妻子说话。我的妻子！我的妻子！什么妻子？我没有妻子。啊，难堪！啊，不幸的时辰！我想现在日月应该晦暗不明，受惊的地球看见这种非常的灾变，也要吓得目瞪口呆。

爱米利娅　（在内）啊，好将军！请您让我进来对您说句话儿。

奥瑟罗　我忘记了。啊，进来，爱米利娅。慢慢，等一等。让我把帐幕拉下来。你在哪儿？（启锁开门）

【爱米利娅上。

奥瑟罗　现在你可有什么事？

爱米利娅　啊，好将军！那边出了杀人命案啦！

奥瑟罗　什么！现在？

爱米利娅　就是刚才，将军。

奥瑟罗　那都是因为月亮走错了轨道，比平常更近地球，所以人们都发起疯来了。

爱米利娅　将军,凯西奥杀死了一个名叫罗德利哥的威尼斯青年。

奥瑟罗　罗德利哥被杀了！凯西奥也被杀了吗？

爱米利娅　不,凯西奥没有死。

奥瑟罗　凯西奥没有死！那么杀人的计划出了差错,痛快的复仇又有了变卦啦。

苔丝狄蒙娜　啊,死得好冤枉呀！

爱米利娅　哎哟！那是什么呼声？

奥瑟罗　那！什么？

爱米利娅　哎哟！那是夫人的声音。救命！救命啊！救命！啊,夫人,再说一声话儿！亲爱的苔丝狄蒙娜！啊,亲爱的夫人,说呀！

苔丝狄蒙娜　我是无罪而死的。

爱米利娅　啊！这是谁干的事？

苔丝狄蒙娜　谁也没有干,是我自己。再会吧,替我向我的仁慈的夫君致意。啊,再会吧！（死）

奥瑟罗　啊！她怎么会被人杀死的？

爱米利娅　唉！谁知道？

奥瑟罗　你听见她说是她自己,我没有杀死她。

爱米利娅　她是这样说,我只好按照事实去报告。

奥瑟罗　她到地狱的火焰里去,还不愿说一句真话。杀死她的是我。

爱米利娅　啊,那么她尤其是一个天使,你尤其是一个黑魔鬼了！

奥瑟罗　她干了无耻的事,她是个淫妇。

爱米利娅　你冤枉她,你是个魔鬼。

奥瑟罗　她像水一样轻浮。

爱米利娅　你说她轻浮,你自己才像火一样粗暴。啊,她是圣洁而忠贞的！

奥瑟罗　凯西奥干了她,不信你去问你的丈夫吧。啊,要是我采取这种极端的手段,并没有正当的理由,死后就要永远堕入地狱的底层！你的丈夫一切全都知道。

爱米利娅　我的丈夫！

奥瑟罗　你的丈夫。

爱米利娅　他知道她不守贞节吗？

奥瑟罗　嗯，他知道她跟凯西奥有暧昧。嘿，要是她是个贞洁的妇人，即使上帝为我用一颗完整的宝石另外造一个世界，我也不愿用她去交换。

爱米利娅　我的丈夫！

奥瑟罗　嗯，他最初告诉我这件事。他是个正人君子，他痛恨卑鄙龌龊的行为。

爱米利亚　我的丈夫！

奥瑟罗　妇人，为什么把这句话说了又说呢？我是说你的丈夫。

爱米利娅　啊，夫人！你因为多情，受了奸人的愚弄了！我的丈夫说她不贞！

奥瑟罗　正是他，妇人，我说你的丈夫，你懂得这句话吗？我的朋友，你的丈夫，正直的，正直的伊阿古。

爱米利娅　要是他果然说了这样的话，愿他恶毒的灵魂每天一分一寸地糜烂！他全然胡说！她对于她的最卑鄙的野蛮人是太痴心了。

奥瑟罗　嘿！

爱米利娅　随你把我怎么样吧。你配不上这样的好妻子，你这种行为是上天所不容的。

奥瑟罗　还不闭嘴！

爱米利娅　你没有半分力量可以伤害我，我也不会让人欺侮。啊，笨伯！傻瓜！泥土一样蠢的家伙！你已经做了一件大大不该的事——我不怕你的剑；我要宣布你的罪恶，即使我将要因此而丧失二十条生命。救命！救命啊！救命！摩尔人杀死了夫人啦！杀了人啦！杀了人啦！

【蒙太诺、葛莱西安诺、伊阿古及余人等上。

蒙太诺　什么事？怎么，将军！

爱米利娅　啊！你来了吗，伊阿古？你做得好事，人家都把杀人的罪名架在你头上啦！

葛莱西安诺　什么事？

爱米利娅　你倘是个汉子，赶快否认这恶人所说的话吧；他说你告诉他他的妻子不贞。我知道你不会说这种话，你还不会是这样一个恶人。说吧，我的心都要胀破了。

伊阿古　我不过把我自己的意思告诉他，我对他所说的话，已经由他自己证实了。

爱米利娅　可是你有没有对他说她是不贞的？

伊阿古　我对他说过。

爱米利娅　你说谎，一个可憎的、万恶不赦的谎！凭着我的灵魂起誓，一个谎，一个罪恶的谎！她跟凯西奥私通！你说她跟凯西奥私通吗？

伊阿古　跟凯西奥私通，太太。好了好了，收住你的舌头吧。

爱米利娅　我不收住我的舌头，我必须说话。夫人在这床上给人谋杀了。

众人　啊，哪会有这样的事！

爱米利娅　都是你造的谣言，引起这场血案。

奥瑟罗　各位不必惊慌，这事情是真的。

葛莱西安诺　真有这样的事，那可奇了！

蒙太诺　啊，骇人的行为！

爱米利娅　诡计！诡计！诡计！我现在想起来了。啊，诡计！那时候我就有些怀疑，我要伤心死了！啊，诡计！诡计！

伊阿古　什么！你疯了吗？快给我回家去！

爱米利娅　各位先生，让我有一个说话的机会。照理我应该服从他，可是现在却不能服从他。也许，伊阿古，我永远不再回家了。

奥瑟罗　啊！啊！啊！（扑卧床上）

爱米利娅　哼，你躺下来哭叫吧，因为你已经杀死一个世间最温柔纯洁的人。

奥瑟罗　啊，她是淫污的！我简直不认识您啦，叔父。那边躺着您的侄女，她的呼吸刚才被我这双手扼断；我知道这件行为在世人眼中看起来是惊人而惨酷的。

葛莱西安诺　可怜的苔丝狄蒙娜！幸亏你父亲已经死了；你的婚事是他致死的原因，悲伤摧折了他衰老的生命。要是他现在还活着，看见这种惨状，一定会干出一些疯狂的事情来的。他会诅咒天地，赶走身边的保护天使，毁灭了自己的灵魂。

奥瑟罗　这诚然是一件伤心的事，可是伊阿古知道她曾经跟凯西奥干过许多回无耻的勾当，凯西奥自己也承认了。她还把我的定情礼物送给凯西奥,表示接受他的献媚。我看见它在他的手里;那是一方手帕,我父亲给我母亲的一件古老的纪念品。

爱米利娅　天啊！天上的神明啊！

伊阿古　算了,闭住你的嘴！

爱米利娅　事情总会暴露的,事情总会暴露的。闭住我的嘴？不,不,我要像北风一样自由地说话;让天神、世人和魔鬼全都把我嘲骂羞辱,我也要说我的话。

伊阿古　放明白一些,回家去吧。

爱米利娅　我不愿回家。(伊阿古拔剑欲刺爱米利娅)

葛莱西安诺　呸！你向一个妇人动武吗？

爱米利娅　你这愚笨的摩尔人啊！你所说起的那方手帕,是我偶然拾到,把它给了我的丈夫的;虽然那只是一件小小的东西,他却几次三番恳求我给他偷了来。

伊阿古　长舌的淫妇！

爱米利娅　她送给凯西奥！唉！不,是我拾到了,把它交给我的丈夫的。

伊阿古　贱人,你说谎！

爱米利娅　苍天在上,我没有说谎,我没有说谎,各位先生。杀人的傻瓜啊！像你这样一个蠢才,怎么配得上这样好的妻子呢？

奥瑟罗　天上没有石块,可以像雷霆一样打下来吗？好一个奸贼！(向伊阿古扑奔;蒙太诺缴下奥瑟罗手中武器;伊阿古刺爱米利娅逃下)

葛莱西安诺　这妇人倒下来了;他把他的妻子杀死了。

爱米利娅　是,是,啊！把我放在夫人的一旁吧！

葛莱西安诺　他去了,他的妻子给他杀了。

蒙太诺　这是一个罪大恶极的凶徒。你把这一柄我从这摩尔人手里夺下来的剑拿了。来,在门外看守好了,别让他出去;他要是想逃走,尽管把他杀死。我要去追那恶人,那是一个不可宽恕的家伙。(蒙太诺、葛莱西安诺下)

奥瑟罗　我的勇气也离我而去了,每一个孱弱的懦夫都可以夺下我的剑来。可是奸恶既然战胜了正直,哪里还会有荣誉存在呢？让一切都归于幻灭吧！

爱米利娅　你的歌儿是一个预兆吗，夫人？听，你听不听见我的声音？我要像天鹅一般在歌声里死去。（唱）

杨柳，杨柳，杨柳……

摩尔人，她是贞洁的；她爱你，狠心的摩尔人。我说的是真话，愿我的灵魂享受天福；我的话是跟我的思想一致的。我死了，我死了。（死）

奥瑟罗　我还有一柄剑在这屋子里，那是一柄用冰泉的水所浸炼的西班牙宝剑。啊，在这儿！叔父，我一定要出来。

葛莱西安诺　（在内）你要是敢试一试，就得付重大的代价；你没有武器，只好屈服。

奥瑟罗　那么进来瞧瞧我吧，我有话对你说；否则我虽然没有武器，也只好不顾一切跟你拼一下了。

【葛莱西安诺重上。

葛莱西安诺　什么事？

奥瑟罗　瞧！我有一柄剑，从来不曾在一个战士的身边佩带过一柄比它更好的剑。凭着这小小一条手臂和这一柄利剑，我曾经冲破二十倍于你们这样人数的包围；可是，无聊的夸口啊！谁能主宰他自己的命运呢？现在我已经没有那样的本领了。虽然你看我拿着武器，可是不用害怕，这儿是我的旅途的终点，我的航程的最后的目标。你吓得退走了吗？这是不必要的惊恐；谁只要拿一根灯草向奥瑟罗的胸前挺了过来，他也会向后退缩的。奥瑟罗应该到什么地方去呢？——啊，让我再看看你的脸庞吧，薄命的女郎！像你的衬衣一样惨白！我们在天庭对簿的时候，你这一副脸色就可以把我的灵魂赶下天堂，让魔鬼把它抓去。你的全身冰冷，我的恋人！正像你的贞洁一样凛若寒霜。啊，该死的，该死的奴才！魔鬼啊，把我从这天仙一样美人的面前鞭逐出去吧！让狂风把我吹卷，硫磺把我熏烤，沸汤的深渊把我沉浸！啊，苔丝狄蒙娜！苔丝狄蒙娜！死了！啊！啊！啊！

【罗多维科、蒙太诺、二侍从以卧椅抬凯西奥上；警吏等押伊阿古同上。

罗多维科　这鲁莽而不幸的人在哪儿？

奥瑟罗　那就是从前的奥瑟罗；我在这儿。

罗多维科　那条毒蛇呢？把这恶人带上来。

奥瑟罗　据说魔鬼的脚是分趾的，让我看看他的脚是不是这样。要是你真的是一个魔鬼，我也不能杀死你。（刺伤伊阿古）

罗多维科　把他手里的剑夺下来。

伊阿古　我不过流了点儿血，还没有给他杀死。

奥瑟罗　那也好，我要你留着活命；因为在我看来，死倒是一桩幸福。

罗多维科　啊，奥瑟罗！你本来是一个很好的汉子，却会中一个万恶的奸人的诡计，我们应该对你怎么说呢？

奥瑟罗　随便你们怎么说吧。要是你们愿意，不妨说我是一个正直的凶手，因为我所干的事，都是出于荣誉的观念，不是出于猜嫌的私恨。

罗多维科　这恶人已经一部分承认了他的奸谋。杀死凯西奥是你跟他同谋的吗？

奥瑟罗　是的。

凯西奥　主帅，我从来不曾得罪过您。

奥瑟罗　我相信你的话，请你原谅我吧。你们问一问那个顶着人头的恶魔，为什么他要这样陷害我的灵魂和肉体？

伊阿古　什么也不要问我；你们所知道的，你们已经知道了。从这一刻起，我不再说一句话。

罗多维科　什么！你也不要祈祷吗？

葛莱西安诺　酷刑可以逼你开口。

奥瑟罗　你还是说吧。

罗多维科　将军，你将要明白经过的一切，我相信你现在还是一点没有知道。这是从已死的罗德利哥衣袋里搜到的一封信；这儿还有一封；其中一封信里说到杀死凯西奥的事情由罗德利哥动手执行。

奥瑟罗　啊，奸贼！

凯西奥　野蛮残忍的阴谋！

罗多维科　这儿还有一封从他的衣袋里找到的充满着怨言的信。看来好像是罗德利哥预备寄给这个万恶的奸人的，可是信还没有寄出，伊阿古就来给他满足了。

奥瑟罗　啊，恶毒的奸贼！凯西奥，我的妻子的手帕怎么会到你手里的？

凯西奥　我在我的房间里找到它。他刚才已经亲口承认有意把它丢在那边,借此可以达到他自己的图谋。

奥瑟罗　啊,傻瓜!傻瓜!傻瓜!

凯西奥　在罗德利哥的信里,他又埋怨伊阿古不该撺掇他在我值夜的时候向我寻事;我就是为了那一回事情而被撤职的。就在刚才,他从长时间的昏迷中醒了过来,还说起他一切都受伊阿古的指使,结果却是伊阿古伤了他的生命。

罗多维科　你必须离开这所屋子,跟我们去。你的军队和兵权必须全都交卸,让凯西奥主持塞浦路斯的军政重务。对于这一个家伙,我们将要用一切巧妙的酷刑加在他的身上,使他遍受种种的痛苦而不至于立刻死去。我们还要把你严密监禁,等候威尼斯政府判决你的罪状。来,把他带下去。

奥瑟罗　且慢,在你们未去以前,再听我说一两句话。我对于国家曾经立过相当的功劳,这是执政诸公所知道的。那些话现在也不用说了。当你们把这种不幸的事实报告他们的时候,请你们在公文上老老实实照我本来的样子叙述,不要徇情回护,也不要恶意构陷;你们应当说我是一个在恋爱上不智而过于深情的人;一个不容易发生嫉妒,可是一旦被人煽动以后,就会感到极度烦恼的人;一个像那种糊涂的印度人一般,把一颗比他整个部落所有的财产更贵重的珍珠随手抛弃的人;一个虽然不惯于流妇人之泪,可是当他被感情征服的时候,也会像涌流着胶液的阿拉伯胶树一般两眼泛滥的人。请你们把这些话记下,再补充一句说:在阿勒坡地方,曾经有一个裹着头巾、怀着敌意的土耳其人殴打一个威尼斯人,诽谤我们的国家,那时候我就一把抓住这受割礼的狗子的咽喉,像这样把他杀了。(以剑自刺)

罗多维科　啊,惨酷的结局!

葛莱西安诺　一切说过的话,现在又要颠倒过来了。

奥瑟罗　我在杀死你以前,曾经用一吻和你诀别;现在我自己的生命也在一吻里终结。(倒仆在苔丝狄蒙娜身上,死)

凯西奥　我早就担心会有这样的事发生,可是我还以为他没有武器;他的心地是光明正大的。

罗多维科　（向伊阿古）你这比痛苦、饥饿和大海更凶暴的猛犬啊！瞧瞧这床上浴血的尸身吧；这是你干的好事。这样伤心惨目的景象，赶快把它遮盖起来吧。葛莱西安诺，请您接收这一座屋子，这摩尔人的全部家产，都应该归您继承。总督大人，怎样处置这一个恶魔般的奸徒，什么时候、什么地点、用怎样的刑法，都要请您全权办理，千万不要宽纵他！我现在就要上船回去禀明政府，用一颗悲哀的心报告这一段悲哀的事故。（同下）

李尔王

朱生豪　译
裘克安　校

导言

20世纪多数评论家认为《李尔王》是莎士比亚最伟大的悲剧。本剧中心线是八十岁的古不列颠国王李尔专横而爱听谄媚的话，把国土和权力分给两个巧言令色的大女儿，却把本来最喜爱的小女儿赶了出去，不给一点嫁妆。李尔遭大女儿虐待，愤而出走荒原，在暴风雨之夜认识到自己的错误，开始同情广大的贫民，并逐渐丧失了理智。最后，李尔见到小女儿，向她认错，两人不幸死去。两个大女儿，恶人得到报应；两个大女婿表现不同，结局各异。剧中还有副线索，相得益彰。此剧描写社会矛盾、权力斗争、人生观冲突，画面广阔，分析深刻，既有紧张的剧情，又有睿智的哲理。莎士比亚处于文艺复兴时期，西方人从中世纪出来，对自然、人性、权力、命运等一系列命题的观点都有了变化发展，这些在《李尔王》中都得到了鲜明的反映。

剧中人物

李　尔　不列颠国王

法兰西国王

勃艮第公爵

康华尔公爵

奥本尼公爵

肯特伯爵

葛罗斯特伯爵

埃德加　葛罗斯特之子

埃德蒙　葛罗斯特之庶子

克　伦　朝臣

奥斯华德　戈纳瑞的管家

老　翁　葛罗斯特的佃户

医　生

弄　人

埃德蒙属下一军官

科迪利娅一侍臣

传令官

康华尔的众仆

戈纳瑞 里　甘 科迪利娅	李尔王的女儿

扈从李尔的骑士，军官、使者、兵士及侍从等

地点

不列颠

第一幕

第一场　李尔王宫中大厅

【肯特、葛罗斯特和埃德蒙上。

肯特　我原来以为王上对奥本尼公爵比对康华尔公爵更有好感。

葛罗斯特　我们一向都觉得是这样;可是这次在国土的划分中,却看不出他对这两位公爵中的谁更看重;因为他分配得那么平均,无论他们怎样斤斤较量,都不能说对方比自己占了便宜。

肯特　大人,这位是您的令郎吗?

葛罗斯特　他的出生要归我负责;我常常不得不红着脸承认他,现在惯了,也就脸皮厚了。

肯特　我不懂您的意思。

葛罗斯特　不瞒您说,这小子的母亲没有嫁人就大了肚子生下他来。您想这应该不应该?

肯特　生下的儿子这样好,我不能但愿这错误不曾发生。

葛罗斯特　我还有一个合法的儿子,年纪比他大一岁,然而我并不更喜欢他。这畜生虽然不等召唤就自己莽莽撞撞来到这世上,可是他的母亲是个迷人的东西,我们在制造他的时候,曾经有过一场销魂的游戏,这孽种我不能不承认他。埃德蒙,你认识这位贵人吗?

埃德蒙　不认识,父亲。

葛罗斯特　肯特勋爵。从此以后,你该记好他是我的尊贵的朋友。

埃德蒙　大人,我愿意为您效劳。

肯特　我一定会喜欢你,希望以后能够常常见面。

埃德蒙　大人,我一定尽力不辜负您的垂爱。

葛罗斯特　他已经在国外九年,不久还是要出去的。王上来了。

【喇叭奏花腔。李尔、康华尔、奥本尼、戈纳瑞、里甘、科迪利娅及侍从等上。

李尔　葛罗斯特,你去招待招待法兰西国王和勃艮第公爵。

葛罗斯特　是,陛下。(下)

李尔　现在我要向你们说明我的心事。把那地图给我。告诉你们吧,朕已经把朕的国土划成三部分;朕因为年纪老了,决心摆脱一切公务和操心事的牵累,把责任交卸给年轻力壮之人,让自己好脱去负担,慢慢地走向死亡。康华尔和奥本尼两位贤婿,为了预防他日的争执,我想还是趁现在把我的几个女儿的嫁奁加以公布。法兰西和勃艮第两位君主正在竞争我的小女儿的爱情,他们为了求婚而住在朕的宫廷里已经有好多时候了,现在该得到答复。孩子们,在我即将放弃我的统治权、领土和国事的重任的时候,告诉我,你们中间哪一个最爱我?我要看看谁的天性之爱最值得奖赏,我就给她最大的恩惠。戈纳瑞,我的大女儿,你先说。

戈纳瑞　父亲,我对您的爱,不是言语所能表达;我爱您胜过视力、世界和自由;超越一切可以估价的贵重稀有的事物;不亚于兼有天恩、健康、美貌和荣誉的生命;不曾有一个女儿这样爱过他的父亲,也不曾有一个父亲这样被他的女儿所爱;这种爱使口舌和言辞都无能为力;我对您的爱比所有上述都加起来还要多。

科迪利娅　(旁白)科迪利娅应该怎么说呢?只好默默地爱着吧。

李尔　在这些疆界以内,从这条线到这条线,所有浓密的森林、膏腴的平原、富庶的河流、广大的牧场,都要奉你为女主人;这一块土地永远归你和奥本尼的子孙所有。我的二女儿,最亲爱的里甘,康华尔的夫人,你怎么说?

里甘　我跟姐姐是一样的,您凭着她就可以判断我。在我的真心之中,我觉得她刚才所说的话，正是我爱您的实际的情形，不过她还说得不够：我宣布厌弃敏锐的知觉所能感受到的其他一切快乐，只有您陛下的爱才是我的幸福。

科迪利娅 （旁白）那么，科迪利娅就可怜了！可是也不尽然，因为我深信我的爱心比我的口才更为丰富。

李尔 这一块从朕的美好的王国中划分出来的三分之一的沃壤，将是你和你的子孙永远世袭的产业，和戈纳瑞所得到的一份同样的广大，同样的富庶，也是同样的佳美。现在，我的宝贝，虽然是最后的一个，却并非最不重要的；法兰西的葡萄和勃艮第的牛奶在竞争得到你的青春之爱；你有些什么话，可以换到一份比你两个姐姐更富庶的土地？说吧。

科迪利娅 父亲，我没有话说。

李尔 没有？

科迪利娅 没有。

李尔 没有只能换到没有；重新说过。

科迪利娅 可叹我不会把我的心事从嘴里说出来；我爱您只是按照我的义务，一分不多，一分不少。

李尔 怎么，科迪利娅！把你的话修补一下，否则你要毁了你自己的幸运了。

科迪利娅 父亲，您生我，养我，爱我，我理当尽义务回报，服从您，爱您，敬重您。如果我的姐姐们说要用她们整个的心来爱您，那她们为什么要有丈夫呢？有一天我出嫁了，那接受我的忠诚誓约的丈夫，将要得到我的一半的爱、我的一半的关心和义务；假如我只爱我的父亲，我一定不会像我的姐姐们一样去嫁人的。

李尔 这些话果然是从你心里说出来的吗？

科迪利娅 是的，好父亲。

李尔 年纪这样轻，却这样没有良心吗？

科迪利娅 父亲，我年纪虽轻，心是忠实的。

李尔 好，那么让你的忠实做你的嫁奁吧。凭着太阳神圣的光辉，凭着黑夜的神秘，凭着主宰人类生死的星球的运行，我在这里宣布和你断绝一切父女之情和血亲的关系，今后永远把你当做一个路人看待。啖食自己儿女的野蛮的生番，比起你，我的旧日的女儿来，也不会更受我的憎恨。

肯特　陛下——

李尔　闭嘴，肯特！不要来批怒龙的逆鳞。我本来最爱她，想要在她的殷勤看护之下终养我的天年。去，不要让我看见你！让坟墓做我安息的眠床，我从此割断对她的父爱了！叫法兰西王来！都是死人吗？叫勃艮第来！康华尔和奥本尼，你们已经分到我的两个女儿的嫁奁，现在把我第三个女儿的那一份也拿去分了吧；让骄傲，她自己称之为坦白的，和她结婚吧。我把我的权力、至高无上的地位和君主一切的尊荣一起给了你们。我自己只保留一百名骑士，在你们两人的地方按月轮流居住，由你们负责供养。我只保留国王的名义和尊号，所有行政的大权、国库的收入和大小事务的处理，完全交在你们手里；为了证实我的话，两位贤婿，我赐给你们这一顶宝冠，归你们分享。

肯特　尊严的李尔，我一向敬重您为国王，爱您如父亲，追随您为主人，我在祈祷中总是祝福您为伟大的恩主——

李尔　弓已经弯好拉满，你留心躲开箭锋吧。

肯特　让它落下来吧，即使箭镞会刺进我的心里。李尔既发了疯，肯特只好不顾礼貌了。你究竟要怎样，老头儿？你以为在权力向谄媚低头的时候，尽忠守职的臣僚就不敢说话了吗？君主干下愚蠢的事情，直言极谏就是光荣的。保留你的权力，仔细考虑一下，停止这一可怕而鲁莽的举措吧。我以生命担保我的判断：你的小女儿并不是爱你最少的一个；微弱的声音也并不反映空虚和假心假意。

李尔　肯特，你要是想活命，赶快住嘴。

肯特　我的生命本来是预备向你的仇敌抛掷的；为了你的安全，我也不怕把它失去。

李尔　走开，不要让我看见你！

肯特　瞧明白些，李尔，还是让我永远留在你的眼前吧。

李尔　凭着阿波罗起誓——

肯特　凭着阿波罗，老王，你向神明发誓也是没用的。

李尔　啊，可恶的奴才！（以手按剑）

奥本尼、康华尔　陛下请息怒。

肯特　好，杀了你的医生，把你的恶病养得一天比一天厉害吧。赶快撤销你的赠予，否则只要我的喉舌尚在，我就要大声疾呼，告诉你你做了错事啦。

李尔　听着，逆贼！如果你还是臣子，听我说！你想要使我毁弃我的不容更改的誓言，以你的不法的傲慢对我的命令和权力妄加阻挠，这种态度，我的天性和地位都不能容忍；为了维持王命的尊严，不能不给你应得的处分。我现在宽容你五天的时间，让你预备些应用的衣服、食物，以抵御尘世的困苦；在第六天上，你那可憎的身体必须离开我的王国；要是在此后十天之内，我们的领土上再发现了你的踪迹，那时候就要把你当场处死。滚吧！凭着朱庇特发誓，这一判决是无可改变的。

肯特　　　再会，国王，你既不知悔改，
　　　　　囚笼里也没有自由存在。（向科迪利娅）
　　　　　神明庇护你，善良的女郎！
　　　　　你想得正确，说得十分恰当。（向里甘、戈纳瑞）
　　　　　愿你们照你们的夸口去做，
　　　　　爱的言辞会变成事实。
　　　　　各位王子，肯特从此远去；
　　　　　到新的国土走他的旧路。（下）

【喇叭奏花腔。葛罗斯特带法兰西国王、勃艮第及侍从等重上。

葛罗斯特　陛下，法兰西国王和勃艮第公爵来到。

李尔　勃艮第公爵，现在我先对您说话：您跟这位国王争着要得到我的女儿。您希望她至少要有多少陪嫁的奁资，否则宁愿放弃对她的追求？

勃艮第　最尊敬的陛下，照着您所已经答应的数目，我就很满足了；想来您也不会再吝惜的。

李尔　尊贵的勃艮第，当她为我所宠爱的时候，我是把她看得非常珍重的，可是现在她的价格已经跌落了。公爵，她站在那儿，一个弱小的身躯，要是除了我的憎恶以外，我什么都不给她，而您仍然觉得她有中意的地方，或者整个儿使您满意，那么她就在那儿，您把她带去好了。

勃艮第　我不知道怎样回答。

李尔　她只是纤弱一身，没有亲友的照顾，新近遭到我的憎恨，咒诅是她的嫁妆,我已经发誓和她断绝关系,您还是愿意要她呢,还是把她放弃?

勃艮第恕我,陛下,在这种条件之下,决定取舍是不可能的事。

李尔　那么放弃她吧,公爵。凭着造物主起誓,我已经告诉您她的全部财富。(向法兰西国王)至于您,伟大的国王,我不愿把一个我所憎恶的人匹配于您而致失去您的友谊;所以请您还是丢开这个几乎为自然所羞于承认的人,另找一个更值得的佳偶吧。

法兰西国王　这太奇怪了,她刚才还是您的眼中的珍宝、您的赞美的题目、您的老年的安慰、您的最心爱的人儿,怎么转瞬间就会干下这么一件罪大恶极的行为,以致丧失了您的深恩厚爱!她所犯的一定是违背天性的恶行,不然一定是您以前公开宣布的爱心变了质;可是除非那是一桩奇迹,我无论如何不相信她会干那样的事。

科迪利娅　我再次请求陛下——如果我缺少油滑的口才,不会讲违心的话,因为凡是我心里想到的事,我总是先做后说——我请求您让世人知道,我所以失去您的欢心,并不是因为我有什么丑恶的污点、淫邪的行动,或是不名誉的举止;而只是因为我缺少像人家那样的一双经常献媚乞求的眼睛,一条我认为可耻的善于逢迎的舌头,虽然没有了这些使我失去您的宠爱,可是唯其如此,却使我格外充实。

李尔　你不能讨我高兴,还不如没有把你生养下来的好。

法兰西国王　只是为了这一个原因吗?一种天生的口齿的迟钝,它常常使想做的事未经说出?勃艮第公爵,您对这位公主意下如何?爱情要是搀杂了和它本身不相关涉的考虑,那就不是真的爱情。您愿不愿意娶她?她自己就是一注无价的嫁妆。

勃艮第尊严的李尔,只要把您原来已经允许过的那一份嫁妆给我,我现在就可以使科迪利娅成为勃艮第公爵的夫人。

李尔　什么都不给;我已经发过誓,我已经决定了。

勃艮第那么我很遗憾,您失去父亲的方式使您必须再失去一个丈夫了。

科迪利娅　愿勃艮第平安!既然他所爱的只是财产,我也不愿做他的妻子。

法兰西国王　最美丽的科迪利娅!你因为贫穷,所以是最富有的;因为被遗弃,所以是最可贵的;因为遭轻视,所以最蒙我怜爱。我现在把你和你的美德一起攫在我的手里;人弃我取是合法的。天啊天!想不到他们

的冷酷的轻视，却激起我热烈的敬爱。陛下，您的没有嫁奁的女儿由命运摔了给我，现在是我的王后、我全部财产的王后、我们美丽的法兰西的王后了；沼泽之邦的勃艮第所有的公爵都不能从我手里买去这无价之宝的女郎。科迪利娅，向他们告别吧，虽然他们是这样无情；你失去了故国，将要得到一个更好的家乡。

李尔　你带了她去吧，法兰西王，让她归你吧，我没有这样的女儿，也再不要看见她的脸，因此走吧，既没有我的恩宠和爱，也没有我的祝福。来，尊贵的勃艮第。（喇叭奏花腔。李尔、勃艮第、康华尔、奥本尼、葛罗斯特、埃德蒙及侍从等同下）

法兰西国王　向你的姐姐们告别。

科迪利娅　父亲眼中的两颗宝玉，科迪利娅用泪洗过的眼睛向你们告别。我知道你们是怎样的人；因为碍着姊妹的情分，我不愿直言指斥你们的错处。好好对待父亲；你们自己说是孝敬他的，我把他托付给你们了。可是，唉！要是我没有失去他的欢心，我一定给他找一个更好的地方。再会了，两位姐姐。

里甘　用不到你教训我们尽责。

戈纳瑞　你还是去小心伺候你的丈夫吧，他接受你是作为命运的施舍；你自己不愿顺从，今天空手而去也是活该。

科迪利娅　时间将会显示奸诈所包藏的是什么；谁掩饰过错，最后免不了出乖露丑。愿你们繁荣昌盛！

法兰西国王　来，我美丽的科迪利娅。（与科迪利娅同下）

戈纳瑞　二妹，我有许多对我们两人切身有关的事要跟你谈。我想，父亲今晚就要离开此地。

里甘　那当然，他要住到你们那儿去；下个月跟我们住。

戈纳瑞　你瞧他现在老了，脾气多么变化不定；我们已多次注意到这点了。他一向最爱小妹，现在他把她撵走，可见他多么糊涂。

里甘　这是他老年的昏悖，而且他向来缺乏自知之明。

戈纳瑞　他年轻健壮的时候性子就很急躁，现在他老了，我们得准备不仅对付他的长期形成的坏习惯，而且对付身体衰弱加火性给他带来的喜怒无常了。

里甘　他把肯特也放逐了。我们也可能会遇到他这种突如其来的任性行为。

戈纳瑞　法王回国,跟他还有一番辞行的礼节。让我们商量一下;要是父亲凭着他这种脾气滥施威权起来,这一次的让权只会损害我们。

里甘　我们还要仔细考虑一下。

戈纳瑞　我们必须想个办法,而且要趁热打铁。(同下)

第二场　葛罗斯特伯爵城堡中的厅堂

【埃德蒙持信上。

埃德蒙　大自然,你是我的女神,我为你的法律尽职效劳。为什么我要受习俗的欺凌,让世人的挑剔剥夺我的权益,只因为我比哥哥迟生了一年或是十四个月?为什么我叫私生子?为什么我卑贱?我的身材匀称,心灵高贵,容貌端正,哪一点比不上正夫人所出?为什么他们要给我加上庶出、贱种、私生子的恶名?贱种、贱种、贱种?难道在天性热烈的偷情里生下的孩子,倒不及拥着一个毫无欢趣的老婆,在半睡半醒之间制造出来的那一批蠢货?好,合法的埃德加,我一定要得到你的土地;父亲欢喜私生子埃德蒙,正像他欢喜他的合法儿子一样。好听的名词,“合法”!好,我的合法的哥哥,要是这封信发生效力,我的计策能够成功,庶出的埃德蒙将要胜过合法的嫡子——我可要扬眉吐气啦。众神啊,替私生子撑腰吧!

【葛罗斯特上。

葛罗斯特　肯特就这样被放逐了!法王盛怒而去。王上昨晚又走了!他的权力全部交出,依靠他的女儿过活!这些事情都在匆促中发生!埃德蒙,怎么样!有什么消息?

埃德蒙　禀父亲,没有什么消息。(藏信)

葛罗斯特　你为什么这样急切地想把那封信藏起来?

埃德蒙　我不知道有什么消息,父亲。

葛罗斯特　你刚才在读什么信?

埃德蒙　没有什么,父亲。

葛罗斯特　没有什么？那你为什么慌慌张张地把它塞进口袋？既然没有什么，何必藏起来？来，给我看，要是那上面没有什么话，我也可以不用戴眼镜。

埃德蒙　父亲，请您原谅我，这是哥哥写给我的一封信，我还没有读完，照我已经读到的部分看，我认为不适于让您看见。

葛罗斯特　把信给我。

埃德蒙　不给您看或者给您看，我都会得罪您。信的内容，其中部分按我理解，是应受谴责的。

葛罗斯特　给我看，给我看。

埃德蒙　我希望哥哥写这封信是有他的理由的，他不过要试试我的德性。

葛罗斯特　（读信）"这一种尊敬老年人的政策，使我们在最好的年华只尝到世界的苦味。不能由自己处分我们的财产，等到年纪老了，不再能享受它。我开始觉得老年人的专制压迫实在是一种愚蠢的束缚；他们支配我们并非因为他们有权力，而是因为我们容忍他们这样做。到我这里来，听我发挥这一个问题吧。要是父亲闭上了眼睛，我不叫醒他他不再起来，你就可以永远享受他的一半的收入，并且为你的哥哥所喜爱。埃德加。"——哼！阴谋！"闭上了眼睛，我不叫醒他他不再起来，你就可以享受他的一半的收入。"我的儿子埃德加！他的手会写这信，他的心和脑会构思这样的信吗？这封信是什么时候到你手里的？谁送来的？

埃德蒙　它不是什么人送给我的，父亲，这正是他狡猾的地方；我发现它掷进我房间的窗户。

葛罗斯特　你认识这笔迹是你哥哥的吗？

埃德蒙　父亲，如果写的是好话，我敢发誓这是他的笔迹；可是，既然上面写的是这种话，我但愿不是他写的。

葛罗斯特　这是他的笔迹。

埃德蒙　笔迹确是他的，父亲，可是我希望这种内容不是出于他的真心。

葛罗斯特　他以前从没有用这类话试探过你？

埃德蒙　没有，父亲。可是我常常听见他说，儿子成年以后，父亲要是已经衰老，父亲应该受儿子的监护，由儿子管理他的财产。

葛罗斯特　啊，浑蛋！浑蛋！正是他在这信里所表示的意见！可恶的浑蛋！

违反天性的畜生！禽兽不如的东西！去，把他找来；我要依法惩办他。可恶的浑蛋！他在哪儿？

埃德蒙　我不大知道，父亲。您的可靠的做法是，在没有得到更好的证据证明哥哥确有这种意思以前，暂时停息您对他的怒气；因为要是您对他采取激烈的手段，误会了他的动机，那不但大大损害您自己的名誉，而且会粉碎他对您的顺从之心。我敢拿我的生命为他作保，他写这封信的用意，不过是试探我对您的爱心，并没有其他危险的目的。

葛罗斯特　你以为是这样的吗？

埃德蒙　您要是认为合适的话，让我把您安置在一个可以听到我们两人谈论这件事情的地方，用您自己的耳朵得到一个真凭实据。事不宜迟，今天晚上就可以一试。

葛罗斯特　他不会是这样一个禽兽——

埃德蒙　他断不会是这样的。

葛罗斯特　——对待他的父亲，这样全心全意疼爱他的父亲。天啊，地啊！埃德蒙，找到他，求你取得他的信任，照你自己的意思随机应付。我愿意放弃我的地位和财产，把这一件事情调查明白。

埃德蒙　父亲，我立刻就去找他，想方法办好这件事，并把结果告诉您。

葛罗斯特　最近这些日蚀和月蚀不是好兆；虽然自然哲学可以对它们做这样那样的解释，可是大自然被接踵而来的现象所祸害。爱情冷却，友谊疏远，兄弟分裂；城市发生暴动，国家发生内乱，宫廷发生叛逆，父子关系崩裂。我的这畜生也是属于这种恶兆，这就是儿子反对父亲。王上偏离天性，这就是父亲反对孩子。我们最好的日子已经过去，现在只有阴谋、欺诈、叛逆、纷乱，追随我们不安地走向坟墓。埃德蒙，探明这小畜生！那对你不会有什么损失。要做得小心谨慎。——忠心的肯特又被放逐了！他的过失是诚实！真是怪事！（下）

埃德蒙　这真是现世愚蠢的时尚：当我们命运不佳——常常是自己行为产生恶果时，我们就把灾祸归罪于日月星辰，好像我们做恶人是命运注定，做傻瓜是出于上天的旨意，做无赖、盗贼、叛徒，是由于某个天体上升，做酒鬼、骗子、奸夫奸妇是由于一颗什么行星在那儿主持操纵，我们无论干什么罪恶行为，全都是因为有一种超自然的力量在驱策我们。

明明自己跟人家通奸,却把他好色的天性归咎到一颗星的身上,真是令人吃惊的推诿!我的父亲跟我的母亲在巨龙尾巴底下交媾,我在大熊星座底下出世,所以我就是个粗暴而好色的家伙。呸!即使当我的父母发生婚外关系的时候,有一颗最贞洁的处女星在天空眨眼睛,我也还会是现在这个样子。埃德加——

【埃德加上。

埃德蒙　他来得正好,就像旧式喜剧里的结局一样;我的提词教我装出一副奸诈的忧郁,像疯子一般长吁短叹。唉!这些日蚀、月蚀果然预兆着人世的纷争!法——索——拉——咪。

埃德加　啊,埃德蒙兄弟!你在沉思些什么?

埃德蒙　哥哥,我正在想起前天读到的一篇预言,说是在这些日蚀、月蚀之后,将要发生些什么事情。

埃德加　你在忙着想这件事吗?

埃德蒙　我对你说,他所写的预言的事情,果然不幸发生了;什么父子之间违反天性的关系,死亡、饥荒、长久友谊的破灭、国家的分裂、对于国王和贵族的恫吓和咒诅、无谓的猜疑、朋友的放逐、支持者的叛离、婚姻的破裂,还有许许多多我所不知道的事情。

埃德加　你什么时候相信起星象之学来?

埃德蒙　喂,喂,你最后一次看见父亲在什么时候?

埃德加　昨天晚上。

埃德蒙　你跟他说过话没有?

埃德加　嗯,我们谈了两个钟头。

埃德蒙　你们分别的时候,没有闹什么意见吗?你在他的辞色之间,不觉得他对你有点恼怒吗?

埃德加　一点没有。

埃德蒙　想想看你在什么地方得罪了他。听我的劝告,暂时避一避开,等他的怒气平息下来再说,现在他正在大发雷霆,恨不得一口咬下你的肉来呢。

埃德加　一定是有一个坏东西说了我的坏话。

埃德蒙　我也怕是这样。请你千万忍耐一点,等他的火气消一消;现在你还是跟我到我住的地方去，在那里我可以想法让你听到他老人家说话。请你去吧，这是我的钥匙。你要是在外面走动的话，最好身边带上武器。

埃德加　带上武器，弟弟？

埃德蒙　哥哥，我这样劝告你是为了你好。外出带上武器吧，要是有人对你存着好心眼，我就不是个好人。我已经把我所看到听到的都告诉你了；可是这是说得轻的，远不如实际情形的严重和可怕。请你赶快去吧。

埃德加　我不久就可以听到你的消息吗？

埃德蒙　我在这件事上确是竭力帮你忙的。（埃德加下）一个轻信的父亲，一个忠厚的哥哥，他的天性不但不会损害别人，而且也不疑心别人算计他；对付他这样老实的傻瓜，我的计策是容易成功的。我把这事在心里盘算好了。出身不行，让我凭智谋得到产业；只要目的达到，一切手段对我全都合适。

第三场　奥本尼公爵府中一室

【戈纳瑞及其管家奥斯华德上。

戈纳瑞　我的父亲因为我的侍卫骂了他的弄人，所以动手打他吗？

奥斯华德　是，夫人。

戈纳瑞　他一天到晚欺侮我，每一点钟他都要借端寻事，把我们这儿吵得鸡犬不安。我不能再忍受下去了。他的骑士们一天一天横行不法起来，他自己又在每一件小事上责备我们。等他打猎回来的时候，我不愿意对他说话；就说我病了。你如果懈怠从前的服务，那才是做得好；他要是见怪，都在我身上。

奥斯华德　他来了，夫人，我听见他的声音。（内号角声）

戈纳瑞　你跟你手下的人尽管对他摆出一副不理不睬的态度；我要看看他有些什么话说。要是他恼了，那么让他到我妹妹那里去吧，我知道我妹妹的心思在这点上跟我一样：不能受人压制的。这老废物已经放弃了权威，却还想管这管那！凭我的生命发誓，年老的傻瓜回复成了婴孩，如果姑息哄骗纵容坏了他的脾气，就得用阻止对付他。记住我的话。

奥斯华德　是，夫人。

戈纳瑞　让他的骑士们也受到你们的冷眼；因此而发生什么事情，那没有关系。你去通知手下人这样做吧。我要造成一些借口，和他当面说个明白。我还要立刻写信给妹妹，叫她和我采取一致行动。吩咐他们备饭。（各下）

第四场　同前。厅堂

【肯特化装上。

肯特　我已经完全隐去我的本来面目，要是我能够借得旁的口音，掩饰我的语调，那么我的一片苦心也许可以完全达到目的。被放逐的肯特啊，要是你再有机会服侍你所开罪的主人——但愿如此——你所爱的主人会看到你勤劳尽力。

【内号角声。李尔、众骑士及侍从等上。

李尔　我一刻也不能等待，快去叫他们拿出饭来。（一侍从下）啊！你是什么？

肯特　我是一个人，大爷。

李尔　你是干什么的？你来见我有什么事？

肯特　您瞧我是怎么一个人，我就是怎么一个人。谁要是信任我，我愿意尽忠服侍他；谁要是居心正直，我愿意爱他；谁要是聪明而不爱多说话，我愿意跟他来往。我害怕人间和上帝的审判；迫不得已的时候，我也会跟人家打架；我不吃鱼。

李尔　你究竟是什么人？

肯特　一个心肠非常正直的汉子，而且像国王一样穷。

李尔　要是你这做臣民的，也像我这做国王的一样穷，那么你也真够穷的了。你要什么？

肯特　我要讨一个差使。

李尔　你想给谁做事？

肯特　给您。

李尔　你认识我吗？

肯特　不，大爷，可是在您的神气之间有一种什么东西，使我愿意叫您主人。

李尔　是什么东西？

肯特　权威。

李尔　你会做些什么事？

肯特　我会保守正当的秘密，我会骑马，我会跑路，我会把一个复杂的故事讲得明白，而把一个明白的口信传得直截了当；凡是普通人适于做的事情，我都能做，我的最大好处是勤快。

李尔　你多大年纪了？

肯特　大爷，说我年轻，我也不算年轻，我不会为了一个女人会唱几句歌而害相思；说我年老，我也不算年老，我不会糊里糊涂地溺爱一个女人。我已经活过四十八个年头了。

李尔　跟着我吧，你可以替我做事。要是我在吃过晚饭以后还是这样欢喜你，那么我还不会就把你撵走。喂！饭呢？拿饭来！我的跟班呢？我的弄人呢？你去把我的弄人叫来。（一侍从下）

【奥斯华德上。

李尔　喂，喂，我的女儿呢？

奥斯华德　对不起——（下）

李尔　这家伙怎么说？叫那蠢东西回来。（一骑士下）喂，我的弄人呢？全都睡着了吗？怎么！那狗头呢？

【骑士重上。

骑士　陛下，他说您的女儿有病了。

李尔　我叫他时，那奴才为什么不回来？

骑士　陛下，他非常放肆，回答我说他不高兴回来。

李尔　他不高兴回来！

骑士　陛下，我也不知道为了什么缘故，可是照我看起来，他们对待陛下已经不像往日那样殷勤礼貌了；不但一般下人仆从，就是公爵和您的女儿也对您冷淡得多了。

李尔　嘿！你这样说吗？

骑士　陛下，要是我弄错了，请您原谅我；可是当我觉得有人对不起陛下时，我责任所在，不能闭口不言。

李尔　你不过提醒我一件我自己已经感觉到的事。我近来也觉得他们对我的态度有点冷淡，可是我总以为那是我自己多心，不愿断定是他们有意的怠慢。我要进一步观察此事。可是我的弄人呢？这两天来我没有见到过他。

骑士　陛下，自从小公主到法国去了以后，这弄人消瘦多了。

李尔　别再提这事了，我也注意到了。你去对我的女儿说，我要跟她说话。（一侍从下）你去叫我的弄人到这里来。（另一侍从下）

【奥斯华德重上。

李尔　啊！你，你过来。你知道我是什么人？

奥斯华德　我们夫人的父亲。

李尔　"我们夫人的父亲！"我们大爷的奴才！好大胆的狗！

奥斯华德　大人，请您原谅，我不是狗。

李尔　你敢跟我当面顶撞吗，你这浑蛋？（打奥斯华德）

奥斯华德　大人，您不能打我。

肯特　也不能绊你吗，你这踢足球的下贱东西[①]？（自后绊奥斯华德倒地）

李尔　谢谢你，伙计，你帮了我，我喜欢你。

肯特　来，朋友，站起来，给我滚吧！我要教训你知道尊卑上下的分别。去！去！你还要想用你粗笨的身体丈量地面吗？滚！你难道不懂利害吗？去。（将奥斯华德推出）

李尔　我的好伙计，谢谢你，这是你替我做事的定金。（以钱给肯特）

【弄人上。

弄人　让我也把他雇下来。这儿是我的鸡冠帽。（脱帽授肯特）

李尔　啊，我的乖乖！你好？

弄人　喂，你最好还是戴了我的鸡冠帽吧。

肯特　傻瓜，为什么？

弄人　为什么？因为你帮了一个失势的人。要是你不会看准风向把你的笑脸迎上去，你很快就会着凉的。来，把我的鸡冠帽拿去。嘿，这家伙撵走了两个女儿，却赐福于他的第三个女儿，虽然这不是出于他的本意；

---

① 踢足球当时只是下层市民的娱乐。

要是你跟了他，你必须戴上我的鸡冠帽。啊，老伯伯！但愿我有两顶鸡冠帽，再有两个女儿！

李尔　为什么，我的孩子？

弄人　要是我把我的家私全给了她们，我自己还可以存下两顶鸡冠帽。我这儿有一顶；再去向你的女儿们讨一顶戴戴吧。

李尔　嘿，你留心着鞭子。

弄人　真理是一条公狗，他只好躲在狗窝里；公狗必须用鞭子赶出去，而母狗则可以站在火炉边发臭气。

李尔　简直是揭我的痛疮！

弄人　（向肯特）喂，让我教你一段话。

李尔　你说吧。

弄人　听好，老伯伯：

多积财，少摆阔；
耳多听，话少说。
少放款，多借债；
走路不如骑马快。
三言之中信一语，
多掷骰子少下注。
莫饮酒，莫嫖娼；
闭门不出最为上。
会打算的占便宜，
不会打算叹口气。

肯特　傻瓜，这些话一点意思也没有。

弄人　那么正像拿不到讼费的律师说空话一样，你给我的只是个“没有”。老伯伯，你能够利用“没有”吗？

李尔　啊，不，孩子，没有只能制造出没有。

弄人　（向肯特）请你告诉他，他的土地得的租金最终也只等于没有；弄人嘴里的话他是不相信的。

李尔　好挖苦的弄人！

弄人　我的孩子，你知道苦弄人和甜弄人之间的区别吗？

李尔　不，孩子，告诉我。

弄人　　　　哪个爵爷劝告你，
　　　　　　　把你的土地全给光；
　　　　　　叫他站在我身边，
　　　　　　　你自己站这旁：
　　　　　　一个傻瓜甜，
　　　　　　　一个傻瓜苦；
　　　　　　甜的穿彩衣，
　　　　　　　苦的丢掉王权无处诉。

李尔　你叫我傻瓜吗，孩子？

弄人　你把其他所有的尊号都送了别人，只有这一个名字是你娘胎里带来的。

肯特　陛下，这倒不全是傻话哩。

弄人　不，老爷大人们都不会答应我的。要是我取得了傻瓜的专利权，他们会要夺去一部分，就是太太小姐们也不会放过；他们不肯让我一个人做傻瓜；他们会抓一把。老伯伯，给我一个蛋，我能给你两顶冠。

李尔　两顶什么冠？

弄人　我把蛋从中间切开，吃完了蛋黄蛋白，就用蛋壳给你做两顶冠。你把你的王冠从中间剖成两半，把两半全都送给人家，这不是背了驴子过泥潭吗？你这光秃秃的头颅里面没有一点脑子，所以才会把一顶金冠送了人。谁先说我这话是傻话，让他挨一顿鞭子。
　　　　　　这年头傻瓜已不吃香，
　　　　　　　聪明人个个变了蠢猪，
　　　　　　顶着个头没有思想，
　　　　　　　做起事来稀里糊涂。

李尔　你几时学会了这许多歌儿？

弄人　老伯伯，自从你把你的两个女儿当作了妈，我就常常唱起歌儿来了；因为当你把棒儿给了她们，拉下自己裤子的时候——
　　　　　　她们高兴得眼泪盈眶，
　　　　　　　我只好唱歌自遣忧伤，

可怜你堂堂一国之主，
却跟傻瓜们玩捉迷藏。

老伯伯，你去请一位老师来，教教你的傻瓜怎样说谎吧，我很想学学说谎。

李尔　要是你说了谎，小子，我们就让你挨鞭子。

弄人　我不知道你跟你的女儿们究竟是什么亲戚：她们因为我说了真话，要用鞭子抽我，而你因为我说谎，又要用鞭子抽我；有时候我闭嘴，却也要挨鞭子。我宁可做一个无论什么东西，也不做傻瓜；可是我不愿意做您，老伯伯，您把您的聪明两边削去，削得中间什么也不剩了。瞧，其中一个削片来了。

【戈纳瑞上。

李尔　怎么，女儿！你脸上阴森森的是什么意思？我看你近来老是皱着眉头。

弄人　从前你是个好汉，用不着管她皱不皱眉头；现在你是孤单单的一个零。现在你还比不上我；我是个弄人，你什么都不是。（向戈纳瑞）好，好，我闭嘴就是啦；虽然你没有说话，我从你的脸色上知道你的意思。

闭嘴，闭嘴，
谁不知道积谷防饥，
啃不到面包不要追悔。
那是一根剥剩的豌豆荚。（指李尔）

戈纳瑞　父亲，不但您这个肆无忌惮的弄人，还有您那些无礼的卫士，都在时时刻刻寻事吵架，种种暴乱行为，叫人忍无可忍。父亲，我本来以为让您充分知道这种情形，就会找到补救的办法；可是照您最近所说的话和所做的事看来，我怕您是在保护这种行为，有意加以纵容。要是您果然这样做，那不能逃脱责备，补救措施也不能拖延；我们为了维护健全的政局，也许做法会使您难堪，感到丢脸，可是这样的步骤确实必要，而且是审慎的。

弄人　因为你知道，老伯伯——

那篱雀喂大了杜鹃鸟，
自己的头也被它咬掉。

蜡烛熄了，我们眼前只有一片黑暗。

李尔　你是我的女儿吗？

戈纳瑞　您不是一个不懂道理的人，我希望您明智一点，除去近来使您改变常态的这些脾气。

弄人　驴子能否知道什么时候马儿颠倒被车子拖着走？“呼，加格！我爱你。”

李尔　这儿有谁认识我吗？这不是李尔。李尔是这样走路，这样说话的吗？他的眼睛哪里去了？他的知觉衰退，要么他的神志麻木了。嘿！他醒着吗？没有的事。谁能告诉我我是什么人？

弄人　李尔的影子。

李尔　我得弄清这一点。因为从权力、知识和理性的标记来看，我都不能相信我是个有女儿的人。

弄人　那些女儿会教你做一个顺从的父亲。

李尔　太太，请教您的芳名？

戈纳瑞　父亲，这种假痴假呆和您其他一些新的胡闹是同样性质的。我请您正确理解我的目的：既然您是一个有年纪的老人家，应该明智一些。您在这儿养了一百个骑士，全都是些胡闹放荡、胆大妄为的家伙，我们的宫廷给他们骚扰得像一个喧嚣的客店；他们成天吃喝玩女人，把这里弄成了酒馆妓院，哪里还是一座庄严的宫殿！这种可耻现象本身要求立刻加以纠正，所以请您俯从我的要求，酌量减少您的扈从的人数，只留下一些适合于您的年龄，知道自处也熟悉您的人跟随您；要是您不答应，那么我没有法子，只好勉强执行了。

李尔　黑暗和魔鬼啊！备起我的马来，召集我的侍从。堕落的贱人！我不要麻烦你，我还有一个女儿哩。

戈纳瑞　你打我的佣人，你那一班捣乱的流氓把他们上面的人像奴仆一样呼来叱去。

【奥本尼上。

李尔　唉！现在懊悔也来不及了。（向奥本尼）啊！你也来了吗？这是不是你的意思？你说。——替我备马。忘恩负义，你这铁石心肠的鬼怪，当你出现在儿女身上，真比海怪还要丑恶。

奥本尼　陛下,请您忍耐一下。

李尔　(向戈纳瑞)枭獍不如的东西!你在说谎!我的卫士都是最有品行的人,懂得一切的礼仪,他们的一举一动都不愧骑士之名。啊!科迪利娅不过犯了最小的一点错误,怎么在我的眼睛里却会变得这样丑恶!它像一具刑架,扭曲了我的天性,抽干了我心里的慈爱,增加了苦胆,哦,李尔!李尔!李尔!对准这一扇放进愚蠢和放出智慧的门,着力痛打吧!(自击其头)走吧,走吧,我手下的人。

奥本尼　陛下,我是无辜的,我不知道是什么东西使您这样激动。

李尔　也许是这样的,公爵。——听着,亲爱的大自然女神,听我的呼吁!要是你想使这畜生生男育女,请你改变你的意旨吧!取消她的生育能力,干涸她的繁殖的器官,让她的堕落的身体里永远生不出一个孩子!要是她必须生产,让她生下一个仇恨的孩子,活下来使她受忤逆的,违反人性的折磨!让她年轻的额角上很早就印上皱纹,流下的眼泪在她的脸颊上磨成一道道沟渠;她作为母亲的鞠育的辛劳,只换得冷笑和蔑视;让她感觉到一个不知感谢的孩子比毒蛇的牙齿还要尖利,走吧,走吧!(下)

奥本尼　凭着我们敬奉的神明,这是怎么一回事?

戈纳瑞　你不用知道原因而自苦,他老糊涂了,让他去使性子吧。

【李尔重上。

李尔　什么!我在这儿不过住了半个月,就把我的卫士一下子裁撤了五十名吗?

奥本尼　什么事,陛下?

李尔　我以后告诉你。(向戈纳瑞)凭生和死起誓!我真惭愧让你有权力使我失去大丈夫的气概,让我的热泪为了你这样的人而禁不住滚滚流出。愿毒风和恶雾袭击你!愿一个父亲的咒诅刺透你的五官,留下深不可探测的疮痍!痴愚的老眼,要是你们再为此而流泪,我要把你们挖出来,同你们流的泪水一起,和泥土相搅拌!哼!竟到了这等地步?让它去吧,我还有另一个女儿,我相信她是仁慈温存的;她听见你这样对待我,一定会用指爪抓破你的豺狼一样的面孔。你以为我一辈子也不能恢复我原来的威风了吗?好,你等着瞧吧。(李尔、肯特及侍从

等下）

戈纳瑞　你听见没有？

奥本尼　戈纳瑞，虽然我十分爱你，可是我不能让它使我这样偏心——

戈纳瑞　请你别说了。喂，奥斯华德！（向弄人）你这七分奸刁三分傻的东西，跟你的主人去吧。

弄人　李尔老伯，李尔老伯！等一等，带弄人跟你一块儿去。

捉狐狸，杀狐狸；
这样的女儿是狐狸，
一定杀却毋迟疑。
可惜我这顶帽子，
换不到一条绳子；
追上去，你这傻子。（下）

戈纳瑞　不知道是什么人给他出的好主意。一百个骑士！让他带一百个全副武装的卫士，真是万全之计；只要他做了一个梦，听了一句谣言，转了一个念头，或者心里有什么不高兴，不舒服，就可以借他们的力量维护他的老朽，危害我们的生命。喂，奥斯华德！

奥本尼　也许你太过虑了。

戈纳瑞　过虑总比大意好些。与其时刻提心吊胆，怕人暗算，宁可除去我所怕的威胁。我知道他的心思。他所说的话，我已经写信去告诉二妹了；我已经指出不妥之处，要是她仍旧支持他和他的一百名骑士——

【奥斯华德重上。

戈纳瑞　怎么样，奥斯华德！我叫你写给二妹的信，你写好了没有？

奥斯华德　写好了，夫人。

戈纳瑞　带几个人跟着你，赶快上马出发，把我所担心的事完全告诉她，再加上一些你自己想到的理由，加以支持。去吧，早点回来。（奥斯华德下）不，不，夫君，你做人太仁善厚道了，虽然我不怪你，可是恕我说一句话，只有人批评你糊涂，却没有什么人称赞你温厚。

奥本尼　我不知道你的眼光能够看到多远，可是过分操切也会误事的。

戈纳瑞　咦，那么——

奥本尼　好，好，但看结果如何。（同下）

第五场　奥本尼公爵府外院

【李尔、肯特及弄人上。

李尔　你带了这封信，先到葛罗斯特去。我的女儿看了我的信，倘然有什么话问你，你就照你所知道的回答她，此外不要多说。要是你在路上不勤快，我会比你先到的。

肯特　陛下，我在没有把您的信送到以前，决不打一次瞌睡。（下）

弄人　要是一个人的脑子生在脚跟上，岂不是有生冻疮的危险？

李尔　是，孩子。

弄人　那么你放心吧，你的脑子不多，用不到穿拖鞋来保护它的冻疮。

李尔　哈哈哈！

弄人　你将看到你那另外一个女儿会待你多么好；因为虽然她跟这一个就像野苹果跟家苹果一样相像，可是我可以告诉你我所知道的事情。

李尔　你可以告诉我什么，孩子？

弄人　你一尝到她的滋味，就会知道她跟这一个完全相同，正像两只野苹果一般没有分别。你能够告诉我为什么一个人的鼻子生在脸中央吗？

李尔　不能。

弄人　为了鼻子两旁可以安放眼睛。鼻子嗅不出来的，眼睛可以瞧见。

李尔　我对不起她——

弄人　你知道牡蛎怎样造它的壳吗？

李尔　不知道。

弄人　我也不知道，可是我知道蜗牛为什么背着一个屋子。

李尔　为什么？

弄人　因为可以把它的头缩在里面；它不会把屋子送给它的女儿，害得它的触角没地方安顿。

李尔　我要忘掉我的天性了。这样仁慈的父亲！我的马备好了吗？

弄人　你的驴子们正在给你预备呢。七星座为什么只有七颗星，其中有一个绝妙的理由。

李尔　因为它们没有第八颗吗?

弄人　正是,一点不错;你可以做一个很好的弄人。

李尔　用武力夺回来!忘恩负义的畜生!

弄人　假如你是我的弄人,老伯伯,我就要打你,因为你不到时候就老了。

李尔　那是什么意思?

弄人　你应该先懂得些世故再老呀。

李尔　啊!不要让我发疯,不要发疯,天哪,制住我的怒气,我不愿发疯!

【侍臣上。

李尔　怎么!马备好了吗?

侍从　备好了,陛下。

李尔　来,孩子。(同下)

弄人　　谁现在还是处女,却嘲笑我的告别,
　　她很快将不再是处女,除非把那话儿截短些。(下)

第二幕

第一场　葛罗斯特伯爵城堡庭院

【埃德蒙和克伦自相对方向上。

埃德蒙　上帝保佑您，克伦。

克伦　上帝保佑您，公子。我刚才见过令尊，通知他康华尔公爵和公爵夫人里甘今天晚上要到这儿来拜访他。

埃德蒙　这是怎么回事？

克伦　我也不知道。您有没有听见外边的消息？我指的是人们交头接耳在暗中传递的消息。

埃德蒙　我没有听见。请教是些什么消息？

克伦　您没有听见说起康华尔公爵也许会跟奥本尼公爵开战吗？

埃德蒙　一点没有听见。

克伦　那么您以后也许会听到的。再会，公子。（下）

埃德蒙　公爵今天晚上到这儿来！那也好！再好没有！我正好利用这个机会。（埃德加上）父亲已经叫人四处把守，要捉哥哥；我还有一件难办的事必须做。快捷和运气帮助我！——哥哥，跟你说一句话；下来，哥哥！

埃德蒙　父亲在守着你。啊，哥哥！离开这个地方吧；有人已经告诉他你躲在什么地方。趁着现在天黑，你快逃吧。你有没有说过什么反对康华尔公爵的话？他正在到这儿来，就在现在，连夜的，急急忙忙的。里甘也和他同来。你对于他跟奥本尼公爵争执的事情没有说过什么话吗?想一想看。

埃德加　我真的一句话也没有说过。

埃德蒙　我听见父亲来了,原谅我,我必须假装对你动武的样子,拔出剑来,就像你在进行自卫。现在你去吧。(高声)放下你的剑,见我的父亲去!喂,拿亮来!这儿!——逃吧,哥哥。(高声)火把!火把!——再会。(埃德加下)身上沾些血,可以使人相信我作过一番更凶猛的争斗。(以剑刺伤手臂)我曾见有些醉汉为了开玩笑的缘故,做得比这还厉害。(高声)父亲!父亲!住手!住手!没有人来帮我吗?

【葛罗斯特率众仆持火炬上。

葛罗斯特　埃德蒙,那坏蛋呢?

埃德蒙　他站在这里黑暗之中,拔出他的锋利的剑,嘴里念念有词,见神见鬼地请月亮帮他的忙。

葛罗斯特　可是他在什么地方?

埃德蒙　瞧,父亲,我流着血呢。

葛罗斯特　那坏蛋呢,埃德蒙?

埃德蒙　向这边逃去了,父亲。当他没有法子——

葛罗斯特　喂,你们追上去!(若干仆人下)"没有法子"什么?

埃德蒙　没有法子劝我跟他同谋把您杀死,我对他说,惩凶的神明是要用全部天雷轰击弑父的逆子的;告诉他儿子同父亲的关系是多么密切和牢固;总而言之,他看见我这样憎恶和反对他的违背天性的图谋,他就拔出早就预备好的剑,气势汹汹地向我毫无防卫的身上捅了过来,把我的手臂刺破了;但他看到我勃然发怒,自恃理直气壮,跟他奋力对抗,也许因为我喊叫的声音使他害怕,他就突然逃走了。

葛罗斯特　让他逃得远远的吧,除非逃到国外去。总有一天被捉到,而且被捉到就叫他活不成。尊贵的公爵,我的主上,杰出的庇护人,今晚要来这里。凭他的权威,我要宣布,谁要是找到这杀人的懦夫,把他带到火刑柱前,将得到酬谢;谁要是把他藏匿起来,也要处死。

埃德蒙　当他不听我的劝告,决意实行他的企图的时候,我就严辞恫吓,要将他揭发;他却回答我说,"你这光棍私生子!难道你以为,要是我和你对质，人家会认为你有德才，相信你的话吗？不，我所否认的——我是要否认的，尽管你拿出我的亲笔信，我将反咬一口，说这全是你的阴谋恶计：人们不是傻瓜，他们 当然会相信你因为觊觎我死后的产业，所以才会起这样的毒心，想要索取我的生命。"

葛罗斯特　怙恶不悛的畜生！他要抵赖他的信吗？他不是我养的。（内号角吹花腔）听！公爵的号角声。我不知道他为什么而来。我要把所有的大门上闩，这畜生逃不掉的；公爵一定会答应我这一个要求。我还要把他的图形送到远近各处，让全国的人都认得他。我的忠实和有人性的孩子，我将想法子使你能够继承我的土地。

【康华尔、里甘及侍从等上。

康华尔　怎么样，我的尊贵的朋友！我还不过刚到这儿，就已经听见了奇怪的消息。

里甘　要是真有那样的事，那罪人真是万死不足蔽其辜了。你好吗，伯爵？

葛罗斯特　哦！夫人，我这颗衰老的心已经碎了，它已经碎了！

里甘　什么！我父亲的教子要谋害您的性命吗？就是我父亲替他取名字的，您的埃德加吗？

葛罗斯特　哦！夫人，夫人，发生了这种事情，真是说来也叫人丢脸。

里甘　他不是常常跟我父亲身边那些胡闹的骑士们在一起的吗？

葛罗斯特　我不知道，夫人。太可恶了！太可恶了！

埃德蒙　是的，夫人，他正是跟那帮人常在一起的。

里甘　难怪他会变得这样坏；一定是他们撺掇他谋害老人的性命，好把他的财产拿出来挥霍。今天傍晚的时候，我接到我姐姐的一封信，她告诉我他们的种种行为，并且警告我要是他们想要住到我的家里来，我最好别在家。

康华尔　相信我，里甘，我也不呆在家里。埃德蒙，我听说你表现得对父亲很尽孝道。

埃德蒙　那是我的本分，殿下。

葛罗斯特　他揭发了他哥哥的阴谋，而且在企图捉住他时身上受了你所看见的这一处伤。

康华尔　有没有人去追捕他？

葛罗斯特　有的，殿下。

康华尔　要是他被捉住，以后就永远不用怕他再为非作歹；你可以决定一个办法，只要在我的权力范围以内，我都支持你。至于你，埃德蒙，你这一回所表现的德性和顺从值得赞赏，你将是我们的人。我们很需要值得亲信的人，你是我们第一个挑中的。

埃德蒙　殿下，我将为您效力，不论发生什么事。

葛罗斯特　为了他我感谢殿下。

康华尔　你还不知道我们为什么来造访——

里甘　尊贵的葛罗斯特，我们这样不合时宜地，穿过黑暗的夜色前来，实在是因为有一些相当重要的事情，我们必须借重您的意见。我们的父亲和姐姐都有信来，说他们两人之间发生了一些纷争；我想最好不要在我们自己的家里答复他们；几个信使都在这里等候差遣。我们的善良的老朋友，您心宽一点，替我们赶快出个主意吧。

葛罗斯特　夫人，我愿为您效劳。两位殿下光临，欢迎得很！（同下）

第二场　葛罗斯特城堡之前

【肯特和奥斯华德分头上。

奥斯华德　早安，朋友，你是这屋子里的人吗？

肯特　嗯。

奥斯华德　什么地方可以让我们拴马？

肯特　烂泥地里。

奥斯华德　对不起，大家是好朋友，告诉我吧。

肯特　谁是你的好朋友？

奥斯华德　好，那么我也不要睬你。

肯特　要是我把你一口咬住，看你睬不睬我。

奥斯华德　你为什么对我这样？我又不认识你。

肯特　家伙，我认识你。

奥斯华德　你认识我是谁？

肯特　一个无赖，一个恶棍，一个吃肉皮肉骨的家伙；一个下贱的、骄傲的、浅薄的、叫花子一样的、只有三身衣服，全部家私不过一百镑的、卑鄙龌龊的、穿毛线袜子的奴才；一个胆小如鼠、仗势欺人的奴才；一个婊子生的、顾影自怜的、奴颜婢膝的、装腔作势的混账东西；一个天生的王八坯子；一个想当妓院老板的，又是奴才、又是叫花子、又是懦夫、又是王八、又是杂种老母狗的儿子。要是你不承认你这些头衔，我要把你打得汪汪叫。

奥斯华德　咦，奇了，你是个什么东西，你也不认识我，我也不认识你，怎么开口骂人？

肯特　你还说不认识我，你这厚脸皮的奴才！不过两天以前，我不是在国王的面前把你绊跌在地上，还打过你吗？拔出剑来，你这浑蛋，虽然是夜里，月亮亮着呢；我要在月亮光底下把你剁得稀烂。（拔剑）拔出剑来，你这婊子生的下流东西，专进理发馆的纨绔子弟，拔出剑来！

奥斯华德　去！我不跟你胡闹。

肯特　拔出剑来，你这恶棍！你带来了攻击国王的信，站在他的女儿虚荣傀儡的一边，反对她的父王。拔出剑来，你这浑蛋，否则我要砍下你的胫骨。拔出剑来，恶棍，来来来！

奥斯华德　救命哪！要杀人啦！救命哪！

肯特　击剑啊，你这奴才。站定，浑蛋，别跑。你这个漂亮的奴才，你不会还手吗？（打奥斯华德）

奥斯华德　救命啊！要杀人啦！要杀人啦！

【埃德蒙拔剑上。

埃德蒙　怎么！什么事？（分开二人）

肯特　好小子，你也要寻事吗？来，我让你尝一点血．来，小哥儿。

【康华尔、里甘、葛罗斯特及众仆上。

葛罗斯特　动刀动剑的，什么事呀？

康华尔　大家不要闹，谁再动手，就叫他死。怎么一回事？

里甘　一个是我姐姐的使者，一个是国王的使者。

康华尔　你们为什么争吵？说。

奥斯华德　殿下，我气都喘不过来啦。

肯特　怪不得，你把全身勇气都提起来了。你这懦怯的恶棍，造化不承认他造你，你是裁缝手里做出来的。

康华尔　你是一个奇怪的家伙。裁缝会做出一个人来吗？

肯特　嗯，裁缝。石匠或者油漆匠都不会把他做得这样坏，即使他们学这门技艺才不过两个钟头。

康华尔　说，你们怎么会吵起来的？

奥斯华德　这个老不讲理的家伙，殿下，我是看在他的花白胡子分上，才饶了他的命的——

肯特　你这不中用的废物！殿下，要是您允许我的话，我要把这粗人踏成泥浆，用来刷厕所的墙。看在我的花白胡子分上？你这摇尾乞怜的狗！

康华尔　住口！畜生，你规矩也不懂吗？

肯特　是，殿下，可是我实在气愤不过。

康华尔　你为什么气愤？

肯特　我气愤的是像这样一个奸诈的奴才，居然也佩起剑来。这种笑脸的小人，像老鼠一样，时常咬断神圣的、不容松弛的人伦关系；竭力逢迎他们的主上起的恶念，不是火上浇油，就是雪上添霜；有时否认，有时肯定，随风转舵，看主人怎么说，像狗一样只知道跟着主人跑。恶疮烂掉你的抽搐的面孔！你笑我所说的话，你以为我是傻瓜吗？呆鹅，要是我在索尔兹伯里平原上找到你，看我不把你打得嘎嘎乱叫，赶你回到亚瑟王宫廷所在的卡米洛去。

康华尔　什么！你疯了吗，老头儿？

葛罗斯特　说，你们究竟是怎么吵起来的？

肯特　我跟这浑蛋是势不两立的。

康华尔　你为什么叫他浑蛋？他做错了什么事？

肯特　我不喜欢他的脸。

康华尔　也许你也不喜欢我的脸，他的脸，还有夫人的脸。

肯特　殿下，我是说惯老实话的：我曾经见过一些脸，比现在站在我面前的这些脸好。

康华尔　这个人正是那种因为有人称赞他直率就装出一副玩世不恭的态度来的家伙。他不会谄媚，诚实坦白，他必须说老实话；要是人家愿意接受他的意见,很好;不然的话,他是个老实人。我知道这种家伙,他们用坦白的外表,包藏着极大的奸谋祸心,比二十个胁肩谄笑、小心翼翼的奴才更不怀好意。

肯特　殿下,您的伟大的明鉴,就像太阳神额上的光耀的火环,请您照临我的善意的忠诚,恳切的虔心——

康华尔　这是什么意思?

肯特　因为您不喜欢我的话,所以我改变了一个样子。我知道我不是一个谄媚之徒;我也不愿做一个故意用率直的语言骗你的奸诈小人;即使您请求我做这样的人,我也决不从命。

康华尔　(向奥斯华德)你在什么地方冒犯了他?

奥斯华德　我从来没有冒犯过他。最近他的主人王上因为对我产生误会,把我殴打;他便助主为虐,从我背后把我绊倒地上,对我侮辱谩骂,装出一副非常勇敢的神气;他的王上看见他敢打不抵抗的人,把他称赞了两句,他因上次得手,便得意忘形,一看见我,又要对我动剑了。

肯特　这些胆怯的坏蛋以为埃阿斯比他们还笨。

康华尔　拿足枷来!你这口出狂言的倔强的老贼,我们要教训你一下。

肯特　殿下,我已经太老,不能接受教训了。不要用足枷枷我。我是王上的人,奉他的命令前来;您要是把他的使者枷起来,那未免对我的主上太失敬,太放肆无礼了。

康华尔　拿足枷来!凭着我的生命和荣誉起誓,他必须锁在足枷里直到中午为止。

里甘　到中午为止!到晚上,殿下,把他枷上整整一夜再说。

肯特　啊,夫人,即使我是您父亲的狗,您也不该这样对待我。

里甘　因为你是他的奴才,所以我要这样对待你。

康华尔　这正是姐姐提到的那个家伙。来,拿足枷来。(仆从取出足枷)

葛罗斯特　殿下,请您不要这样。他的过失诚然很大,王上知道了一定会责罚他的;您所决定的这一种羞辱的刑罚,只能惩戒那些犯偷窃之类普通小罪的贱民;他是王上差来的人,要是您给他这样的处分,王上一定要认为您轻蔑了他的来使而心中不快。

康华尔　那我可以负责。

里甘　姐姐要是知道她的有身份的使者因为执行她的差使而被人侮辱殴打,她的心里还更要不高兴哩。把他的腿放进去。(仆从将肯特套入足枷)来,殿下,我们走吧。(除葛罗斯特、肯特外,均下)

葛罗斯特　朋友,我很为你抱恨。这是公爵的意思,全世界都知道他的脾气不受劝阻。我会替你求情的。

肯特　请您不必多此一举,大人。我走了许多路,还没有睡过觉;一部分的时间将在瞌睡中过去,其余的时间我可以吹吹口哨。好人的命运也会锁上脚镣,再会!

葛罗斯特　这是公爵的不是。王上一定会见怪的。(下)

肯特　好王上,这正是证明了俗话所说的,你抛下天堂的幸福,来受赤日的煎熬了。来吧,你照耀地球的火炬,让我借着你的温暖的光辉读一读这封信。奇迹往往在不幸的时候才会发生。我知道这是科迪利娅寄来的信,所幸她已经知道我的改头换面的行踪,她一定会找到一个机会,从这种反常的情况中解救我们,以期补救损失。我疲倦得很;闭上了吧,沉重的眼睛,免得看见这一耻辱的居所。晚安,命运,求你转过你的轮子来,再一次微笑吧。(睡)

第三场　荒原之一处

【埃德加上。

埃德加　听说他们已经贴出告示抓我,幸亏我躲在一株空心的树干里,没有给他们找到。没有一处城门可以出入无阻,没有一个地方不是警卫森严,准备把我捉住!我只有逃脱才能保全自己。我想还不如改扮作一个最卑贱穷苦,最为人所轻视,和禽兽相去无几的家伙;我要用污泥涂在脸上,一块毡布裹住我的腰,把所有头发打成乱结,赤身裸体,顶着风雨的侵凌。这地方给了我保护和先例,因为这里本来有许多疯乞丐,他们高声喊叫,用针哪、木椎哪、钉子哪、迷迭香的树枝哪,刺在他们麻木而僵硬的手臂上,用这种可怕的形状,到那些穷苦的农舍、乡村、羊棚和磨坊去,有时候发出疯狂的诅咒,有时候向人哀求祈祷,乞讨一些布施。可怜的疯叫花!可怜的汤姆!倒有几分像,我现在不再是埃德加了。(下)

第四场　葛罗斯特城堡前

【肯特系足枷中。李尔、弄人及侍臣上。

李尔　真奇怪,他们离开了家,又不打发我的使者回去。

侍臣　我听说在前一天晚上他们还不曾有走动的意思。

肯特　向您致敬,尊贵的主人!

李尔　嘿!你把这样的羞辱作为消遣吗?

肯特　不,陛下。

弄人　哈哈!他吊着一副多么难受的袜带!缚马缚在头上,缚狗缚熊缚在颈子上,缚猴子缚在腰上,缚人缚在腿上;一个人的腿儿太活动了,就要叫他穿木袜子。

李尔　谁认错了你的身份,把你锁在这儿?

肯特　您的女婿和女儿。

李尔　不。

肯特　是的。

李尔　我说不。

肯特　我说是的。

李尔　不,不,他们不会干这样的事。

肯特　他们干了。

李尔　我凭朱庇特起誓,没有这样的事。

肯特　我凭朱诺起誓,有这样的事。

李尔　他们不敢做这样的事;他们不能也不会做这样的事。要是他们有意做出这样凶暴的冒犯,那比杀人还坏。快告诉我,你究竟犯了什么罪,他们才会用这种刑罚来对待朕派出的使者。

肯特　陛下,我带了您的信到他们家里,当我跪在地上把信交上去还没有立起身来的时候,又有一个使者汗流满面、气喘吁吁、急急忙忙地奔了进来，代他的女主人戈纳瑞向他们请安并交上了信。他们不顾中途打断同我的对答，先读戈纳瑞的信；读罢了信，他们立刻召集仆从，上马出发，叫我跟到这儿来等候他们的答复，对待我十分冷淡。我到这里又碰见那个使者，他也就是最近对您非常无礼的那个家伙，我看出他们对我冷淡，都是因为欢迎他的缘故，一时激于气愤，不加考虑地拔出剑来；他高声发出胆怯的叫喊，惊动了全屋子的人。您的女婿、女儿认为我的过失应受这样的羞辱，就把我枷起来了。

弄人　冬天还没有过去，要是野雁尽往那个方向飞。

老父衣百结，
儿女不相认；
老父满囊金，
儿女尽孝心。
命运如娼妓，
不纳贫贱人。

虽然这样说，您因女儿们还要得到数不清的烦恼哩。

李尔　哦！狂乱的气恼涌上我的心头来了！下去，你这向上爬的怪病，你本来该在下面。我这女儿现在在哪里？

肯特　在里边，陛下，跟伯爵在一起。

李尔　不要跟我，在这儿等着。（下）

侍臣　除了你刚才所说的以外，你没有犯其他的过失吗？

肯特　没有。王上怎么只带这么几个人来？

弄人　你会提出这么一个问题，活该给人用足枷枷起来。

肯特　为什么，傻瓜？

弄人　你应该拜蚂蚁做老师，让它教你冬天不是劳动的时候。所有跟着鼻子向前走的人都要靠眼睛认方向，除非他是瞎子，而二十个人中没有一人的鼻子嗅不出他身上发臭的味道。别抓住滚下山坡的大车轮，免得摔断脖子，但要是那大家伙在上山去，那么让它拉你一起上去吧。倘然有什么聪明人给你更好的忠告，请你把我的这番话还给我：一个傻瓜的忠告，只配让一个浑蛋去遵从。

一个寻求私利的仆人，

只是形式上追随你，
天色一变他就要告别，
留下你在雨地里。
但是我这傻瓜将留下，
让聪明人全都飞散；
逃走的浑蛋变成真正的傻瓜，
那傻瓜弄人却不是浑蛋。

肯特　傻瓜，你是从哪里学会这个歌儿的？

弄人　不是在足枷里，傻瓜。

【李尔偕葛罗斯特重上。

李尔　拒绝跟我说话！他们不舒服！他们疲倦了！他们昨天晚上走路辛苦了！这些都是借口，明明是要叛离我的意思。给我再去向他们要一个好一点的答复来。

葛罗斯特　陛下，您知道公爵的火性，他决定了怎样就是怎样，再也没有更改的。

李尔　反了！反了！火性！什么火性？嘿，葛罗斯特，葛罗斯特，我要对康华尔公爵和他的妻子说话。

葛罗斯特　呃，陛下，我已经对他们通知过了。

李尔　通知他们！你懂得我的意思吗？

葛罗斯特　是，陛下。

李尔　国王要对康华尔说话；父亲要对女儿说话，命令她出来见我：对他们这样通知过了吗？凭我的呼吸和血液起誓！哼！火性！对那性如烈火的公爵说——不，且慢，也许他真的不大舒服；一个人为了疾病而疏忽了他的责任，是应当加以原谅的；我们身体上有了病痛，就不再是平常的自己，本性受到压迫就命令心灵和身体连带受苦。我且忍耐一下，不要太鲁莽了，对一个有病的人当健康人一样对待。该死！（视肯特）为什么把他枷在这里？这一种举动使我相信公爵和里甘的离家只是一种计谋。把我的仆人放出来还我。去，对公爵和他的妻子说，我现在立刻就要对他们说话；叫他们出来见我，否则我要在他们的寝室门前擂鼓，直到把睡眠吵死。

葛罗斯特　我但愿你们大家和和好好的。(下)

李尔　啊！我的心！我的怒气直冲上来！去,快下去！

弄人　老伯伯,叫吧,像伦敦女摊主在把活鳗鱼和到面糊里去时那样叫唤;她用一根棍子敲打鳗鱼的头,一面叫道:“下去,下去,浑蛋!”正是女摊主的兄弟,为了宠爱他的马,往草料上抹黄油。

【康华尔、里甘、葛罗斯特及众仆上。

李尔　你们两位早安!

康华尔　向陛下致敬!(众释肯特)

里甘　我很高兴看见陛下。

李尔　里甘,我想你一定高兴看见我。我知道为什么我要这样想:要是你不高兴,我就要跟你已故的母亲离婚,把她的坟墓当作一座淫妇的丘垄。(向肯特)啊！你放出来了吗？那件事等会儿再谈吧。亲爱的里甘,你的姐姐太恶了。啊,里甘！她的无情的凶恶像饿鹰的利喙一样啄我的心。我简直不能告诉你,你不会相信她忍心害理到什么地步——哦,里甘!

里甘　父亲,请您忍耐些。我希望是您不知怎样珍视大姐的好处,而不是大姐有失她的天职。

李尔　啊,这是什么意思?

里甘　我想大姐决不会有什么地方不尽天职,父亲,要是她约束了您那班随从的放荡行为,那当然有根据和正当的目的,绝对不能怪她的。

李尔　我的诅咒降在她的头上!

里甘　啊,父亲！您年纪大了,您的天性已站在它领域的边缘了,您应该让一个比您自己更明白您的地位的懂事的人领导您。所以我劝您还是回到大姐那里去,对她赔一个不是。

李尔　求她原谅吗？你看这像不像个样子:“好女儿,我承认我年纪老,不中用啦,让我跪在地上,(跪)请求您赏给我衣服穿、一张床睡、一些东西吃吧。”

里甘　父亲,别多说了,这多难看,简直是胡闹！回到大姐那里去吧。

李尔　(起立)再也不回去了,里甘。她裁减了我一半的侍从;给我恶脸看;

用她毒蛇一样的舌头刺痛我的心。但愿上天蓄积的报复一起降在她忘恩负义的头上！但愿恶风吹打她腹中的胎儿，让它生下来就是个跛子！

康华尔　嘿！这是什么话！

李尔　迅疾的闪电啊，用你的火焰把她傲慢的眼睛射瞎吧！烈日熏蒸的沼气啊，损坏她的美貌、打击她的骄傲吧！

里甘　天上的神明啊！您要是对我发起怒来，也会这样咒我的。

李尔　不，里甘，你永远不会受我的诅咒；你的温柔的天性决不会让你冷酷残忍。她的眼睛里有一股凶光，而你的眼睛却是温存而不烧灼的。你决不会吝惜我的享受，裁撤我的侍从，用不逊的话向我顶撞，削减我的费用，甚至于把我关在门外不让我进来；你是懂得天伦的义务、儿女的责任、礼貌的表现和受恩的感激的。你总还没有忘记我曾经赐给你一半的国土。

里甘　父亲，不要把话岔远了。

李尔　谁把我的人枷起来的？（内号角吹花腔）

康华尔　那是什么号角声音？

里甘　我知道，是大姐来了，她信上说是就要到这里来的。

【奥斯华德上。

里甘　夫人来了吗？

李尔　这是个奴才，他靠着主妇暂时的恩宠，狐假虎威，倚势凌人。滚开，贱奴，不要让我看见你！

康华尔　陛下这是什么意思？

李尔　是谁把我的仆人枷起来的？里甘，我希望你并不知道这件事。谁来啦？

【戈纳瑞上。

李尔　天啊，要是你爱老人，要是你赞成子女应该顺从父母，要是你自己也老，那么支持老人吧，派下你的使者，帮我伸雪我的怨恨吧！（向戈纳瑞）你看见我这一把胡须，不觉得惭愧吗？啊里甘，你愿意跟她拉手吗？

戈纳瑞　为什么不能拉手呢？我干了什么错事？难道糊涂昏聩的嘴一说，就可以定罪吗？

李尔　啊，我的胸膛！你还没有胀破吗？我的人怎么给枷起来的？

康华尔　陛下，是我把他枷在那儿的；照他狂妄的行为，这样的惩罚还是太轻呢。

李尔　你！是你干的吗？

里甘　父亲，您既是衰弱的老人，应该有相应的表现。要是您现在仍旧回去跟大姐住在一起，裁撤您的一半的侍从，那么等住满了一个月，再到我这里来吧。我现在不在自己家里，要供养您也有许多不便。

李尔　回到她那里去？裁撤五十名侍从！不，我宁愿什么屋子也不要住，过风餐露宿的生活，和豺狼猫头鹰做伴侣，忍受饥寒的煎熬！跟她回去！嘿，我宁愿到那娶了我的没有嫁奁的小女儿的血性的法兰西国王的座前匍匐膝行，像臣仆一样向他讨一份恩俸，苟延我的残喘。跟她回去！你还是劝我在这可恶的仆人手下当奴才做牛马吧。（指奥斯华德）

戈纳瑞　随你的便。

李尔　女儿，请你不要使我发疯，我不愿打扰你了，我的孩子。再会吧，我们从此不再相聚，不再彼此相见；可是你是我的血肉，我的女儿；或者还不如说是我身上的一个恶瘤，我不能不承认是我的；你是我的腐败的血液里的一个淤块，一个红肿的毒疮。可是我不愿责骂你，让羞辱自己按时降临吧。我没有呼召它；我不要求雷神把你劈死，我也不向最高裁判的乔武告你的状，你回去慢慢改恶从善，我可以忍耐；我可以带着我的一百名骑士，跟里甘住在一起。

里甘　那完全不行。我还没有等你来，也没有预备好适于招待您的物品。父亲，听大姐的话吧；人家用理智看待您的激情，不得不认为您老了，所以——可是大姐是知道她自己所做的事的。

李尔　这是你的好意劝告吗？

里甘　是的，父亲，这是我的真诚的意见。什么！五十个卫士？这不是很好吗？再多一些有什么用处？就是这些你也不需要。别说供养他们不起，而且这许多人成群结党，也是危险的事。一座屋子里养了这许多人，分属两个主人，怎么能友好相处？这很难，几乎不可能。

戈纳瑞　父亲，您为什么不让里甘或我的仆人侍候您呢？

里甘　对了，父亲，那不是很好吗？要是他们怠慢了您，我们也可以管束他们。您下回到我这儿来的时候，请您只带二十五个人来，因为现在我已经看到了一个危险；超过这个数目，我是恕不招待的。

李尔　我把一切都给了你们——

里甘　您给得很及时。

李尔　使你们做我的监护人，保管者，我的唯一的条件，只是让我保留这么多的侍从。什么！我必须只带二十五个人到你这里来吗？里甘，你是这样说的吗？

里甘　父亲，我可以再说一遍，到我这里来不能再多了。

李尔　有些恶人的脸相还是好看的，因为有人比他更恶。不是最坏，总还有几分可嘉。（向戈纳瑞）我愿意跟你去；你的五十个人比她的二十五个还多一倍，你的爱心也比她大一倍。

戈纳瑞　听我说，父亲。我们家里有两倍这么多的仆人可以侍候您，你自己要二十五个，十个，五个，有什么需要？

里甘　一个有什么需要？

李尔　啊！不要讲什么需要不需要；最下贱的乞丐，也有他的最不值钱的多余之物；不让自然享有满足自然需要以外的东西，人的生活将和畜类的生活一样卑贱。你是一位夫人，如果目的只是保暖，自然本不需要你穿着的这样华丽的衣服，它们并不能使你温暖。可是，讲到真实的需要，那么天啊，给我忍耐吧，我需要忍耐！神啊，你们看见我在这里，一个可怜的老头子，充满了忧伤和老迈，被两者折磨得好苦！假如是你们鼓动这些女儿们的心反对她们的父亲，那么请你们不要尽是愚弄我，使我默然忍受吧！让我的心里激起崇高的怒火，让妇人所恃为武器的眼泪不要玷污我男子汉的脸颊！不，你们这两个违反天性的妖妇，我要向你们复仇，教全世界都——我会做这样的事的，到底是什么现在还不知道——但它们将是使全世界惊怖的事情。你们以为我将要哭，不，我不会哭：我虽然有充分的哭的理由，可是我这颗心碎成万片，也不会流下一滴泪来。啊，弄人哪！我要发疯了！（李尔、葛罗斯特、肯特及弄人同下）

康华尔　我们进去吧，一场暴风雨将要来了。（远处暴风雨声）

里甘　这座房子太小了，这老头儿带着他那班人来是容纳不下的。

戈纳瑞　是他自己不好，放着安逸的日子不过，一定要吃些苦，才知道自己的蠢。

里甘　单是他一个人，我倒也很愿意收留他，可是他那班跟随的人，我一个也不能容纳。

戈纳瑞　我也是这个意思。葛罗斯特伯爵呢？

康华尔　跟老头子出去了。他已经回来了。

【葛罗斯特重上。

葛罗斯特　王上正在盛怒之中。

康华尔　他到哪里去？

葛罗斯特　他叫人备马，可是不让我知道他要到什么地方去。

康华尔　最好不要管他，让他带领自己的路吧。

戈纳瑞　伯爵，您千万不要留他。

葛罗斯特　唉！天色暗起来了，野外刮着狂风，附近许多里之内，几乎一棵树丛都没有。

里甘　啊！伯爵，对于刚愎自用的人，只好让他们自己招致的灾祸教训他们。关上您的门；他有一班亡命之徒跟随在身边，他又是这样容易受人愚弄，不知道他们会煽动他干出什么来，这实在令明智的人担心。

康华尔　关上您的门，伯爵，这是一个狂暴之夜。我的里甘说得一点不错。进来躲风雨吧。（同下）

第三幕

第一场　荒　　原

【暴风雨，雷电。肯特和一侍臣上，相遇。

肯特　除了恶劣的天气外，还有谁在这儿？

侍臣　一个心绪像这天气一样不宁的人。

肯特　我认识你。王上呢？

侍臣　正在跟暴怒的自然力搏斗。他叫狂风把土地吹进海里，叫泛滥的波涛吞没陆地，使万物都变了样子或归于毁灭；他扯着他的白发，让盲目愤怒的暴风把它们任意披散；在他的人的微观世界之内，正在进行着比风雨的冲突更剧烈的斗争。今夜，被小熊吸干了乳汁的母熊躲着不敢出来，狮子和饿狼都不愿沾湿它们的毛皮；他却光秃着头在外面跑，叫喊让一切见鬼去吧。

肯特　可是谁和他在一起？

侍臣　只有那弄人，竭力用些笑话排解他的心中的伤痛。

肯特　我知道你是什么人，我敢凭我所知告诉你一件重要的消息。在奥本尼和康华尔两人之间，虽然表面上现在还掩盖着存在的分歧和钩心斗角；正像一般身居高位的人一样，在他们手下都有一些名为仆人，实际上却是向法国密报我们国内情形的探子，凡是这两个公爵的明争暗斗，他们两人对于善良的老王的冷酷待遇，以及其他更秘密的一切动静，全都传到了法王的耳中;现在已经有一支军队从法国开到我们这分裂的王国,知道我们疏忽无备,在我们几处最好的港口秘密登陆,不久就要揭出公开的旗帜。现在,你要是信任我的话,赶快到多佛去一趟,那边你可以找到会感谢你的人,向他如实报告王上有理由抱怨的违背天性和令他发疯的虐待。我是一个有地位有身家的绅士,因为知道你为人可靠,所以把这件差使交给你。

侍臣　我还要跟您进一步谈谈。

肯特　不,不必了。为了向你证明我并不是像我的外表那样的一个微贱之人,你可以打开这个钱袋,把里面的东西拿去。你到了多佛,一定可以见到科迪利娅,只要把这戒指给她看了,她就会告诉你,你现在所不认识的同伴是个什么人。好大的风雨!我要找王上去。

侍臣　把您的手伸给我。您没有别的话了吗?

肯特　话不在多,重在实效。我们现在先得找到王上;你朝那边走,我朝这边走,谁先找到他,就打一声招呼。(各下)

第二场　荒原另一处

【暴风雨继续未止。李尔和弄人上。

李尔　吹吧,风啊!吹破你的脸颊,猛烈地吹吧!你瀑布一样的倾盆大雨,尽管倒泻下来,直到淹没我们教堂的尖顶和房上的风信标吧!你思想一样迅捷的硫磺电火,劈开橡树的巨雷的先驱,烧焦我的白发吧!你,震撼一切的霹雳啊,把这粗壮的圆地球击平了吧!打碎造物的模型,一下子散尽摧毁制造忘恩负义的人类的种子吧!

弄人　啊,老伯伯,在一间干燥的屋子里的宫廷圣水,不比这户外的雨水好得多吗?老伯伯,回到那座屋子里去,向你的女儿们请求祝福吧;这样的夜对于聪明人和傻瓜都是不发慈悲的。

李尔　尽管轰吧!尽管吐你的火舌,尽管喷你的雨水吧!雨、风、雷、电,都不是我的女儿,我不责怪你们无情;我不曾给你们国土,不曾称你们为孩子,你们没有顺从我的义务;所以,随你们的高兴,降下你们可怕的威力来吧,我站在这里,只是你们的奴隶,一个可怜的、衰弱的、无力的、遭人贱视的老头子。可是我仍然要骂你们是卑劣的帮凶,因为你们滥用天上的威力,帮同两个恶毒的女儿来跟我这个白发老翁作对。啊!啊!这太卑劣了!

弄人　有头脑的人总有一座房子可以藏他的头。

头还没有屋子好藏,
　鸡巴就想找个住房,
头和鸡巴都得长虱子,
　因此乞丐讨许多婆娘。
一个人只顾脚趾头,
　而不顾他的心脏,
会长个鸡眼使他叫痛。
　整夜无眠,醒到大天光。

因为漂亮的女人总要对着镜子挤眉弄眼。

【肯特上。

李尔　不,我要做忍耐的模范,我要闭口无言。

肯特　谁在那边?

弄人　一个是陛下,一个是弄人;就是说,一个聪明人,一个傻瓜。

肯特　唉!陛下,你在这里吗?喜爱黑夜的东西,不会喜爱这样的夜晚;狂怒的天象吓怕了黑暗中的漫游者,使它们躲在洞里不敢出来。自从有生以来,我从未记得听见过这样的闪电、这样可怕的雷声、这样惊人的风雨的咆哮。人的天性经受不起这样的折磨和恐惧。

李尔　让伟大的神灵在我们头顶掀起这场可怕的骚动,现在找到他们的敌人吧。颤栗吧,你心怀犯罪秘密,逍遥法外的坏蛋!躲起来吧,你血腥的手,用伪誓欺人的骗子、道貌岸然的乱伦禽兽!魂飞魄散吧,你在正直的外表遮掩下杀过人的大奸巨恶!撕下你包藏祸心的伪装,显露你罪恶的原形,向这些可怕的天吏哀号乞命吧!我是一个所受惩罚超过所犯过失的人。

肯特　唉!您头上没有一点遮盖的东西!陛下,这里附近有一间茅屋,可以替您挡挡风雨。我刚才曾经到那所冷酷的屋子里——那比它墙上的石块更冷酷无情的屋子——探问您的行踪,可是他们关上了门不让我进去。现在您且暂时躲一躲雨，我还要回去强迫他们给一点礼遇。

李尔　我的头脑开始发晕了。来，我的孩子。你怎么啦，我的孩子？你冷吗？我自己也冷呢。我的朋友，这间茅棚在什么地方？我们的必需是一种魔术，能将无价值的东西变成珍奇。来，带我到茅屋里去。可怜的弄人和仆人，我心里还留着一块地方为你感到可怜哩。

弄人　　一个人只要有一丁点聪明，
　嗨呵，一阵雨来一阵风，
总得满足于自己的命运，
　虽然这雨它一天天下个不停。

李尔　不错，我的好孩子。来，领我们到这茅屋去。（李尔和肯特下）

弄人　今夜真是一个使荡妇冷却的好天气。我要在走以前作一个预言：
当教士们讲得多做得少；
当酿酒人在麦酒里搀水；
当贵族是他们裁缝的老师；
烧红的不是邪教徒而是嫖客；
当每一件案子在法律上都正确；
绅士们不欠债，骑士们也不贫穷；
当没有人靠舌头诽谤去谋生；
扒手小偷不去人头拥挤的地方；
当放债人在田野里点他们的金币；
娼妓和老鸨乐意出钱盖教堂——
那时候英国就要大乱了，
那时候，谁要是活到看到那一天，
走路就得要用脚了。

这个预言将由默林去宣布，因为我生得比他还早。（下）

第三场　葛罗斯特城堡中一室

【葛罗斯特和埃德蒙上。

葛罗斯特　唉，唉！埃德蒙，我不赞成这种不近人情的行为。当我请求他们允许我给他一点援助的时候,他们竟剥夺我使用自己屋子的权利,不许我提起他的名字,替他说情,或者给他任何救济,不然我就要永远失去他们的欢心。

埃德蒙　太野蛮、太不近人情了!

葛罗斯特　算了,你不要说什么。两个公爵现在已经有了纷争,而且还有一件比这更严重的事情。今天晚上我接到一封信,里面的内容说出来也是很危险的;我已经把这信锁在我的书橱里了。王上现在受到这样的凌虐,总有人会来替他报复的;已经有一支军队在路上了。我们必须站在王上一边。我要找他去,暗地里接济他;你去陪公爵谈话,免得被他觉察了我的善行。要是他问起我,你就说我身子不好,已经睡了。大不了是一个死,王上是我的老主人,我不能坐视不救。出人意外的事快要发生了,埃德蒙,你须要小心点儿。(下)

埃德蒙　你违背了命令去献这种殷勤,我立刻就要去告诉公爵知道;还有那封信我也要告诉他。这是我邀功请赏的好机会,而且一定会使我得到父亲因此将要丧失的东西,也许是他的全部家产:老的一代没落了,年轻的一代才会兴起。(下)

第四场　荒原上茅屋前

【李尔、肯特和弄人上。

肯特　就是这地方,陛下,进去吧。这样毫无掩蔽的黑夜的暴虐,是谁也受不了的。(暴风雨继续不止)

李尔　不要缠着我。

肯特　陛下,进去吧。

李尔　你要使我心碎吗?

肯特　我宁愿自己心碎。陛下,进去吧。

李尔　你以为这样的狂风暴雨侵袭我们的肌肤,是一件了不得的苦事,在你看来是这样的;可是一个人要是身患重病,他就感觉不到小小的痛楚。你见了一头熊就要避开,可是假如你逃的方向前面是汹涌的大海,你只好面对那头熊了。我们心绪宁静的时候,肉体是敏感的;我的心中的暴风雨已经使我失去其他一切感觉,只剩下心中的打击。儿女的忘恩!这不就像这只手把食物送进这张嘴,这嘴却咬了这手吗?可是我要重重惩罚她们。不,我不再哭泣了。在这样的夜里把我关在门外!尽管倒下来吧,什么大雨我都可以忍受。在这样的一个夜里!啊,里甘,戈纳瑞!你们年老仁慈的父亲一片诚心,把一切都给了你们——啊!那样想下去是要发疯的;让我避开这条路;别再提这些了。

肯特　陛下,进去吧。

李尔　你要舒服,你自己进去吧。这暴风雨不让我仔细思量会增加我的痛苦的事情。可是我要进去。(向弄人)进去,孩子,你先走。你这无家可归的穷人——你进去吧。我要祈祷,然后我要睡一会儿。(弄人入内)可怜赤裸的不幸的人们啊,无论你们在什么地方忍受着这样无情的暴风雨的袭击,你们的头上没有片瓦遮身,你们的腹中饥肠辘辘,你们的衣服千疮百孔,怎么抵挡得了这样的天气呢?啊!我一向太没有关心这种事情了。安享荣华的人们啊,服一剂药吧;暴露你们自己去感受这些不幸的人们的感受,你们才会分一些多余的东西给他们,表示一下上天还是公正的吧!

埃德加　(在内)九尺深,九尺深!可怜的汤姆!(弄人自屋内奔出)

弄人　老伯伯,不要进去,里面有鬼。救命!救命!

肯特　让我搀着你,谁在里边?

弄人　一个鬼,一个鬼。他说他的名字叫做可怜的汤姆。

肯特　你是什么人,在这茅屋里大呼小叫的?出来。

【埃德加乔装疯人上。

埃德加　走开!恶魔跟在我的背后!风儿吹过山楂刺丛。哼?到你冰冷的床上暖暖身子吧。

李尔　你是把你的一切都给了两个女儿,才到了今天这个地步吗?

埃德加　谁把什么东西给可怜的汤姆?恶魔带着他穿过大火,穿过烈焰,穿过水道和漩涡,穿过沼地和泥泞;把刀子放在他的枕头底下,把上吊的绳子放在他的凳子底下,把耗子药放在他的粥碗边;使他狂妄自大,骑一匹栗色的奔马,从四寸宽的桥上冲过去,把自己的影子当作叛徒去追逐。祝福你的五种才智!汤姆冷着呢。啊!哆啼哆啼哆啼。愿旋风不吹你，星星不把毒箭射你，瘟疫不到你身上！做做好事，救救我这给恶魔害得好苦的可怜的汤姆吧！恶魔现在就在那边，在那边，又到那边去了，在那边。（暴风雨继续不止）

李尔　什么！是他的女儿害得他变成这个样子吗？你不能留下一些什么来吗？你全都给了她们了吗？

弄人　不，他还留着一方毡毯，否则我们大家都要不好意思了。

李尔　愿那悬挂在天空之中的惩罚恶人的瘟疫一起降临在你的女儿身上！

肯特　陛下，他没有女儿哩。

李尔　该死的奸贼！他没有不孝的女儿，怎么会使天性沉沦到这样低的地步？难道被遗弃的父亲，都是这样一点不爱惜他们自己的肉体吗？适当的处罚！就是这个肉体产下那些枭獍般的女儿来的。

埃德加　小雄鸡坐在高墩上，呵啰，呵啰，啰，啰！

弄人　这个寒冷的夜晚会使我们大家变成傻瓜和疯子。

埃德加　当心恶魔。听从你的爷娘；说过的话不要反悔；不要赌咒；不要奸淫有夫之妇；不要把你的情人打扮得太漂亮。汤姆冷着呢。

李尔　你本来是干什么的？

埃德加　一个心性高傲的仆人，头发鬈得曲曲的，帽子上佩着情人的手套，惯会讨妇女的欢心，干些不可告人的勾当；开口发誓，闭口赌咒，当着上天的面把它们一个个毁弃；睡梦里都在转奸淫的念头，一醒来便把它实行。我贪酒，我爱赌，我比土耳其人更好色；一颗奸诈的心，一对轻信的耳朵，一双不怕血腥气的手；猪一般懒惰，狐狸一般狡诡，狼一般贪狠，狗一般疯狂，狮子一般凶恶。不要让女人的脚步声和窸窸窣窣的绸衣裳的声音摄去了你的魂魄；不要把你的脚踏进窑子里去，不要把你的手伸进裙子里去，不要把你的笔碰到放债人的借据上，抵抗恶魔的引诱吧。冷风还是在打山楂树丛里吹过去；听它怎么说，吁——吁——呜——呜——哈——哈——。道芬我的孩子，我的孩子。叱嚓！让他奔过去。（暴风雨继续不止）

李尔　唉，你这样赤身裸体，受风雨的吹淋，还是死了的好。难道人不过是这样一个东西吗？想一想吧，你不欠蚕一根丝，不欠野兽一张皮，不欠羊一片毛，也不欠麝猫一点香料。嘿！我们这三个人都已经让衣服遮蔽了本来的面目，只有你保全着原形；没有文明装饰的人不过是像你这样一个寒伧的、赤裸的、两条腿的动物。脱下来，脱下来，你们这些身外之物！来，松开这里的钮扣。（扯去衣服）

弄人　老伯伯，请你安静点儿。天气这样坏的夜里是不能游泳的。旷野里一点小小的火光，正像一个好色的老头儿的心，只有这么一星星的热，其余全身都是冰冷的。瞧！一团火走过来了。

【葛罗斯特持火炬上。

埃德加　这就是那个叫做“弗力勃铁捷贝特”的恶魔，他在黄昏时候出现，一直走动到第一声鸡啼方才隐去。他叫人眼睛里长白膜和针眼，成为斜眼；他叫人长兔唇；他还会叫白面发霉，给地球上可怜的人以伤害。

圣维都尔三次经过山冈，
遇见魇魔和她的九个儿郎；
　他说妖精你停住，
　发个誓儿别害人；
滚吧，妖妇，你滚吧！

肯特　陛下，您怎么啦？

李尔　他是谁？

肯特　那边什么人？你找谁？

葛罗斯特　你们是些什么人？你们叫什么名字？

埃德加　可怜的汤姆，他吃的是泅水的青蛙、蛤蟆、蝌蚪、壁虎和水蜥；恶魔在他心里捣乱的时候，他发起狂来就会把牛粪当做生菜；他吞的是老鼠和癞狗，喝的是死水上面绿色的浮渣；他到处给人家鞭打，锁在枷里，关在牢里；他从前有三身外衣、六件衬衫，跨着一匹马，带着一口剑；

可是在这整整七年时光，
耗子是汤姆唯一的食粮。

留心那跟在我背后的鬼。不要闹，史墨金！不要闹，你这恶魔！

葛罗斯特　什么！陛下竟会跟这种人作起伴来了吗？

埃德加　地狱里的魔王是一个绅士，他的名字叫做摩陀，又叫做玛呼。

葛罗斯特　陛下，我们亲生的骨肉都变得那样坏，把自己生身之父当作了仇敌。

埃德加　可怜的汤姆冷着呢。

葛罗斯特　跟我进去吧。我的责任感不允许我全然服从您两个女儿的无情的命令;虽然她们叫我关上了门,把您丢在这狂暴的黑夜之中,可是我还是冒险出来找您,把您带到有火有食物的地方去。

李尔　让我先跟这位哲学家谈谈。天上打雷是什么缘故?

肯特　陛下,接受他的好意,进屋子去吧。

李尔　我还要跟这位学者说一句话。您研究的是哪一门学问?

埃德加　抵御恶魔的战略和消灭毒虫的方法。

李尔　让我私下里问您一句话。

肯特　大人,请您再催催他吧,他的神经有点儿错乱起来了。

葛罗斯特　你能怪他吗?(暴风雨继续不止)他的两个女儿要他死哩。唉!那善良的肯特,他早就说会有这么一天的,可怜的被放逐的人!你说王上要疯了;告诉你吧,朋友,我自己也差不多疯了。我有一个儿子,现在我已经跟他断绝关系了;他要谋害我的生命,这还是最近的事;我曾爱他,朋友,没有一个父亲比我更爱他的儿子。不瞒你说,(暴风雨继续不止)我的头脑都气昏了。这是一个什么样的晚上!陛下,求求您——

李尔　啊!请您原谅,先生。高贵的哲学家,请了。

埃德加　汤姆冷着呢

葛罗斯特　进去,家伙,到这茅屋里去暖一暖吧。

李尔　来,我们大家进去。

肯特　陛下,这边走。

李尔　带着他,我要跟我这位哲学家在一起。

肯特　大人,随着他的意思吧,让他把这家伙带去。

葛罗斯特　您带着他来吧。

肯特　小子,来,跟我们一块儿去。

李尔　来,好雅典人。

葛罗斯特　嘘!不要说话,不要说话。(同下)

埃德加　罗兰骑士来到黑暗的塔楼,他口里一直念叨着:“呸,嘿,哼!我闻到一个英国人的血腥味。”(下)

第五场　葛罗斯特城堡中一室

【康华尔和埃德蒙上。

康华尔　我在离开他的屋子以前，一定要把他惩治一下。

埃德蒙　殿下，我为了尽忠的缘故，不顾父子之情，一想到人家不知将要怎样谴责我，心里很惴惴不安哩。

康华尔　我现在才看出，你的哥哥想要谋害他的生命，并不完全出于他的恶劣天性，多半是他自己不好，该受责备才激起他的杀心。

埃德蒙　我的命运多么颠倒。做了正义的事，却必须终身抱恨！这就是他说起的那封信，这可以证实他是私通法国的间谍。天啊！但愿这种叛国行为没有发生，但愿不是我发觉了它！

康华尔　跟我去见公爵夫人。

埃德蒙　这信上所说的事情如果确实，那您就有一桩大事要处理了。

康华尔　不管它是真是假，它已经使你成为葛罗斯特伯爵了。你去找找你父亲在什么地方，让我们可以把他逮捕起来。

埃德蒙　（旁白）要是我找到他正在援助那老王，他的嫌疑就格外加重了。——虽然忠心和血缘关系发生剧烈的争战，我将坚决走效忠的道路。

康华尔　我信任你。你在我的恩宠之中，将得到一个更慈爱的父亲。（各下）

第六场　邻接城堡的农舍一室

【葛罗斯特、李尔、肯特、弄人和埃德加上。

葛罗斯特　这儿比露天好一些，不要嫌它寒伧，将就住下来吧。我再去找找有些什么吃的用的东西。我去去就来。

肯特　他的智力已经在他的盛怒之中完全消失了。神明报答您的好心！（葛罗斯特下）

埃德加　弗拉特累多在叫我,他告诉我尼禄王在冥湖里钓鱼。喂,傻瓜,你要留心恶魔啊。

弄人　老伯伯,告诉我,一个疯子是绅士呢还是平民?

李尔　是个国王,是个国王!

弄人　不,他是一个儿子做了绅士的平民。他这个平民真是疯了,捐钱让儿子先做了绅士。

李尔　一千条烧红的铁钎吱啦吱啦戳到她们的身上——

埃德加　恶魔在咬我的背。

弄人　谁要是相信豺狼的驯良、马儿的健康、孩子的爱情或是娼妓的盟誓,他就是个疯子。

李尔　一定要办到,我现在就要控诉她们。(向埃德加)来,最有学问的法官,你坐在这儿;(向弄人)你,贤明的官长,坐在这儿。——来,你们这两头雌狐!

埃德加　瞧,他站在那儿,眼睛睁得大大的!太太,你在受审的时候,要不要有人瞧着你?

渡过河来会我,蓓西——

弄人
　　她的小船儿漏了,
　　　她不能对你说
　　为什么她不敢来见你。

埃德加　恶魔借着夜莺的喉咙,向可怜的汤姆作祟了。霍普丹斯在汤姆的肚子里嚷着要两条新鲜的鲱鱼。别吵,魔鬼,我没有东西给你吃。

肯特　陛下,您怎么啦!不要这样呆呆地站着。您愿意躺下来,在褥垫上休息吗?

李尔　我要先看她们受了审判再说。把她们犯罪的证据带上来。(向埃德加)你这披着法衣的审判官,请坐。(向弄人)你,他的执法的同僚,坐在他的旁边。(向肯特)你是陪审官,你也坐下了。

埃德加
　　让我们秉公判断。
　　你睡着还是醒着,快乐的牧羊人?
　　　你的羊儿往麦田里闯;
　　你只要用你的小嘴吹一下哨子,

你的羊儿就不会遭殃。
呼噜呼噜;这猫儿是灰色的。

李尔　先控诉她,她是戈纳瑞。我当着尊严的堂上起誓,她曾经踢她的可怜的父王。

弄人　过来,这女子。你的名字叫戈纳瑞吗?

李尔　她不能抵赖。

弄人　对不起,我还以为您是一张凳子哩。

李尔　这儿还有一个,她满脸的横肉就说明她的心肠是什么做的。拦住她!举起武器,拔出宝剑,点起火把!这里发生了营私舞弊!枉法的贪官,你为什么放她逃走?

埃德加　祝福你的五种才智!

肯特　哎哟!陛下,您不是常常说您没有失去忍耐吗?现在您的忍耐呢?

埃德加　(旁白)我的泪忍不住为他流下,怕要给他们瞧破我的假装了。

李尔　这些小狗:特雷、布兰奇、斯威特哈特,瞧,它们都在向我吠。

埃德加　让汤姆摔他的牛角杯把它们轰走。滚开,你们这些恶狗!

黑嘴巴,白嘴巴,
疯狗咬人磨毒牙,
猛犬、猎犬、杂种犬,
叭儿小狗团团转。
短尾巴,长尾巴,
汤姆会让它们嗥嗥叫,
只要我一摔牛角杯,
它们就猛跳没命逃。

哆啼哆啼。叱嚓!来,我们赶庙会,上市集去。可怜的汤姆,你的牛角杯干了。

李尔　叫他们剖开里甘的身体来,看看她心里有些什么东西,究竟大自然里有什么原因,能造成这样硬的心?(向埃德加)我雇用了你,叫你做我一百名侍卫中间的一个,只是我不喜欢你衣服的式样。你也许要说,这是波斯装;可还是请你换一换吧。

肯特　陛下,您躺下来休息休息吧。

李尔　不要吵,不要吵,放下帐子,好,好,好。我们明早再去吃晚饭,好,好,好。

弄人　我在中午要上床去睡觉。

【葛罗斯特重上。

葛罗斯特　过来,朋友,我的主子王上呢?

肯特　在这儿,大人,可是不要打扰他,他的神经已经错乱了。

葛罗斯特　好朋友,请你把他抱起来。我偶然听到有人阴谋要杀害他。一副马抬担架准备好在外边,你快让他躺进去,驾着它到多佛,那边有人会欢迎你并且保障你的安全。抱起你的主人来;要是你耽误了半点钟的时间,他的性命连你的性命,以及一切出力救护他的人的性命,都要保不住了。抱起来,抱起来,跟我来,让我设法把你们赶快送到一处可以安身的地方。

肯特　受尽折磨的身心,现在安然入睡了;安息也许可以镇定他的损坏的神经,如果不能得到将息,它可能破碎得不可收拾。(向弄人)来,帮我扛起你的主人来。你不能留在这儿。

葛罗斯特　来,来,走吧。(肯特、葛罗斯特和弄人抬李尔下)

埃德加　　看到主子们受同样的痛苦,
使我们忘却了自己的凄楚。
最大的不幸是独抱牢愁,
任何的欢娱乐事已抛在后头;
倘有了同病相怜的侣伴,
天大的忧伤也会解去一半。
国王有的是不孝的逆女,
我自己遭逢无情的严父,
他与我两个人一般遭际,
使我的痛苦大为宽释。
去吧,汤姆,
要观察形势变化,莫暴露自己身份,
你现在蒙着无辜的污名,
总有日回复你父子关系和清白之身。

不管今夜里还会发生什么事情，王上总是安然脱险了。我还是躲起来吧。（下）

第七场 葛罗斯特城堡中一室

【康华尔、里甘、戈纳瑞、埃德蒙及众仆上。

康华尔 夫人，请您赶快到尊夫的地方去，把这封信交给他；法国军队已经登陆了。——来人，替我去搜寻那反贼葛罗斯特。（若干仆人下）

里甘 把他捉到了立刻吊死。

戈纳瑞 把他的眼珠挖出来。

康华尔 我自有处置他的办法。埃德蒙，请你陪伴我们的姐姐；我们不得不对你的叛国的父亲给予的报复，不适于让你旁观。你去告诉奥本尼公爵，叫他赶快准备；我们这儿也要采取同样的行动。我们两地之间必须随时用飞骑传报消息。再会，亲爱的姐姐；再会，葛罗斯特伯爵。

【奥斯华德上。

康华尔 怎么啦？国王在什么地方？

奥斯华德 葛罗斯特伯爵已经把他送走了；有三十五六个追随他的骑士在大门口和他会合，还有伯爵手下的几个人也在一起，一同向多佛进发，据说那边有他们武装的友人在等候他们。

康华尔 替你家夫人备马。

戈纳瑞 再会，殿下，再会，妹妹。

康华尔 再会，埃德蒙。（戈纳瑞、埃德蒙和奥斯华德下）再去几个人把那反贼葛罗斯特抓来，把他像小偷一样绑来见我们。（若干仆人下）虽然在没有经过法律手续以前，我们不能就把他判处死刑，可是为了发泄我们的愤怒，我们将凭权力行事，人们可能指摘，但无法控制我们。那边是什么人？是那反贼吗？

【众仆押葛罗斯特重上。

里甘 忘恩负义的狐狸！正是他。

康华尔 把他枯瘪的手臂牢牢缚起来。

葛罗斯特 两位殿下，这是什么意思？我的好朋友们，你们是我的客人，不要用这种无礼的手段对待我。

康华尔　捆住他。（众仆缚葛罗斯特）

里甘　缚紧些，缚紧些。啊，可恶的反贼！

葛罗斯特　你这个没有心肝的女人。我不是反贼。

康华尔　把他缚在这张椅子上。奸贼，我要让你知道——（里甘扯葛罗斯特胡须）

葛罗斯特　天神在上，这还成什么话，你扯起我的胡子来啦！

里甘　胡子这么白，想不到却是一个反贼！

葛罗斯特　恶妇，你从我的腮上拉下这些胡子来，它们将要像活人一样控诉你的罪恶。我是你们的东道主，你们不该用强盗的手，这样报答我的好客的殷勤。你们究竟要怎么样？

康华尔　说，你最近从法国得到了什么书信？

里甘　老实说出来，我们已经什么都知道了。

康华尔　你跟那些最近踏到我们国境上来的叛徒们有些什么勾结？

里甘　你把那发疯的老王送到什么人手里去了？说。

葛罗斯特　我只收到过一封信，里面都不过是些猜测之词，寄信的是一个没有偏向的人，并不是一个敌人。

康华尔　好狡猾的推托！

里甘　一派鬼话！

康华尔　你把国王送到什么地方去了？

葛罗斯特　送到多佛。

里甘　为什么送去多佛？我们不是早就警告你——

康华尔　为什么送去多佛？让他回答这个问题。

葛罗斯特　我现在被缚在刑柱上，只好让狗咬了。

里甘　为什么送去多佛？

葛罗斯特　因为我不愿看到你的残忍的指甲挖出他的可怜的老眼；因为我不愿看到你凶狠的姐姐用她野猪般的利齿咬进他受过涂油礼的肉体。他不戴帽的头在地狱般漆黑的夜里顶风冒雨；受到这样狂风暴雨的震荡，海也会把它的怒潮喷向天空，熄灭星星的火焰；但是他，可怜的老翁,却还要把他的泪帮助天空浇洒。要是在那样怕人的晚上,豺狼在你的门前悲鸣,你也会说,“善良的看门人,开了门放它进来吧”;除风暴外一切残酷的东西都受到接纳。可是我总有一天会见到上天的报应降临在这种儿女的身上。

康华尔　你再也不会看见了。来,按住这椅子。我要把你这一双眼睛放在我的脚底下践踏。

葛罗斯特　谁要是希望活到老年的,帮帮我吧!啊!好惨!天啊!(葛罗斯特的一眼被挖出)

里甘　还有那一颗眼珠也挖出来,免得它嘲笑没有眼珠的一面。

康华尔　要是你看见报应——

仆甲　住手,殿下,我从小服侍您,现在请您住手,我可是从来没有为您干过一件比这更好的事。

里甘　怎么,你这狗东西!

仆甲　要是你腮上长了胡子,我现在也要把它扯下来。

康华尔　混账奴才,你反了吗?(拔剑)

仆甲　好,那么来吧,我们拼一个你死我活。(拔剑。二人决斗。康华尔受伤)

里甘　把你的剑给我。一个奴才也会撒野到这等地步!(取剑从背后刺仆甲)

仆甲　啊!我被杀死了。大人,您还剩着一只眼睛,可以看见他受到报应。啊!(死)

康华尔　哼,看他再瞧得见什么报应!出来,令人作呕的浆块!现在你还会见光吗?(葛罗斯特另一眼被挖出)

葛罗斯特　一切光明和安慰都完了。我的儿子埃德蒙呢?埃德蒙,燃起你天性中的怒火,替我报复这暗无天日的暴行吧!

里甘　哼,奸贼!你在呼唤一个憎恨你的人;就是他告发了你对我们反叛的阴谋。他是一个深明大义的人,决不会对你发一点怜悯。

葛罗斯特　啊,我真蠢!那么埃德加是冤枉的了。仁慈的神明啊,赦免我的错误,保佑他有福吧!

里甘　把他推出门外,让他一路摸索到多佛去。(一仆率葛罗斯特下)怎么,殿下?您的脸色怎么变啦?

康华尔　我受了伤啦。跟我来，夫人。把那瞎眼的奸贼撵出去，把这奴才丢在粪堆上。里甘，我的血尽在流着，这真是无妄之灾。用你的手臂搀着我。（里甘扶康华尔同下）

仆乙　要是这家伙会有好收场，我什么坏事都可以去做了。

仆丙　要是她会寿终正寝，所有的女人都要变成恶鬼了。

仆乙　让我们追上老伯爵，叫那疯子乞丐领他到他所要去的地方。那疯子流浪汉做什么都不怕的。

仆丙　你先去吧，我去拿些麻布和蛋白来，替他贴在他流血的脸上。但愿上天保佑他！（各下）

第四幕

第一场　荒　原

【埃德加上。

埃德加　与其被人当面恭维而背地里鄙弃，那么还是像这样自己知道为举世所不容的好。一个最困苦、最卑贱、最为命运所屈辱的人，可以永远抱着希望而无所恐惧；从最高的地位上跌落下来，那变化是可悲的；最穷困的人只能回到欢笑！那就欢迎我所拥抱的虚无的空气吧；你把他刮到绝境的人已经一无所求，不怕你了。可是谁来啦？

【一老人领葛罗斯特上。

埃德加　我的父亲，让一个穷苦的老头儿领着？啊，世界，世界，世界！倘不是你的变幻无常使我们恨你，谁会甘心接受变老和死亡呢。

老人　啊，我的好老爷！我在老太爷手里就做您府上的佃户，一直做到您手里，已经有八十年了。

葛罗斯特　去吧，好朋友，你快去吧。你的安慰对我一点没有好处，他们也许会害你的。

老人　您眼睛看不见，怎么走路呢？

葛罗斯特　我没有路，所以不需要眼睛；当我能够看见的时候，我曾失足颠仆。往往我们可以看到，因为有所恃而失之于大意，缺陷却能对我们有益。啊！埃德加好儿子，你的父亲受人愚弄，错怪了你，要是我能在未死以前摸到你的身体,我就要说,我又有了眼睛啦。

老人　啊!谁在那边?

埃德加　(旁白)神啊!谁能够说,“我现在已经到了不幸的极点?”我现在比从前任何时候更要不幸。

老人　那是可怜的疯子汤姆。

埃德加　(旁白)也许我还要碰到更不幸的命运;当我们能说“这是最不幸的事”的时候,那还不是最不幸的。

老人　汉子,你到哪儿去?

葛罗斯特　是一个叫花子吗?

老人　是个疯叫花子。

葛罗斯特　他的理智还没有完全丧失,否则他不会向人乞讨。在昨晚的暴风雨里,我也看见过这样一个家伙,他使我想起一个人不过等于一条虫;那时候我儿子的形象闪进我的心里,可是当时我正在恨他,不愿想起他;后来我才听到一些其他的事。天神对于我们,正像顽童对于苍蝇一样,他们为了戏弄而把我们杀害。

埃德加　(旁白)怎么会有这样的事?在一个伤心人面前装傻,对自己,对别人,都是一件不愉快的事,使自己和旁人都恼火。(向葛罗斯特)祝福你,先生!

葛罗斯特　他就是那个不穿衣服的家伙吗?

老人　正是,老爷。

葛罗斯特　那么,你走吧。我要请他领我到多佛去,要是你看在我的份上,愿意回去拿一点衣服来替他遮盖遮盖身体,那就再好没有了;我们不会走远,从这儿到多佛的路上一二里之内,你一定可以追上我们。为了过去的情分这样做吧。

老人　老爷!可惜他是个疯子哩。

葛罗斯特　疯子带领瞎子走路,本来就是这时代的病态。照我的话做,或者不如说,是照你自己的意思做吧。第一件事情是请你走吧。

老人　我要把我最好的衣服拿来给他,不管这会引起怎样的后果。(下)

葛罗斯特　喂,不穿衣服的家伙——

埃德加　可怜的汤姆冷着呢。(旁白)我不能再假装下去了。

葛罗斯特　过来，汉子。

埃德加　（旁白）可是我不能不假装下去。——祝福你的可爱的眼睛，它们在流血哩。

葛罗斯特　你认识到多佛去的路吗？

埃德加　一处处栅门梯墙，一条条马路和人行小径，我全都认识。可怜的汤姆被他们吓迷了心窍，祝福你，好人的儿子，愿恶魔不来缠绕你！五个魔鬼一齐捉弄着可怜的汤姆：一个是色魔奥别狄克特；一个是哑鬼霍别狄丹斯；一个是偷东西的玛呼；一个是杀人的摩陀；一个是扮鬼脸的弗力勃铁捷贝特，他后来常常附在丫头、使女的身上。好，祝福你，先生！

葛罗斯特　来，你这受尽上天凌虐的人，把这钱袋拿去。我的不幸却是你的运气。上天啊，愿你常常如此！让那穷奢极欲，随意利用你的命令，因为知觉麻木而沉迷不悟的人，赶快感到你的威力吧；从享用过度的人手里夺过一些来进行分配，让每一个人所得都足够吧。你知道多佛吗？

埃德加　知道，先生。

葛罗斯特　那边有一座悬崖，它高耸的绝顶可怕地俯瞰着幽深的海水；你只要领我到那悬崖的边上，我就给你一些我随身携带的贵重的东西，可以解除你的困苦；从那里起我也就不需要人带路了。

埃德加　把你的手臂给我，让可怜的汤姆搀你走。（同下）

第二场　奥本尼公爵府前

【戈纳瑞和埃德蒙上。

戈纳瑞　欢迎，伯爵，我感到奇怪，我那位和善的丈夫为什么不来迎接我们。

【奥斯华德上。

戈纳瑞　主人呢？

奥斯华德　夫人，他在里边，可是从来没有人变化这样大了。我告诉他法国军队登陆的消息，他听了只是微笑；我告诉他说您来了，他的回答却是，“还是不来的好”；我告诉他葛罗斯特怎样谋反，他的儿子怎样尽忠的时候，他骂我蠢东西，说我颠倒是非。凡是他所应该痛恨的事情，他听了似乎都很高兴；他所应该欣慰的事情，反而使他恼怒。

戈纳瑞　（向埃德蒙）那么你到此止步吧。这是他懦怯畏缩的天性，使他不敢担当大事；他宁愿忍受侮辱，不肯挺身对答。我们在路上谈起的那个愿望，也许可以实现。埃德蒙，你且回到我的妹夫那儿去，催促他赶紧调齐人马，交给你统率；我这儿只好由我自己出马，把家务托付我的丈夫照管了。这个可靠的仆人可以替我们传达消息。要是你有胆量为了你自己的好处而冒险，不久你大概就会听到女主人的命令。把这东西带在身上，不要多说什么。（以饰物赠埃德蒙）低下你的头：这一个吻，要是它敢于说话，会叫你的魂儿飞上天的。你要明白我的心。再会吧。

埃德蒙　我愿为您赴汤蹈火。

戈纳瑞　我的最亲爱的葛罗斯特！（埃德蒙下）唉！男人和男人之间竟有这样的不同！你理应得到一个女人的服务，而我却让一个傻瓜侵占了我的眠床。

奥斯华德　夫人，殿下来了。（下）

【奥本尼上。

戈纳瑞　我回来总值得你迎接一下吧？

奥本尼　啊，戈纳瑞！你的价值还比不上那狂风吹在你脸上的尘土。我替你这种脾气担着心事：一个人要是看轻了自己的根本，将不能守住他安全的本份；一棵树如果砍了枝干、断了生命的汁液，一定会枯萎，让人当作枯柴付之一炬。

戈纳瑞　得啦得啦，全是些傻话。

奥本尼　智慧和仁义在恶人眼中看来都是恶的；下流的人只喜欢下流的事。你们干下了些什么事情？你们是猛虎，不是女儿，你们干了些什么事啦？这样一位父亲，这样一位仁慈的老人家，一头野熊见了他也会俯首帖耳，你们这些蛮横下贱的女儿却把他逼成了疯狂！难道我那位贤襟兄会让你们这样胡闹吗？他也是个堂堂汉子，一邦的君主，又受过他这样的深恩厚德！要是上天不立刻降下一些明显的灾祸来惩罚这种万恶的行为，惩罚总是会来的，人类一定会自相吞食，像深海的海怪一样了。

戈纳瑞　不中用的懦夫！你让人家打肿你的脸，把侮辱加在你的头上，还以为是一件体面的事；正像那些不明是非的傻瓜，人家存心害你，幸亏发觉得早，他们在未下毒手以前就受到惩罚，你却还要可怜他们。你的鼓呢？法国的旌旗已经展开在我们安宁的国土上了，它顶着羽毛飘扬的战盔已经开始威胁你的国家，而你这讲道德的傻子却坐着一动不动，只会说，"唉！他为什么要这样呢？"

奥本尼　瞧瞧你自己吧，魔鬼！恶魔本身的丑恶形状，在一个女人身上更要可怕。

戈纳瑞　哎哟，你这没有头脑的蠢货！

奥本尼　你这变了形掩饰着自己的东西，不要露出狰狞的面目来吧！要是我可以允许这双手服从我的怒气，它们一定会把你的肉和骨一块块扯下来；可是你虽然是一个魔鬼，女人的形状庇护着你。

戈纳瑞　哼，这就是你的男子汉气概。——呸！

【一使者上。

奥本尼　有什么消息？

使者　啊！殿下，康华尔公爵死了。他去挖葛罗斯特第二只眼睛的时候，被一个仆人杀死了。

奥本尼　葛罗斯特的眼睛！

使者　他雇养的一个仆人激于义愤，反对他这一行动，拔出剑来刺向他的主人；他的主人也动了怒，和他奋力猛斗，结果把那仆人砍死了，可是自己也受了重伤，终于不治身亡。

奥本尼　啊，这说明主持正义的天神究竟还是有的，这样快就诛罚了人世的罪恶！但是啊，可怜的葛罗斯特！他失去了他的第二只眼睛了吗？

使者　殿下，两只，两只。夫人，这封信是您的妹妹写来的，请您立刻给她一个回音。

戈纳瑞　（旁白）从某方面说来，这是一个好消息；可是她做了寡妇，我的葛罗斯特又跟她在一起，也许我的一切美梦都全落空，生活变得可憎；不然的话，这消息还不算顶坏。（向使者）我读过再写回信。（下）

奥本尼　他们挖去他的眼睛的时候，他的儿子在什么地方？

使者　他是跟夫人一起到这儿来的。

奥本尼　他不在这儿。

使者　不，殿下，我在路上碰见他回去了。

奥本尼　他知道这桩罪恶的事情吗？

使者　是，殿下，就是他出首告发他的，他离开那座屋子，为的是让他们的刑罚方便一些。

奥本尼　葛罗斯特，我永远感激你对王上的爱戴，一定替你报复你的挖目之仇。过来，朋友，告诉我你还知道的其他消息。（同下）

第三场　多佛附近法军营地

【肯特和一侍臣上。

肯特　为什么法王突然回去，您知道这事的理由吗？

侍臣　他在国内有一点未了的要事，出来以后方才想起；因为那事情有关国家安危，他不能不亲自回去料理。

肯特　他去了以后，委托什么人做主帅？

侍臣　法国元帅拉·发先生。

肯特　王后看了您的信，有没有什么悲哀的表示？

侍臣　是的，先生，她拿了信，当着我的面读起来，一颗颗饱满的泪珠不时淌下她的娇嫩的面颊；看来她还控制得住自己的感情，虽然她的感情像叛徒一样想要把她压服。

肯特　啊！那么她是受到感动了。

侍臣　她并不痛哭流涕，忍耐和悲哀互相竞争着看谁能把她表现得最美。您曾经看见过阳光和雨点同时出现；她的微笑和眼泪也正是这样，只是更为动人；那些飘动在她红润的嘴唇上的小小的微笑，似乎不知道她的眼睛里有些什么客人，它们从她钻石样的眼睛里像一串珍珠滚了出来。简单一句话，要是所有的悲哀都是这样美，那么悲哀将要成为最受世人喜爱的珍奇了。

肯特　她没有说过什么话吗？

侍臣　一两次她的嘴里迸出了“爸爸”这个词，好像它重压着她的心一般；她哀呼着，“姐姐！姐姐！女人的耻辱！姐姐！肯特！父亲！姐姐！什么，在风雨里吗？在黑夜里吗？不要相信世上还有怜悯吧！”于是她挥去了她天仙般的眼睛里的圣水，然后哀号为泪水所平息，她移步他往，和哀愁独自作伴去了。

肯特　那是星辰，天上的星辰决定着我们的性格；否则同一的父母怎样会生出这样不同的孩子。您后来没有跟她说过话吗？

侍臣　没有。

肯特　这是在法王回国以前的事吗？

侍臣　不，这是他去后的事。

肯特　好，告诉您吧，可怜的受难的李尔已经到了此地，他在比较清醒的时候，记起我们来干什么事，一定不肯见他的女儿。

侍臣　为什么呢，好先生？

肯特　一种压倒一切的羞耻之心推开了他；他自己的绝情剥夺了她应得的祝福，使她远适异国，冒意外的风险，把她的重要权利分给那两个犬狼之心的女儿。这一切像毒螫刺着他的心，使他充满了火烧一样的惭愧，阻止他和科迪利娅相见。

侍臣　唉！可怜的人！

肯特　关于奥本尼和康华尔的军队，您没有听见什么消息？

侍臣　是的，他们已经出动了。

肯特　好，先生，我要带您去见我们的王上，请您照料他。我因为有某种重要的理由，必须暂时隐藏我的真相；当您知道我是什么人以后，您决不会后悔跟我结识的。请您跟我去吧。（同下）

第四场　同前。帐幕

【旗鼓前导，科迪利娅、医生和兵士等上。

科迪利娅　唉！正是他。刚才还有人看见他，疯狂得像被风激动的怒海，高声歌唱，头上插满了恶臭的地烟草、牛蒡、毒芹、荨麻、杜鹃花和各种杂生在麦田里的野草。派一百名士兵到繁茂的田里各处搜寻，把他领来见我。（一军官下）人的智慧能不能恢复他丧失的神志？谁要是能够医治他，我愿意把我的身外的富贵全都送给他。

医生　娘娘，办法是有的。休息是天性的奶娘，他现在就缺少休息；有许多有效的草药可以使他阖上痛苦的眼睛而睡去。

科迪利娅　一切神圣的秘密,一切地下潜伏的灵奇,随着我的眼泪一起奔涌出来吧!帮助解除这位善良人的痛苦!快去找他,快去找他,我只怕他的控制不住的狂怒,会消溶他失去主宰的生命。

【一使者上。

使者　报告娘娘,英国军队向这里开过来了。

科迪利娅　我们早已知道。一切都预备好了,只等他们到来。亲爱的父亲啊!我这次掀动干戈,是为了你的缘故;因此伟大的法兰西国王被我的悲哀和祈求的眼泪所感动。鼓动我们出兵的并非非分的野心,而是真情,热烈的真情和我们的老父的权利。但愿我不久就可以听见和看见他!(同下)

第五场　葛罗斯特城堡中一室

【里甘和奥斯华德上。

里甘　可是姐夫的军队已经出发了吗?

奥斯华德　出发了,夫人。

里甘　他亲自率领吗?

奥斯华德　夫人,好容易才把他催上了马;还是您的姐姐是个更好的军人哩。

里甘　埃德蒙伯爵到了你们家里,有没有跟你家主人谈过话?

奥斯华德　没有,夫人。

里甘　姐姐给他的信里有些什么话?

奥斯华德　我不知道,夫人。

里甘　告诉你吧,他有重要的事情,已经离开此地了。葛罗斯特挖去了眼睛以后,仍旧放他活命,实在是一个极大的失策;因为他每到一处地方,都会激起所有人心反对我们。我想埃德蒙因为怜悯他的困苦,是去给他解脱他的暗无天日的生涯的;而且他还负有侦察敌人实力的使命。

奥斯华德　夫人,我必须追上去把我的信交给他。

里甘　我们的军队明天就要出发;你暂时呆在我们的地方,路上很危险呢。

奥斯华德　我不能,夫人,我家夫人曾经吩咐我不准误事的。

里甘　为什么她要写信给埃德蒙呢？难道你不能口头传达她的意思吗？看来恐怕有点儿——我也不知道是什么。让我拆开这封信，我会重赏你的。

奥斯华德　夫人，那我宁可——

里甘　我知道你家夫人不爱她的丈夫；这一点我是可以确定的。她最近在这里时对高贵的埃德蒙抛掷含有奇怪意义和调情的眼神。我知道你是她的心腹之人。

奥斯华德　我，夫人！

里甘　我的话是了解情况而说的，我知道你确是她的心腹；所以我劝你仔细听我说，我的丈夫已经死了，埃德蒙跟我曾经两下谈妥，他和我结婚比和你家夫人结婚更合适些。其余的你自己去意会吧。要是你找到了他，请你把这交给他；你把我的话对你家夫人说了以后，我请她仔细想个明白。好，再会。假如你听见人家说起那瞎眼的老贼，谁能把他除掉一定可以得到升迁。

奥斯华德　但愿他能够碰在我的手里，夫人，我一定可以表明我是追随哪一方面的。

里甘　再会。（各下）

第六场　多佛附近的乡间

【葛罗斯特和埃德加穿农民装束同上。

葛罗斯特　什么时候我才能够登上山顶？

埃德加　您现在正在爬上去。瞧这路多难走。

葛罗斯特　我觉得这地是平的。

埃德加　陡峭得可怕呢。听！你听见海的声音吗？

葛罗斯特　不，我真的听不见。

埃德加　哎哟，那么因为您的眼睛痛得厉害，所以别的知觉也连带糊涂起来啦。

葛罗斯特　那倒也许是真的。我觉得你的口音也变了样，你讲的话措词和内容都比以前好了。

埃德加　您错啦，除了我的衣服以外，我什么都没有变样。

葛罗斯特　我觉得你的话像样得多啦。

埃德加　来，先生，我们已经到了，您站好，不要动。把眼睛一直望到这么低的地方，真是惊心眩目！在半空盘旋的乌鸦，瞧上去还没有甲虫那么大；山腰中间悬着一个采海蓬子的人，可怕的工作！我看他的全身简直抵不上他的头大。在海滩上走路的渔夫就像小鼠一般，那艘碇泊在岸旁的高大的帆船小得像它的舢舨；它的舢舨小得像一个浮标，几乎看不出来。波涛在海滨无数的石子上冲击的声音，也不能传到这样高的所在。我不愿再看下去了，恐怕我的头脑发晕，眼睛一花，就要倒栽葱直跌下去。

葛罗斯特　带我到你所立的地方。

埃德加　把您的手给我。您现在已经离开悬崖的边只有一尺之距了；就是把天下所有的一切都给了我，我也不愿意跳下去。

葛罗斯特　放开我的手。朋友，这儿又是一个钱袋，里面有一颗宝石，很值得穷人拿去；愿天神保佑你因此而得福吧！你走远一点；向我告别一声，让我听见你走过去。

埃德加　再会吧，好先生。

葛罗斯特　再会。

埃德加　（旁白）我这样戏弄他的目的，是要把他从绝望的境界中解救出来。

葛罗斯特　威严的神明啊！我现在宣布抛弃这个世界，当着你们的面，摆脱我的极大的痛苦；要是我能够再忍受下去而不怨尤你们不可反抗的伟大的意志，我这可厌的残生本可像烛花一样烧尽自灭的。要是埃德加尚在人世，神啊，请你们祝福他！现在，朋友，我们再会了！（向前仆地）

埃德加　我去了，先生，再会。（旁白）可是我不知道当一个人已经失去生的意志时，想象力如何能剥夺他的生命；要是他果真在他所想象的那个地方，现在他早已没有思想了。活着还是死了？（向葛罗斯特）喂，你这位先生？朋友！你听见吗，先生！说呀！也许他真的死了；可是他醒过来啦。你是什么人，先生？

葛罗斯特　走开，让我死。

埃德加　要是你不过是一根蛛丝，一片羽毛，一阵空气，从这样千仞的悬崖

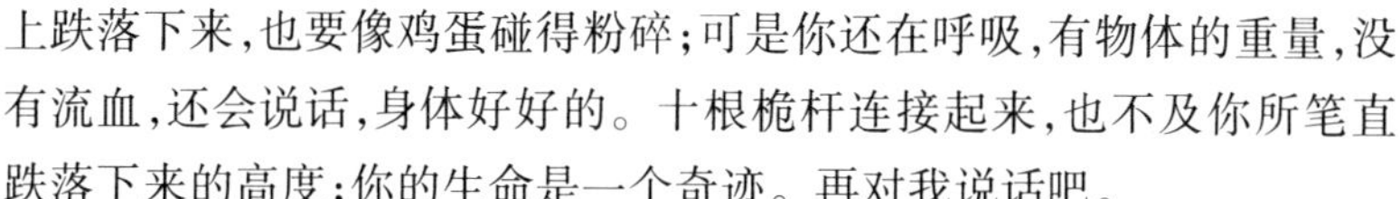

上跌落下来，也要像鸡蛋碰得粉碎；可是你还在呼吸，有物体的重量，没有流血，还会说话，身体好好的。十根桅杆连接起来，也不及你所笔直跌落下来的高度；你的生命是一个奇迹。再对我说话吧。

葛罗斯特　可是我究竟有没有跌落下来？

埃德加　你就是从这白垩岩崖的可怕的绝顶上跌下来的。抬起头来看一看吧；鸣声嘹亮的云雀飞到了那样的高度，我们从这里看不见它，也听不见它的声音；你只要朝上看。

葛罗斯特　唉！我没有眼睛哩。难道一个苦命的人，连寻死的权利都被剥夺了吗？罢了，这也是一种安慰：苦难的人能不让骄横的暴君如愿以偿。

埃德加　把你的手臂给我，起来，好。怎样？站得稳吗？你站住了。

葛罗斯特　很稳，很稳。

埃德加　这真太不可思议了。刚才在那悬崖的顶上，从你身边走开去的是什么东西？

葛罗斯特　一个可怜不幸的叫花子。

埃德加　我站在下面望上去，仿佛见他的眼睛像两轮满月；他有一千个鼻子，长着扭曲和波纹形的角；一定是个什么妖魔。所以，幸运的老人家，你应该想这是最纯正的、无所不能的神明保佑了你。

葛罗斯特　我现在记起来了。从此以后，我要耐心忍受痛苦，直等它有一天自己喊了出来，“够啦，够啦。”那时候再撒手死去。你所说起的那个东西，我还以为是个人；它老是嚷着“恶魔，恶魔”的，就是他把我领到了那个地方。

埃德加　不要胡思乱想，安心忍耐。可是谁来啦？

【李尔身饰杂乱鲜花上。

埃德加　一个有清明神志的人，决不会把自己打扮成这一个样子。

李尔　不，他们不能判我私铸货币的罪名，我是国王。

埃德加　啊，令人伤心的景象！

李尔　在那一点上，天然是胜过人工的。这是强迫你们当兵的慰劳费。那家伙弯弓的姿势，活像一个稻草人；给我射一支一码长的箭试试看。瞧，瞧！一只小老鼠！别闹，别闹！这一块烘乳酪可以捉住它。这是我的铁手套:尽管他是一个巨人,我也要跟他一决胜负。把那些戟手带上来。啊!飞得好,鸟儿,刚刚中在靶心里,咻!口令!

埃德加　牛至菜。

李尔　放过去。

葛罗斯特　我认识那个声音。

李尔　嘿!长着白胡须的戈纳瑞!她们像狗一样向我献媚,说我在没有长黑须以前,就已经有了白须。我说一声“是”,她们就应一声“是”;我说一声“不”,她们就应一声“不”!又说“是”,又说“不”,可不是好教徒的行为。当雨点淋湿了我,风吹得我牙齿打颤,当雷声不肯听我的话平静下来的时候,我就发现了她们,嗅出了她们的踪迹。算了,她们不是心口如一的人;她们恭维我说我什么都做得到,那全然是个谎,一发起烧来我就没有办法。

葛罗斯特　这说话的声调我记得很清楚,他不是国王吗?

李尔　嗯,每一寸都是国王。我只要一瞪眼,我的臣民就要吓得发抖。我赦免那个人的死罪。你犯的是什么案子?奸淫吗?你不用死;为了奸淫而犯死罪!不,小鸟儿都在干那把戏,金苍蝇当着我的面也会公然交尾哩。让交配兴旺发达吧,因为葛罗斯特的私生子比我合法的女儿更孝顺父亲。淫风越盛越好,我巴不得他们替我多制造几个士兵出来。瞧那个假笑的妇人,她的脸似乎说她两条腿之间全是冰雪,她一听见人家谈起调情的话儿就要摇头;其实她自己干起那回事来,比臭猫和骚马还要浪得多哩。她们的上半身虽然是女人,下半身却是淫荡的妖怪;腰带以上是属于天神的,腰带以下全是属于魔鬼的:那里是地狱,那里是黑暗,那里是硫磺火坑,热烫、恶臭、腐烂。啐!啐!啐!呸!呸!好掌柜,给我称一两麝香,让我解解我的想象中的臭气;钱在这儿。

葛罗斯特　啊!让我吻一吻那只手!

李尔　让我先把它擦干净;它上面有一股死亡的气息。

葛罗斯特　啊,败坏了的一个大自然的杰作!这广大的世界也将像这样败落成一无所有。你认识我吗?

李尔　我很记得你的这双眼睛。你在向我翻白眼吗?不,瞎眼的丘必特,随你使出什么手段来,我是再也不会恋爱的。这是一封挑战书,你拿去读吧，瞧瞧它是怎么写的。

葛罗斯特　即使每一个字都是一个太阳，我也瞧不见。

埃德加　（旁白）要是人家告诉我这样的事，我一定不会相信；可是这是真的，我的心要碎了。

李尔　读嘛。

葛罗斯特　什么！用眼眶子读吗？

李尔　啊哈！你原来是这个意思吗？你的头上不长眼睛，你的袋里也没有钱吗？你的眼皮重了，你的钱袋轻了，可是你却看见这世界的人情如何。

葛罗斯特　我只能靠感觉了解到。

李尔　什么！你疯了吗？一个人就是没有眼睛，也可以看见这世界的人情如何。用你的耳朵瞧吧：你不看见那法官怎样骂那个可怜的偷儿吗？侧过你的耳朵来，听我告诉你：让他们两人换了地位，谁还认得出哪个是法官，哪个是偷儿？你见过农家的狗向乞丐吠叫吗？

葛罗斯特　嗯，陛下。

李尔　你还看见那乞丐怎样给那条狗赶跑吗？从这件事上你可以看到权威的大影子；一条狗得了职位，也可以使人家服从。你这可恶的教吏，停住你的残忍的手！为什么你鞭打那个妓女？把你自己背上的衣服脱光吧；你自己热切地想和她犯奸淫，却因为她跟人家犯奸淫而鞭打她。放债的家伙绞杀骗子。褴褛的衣衫遮不住小小的过失；披上锦袍裘服，便可以隐匿一切。给罪恶贴了金，法律的枪就无效而断；把它用破布裹起来，一根侏儒的稻草就可以戳破它。没有一个人是犯罪的，我说，没有一个人。我愿意为他们担保；相信我吧，我的朋友，我有权力封住控诉者的嘴唇。你还是去装上一副玻璃眼睛，像一个卑鄙的阴谋家，假装能够看见你所看不见的事情吧。来，来，来，来，替我把靴子脱下来，用力一点，用力一点，好。

埃德加　（旁白）啊！真话和胡说混在一起，疯狂中的理智。

李尔　要是你愿意为我的命运痛哭，那么把我的眼睛拿了去吧。我知道你是什么人：你的名字是葛罗斯特。你必须忍耐。我们哭着来到这个世上，你知道我们第一次嗅到空气，就哇哇地哭起来。让我讲一番道理给你听,你听着。

葛罗斯特　唉! 唉!

李尔　当我们出生的时候,我们为来到这个傻瓜的大舞台而哭。这顶帽子的式样很不错! 用毡子包马蹄倒是一条妙计;我要试它一下,偷偷进入我那两个女婿的营里,然后就杀,杀,杀,杀,杀,杀!

【侍臣率侍从数人上。

侍臣　啊! 他在这里,抓住他。陛下,您的最亲爱的女儿——

李尔　没有人救我吗? 什么! 我是囚犯了吗? 我甚至成了命运的天然弄人。待我好一些,有人会拿钱来赎我的。替我请外科医生,我的头脑受了伤啦。

侍臣　您将会得到您所需要的一切。

李尔　一个伙伴也没有? 只有我一个人吗? 哎哟,这样会叫人变成了泪人儿,用他的眼睛充作浇园子的水壶,使秋天的尘土扬不起来。

侍臣　陛下——

李尔　我要像一个新郎似的勇敢死去。嘿! 我要高高兴兴的。来,来,我是国王,各位知道吗?

侍臣　您是尊严的国王,我们服从您的旨意。

李尔　那么还有几分生机。要去快去。吵吵吵吵。(下。侍从等随下)

侍臣　最微贱的平民到了这一步,也会叫人看了伤心,何况是国王! 你那两个不孝的女儿使一般人性受到诅咒,可是你还有一个女儿,她把人性从这诅咒中间救赎了出来。

埃德加　你好,先生。

侍臣　足下有什么见教?

埃德加　您有没有听见什么关于有一场战事将要发生的消息?

侍臣　这是千真万确,谁都知道的事了。每一个耳朵能够辨别声音的人都听到了这样的消息。

埃德加　可是借问一声,对方的军队离这里有多少路?

侍臣　很近了,他们一路来得很快,他们的主力部队每一点钟都有到来的可能。

埃德加　谢谢您，先生，这是我所要知道的一切。

侍臣　王后虽然有特别的原因还在这里，她的军队已经开上去了。

埃德加　谢谢您，先生。（侍臣下）

葛罗斯特　永远仁慈的神明，请拿走我的呼吸吧！不要在你们没有要我死以前，再让我的恶天使引诱我结束自己的生命！

埃德加　您祷告得很好，老人家。

葛罗斯特　好先生，您是什么人？

埃德加　一个非常穷苦的人，受惯命运的打击；因为自己是从忧患中过来的，所以很容易抱同情。把您的手给我，让我把您领到一处可以栖身的地方去。

葛罗斯特　多谢多谢，愿上天大大赐福给您！

【奥斯华德上。

奥斯华德　明令缉拿的要犯！正巧碰在我手里！你那颗瞎眼的头颅，却是我进身的阶梯。你这倒霉的老奸贼，赶快忏悔你的罪恶；剑已经拔出了，你今天难逃一死。

葛罗斯特　但愿你这慈悲的手多用一些气力，帮助我早早脱离苦痛。（埃德加插入阻止奥斯华德）

奥斯华德　怎么，大胆的村夫，你敢袒护一个明令缉拿的叛徒？滚开，免得你也遭到和他同样的命运。放开他的手臂。

埃德加　先生，你不向我说明理由，我是不放的。

奥斯华德　放开，奴才，否则我叫你死。

埃德加　好先生，你走你的路，让穷人们过去吧。这种吓人的话，就是接连说上半个月也吓不倒人的。不，不要走近这个老头儿；我关照你走远一点儿；不然我要试试是你的头硬还是我的棍子硬。我向你说明白了。

奥斯华德　走开，混账东西！

埃德加　我要拔掉你的牙齿，先生。来，尽管刺过来吧。（二人决斗，埃德加击奥斯华德倒地）

奥斯华德　奴才，你杀死我了。把我的钱袋拿去吧。要是你希望将来有好日子过，请你把我的尸体埋了；我身边还有一封信，请你替我送给葛罗斯特伯爵，埃德蒙老爷，他在英国军队里，你可以找到他。啊！我死得

过早了！（死）

埃德加　我认识你，你是一个惯会讨主子欢心的奴才；你的女主人无论有什么恶毒的命令，你总是惟命是听。

葛罗斯特　什么！他死了吗？

埃德加　坐下来，老人家，您休息一会儿吧。让我们搜一搜他的衣袋。他说起的那信，也许对我有一点用处。他死了，我只可惜他不死在别人的手里。让我们看。对不起，好蜡，我要把你拆开来了；恕我无礼，为了要知道我们敌人的思想，就是他们的心肝也要剖开，拆开他们的信件更是合法的事。"不要忘记我们彼此间的誓约。你有许多机会可以除去他；如果你不乏决心，时间和地点有的是。要是他得胜归来，那就什么都完了；我将要成为囚人，他的床就是我的牢狱。把我从它可憎的温暖中拯救出来，作为报酬你可以取代这个位置。你的亲爱的仆人（但愿我能换上'妻子'两字）戈纳瑞。"啊，不可测度的女人的心！谋害她的善良的丈夫，叫我的兄弟取代他的位置！在这砂土之内，我要把你掩埋起来，你这杀人的狗男女的邪恶使者。在适当的时候，我要让那被人阴谋杀害的公爵见到这一封卑劣的信。我能够把你的死讯和你的使命告诉他，对于他是一件幸运的事。

葛罗斯特　王上疯了，我的可恶的知觉这样牢固，我一站起身来，就敏锐地意识到我巨大的悲痛！我还是疯了的好，那样我可以不再想到我的不幸，让一切痛苦在昏乱的幻想之中忘记了它们本身的存在。（远处鼓声）

埃德加　把您的手给我，我好像听见远处有打鼓的声音。来，老人家，我把您安顿在一个朋友的地方。（同下）

第七场　法军营帐

【科迪利娅、肯特、医生及侍臣上。

科迪利娅　好肯特啊！我今生怎么能够报答你的好意呢？我的生命会太短，而且感激的程度总是不够。

肯特　娘娘，只要被了解，就是得到报偿而有余了。我所讲的话，句句都是事实，没有一分增减。

科迪利娅　去换一身好一点的衣服吧。你身上的衣服是那一段悲惨的时光中的纪念品，请你脱下来吧。

肯特　原谅我，娘娘，但现在被人认出来，会妨碍我预定的计划。请您把我当作一个不相识的人，等到我认为适当的时候再说。

科迪利娅　那就照你的意思吧，伯爵。（向医生）王上怎样？

医生　娘娘，他仍旧睡着。

科迪利娅　慈悲的神明啊，医治他的被蹂躏的天性中的这一重大裂痕！让这个返老还童的父亲的错乱神志重新协调吧！

医生　请问娘娘，我们现在可不可以叫王上醒来？他已经睡得很久了。

科迪利娅　照你的意见，该怎么办就怎么办吧。他有没有穿着好？

【李尔卧椅内，众仆抬上。

侍臣　是，娘娘，我们趁着他熟睡的时候，已经替他把新衣服穿上去了。

医生　娘娘，请您不要走开，等我们叫他醒来；我相信他的神志已经稳定了。

科迪利娅　很好。（奏乐）

医生　请您走近一步。音乐还要响一点儿。

科迪利娅　啊，我亲爱的父亲！但愿我的嘴唇上有康复的灵药，让这一吻修复我那两个姐姐加在你身上的暴烈的伤害吧！

肯特　善良的好公主！

科迪利娅　即使你不是她们的父亲，这白发也本该引起她们的怜悯呀。这样一张脸受得起狂风的吹打吗？它能够抵御可怕的雷霆吗？在最吓人的迅速分叉的电闪之下，你像一个可怜的哨兵，光着头在守夜吗？我的敌人的狗，即使它曾经咬过我，在那样的夜里，我也要让它躺在我的火炉之前。但是你，可怜的父亲，却甘心钻在窝棚中霉烂的碎稻草里同猪和悲惨的流浪汉为伴吗？唉！唉！你的生命没有同你的神志同归于尽，这才是奇迹呢。他醒来了，对他说话吧。

医生　娘娘，您去对他说，这最合适了。

科迪利娅　父王陛下，您好吗？

李尔　你们不应该把我从坟墓里拖出来。你是一个有福的灵魂；我却缚在火轮上,眼泪像熔铅一样灼痛我自己的脸。

科迪利娅　父亲,您认识我吗?

李尔　你是一个灵魂,我知道,你在什么时候死的?

科迪利娅　还是迷失得很远呢。

医生　他还没有完全清醒过来,暂时让他去。

李尔　我到过什么地方?现在我在什么地方?大白天了吗?我受尽了骗啦。即使看到另一个人这样受骗,我也会痛心死的。我不知道应该说什么。我不愿发誓说这双手是我的。让我试试看,我感到这里的别针扎得有些疼。但愿我能够知道我自己的确实情形!

科迪利娅　啊!瞧着我,父亲,把手按在我头上为我祝福吧。不,父亲,您千万不能下跪。

李尔　请不要取笑我,我是一个非常愚蠢的傻老头子,年纪活了八十多岁了;不瞒您说,我怕我的头脑有点不正常。我想我应该认识您,也该认识这个人;可是我不敢肯定,因为我完全不知道这是什么地方,而且凭着我所有的能力,我也记不起来什么时候穿上这身衣服;我也不知道昨天晚上我在什么所在过夜。不要笑我,我想这位夫人是我的孩子科迪利娅。

科迪利娅　正是,正是。

李尔　你的眼泪是湿的吗?当真。我求你,不要哭;要是你有毒药给我,我愿意喝下去。我知道你不爱我,因为我记得你的两个姐姐都亏待我;你还有几分理由,她们却没有。

科迪利娅　没有理由,没有理由。

李尔　我是在法国吗?

肯特　在您自己的王国里,陛下。

李尔　不要骗我。

医生　请宽心一点,娘娘,您看他的疯狂已经煞住了,可是要他回忆他迷失的这段时间的事,却是危险的。请他进去吧,不要再打扰他,等他进一步安定下来。

科迪利娅　陛下愿意走到里边去吗?

李尔　你得包涵我。请你忘记和原谅吧,我老了,糊涂了。(李尔、科迪利娅、

医生及侍从等同下）

侍臣　先生，康华尔公爵被刺杀的消息是真的吗？

肯特　完全正确。

侍臣　他的人现在归什么人带领？

肯特　据说是葛罗斯特的庶子。

侍臣　他们说他的放逐在外的儿子埃德加现在和肯特伯爵都在德国。

肯特　消息变化不定。现在是应该打量形势的时候了；英国军队在很快逼近。

侍臣　一场血战是免不了的。再会，先生。（下）

肯特　我的目的和结果能不能完全实现，是福是祸，要看这场战事方才分晓。（下）

第五幕

第一场　多佛附近英军营地

【旗鼓前导，埃德蒙、里甘、军官、兵士及其他人上。

埃德蒙　（向一军官）你去问一声公爵，他是不是仍旧保持着原来的决心，还是因为出于其他考虑，已经改变了方针。他这个人毫无定见，动不动引咎自责；我要知道他究竟抱着怎样的主张。（军官下）

里甘　大姐差来的人一定在路上出事了。

埃德蒙　那可说不定，夫人。

里甘　好爵爷，你知道我对你的一片好心；现在请你告诉我，老老实实地告诉我，你不爱我的大姐？

埃德蒙　我只是敬爱她。

里甘　可是你从来没有深入我姐夫的禁地吗？

埃德蒙　这样的想法是错的。

里甘　我怕你们已经打成一片，你成了她心坎里的人哩。

埃德蒙　凭着我的名誉起誓，夫人，没有这样的事。

里甘　我决不容她，我的亲爱的爵爷，不要跟她亲热。

埃德蒙　您放心吧。——她跟她的公爵丈夫来啦！

【旗鼓前导，奥本尼、戈纳瑞及兵士等上。

戈纳瑞　（旁白）我宁愿这一次战争失败，也不让二妹切断他和我的关系。

奥本尼　贤妹你好。伯爵,我听说王上带了一批受不了我们的苛政而高呼不平的人,到他小女儿那儿去了。凡我不能诚实对待的事,我是从来提不起勇气的;至于现在这件事,并不是法王鼓动我们的王上和他手下的一群人,以堂堂正正的理由向我们兴师问罪,而是法国进犯我们的领土,这是我们所不能容忍的。

埃德蒙　您说得好极了。

里甘　这有什么可讨论的呢?

戈纳瑞　我们只须联合退敌,这些内部的纠纷不是现在所要讨论的问题。

奥本尼　那么让我们跟那些老战士们讨论决定我们的战略吧。

埃德蒙　我马上就到您的营帐里来。

里甘　大姐,您也同我们一块儿去吗?

戈纳瑞　不。

里甘　这是很合适的,请你同去吧。

戈纳瑞　(旁白)哼!我明白你的意思。(高声)好,我就去。

【埃德加乔装上。

埃德加　殿下要是不嫌我微贱,请听我说一句话。

奥本尼　你们先请一步,我就来。——说。(埃德蒙、里甘、戈纳瑞、军官、兵士及侍从等同下)

埃德加　在您作战以前,先把这封信拆开来看一看。要是您得到胜利,可以吹号角为号,叫我出来;虽然我看起来卑贱,我可以请出一个勇士来,证明这信上所写的事。要是您失败了,那么您在这世上的事已经完毕,一切阴谋也都无能为力了。愿命运眷顾您!

奥本尼　等我读了信你再走。

埃德加　我不能。时候一到,您只要叫传令官传唤一声,我就会出来的。

奥本尼　那么再见,你的信我会看的。(埃德加下)

【埃德蒙重上。

埃德蒙　敌人已经望得见了,快把您的军队集合起来。这里记载着多方侦察所得的敌方军力估计,可是现在您必须快点儿了。

奥本尼　好,我们准备迎敌就是了。(下)

埃德蒙　我对这两个姊妹都已发下爱情的盟誓;她们彼此忌妒,就像被蛇咬过的人见不得蛇一样。我应该选择哪一个呢?两个都要?只要一个?还是一个也不要?要是两个全活着,我就一个也享受不到。娶了寡妇,一定会激怒她的姐姐戈纳瑞;而且她的丈夫一天不死,我就难以实现我这方面的计划。现在我们还要借他做号召军心的幌子;等到战事结束以后,她要是想除去他,让她自己设法结果他的性命吧。照他的意思,李尔和科迪利娅被我们捉到后是不能加害的;可是假如他们落在我们手里,我们可决不让他们得到他的赦免;因为我保全自己的地位要紧,不能再容什么辩论。(下)

第二场　两军营地之间的原野

【内号角声。旗鼓前导,李尔和科迪利娅率军队上;同下。埃德加和葛罗斯特上。

埃德加　来,老人家,在这树阴底下坐坐吧,但愿正义得到胜利!要是我还能够回来见你,我会给你带来帮助。

葛罗斯特　上帝祝福您,先生!(埃德加下)

【号角声;有顷,内吹撤退号。埃德加重上。

埃德加　走吧,老人家!把你的手给我,走吧!李尔王已经失败,他和他的女儿都被捉去了。把你的手给我,来。

葛罗斯特　不再走了,先生,让我就在这儿等死吧。

埃德加　怎么!你又转起那种坏念头来了吗?人必须忍受他们的离开世界,正像忍受来到这里一样。最重要的是准备停当。来吧。

葛罗斯特　那也说得有理。(同下)

第三场　多佛附近英军营地

【旗鼓前导奏凯,埃德蒙上;李尔和科迪利娅被俘随上;军官、兵士等同上。

埃德蒙　来人,把他们押下去好生看守,等上面发落下来,再作道理。

科迪利娅　存心善良反而得到恶报,这样的先例是很多的。我只是为了你,被迫害的国王，才落得如此下场；否则尽管欺人的命运向我横眉怒目，我也能顶过去。我们要不要去见见这两个女儿和这两个姐姐？

李尔　不，不，不，不！来，让我们到监牢里去。我们两人将要像笼中之鸟一般唱唱歌儿。当你求我为你祝福的时候，我要跪下来，求你饶恕；我们将要这样生活、祷告、唱歌、说些古老的故事，嘲笑那些金翅的蝴蝶，听那些可怜的囚徒们谈论宫廷里的消息；我们也要和他们一起谈话，谁失败，谁胜利，谁在朝，谁在野，用我们的意见解释各种事情的秘密，就像我们是上帝的耳目一样；在囚牢的四壁之内，我们将要看那些大人物的派系随着月亮的圆缺而升降，活得比他们都要长。

埃德蒙　把他们带下去。

李尔　对于这样的祭物，我的科迪利娅，天神也要撒香接纳的。我果然把你捉住了吗？谁要是想分开我们，必须从天上取下一把火炬来像烟熏狐狸一样把我们赶出去。揩干你的眼睛；瘟疫会吞食他们的全身，连皮带肉，他们也不能使我们流泪，我们要眼看他们先活活饿死。来。（兵士押李尔、科迪利娅下）

埃德蒙　过来，队长。听着，把这一通密令拿去，（以一纸授军官）跟着他们到监牢里去。我已经把你升了一级，要是你照这里的命令执行，一定有大大的好处。你要知道，识时务的才是好汉，心肠太软的人不配佩带刀剑。我吩咐你去干这件重要的差使，你可不必多问，要么说你愿意做，要么你另找门路。

军官　我愿意做，大人。

埃德蒙　那么去做吧。你立了这一功，就是一个幸运的人。听着，必须照我所写的办法立刻办好。

军官　我不会拖车子，也不会吃干麦；只要是男子汉干的事，我就会干。（下）

【喇叭奏花腔。奥本尼、戈纳瑞、里甘、军官及侍从等上。

奥本尼　伯爵，你今天果然表明了你的勇敢；命运眷顾着你，你已擒拿了跟我们敌对的人。请你把他们交给我们，让我们一方面按照他们的身份，一方面顾到我们自身的安全，决定一个适当的处置。

埃德蒙　殿下，我已经把那可悲的老王拘禁起来，派人监视；他的高龄和尊号都有一种魔力，可以吸引平民的人心归附于他，而且煽动我们强拉来的士兵反对我们。那王后我为了同样的理由，也把她一起下了监；他们明天或者迟一些就可以受你们的审判。现在弟兄们刚刚流过血汗，丧折了不少的朋友；正尖锐体会到战争残酷的人们，无论引起这场争端的理由怎样正大，他们都会加以咒诅；所以审问科迪利娅和她的父亲这件事，必须在一个更适当的地方举行。

奥本尼　伯爵，说一句不怕你见怪的话，你不过是一个随征的将领，我并没有把你当作兄弟。

里甘　那要看我怎样恩宠他了；我想你把话说到这份上以前，似乎应该先问问我的意见。他带领我们的军队，受到我的全权委任，凭着这一层亲密的关系，也够资格和你称兄道弟了。

戈纳瑞　别太热了，他的地位是靠自己的才能造成的，并不靠你给他的封号。

里甘　我有权，凭着我的授予，他可以和最尊贵的人匹敌。

戈纳瑞　要是他做了你的丈夫，那最好办了。

里甘　讲笑话的人往往成预言家。

戈纳瑞　呵呵！告诉你这话的人正在挤眉弄眼。

里甘　太太，我现在身子不大舒服，懒得跟你斗口了。将军，请你接受我的军队、俘虏和财产；这一切连我自己都由你支配。我是你的献城降服的臣仆，让全世界为我证明，我在这里把你立为我的丈夫和君主。

戈纳瑞　你想要享受他吗？

奥本尼　那不是你所能阻止的。

埃德蒙　也不是你所能阻止的，殿下。

奥本尼　杂种儿，我可以阻止你们。

里甘　（向埃德蒙）叫鼓手打起鼓来，证明我已经把尊位给了你。

奥本尼　等一等，听听缘由。埃德蒙，你犯有叛逆重罪，我逮捕你；同时我还要逮捕这一条金鳞的毒蛇。（指戈纳瑞）至于贤妹，你的宣布，为了我的妻子的利益我加以制止；她已经跟这位勋爵有约在先，所以我、她的丈夫，对你们的婚姻表示异议。要是您想结婚的话，向我求爱吧，我的妻子已经另有所属了。

戈纳瑞　怎么又节外生枝起来！

奥本尼　葛罗斯特，你现在甲胄在身，让号角吹起来，要是没有人出来证明你所犯的许多凶残和昭彰的叛逆罪，这里是我的信物（掷下手套）；在我吃下一顿饭以前，我要在你的心脏上证明我所指控你的一切。

里甘　哎哟！我病了！我病了！

戈纳瑞　（旁白）要是你不病，我也从此不相信药物了。

埃德蒙　这儿是我的回报（掷下手套）；谁骂我是叛徒的，他就是个说谎的恶人。叫你的号角吹起来吧，谁有胆量出来，我要坚决向他，向你，向每一个人证明我的诚实和荣誉。

奥本尼　来，传令官！

埃德蒙　传令官！传令官！

奥本尼　依赖你个人的勇气吧，因为你的士兵都是用我的名义征集的，我已经用我的名义把他们遣散了。

里甘　我越来越难过啦！

奥本尼　她身体不舒服，把她扶到我的营帐里去。（侍从扶里甘下）过来，传令官。

【传令官上。

奥本尼　叫喇叭吹起来。宣读这一道命令。

军官　吹喇叭！（号角吹响）

传令官　（宣读）"在本军将校官佐之中，若有人愿意证明名分未定的葛罗斯特伯爵埃德蒙是一个罪恶多端的叛徒，让他在第三次号角声时出来。埃德蒙要坚决地自卫。"

埃德蒙　吹！（号角初响）

传令官　再吹！（号角再响）再吹！（号角三响，内号角声相应）

【号手前导，埃德加武装上。

奥本尼　问明他的来意，为什么他听了号角的呼召来到这里。

传令官　你是什么人？你叫什么名字？在军中是什么官级？为什么你要应召而来？

埃德加　我的名字已经被阴谋的毒齿咬啮蛀蚀了，可是我的出身和我现在所来对仗的敌手同样高贵。

奥本尼　谁是你的敌手？

埃德加　自称是葛罗斯特伯爵埃德蒙的是什么人？

埃德蒙　我在此，你对他有什么话说？

埃德加　拔出你的剑来，要是我的话得罪了一颗高尚的心，你的手臂可以为你辩护；这里是我的剑。听着，虽然你有的是力量、青春、地位和尊荣，虽然你挥着胜利的宝剑，夺到了崭新的幸运，可是凭着我的荣誉、我的誓言和我的骑士身份所给我的特权，我宣布你是一个叛徒，不忠于你的神明、你的兄长和你的父亲，阴谋倾覆这一位崇高卓越的君王，从你的头顶直到你脚下的尘土，是一个满身污点的逆贼。要是你说一声“不”，这一柄剑，这只手臂和我的全身的勇气，都要在你的心脏上证明你在说谎。

埃德蒙　照理我应该问你的名字，可是你的外表既然这样英武，你的出言表明你有一定教养，虽然按照骑士的规则，我可以安全而合法地推迟应战，我却拒绝这样做；我把你所说的种种罪名掷回你的头上，让那像地狱一般可憎的谎话吞没你的心；这些罪名一滑而过，伤害不了什么，而我的这柄剑却会将它们直刺入你的心头，让它们永远呆在那里。吹起来，喇叭！（号角声。二人决斗。埃德蒙倒地）

奥本尼　留他活命，留他活命！

戈纳瑞　这是诡计，葛罗斯特，按照决斗的法律，你尽可以不接受一个不知名的对手的挑战；你不是被人打败，你是中了人家的计了。

奥本尼　闭住你的嘴，妇人，否则我要用这一张纸塞住它了。等一下，骑士。你这比一切恶名更恶的恶人，读读你自己的罪恶吧。不要撕，太太，我看你是认识这封信的。（以信授埃德蒙）

戈纳瑞　即使我干了这样的事，法律是我的，不是你的；谁能够控诉我？（下）

奥本尼　岂有此理！你知道这封信吗？

埃德蒙　我知道的事不要问我。

奥本尼　追上她去，她现在情急了，管住她。（一军官下）

埃德蒙　你所指责我的事情，我全都做了；而且我所干的事更多，多得多；总有一天会全部暴露的。现在这些事已成过去，我也要过去了。——可是你是什么人,会有此运气打赢我?假如你是一个贵族,我愿意对你不记仇恨。

埃德加 让我们互相宽恕吧。在血统上我并不比你低微,埃德蒙,要是我的出身比你更高贵,你尤其不该那样陷害我。我的名字是埃德加,你的父亲的儿子。天神是公正的,他们利用我们的风流罪过惩罚我们;他在黑暗邪恶的地方种下了你的生命,结果使他丧失了他的眼睛。

埃德蒙 你说得对,这是真的。命运的车轮已经转满一圈,我落到了这个地方。

奥本尼 我一看见你的仪态步法,就觉得你是一个尊贵的人。我必须拥抱你。让悔恨碎裂我的心,要是我曾经憎恨过你或你的父亲。

埃德加 殿下,我一向知道您的仁慈。

奥本尼 你把自己藏匿在什么地方?你怎么知道你父亲的灾难?

埃德加 殿下,我知道他的灾难,因为我就在他的身边照料他。听我讲一段简短的故事,当我说完以后,啊,但愿我的心爆裂了吧!为了逃避那紧追着我的残酷的通缉令——我们大家都贪恋生活的甜蜜,宁愿每小时忍受死亡之痛,也不愿一下子死去——我为了逃避,披上了一身疯人的褴褛衣服,改扮成一副连狗都瞧不起的装束。在这样的乔装之下,我碰见了父亲,他的两个眼眶流血,那宝贵的眼珠还刚失去;我替他做向导,领着他,为他乞讨,把他从绝望之中拯救出来。啊!我不该一直向他瞒住自己的真相!直到约莫半小时以前,我已经披上甲胄,对成功虽有希望但无把握,我才请他为我祝福,把我的全部历程从头到尾告诉他知道;可是,唉!他的破碎的心太脆弱了,承受不了喜悦和悲伤这两种极端激情的冲突,他含着笑死了。

埃德蒙 你这番话很使我感动,而且可能有好处;可是说下去吧,看上去你还有一些更多的话要说。

奥本尼 要是还有比这更伤心的事,请不要说下去了吧;因为我听了这样的话,几乎要溶化成泪水了。

埃德加 对于不喜欢悲哀的人,这似乎已经是一个终点,可是还有一件悲哀的事,如果详加描述,会超出这个极限。当我正在放声大哭的时候,来了一个人,他认识我就是他所见过的那个疯丐,不敢接近我,可是后来他发现我究竟是什么人,能这样忍耐活下来,他就用强壮的双臂抱住我的头颈,大放悲声,好像要把天空都震碎一般。他倒身在我父亲的尸体上,讲出了关于李尔和他两个人的一段最凄惨的故事;他越讲越伤心,他的生命之弦都开始颤断了;那时候喇叭的声音已经响过两次,我只好抛下他一个人在昏迷之中。

奥本尼　可是这是什么人?

埃德加　肯特,殿下,被放逐的肯特。他一路上乔装改貌,跟随那把他视同仇敌的国王,替他躬操奴隶不如的贱役。

【一侍臣持一流血之刀上。

侍臣　救命!救命!救命啊!

埃德加　救什么命!

奥本尼　说呀,什么事?

埃德加　那把血淋淋的刀是什么意思?

侍臣　它还热腾腾地冒着气呢。它是从她的心窝里拔出来的——啊!她死了!

奥本尼　谁死了?说呀。

侍臣　您的夫人,殿下,您的夫人。她的妹妹也被她毒死了,她自己承认的。

埃德蒙　我跟她们两人都有婚姻之约,现在我们三个人可以在一块儿做夫妻啦。

埃德加　肯特来了。

奥本尼　把她们抬出来,不管有没有死。上天的这一个判决使我们颤栗,却不能引起我们的怜悯。(侍臣下)

【肯特上。

奥本尼　啊!这就是他吗?当前的变故使我不能按礼貌的要求对他施礼。

肯特　我来向我的王上道一声永久的晚安,他不在这里吗?

奥本尼　我们把一件重要的事情忘了!埃德蒙,王上呢?科迪利娅呢?肯特,你看见这情景吗?(众抬戈纳瑞、里甘二人尸体上)

肯特　哎哟!怎么会这样的?

埃德蒙　埃德蒙还是有人爱的:这一个为了我的缘故毒死了那一个,跟着她也自杀了。

奥本尼　正是这样。把她们的脸遮起来。

埃德蒙　我快要断气了,倒还想做一件违反我的本性的好事。赶快差人到城堡里去,因为我已经下令把李尔和科迪利娅处死。不要多说废话,迟一点就来不及啦。

奥本尼　跑!跑!跑呀!

埃德加　叫谁跑呀,殿下?——谁奉命干这件事的?送去你的一件什么东西,作为赦免的凭证。

埃德蒙　想得不错,把我的剑拿去给那队长。

奥本尼　快去,快去。(埃德加下)

埃德蒙　他从你的妻子和我两人的手里得到密令,把科迪利娅在狱中缢死,对外面说是她自己在绝望中自杀的。

奥本尼　神明保佑她!把他暂时抬出去。(众抬埃德蒙下)

【李尔抱科迪利娅尸体,埃德加、军官及其他人同上。

李尔　哀号吧,哀号吧,哀号吧,哀号吧!啊!你们都是些石头一样的人;要是我有你们的舌头和眼睛,我要用哭号和眼泪使天穹崩裂。她是一去不回的了。一个人死了还是活着,我是知道的;她已经像泥土一样死了。借一面镜子给我,要是她的气息还能够在镜面上呵起一层薄雾,那么她还没有死。

肯特　这就是上帝预言的世界末日吗?

埃德加　还是末日恐怖的预象?

奥本尼　天塌下来,一切都归于毁灭!

李尔　这根羽毛在动,她没有死!要是她还有活命,那么我感受过的一切悲哀还有机会得到补救。

肯特　(跪)啊,我的好主人。

李尔　请你走开!

埃德加　这是尊贵的肯特,您的朋友。

李尔　一场瘟疫降在你们身上,全是些凶手,奸贼!我本来可以把她救活的;现在她永远走了!科迪利娅,科迪利娅!等一等。嘿!你说什么?她的声音总是那么柔软温和,女儿家是应该这样的。我亲手杀死了那把你缢死的奴才。

军官　殿下，他真的把他杀死了。

李尔　我不是把他杀死了吗，汉子？从前我一举起我的宝刀，就可以叫他们吓得抱头鼠窜；现在年纪老啦，这些苦难消磨了我的精力。你是谁？老实告诉你吧，我的眼睛可不大好。

肯特　要是命运女神向人夸口，说有两个被她爱过和恨过的人，那么其中一个就在我们眼前。

李尔　我的眼睛太模糊啦。你不是肯特吗？

肯特　正是，您的仆人肯特。您的仆人卡厄斯呢？

李尔　他是一个好人，我可以告诉你；他发起性子来就打人，而且很快。他现在已经死了，烂了。

肯特　不，陛下，我就是那个人——

李尔　一会儿我再来弄清。

肯特　自从您开始遭遇变故以来，我一直跟随着您的不幸的足迹。

李尔　欢迎你到这里来。

肯特　其余一个都没有。一切都是凄惨的，黑暗的，毁灭性的。您的两个大女儿已经毁灭了自己，在绝望中死了。

李尔　嗯，我想是这样的。

奥本尼　他不知道自己在说什么，我们谒见他也是徒然的。

埃德加　全然是徒劳。

【一军官上。

军官　禀殿下，埃德蒙死了。

奥本尼　那在这里不过是小事一件。各位爵爷和尊贵的朋友，听我向你们说说我的打算：对于这一位老病衰弱的君王，我将要尽力给予可能的安慰；当他在世的时候，我将把最高的权力归还给他。（向埃德加、肯特）你们两位恢复你们应有的权利，我还要加赉你们额外的尊荣，褒扬你们过人的节行。一切朋友都要得到他们德行的报酬，一切仇敌都要尝到他们罪恶的苦杯。——啊！瞧，瞧！

李尔　我的可怜的弄人给缢死了！不，不，没有命了！为什么一条狗、一匹马、一只耗子，都有它们的生命，你却没有一丝呼吸？你是永不回来的了，永不，永不，永不，永不，永不！请你替我解开这个钮扣，谢谢你，先

生。你看见吗？瞧着她，瞧，她的嘴唇，瞧那边，瞧那边！（死）

埃德加　他晕过去了！——陛下，陛下！

肯特　碎吧，心啊！碎吧！

埃德加　抬起头来，陛下。

肯特　不要烦扰他的灵魂。啊！让他安然死去吧，他恨那想要使他在这无情尘世的刑架上多抻拉一时的人。

埃德加　他真的去了。

肯特　他居然忍受了这么久的时候，真是一件奇事；他这阵只是勉强地活着。

奥本尼　把他们抬出去。我们现在要传令全国举哀。（向肯特、埃德加）——
两位朋友，帮我主持大政，
培养这已经受伤的国本。

肯特　不日间我就要登程上道；
我已经听见主上的呼召。

埃德加　这惨痛时刻的重担我们不能不背；
感到的就说出来，而不是堂皇应对。
最老的人忍受得最多，我们后生者流
将看不到这么多，也活不到这样长久。

（同下；奏丧礼进行曲）

麦克白

朱生豪 译

沈　林 校

导言

故事取材于霍林谢德的《编年史》，可以说这是一出历史剧，但它的风格与作者所有的历史剧截然不同。它迅捷、简明，行动沿着一条线索直指最后的结局，一改多个情节穿插交替的套数；它凝炼、集中，舍弃了广阔的社会背景，将视点落在麦克白夫妇的两人世界。

同莎翁历史剧及其他一些悲剧中那对事件的侧重和对问题的兴趣相比，这出剧着重描写的是人的感情和心理活动。虽然我们可以说剧本揭示了权力对人性的腐蚀，但它终究只是展现了结果而不是探究原因。

幽暗的情感、神秘的想象、朦胧的意识，这一切用堆砌概念的陈述性语言是很难传达的；而莎士比亚却靠了诗的意象将其化为心中惊心动魄的画面，让观众从音调的起伏、节奏的疾缓来感受人物澎湃的心潮。

《麦克白》的世界不是现实的世界，这里没有规律，无论是社会发展规律还是客观历史规律。这是一片血红色的邪恶的森林，我们漫步穿越，与长胡子的女巫、班柯的鬼魂结伴而行，我们见到了会砸碎怀中婴儿脑壳的美妇人、悬在半空的匕首、人肉和癞蛤蟆熬成的魔汤、面容惨白狞笑着的小王子们……《麦克白》是一场噩梦。

剧中人物

邓　肯　苏格兰国王

马尔康、道纳本　邓肯之子

麦克白、班　柯　苏格兰军中大将

麦克德夫
列诺克斯
洛　斯
孟提斯
安格斯
凯士纳斯 } 苏格兰贵族

弗里恩斯　班柯之子
西华德　诺森勃兰伯爵，英国军中大将
小西华德　西华德之子
西　登　麦克白的侍臣
麦克德夫的幼子

英格兰医生
苏格兰医生
军　曹
看门人
老　翁

麦克白夫人
麦克德夫夫人
麦克白夫人的侍女

三女巫
赫卡忒
另外三个女巫

贵族、绅士、将领、兵士、刺客、侍从及使者等
班柯的鬼魂及其他幽灵等

地点

苏格兰;英格兰

第一幕

第一场　荒　　原

【雷电。三女巫上。

女巫甲　　何时姊妹再相逢，
　　　　　雷电轰轰雨濛濛？
女巫乙　　且等烽烟静四陲，
　　　　　败军高奏凯歌回。
女巫丙　　半山夕照尚含辉。
女巫甲　　何处相逢？
女巫乙　　在荒原。
女巫丙　　麦克白将在此会。
女巫甲　　我来了，狸猫精。
女巫乙　　癞蛤蟆在叫我。
女巫丙　　来也。
众巫　　（合）美即丑恶丑即美，
　　　　　翱翔毒雾妖云里。（同下）

第二场　福累斯附近营地

【内号角声。邓肯、马尔康、道纳本、列诺克斯及侍从等上，与一流血之军曹相遇。

邓肯　那个流血的人是谁？看他痛苦的样子，也许可以向我们报告关于叛乱的最近的消息。

马尔康　这就是那个奋勇苦战帮助我冲出敌人重围的军曹。祝福，勇敢的朋友！把你离开战场以前的战况报告王上。

军曹　双方还在胜负未决之中；正像两个精疲力竭的游泳者，彼此扭成一团，显不出他们的本领来。那残暴的麦克唐华德不愧为一个叛徒，因为无数奸恶的天性都丛集于他的一身；他已经征调了西方各岛上的轻重步兵，命运也好像一个娼妓一样，有意向叛徒卖弄风情，助长他的罪恶的气焰。可是这一切都无能为力，因为英勇的麦克白不以命运的喜怒为意；挥舞着他的血腥的宝剑，一路砍杀过去，直到了那奴才的面前，也不打一句话，就挺剑从他的肚脐上刺了进去，把他的胸膛划破，一直划到下巴上；他的头已经割下来挂在我们的城楼上了。

邓肯　啊，英勇的表弟！了不起的壮士！

军曹　阳光即将再次照耀大地时，却偏偏吹来了摧樯断桅的暴风；我们正在兴高采烈的时候，却又遭遇了重大的打击。听着，苏格兰的君主，听着：当正义凭着勇气的威力，正在驱逐敌军向后溃退的时候，挪威国君看见有机可趁，调了一批甲械精良的生力部队又向我们开始一次新的猛攻。

邓肯　我们的将军们，麦克白和班柯有没有因此而气馁？

军曹　是的，要是麻雀能使怒鹰却退，兔子能把雄狮吓走的话。实实在在地说，他们就像两尊巨炮，满装着双倍火力的炮弹，愈发愈猛地向敌人射击。瞧他们的神气，好像拼着浴血负创，非让尸骸铺满了原野决不罢手似的。可是我的气力已经不济了，我的伤口需要医治。

邓肯　你的叙述和你的伤口一样，都表现出一个战士的精神。来，把他送到军医那儿去。（侍从扶军曹下）

【洛斯和安格斯上。

邓肯　谁来啦？

马尔康　尊贵的洛斯爵士。

列诺克斯　他的眼睛里露出多么慌张的神色！好像要说些什么古怪的事情似的。

洛斯　上帝保佑吾王！

邓肯　爵士，你是从什么地方来的？

洛斯　从法夫来，陛下。挪威的旌旗在那边的天空招展，把一阵寒风扇进了我们人民的心里。挪威国君亲自率领了大队人马，靠着那个最奸恶的叛徒考特爵士的帮助，开始了一场残酷的血战；直到麦克白那位女战神的情郎披甲而前，与他奋勇交锋，方才挫折了他的傲气；胜利终于属我们所有。

邓肯　好大的幸运！

洛斯　现在史威诺，挪威的国王，已经向我们求和了。我们责令他在圣戈姆小岛上缴纳一万块钱充入我们的国库，否则不让他把战死的将士埋葬。

邓肯　我们不能再让考特爵士窃取我们的厚爱。立刻宣判他的死刑，他原来的爵位移赠麦克白。

洛斯　我就去执行陛下的旨意。

邓肯　他所失去的，也就是尊贵的麦克白所得到的。（同下）

第三场　荒　原

【雷鸣。三女巫上。

女巫甲　妹妹，你从哪儿来？

女巫乙　我刚杀了猪来。

女巫丙　姐姐，你从哪儿来？

女巫甲　一个水手的妻子坐在那儿吃栗子，啃呀啃呀啃呀地啃着。“给我，”我说。“滚开，妖巫！”这个大屁股贱人喊起来了。她的丈夫是猛虎号的船长，到阿勒坡去了；可是我要坐在一张筛子里追他去，像一只没尾巴的老鼠，我要去，我要去，我要去。

女巫乙　我助你一阵风。

女巫甲　　感谢你的神通。

女巫丙　　我也助你一阵风。

女巫甲　　驾风直到海西东。
到处狂风吹海立，
浪打行船无休息，
终朝终夜不得安，
骨瘦如柴血色干；
年年辛苦月月劳，
气断神疲精力销；
他的船儿不会翻，
暴风雨里受受难。

瞧我有些什么东西？

女巫乙　给我看，给我看。

女巫甲　这是一个在归途覆舟殒命的舵工的拇指。（内鼓声）

女巫丙　鼓声！鼓声！麦克白来了。

众巫　（合）　手携手，三姊妹，
沧海高山弹指地，
朝飞暮返任游戏。
姐三巡，妹三巡，
三三九转蛊方成。

【麦克白及班柯上。

麦克白　我从来没有见过这样阴郁而又光明的日子。

班柯　到福累斯还有多少路？这些是什么人，形容这样枯瘦，服装这样怪诞，不像是地上的居民，可是却在地上出现？你们是活人吗？你们能不能回答我们的问题？好像你们懂得我的话，每一个人都同时把她满是皱纹的手指按在她的干枯的嘴唇上。你们应当是女人，可是你们的胡须却又使我不敢相信你们是女人。

麦克白　你们要是能够讲话，告诉我们你们是什么人？

女巫甲　万福，麦克白！祝福你，葛莱密斯爵士！

女巫乙　万福，麦克白！祝福你，考特爵士！

女巫丙　万福，麦克白，未来的君王！

班柯　将军，您为什么这样吃惊，好像害怕着这种听上去很好的消息？用真理的名义回答我，你们是幻象呢，还是果然是像你们所显现的那个样子的生物？你们向我的高贵的同伴致敬，并且预言他未来的尊荣和远大的希望，使他听得出了神；可是你们却没有对我说一句话。要是你们能够洞察时间所播的种子，知道哪一颗会长成哪一颗不会长成，那么请对我说；我既不乞讨你们的恩惠，也不惧怕你们的憎恨。

女巫甲　祝福！

女巫乙　祝福！

女巫丙　祝福！

女巫甲　比麦克白低微，可是你的地位在他之上。

女巫乙　不像麦克白那样幸运，可是你比他更有福。

女巫丙　你虽然不是君王，你的子孙将要君临一国。万福，麦克白和班柯！

女巫甲　班柯和麦克白，万福！

麦克白　且慢，你们这些闪烁其辞的预言者，明白一点告诉我。西纳尔死了以后，我知道我已经晋封为葛莱密斯爵士；可是怎么会做起考特爵士来呢？考特爵士现在还活着，他的势力非常煊赫；至于说我是未来的君王，那正像说我是考特爵士一样难于置信。说，你们这种奇怪的消息是从什么地方来的？为什么你们要在这荒凉的旷野用这种预言式的称呼使我们止步？说，我命令你们。（三女巫隐去）

班柯　水上有泡沫，土地也有泡沫，这些便是大地上的泡沫。她们消失到什么地方去了？

麦克白　消失在空气之中，好像是有形体的东西，却像呼 吸一样融化在风里了。我倒希望她们再多留一会儿。

班柯　我们正在谈论的这些怪物，果然曾经在这儿出现吗？还是因为我们误食了令人疯狂的草根，已经丧失了我们的理智？

麦克白　您的子孙将要成为君王。

班柯　您自己将要成为君王。

麦克白　而且还要做考特爵士；她们不是这样说吗？

班柯　正是这样说。谁来啦？

【洛斯及安格斯上。

洛斯　麦克白，王上已经很高兴地接到了你胜利的消息；当他听见你在这次征讨叛逆的战争中所表现的英勇的勋绩的时候，他简直不知道应当惊异还是应当赞叹，在这两种心理的交相冲突之下，他快乐得说不出话来。他又知道你在同一天之内，又在雄壮的挪威大军的阵地上出现，不因为你自己亲手造成的死亡的惨象而感到些微的恐惧。报信的人接踵而至，异口同声地在他的面前称颂你保卫祖国的大功。

安格斯　我们奉王上的命令前来，向你传达他的慰劳的诚意；我们的使命只是迎接你回去面谒王上，不是来酬答你的功绩。

洛斯　为了向你保证他将给你更大的尊荣起见，他叫我替你加上考特爵士的称号。祝福你，最尊贵的爵士！这一个尊号是属于你的了。

班柯　什么！魔鬼居然会说真话吗？

麦克白　考特爵士现在还活着，为什么你们要替我穿上借来的衣服呢？

安格斯　原来的考特爵士现在还活着，可是因为他自取其咎，犯了不赦的重罪，在无情的判决之下，将要失去他的生命。他究竟有没有和挪威人公然联合，或者曾经给叛党秘密的援助，或者同时用这两种手段来图谋颠覆他的祖国，我还不能确实知道；可是他的叛国的重罪，已经由他亲口供认，并且有了事实的证明，使他遭到了毁灭的命运。

麦克白　（旁白）葛莱密斯，考特爵士，最大的尊荣还在后面。（向洛斯、安格斯）谢谢你们的跋涉。（向班柯）她们叫我作考特爵士，果然被她们说中了；您不希望您的子孙将来做君王吗？

班柯　您要是果然相信了她们的话，也许做了考特爵士以后，还想把王冠攫到手里。可是这种事情很奇怪；魔鬼为了要陷害我们起见，往往故意向我们说真话，在小事情上取得我们的信任，然后我们在重要的关头便会堕入他的圈套。两位大人，让我对你们说句话。

麦克白　（旁白）两句话已经证实，这就像美妙的开场白，接下去堂皇的帝王戏就要正式开演。（向洛斯、安格斯）谢谢你们两位。（旁白）这种神奇的启示不会是凶兆，可是也不像是好兆。假如它是凶兆，为什么用一句灵验的预言，保证我未来的成功呢？我现在不是已经做了考特爵士了吗？假如它是好兆，为什么那句话会在我脑中引起可怖的印象，使我毛发森然，使我的心全然失去常态，勃勃地跳个不住呢？想象中的恐怖远过于实际上的恐怖；我的思想中不过偶然浮起了杀人的妄念，就已经使我全身震撼，心灵在猜测之中丧失了作用，把虚无的幻影认为真实了。

班柯　瞧，我们的同伴想得多么出神。

麦克白　（旁白）要是命运将会使我成为君王，那么也许命运会替我加上王冠，用不到我自己费力。

班柯　新的尊荣加在他的身上，就像我们穿上新衣服一样，在没有穿惯以前，总觉得有些不大适合身材似的。

麦克白　（旁白）无论事情怎样发生，最难堪的日子也是会过去的。

班柯　尊贵的麦克白，我们在等候着您的意旨。

麦克白　原谅我，我的迟钝的脑筋刚才偶然想起了一些已经忘记了的事情。两位大人，你们的辛苦已经铭刻在我的心版上，我每天都要把它翻开来诵读。让我们到王上那儿去。想一想最近发生的这些事情，等我们把一切详细考虑过了以后再把各人心里的意思彼此开诚相告吧。

班柯　很好。

麦克白　现在暂时不必多说。来，朋友们。（同下）

第四场　福累斯。宫中一室

【喇叭奏花腔。邓肯、马尔康、道纳本、列诺克斯及侍从等上。

邓肯　考特的死刑有没有执行完毕？监刑的人还没有回来吗？

马尔康　陛下，他们还没有回来，可是我曾经和一个亲眼看见他死的人谈过话，他说他很坦白地供认他的叛逆，请求您宽恕他的罪恶，并且表示深切的悔恨。他的一生行事，从来不曾像他临终的时候那样值得钦佩；他抱着视死如归的态度，抛弃了他的最宝贵的生命，就像它是不足介意、毫无价值一样。

邓肯　世上还没有一种方法可以从一个人的脸上探察他的居心，他是我曾经绝对信任的一个人。

【麦克白、班柯、洛斯及安格斯上。

邓肯　啊，好表弟！我的忘恩负义的罪恶，刚才还重压在我的心头。你的功劳太超越寻常了，飞得最快的报酬都追不上你；要是它再微小一点，那么也许我可以按照适当的名分，给你应得的感谢和酬劳；现在我只能这样说，一切的报酬都不能抵偿你的伟大的勋绩。

麦克白　为陛下尽忠效命，它的本身就是一种酬报。接受我们的劳力是陛下的名分；我们对于陛下的责任，正像子女和奴仆一样，为了博得您的欢心和宠幸，无论做什么事都是应该的。

邓肯　欢迎你回来。我已经开始把你栽培，我要努力使你繁茂。尊贵的班柯，你的功劳也不在他之下，那也是不会被埋没的，让我把你拥抱在我的心头。

班柯　要是我能够在陛下的心头生长，那收获是属于陛下的。

邓肯　我的洋溢在心头的盛大的喜乐，想要在悲哀的泪滴里隐藏它自己。吾儿，各位国戚，各位爵士以及一切最亲近的人，我现在向你们宣布立我的长子马尔康为王储，册封为肯勃兰亲王，他将来要继承我的王位；不仅仅是他一个人受到这样的光荣，广大的恩宠将要像繁星一样，照耀在每一个有功者的身上。陪我到因弗内斯去，让我再叨受你一次盛情的招待。

麦克白　这是一个莫大的光荣。让我做一个前驱者，把陛下光临的喜讯先去报告我的妻子知道。现在我就此告辞了。

邓肯　我的尊贵的考特！

麦克白　（旁白）肯勃兰亲王！这是一块横在我的前途的阶石，我必须跳过这块阶石，否则就要颠仆在它的上面。星星啊，收起你们的火焰！不要让光亮照见我的黑暗幽深的欲望。眼睛啊，看着这双手吧，凡它做出的你都要敢于面对！（下）

邓肯　真的，尊贵的班柯，他的英勇真是名不虚传，我已经饱听人家对他的赞美，那对我就像是一桌盛筵。他现在先去预备款待我们了，让我们跟上去。真是一个无比的国戚。（喇叭奏花腔。众下）

第五场　因弗内斯。麦克白的城堡

【麦克白夫人上，读信。

麦克白夫人　“她们在我胜利的那天迎接我；我根据最可靠的说法，知道她们是具有超越凡俗的知识的。当我燃烧着热烈的欲望，想要向她们详细询问的时候，她们已经化为一阵风不见了。我正在惊奇不置，王上的使者就来了，他们都称我为‘考特爵士’；那一个尊号就正是这些神巫用来称呼我的，而且她们还对我作这样的预示，说是‘祝福，未来的君王！’我想我应该把这样的消息告诉你，我的最亲爱的有福同享的伴侣，好让你不至于因为对于你所将要得到的富贵一无所知，而失去了你所应该享有的欢欣。把它放在你的心头，再会。”你现在已经一身兼葛莱密斯和考特两个显爵，将来也会达到预言所告诉你的那样高位。可是我却为你的天性忧虑：它充满了太多的人情的乳臭，使你不敢采取最近的捷径；你希望做一个伟大的人物，你不是没有野心，可是你却缺少和那种野心相联属的奸恶；你的欲望很大，却又希望只用正当的手段；一方面不愿玩弄机诈，一方面却又要作非分的攫夺；你不缺少为达目的不择手段的坚决，可是你又宁愿中途住手也不愿事后追悔。赶快回来吧，让我把我的精神倾注在你的耳中；命运和玄奇的力量分明已经准备把黄金的宝冠罩在你的头上，让我用舌尖的勇气，把那阻止你得到那顶王冠的一切障碍驱扫一空吧。

【一使者上。

麦克白夫人　你带了些什么消息来？

使者　王上今晚要到这儿来。

麦克白夫人　你在说疯话吗？主人是不是跟他在一起？要是在一起的话，一定会早就通知我们准备准备的。

使者　禀夫人，这话是真的。我们的爵爷快要来了。我的一个伙伴比他早到了一步，他奔得气都喘不过来，好不容易才告诉了我这个消息。

麦克白夫人　好好看顾他，他带来了重大的消息。（使者下）报告邓肯走进我这堡门来送死的乌鸦，它的叫声是嘶哑的。来，注视着人类恶念的魔鬼们！解除我的女性的柔弱，用最凶恶的残忍自顶至踵贯注在我的全身；凝结我的血液，不要让悔恨通过我的心头，不要让天性中的恻隐摇动我的狠毒的决意！来，你们这些杀人的助手，你们无形的躯体散满在空间，到处找寻为非作恶的机会，进入我的妇人的胸中，把我的乳水当作胆汁吧！来，阴沉的黑夜，用最昏暗的地狱中的浓烟罩住你自己，让我的锐利的刀瞧不见他自己切下的伤口，让青天不能从黑暗的重衾里探出头来高喊："住手，住手！"

【麦克白上。

麦克白夫人　伟大的葛莱密斯！尊贵的考特！比葛莱密斯更伟大，比考特更尊贵的未来的统治者！你的信使我飞越蒙昧的现在，我已经感觉到未来的搏动了。

麦克白　我的最亲爱的亲人，邓肯今晚要到这儿来。

麦克白夫人　什么时候走呢？

麦克白　他预备明天回去。

麦克白夫人　啊！太阳永远不会见到那样一个明天。您的脸，我的爵爷，正像一本书，人们可以从那上面读到奇怪的事情。你要欺骗世人，必须装出和世人同样的神气；让您的眼睛里、您的手上、您的舌尖，随处流露着欢迎；让人家瞧您像一朵纯洁的花朵，可是在花瓣底下却有一条毒蛇潜伏。我们必须准备款待这位贵宾；您可以把今晚的大事交给我去办。凭此一举，我们今后就可以永远掌握君临万民的无上权威。

麦克白　我们还要商量商量。

麦克白夫人　泰然自若地抬起您的头来；恐惧往往是误事的根源。一切都在我的身上。（同下）

第六场　同前。城堡之前

【高音笛奏乐。火炬前导，邓肯、马尔康、道纳本、班柯、列诺克斯、麦克德夫、洛斯、安格斯及侍从等上。

邓肯　这座城堡的位置很好，一阵阵温柔的和风轻轻地吹拂着我们微妙的感觉。

班柯　这一个夏天的客人，巡礼庙宇的燕子，也在这里筑下了它的温暖的巢居，这可以证明这里的空气有一种诱人的香味。檐下梁间，墙头屋角，都是这鸟儿安置它的吊床和摇篮的地方，凡是他们生息繁殖之处，空气总是很甘美的。

【麦克白夫人上。

邓肯　瞧,瞧,我们尊贵的主妇！到处跟随我们的挚情厚爱有时会成为一种麻烦,但我还是得把它当作挚情厚爱来感谢。所以按照这个道理,我们给你带来了麻烦,你还应该感谢我们,而且还要祈祷上苍降福给我们。

麦克白夫人　我们的犬马微劳,即使加倍报效,比起陛下赐给我们的深恩广泽来,也还是不足挂齿的;我们只有燃起一瓣心香,为陛下祷祝上苍,报答陛下过去和新近加于我们的荣宠。

邓肯　考特爵士呢？我们想要追在他的前面,趁他没有到家,先为他设席洗尘;不料他骑马的本领十分了得,他的一片忠心使他急如星火,帮助他比我们先到了一步。高贵贤淑的主妇,今天晚上我要做您的宾客了。

麦克白夫人　您仆人的身家性命和一切所有都是属于您的,他不过为您代管这一切而已;只要您愿意,随时可以物归原主。

邓肯　把您的手给我,领我去见我的东道主。我很敬爱他,我还要继续眷顾他。请了,夫人。(同下)

第七场　同前。城堡中一室

【高音笛奏乐。室中遍燃火炬。一司膳及若干仆人持肴馔食具上,自台前经过。麦克白上。

麦克白　要是干了以后就完了,那么还是快一点干;要是凭着暗杀的手段可以攫取美满的结果;要是这一刀砍下去,就可以完成一切,终结一切;那么,那么……面对时间的激流险滩我们不妨纵身一跃,不去顾忌来世的一切。可是在这种事情上,我们往往可以看见冥冥中的裁判;教唆杀人的人,结果反而自己被人所杀;把毒药投入酒杯里的人,结果也会自己饮鸩而死。他到这儿来是有两重的信任:第一,我是他的亲戚,又是他的臣子,按照名分绝对不能干这样的事;第二,我是他的东道主,应当保障他身体的安全,怎么可以自己持刀行刺？而且,这个邓肯秉性仁慈,处理国政从来没有过失,要是把他杀死了,他生前的美德,将要像天使一般发出喇叭一样清澈的声音,向世人昭告我的弑君重罪;怜悯像一个御气而行的天婴,将要把这可憎的行为揭露在每一个人的眼中,使眼泪淹没了天风。没有一种力量可以鞭策我前进，可是我的跃跃欲试的野心，却不顾一切地驱着我去冒颠踬的危险。

【麦克白夫人上。

麦克白　啊！什么消息？

麦克白夫人　他快要吃好了。你为什么跑了出来？

麦克白　他有没有问起我？

麦克白夫人　你不知道他问起过你吗？

麦克白　我们不要进行这一件事情了。他最近给我极大的尊荣；我也好容易从各种人的嘴里博到了无上的美誉，我的名声现在正在发射最灿烂的光彩，不能这么快就把它丢弃了。

麦克白夫人　难道你把自己沉浸在里面的那种希望，只是醉后的妄想吗？它现在从一场睡梦中醒来，因为追悔自己的孟浪，而吓得脸色这样苍白吗？从这一刻起，我要把你的爱情看作同样靠不住的东西。你不敢让你在行为和勇气上跟你的欲望一致吗？你宁愿像一只畏首畏尾的猫儿，顾全你所认为生命的装饰品的名誉，不惜让你在自己眼中成为一个懦夫，让“我不敢”永远跟随在“我想要”的后面吗？

麦克白　请你不要说了。只要是男子汉做的事，我都敢做；没有人比我有更大的胆量。

麦克白夫人　那么当初是什么畜生使你把这一种企图告诉我呢？是男子汉就应当敢作敢为；要是你敢做比你更伟大的人物，那才更是一个男子汉。那时候，无论时间和地点都不会给你下手的方便，可是你却居然会决意实现你的愿望；现在你有了大好的机会，你又失去勇气了。我曾经哺乳过婴孩，知道一个母亲是怎样怜爱那吮吸她乳汁的子女；可是我会在他看着我的脸微笑的时候，从他的柔软的嫩嘴里摘下我的乳头，把他的脑袋砸碎，要是我也像你一样，曾经发誓下这样毒手的话。

麦克白　假如我们失败了——

麦克白夫人　我们失败！只要你鼓足你的全副勇气，我们决不会失败。邓肯赶了这一天辛苦的路程，一定睡得很熟；我再去陪他那两个侍卫饮酒作乐，灌得他们头脑模糊，记忆化成了一阵烟雾；等他们烂醉如泥，像死猪一样睡去以后，我们不就可以把那毫无防卫的邓肯随意摆布了吗？

我们不是可以把这一件重大的谋杀罪案,推在他的酒醉的侍卫身上吗?

麦克白　愿你所生育的全是男孩子,因为你的无畏的精神,只应该铸造一些刚强的男性。要是我们在那睡在他寝室里的两个人身上涂抹一些血迹,而且就用他们的刀子,人家会不会相信真是他们干下的事?

麦克白夫人　等他的死讯传出以后,我们就假意装出号啕痛哭的样子,这样还有谁敢不相信?

麦克白　我的决心已定,我要用全身的力量,去干这件惊人的举动。去,用最美妙的外表把人们的耳目欺骗;奸诈的心必须罩上虚伪的笑脸。(同下)

第二幕

第一场　因弗内斯。堡中庭院

【班柯及弗里恩斯上，一仆人持火炬前行。

班柯　孩子，夜已经过了几更了？

弗里恩斯　月亮已经下去，我还没有听见打钟。

班柯　月亮是在十二点钟下去的。

弗里恩斯　我想不止十二点钟了，父亲。

班柯　等一下，把我的剑拿着。天上也讲究节俭，把他们的灯烛也一起熄灭了。把这个也拿着。（将腰带和匕首交给弗里恩斯）催人入睡的疲倦，像沉重的铅块一样压在我身上，可是我却一点不想睡。慈悲的神明！抑制那些罪恶的思想，不要让它们潜入我的睡梦之中。

【麦克白上，一仆人持火炬随从。

班柯　把我的剑给我。——那边是谁？

麦克白　一个朋友。

班柯　什么，爵爷！还没有安息吗？王上已经睡了；他今天非常高兴，赏了你家仆人许多东西。这一颗金刚钻是他送给尊夫人的，他称她为最殷勤的主妇。无限的愉快笼罩着他的全身。

麦克白　我们因为事先没有准备，恐怕有许多招待不周的地方。

班柯　好说好说。昨天晚上我梦见那三个女巫，她们对您所讲的话倒有几分应验。

麦克白　我没有想到她们,等我们有了工夫,不妨谈谈那件事,要是您愿意的话。

班柯　悉如尊命。

麦克白　您听从了我的话,包您有一笔富贵到手。

班柯　为了觊觎富贵而丧失荣誉的事,我是不干的;要是您有什么见教,只要不毁坏我的清白的忠诚,我都愿意接受。

麦克白　那么慢慢再说,请安息吧。

班柯　谢谢,您也可以安息啦。(班柯、弗里恩斯同下)

麦克白　去对太太说要是我的睡前酒预备好了,请她打一下钟。你去睡吧。(仆人下)在我面前摇晃着,它的柄对着我的手的,不是一把刀子吗?来,让我抓住你。我抓不到你,可是仍旧看见你。不祥的幻象,你只是一件可视不可触的东西吗?或者你不过是一把想象中的刀子,从狂热的脑筋里发出来的虚妄的意象?我仍旧看见你,你的形状正像我现在拔出的这一把刀子一样明显。你指示着我所要去的方向,告诉我应当用什么利器。我的眼睛倘不是受了其他知觉的愚弄,就是兼领了一切感官的机能。我仍旧看见你;你的刃上和柄上还流着一滴一滴刚才所没有的血。没有这样的事!杀人的恶念使我看见这种异象。现在在半个世界上,大自然似乎已经死去,罪恶的梦景扰乱着平和的睡眠,作法的巫觋在向惨白的赫卡忒献祭;形容枯瘦的杀手,听到了替他把风的豺狼的嗥声,像一个幽灵似的向他的目的地蹑足前进。坚固结实的大地啊,不要听见我的脚步,不要知道它们走向何方,我怕路上的砖石会泄漏了我的行踪,打破这一片森然的死寂。我正在这儿威胁他的生命,他却在那儿活得好好的;在火热的行动中,言语不过是一口冷气。(钟声)我去,就这么干!钟声在召唤我。不要听它,邓肯,这是召你上天堂或者下地狱的丧钟。(下)

第二场　同　前

【麦克白夫人上。

麦克白夫人　酒把他们醉倒了,却提起了我的勇气;浇熄了他们的馋焰,却燃起了我心头的烈火。听!不要响!这是夜枭的啼声,它正在鸣着丧钟,向人们道凄厉的晚安。他在那儿动手了。门都开着,那两个醉饱的侍卫用鼾声代替他们的守望;我曾经在他们的就寝前的乳酒里放下麻药,瞧他们熟睡的样子,简直分别不出他们是活人还是死人。

麦克白　(在内)那边是谁?喂!

麦克白夫人　哎哟!我怕他们醒了,事情却还没办好!不是罪行本身,而是我们的企图毁了我们。听!我把他们的刀子都放好了,他不会找不到的。倘不是我看他睡着的样子活像是我的父亲,我早就自己动手了。我的丈夫!

【麦克白上。

麦克白　我已经把事情办好。你没有听见一个声音吗?

麦克白夫人　我听见枭啼和蟋蟀的鸣声。你没有讲过话吗?

麦克白　什么时候?

麦克白夫人　刚才。

麦克白　我下来的时候吗?

麦克白夫人　嗯。

麦克白　听!谁睡在隔壁的房间里?

麦克白夫人　道纳本。

麦克白　(视手)好惨!

麦克白夫人　别发傻,惨什么。

麦克白　一个人在睡梦里大笑,还有一个人喊"杀人啦!"他们彼此惊醒了,我站定听他们,可是他们念完祷告,又睡过去了。

麦克白夫人　那间里是睡了两个。

麦克白　一个喊,"上帝保佑我们!"一个喊,"阿门!"好像他们看见我高举这一双杀人的血手似的。听着他们惊慌的口气,当他们说过了"上帝保佑我们"以后,我想要说"阿门",却怎么也说不出来。

麦克白夫人　不要把它放在心上。

麦克白　可是我为什么说不出"阿门"两个字来呢?我才是最需要上帝垂恩的,可是"阿门"两个字却哽在我的喉间。

麦克白夫人　这种事不能尽往这方面想下去，那样我们会发疯的。

麦克白　我仿佛听见一个声音喊着，“不要再睡了！麦克白已经杀害了睡眠。”那清白的睡眠，把忧虑的乱丝编织起来的睡眠，那日常的死亡、疲劳者的沐浴、受伤心灵的油膏、大自然最丰盛的肴馔、生命盛筵上主要的营养——

麦克白夫人　你这种话是什么意思？

麦克白　那声音继续向全屋子里喊着：“不要再睡了！葛莱密斯已经杀害了睡眠，所以考特将再也得不到睡眠，麦克白将再也得不到睡眠。”

麦克白夫人　谁喊着这样的话？唉，我的爵爷，您这样胡思乱想，是会妨害您的健康的。去拿些水来，把您手上的血迹洗洗干净。为什么您把这两把刀子带了来？它们应该放在那边。把它们拿回去，涂一些血在那两个熟睡的侍卫身上。

麦克白　我不愿再去了。我不敢回想刚才所干的事，更没有胆量再去看它一眼。

麦克白夫人　意志动摇的人！把刀子给我。睡着的人和死了的人不过和画像一样，只有小儿的眼睛才会害怕画中的魔鬼。要是他还流着血，我就把它涂在那两个侍卫的脸上；因为我们必须让人家瞧着是他们的罪恶。（下。内敲门声。）

麦克白　那打门的声音从什么地方来的？究竟怎么一回事，一点点的声音都会吓得我心惊肉跳？这是什么手！嘿！它们要挖出我的眼睛。大洋里所有的水，能够洗净我手上的血迹吗？不，恐怕我这一手的血，倒要把一碧无垠的海水，染成一片殷红呢。

【麦克白夫人重上。

麦克白夫人　我的两手跟你同样颜色了，可是我的心却羞于像你那样惨白。（敲门声）我听见有人打着南面的门。让我们回到自己房间里去，一点点水就可以替我们泯除痕迹。不是很容易的事吗？你的魄力不知道到哪儿去了。（敲门声）听！又在那儿打门了。披上你的睡衣，也许人家会来找我们，不要让他们看见我们还没有睡觉。别这样痴头痴脑地呆想了。

麦克白　想到我干的事，最好还是忘掉我自己。（敲门声）用你打门的声音

把邓肯惊醒吧！但愿你能够惊醒他！（同下）

第三场　同　　前

【看门人上。敲门声。

看门人　门打得这样厉害！要是一个人在地狱里做了管门人，就是拔闩开锁也够他呛了。（敲门声）敲，敲敲！凭着魔鬼的名义，谁在那儿？一定是个囤积粮食的庄稼汉，眼看年景不错，一急之下上了吊。快过来吧，多带几块手帕，在这儿你准保流一身汗。（内敲门声）敲，敲！凭着还有一个魔鬼的名字，是谁在那儿？哼，一定是个什么讲起话来暧昧含糊的家伙，他会同时站在两方面，一会儿帮着这个骂那个，一会儿帮着那个骂这个；他曾经为了上帝的缘故，干过不少欺心事，可是他那条暧昧含糊的舌头却不能把他送上天堂去。啊！进来吧，暧昧含糊的家伙。（内敲门声）敲，敲，敲！谁在那儿？哼，一定是个什么英国的裁缝，活着的时候给人裁条法国紧身裤还要偷料子，所以给下到地狱里来了，进来吧，裁缝，你可以在这儿烤你的鹅肉。（内敲门声）敲，敲，敲个不停！你是什么人？你要进地狱，这儿太冷呢。我再也不要做这鬼看门人了。我倒很想放进几个各色各样的人来，让他们经过酒池肉林，一直到刀山火焰上去。（内敲门声）来了，来了！请你记着我这看门的人。（开门）

【麦克德夫及列诺克斯上。

麦克德夫　朋友，你是不是睡得太晚，所以睡到现在还爬不起来？

看门人　不瞒您说，大人，我们昨天晚上喝酒，一直闹到第二次鸡啼哩。喝酒这一件事，大人，最容易引起三件事情。

麦克德夫　哪三件事情？

看门人　呃，大人，打架、睡觉和撒尿。它也会挑起淫欲，可是喝醉了酒的人，干起这种事情来是一点不中用的。酒喝多了心里头就会琢磨那点邪念了：先挑逗它，再打击它；闹得它上了火，又兜头一盘冷水；弄得它挺又挺不起来，趴又趴不下去；到头来，害它做了一场春梦，就溜走了。

麦克德夫　我看昨晚上那几口黄汤管保让你做了一场春梦，现在快爬不起来了吧。

看门人　可不是，老爷。可我也没让它白把我给撂倒啊。虽说是让它抄了几回腿，可它到底不是我的对手，最后我使了一个绝招，一家伙就把它给尿在地上了。

麦克德夫　你的主人有没有起来？

【麦克白上。

麦克德夫　我们的打门把他闹醒了。他来了。

列诺克斯　早安，爵爷。

麦克白　两位早安。

麦克德夫　爵爷，王上有没有起来？

麦克白　还没有。

麦克德夫　他叫我一早就来叫他，我几乎误了时间。

麦克白　我带您去看他。

麦克德夫　我知道这是您所乐意干的事，可是有劳您啦。

麦克白　我们所喜欢的工作，可以使我们忘记劳苦，这门里就是。

麦克德夫　那么我就冒昧进去了，因为我奉有王上的命令。（下）

列诺克斯　王上今天就要走吗？

麦克白　是的，他已经这样决定了。

列诺克斯　昨天晚上刮着很厉害的暴风，我们所住的地方，烟囱都给吹了下来。他们还说空中有哀哭的声音，有人听见奇怪的死亡的惨叫，还有人听见一个可怕的声音，预言着将要有一场绝大的纷争和混乱降临在这不幸的时代。不知名的怪鸟整整地吵了一个漫漫的长夜；有人说大地都发热而颤抖起来了。

麦克白　果然是一个可怕的晚上。

列诺克斯　我的年轻的经验里唤不起一个同样的回忆。

【麦克德夫重上。

麦克德夫　啊，可怕！可怕！可怕！不可言说，不可想象的恐怖！

列诺克斯、麦克白　什么事？

麦克德夫　混乱已经完成了他的杰作！大逆不道的凶手打开了上帝的圣殿，把它的生命偷了去了！

麦克白　你说什么？生命？

列诺克斯　你是说陛下吗？

麦克德夫　到他的寝室里去，让一幕惊人的惨剧昏眩你们的视觉吧。不要向我追问，你们自己去看了再说。（麦克白、列诺克斯同下）醒来！醒来！敲起警钟来，杀了人啦！有人在谋反啦！班柯！道纳本！马尔康！醒来！不要贪恋温柔的睡眠，那只是死亡的摹本，瞧一瞧死亡的真身吧！起来，起来，瞧瞧世界末日的影子！马尔康！班柯！像鬼魂从坟墓里起来一般，过来瞧瞧这一幕恐怖的景象吧！把钟敲起来！（钟鸣）

【麦克白夫人上。

麦克白夫人　为什么要吹起这样凄厉的号角，把全屋子睡着的人唤醒？说，说！

麦克德夫　啊，好夫人！我不能让您听见我嘴里的消息，它一进到妇女的耳朵里，是比利剑还要难受的。

【班柯上。

麦克德夫　啊，班柯！班柯！我们的主上给人谋杀了！

麦克白夫人　哎哟！什么！在我们的屋子里吗？

班柯　无论在什么地方，都是太惨了。好德夫，请你收回你刚才说过的话，告诉我们没有这么一回事。

【麦克白及列诺克斯重上。

麦克白　要是我在这件变故发生以前的一小时死去，我就可以说是活过了一段幸福的时间；因为从这一刻起，人生已经失去它的严肃的意义，一切都不过是儿戏。荣名和美德已经死了，生命的美酒已经喝完，剩下来的只是一些无味的渣滓。

【马尔康及道纳本上。

道纳本　出了什么乱子了？

麦克白　你们还没有知道你们重大的损失；你们血液的源泉已经切断了，你们生命的根本已经切断了。

麦克德夫　你们的父王给人谋杀了。

马尔康　啊！给谁谋杀的？

列诺克斯　瞧上去是睡在他房间里的那两个家伙干的事；他们的手上、脸上都是血迹，我们从他们枕头底下搜出了两把刀，刀上的血迹也没有揩掉。他们的神色惊惶万分，谁也不能把他自己的生命信托给这种家伙。

麦克白　啊！可是我后悔一时鲁莽，把他们杀了。

麦克德夫　你为什么杀了他们？

麦克白　谁能够在惊愕之中保持冷静，在盛怒之中保持镇定，在激于忠愤的时候，保持他的不偏不倚的精神？世上没有这样的人吧。我的理智来不及控制我的愤激的忠诚。这儿躺着邓肯，他的白银的皮肤上镶着一缕缕黄金的宝血，他的创巨痛深的伤痕张开了裂口，像是一道道毁灭的门户；那边站着这两个凶手，身上浸润着他们罪恶的颜色，他们的刀上凝结着刺目的血块。只要是一个尚有几分忠心的人，谁不要怒火中烧，替他的主子报仇雪恨？

麦克白夫人　啊，快扶我进去！

麦克德夫　快来照料夫人。

马尔康　（向道纳本旁白）这是跟我们切身相关的事情，为什么我们一言不发？

道纳本　（向马尔康旁白）我们身陷危境，不可测的命运随时都会吞噬我们，还有什么话好说呢？快走，眼下还不是掉泪的时候。

马尔康　（向道纳本旁白）也不是大放悲声的场合。

班柯　照料这位夫人。（麦克白夫人被抬下）我们这样袒露着身体，难免要得病，大家先去穿上衣服，以后举行一次会议，彻查这一件最残酷的血案的真相。恐惧和疑虑使我们惊惶失措；站在上帝的伟大的指导之下，我一定要从尚未揭发的假面具下面，探出叛逆的阴谋，和它作殊死的斗争。

麦克德夫　我也愿意作同样的宣告。

众人　我们也都抱着同样的决心。

麦克白　让我们赶快振起我们刚强的精神，大家到厅堂里商议去。

众人　很好。（除马尔康、道纳本外，均下）

马尔康　你预备怎么办？我们不要跟他们在一起。假装一副悲哀的面孔，是每一个奸人的拿手好戏。我要到英格兰去。

道纳本　我到爱尔兰去。我们两人各奔前程，对于彼此都是比较安全的办法。我们现在所在的地方，人们的笑脸里都暗藏着利刃；越是跟我们血缘相近的人,越是想喝我们的血。

马尔康　杀人的利箭已经射出,可是还没有落下;避过它的目标,是我们唯一的活路。赶快上马吧!让我们不要拘于告别的礼貌,趁着有便就溜出去。明知没有网开一面的希望,就该及早逃避弋人的罗网。(同下)

第四场　同前。城堡外

【洛斯及一老翁上。

老翁　我已经活了七十个年头,惊心动魄的日子也经过得不少,稀奇古怪的事情也看到过不少,可是像这样可怕的夜晚,却还是第一次遇见。

洛斯　啊!好老人家,你看上天好像恼怒人类的表演,在向这流血的舞台发出恐吓。照钟上现在应该是白天了,可是黑夜的魔手却把那盏在天空中运行的明灯遮蔽得不露一丝光亮。难道黑夜已经统治一切,还是因为白昼不好意思抬起头来,所以在这应该有阳光遍吻大地的时候,地面上却被无边的黑暗笼罩?

老翁　这种现象完全是反常的,正像那件惊人的血案一样。在上星期二那天,有一头雄踞在高岩上的猛鹰,被一只吃田鼠的鸱鸮飞上去把它啄死了。

洛斯　还有一件非常怪异可是十分确实的事情。邓肯有几匹躯干俊美、举步如飞的骏马,的确是不可多得的良种,忽然野性大发,撞破了马棚,冲了出来,倔强得不受羁勒,好像要向人类挑战似的。

老翁　据说它们还彼此相食。

洛斯　是的,我亲眼看见这种事情,简直不敢相信自己的眼睛。麦克德夫来了。

【麦克德夫上。

洛斯　情况如何?

麦克德夫　啊,您没有看见吗?

洛斯　谁干了这件残酷得超乎寻常的罪行已经知道了吗?

麦克德夫　就是那两个给麦克白杀死了的家伙。

洛斯　唉!他们干了这件事指望得到什么呢?

麦克德夫　他们一定是受人的指使。马尔康和道纳本，王上的两个儿子，已经偷偷地逃走了，这使他们也蒙上了嫌疑。

洛斯　那更加违反人情了！反噬自己的命根，这样的野心会有什么好结果呢？看来大概王位要让麦克白登上去了。

麦克德夫　他已经受到推举，现在到斯贡即位去了。

洛斯　邓肯的尸体在什么地方？

麦克德夫　已经抬到戈姆基尔，他的祖先的陵墓上。

洛斯　您也要到斯贡去吗？

麦克德夫　不，大哥，我还是到法夫去。

洛斯　好，我要到那边去看看。

麦克德夫　好，但愿您看见那边的一切都是好好儿的，再会！怕只怕我们的新衣服不及旧衣服舒服哩！

洛斯　再见，老人家。

老翁　上帝祝福您，也祝福那些把恶事化成善事、把仇敌化为朋友的人们！（各下）

第三幕

第一场　福累斯。王宫中一室

【班柯上。

班柯　你现在已经如愿以偿了：国王、考特、葛莱密斯，一切符合女巫们的预言。你得到这种富贵的手段恐怕不大正当，可是据说你的王位不能传及子孙，我自己却要成为许多君王的始祖。她们的话既然已经在你麦克白身上应验，那么难道不也会成为对我的启示，使我对未来发生希望吗？可是闭口！不要多说了。

【喇叭奏花腔。麦克白王冠王服；麦克白夫人后冠后服；列诺克斯、洛斯、贵族、侍从等上。

麦克白　这儿是我们主要的上宾。

麦克白夫人　要是忘记了请他，那就要成为我们盛筵上的绝大的遗憾，一切都要显得寒伧了。

麦克白　将军，我们今天晚上要举行一次隆重的宴会，请你千万出席。

班柯　谨遵陛下命令，我的忠诚永远接受陛下的使唤。

麦克白　今天下午你要骑马去吗？

班柯　是的，陛下。

麦克白　否则我很想请你参加我们今天的会议，贡献我们一些良好的意见，你的老谋深算，我是一向佩服的；可是我们明天再谈吧。你要骑到很远的地方吗？

班柯　陛下，我想尽量把从现在起到晚餐时候为止这一段时间在马上消磨过去；要是我的马不跑得快一些，也许要到天黑以后一两小时才回来。

麦克白　不要误了我们的宴会。

班柯　陛下，我一定不失约。

麦克白　我听说我那两个凶恶的王侄已经分别到了英国和爱尔兰，他们不承认他们的残酷的弑父重罪，却到处向人传播离奇荒谬的谣言；可是我们明天再谈吧，有许多重要的国事要等候我们两人共同处理呢。请上马吧，等你晚上回来的时候再会。弗里恩斯也跟着你去吗？

班柯　是，陛下，时间已经不早，我们就要去了。

麦克白　愿你马蹄轻快，一路平安。再见。（班柯下）大家请便，各人去干各人的事，到晚上七点钟再聚首吧。为要更能领略到嘉宾满堂的快乐起见，我在晚餐以前想一个人独自静息静息。愿上帝和你们同在！（除麦克白及一侍从外，均下）喂，问你一句话。那两个人是不是在外面等候着我的旨意？

侍从　是，陛下，他们就在宫门外面。

麦克白　带他们进来见我。（侍从下）单单做到这一步还不算什么，总要把现状确定巩固下来才好。我对于班柯怀着深切的恐惧，他的高贵的天性中有一种使我生畏的东西；他是个敢作敢为的人，在他的无畏的精神上，又加上深沉的智虑，指导他的大勇在确有把握的时机行动。除了他以外，我什么人都不怕，只有他的存在才使我惴惴不安。据说安东尼在凯撒的手下，他的天才完全被凯撒所掩盖，我在他的雄才大略之下，情形也是这样。当那些女巫们最初称我为王的时候，他呵斥她们，叫她们对他说话；她们就像先知似地说他的子孙将相继为王，她们把一顶不结果的王冠戴在我的头上，把一根没有人继承的御杖放在我的手里，然后再从我的手里夺去，我的子嗣则不得接过。要是果然是这样，那么我玷污了我的手，只是为了班柯后裔的好处；我为了他们暗杀了仁慈的邓肯；为了他们良心上负着重大的罪疚和不安；我把我的永生的灵魂给了魔鬼这人类的公敌，只是为了使他们可以登上王座，使班柯的种子登上王座！不，我不能忍受这样的事，宁愿接受命运的挑战！是谁？

【侍从率二刺客重上。

麦克白　你现在到门口去，等我叫你再进来。（侍从下）我们不是在昨天谈过话吗？

刺客甲　回陛下的话，正是昨天。

麦克白　那么好，你们有没有考虑过我的话？你们知道从前都是因为他的缘故，使你们屈身微贱，虽然你们却错怪到我的身上。在上一次我们谈话的中间，我已经把这一点向你们说明白了，我用确凿的证据，指出你们怎样被人操纵愚弄、怎样受人牵制压抑、人家对你们是用怎样的手段、这种手段的主动者以及一切其他的种种，都可以使一个半痴的疯癫的人恍然大悟地说，"这些都是班柯干的事。"

刺客甲　我们已经蒙陛下开示过了。

麦克白　是的，而且我还要更进一步，这就是我们今天第二次谈话的目的。你们难道有那样的好耐性，能够忍受这样的屈辱吗？他的铁手已经快要把你们压下坟墓里去，使你们的子孙永远做乞丐，难道你们竟是如此笃信福音书，还要叫你们为这个好人和他的子孙祈祷吗？

刺客甲　陛下，我们是人总有人气。

麦克白　嗯，按理你们也算属于人类。正像家狗、野狗、猎狗、叭儿狗、狮子狗、杂种狗、癞皮狗统称为狗一样，它们有的灵敏，有的迟钝，有的狡猾，有的可以看门，有的可以打猎，各自按照造物赋予他们的本能而分别价值的高下，在广泛的总称之下得到特殊的名号；人类也是一样。要是你们在人类的行列之中，并不属于最卑劣的一级，那么就不要悄无声息，我可以把一件事情托付你们，你们照我的话干了以后，不但可以除去你们的仇人，而且还可以永远受我的宠眷；他一天活在世上，我的心病一天不能痊愈。

刺客乙　陛下，我久受世间无情的打击和虐待，为了向这世界发泄我的怨恨起见，我什么事都愿意干。

刺客甲　我也是这样，一次次的灾祸逆运，使我厌倦于人世，我愿意拿我的生命去赌博，或者从此交上好运，或者了结了我的一生。

麦克白　你们两人都知道班柯是你们的仇人。

刺客乙　是的,陛下。

麦克白　他也是我的仇人,而且他是我的肘腋之患,他的存在每一分钟都威胁着我生命的安全。虽然我可以老实不客气地运用我的权力,把他从我的眼前铲除,而且这样做在我的良心上并没有使我不安的地方,可是我却还不能就这么干,因为他有几个朋友同时也是我的朋友,我不能招致他们的反感,即使我亲手把他打倒,也必须假意为他的灭亡悲泣;所以我只好借重你们两人的助力,为了许多重要的理由,把这件事情遮过一般人的眼睛。

刺客乙　陛下,我们一定照您的命令做去。

刺客甲　即使我们的生命——

麦克白　你们的勇气已经充分透露在你们的神情之间。最迟在这一小时之内,我就可以告诉你们在什么地方埋伏,在什么时间动手;因为这件事情一定要在今晚干好,而且要离开王宫远一些,你们必须记住不能把我牵涉在内;同时为了免得留下形迹起见,你们还要把跟在他身边的他的儿子弗里恩斯也一起杀了,他们父子两人的死,对于我是同样重要的,必须让他们同时接受黑暗的命运。你们先下去决定一下,我就来看你们。

刺客乙　我们已经决定了,陛下。

麦克白　我立刻就会来看你们,你们进去等一会儿。(二刺客下)班柯,你的命运已经决定,你的灵魂要是找得到天堂的话,今天晚上你就该去找了。(下)

第二场　同前。宫中另一室

【麦克白夫人及一仆人上。

麦克白夫人　班柯已经离开宫廷了吗?

仆人　是,娘娘,可是他今天晚上就要回来的。

麦克白夫人　你去对王上说,我要请他允许我跟他说几句话。

仆人　是,娘娘。(下)

麦克白夫人　费尽了心机,还是一无所得,我们的目的虽然达到,却一点不感觉满足。要是用毁灭他人的手段,使自己置身在充满着疑虑的欢娱里,那么还不如那被我们所害的人倒落得无忧无愁。

【麦克白上。

麦克白夫人　啊,我的主!您为什么一个人孤零零的,让可怜的幻想做您的伴侣,把您的思想念念不忘地集中在一个已死者的身上?无法挽回的事,只好听其自然,事情干了就算了。

麦克白　我们不过刺伤了蛇身,却没有把它杀死,它的伤口会慢慢平复过来,再用它的原来的毒牙向我们复仇。可是让一切秩序完全解体,让天地一起遭受灾难吧。为什么我们要在忧虑中进餐,在每夜使我们惊恐的噩梦的谑弄中睡眠呢?我们为了希求自身的平安,把别人送下坟墓里去享受永久的平安,可是我们的心灵却把我们折磨得没有一刻安息,使我们觉得还是跟已死的人在一起,倒要幸福得多了。邓肯现在睡在他的坟墓里;经过了一场人生的热病,他现在睡得好好的,叛逆已经对他施过最狠毒的伤害,再没有刀剑、毒药、内乱、外患可以加害于他了。

麦克白夫人　算了算了,我的好丈夫,把您的愁眉苦脸收起,今天晚上您必须和颜悦色地招待您的客人。

麦克白　正是,亲人,你也要这样。尤其请你对班柯曲意殷勤,用你的眼睛和舌头给他特殊的荣宠。我们的地位现在还没有巩固,必须用这种谄媚的流水洗涤我们的名声,用我们的外貌遮掩我们的内心,不要给人家窥破。

麦克白夫人　您不要多想这些了。

麦克白　啊!我的头脑里充满着蝎子,亲爱的妻子,你知道班柯和他的弗里恩斯尚在人间。

麦克白夫人　可是他们并不是长生不死的。

麦克白　他们是可以侵害的,这还可以给我几分安慰。所以你快乐起来吧。在蝙蝠完成它黑暗中的飞翔以前,在振翅而飞的甲虫应答着赫卡忒的呼召、用嗡嗡的声音摇响催眠的晚钟以前,一件可怕的事情就会干完。

麦克白夫人　是什么事情?

麦克白　你暂时不必知道,最亲爱的宝贝,等事成以后,你再鼓掌称快吧。

来,使人盲目的黑夜,遮住可怜的白昼的温柔的眼睛,用你的无形的毒手,撕毁他那生命的租约吧!天色在朦胧起来,乌鸦都飞回到昏暗的林中;一天的好事开始沉沉睡去,黑夜的罪恶的使者却在准备攫捕他们的猎物。我的话使你惊奇,可是不要说话;以不义开始的事情,必须用罪恶使它巩固。跟我来。(同下)

第三场　同前。苑囿,有一路通王宫

【三刺客上。

刺客甲　可是谁叫你来帮我们的?

刺客丙　麦克白。

刺客乙　我们不必怀疑他,他已经把我们的任务和怎样动手的方法都指示给我们了。

刺客甲　那么就跟我们站在一起吧。西方还闪耀着一线白昼的余辉,晚归的行客现在拍马加鞭,找寻宿处了。我们守候的目标已经在那儿向我们走近。

刺客丙　听!我听见马声。

班柯　(在内)喂,给我们一个火把!

刺客乙　一定是他,别的客人们都已经到了宫里了。

刺客甲　他的马在兜圈子。

刺客丙　差不多还有一里路,可是他正像许多人一样,常常把从这儿到宫门口的这条路当作走道。

刺客乙　火把!火把!

刺客丙　是他。

刺客甲　准备!

【班柯及弗里恩斯持火炬上。

班柯　今晚恐怕要下雨。

刺客甲　让它下吧。(刺客等向班柯攻击)

班柯　啊,阴谋!快逃,好弗里恩斯,逃,逃,逃!(弗里恩斯下)你也许可以替我报仇。啊,奴才!(死)

刺客丙　谁把火把灭了？

刺客甲　不应该灭吗？

刺客丙　只有一个人倒下，儿子逃去了。

刺客乙　我们工作的重要一部分失败了。

刺客甲　好，我们回去报告我们工作的结果吧。（同下）

第四场　同前。宫中大厅

【厅中陈设筵席。麦克白、麦克白夫人、洛斯、列诺克斯、群臣及侍从等上。

麦克白　大家按着各人自己的品级坐下来，总而言之一句话，我竭诚欢迎你们。

群臣　谢谢陛下的恩典。

麦克白　我自己将要跟你们在一起，做一个谦恭的主人。我们的主妇现在还坐在她的宝座上，我就要请她给你们殷勤的招待。

麦克白夫人　陛下，请您替我向我们所有的朋友表示我的欢迎的诚意吧。

【刺客甲上。

麦克白　瞧，他们用诚意的感谢答复你了，两方面已经各得其平。我将要在这中间坐下来。大家不要拘束，乐一个畅快，等会儿我们就要合席痛饮一巡。（向刺客甲走去）你的脸上有血。

刺客甲　那么它是班柯的。

麦克白　我宁愿你站在门外，不愿他置身室内。你们已经把他结果了吗？

刺客甲　陛下，他的咽喉已经割断了。这是我干的事。

麦克白　你是一个最有本领的杀人犯，可是谁杀死了弗里恩斯，也一样值得夸奖；要是你也把他杀了，那你才是一个无比的好汉。

刺客甲　陛下，弗里恩斯逃走了。

麦克白　我的心病本来可以痊愈，现在它又要发作了；我本来可以像大理石一样完整，像岩石一样坚固，像空气一样广大自由，现在我却被恼人的疑惑和恐惧所包围拘束。可是班柯已经死了吗？

刺客甲　是，陛下，他安安稳稳地躺在一条泥沟里，他的头上刻着二十道伤痕，最轻的一道也可以致他死命。

麦克白　谢天谢地。大蛇躺在那里，那逃走了的小虫，将来会用它的毒液害人，可是现在它的牙齿还没有长成。走吧，明天再来听候我的旨意。（刺客甲下）

麦克白夫人　陛下，您还没有劝过客，宴会上倘没有主人的殷勤招待，那就不是请酒，而是卖酒。要吃还要在家里，出来作客席上最有滋味的就是主人的礼数，缺了它饮宴就会变得索然无味。

麦克白　亲爱的，不是你提起，我几乎忘了！来，请放量醉饱吧，愿各位胃纳健旺，身强力壮！

列诺克斯　陛下请安坐。

【班柯鬼魂上，坐麦克白座上。

麦克白　要是班柯在座，那么全国的英俊，真可以说是荟集于一堂了；我宁愿因为他的疏怠而嗔怪他，不愿因为他遭到什么意外而为他惋惜。

洛斯　陛下，他今天失约不来，是他自己的过失。请陛下上坐，让我们叨陪末席。

麦克白　席上已经坐满了。

列诺克斯　陛下，这儿是给您留着的一个位置。

麦克白　什么地方？

列诺克斯　这儿，陛下。什么事情使陛下这样变色？

麦克白　你们哪一个人干了这件事？

众臣　什么事，陛下？

麦克白　你不能说这是我干的事，别这样对我摇着你的染着血的头发。

洛斯　各位大人，起来，陛下病了。

麦克白夫人　坐下，尊贵的朋友们，王上常常是这样的，他从小就有这种毛病。请各位安坐吧，他的癫狂不过是暂时的，一会儿就会好起来。要是你们太注意了他，他也许会动怒，发起狂来更加厉害。尽管自己吃喝，不要理他。你是一个男子吗？

麦克白　嗳，我是一个堂堂男子，可以使魔鬼胆裂的东西，我也敢正眼瞧着它。

麦克白夫人　啊，这才说得不错！这不过是你的恐惧所描绘出来的一幅图画，正像你所说的那柄引导你去行刺邓肯的空中的匕首一样。啊！要是在冬天的火炉旁，听一个妇女讲述她的老祖母告诉她的故事的时候，那么这种情绪的冲动、恐惧的伪装，倒是非常合适的。不害羞吗？你为什么扮这样的怪脸？你瞧着的不过是一张凳子罢了。

麦克白　你瞧那边！瞧！瞧！瞧！你怎么说？哼，我什么都不在乎。要是你会点头，你也应该会说话。要是殡舍和坟墓必须把我们埋葬了的人送回世上，那么我们的坟墓都要变成鸢鸟的胃囊了。（鬼魂隐去）

麦克白夫人　什么！你发了痴，把你的男子气都失掉了吗？

麦克白　要是我现在站在这儿，那么刚才我明明瞧见他。

麦克白夫人　啐！不害羞吗！

麦克白　在人类不曾制定法律以保障公众福利之前的古代，杀人流血是不足为奇的事；即使在有了法律以后，惨不忍闻的谋杀事件也随时发生。从前的时候，一刀下去，当场毙命，事情就这样完结了；可是现在他们却会从坟墓中起来，他们的头上戴着二十件谋杀的重罪，把我们推下座位。这种事情是比这样一件谋杀案更奇怪的。

麦克白夫人　陛下，您的尊贵的朋友们都因为您不去陪他们而十分扫兴哩。

麦克白　我忘了。不要对我惊诧，我的最尊贵的朋友们，我有一种怪病，认识我的人都知道那是不足为奇的。来，让我们用这一杯酒表示我们的同心永好，祝各位健康！你们干了这一杯，我就坐下。给我拿些酒来，倒得满满的。（班柯鬼魂重上）我为今天在座众人的快乐，还要为我们亲爱的缺席的朋友班柯尽此一杯；要是他也在这儿就好了！来，为大家、为他请干杯。

众臣　敢不从命。

麦克白　去！离开我的眼前！让土地把你藏匿了！你的骨髓已经干枯，你的血液已经冷凝，你那向人瞪着的眼睛里也已经失去了光彩。

麦克白夫人　各位大人，这不过是他的旧病复发，没有什么别的缘故。让各位扫兴，真是抱歉得很。

麦克白　别人敢的事，我都敢：无论你用什么形状出现，像粗暴的俄罗斯大熊也好，像披甲的犀牛、舞爪的猛虎也好，只要不是你现在的样子，我的坚定的神经决不会起半分颤栗；或者你现在死而复活，用你的剑向我挑战，要是我会惊惶胆怯，那么你就可以宣称我是一个少女怀抱中的婴孩。去,可怕的影子!虚妄的揶揄,去!(鬼魂下)嘿,他一去,我的勇气又恢复了。请你们安坐吧。

麦克白夫人　你这样疯疯癫癫的,已经打断了众人的兴致,扰乱了今天的良会。

麦克白　世上会有这种事情,像一朵夏天的黑云遮在我们的头上,怎么不叫人吃惊呢?我吓得脸无人色,你们眼看着这样的怪象,你们的脸上却仍然保持着天然的红润,这才怪哩。

洛斯　什么怪象,陛下?

麦克白夫人　请您不要对他说话,他越来越疯了,你们多问了他,他会动怒的。对不起,请各位还是散席了吧;大家不必推先让后,请立刻就去,晚安!

列诺克斯　晚安。愿陛下早复康健!

麦克白夫人　各位晚安!(群臣下)

麦克白　他们说,流血是免不了的,流血必然引起流血。据说石块曾经自己转动,树木曾经开口说话,鸦鹊的鸣声曾经泄露过杀人的凶手。夜过去了多少了?

麦克白夫人　差不多到了黑夜和白昼的交界,分不出是昼还是夜。

麦克白　麦克德夫藐视王命,拒不奉召,你看怎么样?

麦克白夫人　你有没有差人去叫过他?

麦克白　我偶然听人这么说,可是我要差人去唤他。他们这一批人家里谁都有一个被我买通的仆人,替我侦视他们的动静。我明天就要去访那三个女巫,要尽快去,听她们还有什么话说;因为我现在非得从最妖邪的恶魔口中知道我的最悲惨的命运不可。为了我自己,只好把一切置之不顾。我已经两足深陷于血泊之中,要是再不涉血前进,那么回头的路也是同样使人厌倦的。我想起了一些非常的计谋,必须在不曾被人觉察以前迅速实行。

麦克白夫人　一切有生之伦,都少不了睡眠的调剂,可是你还没有好好睡过。

麦克白　来,我们睡去。我的疑鬼疑神、出乖露丑,都是因为未经历练、心怀恐惧的缘故;我们行事太缺少经验了。(同下)

第五场　荒　　原

【雷鸣。三女巫上，与赫卡忒相遇。

女巫甲　哎哟，赫卡忒！您在发怒哩。

赫卡忒　我不应该发怒吗，你们这些放肆大胆的丑婆子？你们怎么敢用哑谜和有关生死的秘密和麦克白通气？我是你们魔法的总管，一切的灾祸都由我主持支配，你们却不通知我一声，让我也来显一显我们的神通？而且你们所干的事，都只是为了一个刚愎自用、残忍狂暴的人；他像所有的世人一样，只知道自己的利益，一点不是对你们存着什么好意。可是现在你们必须补赎你们的过失：快去，天明的时候，在阿刻戎的地坑附近会我，他将要到那边来探询他的命运；把你们的符咒魔蛊和一切应用的东西预备齐整，不得有误。我现在乘风而去，今晚我要用整夜的工夫，布置出一场悲惨的结果，在正午以前，必须完成大事。月亮角上挂着一滴湿淋淋的露珠，我要在它没有堕地以前把它摄取，用魔术提炼以后，就可以凭着它呼灵召鬼，让种种虚妄的幻影迷乱了他的本性。他将要藐视命运，唾斥死生，超越一切的情理，排弃一切的疑虑，执着他的不可能的希望；你们都知道自信是人类最大的仇敌。（乐声，歌声）听！在叫我啦。瞧，我的小精灵坐在云雾之中，在等着我呢。（下）

女巫甲　来，我们赶快，她就要回来的。（同下）

第六场　福累斯。宫中一室

【列诺克斯及另一贵族上。

列诺克斯　我过去所说的不过是和你所思所想合上了拍子，那些话是还可以进一步解释的；我只觉得事情有些古怪。仁厚的邓肯被麦克白所哀悼；邓肯已经死去了。勇敢的班柯不该在深夜走路，要是您愿意，您也许可以说，他是被弗里恩斯杀死的，因为弗里恩斯已经逃匿无踪；人总不应该在夜深的时候走路。哪一个人不以为马尔康和道纳本杀死他们仁慈的父亲，是一件多么惊人的巨变？万恶的行为！麦克白为了这件事多么痛心：他不是逞着一时的忠愤，把那两个酗酒贪睡的溺职卫士杀了吗？那件事干得不是很忠勇的吗？嗯，而且也干得很聪明，因为要是人家听见他们抵赖他们的罪状，谁都会怒从心起的。所以我说，他把一切事情处理得很好；我想要是邓肯的两个儿子也被他拘留起来——上天保佑他们不会落在他的手里——他们就会知道向自己的父亲行弑，必须受到怎样的报应；弗里恩斯也是一样。可是别提这些啦，我听说麦克德夫因为出言不逊，又不出席那暴君的宴会，已经受到贬辱。您能够告诉我他现在在什么地方吗？

贵族　被这暴君篡逐出亡的邓肯世子现在寄身在英格兰宫廷之中，谦恭的爱德华对他非常优待，一点不因为他处境颠危而减削了礼遇。麦克德夫也到那边去了，他的目的是要请求贤明的英王协力激励诺森勃兰和好战的西华德，使他们出兵相援，凭着上帝的意旨帮助我们恢复已失的自由，使我们仍旧能够享受食桌上的盛馔和酣畅的睡眠，不再畏惧宴会中有沾血的刀剑，让我们能够一方面输诚效忠，一方面安受爵赏而心无疑虑。这一切都是我们现在所渴望而求之不得的。这一个消息已经使我们的王上大为震怒，他正在那儿准备作战了。

列诺克斯　他有没有差人到麦克德夫那儿去？

贵族　他已经差人去过了，那回复是极干脆的一句："阁下，我才不呢。"那差人满脸怒气，转身便走，嘴里还哼了一声，像是在说："你敢这样噎我，有你后悔的时候。"

列诺克斯　那很可以叫他留心留心尽量远避当前的祸害。但愿什么神圣的天使飞到英格兰宫廷，在他之前送个信息，让上天的祝福迅速回到我们这个在毒手压制下备受苦难的国家！

贵族　我愿意为他祈祷。（同下）

第四幕

第一场　山洞。中置沸釜

【雷鸣。三女巫上。

女巫甲　斑猫已经叫过三声。

女巫乙　刺猬已经啼了四次。

女巫丙　怪鸟在鸣啸:时候到了,时候到了。

女巫甲　绕釜环行火融融,
毒肝腐脏置其中。
蛤蟆蛰眠寒石底,
三十一日夜相继,
汗出淋漓化毒浆,
投之鼎镬沸为汤。

众巫(合)　不惮辛劳不惮烦,
釜中沸沫已成澜。

女巫乙　沼地蟒蛇取其肉,
脔以为片煮至熟;
蝾螈之目青蛙趾,
蝙蝠之毛犬之齿,
蝮舌如叉蚯蚓刺,

蜥蜴之足枭之翅，
炼为毒蛊鬼神惊，
扰乱人世无安宁。

众巫（合）　不惮辛劳不惮烦，
釜中沸沫已成澜。

女巫丙　豺狼之牙巨龙鳞，
千年巫尸貌狰狞；
海底抉出鲨鱼胃，
夜掘毒芹根块块；
杀犹太人摘其肝，
剖山羊胆汁潺潺；
雾黑云深月蚀时，
潜携斤斧劈杉枝；
娼妇弃儿死道间，
断指持来血尚殷；
土耳其鼻鞑靼唇，
烈火糜之煎作羹；
猛虎肝肠和鼎内，
炼就妖丹成一味。

众巫（合）　不惮辛劳不惮烦，
釜中沸沫已成澜。

女巫乙　炭火将残蛊将成，
猩猩滴血蛊方凝。

【赫卡忒及另外三个女巫上。

赫卡忒　善哉尔曹功不浅，
颁赏酬劳利泽遍。
于今绕釜且歌吟，
摄人魂魄荡人心。（音乐，众唱黑幽灵之歌。赫卡忒及另外三个女

巫下)①

女巫乙　　拇指怦怦动，

必有恶人来；（敲门声）

既来皆不拒，

洞门敲自开。

【麦克白上。

麦克白　啊，你们这些神秘的幽冥的夜游的妖婆子！你们在干些什么？

众巫　一件没有名义的行动。

麦克白　凭着你们的职业，我吩咐你们回答我，不管你们的秘密是从哪里得来的：即使你们的嘴里会放出狂风，让它们向教堂猛击；即使汹涌的波涛会把航海的船只颠覆吞噬；即使成熟的谷物会倒折在田亩上，树木会连根拔起；即使城堡会向它们的守卫者的头上倒下；即使宫殿和金字塔都会倾圮；即使大自然所孕育的一切灵奇完全归于毁灭，我也要你们回答我的问题。

女巫甲　说。

女巫乙　你问吧。

女巫丙　我们可以回答你。

女巫甲　你愿意从我们嘴里听到答复呢，还是愿意让我们的主人们回答你？

麦克白　叫他们出来，让我见见他们。

女巫甲　　母猪九子食其豚，

血浇火上焰生腥；

杀人恶犯上刑场，

汗脂投火发凶光。

众巫（合）　鬼王鬼卒火中来，

现形作法莫惊猜。

【雷鸣。第一幽灵出现，为一戴盔之头。

---

① 此段恐系伪作。“黑幽灵之歌”载于密多尔顿 1607 年《女巫》一剧五幕三场以及达义南 1674 年《麦克白》改编本五幕一场。

麦克白　告诉我,你这不可思议的力量——

女巫甲　他知道你的心事;听他说,你不用开口。

幽灵甲　麦克白!麦克白!麦克白!留心麦克德夫,留心法夫爵士。放我回去。够了。(隐入地下)

麦克白　不管你是什么精灵,我感谢你的忠言警告;你已经一语道破了我的忧虑。可是再告诉我一句话——

女巫甲　他是不受命令的。这儿又来了一个,比第一个法力更大。

【雷鸣。第二幽灵出现,为一流血之小儿。

幽灵乙　麦克白!麦克白!麦克白!——

麦克白　我要是有三只耳朵,我的三只耳朵都会听着你。

幽灵乙　你要残忍、勇敢、坚决。你可以把人类的力量付之一笑,因为没有一个妇人所生下的人可以伤害麦克白。(隐入地下)

麦克白　那么尽管活下去吧,麦克德夫,我何必惧怕你呢?可是我要使确定的事实加倍确定,从命运手里接受切实的保证;我还是要你死,让我可以斥惨白的恐惧为虚妄,在雷电怒作的夜里也能安心睡觉。

【雷鸣。第三幽灵出现,为一戴王冠之小儿,手持一树。

麦克白　这是什么,他的模样像是一个王子,他幼稚的头上还戴着统治者的荣冠?

众巫　静听,不要对它说话。

幽灵丙　你要像狮子一样骄傲而无畏,不要关心人家的怨怒,也不要担忧有谁在算计你。麦克白永远不会被人打败,除非有一天勃南的树林会向邓西嫩高山移动。(隐入地下)

麦克白　那是决不会有的事;谁能够命令树木,叫它从泥土之中拔起它的深根来呢?幸运的预兆!好!勃南的树林不会移动,叛徒的举事也不会成功,我们巍巍高位的麦克白将要尽其天年,在他寿数告终的时候奄然物化。可是我的心还在跳动着想要知道一件事情;告诉我,要是你们的法术能够解释我的疑惑,班柯的后裔会不会在这一个国土上称王?

众巫　不要追问下去了。

麦克白　我一定要知道究竟。要是你们不告诉我,愿永久的咒诅降在你们身上!告诉我。为什么那面釜沉了下去?这是什么声音?(高音笛)

女巫甲　出来！

女巫乙　出来！

女巫丙　出来！

众巫（合）　　一见惊心，魂魄无主；

　　　　如影而来，如影而去。

【作国王装束者八人次第上；最后一人持镜；班柯鬼魂随其后。

麦克白　你太像班柯的鬼魂了，下去！你的王冠刺痛了我的眼球。怎么，又是一个戴着王冠的，你的头发也跟第一个一样。第二个过去了，第三个又跟第二个一样。该死的鬼婆子！你们为什么让我看见这些人？第四个！跳出来吧，我的眼睛！什么！这一连串戴着王冠的，要到世界末日才会完结吗？又是一个？第七个！我不要再看了。可是第八个又出现了，他拿着一面镜子，我可以从镜子里面看见许许多多戴王冠的人；有几个还拿着两重的宝球，三头的御杖。可怕的景象！啊，现在我知道这不是虚妄的幻象，因为血污的班柯在向我微笑，用手指点着他们，表示他们就是他的子孙。（众幻影消失）什么！真是这样吗？

女巫甲　嗯，这一切都是真的，可是麦克白为什么这样呆如木鸡？来，姊妹们，让我们鼓舞鼓舞他的精神，用最好的歌舞替他消忧解闷。我先用魔法叫空中奏起乐来，你们就搀成一个圈子团团跳舞，让这位伟大的君王知道我们并没有怠慢了他。（音乐。众女巫跳舞，舞毕隐去）

麦克白　她们在哪儿？去了？愿这不祥的时辰在日历上永远被人诅咒！外面有人吗？进来！

【列诺克斯上。

列诺克斯　陛下有什么命令？

麦克白　你看见那三个女巫吗？

列诺克斯　没有，陛下。

麦克白　她们没有打你身边过去吗？

列诺克斯　确实没有，陛下。

麦克白　愿她们所驾乘的空气都化为毒雾，愿一切相信她们言语的人都永堕沉沦！我曾经听见奔马的声音，是谁经过这地方？

列诺克斯　禀陛下，刚才有两三个使者来过，向您报告麦克德夫已经逃奔英格兰去了。

麦克白　逃奔英格兰去了!

列诺克斯　是,陛下。

麦克白　时间,你料到我狠毒的行为竟抢先了一步;再狠毒的计谋,行动一旦跟不上,也会落空。从这一刻起,我心里一想到什么,便要把它立刻实行。没有迟疑的余地,我现在就要用行动表示我的意志:我要去突袭麦克德夫的城堡;把法夫夺下来;把他的妻子儿女和一切追随他的不幸的人们一起杀死。我不能像一个傻瓜似的只会空口说大话,我必须趁着我这一个目的还没有冷淡下来以前把这件事干好。我不想再见什么幻象了!那几个使者呢?来,带我去见见他们。(同下)

第二场　法夫。麦克德夫城堡

【麦克德夫夫人、麦克德夫子及洛斯上。

麦克德夫夫人　他干了什么事,要逃亡国外?

洛斯　您必须安心忍耐,夫人。

麦克德夫夫人　他可没有一点忍耐,他的逃亡全然是发疯。我们的行为本来是光明坦白的,可是我们的疑虑却使我们成为叛徒。

洛斯　您还不知道他的逃亡究竟是明智的行为还是无谓的疑虑。

麦克德夫夫人　明智的行为!他自己高飞远走,把他的妻子儿女、他的宅第尊位,一起丢弃不顾,这算是明智的行为吗?他不爱我们,他没有天性之情,鸟类中最微小的鹪鹩也会奋不顾身,和鸱鸮争斗,保护她巢中的众雏。他心里只有恐惧没有爱;也没有一点智慧,因为他的逃亡是完全不合情理的。

洛斯　好嫂子,请您节制一下自己;讲到尊夫的为人,那么他是高尚明理而有识见的,他知道应该怎样见机行事。我不敢多说什么;现在这种时世太冷酷无情了,我们自己还没有知道,就已经蒙上叛徒的恶名。一方面恐惧流言,一方面却不知道为何而恐惧,就像在一个风波险恶的海上漂浮,全没有一定的方向。现在我必须向您告辞,不久我会再到这儿来。最恶劣的事态总有一天告一段落,或者逐渐恢复原状。我可爱的侄儿,祝福你!

麦克德夫夫人　他虽然有父亲,却和没有父亲一样。

洛斯　我是这样一个傻子,要是我再逗留下去,会叫人家笑话我,还要带累您心里难过。我现在告辞了。(下)

麦克德夫夫人　小子,你爸爸死了,你现在怎么办?你预备怎样过活?

麦克德夫子　像鸟儿一样过活,妈妈。

麦克德夫夫人　什么!吃些小虫儿、飞虫儿吗?

麦克德夫子　我的意思是说,我得到些什么就吃些什么,正像鸟儿们一样。

麦克德夫夫人　可怜的鸟儿!你从来没有想到有人在张起网、布下陷阱,要捉了你去哩。

麦克德夫子　我为什么要怕这些,妈妈?他们是不会算计可怜的小鸟的。我的爸爸并没有死,虽然您是这么说。

麦克德夫夫人　不,他真的死了。你没了父亲怎么好呢?

麦克德夫子　您没了丈夫怎么好呢?

麦克德夫夫人　嘿,我可以到随便哪个市场上去买二十个丈夫回来。

麦克德夫子　那么您买了他们回来,还是要卖出去的。

麦克德夫夫人　这刁钻的小油嘴,可是也亏你想得出来。

麦克德夫子　我的爸爸是个反贼吗,妈妈?

麦克德夫夫人　嗯,他是个反贼。

麦克德夫子　怎么叫做反贼?

麦克德夫夫人　反贼就是起假誓撒谎的人。

麦克德夫子　凡是反贼都是起假誓撒谎的吗?

麦克德夫夫人　起假誓撒谎的人都是反贼,都应该绞死。

麦克德夫子　起假誓撒谎的都应该绞死吗?

麦克德夫夫人　都应该绞死。

麦克德夫子　谁去绞死他们呢?

麦克德夫夫人　那些正人君子。

麦克德夫子　那么那些起假誓撒谎的都是些傻瓜,他们有这许多人,为什么不联合起来打倒那些正人君子,把他们绞死了呢?

麦克德夫夫人 哎哟,上帝保佑你,可怜的猴子!可是你没了父亲怎么好呢?

麦克德夫子 要是他真的死了,您会为他哀哭的;要是您不哭,那是一个好兆,我就可以有一个新的爸爸了。

麦克德夫夫人 这小油嘴真会胡说!

【一使者上。

使者 祝福您,好夫人!您不认识我是什么人,可是我久闻夫人的令名,所以特地前来,报告您一个消息。我怕夫人目下有极大的危险,要是您愿意接受一个微贱之人的忠告,那么还是离开此地,赶快带着您的孩子们避一避的好。我这样惊吓着您,已经是够残忍的了;要是有人再要加害于您,那真是太没有人道了。上天保佑您!我不敢多耽搁时间。(下)

麦克德夫夫人 叫我逃到哪儿去呢?我没有做过害人的事。可是我记起来了,我是在这个世上,这世上做了恶事才会被人恭维赞美,做了好事反会被人当作危险的傻瓜;那么,唉!我为什么还要用这种婆子气的话替自己辩护,说是我没有做过害人的事呢?

【刺客等上。

麦克德夫夫人 这些是什么人?

众刺客 你的丈夫呢?

麦克德夫夫人 我希望他是在光天化日之下,你们这些鬼东西不敢露脸的地方。

刺客 他是个反贼。

麦克德夫子 你胡说,你这蓬头的恶人!

刺客 什么!你这叛徒的孽种!(刺麦克德夫子)

麦克德夫子 他杀死我了,妈妈,您快逃吧!(死,麦克德夫夫人呼:“杀了人啦!”下,众刺客追下)

第三场 英格兰。王宫前

【马尔康及麦克德夫上。

马尔康　让我们找一处没有人踪的树荫，在那边把我们胸中的悲哀痛痛快快地哭个干净吧。

麦克德夫　我们还是紧握着利剑，像好汉那样保卫我们受蹂躏的祖国吧。每一个新的黎明都听得见新孀的寡妇在哭泣，新失父母的孤儿在号啕，新的悲哀上冲霄汉，发出凄厉的回声，就像哀悼苏格兰的命运，替她奏唱挽歌一样。

马尔康　我为我所相信的一切痛哭，我听到的一切，我都相信，我能够匡正的，一旦时机成熟我就会匡正。您说的话也许是事实。一提起这个暴君的名字，就使我们切齿腐舌，可是他曾经有过正直的名声，您对他也有很好的交情，他也还没有加害于您。我虽然年轻识浅，可是您也许可以利用我向他邀功求赏，把一头柔弱无罪的羔羊向一个愤怒的天神献祭，不失为一件聪明的事。

麦克德夫　我不是一个奸诈小人。

马尔康　麦克白却是的。在尊严的王命之下，忠实仁善的人也许不得不背着天良行事。可是我必须请您原谅，您的忠诚的人格决不会因为我用小人之心去测度它而发生变化。最光明的那位天使也许会堕落，可是天使们总是光明的；罪恶虽然可以遮蔽美德，美德仍然会露出它的光辉来。

麦克德夫　我已经失去我的希望。

马尔康　也许这正是引起我疑心的地方。您为什么不告而别，丢下您的妻子、儿女，那些生活中宝贵的原动力、爱情的坚强的联系，让她们担惊受险呢？请您不要把我的多心引为耻辱，为了我自己的安全，我不能不这样顾虑。不管我心里怎样想，也许您真是一个忠义的汉子。

麦克德夫　流血吧，流血吧，可怜的国家！不可一世的暴君，奠下你的安然的基业吧，因为正义的力量不敢向你诛讨！忍受你的屈辱吧，这是你的已经确定的名分！再会，殿下。即使把这暴君掌握下的全部土地一起给我，再加上富庶的东方，我也不愿做一个像你所猜疑我那样的奸人。

马尔康　不要生气，我说这样的话，并不是完全为了不放心您。我想我们的国家呻吟在虐政之下，流泪、流血，每天都有一道新的伤痕加在旧日的疮痍之上；我也想到一定有许多人愿意为了我的权利奋臂而起，就在这友好的英格兰,也已经有数千义士愿意给我助力。可是虽然这样说,要是我有一天能够把暴君的头颅放在足下践踏,或者把它悬挂在我的剑上,我的可怜的祖国却要在一个新的暴君的统治之下,孳生更多的罪恶,忍受更大的苦痛,造成更分歧的局面。

麦克德夫　这新的暴君是谁?

马尔康　我说的就是我自己。我知道在我的天性之中,深植着各种的罪恶,要是有一天暴露出来,黑暗的麦克白相形之下,会变成白雪一样纯洁。我们的可怜的国家看见了我的无限的暴虐,将会把他当作一头羔羊。

麦克德夫　踏遍地狱也找不出一个比麦克白更万恶不赦的魔鬼。

马尔康　我承认他嗜杀、骄奢、贪婪、虚伪、欺诈、急躁、凶恶,一切可以指名的罪恶他都有。可是我的淫佚是没有止境的:你们的妻子、女儿,妇人、处女,都不能填满我的欲壑,我的猖狂的欲念会冲决一切节制和约束。与其让这样一个人做国王,还是让麦克白统治的好。

麦克德夫　人性中无限制的纵欲是一种虐政,它曾经颠覆了不少王位,推翻了无数君主。可是您还不必担心,谁也不能禁止您满足您的分内的欲望。您可以一方面尽情欢乐,一方面在外表上装出庄重的神气,世人的耳目是很容易遮掩过去的。我们国内尽多自愿献身的女子,无论您怎样贪欢好色,也应付不了这许多为求荣献媚而投怀送抱的娇娥。

马尔康　除了这一种弱点以外,在我邪僻的心中还有一种不顾廉耻的贪婪。要是我做了国王,我一定要诛锄贵族,侵夺他们的土地;不是向这个人索取珠宝,就是向那个人勒索房屋;我拥有的越多,我的贪心越不知道餍足,我一定会为了图谋财富的缘故,向善良忠贞的人无端寻衅,把他们陷于死地。

麦克德夫　这一种贪婪比起少年的情欲来,它的根是更深而更有毒的,我们曾经有许多过去的国王死在它的剑下。可是您不用担心,苏格兰有足够您享用的财富,它都是属于您的;只要有其他的美德,这些缺点都算不得什么。

马尔康　可是我一点没有君主之德,什么公平、正直、俭约、镇定、慷慨、坚毅、仁慈、谦恭、诚敬、宽容、勇敢、刚强,我全都没有,各种的罪恶却应有尽有,在各方面表现出来。嘿,要是我掌握了大权,我一定要把和谐的甘乳倾入地狱,扰乱世界的和平,破坏地上的统一。

麦克德夫　啊,苏格兰,苏格兰!

马尔康　你说这样一个人是不是适宜于统治?我正是我所说的那样一个人。

麦克德夫　适宜于统治!不,这样的人是不该让他留在人世的。啊,多难的国家,一个篡位的暴君握着染血的御杖高据在王座上,你的最合法的嗣君又亲口吐露了他是这样一个可诅咒的人,辱没了他的高贵的血统,那么你几时才能重见天日呢?你的父王是一个最圣明的君主;生养你的母后视人世如尘土,朝夕跪求上帝垂怜。再会!你自己供认的这些罪恶,已经把我从苏格兰放逐。啊,我的胸膛,你的希望永远在这儿埋葬了!

马尔康　麦克德夫,只有一颗正直的心,才会有这种勃发的忠义之情,它已经把黑暗的疑虑从我的灵魂上一扫而空,使我充分信任你的真诚。魔鬼般的麦克白曾经派了许多说客来,想要把我诱进他的罗网,所以我不得不着意提防;可是上帝鉴临在你我二人的中间!从现在起,我委身听从你的指导,并且撤回我刚才对我自己所讲的坏话。我所加在我自己身上的一切污点,都是我的天性中所没有的。我还没有近过女色;从来没有背过誓;即使是我自己的东西,我也没有贪得的欲念;我从不曾失信于人,我不愿把魔鬼出卖给他的同伴,我珍爱忠诚不亚于生命;刚才我对自己所作的诽语,是我第一次的说谎。那真诚的我,是准备随时接受你和我的不幸的祖国的命令的。在你还没有到这儿来以前,年老的西华德已经带领了一万个战士,向苏格兰出发了。现在我们就可以把我们的力量合并在一起,我们堂堂正正的义师,一定可以得胜。您为什么不说话?

麦克德夫　好消息和恶消息同时传进了我的耳朵里,使我的喜怒都失去了自主。

【一医生上。

马尔康　好,等会儿再说。请问一声,王上出来了吗?

医生　出来了,殿下,有一大群不幸的人们在等候他的医治,他们的疾病使最高明的医生束手无策,可是上天给他这样神奇的力量,只要他的手一触，他们就立刻痊愈了。

马尔康　谢谢您的见告，大夫。（医生下）

麦克德夫　他说的是什么疾病？

马尔康　他们都把它叫做“恶病”，就是瘰疬。自从我来到英格兰以后，我常常看见这位善良的国王显示他的奇妙无比的本领。除了他自己以外，谁也不知道他是怎样祈求着上天；可是害着怪病的人，浑身肿烂，惨不忍睹，一切外科手术无法医治的，他只要嘴里念着祈祷，用一枚金章亲手挂在他们的颈上，他们便会霍然痊愈。据说他这种治病的天能，是世世相传永袭罔替的。除了这种特殊的本领以外，他还是一个天生的预言家，光辉与吉祥高照在他的王座，表明他具有各种美德。

麦克德夫　瞧，谁来啦？

马尔康　是我们国里的人，可是我还认不出他是谁。

【洛斯上。

麦克德夫　我的贤弟，欢迎。

马尔康　我现在认识他了。好上帝，赶快除去使我们成为陌路之人的那一层隔膜吧！

洛斯　阿门，殿下。

麦克德夫　苏格兰还是原来那样子吗？

洛斯　唉！可怜的祖国！它简直不敢认识它自己！它不能再称为我们的母亲，只是我们的坟墓；除了浑浑噩噩，一无所知的人以外，谁的脸上也不曾有过一丝笑容；叹息、呻吟、震撼天空的呼号，都是日常听惯的声音，不再能引起人们的注意；沉痛的悲哀变成一般的风气；葬钟敲响的时候，谁也不再关心它是为谁而鸣；善良人的生命往往在他们帽上的花朵还没有枯萎以前就化为朝露。

麦克德夫　啊！太细致，也是太真实的描写！

马尔康　最近有什么可为之痛心的事情？

洛斯　一小时以前的变故，在叙述者的嘴里就已经变成陈迹了；每一分钟都产生新的祸难。

麦克德夫　我的妻子安好吗？

洛斯　呃，她很安好。

麦克德夫　我的孩子们呢?

洛斯　也很安好。

麦克德夫　那暴君还没有毁坏她们的平和吗?

洛斯　没有,当我离开她们的时候,她们是很平安的。

麦克德夫　不要吝惜你的言语,究竟怎样?

洛斯　当我带着沉重的消息,预备到这儿来传报的时候,一路上听见谣传,说是许多有名望的人都已起义;这种谣言照我想起来是很可靠的,因为我亲眼看见那暴君的肆虐。现在是应该出动全力挽救祖国沦夷的时候了;你们要是在苏格兰出现,可以使男人们个个变成兵士,使女人们愿意为了从困苦之中获得解放而奋斗。

马尔康　我们正要回去,让这消息作为他们的安慰吧。友好的英格兰已经借给我们西华德将军和一万兵士,所有基督教的国家里找不出一个比他更老练更优秀的军人。

洛斯　我希望我也有同样好的消息给你们!可是我所要说的话,是应该把它在荒野里呼喊,不让它钻进人们耳中的。

麦克德夫　它是关于哪方面的?还是和大众有关的呢?还是一二个人的单独的不幸?

洛斯　天良未泯的人,对于这件事谁都要觉得像自己身受一样伤心,虽然你是最感到切身之痛的一个。

麦克德夫　倘然那是有关于我的事,那么不要瞒过我,快让我知道了吧。

洛斯　但愿你的耳朵不要从此永远憎恨我的舌头,因为它将要让你听见你有生以来所听到的最惨痛的声音。

麦克德夫　哼!我猜到了。

洛斯　你的城堡受到袭击,你的妻子和儿女都惨死在野蛮的刀剑之下。要是我把他们的死状告诉你,那么不但他们已经成为猎场上被杀害的驯鹿,就是你也要痛不欲生的。

马尔康　慈悲的上天!什么,朋友!不要把你的帽子拉下来遮住你的额角;用言语把你的悲伤倾泄出来吧;无言的哀痛是会向那不堪重压的心低声耳语,叫它裂成碎片的。

麦克德夫　我的孩子也都死了吗?

洛斯　妻子、孩子、仆人,凡是被他们找得到的,杀得一个不存。

麦克德夫　我却必须离开那里！我的妻子也被杀了吗?

洛斯　我已经说过了。

马尔康　请宽心吧,让我们用壮烈的复仇做药饵,治疗这一段惨酷的悲痛。

麦克德夫　他自己没有儿女。我的可爱的宝贝们都死了吗?你说他们一个也不存吗?啊,地狱里的恶鸟！一个也不存?什么！我的可爱的鸡雏们和他们的母亲一起葬送在毒手之下了吗?

马尔康　拿出丈夫的气概来。

麦克德夫　我要拿出丈夫的气概来,可是我不能抹杀我的人的感情。我怎么能够把我所最珍爱的人置之度外,不去想念他们呢?难道上天看见这一幕惨剧,而不对他们抱同情吗?罪恶深重的麦克德夫！他们都是为了你的缘故而死于非命。我真该死,他们没有一点罪过,只是因为我自己不好,无情的屠戮才会降临到他们的身上。愿上天给他们安息！

马尔康　把这一桩仇恨作为磨快你的剑锋的砺石,让哀痛变成愤怒,不要让你的心麻木下去,激起它的怒火来吧。

麦克德夫　啊！我可以一方面让我的眼睛里流着妇人之泪,一方面让我的舌头发出豪言壮语。可是,仁慈的上天,求你撤除一切中途的障碍,让我跟这苏格兰的恶魔正面相对,使我的剑能够刺到他的身上;要是他竟能逃生,那么上天饶恕他吧！

马尔康　这几句话说得很像个汉子。来,我们见国王去,我们的军队已经调齐,一切全备,只待整装出发。麦克白气数将尽,天诛将至;黑夜无论怎样悠长,白昼总会到来。(同下)

第五幕

第一场　邓西嫩。城堡中一室

【一医生及一侍女上。

医生　我已经陪着你看守了两夜,可是一点不能证实你的报告。她最后一次晚上起来行动是在什么时候?

侍女　自从王上出征以后,我曾经看见她从床上起来,披上睡衣,开了橱门上的锁,拿出信纸,把它折起来,在上面写了字,读了一遍,然后把信封好,再回到床上去;可是在这一段时间里,她始终睡得很熟。

医生　这是心理上的一种重大的扰乱,一方面入于睡眠的状态,一方面还能像醒着一般做事。在这种睡眠不安的情形之下,除了走路和其他动作以外,你有没有听见她说过什么话?

侍女　大夫,那我可不能把她的话照样说给你听。

医生　你不妨对我说,而且应该对我说。

侍女　我不能对您说,也不能对无论什么人说,因为没有一个见证可以证实我的话。

【麦克白夫人持烛上。

侍女　您瞧!她来啦。这正是她往常的样子;凭着我的生命起誓,她现在睡得很熟。留心看着她,别让她看见。

医生　她怎么会有那支蜡烛?

侍女　那就放在她的床边。她的寝室里通宵点着灯火，这是她的命令。

医生　你瞧，她的眼睛开着呢。

侍女　嗯，可是她的视觉却关闭着。

医生　她现在在干什么？瞧，她在擦她的手。

侍女　这是她的一个惯常动作，好像在洗手似的。我曾经看见她这样擦了足有一刻钟的时间。

麦克白夫人　可是这儿还有一点血迹。

医生　听！她说话了。我要把她的说话记下来，免得忘记。

麦克白夫人　去，该死的血迹！去吧！一点，两点。啊，那么现在可以动手了。地狱里是这样幽暗！呸，我的爷，呸！你是一个军人，也会害怕吗？既然谁也不能奈何我们，为什么我们要怕被人知道？可是谁想得到这老头儿会有这么多的血？

医生　你听着没有？

麦克白夫人　法夫爵士从前有一个妻子，现在她在哪儿？什么！这两只手再也不会干净了吗？算了，我的爷，算了。你这样大惊小怪，把事情都弄糟了。

医生　你看！你看！你知道了你不该知道的事。

侍女　我想她已经说了她不该说的话。天知道她心里有些什么秘密。

麦克白夫人　这儿还是有一股血腥气，所有阿拉伯的香料都不能叫这小手变得香一点。啊！啊！啊！

医生　这一声叹息多么沉痛！她的心里蕴蓄着无限的凄苦。

侍女　我可不愿为了显赫的身份而揣上一颗沉重的心。

医生　好，好，好。

侍女　但愿一切都是好好的，大夫。

医生　这种病我没有法子医治。可是我知道有些曾经在睡梦中走动的人，都是很虔敬地寿终正寝。

麦克白夫人　洗净你的手，披上你的睡衣，不要这样脸无人色。我再告诉你一遍，班柯已经下葬了；他不会从坟墓里出来的。

医生　有这等事？

麦克白夫人　睡去，睡去，有人在打门哩。来，来，来，来，让我搀着你。事情已经干了就算了。睡去，睡去，睡去。（下）

医生　她现在要去上床了吗？

侍女　就要去了。

医生　外边很多骇人听闻的流言。反常的行为引起了反常的纷扰，良心负疚的人往往会向无言的衾枕泄漏他们的秘密；她需要教士的训诲甚于医生的诊视。上帝，上帝饶恕我们一切世人！留心照料她，避开一切足以惹她烦恼的根源，随时看顾着她。好，晚安！她扰乱了我的心，迷惑了我的眼。我心里所想到的，却不敢把它吐出嘴唇。

侍女　晚安，好大夫。（各下）

第二场　邓西嫩附近乡野

【旗鼓前导。孟提斯、凯士纳斯、安格斯、列诺克斯及兵士等上。

孟提斯　英格兰军队已经迫近，领军的是马尔康、他的叔父西华德和麦克德夫三人，他们的胸头燃着复仇的怒火；即使心如死灰的人也会被这种痛入骨髓的仇恨激起溅血的决心。

安格斯　在勃南森林附近，我们将要和他们相遇；他们正在从那条路上过来。

凯士纳斯　谁知道道纳本是不是跟他的哥哥在一起？

列诺克斯　我可以确实告诉你，将军，他们不在一起。我有一张他们军队里高层将领的名单，里面有西华德的儿子，还有许多初上战场、乳臭未干的少年。

孟提斯　那暴君有什么举动？

凯士纳斯　他把邓西嫩防御得非常坚固。有人说他疯了，对他比较没有什么恶感的人，却说那是一个猛士的愤怒；可是他不能自己约束住他的慌乱的心情，却是一件无疑的事实。

安格斯　现在他已经感觉到他的暗杀的罪恶紧粘在他的手上；每分钟都有一次叛变，谴责他的不忠不义；受他命令的人，都不过奉命行事，并不是出于对他的忠诚;现在他已经感觉到他的尊号罩在他的身上,就像一个矮小的偷儿穿了一件巨人的衣服一样拖手绊脚。

孟提斯　他自己的灵魂都在谴责它本身的存在,谁还能怪他的昏乱的知觉怔忡不安呢。

凯士纳斯　好,我们整队前进吧。我们必须认清谁是我们应该服从的人。为了拔除祖国的沉痼,让我们准备和他共同流尽我们的最后一滴血。

列诺克斯　否则我们也愿意喷洒我们的热血,灌溉这一朵国家主权的娇花,淹没那凭陵它的野草。向勃南进军!(众列队行进下)

第三场　邓西嫩。城堡中一室

【麦克白、医生及侍从等上。

麦克白　不要再告诉我什么消息,让他们一个个逃走吧;除非勃南的森林会向邓西嫩移动,我是不知道有什么事情值得害怕的。马尔康那小子算得什么?他不是妇人所生的吗?预知人类死生的精灵曾经这样向我宣告:"不要害怕,麦克白,没有一个妇人所生下的人可以加害于你。"那么逃走吧,不忠的爵士们,去跟那些饕餮的英格兰人在一起吧。我的头脑永远不会被疑虑所困扰,我的心灵永远不会被恐惧所震荡。

【一仆人上。

麦克白　魔鬼罚你变成炭团一样黑,你这脸色惨白的狗头!你从哪儿得来的这一副呆鹅的蠢相?

仆人　有一万——

麦克白　一万头鹅吗,狗才?

仆人　一万个兵,陛下。

麦克白　去刺破你自己的脸,把你那吓得毫无血色的两颊染一染红吧,你这鼠胆的小子。什么兵,蠢才?该死的东西!瞧你吓得脸孔像白布一般。什么兵,不中用的奴才?

仆人　禀陛下,是英格兰兵。

麦克白　不要让我看见你的脸。(仆人下)西登!——我心里很不舒服,当我看见——喂,西登!——这一次的战争也许可以使我从此高枕无忧,也许可以立刻把我倾覆。我已经活得够长久了,我的生命已经日渐枯萎,像一张凋谢的黄叶;凡是老年人所应该享有的尊荣、爱敬、服从和成群的朋友,我是没有希望再得到的了。代替这一切的,只有低声而深刻的咒诅、口头上的恭维和一些违心的假话。西登!

【西登上。

西登　陛下有什么吩咐?

麦克白　还有什么消息没有?

西登　陛下,刚才所报告的消息,全都证实了。

麦克白　我要战到我的全身不剩一块好肉。给我拿战铠来。

西登　现在还用不着哩。

麦克白　我要把它穿起来。加派骑兵,到全国各处巡察,要是有谁嘴里提起了一句害怕的话,就把他吊死。给我拿战铠来。大夫,你的病人今天怎样?

医生　回陛下,她并没有什么病,只是因为思虑太过,继续不断的幻想扰乱了她的神经,使她不得安息。

麦克白　为她医好这种病。你难道不能诊治那种病态的心理,从记忆中拔去一桩根深蒂固的忧郁,拭掉那写在脑筋上的烦恼,用一种使人忘却一切的甘美的药剂,把那堆满在胸间、重压在心头的积毒扫除干净吗?

医生　那还是要仗病人自己设法的。

麦克白　那么把医药丢给狗子吧,我不要仰仗它。来,替我穿上战铠,给我拿指挥杖来。西登,把我的命令传出去。——大夫,那些爵士们都背了我逃走了。——来,快去。——大夫,要是你能够替我的国家验一验尿,看看她害了什么病,使她恢复原来的健康,我一定要使太空之中充满着我对你的赞美的回声。——喂,把它脱下来。——什么大黄、肉桂,什么清泻的药剂可以把这些英格兰人排泄掉呢?你可知道有这样的药?

医生　知道的,陛下您要御驾亲征就是这样的一副药。

麦克白　你要是听见什么就来告诉我。除非勃南森林会向邓西嫩移动,我对死亡和毒害都没有半分惊恐。

医生　(旁白)要是我能够从邓西嫩远远离开,高官厚禄再也诱不动我回来。

（同下）

第四场　勃南森林附近的乡野

【旗鼓前导。马尔康、西华德父子、麦克德夫、孟提斯、凯士纳斯、安格斯、列诺克斯、洛斯及兵士等列队行进上。

马尔康　诸位贤卿，我希望大家都能够安枕而寝的日子已经不远了。

孟提斯　那是我们一点也不怀疑的。

西华德　前面这一座是什么树林？

孟提斯　勃南森林。

马尔康　每一个兵士都砍下一根树枝来，把它举起在各人的面前；这样我们可以隐匿我们全军的人数，让敌人无从知道我们的实力。

众兵士　得令。

西华德　我们所得到的情报，都说那自信的暴君仍旧在邓西嫩深居不出，等候我们兵临城下。

马尔康　这是他的唯一的希望；因为在他手下的人，不论地位高低，一找到机会都要叛弃他，他们接受他的号令，都只是出于被迫，并不是自己心愿。

麦克德夫　事情有了分晓自有正确的判断，眼下我们还是抖擞起我们的斗志勇往直前。

西华德　我们这一次的胜败得失，不久就可以分晓。口头的推测不过是一些悬空的希望，实际的行动才能够产生决定的结果，大家奋勇前进吧！（众列队行进下）

第五场　邓西嫩。城堡内

【麦克白、西登及兵士擎旗击鼓上。

麦克白　把我们的旗帜悬挂在城墙外面；到处仍旧是一片“他们来了”的呼声。我们这座城堡防御得这样坚强，还怕他们的围攻吗？让他们到这儿来,等饥饿和瘟疫来把他们收拾去了吧。倘不是我们自己的军队也倒了戈跟他们联合在一起,我们尽可以挺身出战,把他们赶回老家去。(内妇女哭声)那是什么声音?

西登　是妇女们的哭声,陛下。(下)

麦克白　我简直已经忘记了恐惧的滋味。从前一声晚间的哀叫,可以把我吓出一身冷汗,一根头发的落下,都会使我惊惶惴恐,好像它的里面藏着我的生命一样。现在我已经饱尝无数的恐怖;我的习惯于杀戮的思想,再也没有什么悲惨的事情可以使它惊悚了。

【西登重上。

麦克白　那哭声是为了什么事?

西登　陛下,王后死了。

麦克白　迟早总是要死的,总要有听到这个噩耗的一天。明天,明天,再一个明天,一天接着一天地蹑步前进,直到最后一秒钟的时间。我们所有的昨天,不过替傻子们照亮了到死亡的土壤中去的路。熄灭了吧,熄灭了吧。短促的烛光!人生不过是一个行走的影子,一个在舞台上指手划脚的拙劣的伶人,登场片刻,就在无声无息中悄然退下;它是一个愚人所讲的故事,充满着喧哗和骚动,却找不到一点意义。

【一使者上。

麦克白　你要来播弄你的唇舌,有什么话快说。

使者　陛下,我应该向您报告我以为我所看见的事,可是我不知道应该怎样说起。

麦克白　好,你说吧。

使者　当我站在山头守望的时候,我向勃南一眼望过去,好像那边的树木都在开始行动了。

麦克白　说谎的奴才!

使者　要是没有那样一回事,我愿意悉听陛下的惩处;在这三里路以内,您可以看见它向这边过来:一座活动的树林。

麦克白　要是你说了谎话,我要把你活活吊在最近的一棵树上,让你饥饿而死;要是你的话是真的,我也希望你把我吊死了吧。我的决心已经有些动摇,我开始怀疑起那魔鬼所说的似是而非的暧昧的谎话了:"不要害怕,除非勃南森林会到邓西嫩来。"现在一座树林真的到邓西嫩来了。披上武装,出去!他所说的这种事情要是果然出现,那么逃走固然逃走不了,留在这儿也不过坐以待毙。我现在开始厌倦白昼的阳光,但愿这世界早一点崩溃。敲起警钟来!吹吧,狂风!来吧,灭亡!就是死,我们也要捐命沙场。(同下)

第六场　同前。城堡前平原

【旗鼓前导。马尔康、老西华德、麦克德夫等率军队各持树枝上。

马尔康　现在已经相去不远,把你们树叶的幕障抛下,现出你们威武的军容来。尊贵的叔父,请您和我的兄弟、您的英勇的儿子,率领第一支队伍;其余的部队统归尊贵的麦克德夫和我两人指挥。

西华德　再会。今天晚上我们只要找得到那暴君的军队,一定要跟他们拼个你死我活。

麦克德夫　把我们所有的喇叭一起吹起来!鼓足了你们的中气,把流血和死亡的消息吹进敌人的耳中。(同下。号角声不绝于耳)

第七场　同前。平原上的另一部分

【麦克白上。

麦克白　他们已经缚住我的手脚;我不能逃走,可是我必须像熊一样挣扎到底。哪一个人不是妇人生下的?除了这样一个人以外,我还怕什么人。

【小西华德上。

小西华德　你叫什么名字?

麦克白　我的名字说出来会吓坏了你。

小西华德　即使你给自己取了一个比地狱里的魔鬼更炽热的名字,也吓不倒我。

麦克白　我就叫麦克白。

小西华德　魔鬼自己也不能向我的耳中说出一个更可憎恨的名字。

麦克白　他也不能说出一个更可怕的名字。

小西华德　胡说，你这可恶的暴君。我要用我的剑证明你说谎。（二人交战，小西华德被杀）

麦克白　你是妇人所生的，我瞧不起一切妇人之子手里的刀剑。（下）

【号角声。麦克德夫上。

麦克德夫　喧声是在那边。暴君，露出你的脸来。要是你已经被人杀死，等不及我来取你的性命，那么我的妻子、儿女的阴魂一定不会放过我。我不能杀害那些被你雇佣的倒霉的士卒；我的剑倘不能刺中你，麦克白，我宁愿让它闲置不用，保全它的锋刃，把它重新插回鞘里。你应该在那边，这一阵高声的呐喊，好像是宣布一位最重要的人物上阵似的。命运，让我找到他吧！我没有此外的奢求了。（下。号角声）

【马尔康及老西华德上。

西华德　这儿来，殿下，那城堡已经拱手纳降。暴君的人民有的帮这一面，有的帮那一面。英勇的爵士们一个个出力奋战。您已经胜算在握，大势就可以决定了。

马尔康　我们也曾遭遇敌人，他们不过虚晃几枪。

西华德　殿下，请进堡里去吧。（同下。号角声）

第八场　同　前

【麦克白上。

麦克白　我为什么要学那些罗马人的傻样子，死在我自己的剑上呢？我的剑是应该为杀敌而用的。

【麦克德夫上。

麦克德夫　转过来，地狱里的恶狗，转过来！

麦克白　我在一切人中间，最不愿意看见你。可是你回去吧，我的灵魂里沾着你一家人的血，已经太多了。

麦克德夫　我没有话说，我的话都在我的剑上，你这没有一个名字可以形容你的狠毒的恶贼！（二人交战。号角声）

麦克白　你不过白费了气力；你要使我流血，正像用你锐利的剑锋在空气上划一道痕迹一样难。让你的刀刃落在别人的头上吧！我的生命是有魔法保护的，没有一个妇人产下的人可以把它伤害。

麦克德夫　不要再信任你的魔法了吧，让你所信奉的神告诉你，麦克德夫是没有足月就从他的母亲的腹中剖出来的。

麦克白　愿那告诉我这样话的舌头永受咒诅，因为它使我失去了男子汉的勇气！愿这些欺人的魔鬼再也不要被人相信，他们用模棱两可的话愚弄我们，虽然句句应验，却完全和我们原来的期望相反。我不愿跟你交战。

麦克德夫　那么投降吧，懦夫，我们可以饶你活命，可是要叫你在众人的面前出丑：我们要把你当作一头稀有的怪物一样，把你的画像悬在帐篷外的高柱上，下面写着"请来看暴君的原形"。

麦克白　我不愿投降，我不愿低头吻那马尔康小子足下的泥土，被那些下贱的民众任意唾骂。虽然勃南森林已经到了邓西嫩，虽然今天和你狭路相逢，你偏偏不是妇人产下的，可是现在我要扔掉雄壮的盾牌，血战到底。来，麦克德夫，谁先喊"住手，够了"的，让他永远在地狱里沉沦。（二人且战且下。号角声。）

【两人继续战斗着重上，麦克白被戮，麦克德夫将其尸身拖下。

第九场　同　　前

【吹退军号。喇叭奏花腔。旗鼓前导，马尔康、老西华德、洛斯、众爵士及兵士等上。

马尔康　我希望我们没有见到的朋友，都能够安然回来。

西华德　总有人免不了成为牺牲，可是照我看见眼前这些人说起来，我们这次重大的胜利所付的代价是很小的。

马尔康　麦克德夫跟您的英勇的儿子都失踪了。

洛斯　老将军，令郎已经尽了一个军人的责任；他刚刚活到成人的年龄，就用他的一往无前的战斗精神证明了他的勇力，像一个男子汉一样死了。

西华德　那么他已经死了吗？

洛斯　是的，他的尸体已经从战场上搬去。他的死是一桩无价的损失，您必须勉抑哀思才好。

西华德　他的伤口是在前面的吗？

洛斯　是的，在他的胸前。

西华德　那么愿他成为上帝的兵士！要是我有像头发一样多的儿子，我也不希望他们得到一个更光荣的结局。这就作为他的丧钟吧。

马尔康　他是值得我们更深的悲悼的，我将向他致献我的哀思。

西华德　他已经得到他最大的酬报，他们说，他死得很英勇，他的责任已尽；愿上帝与他同在！又有好消息来了。

【麦克德夫携麦克白首级重上。

麦克德夫　祝福，吾王陛下！因为您就是国王了！瞧，篡贼的万恶的头颅已经取来，无道的虐政从此推翻了。我看见全国的英俊拥绕在你的周围，他们心里都在发出跟我同样的敬礼；现在我要请他们陪着我高呼：祝福，苏格兰的国王！

众人　祝福，苏格兰的国王！（喇叭奏花腔）

马尔康　多承各位拥戴，论功行赏，在此一朝。各位爵士国戚，从现在起，你们都得到了伯爵的封号，在苏格兰你们是最初享有这样封号的人。在这去旧布新的时候，我们还有许多事情要做；那些因为逃避暴君的罗网而出亡国外的朋友们，我们必须召唤他们回来；这个屠夫虽然已经死了，他的魔鬼一样的王后，据说也已经亲手杀害了自己的生命，可是帮助他们杀人行凶的党羽，我们必须一一搜捕，处以极刑；此外一切必要的工作，我们都要按照着上帝的旨意，分别处理。现在我要感谢各位的相助，还要请你们陪我到斯贡去，参与加冕的盛典。（喇叭奏花腔。众下）

经典译林

Yilin Classics

书名	单价	书名	单价
癌症楼	78.00 元	艾青诗集	35.00 元
爱的教育	39.00 元	爱丽丝漫游奇境	29.00 元
安娜·卡列尼娜	65.00 元	安徒生童话选集	42.00 元
傲慢与偏见	36.00 元	奥德赛	92.00 元
八十天环游地球	32.00 元	巴黎圣母院	42.00 元
白洋淀纪事	39.00 元	百万英镑	35.00 元
包法利夫人	38.00 元	悲惨世界（上、下）	98.00 元
背影	28.00 元	被侮辱与被损害的人	39.00 元
边城	36.00 元	变色龙：契诃夫中短篇小说集	39.00 元
变形记 城堡	38.00 元	草叶集：惠特曼诗选	39.00 元
茶馆	32.00 元	茶花女	35.00 元
查拉图斯特拉如是说	38.00 元	沉思录	29.00 元
城南旧事	29.00 元	吹牛大王历险记（插图版）	35.00 元
大卫·科波菲尔（上、下）	79.00 元	当代英雄	45.00 元
稻草人	29.00 元	地心游记	32.00 元
飞鸟集·新月集：泰戈尔诗选	39.00 元	飞向太空港	39.00 元
福尔摩斯探案集	58.00 元	复活	42.00 元
傅雷家书	49.00 元	富兰克林自传	36.00 元
钢铁是怎样炼成的	39.00 元	高老头	39.00 元
格列佛游记	35.00 元	格林童话全集	49.00 元

书名	单价	书名	单价
给青年的十二封信	38.00 元	古希腊悲剧喜剧集（上、下）	118.00 元
海底两万里	38.00 元	红楼梦	69.00 元
红与黑	49.00 元	呼兰河传	35.00 元
呼啸山庄	39.00 元	基督山伯爵（上、下）	108.00 元
纪伯伦散文诗经典	42.00 元	寂静的春天	35.00 元
假如给我三天光明	32.00 元	简·爱	39.00 元
金银岛	35.00 元	经典常谈	29.00 元
荆棘鸟	45.00 元	静静的顿河	128.00 元
镜花缘	49.00 元	局外人·鼠疫	38.00 元
菊与刀	35.00 元	克雷洛夫寓言	32.00 元
宽容	32.00 元	昆虫记	39.00 元
老人与海	32.00 元	理想国	45.00 元
聊斋志异	55.00 元	了不起的盖茨比	38.00 元
列那狐的故事	39.00 元	猎人笔记	38.00 元
林肯传	39.00 元	鲁滨逊漂流记	39.00 元
鲁迅杂文选集	36.00 元	绿山墙的安妮	36.00 元
罗马神话	16.80 元	罗生门	39.00 元
骆驼祥子	32.00 元	美丽新世界	35.00 元
名人传	39.00 元	拿破仑传	49.00 元
呐喊	29.00 元	牛虻	38.00 元
欧·亨利短篇小说选	36.00 元	欧也妮·葛朗台	32.00 元
彷徨	32.00 元	培根随笔全集	38.00 元
飘（上、下）	88.00 元	普希金诗选	42.00 元
骑鹅旅行记	36.00 元	乞力马扎罗的雪	39.80 元

书名	单价
热爱生命 · 海狼	38.00 元
伊索寓言：555 则	36.00 元
人类群星闪耀时	36.00 元
日瓦戈医生	68.00 元
三个火枪手	59.00 元
沙乡年鉴	42.00 元
少年维特的烦恼	28.00 元
神曲（共三册）	128.00 元
世说新语（上、下）	89.00 元
水浒传	69.00 元
宋词三百首	39.00 元
谈美	35.00 元
汤姆 · 索亚历险记	32.00 元
唐诗三百首	39.00 元
天方夜谭	42.00 元
童年 · 在人间 · 我的大学	49.00 元
我是猫	39.00 元
物种起源	42.00 元
西顿野生动物故事集	38.00 元
希腊古典神话	49.00 元
小妇人	45.00 元
星星离我们有多远	35.00 元
雪国　古都	39.00 元
一九八四	36.00 元
人间草木：汪曾祺散文精选	49.00 元
人性的弱点	39.00 元
儒林外史	42.00 元
三国演义	59.00 元
莎士比亚喜剧悲剧集	49.00 元
神秘岛	48.00 元
十日谈	68.00 元
双城记	45.00 元
四世同堂（上、下）	78.00 元
苔丝	39.00 元
谈美书简	36.00 元
汤姆叔叔的小屋	45.00 元
堂吉诃德	78.00 元
童年	38.00 元
瓦尔登湖	36.00 元
乌合之众	35.00 元
雾都孤儿	44.00 元
西游记	62.00 元
悉达多	32.00 元
乡土中国	36.00 元
小王子	29.00 元
喧哗与骚动	58.00 元
羊脂球	38.00 元
一间自己的房间	36.00 元

书名	单价	书名	单价
伊利亚特	82.00 元	尤利西斯	58.00 元
月亮和六便士	45.00 元	约翰·克利斯朵夫（上、下）	98.00 元
朝花夕拾	22.00 元	战争与和平（上、下）	108.00 元
子夜	49.00 元	中国民间故事	39.00 元
罪与罚	66.00 元	最后一课	36.00 元